JAN FABER

KALTE MACHT

JAN FABER

KALTE MACHT

THRILLER

PAGE & TURNER

Originalausgabe

Dieses Buch ist ein Roman.
Das Beschriebene hat sich so nicht wirklich ereignet.
Ähnlichkeiten zu lebenden oder verstorbenen Personen waren aber aufgrund der Natur der Sache nicht immer vermeidbar.
Sie sind nicht beabsichtigt, aber von der grundgesetzlich geschützten Freiheit der Kunst umfasst.

Dieses Buch ist auch als E-Book erhältlich.

MIX
Papier aus verantwortungsvollen Quellen
FSC® C014496
FSC
www.fsc.org

Verlagsgruppe Random House FSC® N001967
Das FSC®-zertifizierte Papier *Munken Premium Cream* für dieses Buch liefert Arctic Paper Munkedals AB, Schweden.

Page & Turner Bücher erscheinen
im Wilhelm Goldmann Verlag, München,
einem Unternehmen
der Verlagsgruppe Random House GmbH.

1. Auflage Juli 2013

Umschlaggestaltung: Uno Werbeagentur, München
Umschlagmotiv: © Getty Images/Bernhard Lang (Reichstag)
und FinePic®, München
Gesetzt aus der Janson-Antiqua
Druck und Einband: GGP Media GmbH, Pößneck
Printed in Germany
ISBN 978-3-442-20421-2
www.pageundturner-verlag.de

Pupille, die: vermutlich aus dem Lateinischen (pupilla für »Puppe« oder »kleines Mädchen«) abgeleitete Bezeichnung für die schwarz erscheinende natürliche Öffnung in der Regenbogenhaut des Auges, in der sich der direkte Betrachter wie eine winzige Puppe widerspiegelt.

Man kann ein ganzes Volk eine Zeit lang belügen,
Teile eines Volkes dauernd betrügen,
aber nicht das ganze Volk
dauernd belügen und betrügen.

Abraham Lincoln

PROLOG

Das Haus war leer. Und doch konnte Henrik ihre Gegenwart in jedem Zimmer spüren. Es war ihr Duft, der ihm begegnete, gleich, ob er im Flur stand oder im Arbeitszimmer, wo die Bäume vor dem Fenster ein strenges Muster bildeten: schwarze Stämme, die sich scharf gegen die weiße Landschaft abhoben. Er hatte sich zuerst im Erdgeschoss umgesehen und war dann nach oben gegangen. Gegenüber der Treppe lag das Arbeitszimmer. Am Schreibtisch brannte Licht, sie musste bis vor kurzem noch hier gewesen sein.

Henrik Eusterbeck trat ins Schlafzimmer nebenan, wo er ihr Bett benutzt und nicht gemacht vorfand. Die andere Seite war unberührt. Er bemerkte, dass der Schrank offen stand. Instinktiv trat er näher. Hinter der zur Seite geschobenen Kleidung starrte ihn die verschlossene Tür des Safes an. Ungewöhnlich, dass Natascha so wenig Wert auf Ordnung legte. Es musste etwas Außergewöhnliches geschehen sein. Er ging in die Hocke und tippte eine vierstellige Nummer ein. Ob sie den Code geändert hatte?

Während die Maschine leise ratterte, lauschte er, ob sich im Haus etwas tat. Doch er war allein. Lautlos schwang die Tür des Safes auf und gab den Blick auf einen Stapel Dokumente preis. Sonst war nichts in dem Tresor. Er zögerte nur einen Augenblick, dann nahm er die Papiere heraus und ging damit wieder hinüber ins Arbeitszimmer, wo er sich an den Schreibtisch setzte. Wie er aus dem Augenwinkel feststellte, blinkte das Telefon. »Neue Nachrichten«. Gewohnheitsmäßig drückte er auf die Abfrage und betrachtete die Liste: mehrmals Rufnummern in Berlin, die sich nur durch ihre Endungen unterschieden. Und einige Anrufe von »Unbekannt«. Keinen hatte sie entgegengenommen. Auch das war sehr ungewöhnlich für sie. Henrik Eusterbeck legte das Telefon beiseite und schlug die Mappe auf, die ganz oben lag. »Nofretete 061 08«.

061, dachte er. Das interne Aktenzeichen des Kanzleramts für Geheimschutz. 08 stand für Indiskretionen. Er blätterte ein wenig in den darunterliegenden Unterlagen. Notizen, Artikel, Bilder. Einiges davon hatte er besorgt. Doch offenbar hatte sie noch andere Quellen gehabt. Gute Quellen. Die Materialien wirkten unschuldig wie ein Fotoalbum aus alten Zeiten. Und doch waren sie gefährlicher als alles, was er jemals in Händen gehalten hatte. Jetzt, da er dieses Kompendium vor sich sah, wurde ihm klar, dass in den zurückliegenden Wochen etwas Entscheidendes geschehen war: Natascha hatte eine Entdeckung gemacht, die sie nie hätte machen dürfen. Und er stand im Begriff, diese Entdeckung zu teilen. Mit angehaltenem Atem las er die ersten Zeilen. Er spürte, wie sich seine Nackenhaare aufstellten. »Oh Gott, Natascha«, stöhnte er und schüttelte ungläubig den Kopf. »In was bist du da bloß hineingeraten?«

Königstein/Taunus, Herrnwaldstraße,
31.10.1989, 8:33:12 Uhr.

Der Konvoi, bestehend aus drei identischen Fahrzeugen der Marke Mercedes Benz 500, fährt vor dem privaten Wohnhaus des Vorstandssprechers der Nationalbank AG, Dr. rer. pol. Albert Ritter, vor. Im Obergeschoss bewegt sich ein Vorhang, das elektrische Tor gleitet auf, die Wagen legen die letzten vierzig Meter bis zur Eingangstür zurück, vorbei am beinahe noch sommerlich grünen, perfekt getrimmten Rasen. Das mittlere Fahrzeug hält in dem Augenblick, in dem sich die Tür öffnet und Dr. Ritter heraustritt. Er trägt einen dunkelgrauen Anzug, maßgeschneidert, von Boxton & Lampertz/Savile Row, London, dazu eine tiefblaue Krawatte und ein weißes Einstecktuch. Nichts an ihm lässt auf die Anspannung der letzten Tage schließen, nichts vermuten, welche weitreichenden Pläne er gefasst hat. Sein Fahrer Eck, der ihm seit fast zwanzig Jahren treu verbunden ist, springt aus dem Wagen, umrundet ihn und reißt den Schlag mit gewohnter Präzision auf, als Ritter die wenigen Stufen zur ebenen Erde herabgekommen ist. »Guten Morgen, Herr Dr. Ritter.«

»Guten Morgen, Eck. Alles im grünen Bereich?«

»Alles im grünen Bereich, Herr Dr. Ritter.«

Albert Ritter zögert einen Augenblick. »Ein Konvoi nützt nichts, wenn die Wagen immer in der gleichen Reihenfolge fahren. Können wir nach der Einfahrt bitte umsortieren.« Keine Frage. Eine klare Anweisung, wie immer mit einem freundlichen Lächeln.

»Gern, Herr Dr. Ritter. Ich sage den anderen rasch Bescheid.«

Eck schließt die Tür des Fonds und eilt dann zum vorderen Wagen, beugt sich kurz zum Fahrer hinab, dann spricht er mit dem des hinteren Wagens. Schließlich noch einmal mit dem vorderen Fahrer. Als er einsteigt, erklärt er mit Blick über die Schulter: »Wagen eins schert kurz nach der Einfahrt aus und reiht sich dann hinten wieder ein.«

»Gut.« Ritter hat bereits seine Unterlagen aus der Aktentasche geholt und sich in ein Papier vertieft. Er sieht nur kurz auf. Eck wird später berichten, dass Dr. Albert Ritter in dem Moment doch ungewohnt angespannt gewirkt habe.

8:36:01 Uhr. Der Konvoi setzt sich in Bewegung.

EINS

Das Haus lag etwa hundert Kilometer nördlich von Berlin. Weder von der Straße noch vom See her konnte man das Grundstück einsehen – und das war der Hauptgrund, weshalb sie sich damals für das Anwesen entschieden hatten. Gebaut worden war es noch in der Zeit des Kaiserreichs, was man ihm deutlich ansah. Einerseits war es sinnlos schön mit seinen Erkern und Giebeln, den Stuckdecken und den prachtvollen Schnitzereien im Treppenhaus. Andererseits verging kein Winter, ohne dass die Heizung einen Totalschaden erlitten hätte, und kein Frühling, in dem nicht das Dach zumindest teilweise hätte erneuert werden müssen. Das Haus war alt und schön und heruntergekommen wie die ganze Gegend, die auf wundersame Weise vom Vandalismus der sozialistischen Architektur verschont geblieben war. Sie hatten es entdeckt, als Natascha Referentin im mecklenburgischen Wirtschaftsministerium gewesen war. Eigentlich hatte Natascha es entdeckt. Sie war im Auftrag ihres Ministeriums hierhergekommen, um mit den Bürgern über Strukturförderung zu diskutieren. Es hatte natürlich nie eine stattgefunden. Das Geld wurde in Schwerin gebraucht, nicht zuletzt, um noch ein paar mehr Parteifreunde mit gut dotierten Posten als Staatssekretäre und Referenten auszustatten. Da hatte sich seit der Zeit der römischen Republik nicht viel geändert: Politik war vor allem dazu da, die Provinzen legal zu plündern. Henrik hatte das schon immer geahnt, seit Natascha aber in der Partei aufgestiegen war und auf verantwortungsvollen Positionen eingesetzt wurde, konnte er es sogar belegen. Kurioserweise sah ausgerechnet seine Frau das anders. Sie war nach wie vor davon überzeugt, für das Wahre, Schöne und Gute zu kämpfen. Henrik konnte sich ein bitteres Lachen nicht verkneifen, wenn er daran dachte.

Und nun war sie also Staatssekretärin im Kanzleramt geworden. Ausgerechnet sie, die Politik gar nicht der Karriere wegen betrieb. Und er stand hier, in ihrem Haus am Valmensee, das sie sich zusätzlich zur Wohnung in Berlin Mitte gekauft hatten, und fragte sich, ob sie in Zukunft überhaupt noch Zeit füreinander haben würden. Natascha jedenfalls war nur noch selten hier draußen. Und in Berlin sahen sie sich auch immer weniger.

Ein Reiher stieg auf, Henrik konnte seinen Flügelschlag durch die Bäume erkennen. Dahinter glitzerte der See, von dem man nur einen ganz schmalen Streifen durch die eng stehenden Fichten sehen konnte. Die Politik frisst ihre Macher auf, das war nichts Neues. In ihrem konkreten Fall wurde die Sache dadurch erschwert, dass Henrik selbst einen Beruf hatte, der ihm viel Zeit abforderte. Er war Unternehmensberater im IT-Bereich. Freiberuflich. Eigentlich ein Höllenjob. Denn die Kleinen wurden immer gedrückt, mussten sich ständig um Akquise kümmern und liefen ihrem Geld am längsten hinterher. Außerdem gab es »Berater« wie Sand am Meer. Jeder Loser, der irgendwo wegrationalisiert worden war, nannte sich Berater. Und je mehr schlechte es in dem Gewerbe gab, umso schlechter für alle guten. Also war er ständig auf Reisen, übernachtete immer öfter in zweitklassigen Hotels, verheizte sich täglich für undankbare Kunden und gab trotzdem jeden Tag aufs Neue den Strahlemann mit den perfekten Anzügen, den perfekten Zähnen und dem perfekten Händedruck.

Das Handy vibrierte. »Natti!«

»Hi. Ich vermisse dich.«

Etwas bewegte sich am See.

»Ich vermisse dich auch.« Es fiel ihm nicht schwer, seiner Stimme ein Lächeln zu verleihen, selbst wenn er ganz ernst blieb. »Sind sie auch alle lieb zu dir, in eurem Kanzlerkindergarten?«

»Henrik, bitte!«

Jemand trat ans Ufer. Henrik Eusterbeck nahm ganz automatisch das Fernglas zur Hand.

»Doch, sie sind alle lieb.«

»Und? Was sagt die Kanzlerin?«

Es war eine Frau. Sie zog sich aus und stieg im Bikini ins Wasser. Henrik zoomte sie heran.

»Das kann ich dir nicht am Telefon sagen.«

»Ich denke, das kannst du gar nicht sagen. Oder? Ist es nicht geheim, was ihr da besprecht?« Und sie sah gut aus. Sehr gut sogar. Als ihr Busen für einen Augenblick vom Wasser angehoben wurde, ehe er hineinglitt, hielt Henrik Eusterbeck den Atem an.

»Schatz?«

»M-ja?«

»Hörst du mir zu?«

»Klar.«

»Entschuldige. Ich hatte das Gefühl, du bist abgelenkt.«

Sie war weg. Henrik versuchte, noch irgendetwas zu erkennen, doch die Bäume standen viel zu dicht. »Unsinn«, sagte er. »Von dir kann mich nichts ablenken!«

»Gut zu wissen«, sagte Natascha mit weicher Stimme. »Können wir uns treffen?«

»Sag nicht, du hast Zeit für mich. Haben sie dich schon wieder gefeuert?« Er hielt das Fernglas auf die Stelle gerichtet, an der die Kleider lagen. Schließlich würde sie dorthin zurückkommen.

»Mach keine schlechten Scherze.« Natascha seufzte. »Ich bin noch nicht mal vereidigt. Nein, ich muss etwas mit dir besprechen.«

»Okay. Und wann hätten Sie einen Termin für mich frei, Frau Staatssekretärin in spe?«

»Morgen Abend?«

Henrik nahm seinen Kalender zur Hand und blätterte ihn auf. Der ganze Tag war frei. So wie die halbe Woche. Natascha musste das nicht wissen. Er blätterte gewohnheitsmäßig herum, wie er es immer tat, wenn ein Termin zu vereinbaren war. »Geht klar«, sagte er schließlich. »Um acht im *Gianni's*?«

»Sagen wir lieber um neun. Oder halb zehn. Und hol mich hier ab, ja? Gib an der Pforte Bescheid, ich komme dann raus.«

»Geht klar.«

»Ich liebe dich.«

»Ich liebe dich auch.« Er drückte den Anruf weg und sah wieder durch das Fernglas. Doch die Kleider und die Frau waren verschwunden.

*

Natascha Eusterbeck war kein politisches Küken, auch wenn die Opposition sie gerne als solches hinstellte. Damit konnte sie leben. Es war auch ein Teil des Erfolgsgeheimnisses der Kanzlerin, immer unterschätzt zu werden. Im Grunde galt das für alle Frauen in der Politik oder in der Wirtschaft. Und so hatte Natascha sich frühzeitig daran gewöhnt, als Leichtgewicht behandelt zu werden und dabei unauffällig ihre Dinge zu regeln. Sacharbeit lag ihr. Sie war keine Show-Politikerin, obwohl ihr ihre Attraktivität durchaus zugutekam. Mit Mitte dreißig hatte sie es bis ins Kanzleramt gebracht. Immer öfter wurde sie in den Medien zitiert. Sie saß in den Bundestagsausschüssen für Inneres und für Verteidigung, und das nicht nur, weil sie eine Frau war. Eher konnte man sagen, *obwohl* sie eine Frau war. Nein, sie war nicht über die Quote ins Zentrum der Macht gelangt. Dennoch war der Anruf der Kanzlerin und die Frage, ob sie bereit wäre, als Staatssekretärin ins Kanzleramt zu kommen, eine Auszeichnung für sie gewesen, die sie nicht erwartet hätte.

Als sie Henrik davon erzählt hatte, hatte sie gemerkt, dass auch er für einen Moment sprachlos gewesen war. Er hatte ihr zugezwinkert, um ihr Mut zu machen und zu zeigen, dass er an sie glaubte. Dann, für die Dauer eines Atemzugs, hatten sie sich angesehen, und sie hatten beide gewusst: Von jetzt an würde alles anders sein. Sie würden noch weniger Zeit miteinander verbringen können, es würde keine spontanen Verabredungen oder gar Besuche mehr geben. Wenn Natascha ihren Termin bei der Kanzlerin gehabt haben würde, wäre sie ein Teil der Macht – und sie würde zu den Geheimnisträgern und zu den meistgefährdeten Menschen der Republik gehören.

Das Handy klingelte. Es war Petra Reber, die Sekretärin ihres Wahlkreisbüros. »Petra, was gibt's?«

»Ich weiß, du hast keine Zeit. Aber da ist diese Frau ... Sie sagt, sie will auspacken. Und sie wird bedroht.«

Natascha Eusterbeck versuchte sich zu konzentrieren, während das Taxi den Fluss überquerte und auf das Kanzleramt zufuhr. »Auspacken? Was?«

»Keine Ahnung. Aber so wie sie aussah, hat sie einige intime Kenntnisse, wenn du verstehst, was ich meine.«

»Sie war im Büro? Und du denkst, sie ist eine Prostituierte?«

»Sie war da, ja. Und ich bin mir ziemlich sicher, dass sie eine Hure ist.«

»Und sie wird bedroht? Wieso bedroht? War sie bei der Polizei?«

»Sie sagt, sie traut sich nicht. Offenbar kennt sie dich von irgendwoher. Jedenfalls hat sie nur zu dir Vertrauen. Also ich weiß auch nicht, Natascha, aber wenn du kannst, ruf sie an. Sie klang wirklich verzweifelt.«

»Das geht nicht. Ich habe in einer Viertelstunde meinen Termin bei der Kanzlerin.«

»Verstehe ich. Trotzdem. Ich hab kein gutes Gefühl. Sie sah ziemlich fertig aus. Offenbar ist sie geschlagen worden.«

»Warum hast du ihr nicht gesagt, sie soll zur Bürgersprechstunde kommen?«

»Hab ich. Sie traut sich nicht. Sie hat mir eine Telefonnummer gegeben. Ich schicke sie dir per SMS. Dann kannst du dich bei ihr melden, wenn du Zeit hast.«

»Gut, schick mir die Nummer.« Natascha Eusterbeck legte auf. Sie schloss kurz die Augen. Gewalt gegen Frauen war ein immer wiederkehrendes Thema. Vermutlich begegnete es fast allen Frauen, die in der Politik tätig waren. Ein ewiger Kampf gegen die Hydra, denn gewalttätige Männer wuchsen stets nach. Natascha war im Beirat des Frauenhauses in ihrem Wahlbezirk engagiert. Vielleicht hatte die Frau sie dort erlebt und sich jetzt hilfesuchend an sie gewandt.

Eine Baustelle versperrte den Weg, das Taxi musste einige Augenblicke warten. Die Kurznachricht von Petra Reber kam auf Nataschas Handy. Sie sah auf die Uhr. Noch elf Minuten bis zu ihrem Termin. Vier Minuten, bis sie an der Pforte sein würden. Sie seufzte, wählte die Nummer doch. Es klingelte nur einmal, dann meldete sich eine tiefe, angenehme Frauenstimme. »Ja? Hier ist dein schwarzer Engel.«

»Hier spricht Natascha Eusterbeck. Mit wem bin ich verbunden?«

»Frau Eusterbeck!« Der ausländische Akzent war nicht zu überhören. Und der lockende Ton war weg. »Danke, dass Sie mich anrufen. Ich muss Sie unbedingt treffen!«

»Sind Sie die Frau, die in meinem Büro gewesen ist?«

»Ja, das bin ich.«

»Worum geht es denn?«

»Das kann ich am Telefon nicht sagen. Bitte lassen Sie uns ein Treffen ausmachen.«

»Meine Sekretärin sagt, Sie wollen auspacken. Was meinen Sie damit?«

»Nicht am Telefon. Bitte!«, flehte sie. »Wann kann ich Sie sehen?«

»Hören Sie ...«

»Es geht um Leben und Tod. Wirklich.« Die Stimme der Frau war leise geworden. Leise, drängend und panisch.

»Das geht jetzt nicht. Können Sie nicht noch mal in meinem Büro ...«

»Bitte!«

Natascha seufzte. »Ich bin gerade auf dem Weg ins Kanzleramt, ich kann Sie jetzt auf keinen Fall treffen.«

»Später. Oder morgen. Sie müssen nicht denken, dass ich verrückt bin. Ich bin nicht verrückt. Aber ich habe Angst. Um mich und um mein Kind.«

»Okay, hören Sie, ich gehe jetzt in meinen Termin. Das wird ein paar Stunden dauern. Wenn ich fertig bin, rufe ich Sie wieder an, ja?«

»Danke.« Natascha konnte hören, dass die Frau weinte. Sie legte auf und schaltete das Handy aus. Inzwischen hatten sie die Pforte des Kanzleramtsgeländes erreicht. Sie zahlte und stieg aus. Am Eingang legte sie die Ausweiskarte vor, die ihr am Morgen ein Kurier in ihre Berliner Stadtwohnung gebracht hatte. *Hier ist dein schwarzer Engel*, dachte sie. Zweifellos hatte Petra Reber recht, und es war eine Prostituierte. Eine Farbige offenbar. Natascha mochte sich gar nicht vorstellen, was für ein Schicksal vermutlich hinter ihrer Lebensgeschichte steckte. Aber sie würde es müssen. Schließlich war sie in die Politik gegangen, um zu helfen, wo es möglich war.

*

Es gibt Menschen, die eine ungeheure Ruhe ausstrahlen, während um sie herum das Chaos tobt. Zu diesen Menschen gehörte die Kanzlerin – und doch auch wieder nicht. Denn obgleich es kaum etwas gab, das sie aus ihrer stoischen Haltung riss, hatte man doch niemals das Gefühl, dass sie einem ihre ganze Aufmerksamkeit schenkte. Im Gegenteil: Während ihr Referent ihr außenpolitische Entwicklungen aus den Krisengebieten der Welt vortrug, konnte sie Akten über die jüngsten Arbeitsmarktzahlen studieren und immer noch ein Auge auf ihrem Handy haben, auf dem im Minutentakt Kurznachrichten eintrafen.

Bernhard Bauer, der persönliche Referent der Kanzlerin, war ein blasser, stiller Mann von unverbrüchlicher Loyalität. Vor allem war er unsichtbar, was die Kanzlerin schätzte. Sie konnte am besten mit Mitarbeitern, die keinen Drang zur Selbstdarstellung hatten und sich auch nicht mit persönlichen Meinungen oder gar Ideologien hervortaten. Ideologien oder Dogmen waren ihr verhasst. Meine Ideologie ist die Machbarkeit, pflegte sie zu sagen. Dieser Feststellung hätte sogar die Opposition zugestimmt, wenngleich mit beißendem Spott.

Als Natascha Eusterbeck gemeldet wurde, verließ Bauer den Raum, grüßte in der Tür mit einem Nicken und verschwand in seinem Büro um die Ecke. »Guten Morgen, Frau Eusterbeck.« Die Kanzlerin schenkte ihr ein Lächeln. Natascha atmete innerlich auf. Sie war doch etwas befangen gewesen, aber die Kanzlerin hatte das Eis mit einem einzigen Blick gebrochen. Die Alte war eben ein Profi. »Guten Morgen, Frau Bundeskanzlerin.«

»Setzen Sie sich doch.« Sie machte keine Anstalten, sich zu erheben und mit Natascha zu der Ecke zu gehen, in der die bequemen Sessel und einige verlorene Straßenschachfiguren standen, sinnigerweise eine Dame nebst Bauern. Vermutlich setzte sie sich nie dorthin. Die Kanzlerin war die Effizienz in Person. Was nicht zielführend war, war unnötig, was der Sache nicht diente, nutzlos. Es hatte Jahre gedauert, bis ihre Berater es geschafft hatten, sie von der Notwendigkeit des Smalltalks mit ausländischen Staatsgästen zu überzeugen. Sie wollte immer sogleich ins Herz der Dinge vorstoßen, Schnörkel und Zierrat waren ihr nur überflüssiges Beiwerk.

Natascha setzte sich auf den Stuhl an der gegenüberliegenden Seite des Tisches – es war der große Konferenztisch, auf dem sich Akten stapelten, den eigenen Schreibtisch empfand die Kanzlerin als unpraktisch und unübersichtlich – und stellte ihre Tasche auf den Boden. Im Hintergrund liefen stumm die Bilder mehrerer Sender auf Flachbildschirmen an der Wand. »Ich freue mich, dass Sie meinen Vorschlag angenommen haben.«

»Es ehrt mich, dass Sie an mich gedacht haben.«

»Nun, es geht nicht um die Ehre, sondern um die Sache. Ich habe Sie schon seit einigen Jahren sorgfältig beobachtet.« Die Kanzlerin ließ ihre Augen zum Handy gleiten, hielt kurz inne, dann fuhr sie fort: »Sie haben Ihre Sache gut gemacht in Schwerin. Und auch in den Ausschüssen.«

»Na ja, es war trotzdem eher ein Wunder, dass ich in die Ausschüsse nachgerückt bin. Als Jungabgeordnete …«

Die Kanzlerin blickte sie mit zweifelndem Blick von unten herauf an. »Das war kein Wunder, meine Liebe, das können Sie mir glauben.« Natascha spürte, wie ihre Hände feucht wurden. Ihr Herz schlug viel zu schnell. Komm schon, Natascha, sie will was von dir, nicht du von ihr! Obwohl ihr Bluffen nicht sonderlich lag, wagte sie ein Lächeln. »Wenn Sie das sagen ... nehme ich das an«, sagte sie souveräner, als sie es selbst erwartet hatte. Unvermittelt nahm die Kanzlerin das Handy und tippte eine Nachricht. Dann legte sie es wieder weg, scannte aus den Augenwinkeln die Bildschirme mit den Nachrichtensendern und beugte sich etwas vor: »Dieses Haus ist groß. Ich habe Ihnen eine Mappe machen lassen, in der Ihre Aufgaben formuliert sind.« Sie reichte einen schmalen Ordner über den Tisch. »Ihre offiziellen Aufgaben. Es geht hauptsächlich um Struktur und Effizienz. Das Kanzleramt braucht eine straffere Organisation. Hier gibt es zu viele Mitarbeiter, von denen kein Mensch weiß, was sie eigentlich tun. Vermutlich wissen sie es selbst nicht.« Jeder andere hätte an der Stelle zumindest gelächelt. Doch die Miene der Kanzlerin war wie in Stein gemeißelt – einschließlich ihrer schweren Lider. Wie lange mochte sie schon nicht mehr richtig geschlafen haben? »Referate zusammenführen, Aufgaben neu verteilen, die Kommunikation nach außen, aber auch die interne neu definieren und ins Werk setzen, das sind für den Anfang die Kernbereiche. Natürlich aber auch das klassische Aufgabenfeld, der Austausch mit den anderen Ämtern von Premiers und Präsidenten und mit den Kanzleien der Despoten im Nahen und Mittleren Osten und in den Bundesländern.« Nun huschte doch ein süffisanter Anstrich über ihr Gesicht.

Natascha nickte. »Und die inoffiziellen?«

Für einen Augenblick schwieg die mächtigste Frau der Republik und ließ ihren Blick auf Natascha ruhen. Nein, sie durchleuchtete sie. Was immer sie in ihren Augen zu finden gehofft oder gefürchtet hatte, sie wischte es mit einer Geste beiseite, indem sie eine weitere Mappe zur Hand nahm. Natascha stockte der Atem. Es war ganz offensichtlich eine Akte über sie. Obenauf lagen kein Zeitungsartikel und kein Memo mit persönlichen Daten, obenauf lag eine Kopie ihrer Heiratsurkunde. »Die inoffiziellen Aufgaben, meine Liebe, müssen ein Geheimnis unter uns beiden bleiben.«

*

Eigentlich lohnte es sich kaum, immer wieder den Koffer zu packen, wenn er das Sommerhaus verließ, um nach Berlin zu fahren. Denn in der Stadtwohnung übernachtete er inzwischen viel seltener als draußen am See, und wenn er dort war, blieb er nie lange. Trotzdem wuchtete er den Trolley, den er auch als Handgepäck nutzte, auf den Rücksitz und nahm die Schmutzwäsche in einem extra Sack mit, den er in den Kofferraum warf. Er war gerade dabei, sich eine CD für die Fahrt herauszusuchen, etwas Leichtes, bei dem er seinen Gedanken nachhängen konnte, da klopfte es an die Beifahrertür. Henrik Eusterbeck ließ die Scheibe herunter und blickte überrascht in das Gesicht einer vielleicht nicht mehr ganz jungen, aber sehr attraktiven Frau. »Ja?«

»Entschuldigen Sie. Ich wollte Sie fragen, ob Sie mich vielleicht ein Stück mitnehmen können.« Sie zuckte mit den Schultern. »Ich bin versetzt worden.«

Henrik spürte, wie seine Lebensgeister erwachten. »Kann ich mir kaum vorstellen«, sagte er und versuchte sein charmantestes Lächeln. »Wo müssen Sie denn hin?«

»Irgendwo, wo ich einen Zug nach Berlin nehmen kann.«

»Steigen Sie ein.« Ihr Haar war feucht, das Kleid, die Figur – als sie die Tür öffnete, wusste Henrik sofort, dass es die Frau war, die er beim Baden beobachtet hatte. »Was führt Sie in die Gegend?«

»Ach, das ist eine lange Geschichte«, sagte sie, während sie den Gurt anlegte und sich dabei weit zu ihm hinüberbeugte und ihm reizvolle Einblicke gewährte. Sie machte nicht den

Eindruck, als wollte sie die Geschichte erzählen. »Ich fahre nach Berlin«, erklärte Henrik. »Wenn Sie wollen, kann ich Sie auch bis dorthin mitnehmen.«

»Heute scheint mein Glückstag zu sein!«, lachte sie.

Meiner auch, dachte Henrik, obwohl er es nicht denken wollte. Natascha hatte das gleiche Lachen. Oder vielmehr: Sie hatte es gehabt. Irgendwann aber hatte sie es verloren. Irgendwann war ihr das Unbeschwerte abhandengekommen. Verdammt, Natti war mal ein so lebenslustiges Mädchen gewesen.

»Sorgen?«, fragte die Frau neben ihm.

Er seufzte. »Ach, es ist nichts.« Nein, er würde sicher nicht mit dieser Frau ausgerechnet über seine Frau sprechen. Sie hatten eine gute Stunde Fahrt vor sich. Die würde er nicht verschwenden. Wenn er sie genießen konnte, würde er sie genießen. Er setzte sein strahlendstes Lächeln auf und drehte den Zündschlüssel. »Erzählen Sie mir ein bisschen von sich. Was machen Sie so? Wo kommen Sie her?«

*

Der Himmel über Berlin war diesig, nicht der Hauch eines Lüftchens bewegte sich, als sie mit der Kanzlerin vor die Tür trat bei diesem denkwürdigen ersten Gespräch. »Gehen wir ein paar Schritte draußen spazieren«, sagte die Kanzlerin. Natascha nickte und ging vor.

»Wir gehen in den Kanzlergarten.«

»Ich wusste gar nicht, dass es den gibt.«

»Gibt es auch nicht«, sagte die Kanzlerin leichthin. »Das haben die Planer übersehen.« Dennoch hatte sie, wie Natascha feststellte, einen Winkel in den Außenanlagen des Kanzleramts entdeckt, in dem man ungestört sitzen und sprechen konnte. Die Männer von der Security hielten sich zurück und blieben auf Abstand, nicht ohne die beiden Frauen im Blick zu behalten. »Konnten Sie sich schon mit den Räumlichkeiten und mit einigen Kollegen vertraut machen?«

»Soweit das in der Kürze der Zeit möglich war, ja.«

»Gut.« Die Kanzlerin ließ ihre stechend grauen Augen auf Natascha ruhen, schien ihr Inneres auszuleuchten, ehe sie fortfuhr. »Das Bundeskanzleramt ist ein Paralleluniversum. Hier arbeiten zurzeit fünfhundert Menschen. Auf ein paar von ihnen kommt es an. Es gibt Mitarbeiter, die waren schon in Bonn an Bord. Andere sind ganz neu. Es ist nicht immer so, dass man sich auf die ältesten Mitarbeiter am besten verlassen kann ...« Die Kanzlerin nahm ihr Handy aus der Tasche und warf einen Blick darauf, dann steckte sie es wieder weg. »Natürlich gibt es auch keine Garantie, dass man sich auf die neuen verlassen kann ...«

»Ich versichere Ihnen, dass ich jederzeit und unter allen Umständen loyal sein werde!«, warf Natascha ein, die das ungute Gefühl hatte, einem Test unterzogen zu werden. Sie meinte es ehrlich. Doch sie erntete bei der Kanzlerin nur leicht hochgezogene Augenbrauen. »In der Politik gibt es keine Loyalität.« Ein Hausdiener trat ins Freie und kam mit flinken Schritten auf sie zu. »Entschuldigen Sie, Frau Bundeskanzlerin, der Fraktionsvorsitzende möchte Sie gerne wegen der aktuellen Fragestunde sprechen.«

»Sagen Sie ihm, ich rufe in zwanzig Minuten zurück, und geben Sie im Sekretariat Bescheid.« Der Hausdiener nickte und eilte davon, während die Kanzlerin sich wieder Natascha zuwandte: »Deshalb brauche ich Ihren Mann.«

»Meinen Mann?« Natascha war verwirrt. Die Kanzlerin kannte ihn nicht einmal. Nun war sie wirklich überrascht – und neugierig. »Es geht um die besonderen Aufgaben, für die ich Sie vorgesehen habe«, sagte die Kanzlerin. Natascha sah sie abwartend an. »Wie Sie wissen, gilt das Amt des Parlamentarischen Staatssekretärs als eines ohne Bedeutung, vor allem ohne Aufgaben und Macht.« Sie machte eine kurze Pause, als müsse sie selbst ihren Worten nachlauschen. Dann nickte sie kaum merklich und atmete durch. »Ich habe Ihnen eine Aufgabe zugewiesen, die ich eigentlich an einen beamteten Staatssekretär hätte delegieren müssen. Diese Herren sind auf Strukturen geeicht. Sie beherrschen das Handwerk. Sie sind bürokratisch perfekt. Vor allem: Sie kennen das Kanzleramt wie ihre Westentasche. Doch da liegt genau das Problem.«

Natascha hob reflexhaft die Hand und ärgerte sich, sah sie doch wie eine Schülerin beim Abfragen aus. »Aber genau das scheint mir das größte Problem für einen Einsteiger wie mich: Ich werde einige Zeit brauchen, bis ich die Strukturen des Hauses so gut kenne, dass ich Vorschläge zur Effizienz machen kann, die die langjährigen Mitarbeiter nicht sofort in der Luft zerreißen.«

Ein dünnes Lächeln umspielte die Mundwinkel der Kanzlerin. »Es schadet nicht, wenn man Sie unterschätzt, meine Liebe. Machen Sie sich keine Sorgen wegen der Strukturvorschläge. Da wird einiges nützlich sein, anderes nicht. Mir geht es in Wirklichkeit um etwas anderes.« Das Lächeln war verschwunden. Plötzlich wirkte die mächtigste Frau der westlichen Welt müde, erschöpft. Sie senkte den Blick und die Stimme. »Was mir fehlt, ist eine Vertraute.«

»Bitte?« Mit allem hätte Natascha gerechnet, aber nicht mit einem solchen Bekenntnis.

»Das Kanzleramt ist ein Haifischbecken. Seit Jahren versuche ich, die heimlichen Machtstrukturen zu durchleuchten. Es gibt hier Netzwerke und Querverbindungen, die ihre ganz eigenen Interessen verfolgen. Die meisten Mitarbeiter agieren nach der Devise: Mir ist egal, wer unter mir regiert. Das Problem ist: Je größer das Eigenleben des Amts, umso gefährlicher ist das Regieren.« Die Kanzlerin sah ihre junge Mitarbeiterin von unten herauf an. Es war dieser Hundeblick, von dem man nicht sagen konnte, ob er nur die Wirkung prüfen wollte oder ob er für die ganz große Last stand, unter der die Kanzlerin litt.

»Heißt das, Sie gehen von einer Verschwörung aus?«

»Von einer Verschwörung? Gott, nein, das ist ja hier nicht Hollywood.« Die Stimmung der Kanzlerin schlug um, mit einem Mal bekam ihr Blick etwas Angriffslustiges. »Mit einer Verschwörung könnte ich leicht selbst fertigwerden. Nein. Mir geht es um die heimlichen Machtstrukturen im Amt. Wenn das hier ein Netz ist, will ich die Spinne sein.«

»Und Sie glauben, dass ich diese Strukturen durchleuchten kann?«, fragte Natascha ungläubig. Entweder hielt die Kanzlerin sie für naiv, oder sie war es selbst. Wenn diese Meisterin der Macht es nicht vermochte, das Gewirr an Einflüssen und Abhängigkeiten zu erhellen, wie sollte sie es schaffen?

»Natürlich können Sie es. Sie sind klug, haben einen unbestechlichen Blick – und Sie sind unauffällig. Ich weiß, was Sie denken. Sie denken, ich wüsste sowieso alles. Alle Codes, alle geheimen Dossiers, alle diplomatischen Tretminen. Das stimmt sogar. Ich bin ja nicht erst in der Politik, seit ich Kanzlerin bin. Und ich war immer ganz gut im Durchschauen von Seilschaften und Hinterzimmervereinen. Vielleicht weiß ich auch zu viel.« Sie drehte sich um und gab einem der Security-Leute ein Zeichen, zu ihr zu kommen. »Sagen Sie bitte in meinem Bundestagsbüro Bescheid, dass wir um elf Uhr die Fraktionsführer erwarten. Alle Fraktionen. Danke.« Der Mann, der mindestens anderthalb Köpfe größer war als die Kanzlerin, nickte, hob seine Hand an den Mund und gab, noch während er sich abwandte, durch: »Bin kurz vom Posten. Auftrag von der Kanzlerin. Bitte Ersatz.« Und er war kaum um die Ecke, als schon ein anderer, zweiter Mann neben dem verbliebenen auftauchte. »Sehen Sie«, fuhr die Kanzlerin fort, »es gibt zwei Probleme. Zum einen weiß ich unendlich viel, aber es ist angesichts der Fülle von Details kaum noch möglich, die Zusammenhänge zu überblicken. Zum anderen kann ich selbst nicht fragen, wer mit wem vertraut ist oder wer wen ausbooten will. Als Kanzlerin bin ich hier der einsamste Mensch. Niemand weiß so viel, und niemand erfährt so wenig wie ich.«

»Aber das wird mir nicht anders gehen, Frau Bundeskanzlerin«, erklärte Natascha und versuchte, während sie sprach, einen klaren Gedanken zu fassen. »Wer wird mir schon etwas erzählen? Mich kennt kaum einer im Amt. Es wird lange dauern, bis ich allein zu den wichtigsten Mitarbeitern ein Vertrauensverhältnis aufgebaut habe …«

Die Kanzlerin winkte ab. »Das brauchen Sie doch gar nicht«, sagte sie in einem Ton, als müsste sie einer Drittklässlerin zum achten Mal erklären, was der Unterschied zwischen Multiplizieren und Dividieren ist. »Keiner wird Ihnen etwas erzählen wegen des besonderen Vertrauensverhältnisses, das Sie miteinander unterhalten.« Sie beugte sich zu Natascha und sah ihr direkt in die Augen. »Alles, was man Ihnen erzählen wird, wird aus Eigennutz an Sie herangetragen werden. Wenn erst einmal bekannt ist, dass Sie sich gerne informieren, wird man Ihnen viel erzählen. Jeder wird das wissen und an Sie weitergeben, was ihm nützt und was seinem jeweiligen Gegner schadet. Ihre Aufgabe wird sein, aus dem Destruktiven dieser Informationen ein positives Bild zu zeichnen. Ich habe Sie auf diese Position geholt, weil ich eine Agentin in diesem Haus brauche. Und eine Kartografin.«

»Eine Kartografin?«

»Der Macht. Stellen Sie sich vor, Sie kennen jede Strömung, jede Klippe, jede Landzunge, jede Sandbank – aber Sie haben keine Ahnung, wo alle diese Orte auf der Seekarte liegen. Ich kenne das meiste. Aber ich kann die Zusammenhänge nicht mehr herstellen. Es ist zu viel. Was ich von Ihnen will, ist, dass Sie mir eine Karte der Macht zeichnen. Nein, viele Karten. Legen Sie Archive an, werten Sie Quellen aus, zeichnen Sie mir die unterschiedlichsten Karten. Ich meine das absolut wörtlich. Ich will Karten, Bilder, auf denen ich Zusammenhänge sehen kann. In jedem Bereich. Wirtschaft. Militär. Justiz. Stiftungen. Männerbünde. Frauencliquen. Wer mit wem. Warum. Wann. Wie oft. Zeichnen Sie mir Verbindungen. Wo verlaufen die unsichtbaren Strömungen? Wer beschäftigt welche U-Boote?«

Natascha schüttelte den Kopf. »Wie soll das gehen? Solange ich die Lüge nicht von der Wahrheit unterscheiden kann und jede Verleumdung und jedes Gerücht für bare Münze nehmen muss, laufe ich Gefahr, in jede Falle zu gehen – und Ihnen Falschinformationen zu liefern. Ich brauche Vertraute, mit denen ich zumindest einen Gegencheck machen kann.«

»Da haben Sie recht«, sagte die Kanzlerin und stand auf. »Und da kommt Ihr Mann ins Spiel.«

Natascha Eusterbeck ahnte nicht, dass sie selbst der Spinne ins Netz gegangen war.

*

Als sie das Gebäude wieder betraten, wartete bereits Gerhard Jäger auf sie, der Sicherheitschef des Kanzleramts, ein langer, hagerer Mann Ende vierzig, der ständig mit einem Knopf im Ohr herumlief, dessen Kabel im Kragen seines Jacketts verschwand. »Herr Jäger«, sagte die Kanzlerin, »ich bringe Ihnen hier unsere neue Kollegin. Seien Sie so nett und zeigen Sie ihr alles, statten Sie sie aus. Und vor allem stehen Sie ihr zur Verfügung. Sie hat unter anderem die Aufgabe, unser Amt noch effizienter zu machen und unsere Strukturen zu optimieren.« Dann wandte sie sich wieder Natascha zu: »So, ich muss mich jetzt wieder um andere Dinge kümmern. Meine Handynummer gibt Ihnen Herr Jäger. Schreiben Sie mir jederzeit eine SMS. Und ansonsten wissen Sie ja, wo Sie mich finden. Alles Weitere haben wir besprochen.« Sie lächelte freundlich und unverbindlich, drückte Natascha die Hand und ging dann die Treppe hoch, nicht ohne ihre Kurznachrichten zu checken.

»Willkommen im Club«, sagte Jäger und ließ eine Hand in sein Jackett fahren. »Wir machen jetzt die kleine Tour«, sagte er, offenbar nicht zu Natascha. »Wir sehen uns in zwanzig Minuten im Lageraum. Entschuldigung, jetzt bin ich für Sie da.« Er blickte Natascha an, und es war dieser prüfende Blick, der automatisch unter die Achseln, an die Ärmel, Körpermitte und Füße zielte, also dorthin, wo das Waffenpotenzial eines Menschen am höchsten war. »Können wir?«

»Gerne«, sagte Natascha und folgte ihm. Sie gingen in einen gesicherten Raum hinter dem Empfang und von dort einen Gang entlang, der Natascha vage an die Stasiunterlagenbehörde erinnerte. Die Kälte dieses Trakts war beinahe körperlich zu spüren. »Zu den Verhaltensregeln im Haus«, begann Jäger zu dozieren. »Das Kanzleramt ist in mehrere Bereiche eingeteilt, für die unterschiedliche Sicherheitsstufen gelten. Im ›Heiligtum‹ waren Sie ja vorhin schon. Der Kanzlertrakt und die umgebenden Räume, das Sicherheits-, das Lagezentrum und die Kommunikationszentrale sind Sicherheitsstufe drei. Alles andere ist Sicherheitsstufe zwei, nur die Außenbereiche gelten als Sicherheitsstufe eins. Für die Eins reicht Ihr Ausweis ... ach so«, er griff in sein Jackett und holte eine Plastikkarte mit Magnetstreifen, Chip und Hologramm hervor. »Das ist Ihre. Sie wird freigeschaltet, sobald Sie sie zum ersten Mal benutzen. Das wird vermutlich der Fall sein, wenn Sie das Haus wieder verlassen.« Er sah sie an. »Es sei denn, Sie betreten heute noch einmal das Heiligtum.«

»Den Kanzlertrakt.«

»Zum Beispiel.«

»Und wie lange ist sie gültig?«

»Bis wir sie wieder sperren.«

Natascha stellte überrascht fest, dass auf der Karte kein Name stand, sondern nur eine Nummer. »Sind diese Karten nicht namentlich zugeordnet?«

»Sicher doch. Aber es reicht, wenn *wir* wissen, wem sie gehört. Dritte müssen das nicht wissen. Nicht nötig zu erwähnen, dass die Karte ausschließlich Ihnen persönlich Zugang gewährt. Wenn Sie Begleitung haben, braucht die Begleitung einen Sonderausweis. Das ist normalerweise ein Tagesausweis, den man an der Pforte bekommt – wenn man einen Termin im Kanzleramt hat.«

»Ich nehme an, es gibt keine Partnerkarte«, versuchte Natascha zu scherzen. Doch für solche harmlosen Späße hatte Jäger kein Gehör. »Gibt es nicht«, sagte er freundlich und trocken. »So, hier ist der Security-Raum. Wenn es ein Problem mit Ihrer Karte oder mit irgendwelchen Sicherheitsfragen im Haus gibt, dann ist dies Ihre erste Anlaufstelle.« Er öffnete die Tür zu einem fensterlosen Raum, in dem etwa ein halbes Dutzend Mitarbeiter vor Bildschirmen saßen. Eine Wand war zusätzlich mit Bildschirmen gepflastert, die offenbar die Perspektive der Überwachungskameras zeigten. Jäger fing Nataschas Blick auf und erklärte: »Die oberen Bildschirme zeigen alles, was wir im Außenbereich abdecken, die unteren, was im Haus aufgezeichnet wird. Dazu kommen Kameras, die in Spezialfällen aktiviert werden.« Er deutete auf eine kleinere Monitorwand an der Seite. »Die Kollegen hier arbeiten in drei Schichten. Wir haben in« – er blickte auf seine Uhr – »vierzehn Minuten Wechsel. Also, ich habe Ihnen vorbereitet, was Sie benötigen, um im Haus zurechtzukommen. Wenn Sie sonst noch etwas brauchen, geben Sie mir jederzeit Bescheid.« Er trat an einen verwaisten Tisch, offenbar seinen eigenen, und nahm eine Mappe zur Hand. »Den Hausausweis haben Sie schon bekommen. Hier sind Ihre Legitimationsdokumente, und zwar in zweifacher Ausfertigung, von der Sie mir bitte eine unterschreiben. Dann die Hausordnung, lachen Sie nicht, ich garantiere Ihnen, es gab noch keinen neuen Mitarbeiter, der nicht damit in Konflikt geraten wäre. Außer David Berg.«

»Der Streber«, hörte Natascha im Hintergrund jemanden murmeln.

»Alle Infos im Umgang mit den Codes im Haus stehen hier drauf. Auch Ihre PIN, die Sie im Bereich Sicherheitsstufe drei brauchen.« Er deutete auf die Karte, die Natascha immer noch in der Hand hielt. »Ohne PIN kommen Sie mit der nur in die Bereiche eins und zwei. Übrigens werden wir demnächst biometrische Chips anschaffen. Dann brauchen Sie den Code nur noch für Stufe drei – zusätzlich zu Ihrem Fingerabdruck.«

»Okay. Ich muss mir also keine Sorgen machen, von hier entführt zu werden.«

»Nette Idee«, sagte Jäger. »Wenn Sie es trotzdem schaffen, muss ich mir jedenfalls meinerseits keine Sorgen darum machen, von hier wegzukommen. Das wird dann ziemlich schnell gehen. Aber zurück zu den Sicherheitsmaßnahmen. Darf ich mal Ihren privaten Haus- und Wohnungsschlüssel sehen?«

»Äh, ja.« Reflexartig griff Natascha nach ihrer Handtasche, die sie aber in ihrer Nervosität im Büro der Kanzlerin stehen gelassen hatte. »Tut mir leid, den habe ich nicht bei mir.«

»Ich vermute, Sie haben ein ganz normales Sicherheitsschloss?«

»Klar. Was man halt so hat.«

»Das werden wir ändern müssen. Ich schicke Ihnen in den nächsten Tagen jemanden vorbei, der Ihnen einen angemessenen Standard einbaut. Vermutlich werden wir die Tür auch auswechseln müssen.«

Natascha nickte, aber diese Einweisung in die Welt des Kanzleramts und seiner Mitarbeiter nahm eine Richtung, die ihr nicht gefiel. So wichtig war sie doch gar nicht. In der Öffentlichkeit war sie kaum bekannt. Als parlamentarische Staatssekretärin hielt man sie ohnehin für eine unwichtige Nebenfigur. »Sie arbeiten in allernächster Nähe zur Kanzlerin«, erklärte Jäger, der offenbar ein feines Gespür für die Gedanken seiner Gesprächspartner hatte. »Indem wir Sie schützen, schützen wir die Kanzlerin.«

»Verstehe. War's das?«

»Nein. Ich habe noch eine schlechte Nachricht.« Jäger reichte ihr noch eine weitere, wenn auch sehr viel dünnere Mappe. »Es geht um Ihren Dienstwagen. Als Staatssekretärin haben Sie Anspruch auf Wagen und Fahrer. Leider ist Ihr Wagen noch nicht fertig. Der Hersteller wird morgen ausliefern. Aber dann brauchen wir noch zwei Tage für Sicherheitschecks und einige Extras.«

»Bordraketen und Nebelwerfer?« Irgendwie provozierte Jägers beherrschte Art Natascha, ihm ein Lächeln zu entlocken. Doch vermutlich fehlten ihm dafür die Gesichtsmuskeln. Jedenfalls blieb er völlig ungerührt, sondern sagte nur: »Nicht ganz so speziell. Aber eine Notfallfunkverbindung, verschlüsselte Peilung und natürlich eine Codierung auf Ihre persönlichen Daten leisten wir uns schon.« Er deutete auf die Mappe. »Das sind die Informationen zum Umgang mit Wagen und Fahrer, Sie wissen schon: wann Sie den Wagen benutzen dürfen, wie Sie die Nutzung abrechnen müssen, wenn Sie privat fahren, welche Aufgaben der Fahrer hat, was zu tun ist, wenn ein Notfall eintritt, und so weiter.«

Natascha seufzte. Vermutlich war Humor in dem Job zu

gefährlich. »Alles klar. Danke, Herr Jäger. Und wenn ich irgendwelche Fragen habe …«

»Dann melden Sie sich einfach bei mir. Ich bin dafür da.«

»Danke.« Sie drehte sich um, um den Raum zu verlassen, war kurz verwirrt, weil es von innen scheinbar mehr Türen gab als von außen. Doch dann ging sie zielstrebig auf die Tür zu, durch die sie gekommen waren, um sie aufzuziehen. Vergeblich.

»Die Türen hier und im Lageraum sind auch von innen mit Code gesichert«, erklärte Jäger und ließ seine Karte über den Scanner gleiten. »Weshalb wir ihn gerne ›Falle‹ nennen.«

Natascha trat nach draußen und ging mit schnellen Schritten Richtung Pforte, die beiden Mappen unter dem Arm. »Ach, Frau Eusterbeck!«, rief Jäger hinter ihr her.

»Ja?«

»Viel Glück in Ihrer neuen Stelle.« Und tatsächlich flog ein Lächeln über sein Gesicht.

*

»Sie wird Ihnen gefallen.«

»Ich kenne sie.«

»Ach ja, richtig. Ich hätte sagen sollen: Sie gefällt Ihnen sicher.«

»Sie müssen nicht annehmen, dass jede Frau, bei der Sie nicht landen können, eine Lesbe wäre.«

»Sicher nicht jede …« Sein Schweigen hatte etwas Lauerndes. »Aber Gefahr hat doch immer etwas Verlockendes, finden Sie nicht?«, sagte er schließlich mit leiser Stimme.

»Gefahr? Für wen soll denn diese zweitklassige Person eine Gefahr sein?«

»Ich bin überrascht, dass Sie das nicht selbst sehen. Wirklich, ich hätte Ihnen mehr Instinkt zugetraut.« Ohne eine

Antwort abzuwarten, legte er auf. Er liebte diese Spielchen. Sie waren der Kick in diesem Job. Natürlich wusste er, dass die Kanzlerin es darauf abgesehen hatte, dass er die Kollegin in Panik versetzte. Nur wusste die Kanzlerin nicht, dass er diesen unausgesprochenen Auftrag mit dem größten Vergnügen erledigte. Vor allem wusste sie nicht: warum.

*

Es war schon nach 21.00 Uhr, als Natascha plötzlich wieder die Frau einfiel, mit der sie am Morgen telefoniert hatte. *Dein schwarzer Engel*, dachte sie. Sie hatte die Stimme noch gut im Ohr. Zuerst hatte sie ihre Rolle gespielt, dann hatte sie geklungen wie jemand, dessen Fassung nur noch Fassade ist, jemand am Ende seiner Kräfte. Sie griff nach ihrem Handy und rief die Nummer auf. Immerhin hatte sie der Frau versprochen, sich später wieder zu melden. Dass es so viel später würde, das hatte sie nicht einkalkuliert. Es klingelte. Zweimal, dreimal, viermal – dann meldete sich die Mailbox. Wieder die dunkle, samtene Stimme: »Du kannst mir alles sagen.« Es piepste. Natascha unterdrückte den Impuls, sich mit Namen zu melden. Stattdessen sagte sie: »Wir haben heute Morgen gesprochen. Tut mir leid, dass ich mich nicht früher gemeldet habe. Rufen Sie mich bitte zurück, wenn Sie das hören. Danke.« Dann legte sie auf und packte das Handy in ihre Tasche, um endlich nach Hause zu gehen, als ihr Kollege Frey unangemeldet im Büro erschien. »Gratuliere«, sagte er und musterte sie mit seinem typischen lauernden Blick. »Haben Sie Ihren Eid schon geleistet?«

»Morgen.« Dr. Marcus Frey war ihr schon immer unangenehm gewesen. Dass ihn die Kanzlerin zum Geheimdienstkoordinator gemacht hatte, war absolut passend. Ihn umgab stets etwas Drohendes. »Wie schön.« Er trat unaufgefordert näher und betrachtete die Fotos, die Natascha auf ihr Fensterbrett gestellt hatte: Henrik, sie und Henrik, ihr Kater Bravo, der schon lange nicht mehr lebte – und noch mal Henrik. »Sie haben es ja sehr schnell weit gebracht.«

»Es hat sich so ergeben.«

»Sieht so aus.« Seine Finger glitten über die Bilderrahmen. Klavierspielerhände, fuhr es Natascha durch den Kopf. Er hat die Hände eines Pianisten. Wie überhaupt sein ganzes Aussehen im Gegensatz zu seinem Benehmen tadellos war. Sein Körper durchtrainiert. Sein Anzug maßgeschneidert. Seine Brille perfekt geputzt. Und sein Blick stets frisch geschliffen. Natascha kannte ihn aus dem Innenausschuss des Bundestags. Dort pflegte er mit scharfen Reden zu glänzen, die keinen Widerspruch duldeten. Wenn er nicht das letzte Wort hatte, konnten die Sitzungen des Ausschusses bis in die frühen Morgenstunden gehen. Er war vermutlich der härteste Politiker, dem Natascha bisher begegnet war. Eigentlich ein Wunder, dass er es noch nicht zu einem eigenen Ministerium gebracht hatte. Andererseits: Vielleicht war es auch gerade das, dass er eben nicht zum Kompromiss fähig war und dass er auf andere Meinungen nicht eingehen konnte. »Nun, dann begrüße ich Sie hiermit herzlich im Kanzleramt. Wenn ich etwas für Sie tun kann, Sie finden mich vier Büros weiter auf der rechten Seite. Ich erwarte, dass wir gut zusammenarbeiten.« Das war nicht der Ausdruck einer Hoffnung, sondern ein Befehl. Unmissverständlich.

»Davon gehe ich aus.« Natascha hatte nicht die Absicht, sich Frey unterzuordnen. »Wir werden uns sicher gut ergänzen.«

Frey blickte von Henriks Foto auf. »Oh ja«, sagte er leise. Ganz leise. »Das werden wir.«

Dann war er weg. Natascha aber suchte noch einmal das

Organigramm des Kanzleramts heraus, das sie sich von ihrer Sekretärin Jana Berling hatte geben lassen. Unter der Kanzlerin standen die Staatssekretäre. Links die beamteten, rechts die »parlamentarischen Staatssekretäre«, Bundestagsabgeordnete, die den Rang eines stellvertretenden Bundesministers bekleideten und im politischen Betrieb der Nation als hochbezahlte Proporzamtsträger galten: Parlamentarier, die man mit einem Extrapöstchen ausgestattet hatte, das außer Spesen für das Staatswesen nichts brachte. Neben Dr. Stephanie Wende stand auf diesem Papier nur Dr. Marcus Frey, MdB. Natascha selbst war noch nicht auf dem Dokument verewigt worden. Aber genau genommen war sie ja auch erst morgen offiziell Staatssekretärin. Wenn sie ihren Eid vor der Bundeskanzlerin abgelegt haben würde. Sie entschloss sich, noch ein wenig in den Unterlagen zu lesen, die ihr der Sicherheitschef Jäger gegeben hatte. Nach wie vor läutete das Telefon im Fünf-Minuten-Takt, und weiterhin kam E-Mail auf E-Mail herein. Es war nahezu unmöglich, sich zu konzentrieren.

*

Kurz nach 22.00 Uhr riss der Sturm so plötzlich ab, dass es sich anfühlte, als wäre sie gegen eine Wand geschleudert worden. Es verwirrte sie, dass das Telefon schwieg, kaum noch E-Mails eintrafen und sogar die Hauspost, die ihr seit dem Vormittag Unterlagen auf den Schreibtisch geschaufelt hatte, scheinbar in den Feierabend gegangen war. Linkisch türmten sich die gelben Mappen auf dem polierten Holz. Und nun das:

Von: Die Pupille

An: N.Eusterbeck@voxcom.net

Betreff:

Text: DU WIRST HIER NICHT ALT, PRINZESSIN.

Du wirst hier nicht alt, Prinzessin. Natürlich, sie hatte schon schlimmere Mails bekommen. Viel schlimmere. Es war nicht so sehr der Inhalt, diese unverhohlene, aber unbestimmte Drohung, die sie wie ein Schlag in die Magengrube traf, sondern die Tatsache, dass die Nachricht von hier gekommen war. Von ihrem Arbeitsplatz. Aus dem Herzen der Macht. Dem Bundeskanzleramt. An ihrem ersten Tag. War es möglich, dass sie jetzt schon Feinde in diesem Haus hatte? Feinde, die ihre private E-Mail-Adresse kannten?

»Geht's gut?« Sie hatte ihn nicht kommen hören und fuhr zusammen, obwohl sie seine wohlklingende Stimme sofort erkannte. Lässig stand er in der Tür, die Krawatte hatte er abgelegt, das Jackett offen, das Haar, sonst immer sehr sorgfältig gekämmt, war ihm etwas verwegen in die Stirn gefallen. »Sie wirkten gerade etwas angegriffen.«

»Alles in Ordnung, Herr Berg. Danke.« Schnell klappte sie ihr Notebook zu. »Ich war nur irritiert, weil plötzlich nichts mehr reinkam.«

David lachte leise und kam näher. »Nennen Sie mich doch bitte David. Jetzt, wo wir so häufig zusammenarbeiten werden …«

»Okay. David.« Natascha versuchte ein Lächeln.

»Es ist nach zehn. Da machen die Sklaven Feierabend. Die schönste Stunde des Tages!« Seine Zähne blitzten wie aus der Zahnpastareklame. David Berg sah einfach verdammt gut aus. »Wollen Sie eine Runde durchs Haus mit mir drehen? Dann zeige ich Ihnen mal Ihre neue Wirkungsstätte.«

»Nichts für ungut, David. Aber ich gehe hier schon länger ein und aus als Sie.« Es war besser, gleich klarzumachen, dass sie zwar eine neue Position bekleidete, aber doch seit einigen Jahren zum politischen Stammpersonal gehörte und das Kanzleramt von zahlreichen Besuchen her kannte. Der

Pressesprecher hob beschwichtigend die Hände. Natürlich, er sah sich nicht als Konkurrentin, und sie musste ihn auch nicht so behandeln. »Und ich habe noch eine Menge abzuarbeiten«, erklärte sie und deutete auf den Aktenstapel, der ihr wie ein abstraktes Monstrum vorkam: ein Sisyphos-Projekt, schon jetzt. David Berg nickte. »Kann ich verstehen«, sagte er und zuckte mit den Achseln. »Aber wenn Sie mal Lust auf eine private Führung haben, Sie wissen ja, ich bin öfter hier als drüben im Presseamt. Mein Büro ist nur ein paar Türen weiter. Zwischen den Redenschreibern der Kanzlerin.« Natascha kannte die Herren. Ein nahezu unmöglicher Job, den sie da taten: die Politik der Kanzlerin in packende Ansprachen und Artikel zu übersetzen. »Was Sie bei Ihren bisherigen Visiten kennengelernt haben, ist wenig mehr als das, was die Touris zu sehen bekommen. Die wichtigen Orte haben Sie bestimmt noch gar nicht gesehen. Obwohl Sie schon so oft hier waren. Also dann …« Er war schon durch die Tür, da überlegte Natascha es sich anders: »Warten Sie!«, rief sie. »Ich nehme Ihr Angebot an.« Sie steckte ihr Notebook in die Tasche, knipste das Licht an ihrem Schreibtisch aus und folgte ihm. Den großen PC ließ sie laufen. Den hatte sie noch nicht einmal auf ihre persönlichen Daten einrichten lassen. Und sie hatte es auch gar nicht vor.

*

Henrik Eusterbeck faltete die Quittung zusammen und steckte sie in seine Jackentasche. Natürlich war das ein Geschäftstermin gewesen. »Projektbesprechung« würde er für die Steuer angeben. Er fragte sich nur für sich, ob er Michelle als Projekt betrachten sollte. Sicher, sie war attraktiv, sie war intelligent, sie war aufregend. Wahrscheinlich war sie auch interessiert. Keine Frau ließ sich von einem Mann in eine Bar abschleppen und blieb dort bis spätabends mit ihm, wenn sie nicht aufgeschlossen war. Die Signale waren eindeutig. Er selbst dagegen hatte sich eher zögerlich verhalten. Immer wieder hatte er sie in den vergangenen fünf Stunden mit seinem Charme umtänzelt. Aber vor der entscheidenden Frage, ob sie noch mitkommen wollte, hatte er gekniffen. Es war ja nicht so, dass er ein Muster an ehelicher Treue gewesen wäre. Aber mal auf eine schnelle Nummer in einem Club abzusteigen war eine Sache, sich zu einer Frau innerlich hingezogen zu fühlen eine ganz andere. Er liebte Natti! Und doch hatte er das ungute Gefühl, dass er dabei war, sich auch in Michelle zu verlieben.

Er nahm die Quittung wieder hervor. Sie hatte ihm ihre Nummer aufgeschrieben. Wenn er den Zettel wegwarf, war alles gut. Keine Möglichkeit mehr, in Kontakt zu ihr zu treten. Sie würde nur noch eine schnell verblassende Erinnerung an einen schönen Abend im »Kennedy's Speach« sein. Und den Laden musste er auch nicht wieder betreten. Teuer. Wichtig. Dumm. Die typische Prenzlauer Mischung eben.

Er zerknüllte die Quittung, schob sie dann aber doch in die Hosentasche. Man konnte ja nie wissen.

Um diese Zeit dauerte der Weg zur Wohnung in den Hackeschen Höfen keine Viertelstunde. Henrik Eusterbeck stellte den Wagen in der Tiefgarage ab und fuhr hinauf zu der kleinen Zwei-Zimmer-Wohnung im vierten Stock, die er und Natascha seit kurzem bewohnten. Er hasste die Stadtwohnung. Wann immer er kam, war sie leer. Nie brannte Licht, nie durchzog der Duft von Essen die Luft, nie standen frische Blumen auf dem Tisch. Gut, Blumen wären sicher in seine Zuständigkeit gefallen. Aber Natti war ja sowieso praktisch nie zu Hause. Sie arbeitete meist bis spät in die Abendstunden hinein, kam nur zum Schlafen und Duschen, schon beim Frühstück nahm sie irgendeinen politischen Termin wahr – und oft genug hatte sie gleich auf dem Sofa in ihrem Wahlkreisbüro übernachtet. Es würde vermutlich nicht lange dauern, bis sie das auch im Kanzleramt praktizierte. Wozu sollte er also Blumen bringen. Niemand würde ihnen beim Welken zusehen.

*

»Waren Sie schon in der Cafeteria?« Lässig zückte David Berg seine Karte und hielt sie zwischen zwei Fingern vor den Scanner. Sogar die Falten, die er am Ende eines langen Arbeitstags im Anzug hatte, sahen aus, als wären sie Absicht. Nataschas Füße brannten. Sie hatte die Pumps seit dem Morgen nicht mehr ausgezogen, die meiste Zeit war sie hinter irgendwelchen Mitarbeitern des Hauses durch das Kanzleramt getrabt. Und nun tat sie es erneut. Dass es der Pressesprecher der Bundesregierung war, einer der begehrtesten Männer der Republik, machte es nicht besser. Sie hätte ihn gerne gegen ein entspannendes Bad eingetauscht. »Die Küche wird ja vermutlich geschlossen sein«, sagte sie. »Ich glaube, die Cafeteria können wir uns sparen.«

»Die Küche ist nie geschlossen!« Berg hielt ihr die Tür auf. »Solange im Haus gearbeitet wird, ist hier eine Art Grundversorgung gewährleistet. Kommen Sie, setzen wir uns ein bisschen, und Sie berichten mir von Ihrem ersten Tag im Kanzleramt. Sie können schon mal probieren, wie es sich anhört, ehe Sie es irgendwann Ihren Enkeln erzählen. Was wollen Sie trinken?«

Natascha ließ sich auf einen Stuhl sinken und versuchte, nicht zu stöhnen. »Einen … Cappuccino?«

Berg schlenderte zur Theke, klopfte gegen das Holz und rief: »Noch jemand da für zwei müde Krieger?« Während er seine Bestellung aufgab, holte Natascha unauffällig ihr Handy heraus und sah nach, ob sie Nachrichten hatte. Achtzehn. Achtzehn! Obwohl sie todmüde war, musste sie grinsen. Ja, dachte sie, du bist angekommen. Willkommen im Club. Zwischen 21.00 und 22.45 Uhr achtzehn neue Nachrichten. Im Kanzleramt zu arbeiten bedeutete ein Leben in der Zentrifuge: Die Welt drehte sich hier um ein Vielfaches schneller als draußen. Und die Fliehkräfte waren unvorstellbar. Sie steckte das Handy wieder weg. Keine Nachricht von Henrik, schoss es ihr noch durch den Kopf, da kam David Berg auch schon wieder an den Tisch und stellte behutsam zwei Tassen ab. »Einer der Räume, die nicht abgehört werden«, erklärte er, während er sich setzte.

»Wie, abgehört?«

»Zu viele Hintergrundgeräusche. Zu diffuse Gesprächssituation. Das zu filtern, zu sortieren und zu interpretieren kann sich kein Geheimdienst leisten.«

»Sie wollen mir nicht im Ernst sagen, dass das Bundeskanzleramt von Nachrichtendiensten abgehört wird?«

»Sie wollen mir nicht im Ernst sagen, dass Sie von etwas anderem ausgegangen sind?« Er warf ihr einen Blick zu, der Natascha fatal an den Blick der Kanzlerin erinnerte, als sie von den Ausschüssen gesprochen hatten. Hatte er ihn sich von ihr abgeschaut? Sie sich von ihm? Nein, das sicher nicht. Vielleicht war es der Blick des politischen Sarkasmus.

»Und wer hört uns ab?«

Bergs Miene verzog sich zu einem amüsierten Lächeln. »Schon wieder stellen Sie die Frage falsch.« Er nippte an seiner Tasse. »Sie muss lauten: Wer hört uns nicht ab?«

Königstein/Taunus, Herrnwaldstraße, 31.10.1989, 8:36:08 Uhr.

»Ritter möchte eine andere Reihung.«

»Hat er gesagt, wie die Wagen fahren sollen?«

»Nein. Wir haben gesagt, wir scheren aus und hängen uns hinten an.«

»Also fährt er voraus?«

»Ja.«

»Und damit war er einverstanden?«

»Ja.«

»Klingt ja, als wäre er selbst unser bester Mann bei der Operation.« Ein Rauschen unterbrach die Verbindung, ausgelöst womöglich durch die sich hinter den Wagen schließende elektrische Toranlage. »Hallo?«

»Wir sind kurz unterbrochen worden. Also, irgendwelche Anweisungen?«

»Ja. Schert aus, und nehmt dann eine andere Strecke. Am besten, ihr rückt auf dem kürzesten Weg ein.«

»Alles klar. Over.«

»Over.« Die Funkverbindung brach ab.

8:36:29 Uhr. Der erste Wagen des Konvois fährt auf die Abzweigung Herrnwaldstraße/Fuchstanzstraße zu.

ZWEI

War es wirklich ihre eigene Vereidigung, die Natascha Eusterbeck hier erlebte? Oder war es in Wirklichkeit die ihres Mannes, nur dass dieser keinen Eid zu schwören hatte? Unter normalen Umständen hätte sie weiche Knie gehabt, als sie vor der Kanzlerin stand, die schon die Ernennungsurkunde in der Hand hielt. So aber hatte sie das Gefühl, als schwebe sie über der Szenerie und betrachte das alles von außen oder von oben, jedenfalls entfernt von sich selbst – mit Blick auf die Anwesenden: außer der Kanzlerin der Kanzleramtsminister, Staatsministerin Wende, mehrere Abteilungs- und Referatsleiter, ein Fotograf – wobei sie nicht wusste, ob er ein Vertreter der Presse war oder ein Mitarbeiter des Kanzler- oder des Bundespresseamts. Letzteres war vertreten durch David Berg und zwei seiner Assistenten. Dazu die Büroleiterin und der persönliche Referent der Kanzlerin. Nataschas Sekretärin. Und eine Handvoll Büromenschen, die sie nicht zuordnen konnte. Sie alle hatten sich in der Nähe der Tür aufgestellt, zweifellos um nach der Zeremonie rasch wieder zum Tagesgeschäft übergehen zu können. Für Natascha Eusterbeck freilich wirkte es, als wollten sie ihr den Fluchtweg abschneiden. Eine Armee von Kanzleramtszombies. Zumindest würde es ihr später so vorkommen. In ihrer Erinnerung würde ihr diese Stunde immer wie eine Hommage an den Eagles-Song »Hotel California« erscheinen. *They stab it with their steely knifes, but they just can't kill the beast.*

Der Eid ging so automatisch, dass Natascha sich seiner erst bewusst wurde, nachdem sie ihn geleistet hatte. Die Kanzlerin reichte ihr die Hand und dann die Urkunde. »Schön«, sagte sie. »Das hätten wir also erledigt. Ich wünsche Ihnen viel Glück und Erfolg in Ihrem neuen Amt.« Zu den anderen gewandt erklärte sie: »Bitte unterstützen Sie unsere junge Kollegin, wo und wie Sie können. Sie hat es verdient.«

»Danke, Frau Bundeskanzlerin.« Natascha drehte sich zu dem professionell lächelnden Publikum um. Sie musterten sie alle. Vermutlich hatte sie glühende Wangen, vielleicht auch feuchte Augen. Egal, sie alle hatten einmal am Anfang gestanden, und es war ihnen nicht anders ergangen. Oder vielleicht ja doch. Vielleicht hatten sie alle ihre Ämter sehr viel unbefangener angetreten als Natascha Eusterbeck, deren unruhige Augen sinnlos Henrik suchten, von dem sie doch wusste, dass er nicht da war. Er war gemeint gewesen. Und hatte die Kanzlerin ihr nicht einen Blick hinter dem offiziellen Blick zugeworfen? Einen Blick für die inoffiziellen Aufgaben? Hatte sie ihre Hand nicht einen winzigen Moment zu lange gedrückt? Nicht einen fast unmerklichen Unterton in ihrer Stimme gehabt, einen Ton, den nur eine Eingeweihte hören und verstehen konnte?

Es folgten die Hintersassen. Kanzleramtsminister Steiner drückte ihr die Hand. Staatssekretärin Wende, David Berg, die Leiter der Abteilungen Inneres und Sicherheit, deren Namen sich Natascha noch nicht gemerkt hatte. Der persönliche Referent der Kanzlerin, Bernhard Bauer ... Man wünschte ihr Glück, freute sich mit ihr. Irgendwer hielt ihr plötzlich ein Glas Sekt oder Champagner vor die Nase, es wurde angestoßen. Ihr fiel auf, dass niemand trank, man stellte die Gläser unauffällig wieder weg, nachdem man sie routinemäßig erhoben hatte. Dann verlief sich die Gesellschaft. »Ja, also«, sagte die Kanzlerin. »Alles Gute noch mal.« Das hieß: Nun bitte an die Arbeit und raus aus meinem Büro.

»Willkommen im Hotel California«, raunte jemand Natascha ins Ohr. Es war David Berg, der so schnell vorüber war, dass sie gar nicht mehr antworten oder nachfragen konnte. Er zwinkerte ihr zu und hob die Hand noch einmal zum Gruß. Dann war er weg, und Natascha Eusterbeck knipste im Kopf ein Foto von sich auf dem taubengrauen Flur im siebten Stock des Bundeskanzleramts, vor dem Büro der Chefin – und weit weg von Henrik, dem zumindest ein Teil der Zeremonie gegolten hatte. Möglicherweise der größere Teil. *You can check out any time you like, but you can never leave!*

*

»Ich bin so stolz auf dich.«

»Danke, Papa.« Mein Gott, er klang so alt. Dabei war er noch keine siebzig. Aber seit Mama gestorben war, konnte man ihm praktisch beim Altern zusehen. Natascha hatte das Gefühl, sein Leben zerrinne in ihren Händen. »Kann ich heute Abend vorbeikommen?«

»Aber natürlich! Ich freue mich doch, wenn du deinen alten Herrn mal wieder besuchst!«

»Es könnte aber spät werden.«

»Kein Problem. Ich kann mir vorstellen, dass du nicht um fünf Uhr Feierabend machst.« Dass er sich das sehr gut vorstellen konnte, lag auf der Hand – Wolfhardt Lippold war schließlich selbst einmal Referent gewesen, damals in Brüssel, als die EU noch jung war und alles sich im Aufbau befunden hatte. Damals hatte er noch mit dem Posten eines Europaabgeordneten geliebäugelt. Bis man ihm das deutsche Konsulat in Zürich angeboten hatte und später das in Alexandria. Dann das Ressort für Wirtschaftsbeziehungen im Außenamt.

Noch in Bonn. Dass er nicht Minister geworden war, hatten zwei schwere Herzinfarkte verhindert – und die Krebserkrankung seiner Frau. Zuerst hatte sie sich für ihn aufgeopfert, dann er sich für sie. Und nun lebte er allein in dem alten Haus in Braunschweig, und Natascha gelang es nicht, ihn zu überreden, nach Berlin zu ziehen, damit sie in seiner Nähe sein konnte. »Du musst dich um dein Leben kümmern, Kind«, sagte er immer, wenn sie ihn darauf ansprach. »Ich kümmere mich um meines.«

Sie hatte Henrik das gemeinsame Essen im *Gianni's* abgesagt. Zum zweiten Mal. Sie würden es am Wochenende nachholen. Hoffentlich. Und also saß sie – noch später, als sie selbst es erwartet hatte – am Steuer ihres alten Peugeots und zwang die Nadel auf dem Tachometer in ungeahnte Bereiche. Zu ihrer eigenen Überraschung war sie nicht müde. Immer noch pumpte ihr Blut so viel Adrenalin durch ihre Adern, dass sie wie in einem Rauschzustand durch die Nacht flog.

Kurz vor Mitternacht bog sie in den kleinen Waldweg ein, der zum Häuschen ein Stück abseits der Straße führte. Es brannte noch Licht. Als sie ausstieg, konnte sie sogar den Schatten ihres Vaters erkennen, der in der Küche saß und vermutlich Zeitung las. Sie sperrte den Wagen ab und ging zur Haustür, die sich öffnete, kaum dass sie den Fuß auf die Treppe gesetzt hatte. »Du hast mich gehört!«

»Die Ohren funktionieren noch ganz gut«, sagte ihr Vater und nahm sie in die Arme. Über seine Schulter drang ihr der Duft ihres Elternhauses in ihre Nase. Ein wohliges Gefühl rieselte durch ihren Körper. »Hallo, Papa.« Sie küsste ihn auf die Wange, dann hakte sie sich unter, und sie gingen ins Haus.

»Hast du schon gegessen?«

»Gegessen?« Gute Frage. Natascha wusste es nicht. Wann hatte sie zuletzt gegessen?

»Ich könnte uns ein paar Rühreier machen.«

»Gute Idee.« Rührei. Das Einzige, was ihr Vater jemals hatte zubereiten können. Natascha fragte sich, was er eigentlich aß, wenn er allein war. Auch Rührei? Oder ging er zum Essen? Natascha beobachtete ihn, wie er eine Pfanne aus dem Schrank nahm, etwas Butter hineingab und eine Schachtel mit Eiern aus dem Kühlschrank holte. Umständlich schlug er ein Ei in die Pfanne. Das zweite ging halb daneben. Das dritte fiel ihm aus der Hand, ehe er es über der Pfanne hatte. Er stellte sich so, dass Natascha es nicht sehen konnte, und versuchte unauffällig, das Malheur mit Küchentüchern wegzuwischen, während er Belangloses erzählte und sich nach der Fahrt und dem Verkehr erkundigte. Aber er konnte nicht darüber hinwegtäuschen, dass sein Zittern sehr viel stärker geworden war. Ein viertes Ei fiel mit der Schale in die Pfanne. »Soll ich uns ein Bier holen?«, fragte Natascha, die ihm die Peinlichkeit ersparen wollte, noch länger zuzusehen.

»Du trinkst Bier?«

»Ich glaube, das würde mir nach dem Tag guttun.«

»Gern. Du weißt ja, wo es ist.«

»Klar.« Sie verließ die Küche, ehe die Tränen ihr in die Augen schossen. Am Fuß der Kellertreppe musste sie einen Moment innehalten. Als sie sich beruhigt hatte, stieg sie hinab, holte zwei Flaschen Bier, fuhr sich mit dem Ärmel über das Gesicht, atmete durch und ging wieder in die Küche. »Machst du mal das Bier auf, dann bringe ich das hier schnell zu Ende?«, sagte sie und schob ihren Vater sanft vom Herd, nahm zwei Teller, Besteck, teilte das Rührei auf, gab noch etwas Salz und Pfeffer dazu und stellte dann alles auf den Tisch. Das Leben alter Menschen reduzierte sich oft auf Küche und Schlafzimmer. Das war ihr schon bei ihrer Großmutter aufgefallen, die einst dieses Haus bewohnt hatte. Auch sie hatte immer, wenn sie zu

Besuch gekommen waren, am Küchentisch gesessen, während das Wohnzimmer schattig und ungemütlich war – und im Winter schlecht geheizt.

»Jetzt erzähl mal, Kindchen. Wie waren deine ersten Tage im Amt?«

Tja, wo sollte sie anfangen? »Es ist natürlich alles unglaublich aufregend«, sagte sie zögernd. »Plötzlich bist du mittendrin. Im Zentrum der Macht sozusagen.« Ihr Vater nickte und blickte sie mit seinen dunklen Augen ganz tief an. Er weiß es, dachte Natascha. Natürlich weiß er es. Er weiß, dass so ein Job immer einen Haken hat. Er wird sich bloß nicht vorstellen können, wie groß der Haken ist. »Ich habe eine Menge interessanter Leute kennengelernt, zum Teil ist die Atmosphäre richtig nett.«

»Zum Teil?«

»Na ja, es gibt natürlich auch solche, die nicht so nett sind.«

»Das ist die Mehrzahl. Die gibt es überall. Du weißt, dass du manchmal ziemlich lange brauchst, bis du sie alle identifiziert hast?«

Natascha nickte. Sie war kein Küken. Das kannte sie auch aus der Staatskanzlei. »Als Sekretärin muss ich mir auf jeden Fall noch jemand anders suchen. Ich werde Petra Reber aus meinem Wahlkreisbüro bitten, ins Kanzleramt zu wechseln. Die das jetzt macht, scheint mir nicht vertrauenswürdig.«

»Du musst dich immer mit Menschen umgeben, die loyal sind.«

»Das werde ich.«

»Ich weiß. Du bist klug. Klüger, als ich es war.«

Sie legte ihre Hand auf seine und drückte sie. »Wir sollten essen, ehe es kalt ist.« Eine Weile nahmen sie schweigend ihre Mahlzeit ein, und Natascha genoss die Stille und die Nähe zu einem geliebten Menschen. Sie hatte das Gefühl, das Vertrauen, das im Raum war, greifen zu können.

»Und die Kanzlerin? Wie ist sie so?«, fragte ihr Vater schließlich und setzte wieder seinen forschenden Blick auf.

»Oh, sie ist … sie ist in Ordnung«, erwiderte Natascha, um leise hinzuzufügen: »Glaube ich.«

»Du bist dir nicht sicher.«

»Nein.«

»Verstehe ich.«

»Ich kann nicht wirklich einschätzen, woran ich bei ihr bin«, erklärte Natascha. »Sie ist nett, sie klingt verbindlich. Aber ich habe das Gefühl, sie traut niemandem. Niemandem von all den Leuten, die sie umgeben.«

»Das sollte sie auch nicht. Nicht in dieser Position«, sagte ihr Vater ernst.

»Und warum traut sie dann mir?«

»Tut sie das?«

»Sie behauptet es.«

»Und du glaubst es?«

»Ich kann es kaum glauben. Aber ich muss wohl.«

»Du musst? Warum das denn?«

Natascha seufzte. »Papa, ich brauche deine Hilfe.«

*

»Und du willst wirklich noch zurückfahren?« Wolfhardt Lippold warf seiner Tochter einen besorgten Blick zu. »Es ist mitten in der Nacht. Dein Bett ist frisch gemacht, du hast noch ein paar Schlafanzüge hier. Eine Zahnbürste kannst du auch haben …«

»Danke, Papa. Aber ich muss. Es geht morgen um halb neun mit der ersten Sitzung los.« Sie stieg in ihren Wagen, nur kurz irritiert, weil sie dachte, sie hätte ihn abgesperrt gehabt.

»Du meinst heute.«

»Ja, heute. In …« Sie sah auf die Uhr. »In gut fünf Stunden.«

»Dann musst du wohl fahren«, sagte der alte Mann und beugte sich zu ihr herab. »Denk daran. Das Geld ist der Schlüssel. Damit fängt alles an, und damit hört alles auf. Wenn du weißt, wo das Geld fließt, dann durchblickst du alle Strukturen.« Natascha nickte. »Ja, Papa. Danke für alles. Du hast mir sehr geholfen.«

»Pass auf dich auf.« Er sagte das so ernst, dass Natascha für einen winzigen Augenblick glauben mochte, sie sei wirklich in Gefahr. Doch in Gefahr war vor allem ihr Vater, der einen Schritt zurücktrat und matt die Hand hob. »Bis bald, mein Kind.«

»Bis bald, Papa.« Dann setzte sie den kleinen Waldweg zurück, bog auf die Straße und machte sich wieder auf den Weg durch die Nacht. Auf den ersten Kilometern fiel es ihr schwer, die Begrenzungslinien zu erkennen. Doch dann waren ihre Tränen getrocknet, und sie konnte endlich schneller fahren. Um diese Uhrzeit war nicht viel los auf den Straßen. In ein paar Minuten würde sie die Autobahn erreichen, und wenn alles gut ging, wäre sie gegen halb fünf in ihrer Wohnung in den Hackeschen Höfen. Dann konnte sie noch zwei Stunden schlafen, ehe sie wieder ins Kanzleramt musste.

Natascha war kurz vor der Autobahnauffahrt Rautheim, als das Handy klingelte. »Unbek. Teilnehmer« zeigte das Display. Einen Augenblick rang sie mit sich, ob sie den Anruf annehmen sollte, doch dann drückte sie das Gespräch her und meldete sich mit einem knappen »Ja?«.

»Schön, dass Sie rangehen«, sagte eine männliche Stimme. »Fahren Sie rechts ran.«

Automatisch nahm Natascha den Fuß vom Gas. »Wer spricht denn da?«

»Sie sollten nicht telefonieren, während Sie fahren.«

»Hören Sie ...«

»Fahren Sie rechts ran.«

»Idiot!«, fluchte Natascha und drückte den Anruf weg. Sie gab Gas. Die Uhr am Armaturenbrett zeigte halb drei.

Von hinten näherten sich Scheinwerfer. Natascha beobachtete sie im Rückspiegel. Fahren Sie rechts ran? Hätte das ein Überfall werden sollen? Der Anrufer musste immerhin wissen, wer sie war: Er wusste, dass sie im Auto unterwegs war und wie ihre Handynummer lautete. Sie schüttelte ungläubig den Kopf. Das war doch irre. Wer sollte sie denn ... In dem Moment leuchtete hinter ihr mehrmals ein grelles Licht auf. Im Rückspiegel sah sie den Schriftzug »Polizei«. Rot. »Stopp« – »Polizei« – »Stopp«.

Sie fuhr an den Straßenrand und blieb stehen. Wie schnell war sie gefahren? Ein Polizist stieg aus dem Wagen aus und trat an ihre Tür. Sie ließ die Scheibe herunter. »Guten Abend«, sagte sie.

Der Mann sah demonstrativ auf seine Uhr und entgegnete trocken: »Guten Morgen. Zeigen Sie mir bitte mal Ihre Papiere? Führerschein. Fahrzeugschein.«

»Natürlich.« Natascha reichte ihm beides nach draußen.

»Darf ich fragen, woher Sie gerade kommen?«

»Ich habe meinen Vater besucht. In Braunschweig.«

»Sie sind spät unterwegs.«

»Tja, es hat sich so ergeben.«

Der Polizist reichte die Papiere seinem Kollegen, der damit zum Einsatzwagen ging und sich wieder hineinsetzte. »Haben Sie etwas getrunken?«

»Sie meinen Alkohol? Nein. Ein Bier.«

»Hätten Sie etwas dagegen, Ihren Alkoholspiegel messen zu lassen?«

»Herr …« Natascha versuchte, an der Polizeijacke ein Namensschild zu finden, konnte aber keines sehen. » … ähm.«

»Steigen Sie doch bitte mal aus.«

Die Nacht war kühl und klar. Und Natascha war übernächtigt. Vielleicht zitterte sie auch, weil sie alles brauchen konnte, nur keinen Skandal. Ein Bier. Konnte ein Bier den Alkoholspiegel im Blut allzu sehr ansteigen lassen? Aus dem Augenwinkel sah sie den Kollegen wieder näher kommen. Er hielt eine Hand an seinem Pistolenhalfter, in der anderen trug er etwas. Ein Testgerät. Natascha spürte, wie ihr etwas schwindelig wurde. Fieberhaft versuchte sie, ihre Gedanken zu ordnen. Sie war Abgeordnete des Deutschen Bundestags! Durften die Beamten sie zwingen, ins Röhrchen zu pusten? Andererseits: Konnte sie sich weigern, ohne einen Skandal heraufzubeschwören? Ein Bier. Ein Bier! Was sollte das schon machen. Das lag bestimmt auch schon eine Stunde zurück. Oder länger.

»Darf ich Ihnen noch einmal anbieten, freiwillig einen Alkoholtest zu machen?«

Natascha nickte und nahm das Gerät.

»Bitte das Mundstück ganz in den Mund nehmen und kräftig hineinblasen.« Sie blies. Zaghaft. »Kräftig!« Sie pustete stärker. »Bitte etwas kräftiger.« Sie nahm sich zusammen und presste Luft aus ihrer Lunge. Es piepste. »Danke«, sagte der Polizist und nahm das Gerät, warf einen Blick darauf, dann einen Blick auf Natascha, reichte es seinem Kollegen, der damit zurück zum Einsatzwagen ging. »Geben Sie mir bitte mal Ihren Autoschlüssel.«

Natascha spürte, wie der Boden unter ihren Beinen wegsacken wollte. Sie beugte sich ins Auto und zog den Schlüssel ab, gab ihn dem Polizisten. Der steckte ihn ein, gab seinem Kollegen ein Zeichen und sagte kühl. »Sie warten bitte hier, bis die Kollegen kommen.« Dann ging auch er zum Streifenwagen zurück, stieg ein und drehte in einer scharfen Kurve auf der Landstraße um. Verwirrt, erschöpft, gedemütigt ließ Natascha sich auf den Fahrersitz sinken und blickte den sich schnell entfernenden Rückleuchten des Polizeiwagens hinterher. Dann war es Nacht.

*

Von: Die Pupille
An: N.Eusterbeck@voxcom.net
Betreff:
Text: NÄCHSTES MAL KOMMST DU NICHT SO LEICHT DAVON, PRINZESSIN.

Drei Uhr zwanzig. Die Mail war um drei Uhr zwanzig auf ihrem Server eingegangen. Wer immer sie geschrieben hatte, hatte genau gewusst, wie die Sache mit den Polizisten ausgehen würde. Er hatte kalkuliert, dass sie eine Stunde lang in der Dunkelheit sitzen würde, zuerst eingeschüchtert, dann nur noch wütend. Niemand war gekommen, weder Polizei noch sonst jemand. Nach einer Weile hatte sie Henrik angerufen. Doch der lag vermutlich im Bett und hatte sein Handy auf stumm geschaltet. Dann, nach langem Ringen, hatte sie endlich die Polizei angerufen. Die war schließlich auch gekommen. Es waren andere Polizisten, die sehr eindeutig wenig begeistert davon gewesen waren, von einer Frau ohne Papiere frühmorgens in die Einöde gerufen zu werden. Welche Kollegen sie kontrolliert hatten? Sie wusste es nicht. Namen? Sie hatten keine Namen gesagt. Und der Streifenwagen? Was war mit dem Kennzeichen? – Je mehr die Polizisten nach ihren verschwundenen Kollegen fragten, umso weniger glaubwürdig wirkte Nataschas Geschichte. Das war ihr schon klar gewesen, noch ehe der Streifenwagen gekommen war. Natürlich hatte das zum Plan gehört. Jemand hatte sie auf perfide Art hereingelegt. Und sie musste nun eine denkbar unwahrscheinliche Story zum Besten geben. Sie hätte sie ja selbst nicht geglaubt, wenn sie sie nicht am eigenen Leib erlebt hätte.

Der Rest war eine Fahrt im Polizeiauto zur nächsten Station gewesen, ein Protokoll im Morgengrauen und eine verdammt teure Taxifahrt nach Berlin, wo sie gerade noch genug Zeit gehabt hatte, um sich aus der Wohnung ein anderes Kostüm, Strümpfe, ein Paar passende Schuhe und vor allem eine Packung Ephedrin zu holen – die Wunderdroge, ohne die kein Politiker eine Woche im aktiven Betrieb überstand. Henrik hatte noch geschlafen, und sie hatte ihn nicht geweckt. Wozu auch, sie hätte ohnehin keine Zeit gehabt für ein Gespräch oder gar für ein gemeinsames Frühstück. Umgezogen hatte sie sich im Taxi auf der Fahrt zum Kanzleramt, da war es schon nach halb acht gewesen. Jetzt zeigte ihr Computer an, dass es zwanzig Minuten nach acht war. In zehn Minuten würde die Morgenkonferenz beginnen. Sie hielt die Ephedrin in der Hand und starrte auf den Bildschirm ihres Laptops, den sie eigentlich bloß hochgefahren hatte, um zu checken, ob die Unterlagen für das Meeting vollständig waren. Und nun also diese Botschaft. Kurz überlegte sie, ob sie die Tabletten überhaupt noch brauchte. Sie spürte, wie eine Adrenalinwelle durch ihre Adern flutete. Doch das würde vorbeigehen. Und die Müdigkeit würde bleiben. Sie würde sogar noch stärker werden, würde ihre Konzentration angreifen, würde sie angreifbar machen. »Keine Macht den Drogen« hieß ein bekannter Slogan. »Keine Macht ohne Drogen« wäre passender gewesen. Natascha atmete durch, warf drei Ephedrin ein und spülte mit einem Becher kalten Pfefferminztee, der noch vom Vorabend in der Kanne war, hinterher.

Diesmal löschte sie die Botschaft nicht gleich, sondern klickte auf »Antworten«. Doch der Name des Absenders erschien nicht im Empfängerfeld. Stattdessen tauchte dort nur eine Nummer auf, die auf eine Domain verwies, die ebenfalls mit einer Nummer bezeichnet war und auf .net endete. Natascha tippte »Arschloch« und klickte auf »Senden«. Dann klappte sie das Notebook zu und ging schnell zur Damentoilette, um noch rasch ihr Makeup einigermaßen in Ordnung zu bringen. Wer sie kannte, konnte ihr die durchwachte Nacht ansehen. Doch in diesem Haus gab es niemanden, der so vertraut mit ihr war.

Keine drei Minuten später stand sie wieder an ihrem Schreibtisch und packte schnell die Mappe mit den Dokumenten für die Morgensitzung sowie einen Block zum Schreiben und ein paar Stifte zusammen. Sie war schon an der Tür, da fiel ihr ein, dass sie ihr Handy mitnehmen sollte. Sie fand es in ihrer Tasche. Und den Schlüssel. Sie schloss die Augen. Die Stimme des Polizisten klang in ihrem Ohr: »Geben Sie mir bitte mal Ihren Autoschlüssel.« Sie versuchte, kühl zu bleiben. Doch angesichts der Umstände spürte sie ihr Herz rasen. Mit zitternden Fingern wählte sie Henriks Nummer. Doch erneut meldete sich nach mehrmaligem Läuten nur die Mailbox. »Sei so lieb und ruf mich an, ja? Danke«, sagte sie, steckte das Telefon weg und machte sich auf den Weg zur Sitzung.

Der gierige Schlund des Konferenzraums harrte schon, sie mit all den anderen Teilnehmern zu verschlingen, da klingelte Nataschas Handy. Sie nahm den Anruf an, ohne zu schauen, wer es war. »Henry?«

Die gehetzte Stimme der Unbekannten. Sie klang wie reine Angst. »Können wir uns treffen?«

»Oh, Sie sind es«, sagte Natascha und stellte sich neben die Tür, um Kollegen, die herbeieilten, hineinzulassen. »Hören Sie, ich bin gleich in einer Konferenz.«

»Heute Nachmittag. Am Bahnhof. In der Tapas Bar. Ich bin

da. Um vier Uhr«, sagte die Frau. »Bitte kommen Sie. Ich warte auf Sie. Bitte!«

Natascha zögerte, holte Luft, wollte etwas antworten, da merkte sie, dass die Frau bereits aufgelegt hatte.

*

»Alles in Ordnung?« David Berg fragte ganz diskret, als die Sitzungsmitglieder sich noch sortierten. Natascha war ihm dankbar. »Alles okay«, erwiderte sie.

»Sie sehen ein bisschen mitgenommen aus.« Er reichte ihr eine schmale Mappe. »Hier die Rede zum Kanzleretat. Die Alte hätte gerne Ihre Meinung dazu.«

»Danke. Ich habe nur ein wenig Sorgen mit meinem alten Vater.«

»Verstehe. Tut mir leid. Wenn ich irgendetwas für Sie tun kann …« Er lächelte ihr aufmunternd zu.

»Danke. Sie sind ein Schatz.«

»Na, wenn Sie sich da mal nicht täuschen.« David Berg legte ihr die Hand auf den Rücken und schob sich dann zwei Plätze weiter neben die Kanzlerin. Er saß rechts von ihr, während ihr Referent Bauer zu ihrer Linken Platz nahm, wie jedes Mal mit einem bizarren Berg von Akten vor sich. Bernhard Bauer überließ nichts dem Zufall. Man konnte sicher sein, dass jeder Vorgang, der auch nur entfernt in der morgendlichen Kanzlerrunde zur Sprache kommen konnte, vor ihm auf dem Tisch lag. Er war das wandelnde Gedächtnis seiner Meisterin. *Er ist ihre rechte Hand*, pflegte David Berg über ihn zu sagen, *und ihre linke Gehirnhälfte*. Dominant war zweifellos die rechte. »Gut«, sagte die Kanzlerin, »sind wir vollzählig?« Sie warf einen Blick in die Runde.

»Herr Dr. Frey ist noch in Polen, sonst sind wir komplett«, sagte Bauer leise und machte sich eine Notiz.

Die Morgenkonferenz bestand in der Regel aus den wichtigsten Mitarbeitern des Kanzleramts und, wenn es der Sache dienlich war, Vertretern der einzelnen Ressorts. Sie fand täglich statt außer am Wochenende – und garantiert jeden Samstag. Es war außerdem ein offenes Geheimnis, dass sie auch an beinahe jedem Sonntag einberufen wurde, allerdings in kleinerem Kreis. Die Kanzlerin hielt dann nur eine ganz intime Besprechung in ihrem Büro ab, zu der sie ihren Referenten, den Kanzleramtsminister, ihren Sprecher und vielleicht noch ein oder zwei weitere Personen einlud. Oft waren das keine »Offiziellen«. Meist aber waren es ihre wichtigsten Minister: Finanzen und Arbeit.

Natascha Eusterbeck ließ den Blick über die Runde schweifen. Bergs letzter Satz hatte sich in ihrem Kopf festgesetzt. *Wenn Sie sich da mal nicht täuschen.* Sie fragte sich, wer von den Anwesenden ein Täuscher war. Irgendjemand im Amt wollte ihr nichts Gutes. War es eine der Personen, die in diesem Raum saßen?

Den Finanzminister konnte sie ausschließen. Alexander Rau hatte mit Sicherheit andere Probleme als eine untergeordnete Staatssekretärin im Kanzleramt. Außerdem hätte er bei einem Staatshaushalt, der nur halb so sehr aus dem Ruder lief wie seiner, keine Sekunde mehr Zeit, Ränke zu schmieden. Rau war eigentlich so etwas wie ein Außerirdischer, oder vielmehr: ein Überirdischer. Jeder andere Mensch wäre unter dem Druck, den er angesichts seiner Zahlen und des unvorstellbaren Lügengebäudes, das der jüngste Haushaltsplan darstellte, unverzüglich in die geschlossene Anstalt eingeliefert worden. Er aber saß da und strahlte eine Ruhe aus, die einem Buddha Ehre machte. Im Kanzleramt nannten sie ihn »Kamikaze«.

Neben Rau und seinem ebenfalls anwesenden Referenten saß der Abteilungsleiter für Wirtschaft und Finanzen, ein grobschlächtiger, sehr gebildeter und auch eingebildeter Mann, der gerne schwitzte und dazu neigte, seine Stimme zu erheben. Er war in dritter Ehe mit einer bekannten Fernsehjournalistin verheiratet und hatte sich damit um den sicher geglaubten Posten des Bundesfamilienministers gebracht. Dennoch hielt Natascha ihn für eine ehrliche Haut. Vielleicht auch gerade deshalb. Würde er sich verstellen können? Kaum.

Die Chefin des Pressedienstes war anwesend, eine ehemalige Springer-Redakteurin, hinter deren glatt-geliftteter Fassade ein Raubtier schlummerte, da war Natascha sich sicher. Britta Paulus war ein Drache. Und ein Arbeitstier, wie die meisten hier. Außerdem war sie erkennbar feindselig gegen Berg eingestellt. Wo immer sich ihr die Gelegenheit bot, seine Aussagen zu widerlegen, wo immer sie in seine Ausführungen grätschen konnte, wann immer sie schlechte PR des Kanzleramts mit entsprechenden Rückwirkungen in der Presse anprangern konnte, tat sie das. Und Natascha hatte den Eindruck, dass die Kanzlerin genau diese Rivalität sehr schätzte. Wenn die Paulus den Pressesprecher scharf kontrollierte, musste sie sich keine Sorgen machen. Umgekehrt begegnete David Berg seiner Kollegin immerzu mit ausgesuchter Zuvorkommenheit. War er sonst schon ein ungemein charmanter Zeitgenosse, so sprühte er in Gegenwart von Britta Paulus geradezu. Natascha blickte unauffällig zu ihm hinüber. Er sagte gerade ein paar Takte zur Kanzlerrede in der bevorstehenden Haushaltsdebatte. »Dass wir unsere Sparziele verfehlen, wird niemanden wundern«, dozierte er. »Die Frage ist, wie wir es verkaufen. Wir haben uns dazu …«

»Wenn wir so tun, als würde sich niemand wundern«, fuhr Britta Paulus dazwischen, »dann schlägt uns das die Presse um die Ohren. Das würde ja ein Eingeständnis bedeuten, dass wir gar nicht das Ziel hatten zu sparen!«

»Wenn ich jetzt auch einmal etwas dazu sagen darf …«, meldete sich Finanzminister Rau zu Wort. »Das ist doch alles Kokolores. Die Menschen wissen doch, dass wir nicht wirklich sparen werden. Keine Regierung hat bis jetzt gespart. Unser Haushalt hat ein Loch, das ist so groß, dass wir den Bodensee darin versenken könnten. Und die Opposition noch dazu. Warum sagen wir nicht einfach: Unser Ziel war es, das Geld anständig auszugeben. Die Leute interessiert doch nicht, woher es kommt, die wollen doch vor allem wissen, was wir damit machen.«

»Entschuldigen Sie, Herr Dr. Rau«, widersprach Berg. »Es interessiert die Wähler durchaus, woher das Geld kommt. Denn es kommt ja von ihnen. Es ist Steuerzahlergeld!«

»Papperlapapp.« Rau verschränkte die Arme vor der Brust und senkte den Kopf, wie er es immer tat, wenn er eine Diskussion für unter seiner Würde befand. »Die Steuerquote am Gesamthaushalt sinkt seit Jahren, ach was, seit Jahrzehnten. Sie sinkt in dem Maß, in dem die Kreditquote steigt. Über Steuergelder reden wir doch gar nicht. Wenn's um die ginge, dann hätten wir gar kein Haushaltsloch. Das Loch kommt von den Krediten. Und die nehmen die Leute gern, weil es nicht ihr eigenes Geld ist. Sie wollen bloß sicher sein, dass es ihnen auch zugutekommt.«

»So würde er im Bundestag nie reden«, raunte Claus Weigand, der Finanzchef, Natascha ins Ohr. »Ein Heuchler vor dem Herrn.«

Rau warf einen Blick über den Tisch, als hätte er die Bemerkung gehört. Der Finanzchef saß nur seinetwegen in der Runde. Die Kanzlerin hatte gerne einen Stab um sich, in dem jeder für ein Thema verantwortlich war. Finanzen waren für sie stets nur ein lästiges Nebenbeithema. Nie waren sie Gegenstand ihrer Politik. Weshalb sie die endlosen Euro-Krisenkonferenzen der letzten Jahre so hasste. Gehasst hatte. Bis sie die wunderbaren machtpolitischen Möglichkeiten erkannt hatte, die ihr daraus erwuchsen. Und selbst wenn sie sparen predigte, meinte sie damit vor allem: die Macht so verteilen, dass die einen mehr und die anderen weniger Geld bekamen – so wie es ihren Zielen gerade förderlich war. Eine politische Disziplinierung unter dem Deckmantel der Haushaltssanierung war für sie das perfekte Werkzeug: gut verkäuflich, undurchsichtig, wirksam.

»... deswegen schlage ich vor, dass wir diesen Teil zusammenpacken mit den Kosten für die Pflegereform. Auf die Weise lenken wir die Angriffsrichtung gegen den Inhalt und weg von den Finanzen.«

»Die Pflegereform ist so komplex, dass keiner darauf eingehen wird«, erwiderte die Paulus.

David Berg schenkte ihr ein strahlendes Lächeln. »Das kriegen wir schon hin«, sagte er. »Wir haben schon mal ein paar hübsche Formulierungen eingebaut, die eine gute Angriffsfläche bieten. Das Schöne an der Pflegereform ...«, er ließ sich von seinem Assistenten eine Mappe reichen, » ... ist, dass haufenweise Abgeordnete aus jeder Partei dazu schon so viel Unsinn gesagt haben, dass sie sich alle ständig widersprechen. Zwei meiner Leute füttern die Kanzlerin während der Debatte nur zu diesem Punkt.«

Natascha beugte sich zu ihrem Nachbarn und raunte: »Füttern?«

»Sie gehen parallel zu den Reden der Abgeordneten durch, was die früher mal zum Thema gesagt haben, und schicken ihr dann Widersprüche per SMS ins Plenum«, flüsterte der Finanzchef. »Das machen die wirklich Wichtigen alle längst. Sobald man einen Stab hat, kann man sich zuarbeiten lassen.«

Natascha nickte. »Das erklärt zumindest, weshalb ich diesen Service noch nie hatte.«

»Jetzt haben Sie ja einen Stab.« Er zwinkerte ihr zu. Von irgendwo her kam ein »Schhhh!«.

Berg glänzte. Die Paulus kochte. Die Kanzlerin nickte stumm vor sich hin und ließ die anderen diskutieren, machte sich nur manchmal eine Notiz und ließ den Blick über die Runde gleiten, auch um zu sehen, wie diejenigen reagierten, die nicht das Wort hatten. Und Rau starrte unverwandt auf Natascha Eusterbeck. Natascha hatte das Gefühl, sie wurde einer heimlichen Prüfung unterzogen, gerade als wollte der Finanzminister sich vergewissern, ob sie echt war oder nur Dekoration. Sie selbst fragte sich, ob sie hier nicht letztlich als Trojanisches Pferd saß. Doch wenn das der Fall war: Wer waren dann die draußen, die darauf warteten, dass ihnen die Pforten geöffnet wurden?

*

Zwischen dem Bundeskanzleramt und dem neuen Berliner Hauptbahnhof lag kaum mehr als ein kleiner Spaziergang. Ein Hüpfer über die Spree. Gleichwohl wäre es reichlich auffällig gewesen, wenn die Staatssekretärin Natascha Eusterbeck mitten am Tag diese Strecke zu Fuß gegangen wäre. Also ließ sie sich ein Taxi rufen.

Natascha fuhr nicht oft mit dem Zug, der Bahnhof mit seinen unkontrollierten Menschenmassen war ihr suspekt. Sie sah sich um, konnte aber zunächst nirgendwo eine Tapas Bar entdecken. Natürlich konnte sie an der Infotheke fragen. Doch auch das wollte sie lieber vermeiden. Als Staatssekretärin gehörte sie zwar zu den gefährdeten Personen im Land, an einem solchen Ort aber war sie nicht gefährdeter als alle anderen Anwesenden. Für eine Entführung oder ein Gewaltverbrechen war der Bahnhof ein denkbar ungeeigneter Ort. Man war ständig umgeben von Hunderten von Zeugen – und doch zugleich vollkommen anonym in der Masse. Keine schlechte Wahl eigentlich für ein konspiratives Treffen. Und doch war Natascha unwohl, sich darauf eingelassen zu haben. Sie hatte nicht einmal irgendjemandem Nachricht gegeben, wo sie war. Während sie durch das Zwischengeschoss streifte und sich nach der Tapas Bar umsah, rief sie in ihrem Wahlkreisbüro an. »Petra? Ich wollte dir nur kurz Bescheid geben, dass ich am Hauptbahnhof bin. – Ja. – Ich treffe mich mit der Frau. Du weißt schon. – Ja. – Egal. Ich bin jetzt hier, und wir werden ja sehen. Wollte dir das nur sagen. – Okay. Tschüs.«

Da war sie. »Pepes Tapas Bar« stand in roter und gelber Neonschrift über der Theke. An den wenigen Tischen saßen noch weniger Menschen. Keine Frau. Natascha blieb stehen und sah sich um. Gegenüber setzte sich ein Mann an den Tresen einer Currywurst-Bude. Reisende gingen vorüber, Trolleys ratterten über die steinernen Fliesen. Ein Paar stritt sich in einer unverständlichen Sprache. Irgendwo spielte eine Drehleier. Unter den Stahlstreben zum Obergeschoss hing ein Luftballon und schwankte leicht im Luftzug. Ein dunkelhäutiges Mädchen von vielleicht zehn Jahren kam auf Natascha zu, blieb dann aber stehen, sah sie nur mit ihren großen schwarzen Augen an und lief dann woandershin. Ein Putztrupp machte in der Nähe Pause. Natascha setzte sich an einen der Tische und wartete. Sie nahm ihr Handy raus und sah nach, ob sie eine Nachricht bekommen hatte. Doch ausnahmsweise war keine SMS eingegangen. 16.13 Uhr. Fünf Minuten würde sie noch warten, dann musste sie wieder los. »Das ist hier Selbstbedienung!«, rief der Mann hinter der Theke, der zwar klein und von südländischem Aussehen, aber mit Sicherheit kein Mexikaner war, eher vielleicht ein Türke. »Oh«, erwiderte Natascha. »Klar. Ich nehme ein Wasser.« Sie stand auf, ging zur Theke und zahlte ihre Bestellung, nahm die Flasche und einen Plastikbecher mit an ihren Platz und beobachtete die Szenerie. Die Putzkolonne hatte es nicht eilig, die Arbeit wieder aufzunehmen. Ein Schwall Reisender kam über eine der Rolltreppen hoch und ergoss sich in alle Richtungen. Das dunkelhäutige Mädchen lief noch einmal vorbei, sah wieder zu ihr hin und verschwand dann erneut im Gewühl. Natascha trank einen Becher leer, dann stand sie auf, blickte ein letztes Mal die Passage rauf und runter und machte sich wieder auf den Weg zurück ins Kanzleramt.

*

Als sie das Büro spät wieder verließ, wartete dort kein Wagen auf sie. Sie hatte Henrik für halb zehn bestellt. Jetzt war es, sie blickte auf die Uhr, Viertel nach zehn. Sie nahm ihr Handy heraus. Acht verpasste Nachrichten. Mit einem Seufzen rief sie die Mailbox an und lauschte. Nach drei Nachrichten aus ihrem Bundestagsbüro und einer weiteren Nachricht aus dem Wahlkreis hörte sie die Stimme der Frau, die sie am Mittag versetzt hatte. »Frau Eusterbeck. Ich war da. Aber ich konnte nicht zu Ihnen kommen. Wir müssen einen anderen Treffpunkt ausmachen. Am Bahnhof sind zu viele Polizisten. Bitte rufen Sie mich an. Bitte!«

Natascha schloss die Augen. Das konnte alles genauso gut eine ganz miese Masche sein, irgendein Neider, der sie reinlegen wollte. Oder ein Stalker, der sich daran weidete, sie von fern zu beobachten und zu manipulieren. Hatte sie alles schon erlebt. Oder es war wirklich ein seltsamer Notfall. Natascha beschloss, Petra noch einmal bei der Frau anrufen zu lassen.

Dann kam Henriks Stimme: »Ich bin's. Ich wollte nur sagen, ich warte hier vor dem Haupteingang auf dich. Die Staatsmacht hat mich schon im Visier.« Dann noch einmal

Henrik: »Die Jungs sind hier nervös. Wahrscheinlich meinen sie, ich bin von Al-Kaida.« Im Hintergrund konnte Natascha eine andere Stimme hören, dann noch eine. Dann sprach wieder Henrik, diesmal aber erkennbar nicht in den Hörer: »He, lassen Sie das. Was soll das? – Sie haben wahrscheinlich noch nie einen Scherz gemacht, was? – He, meine Frau arbeitet hier, ja? – Natürlich gehöre ich nicht zur Al-Kaida. – He! Hey! – Lassen Sie mich ...« Dann war die Verbindung abgebrochen. Die letzte Nachricht war nur ein Rauschen.

Natascha merkte, wie sie vor der Pforte zum Kanzleramt stehen geblieben war und, das Telefon am Ohr, den Pförtner anstarrte. Der erhob sich und trat durch die Tür ins Freie. Sie steckte das Handy weg und strich sich eine Haarsträhne aus der Stirn. Dann lächelte sie dem Mann unverbindlich zu und ging zu Fuß die Willy-Brandt-Straße hinab Richtung Tiergarten. Sie zögerte kurz, ob sie Henrik noch mal anrufen sollte, aber es würde besser sein, ihn zu Hause zu treffen. Wahrscheinlich war er gerade richtig geladen, weil ihn die Wachleute des Kanzleramts unsanft des Platzes verwiesen hatten.

Es war eine klare Nacht, und zum ersten Mal spürte Natascha, dass es kühler wurde. Jetzt erst merkte sie, dass sie keinen Mantel dabeihatte, sondern nur ihr Kostüm trug, in dem sie den ganzen Tag in aufgeheizten Räumen gewesen war. Der Sommer neigte sich dem Ende zu. Natascha hatte das Gefühl, seit Monaten ununterbrochen zu arbeiten. Dabei waren es gerade ein paar Tage. Sie ertappte sich dabei, wie sie laut auflachte: Parlamentarische Staatssekretärin, das war nach landläufiger Meinung ein unbedeutender Posten, auf dem man leicht Staub ansetzen konnte. Sie erinnerte sich an einen Grünen-Politiker, der sich über die eigene Bedeutungslosigkeit und Unterforderung beklagt hatte. Unterforderung, und sei es nur für eine Stunde, hätte Natascha bereits nach diesen wenigen Tagen mit ihrem kleinen Finger belohnt.

Ein Taxi kam auf der gegenüberliegenden Fahrbahn auf sie zu. Sie trat an den Fahrbahnrand und winkte. Doch der Fahrer hatte einen Gast und beachtete sie nicht. Stattdessen bremste ein Fahrzeug neben ihr ab und rollte neben ihr her, während sich die Scheibe auf der Beifahrerseite senkte. »Guten Abend, Süße!« Ein Mann um die fünfzig beugte sich herüber. »Schon was vor heute Abend?«

Natascha beschleunigte ihre Schritte und wechselte an den anderen Rand des Bürgersteigs. Sie versuchte, den Mann zu ignorieren. Doch der schien damit gerechnet zu haben. »So eine schöne Frau sollte so spät am Abend nicht allein sein.« Er trat aufs Gas, ohne dass der Wagen schneller gefahren wäre. Nur der Motor knurrte aggressiv. »Wo willst du denn hin? Ich fahre dich!«

Natascha sah ein weiteres Taxi entgegenkommen und hob ihren freien Arm weit über den Kopf, um auf sich aufmerksam zu machen. Doch auch diesmal hatte sie Pech. Sie holte ihr Handy raus und wählte Henriks Nummer. »Hören Sie«, fauchte sie den Mann an, während die Verbindung aufgebaut wurde. »Lassen Sie mich in Ruhe, ja? Ich rufe jetzt die Polizei.«

»Und was sagst du denen? Dass dich der böse Onkel nach Hause bringen wollte, damit dir nichts passiert? Na, da werden die aber mächtig böse auf den Onkel sein.«

Natascha blieb stehen und versuchte sich zu orientieren. Zurückzugehen war sinnlos. Dafür hatte sie sich zu weit vom Kanzleramt entfernt. Das Brandenburger Tor war nur noch zweihundert Meter entfernt. Von da an würde sie in Sicherheit sein. Sie konnte ins Adlon gehen und ... Verdammt, warum kam die Verbindung mit Henrik nicht zustande? »Okay«, sagte sie. »Sie wollen dringend Ärger, ja? Ich bin Staatssekretärin.

So schnell können Sie nicht mal wenden, wie die Polizei für mich da ist.«

»Staatssekretärin? Wunderbar! Ich bin der Bundeskanzler. Da können wir doch eine spitzen Koalition machen. Sagt man so? Oder heißt es Kopulation?«

»Sie sind betrunken. Das wird die Polizei ganz sicher interessieren. Oh Henrik!« Gerade hatte sie den Anruf abbrechen und tatsächlich die Polizei rufen wollen. »Gott sei Dank, dass ich dich erreiche. Du musst mich abholen.« Sie drehte sich weg von der Straße. »Irgend so ein Verrückter verfolgt mich ... Nein, mit dem Auto ... Doch. Ich bin zu Fuß unterwegs. Entschuldige, dass es so lange gedauert hat.« Ein Hupen riss sie aus der Illusion von Sicherheit, die ihr Henriks Stimme gab. »Schlampe!«, fluchte der Fahrer des Wagens und ließ die Fensterscheibe wieder hochfahren, während er das Gaspedal durchtrat und ein paar Herzschläge später schon in der Berliner Nacht verschwunden war.

»Henrik? ... Bitte, hol mich ab. Ich bin im Adlon.«

*

»Sie will dich.«

»Sie will was?« Henrik stellte sein Glas ab und sah sie ungläubig an.

»Dich, Henrik. Das hat sie mir unmissverständlich gesagt. Ich bin nur dazu da, damit du unauffällig arbeiten kannst.«

»Aber das ist doch Wahnsinn! Ich meine, ich kenne diesen Politikbetrieb doch nicht einmal richtig. Was erwartet sie sich von jemandem, der gar nicht weiß, wie es in so einer Behörde zugeht?«

»Den dritten Blick.«

»Den dritten Blick?«

»Du bist ein Außenstehender. Wer nicht in einem Bild ist,

kann besser erkennen, was es darstellt. Er hat einen besseren Überblick.«

Henrik schüttelte den Kopf, nahm einen Schluck von seinem Bier, schüttelte erneut den Kopf. »Und was soll ich tun?«, fragte er schließlich. »Das Damenprogramm für das Kanzleramt planen?«

»Natürlich werde ich dich unterstützen. Ich bin ja selbst nicht wirklich eine Insiderin.« Seine Skepsis wurde dadurch nicht geringer, das war offensichtlich. »Ach Henry.« Natascha legte die Hand auf seine. Er kannte die Geste. Sie tat das, was sie in ihrem Wahlkreisbüro tat, wenn sie mit einer Frau zusammensaß, die ihr das Herz ausschüttete. Es sollte Trost vermitteln und die Botschaft: Ich verstehe dich, du kannst dich auf mich verlassen, Hauptsache, du gibst mir deine Stimme. Doch so einfach wollte er sich nicht abspeisen lassen. Tagelang hatten sie sich nicht gesehen, seine Frau nur zu treffen artete zunehmend in einen Staatsakt aus. Sie steckte bis zum Scheitel im Getriebe dieser Politclowns. Und jetzt schien sie ganz den Boden unter den Füßen zu verlieren. »Komm, trink aus, lass uns gehen. Ich möchte nach Hause.« Ihre Stimme klang brüchig. Jetzt erst bemerkte Henrik Eusterbeck, wie erschöpft seine Frau wirkte. Doch da war noch etwas anderes in ihrem Blick, etwas, das er selten an ihr bemerkte, aber stets erkannte, wenn es da war: Angst.

*

»Das ist doch Blödsinn.« Henrik Eusterbeck lief mit nacktem Oberkörper im Schlafzimmer auf und ab.

»Du sollst im Kanzleramt als Controller eingesetzt werden.«

»Und in Wirklichkeit deine Kollegen ausspionieren?«

»Es geht ums Verifizieren von Fakten.«

»Die du ausspioniert hast.«

»Du sagst das, als wollte ich Staatsgeheimnisse verraten.« Natascha fuhr sich mit beiden Händen übers müde Gesicht. »Alles, worum es geht, ist, für die Kanzlerin dieser Republik ihr eigenes Haus zu skizzieren. Ich finde, sie sollte wissen, was in dem Laden los ist, den sie regiert.«

Henrik ließ sich auf den Sessel fallen. »Mag ja sein. Aber so, wie dieser Job konstruiert ist, wirkt die ganze Sache irgendwie schmierig, findest du nicht? Ich meine, hey, sie hätte diese Aufgabe doch ganz einfach einem Team übertragen können, das sich gegenseitig kontrolliert, damit aus einer internen Aufklärung keine zwielichtigen Klüngeleien werden können.«

»Das hat sie doch, Henrik.« Natascha stand auf und ging zu ihm, fuhr ihm mit den Fingern durchs Haar. »Dir und mir. Wir sind das Team.«

»Aber findest du nicht, dass das sehr nach Gewissenskonflikten riecht? Ich meine, wenn die Frau Staatssekretärin ihren eigenen Mann beauftragt, im Kanzleramt herumzuschnüffeln, dann …«

»Das tut sie nicht. Erstens kommt der Auftrag nicht von mir, sondern vom Chef des Bundeskanzleramts. Und der beauftragt dich nicht, weil du mein Mann bist, sondern weil du als Unternehmensberater im IT-Sektor genau die Spezialisierung hast, die das Controlling momentan braucht.«

»Müsst ihr das nicht ausschreiben?«

»Dafür ist der Auftrag nicht groß genug. Wir müssen auch nicht jede Lieferung Bleistifte ausschreiben.« Sie setzte sich auf seinen Schoß. »Und die Idee, statt auf Kontrolle auf Vertrauen zu setzen, finde ich nicht schlecht. Ich habe sie ja gefragt: Warum mein Mann? Und weißt du, was sie gesagt hat: weil er Ihr Vertrauen genießt. Und Sie seines. Das fand ich ziemlich passend.« Natascha spürte, wie Henriks Widerstand schmolz, während andere Dinge sich an ihm regten. Sie küsste ihn zärtlich, dann heftiger, ehe sie ihn, seine Erektion fest mit der Hand umschließend, zum Bett führte und sich ihm hingab, endlich, nach so vielen Tagen.

*

Henrik Eusterbeck war ein leidenschaftlicher Liebhaber. Er mochte das Gefühl, eine Frau glücklich zu machen, es machte ihn an. Natascha war das beste Beispiel dafür. Wenn sie stöhnte, pumpte sein Herz immer noch etwas kräftiger. Sie war die starke Frau an seiner Seite. Doch wenn sie im Bett lagen, dann war er es, der das Tempo bestimmte und die Gangart. Und Natti ließ ihn gewähren und genoss dieses Spiel. Und doch war es in dieser Nacht anders gewesen. Henrik hatte es genau gespürt: Sie war nicht ganz da gewesen. Ja, sicher, sie hatte ihm nichts vorgespielt. Aber sie hatte sich auch nicht wirklich fallen lassen. Henrik stand am Fenster und sah hinaus in die Nacht, die sich langsam dem Ende zuneigte. Immer noch oder schon wieder hing eine Dunstglocke über Berlin. Unten lungerten ein paar Jugendliche herum, die man vermutlich aus den letzten noch geöffneten Bars hinausgeworfen hatte. Gegenüber blinkte ein Baukran. Natti lag im Bett und schlief. Unruhig. Aber sie schlief. Vermutlich war es ein Schlaf aus Erschöpfung. Und diese Erschöpfung kam nicht daher, dass sie sich mit ihm so verausgabt hatte. Es war vielmehr die Politik. Die Politik fraß sie auf. Inzwischen sahen sie sich fast gar nicht mehr. Wenn Henrik in der Stadt war, dann kam sie meist so spät nach Hause, dass er längst schlief – oder er war ausgegangen, um außer Haus zu essen. Natürlich ohne sie. Denn sie war ja zu vernünftigen Zeiten unabkömmlich. Das hatte in der Mecklenburger Staatskanzlei begonnen, jetzt im Kanzleramt ging es weiter. Und Henrik machte sich nichts vor: Es würde noch viel schlimmer werden. Morgens, wenn sie aufstand, um schnell ins Büro zu kommen, schlief er längst noch. Aber selbst wenn er nicht schlief, stellte er sich schlafend. Denn wenn er aufstand, dann stritten sie sich sowieso meistens. Das heißt, er stritt sich. Und Natti versuchte, ihn zu vertrösten, ihn zu beschwichtigen, vernünftig zu sein. »Scheiße«, fluchte er leise. Von unten sah einer der Jugendlichen zu ihm hoch, als hätte er es gehört, und grinste ihn ausgiebig an.

Von hinten fuhr ihm eine Hand über die Brust. »Du bist schon wach?«

»Ich konnte nicht schlafen.«

»Komm doch noch mal ins Bett.«

»Hast du denn überhaupt noch Zeit? Es ist doch schon mitten in der Nacht.« Er wollte nicht so ätzend klingen, aber er konnte es nicht unterdrücken. »Da musst du doch sicher bald los.«

Natti schwieg einen Augenblick. Dann sagte sie: »Stimmt. Schlafen lohnt sich nicht mehr. Lass uns zusammen frühstücken. Das tun wir viel zu selten.« Sie ließ ihn los und ging ins Badezimmer, machte Licht. Henrik konnte ihr Spiegelbild vor der dunklen Fensterscheibe sehen, wie sie sich, noch nackt, vor das Waschbecken stellte, mit zwei, drei Handgriffen einen lockeren Pferdeschwanz drehte, sich ein paar Hände voll Wasser ins Gesicht spritzte, um dann hinter der Tür zu verschwinden. Wenig später ging die Toilettenspülung. Er spürte, wie sich seine Erregung wieder meldete, drehte sich um und sammelte seine Kleidung zusammen, um sich etwas anzuziehen.

»Und«, fragte er, als er neben ihr am Kaffeeautomaten stand, den er ihr zum letzten Geburtstag geschenkt hatte. »Wie sieht dein Tag heute aus?«

»Kleine Lage um acht, Innenausschuss um elf, um dreizehn dreißig Mittagessen mit dem Fraktionsvize, danach eine Schule im Wedding, um siebzehn Uhr Termin bei der Kanzlerin, siebzehn dreißig …« Sie hielt inne … »Verdammt. Was war um siebzehn dreißig?«

»Warum gehst du nachmittags in eine Schule? Sind da überhaupt noch Kinder da?«

»Es geht nur um einen Fototermin. Freie Schulkost. Da muss ich mich mit der Kantinenleiterin ablichten lassen und eine kleine Rede halten.«

»Für wen? Für das Kantinenpersonal?«

»Auch. Vor allem für die Bundestagsdebatte zur Bildungspolitik. Da bin ich als Innenausschussmitglied gefragt.«

»Dann halte deine Rede doch da.« Er nahm genervt seinen Kaffee und setzte sich an den Tisch, stand wieder auf, machte Licht, setzte sich wieder. Natascha gab zwei Löffel Zucker in ihre Tasse, machte die Maschine aus, löschte das Licht wieder und setzte sich zu ihm. »Lass es aus«, sagte sie. »So ist es schöner.«

»Sprach die Nachteule.«

Sie überhörte seinen Zynismus. »Wenn ich heute den Auftritt in der Schule habe, kann ich nächste Woche darauf Bezug nehmen. Ich kann sagen: Letzte Woche habe ich eine Schule im Wedding besucht und festgestellt, dass unsere Maßnahmen längst greifen. Na ja und so weiter …«

»Und so weiter«, echote Henrik und schob den Kaffee von sich weg. »Wenn die Maßnahmen griffen, dann wüssten das doch alle, oder? Also geht es nur darum, dem Bundestag was vorzulügen. Den Bürgern!«

Natascha nahm einen Schluck Kaffee, sah ihren Mann über die Tasse hinweg eine Weile schweigend an, beugte sich dann nach vorn und nahm seine Hand. »Henry, ich weiß, dass du frustriert bist. Das ist alles nicht einfach. Für mich doch auch nicht …«

»Da bin ich nicht so sicher. Für mich sieht es eher so aus, als würdest du in deiner Aufgabe völlig aufgehen.«

»Aber daran ist doch nichts Schlechtes, oder? Immerhin geht es um die Menschen!«

»Deshalb besuchst du ja auch die Schule, wenn keine Schüler mehr da sind, und belügst die Volksvertreter im Parlament.«

»Nein, Henry, das tue ich nicht. Politik kann nicht funktionieren, wenn man nicht auch dafür sorgt, dass sie ankommt, dass die Menschen sie verstehen. Dazu gehört, dass wir auch mal ein Fotoshooting machen oder ein bisschen mehr von der Hoffnung zehren, als es vielleicht richtig ist. Aber wir tun ja auch alles, damit es gelingt. Dann ist es keine Lüge, sondern nur eine zeitliche Verschiebung. Du kannst doch auch sagen, ich spende hundert Euro – und sie dann spenden. Niemand erwartet von dir, dass du erst spendest und es dann sagst.«

»Vielleicht muss ich es gar nicht sagen, weil ich weiß, dass es richtig ist und dass es vor allem darauf ankommt, dass ich es tue.« Henrik stand auf. »Du klingst schon längst wie einer dieser Polittechnokraten, über die du früher geschimpft hast. Ich …« Henrik Eusterbeck hielt inne, lauschte seinen eigenen Worten nach, ließ sie im Raum stehen und schwieg. Nach einer Weile stand Natascha hinter ihm und fuhr ihm behutsam mit den Fingerspitzen über die Arme, um schließlich ihre Hände in seine gleiten zu lassen. »Ich verstehe dich«, sagte sie. »Und weißt du, das ist der wichtigste Grund, weshalb ich die Idee der Kanzlerin gut finde: Wir sollten zusammenarbeiten. Dann sehen wir uns öfter. Dann kannst du sagen, was du denkst, ehe es geschehen ist. Dann sind wir wieder mehr beieinander.« Sie unterbrach sich.

Henrik spürte, dass dieses Projekt ein einziges Himmelfahrtskommando war. »Zwei Leute, Natti, zwei. Das kann doch nicht ihr Ernst sein. Wie sollen wir beide diesen Dschungel durchblicken? Ich meine, hey, bei den Geheimdiensten beschäftigen sie für solche Aufgaben ganze Stäbe!«

»Henry.« Er konnte hören, wie sich plötzlich Tränen in ihre Stimme schlichen. »Wir leben uns auseinander, wenn wir nicht endlich wieder mehr Zeit miteinander verbringen. Bitte, Henry. Mach es. Du musst es nicht für sie tun. Tu es für mich. Lass mich nicht allein in diesem Haifischbecken.«

Henrik Eusterbeck drehte sich um und nahm seine Frau in die Arme. Doch, er mochte sie, immer noch. Sehr sogar. Er schloss seine Arme fest um sie, und sie fühlte sich immer noch gut an. Er seufzte. »Okay«, sagte er. »Ich bin dabei. Wenn du meinst, dass ich das kann und dass das irgendetwas bringt, mache ich mit. Aber zuerst musst du dich mit einem Profi unterhalten. Sonst machen wir uns beide lächerlich.«

Natascha nickte. »Danke«, sagte sie und zog die Nase hoch. »Meinst du, ich sollte heute Mittag mit unserem Fraktionsvize sprechen?«

»Nein. Vertrau dich diesen Leuten nicht an. Sprich mit deinem Vater.«

Das hatte sie längst getan. Nur in all dem Stress und der Überforderung der ersten Tage im Amt nicht die Gelegenheit gefunden, Henrik davon zu erzählen. Sie nickte. »Mache ich.«

Königstein/Taunus, Herrnwaldstraße,
31.10.1989, 8:36:40 Uhr.

Nach etwa zweihundert Metern knickt die Herrnwaldstraße in einer scharfen Rechtskurve ab, während auf gerader Strecke die Fuchstanzstraße eine Schleife von etwa fünfhundert Metern beschreibt. Der vorausfahrende Wagen fährt geradeaus. Die Fahrzeuge zwei und drei biegen rechts ab Richtung Theresenstraße. Dort, spätestens auf der Limburger Straße, soll Fahrzeug eins wieder aufschließen und den Abschluss des Konvois bilden.

Dr. Albert Ritter ist unkonzentriert, sieht immer wieder von seinem Papier auf. Er steckt die Unterlagen wieder in seine Aktentasche, offenbar will er auf der Fahrt nun doch nicht arbeiten. Tagelang hat er an der Formulierung gefeilt, noch länger mit sich gerungen, ob er wirklich zu diesem großen Schritt bereit ist. Seine Frau hat ihn beschworen, zuerst, dass er nicht aufgeben dürfe, dann, dass er einen Schlussstrich ziehen solle. Sie hat Angst. Er auch. Doch er hat auch Angst vor dem entscheidenden Schritt. Immer wieder hat er überlegt, was es für ihn bedeuten würde, wenn er zurückträte, aber auch welche Konsequenzen es für seine Mitarbeiter und Weggefährten hätte. Und für die ganze Welt. Ja, tatsächlich kann seine Entscheidung für Millionen von Menschen eine Katastrophe bedeuten, kann sein Rücktritt bewirken, dass einige wenige sagenhaft Reiche noch reicher, ganze Nationen aber ruiniert werden. »Wie lange arbeiten Sie jetzt schon für mich, Eck?«

»Im Januar werden es zwanzig Jahre sein, Herr Dr. Ritter.«

»Das ist eine lange Zeit. Da haben Sie einiges mitgemacht.«

Eck sieht in den Rückspiegel, sucht den Augenkontakt zu seinem Chef. Doch Albert Ritter blickt aus dem Fenster. »Ich arbeite gerne für Sie, Herr Dr. Ritter.«

»Das hoffe ich, Eck. Wissen Sie, Sie gehören ja längst zur Familie.« Nun schaut er doch kurz auf, weil er weiß, dass Eck mit einem Auge den Rückspiegel im Blick hat, wenn er mit ihm spricht.

»Danke, Herr Dr. Ritter. Ich weiß es zu schätzen, dass Sie das sagen.«

»Und ich weiß es zu würdigen, dass Sie mir so treu waren.«

»Waren?«

»Sind, mein lieber Eck. Sind.«

8:37:29 Uhr. Der Konvoi erreicht die Theresenstraße und biegt in nördlicher Richtung in die Limburger Straße ein. Das ausgescherte Fahrzeug ist nicht zu sehen.

DREI

Guten Tag, Frau Eusterbeck.« Die Stimme am Telefon klang nach Professionalität und Resignation. »Hier ist das Vorzimmer von Herrn Dr. Steiner. Der Chef würde Sie gerne nachher zum Mittagessen treffen. Hätten Sie Zeit? Vielleicht gegen 13.15 Uhr?«

Natascha Eusterbeck hatte das Gefühl, als würde sich ihr Leben um den Faktor X beschleunigen. »Aber ja«, antwortete sie, ohne auch nur auf ihren Kalender zu schauen. Wenn der Kanzleramtsminister rief, stand es ihr nicht an, nicht zu folgen. »Wo treffen wir uns denn?«

»In der Kantine? Ich habe schon einen Tisch reserviert.«

»In der Kantine. Okay. Geht klar.«

Die Vorzimmerdame zögerte kurz. »Sie wissen, was mit Kantine gemeint ist?«

»Ich nehme an, wenn Sie Kantine sagen, meinen Sie Kantine?«, erwiderte Natascha verwirrt. Das Lächeln am anderen Ende der Leitung war unüberhörbar. »Kantine nennen wir hier das Borchardt.«

»Oh. Okay. Ich werde da sein. 13.15 Uhr. Danke.«

»Ich habe zu danken. Auf Wiederhören.«

»Auf Wiederhören.«

Sie legte auf. Das Borchardt. Eigentlich ein schönes Restaurant mit exzellenter Küche. Dennoch ging sie nicht gerne hin, weil Leute wie Steiner immer wieder einen solchen Affenzirkus daraus machten. Es wunderte sie nicht, dass er sie ausgerechnet dort treffen wollte. Steiner suchte die Öffentlichkeit, sooft er nur konnte. Es war offensichtlich ein Ausdruck einer übersteigerten Geltungssucht. Wer einen Gourmettempel in Mitte Kantine nannte, der war ganz oben angekommen. Da gab es nichts mehr drüber. Es passte zu Steiner. Der blickte schließlich auf alles herab. Er war ein Parvenü. Sicher, das waren viele in der Politik. Eine politische Karriere war geradezu die klassische Leiter für Emporkömmlinge. Der Ex-Kanzler war das beste Beispiel dafür. Er hatte das Borchardt ja gewissermaßen zum Polit-Treff gemacht, indem er sich dort mit seiner Cohiba-Camarilla getroffen hatte. Vor allem um gesehen zu werden.

Natascha blickte auf die Uhr. Kurz nach zwölf. Es blieb ihr nicht mehr viel Zeit, sich einzurichten. Sie stellte ein Bild von Henrik auf ihren Schreibtisch. Dann räumte sie die Materialien, die fein säuberlich angeordnet waren, nach ihrem Geschmack und ihren Bedürfnissen um. Den Eishockey-Puck, mit dem sie vor fast zwanzig Jahren den Siegtreffer bei der Juniormeisterschaft geschossen hatte und der sie seither auf allen Stationen ihres Lebens begleitete, legte sie als Briefbeschwerer auf ihre Unterlagen. Sie rückte die kleine Sitzgruppe gegenüber dem Schreibtisch so, dass sie näher am Fenster stand und dass man, wenn man sich dorthin setzte, nach draußen blickte. Sie sah den Inhalt aller Schubladen durch, bestellte noch einige Büroartikel, sortierte anderes aus. Als sie wieder auf die Uhr schaute, war es zehn vor eins. »Ich muss los!«, rief sie ihrer Sekretärin zu. »Rufen Sie mir ein Taxi an den Haupteingang.«

Als sie an der Pforte ankam, stand der Wagen schon bereit. »Zum Borchardt, bitte.«

Der Fahrer murrte. Solche Fahrten waren nicht beliebt: sich einmal auf drei Kilometern durch Mitte zu quälen warf absolut nichts ab. »Sie bekommen ein anständiges Trinkgeld«, sagte Natascha, die das Problem kannte. Der Fahrer nickte und fuhr schweigsam hinüber zum Brandenburger Tor, Unter den Linden entlang bis zur Charlottenstraße, von wo er nach ein paar hundert Metern abbog. Als sie aus dem Taxi stieg, lag der rote Gründerzeitbau im hellen Sonnenlicht vor ihr wie eine Insel zwischen den angrenzenden architektonischen Scheußlichkeiten. Unter der Markise stand ein junger Mann in der Uniform des Obers und nickte ihr freundlich zu. »Guten Tag im Borchardt.«

Drinnen wurde sie zu einem noch leeren Tisch im rückwärtigen Teil des Restaurants geführt. »Herr Dr. Steiner ist noch nicht da«, erklärte ihr der Kellner. »Darf ich Ihnen schon etwas zu trinken bringen?«

»Ein Wasser. Still. Danke.« Sie musste trinken. Sie spürte es schon an ihrer Haut, dass sie zu wenig Flüssigkeit zu sich nahm. Das war nicht nur ungesund, es war auch unprofessionell. Wer genügend Wasser aufnahm, konnte sich besser konzentrieren. Der Kellner verschwand, und Natascha war einen Moment lang versucht, nach ihren Unterlagen zu greifen, die sie sich – beinahe reflexhaft – mitgenommen hatte. Doch eigentlich war das hier die beste Gelegenheit, nicht auch noch Schreibtischarbeit zu tun. Sie musste lernen, dass es besser war, eine Stunde über eine Sache nachzudenken, als einen Tag daran zu arbeiten. Also ließ sie den Blick durchs Restaurant schweifen, während der Ober ihr Wasser brachte und einschenkte, und betrachtete die Gäste, von denen viele offensichtlich aus touristischen Gründen hier waren.

Gerade hatte sie die Karte aufgeschlagen und liebäugelte spontan mit dieser wunderbaren Bouillabaisse Marseillaise, die sie hier schon einmal gegessen hatte, da traf Kanzleramtsminister Hans Steiner ein. Er scannte den Laden mit seinem Blick, übersah sie dabei geflissentlich, dann schnippte er nach dem Ober. Natascha konnte nicht hören, was er sagte, aber er deutete auf einen Tisch am anderen Ende des Restaurants, an dem ein junges Paar saß, offensichtlich in einen Flirt vertieft. Der Ober zuckte die Achseln, redete auf Steiner ein, krümmte sich unglücklich, ehe er – noch immer den Vorhaltungen des Ministers ausgesetzt – zu dem besagten Tisch ging, um wenig später wieder zu Steiner zu wechseln und mit ihm zu reden. Natascha Eusterbeck war noch ganz in das Schauspiel versunken, als sie plötzlich von der Seite angesprochen wurde: »Frau Staatssekretärin?«

»Ja.«

»Der Herr Minister würde sich freuen, Sie an seinen Tisch bitten zu dürfen.«

»Ja, gewiss«, sagte Natascha und stand auf. Sie griff nach ihrer Tasche, überlegte einen Moment, ob sie nun ihr Glas nehmen sollte, verwarf den Gedanken sogleich und folgte der Bedienung, die vorausging – zu jenem Tisch hin, an dem eben noch das junge Pärchen gesessen hatte. Dort hatte Dr. Hans Steiner Platz genommen und studierte bereits die Karte. Am Nebentisch saßen seine beiden Personenschützer. »Frau Eusterbeck, wie schön. Bitte, nehmen Sie doch Platz.«

»Guten Tag, Herr Dr. Steiner.« Aus den Augenwinkeln sah sie, dass das junge Paar von einem anderen Ober an der Bar platziert wurde.

»Tut mir leid, dass man Sie an den Katzentisch gesetzt hatte.« Er nickte zu dem Platz hinüber, an dem Natascha gerade noch gewesen war. »Ich hatte ausdrücklich diesen Tisch reserviert.«

»Verstehe.« Auch wenn sie nicht verstand, was an diesem Tisch, der kaum hinter den hohen Marmorsäulen verborgen lag, besser sein sollte als an dem anderen. »Sie sind Stammgast hier?«

»Tja, irgendwo muss man ja essen, nicht wahr? Nehmen Sie

den Rochen. Er ist ausgezeichnet. Aber sagen Sie dem Ober, er soll das Zitronengras weglassen. Ich weiß nicht, wo sie das beziehen, aber der Lieferant sollte dringend gevierteilt werden.«

Natascha lächelte, wie man lächelt, wenn man einen unlustigen Witz hört. Doch Steiners Gesicht machte nicht den Eindruck, als sollte es ein Witz sein. Er lächelte das ewige Zahnspangenlächeln, auch wenn er natürlich keine Spange trug. Trotzdem sah er so aus, vielleicht weil er irgendwann in seiner Jugend eine gebraucht hätte. »Und was nehmen Sie?«

»Ach, ich denke, heute entscheide ich mich für das Risotto.«

»Das klingt doch auch gut. Ich denke, das nehme ich. Ein Rochen wird ja hier wohl noch öfter vorbeischwimmen.« Sie schenkte ihm ein freundschaftliches Zwinkern und nickte dann dem Ober zu, der ihr Wasser an den Tisch gebracht hatte und ihr nachschenkte.

»Ich habe gehört, ich hätte Sie mit einer wichtigen Aufgabe beauftragt«, sagte Steiner unvermittelt. Sein Lächeln war plötzlich das einer Schaufensterpuppe.

»Die Kanzlerin …«, versuchte Natascha Eusterbeck zu erklären. Natürlich, das Kanzleramt unterstand ihm. Er hätte den Auftrag erteilen müssen. Doch wozu sollte sie das eigentlich erläutern? Steiner wusste offenbar, womit die Regierungschefin sie betraut hatte. Wenn sie ihn nicht gefragt hatte, dann lag das nicht in Nataschas Verantwortung.

»Ja, die Kanzlerin. Eine kluge Frau. Deshalb bin ich auch überzeugt, dass es die richtige Entscheidung war, es in *Ihre* Hände zu legen, Vorschläge für eine bessere Struktur des Bundeskanzleramts zu erarbeiten – und nicht in die von jemandem, der das Amt gut kennt, Jahre dort arbeitet, längst vertraut ist mit den guten und den schlechten Seiten.« Sie fühlte sich unter seinem eisigen Blick wie ein Reh auf nächtlicher Fahrbahn im Angesicht des blendenden Scheinwerferlichts. »Ein unbefangener Außenstehender – oder eine Außenstehende …« Er schürzte seine Lippen mit einer gewissen Süffisanz. »Ein Blick frei von Urteilen und Vorurteilen. Oder von Rücksichtnahme gegenüber alten Bekannten. Nicht wahr? Das ist doch sehr viel wert.« Er zögerte, dann entließ er sie aus seinem Bann und winkte dem Ober. »Zweimal das Risotto. Wein?« Natascha schüttelte den Kopf. »Ein Sprudelwasser für mich. Salat?« Noch einmal schüttelte sie den Kopf. »Das ist alles.«

Natascha Eusterbeck seufzte, setzte eine entschuldigende Miene auf und erklärte: »Sehen Sie, lieber Herr Dr. Steiner, ich habe mir diese Aufgabe nicht ausgesucht. Die Kanzlerin ist damit auf mich zugekommen, und ich bin mit Sicherheit am allermeisten erstaunt darüber. Aber natürlich sehe ich das auch als enormen Vertrauensbeweis. Wenn ich Vorschläge erarbeite, dann sind das zuerst einmal nichts anderes als Vorschläge. Man kann sie in Bausch und Bogen ablehnen. Vielleicht ist auch etwas Gutes dabei, das wird man dann übernehmen, und sei es in einer modifizierten Form. Aber ich habe selbst keine Ahnung, ob mir etwas Sinnvolles gelingen wird. Auf jeden Fall bin ich sehr auf die Hilfe der entscheidenden Leute im Ministerium angewiesen. Ohne sie werde ich nichts erreichen können.« Sie sah ihm fest in die Augen. »Und ich weiß natürlich, dass Sie als Kanzleramtschef auch mein Chef sind.« Das stimmte nicht ganz, denn sie war als parlamentarische Staatssekretärin *bei* der Bundeskanzlerin dieser direkt unterstellt. Aber Natascha wusste, dass Steiner das gerne hören würde, weil es den Rangunterschied zwischen ihnen zum Ausdruck brachte – und vielleicht auch, weil er hoffte, dass sie wirklich sprang, wenn er sagte: Spring!

Er lächelte sein typisches Haifischlächeln. »Seien Sie versichert, liebe Frau Eusterbeck, dass ich alles in meiner Macht Stehende tun werde, um Sie zu unterstützen.«

»Danke, Herr Minister«, sagte Natascha und spürte, wie ihr bei seiner Lüge das eisige Messer des Verrats über den Rücken fuhr.

*

Auf ihrer Mailbox war wieder die eigentlich schöne und doch von Angst gepeinigte Stimme der Frau, die sie am Bahnhof hatte treffen wollen. »Ich war da. Ich habe Sie gesehen. Aber ich konnte nicht zu Ihnen kommen. Da waren zu viele Polizisten.« Sie schniefte. »Ich hatte Angst. Es ist wichtig, glauben Sie mir. Oh Gott, es ist so ... Lassen Sie es uns noch einmal versuchen. Bitte.«

Genervt drückte Natascha den Anruf weg und lauschte der nächsten Aufzeichnung. Doch da war nichts außer einem verunsicherten Atmen, dann wurde aufgelegt. Natascha sah auf die Nummer. Es war dieselbe wie vom vorangegangenen Anruf. Die Frau hatte es nochmals probiert. Mit einem Kopfschütteln wählte Natascha die Nummer an. »Deine letzte Chance, Mädchen«, murmelte sie und lauschte auf das Freizeichen. Sie wollte schon wieder auflegen, da wurde der Anruf angenommen. Eine zarte Stimme, viel heller als die auf der Mailbox, meldete sich: »Ja?«

»Hallo. Hier ist Natascha Eus... Hier ist Natascha. Wer spricht denn dort?«

»Natascha?«

»Ja.« Es war eindeutig ein Kind. Natascha musste an das farbige Mädchen im Hauptbahnhof denken. Ob sie das war? »Haben wir uns im Bahnhof gesehen?«

Schweigen.

»Hallo?«

»Ja. Was wollen Sie?«

»Ich möchte deine Mutter sprechen.«

»Sie ist nicht da.«

»Wo ist sie denn?«

»Ich weiß nicht.«

»Und wann kommt sie zurück?«

»Ich weiß nicht«, wiederholte das Kind. Natascha konnte hören, dass es verängstigt war. »Hat sie gesagt, wohin sie geht?«

»Nein.«

»Ist sie schon lange weg?«

»Seit gestern.« Einen Augenblick schwiegen sie. Dann sagte das Mädchen: »Ich muss jetzt aufhören.« Und legte auf.

Seit gestern, dachte Natascha. Seit gestern war das Kind allein. Musste es nicht schreckliche Angst haben? Konnte es sein, dass das Mädchen tatsächlich nicht wusste, wann, ja ob überhaupt seine Mutter zurückkäme?

*

Den restlichen Nachmittag verbrachte Natascha damit, sich so beiläufig wie möglich durch die Flure des Kanzleramts zu begeben und Gespräche mit Menschen zu führen, die sie noch nicht kannte. Besonders interessierte sie die zweite Ebene, also jene Mitarbeiter, die nie in der Öffentlichkeit auftraten, aber doch letztlich in allen Angelegenheiten die Fäden zogen oder zumindest in der Hand hielten. Es waren diese Leute, die das Fachwissen hatten und die Routine, die nötig war, ein Gesetz oder eine Vorlage zu formulieren, die nicht sofort von den Spezialisten der politischen Gegner in der Luft zerrissen wurden. Geschmeidigkeit, Beharrlichkeit und die nötige Dosis Amoral waren dafür die Voraussetzungen, gepaart natürlich mit hoher Intelligenz und jahrelanger Praxis. Jeder hier wusste, dass das Kanzleramt – so wie jedes Ministerium – sehr gut auch ohne Kanzlerin oder Minister auskam. Die Köpfe waren das, was beizeiten abgehackt wurde – entweder vom Wähler oder, was sehr viel interessanter war, von den Umständen. Das Kanzleramt war ein Ozean, der seine wichtigsten Mitglieder trug und sie irgendwann verschlang.

Besonders gespannt war Natascha auf Dr. Stephanie Wende, die dritte Staatssekretärin im Kanzleramt. Sie hatte eine merkwürdig unauffällige Personalie: Obwohl zuständig für die kompliziertesten Materien, unter anderem die großen Fragen der Wirtschaftskrise, Eurorettung und internationalen Zusammenarbeit, trat sie nie an die Öffentlichkeit und wurde von der Presse praktisch völlig ignoriert. Was wiederum damit zusammenhängen mochte, dass kaum jemand von ihr wusste. Auch Natascha kannte sie ja nur vom gelegentlichen Grüßen im Parlament oder von einer Parteisitzung.

Ihr Büro lag etwas abseits, fast als hätte sie es darauf abgesehen, nicht so sehr im Mittelpunkt zu stehen. Natascha klopfte unangemeldet an und stellte sich der Sekretärin, einer ausgesprochen liebenswürdigen, schon etwas älteren Frau, als neue Kollegin von Frau Dr. Wende vor. »Ob Frau Wende wohl gerade gestört werden darf? Ich möchte mich eigentlich nur kurz vorstellen, wir kennen uns noch gar nicht richtig.«

»Ach, da wird sie sich aber bestimmt freuen. Setzen Sie sich doch einen Augenblick«, sagte die Sekretärin, wies auf einen Besuchersessel neben der Tür und verschwand im Zimmer der Staatssekretärin. Keine halbe Minute später war sie wieder zurück. »Bitte schön, Frau Dr. Eusterbeck, treten Sie ein.«

Die Kollegin kam ihr schon auf halber Strecke entgegen. »Liebe Frau Eusterbeck! Wie schön, dass Sie bei mir vorbeischauen. Entschuldigen Sie bitte, dass ich noch gar nicht bei Ihnen war, um Ihnen noch mal zur Ernennung zu gratulieren.« Stephanie Wende war eine kleine, hagere Frau, deren Frisur und Makeup so strikt saßen, als wäre sie eine Comic-Heldin – auch wenn sie im Übrigen absolut nichts gemein hatte mit den kurvenreichen Powerfrauen aus der gezeichneten Welt der Männerfantasien.

»Ich bitte Sie, liebe Frau Wende, es ist doch an mir, Ihnen meine Aufwartung zu machen. Das wollte ich hiermit gerne tun und Ihnen sagen, dass ich mich auf die Zusammenarbeit freue.«

»Ganz meinerseits!« Sie setzten sich an den kargen Besprechungstisch in Stephanie Wendes überraschend engem Büro. Natascha sah sich unauffällig um. Keine persönliche Handschrift. Keine Fotos. Kein Symbol für irgendwelche Vorlieben, sei es der obligatorische Golfball als Briefbeschwerer oder die Plakette an der Wand, die anzeigte, welche Preise als Dressurreiterin sie einst errungen hatte. Keine antike Porzellanpuppe und kein Freundschaftsband von der kleinen Tochter am Arm. Die Staatssekretärin fing Nataschas Blick auf. »Es ist etwas eng hier«, sagte sie entschuldigend. »Aber ich mag es ganz gern. Es hilft dabei, sich auf die Sachfragen zu konzentrieren.«

»Oh, es ist prima«, sagte Natascha und errötete leicht. »Nein, wirklich. Wissen Sie, ich mache meine Runde im Haus, auch weil ich mich ein wenig orientieren möchte.«

»Es gibt diese Pläne ...«

»So meinte ich das gar nicht. Herr Jäger hat mich mit allem ausgestattet.« Natascha versuchte, möglichst unbefangen zu lächeln. »Ich meinte mehr, dass ich versuchen muss, mich mit den Menschen bekannt zu machen, die ich noch nicht kenne. Und auch ein wenig zu verstehen, wie die Dinge hier funktionieren.«

»Sie meinen hier im Kanzleramt?«

»Ja. Sie wissen schon: Wer arbeitet wem zu? Wo verlaufen

die engen Linien, wo ...« Sie holte Luft, suchte nach den richtigen Worten.

»Wo verlaufen die Brüche«, führte die Wende den Gedanken zu Ende. »Wer ist mit wem dicke, wer mit wem über Kreuz. Welche Seilschaften gibt es und so weiter, richtig?«

»Na ja, Sie drücken es etwas überspitzt aus ...«

»Aber gar nicht, meine Liebe. Sehen Sie, ich weiß genau, was Sie meinen. Mir ging es doch genauso. Allen geht es so. Jeder weiß, dass er in ein Raubtiergehege gestoßen wird, wenn er hier anfängt. Und da möchte man dann gerne wissen, wo die großen Brocken sich verborgen haben, welche Schwärme es gibt, wo die Untiefen sind, eben das ganze Programm. Sie haben völlig recht, Frau Eusterbeck, wenn Sie sich schlaumachen. Sonst wird das hier ein kurzer Aufenthalt für Sie.«

Natascha nickte. Schluckte. Mit solcher Offenheit hatte sie nicht gerechnet. Sie räusperte sich. »Und können Sie mir dabei ein wenig helfen?«

Stephanie Wende sah sie mit freundlichem, offenem Blick an und lächelte verbindlich. »Leider nein«, sagte sie dann. »Aber wenn Sie Informationen über unsere Interessen in wirtschaftspolitischer Hinsicht brauchen, Europolitik, Bankenkrise, Beziehungen zur Finanzwelt ... Fragen Sie mich gerne. Ich bin immer für Sie da.«

*

Natascha Eusterbecks Büro lag strategisch günstig auf der Kanzleretage im siebten Stock, wenn auch im anderen Flügel des Gebäudes. Von ihrem Fenster aus konnte sie auf die Spree schauen. Zwei Topfpflanzen sollten dem Raum vermutlich so etwas wie eine angenehme Atmosphäre verleihen. Tatsächlich ließen sie einen unwillkürlich an Schulflur oder Drei-Sterne-Tagungshotel denken. In einem etwas kleineren Nebenraum saß Jana Berling, eine Frau ohne Eigenschaften: Sie war in jeder Hinsicht unscheinbar – außer hinsichtlich ihrer Stimme, mit der sie Stein hätte zersägen können. Natascha störte das nicht, so konnte sie, wenn sie sich konzentrierte, selbst durch die geschlossene Tür hören, was ihre Mitarbeiterin sprach. Das Einzige, was ihr vom ersten Moment an missfallen hatte, war Frau Berlings Blick: Er war dem der Kanzlerin nicht unähnlich. Nur dass die Kanzlerin eben die Kanzlerin war – und die Berling war nur die Berling. Was man bei jener als Tribut an die Macht betrachten konnte, nämlich eine eigentümliche Undurchschaubarkeit, das wirkte bei dieser falsch, auf ungute Weise hinterlistig. Für einfache Angestellte ziemte sich kein Pokerface. Natascha würde ihre eigene Mitarbeiterin ins Haus holen, sie hatte das bereits mit der Kanzleramtsverwaltung geklärt. Seit ihrer Zeit in der Mecklenburgischen Staatskanzlei arbeitete sie in ihrem Wahlkreisbüro mit einer klugen, vertrauenswürdigen ehemaligen Grundschullehrerin zusammen, Petra Reber. Mit ihr konnte sie sich austauschen, sie konnte sie auch einmal für heikle Missionen einsetzen, Petra wusste blind, worauf es Natascha ankam. Zum Monatswechsel würde sie Frau Berling ablösen.

Natascha blätterte den Stapel neuer Akten durch, während sie den Hauscomputer und den Laptop hochfuhr. »Frau Berling«, rief sie. »Könnten Sie mir bitte den Computer auf meine Daten einrichten? Ich habe noch ein paar Sachen zu erledigen. Das Passwort gebe ich dann ein.«

Die Sekretärin stand schon in der Tür und nickte mit unverbindlichem Lächeln. »Sollen wir die Agenda für morgen noch mal durchgehen, Frau Staatssekretärin?«

»Frau Eusterbeck wäre mir lieber«, erklärte Natascha und versuchte einen warmen Blick. Sie wollte es weder Frau Berling noch sich selbst schwerer machen als nötig. Wer mit Menschen gut zusammenarbeiten wollte, sollte sie auch gut behandeln. »Nein, die Agenda habe ich abgespeichert – es hat sich seit gestern Abend ja nichts mehr geändert?«

»Das Meeting bei der Kanzlerin ist um eine Viertelstunde verschoben.«

Natascha blickte auf ihren Zettel. »Okay. Das holen wir rein. Danke.« Sie klickte am Notebook auf ihre Mails und stand auf, um Frau Berling den Platz zu überlassen, da hielt sie inne. Eine Mail ohne Betreff.

Von: Die Pupille
An: N.Eusterbeck@voxcom.net
Betreff:
Text: NEUGIER IST EINE TÖDLICHE DROGE, PRINZESSIN.

»Alles in Ordnung, Frau Eusterbeck?« Jana Berling machte einen Schritt auf sie zu. Natascha hob die Hand. Beschwichtigend. Abwehrend. Die Berling blieb stehen. Schnell löschte Natascha die Mail und klappte das Notebook zu. Sie würde dem Schwein, das versuchte, sie vom ersten Tag an zu mobben, nicht den Triumph gönnen, dass das ganze Haus innerhalb kürzester Zeit wusste, dass sie Feinde hatte. »Alles in bester Ordnung, Frau Berling. Manchmal ist es nur überwältigend, wie schnell Dinge funktionieren können.« Sie lächelte, steckte das Notebook ein und ließ die Sekretärin hinter den Schreibtisch. Dann machte sie sich auf den Weg ins nahe gelegene Bundespresseamt, das in einem schönen alten Haus in der Dorotheenstraße lag. So klassisch die Fassade, so hypermodern das Innenleben. Natascha hoffte, Britta Paulus in einem günstigen Augenblick zu erwischen. Die erste der zwei täglichen Pressemappen für die Kanzlerin lag seit Stunden vor, neue Nachrichten – von einigen vernachlässigbaren Details aus dem Fernen Osten – hatte der Tag noch nicht produziert, die zweite Mappe musste schon in der Produktion sein.

Sie traf die Chefin des Pressedienstes mit ihrem Stab an. Britta Paulus hatte ihre Hiwis um sich geschart, alle smarte Kommunikationswissenschaftler, dazwischen ein reichlich aus der Form gegangener Anfangsechziger mit Walrossschnauzer, der eher nach Souschef in der Kanzlerküche aussah als nach Pressemann. Sie alle standen in Paulus' Büro, einem Glaskubus innerhalb der Redaktion im Keller des Kanzleramts. An den Wänden hingen Zeitungsaufmacher, der Raum wurde von wenig kunstvoll verarbeiteten Neonröhren erleuchtet, überall flimmerten Bildschirme, tickerten Faxgeräte und ratterten Drucker, im hinteren Teil des Büros standen an einem langen Tisch ein paar junge Leute, die Papier sortierten, offensichtlich Meldungen aus der Presse.

»Die Unbestechlichen?«, grüßte Natascha grinsend.

»Das wollen wir hoffen«, erwiderte die Paulus und nahm ihre Kaffeetasse in die andere Hand, um ihr die rechte hinzuhalten. »Nett, dass Sie hier vorbeikommen. Kann mich nicht erinnern, dass das schon mal einer der Staatssekretäre getan hätte.«

»Oh, ich habe ja mal ein paar Semester Journalismus studiert. Es interessiert mich also. Außerdem habe ich den Job, mir alles anzusehen und Strukturvorschläge für die Abstimmung zwischen den Abteilungen zu machen.« Sie hob entschuldigend die Schultern.

»Klingt, als sollten wir vorsichtshalber einen Betriebsrat gründen.«

Natascha spürte, wie die Umstehenden sie musterten. Natürlich fragten sie sich nun alle, ob sie überhaupt das Format hatte, irgendetwas zu bewegen in diesem Moloch. Erfahrenere scheiterten an solchen Aufgaben. Täglich. »Machen Sie mal«, antwortete Natascha launig. »Aber zuerst erklären Sie mir ein wenig, wie das hier läuft?«

»Klar. Also, erst mal die Leute: Was Sie hier sehen, ist der engere Mitarbeiterkreis. Die jungen Kolleginnen und Kollegen hier leiten die Bereiche Innen, Außen, Wirtschaft und Sonstiges. Frank Wilhelm ist mein Chef vom Dienst, das heißt, er vertritt mich, wenn ich nicht da bin, und ist der heimliche Machthaber in diesen heiligen Hallen.« Sie deutete auf das Walross. Natascha reichte ihm die Hand und nickte den anderen freundlich zu. Britta Paulus nickte ebenfalls in die Runde, die sich sogleich auflöste, dann winkte sie Natascha, ihr zu folgen. »Ich zeige Ihnen, wie wir arbeiten.« Sie verließen den Glaswürfel und gingen durch die Reihen von Schreibtischen. »Hier scannen wir die in- und ausländische Presse nach wichtigen Meldungen. Wir haben nicht nur an die zweitausend Google-Alerts eingerichtet, sondern alle Suchmaschinen synchronisiert und natürlich alle Presseagenturen gebucht: DPA, AFP, Reuters, Bloomberg und so weiter …« Sie legte im Vorbeigehen die Hand auf einen großen lichtgrauen Kasten, mit dessen Gebläse man sich die Haare hätte föhnen können. »Die Meinungsseiten scannen wir separat, weil sonst keiner mehr durchblickt.« Britta Paulus nickte nach links, wo die bläulich reflektierenden Gesichter mehrerer Mitarbeiter sichtbar wurden. »An den Tischen hinten werden die Clippings gemacht, also die Mappen, die Sie bestimmt schon bei der Kanzlerin oder bei Herrn Steiner gesehen haben.«

»Bekommen die Staatssekretäre keine Pressemappen?«

»Wenn Sie das möchten, sicher. Dr. Frey bekommt ein Clipping. Zugeschnitten auf seine Bereiche«, fügte die Paulus an. Unterschwellig hörte Natascha heraus, dass ein solches

Clipping für einen so diffusen Arbeitsbereich wie ihren völlig sinnlos war. »Und Sie selbst? Bekommen Sie auch ein Clipping, wenn Sie morgens ins Büro kommen?«

»Ich bekomme alle Mappen auf den Tisch. Kein Mitglied der Regierung wird mit Informationen gefüttert, ohne dass ich den Vorkoster spiele.« Die Pressechefin blieb stehen und legte, vielleicht ein wenig zu vertraulich, ihre Hand auf die Schulter eines Mitarbeiters, der an seinem Schreibtisch saß und ihnen den Rücken zuwandte. »Und hier ist die Abteilung für Übersetzungen. Englisch, Französisch, Italienisch, Spanisch, Russisch natürlich und Arabisch. Wir überlegen, noch eine Übersetzerin für Chinesisch zu engagieren.« Der Mitarbeiter sah auf und nickte Natascha zu, die ihm ein liebenswürdiges Lächeln schenkte, sich aber sogleich wieder der Paulus zuwandte. »Ich meinte: ein eigenes Clipping, eines, das nur für Sie gemacht wird.«

Die Pressechefin zögerte kurz, dann nickte sie und stellte schmallippig fest: »Ja. Gibt es auch.«

»Genauso eines würde ich gerne haben. Könnten Sie mir davon ein Doppel machen lassen, das ich morgens auf meinem Schreibtisch habe?«

Britta Paulus sog scharf die Luft ein. Es war deutlich, dass ihr die Idee missfiel. Doch sie wusste natürlich, dass sie dem Wunsch nicht widersprechen konnte. »Klar. Können wir machen. Papier oder PDF?«

»Beides«, antwortete Natascha schnell. So würde sie nicht nur über alles, sondern auch überall informiert sein. »Großartig. Danke.«

»Gern geschehen«, log die Paulus. Und sie gab sich keine Mühe, das zu verbergen.

Königstein/Taunus, Le-Cannet-Rocheville-Straße, 31.10.1989, 8:37:30 Uhr.

»Achtung. Zielobjekt jetzt in die Limburger Straße eingebogen. Noch 1,9 Kilometer vom Einsatzort entfernt.«

»Bitte Bestätigung, dass voranfahrendes Fahrzeug nicht mehr dabei ist.«

»Nummer eins ist draußen. Zielobjekt ist jetzt der erste Wagen.«

»Geschwindigkeit?«

»Genau im Plan.«

»Verkehrslage?«

»Wenig Verkehr. Keine besonderen Vorkommnisse. Sobald die Wagen in Sicht kommen, unterbrechen wir den umgebenden Verkehr durch eine verlängerte Rotphase.«

»Alles klar. Over.«

»Over.« Das Funkgerät knackte, dann war die Verbindung unterbrochen. »Okay, Leute, wir haben noch drei Minuten. Ritter sitzt im ersten Wagen.«

8:38:00 Uhr. Ein Bauarbeiter geht neben einem seit einigen Tagen am Fahrbahnrand stehenden Baustellenschild in die Hocke. Er winkt seinem Kollegen auf der gegenüberliegenden Straßenseite zu.

VIER

Das Bundeskanzleramt war untergliedert in sechs Abteilungen. Jede dieser Abteilungen wurde von einem Ministerialdirektor geleitet und war in jeweils mehrere Gruppen unterteilt, in denen wiederum mehrere Referate angesiedelt waren. Daneben gab es das Kanzlerbüro und das Büro des Kanzleramtsministers, die beide in mehrere Bereiche unterteilt waren. Und es gab die Staatssekretäre und die ehrenamtlichen Beauftragten der Bundesregierung, deren Wirken ebenfalls dem Bundeskanzleramt unterstand und dort koordiniert wurde.

Ein schwer zu durchblickendes und noch schwerer zu durchdringendes Gewirr von Zuständigkeiten und Kompetenzen. Einige der Abteilungen und Referate kannte Natascha bereits von ihrer Arbeit in den Bundestagsausschüssen. Es gab Bereiche, die gleichermaßen geheimnisvoll und wichtig klangen, ohne aber eindeutig definierbar zu sein. Das Referat »324 Nachhaltige Entwicklung« war so eines. Was sollte da nachhaltig entwickelt werden? Der zuständige Referent unterstand der Abteilung für Soziales, Gesundheit, Arbeitsmarkt, Infrastruktur und Gesellschaft. Letzteres war natürlich alles und nichts. Konnte jemand, dessen Referat für alles und nichts stand, in einer Abteilung, die für alles und nichts stand, notwendig sein? Konnte er wirksam sein? Wurde er ernst genommen? Oder war eine solche Position vielleicht sogar die einflussreichste von allen, weil ihr Inhaber sich in alles einmischen konnte?

Auch gab es in der Struktur des Kanzleramts diverse Posten, die sich mit »Sonderaufgaben« auseinanderzusetzen hatten. Waren das Mädchen für alles, oder waren es graue Eminenzen? Wie konnte ein Haus, in dem es fünfundvierzig Referate gab, aufgeteilt in vierzehn Gruppen und sechs Abteilungen – dazu ein halbes Dutzend Beauftragte, ein weiteres halbes Dutzend zusätzliche Bereiche in den übergeordneten Büros sowie nochmals ein halbes Dutzend intern für die Organisation zuständige Beamte –, noch Lücken lassen für »Sonderaufgaben«? Natascha war sich sicher, dass es bei dieser Bezeichnung nicht darum ging, jemanden als »Feuerwehr« in unvorhergesehenen Fällen einsetzen zu können, sondern darum, bestimmte Tätigkeitsbereiche nicht zu benennen, um der Öffentlichkeit dafür nicht Rede und Antwort stehen zu müssen. Sie beschloss, sich einen der betreffenden Referenten, den sie zufällig aus einem Meeting im Verteidigungsausschuss kannte, genauer anzusehen: Dr. Beck aus dem Referat 411: »Wirtschaftspolitische Grundsatzfragen; Wirtschaftsentwicklung; Sonderaufgaben«.

Sein Büro lag im vierten Stock am anderen Ende des langgezogenen Bauwerks. Ein Spaziergang von zehn Minuten von Nataschas Arbeitsplatz aus. Sie beschloss, sich nicht anzumelden, sondern auf gut Glück aufzutauchen, und ging die in dezentem Blau und Nussbaum gehaltenen Flure des Kanzleramts entlang, ohne auch nur einem Menschen zu begegnen, den sie kannte. Da sie mehrere Schleusen mit ihrer Sicherheitskarte öffnen musste, war ihr klar, dass man ihren Weg genau nachvollziehen konnte, selbst wenn man nicht alle Aufzeichnungen der Sicherheitskameras lückenlos verfolgte. Doch es gehörte ja zu ihren Aufgaben, sich ein Bild von der Lage im Amt zu machen und die Tätigkeiten der Mitarbeiter zu analysieren, um die interne Zusammenarbeit zu optimieren. Vielleicht war dies sogar der interessanteste Aspekt ihrer Arbeit. Mit einem Mal empfand sie beinahe so etwas wie persönliche Macht.

*

Tatsächlich wurden ihre Schritte sorgfältig beobachtet, denn nichts, was im Zentrum der Macht geschieht, bleibt unbemerkt. Siebenunddreißig Kameras zeichneten Natascha Eusterbecks Weg von ihrem eigenen Büro zu dem des Kollegen Beck auf. Sechs stationäre Speicherchips und vier Hochleistungsserver wurden mit ihrem persönlichen Code und der jeweiligen Uhrzeit gefüttert, als sie durch die Türen des Kanzleramts trat. Und ein Augenpaar verfolgte ihren Weg aufmerksam, bis der Beobachter zum Telefon griff und eine interne Nummer wählte.

»Unser Küken wird flügge.«

»Spielen Sie mal nicht den Poeten. Wo treibt sie sich denn herum?«

»Sie klopft gerade an das Büro von Beck.«

»Schau an. Was sie da wohl sucht?«

»Wir hören uns das mal an. Ich erzähle Ihnen, wenn es etwas Interessantes gibt.«

»Sie sind ein Schatz, Jäger.«

»Ich bin ein Jäger, Schatz.«

»Arschloch.«

Lachend legte Gerhard Jäger auf. Es machte ihm Spaß, in diesem Spiel der Aktive zu sein.

*

Dr. Hansjörg Beck war ein unglücklicher Mann. Man sah es an seiner Figur und an seiner Kleidung, an seinem Gesichtsausdruck und an seinem Haar. Alles an ihm hing traurig herab, obwohl er um einiges zu viel auf die Waage brachte. Auch sein bemerkenswerter Bauch wölbte sich über den Gürtel, als sei der ganze Mann dafür geschaffen, sich über den Planeten zu stülpen, auf den ihn ein ungerechtes Schicksal versprengt hatte. »Ach, und Sie sind die Neue«, sagte er und musterte Natascha über seine Brille hinweg wie eine seltene Topfpflanze. »Nett, dass Sie bei mir vorbeischauen.«

»Ja, ich dachte mir, ich mache mich mal mit den wichtigsten Mitarbeitern im Amt bekannt«, log Natascha und nahm auf seine einladende Geste hin Platz. Hansjörg Becks Büro war ein unübersehbares Lager von Bücher, Akten und Papierstapeln. Anderer Leute Archiv war mit weniger Zellulose vollgestopft als sein täglicher Arbeitsplatz.

»Tja, was soll ich sagen.« Beck versuchte ein Lächeln, das ihm so rührend missglückte, dass Natascha spontan beschloss, ihn zu mögen. »Wie die Zeitläufte so spielen, nicht wahr? Dass wir hier noch mal so bedeutend werden, das hätte ich nicht unbedingt vermutet.«

Natascha nickte wissend, ohne auch nur ansatzweise zu ahnen, was er meinte. Sogar auf dem Boden stapelten sich Bücher und Ordner. Konnte jemand substanzielle Beiträge zur Wirtschaftsordnung leisten, wenn er nicht einmal sein Büro in Ordnung halten konnte?

»So haben die Schuldenkrise und der ganze Euroärger doch noch was Gutes. Für uns zumindest. Die wollten die Abteilung ja schon abschaffen, bevor das alles losging.«

»Tatsächlich?« Natascha Eusterbeck erinnerte sich plötzlich an ihre offizielle Aufgabe. »Abschaffen, sagen Sie. Wäre das nicht äußerst riskant gewesen? Ich meine, jetzt, wo Wirtschaftsspezialisten so gefragt sind …«

»Nicht wirklich«, erklärte Beck mit verblüffender Offenheit. »Sehen Sie, die Kollegen im Finanzministerium …« Er nickte vage über das im Trüben liegende Berlin vor seinem

Fenster hin. Ja, irgendwo dort drüben, jenseits des Reichstags, lag der pompöse Nazibau, in dem Alexander Rau seine Machtzentrale hatte. »Die sind ziemlich firm. Und sie arbeiten ja für dieselben Leute. Und auch die Abteilung von Frau Dr. Wende kennt sich mittlerweile sehr gut in der Materie aus.« Er zog ein schon nicht mehr ganz frisches Stofftaschentuch hervor und putzte sich verlegen die Nase. Natascha sagte nichts, sondern sah ihn nur mit offenem Blick an wie ein Kind, das aufgeregt darauf wartet, endlich die Fortsetzung der Abenteuergeschichte zu hören. So viel Aufmerksamkeit schien den Mann zu verwirren, weil er erst einmal überlegte, wo er stehen geblieben war. »Nun ja, trotzdem, es ist natürlich hilfreich, wenn man die Profis auch im Haus hat. Und wir haben hier dermaßen viel zu tun, dass ich mich frage, wie die Kanzlerin überhaupt noch die ganze restliche Arbeit machen kann.«

»Die ganze restliche Arbeit?«

»Na ja, es muss ja auch noch ein bisschen regiert werden, nicht wahr? Inneres, Äußeres, Arbeit, Soziales, Verteidigung und der ganze Klimbim. Das füllt eine Kanzlerschaft doch vollkommen aus. Aber seit Monaten, ach, was sage ich, seit Jahren fast, kommt sie ja kaum noch zum Luftholen. Drei Viertel der Zeit geht für die Schuldenkrise drauf. Erst Amerika, dann Portugal, Griechenland, Irland ... Jetzt praktisch ganz Osteuropa. Wir haben sie ja inzwischen Supermom getauft.« Hansjörg Beck lächelte verschämt. »Weil sie praktisch rund um die Uhr die Welt retten muss. Die sollten sich mal ansehen, was die Kanzlerin leistet.«

»Die?«

»Die anderen Regierungschefs. Die haben ja keine Ahnung, was wir hier stemmen. Aber das war sicher nicht, weshalb Sie gekommen sind, oder?«

»Nein«, bestätigte Natascha und schenkte ihm ein etwas

mehr als kollegiales Lächeln. Irgendwie mochte sie ihn, auch wenn sie ihn gar nicht kannte. »Ich habe mir ganz einfach vorgenommen, bei jedem Ministerialreferenten mal vorbeizuschauen und mir ein wenig erklären zu lassen, wie die Abteilung funktioniert. Ihre Ausführungen haben mir da schon sehr viel weitergeholfen. Was ich noch nicht verstehe: Worin bestehen die Sonderaufgaben?«

Wenn sie erwartet hatte, dass Beck nun in Verlegenheit kam oder sich auf abweichende Generalluftblasen zurückzog, hatte sie sich getäuscht. Tatsächlich winkte der Ministerialreferent ab. »Was eben so anliegt«, erklärte er. »Irgendeiner muss sich ja die Nächte in den Brüsseler Hochhäusern um die Ohren schlagen und bei den Bankern den Kopf hinhalten, damit die Regierungschefs den ihren in letzter Sekunde wieder aus der Schlinge ziehen können. Manchmal geht es auch nur darum, dass mir einer der Redenschreiber einen Text zum Gegenchecken vorlegt, damit die Chefin im Bundestag nicht geschlachtet wird.«

»Geschlachtet wird?«

»Sagen wir so, wenn in der Rede falsche Zahlen oder Fakten stehen und die Opposition sie dann vorführt. Das geht ja heute alles in Echtzeit. Da sitzt ja kaum noch einer, der nicht so einen Tablet-Computer dabeihat oder sich wenigstens SMS von seiner Fußtruppe schicken lässt. Und dann erzählt die Kanzlerin was von 34,4 Milliarden Euro Garantiesumme, und irgendein Anfänger haut sie in die Pfanne, weil es 43,4 Milliarden sind.«

»Ich sehe schon, im Grunde geht es zurzeit immer nur um Europa und die Schulden«, sagte Natascha, und ihre Körpersprache signalisierte Beck, dass sie im Begriff war, ihn wieder zu verlassen.

»Na ja, im Moment geht es noch viel um Europa. Das wird

sich aber wieder geben. Die Schulden werden uns bleiben. Wenn wir vor dem eigenen Haus gekehrt haben, wird uns der Westwind wieder ordentlich Schmutz hinfegen.«

»Der Westwind?« Sie stand auf.

»Eine Redensart«, erklärte Beck und wuchtete seinen schweren Leib auf, um sie zur Tür zu begleiten. »Die Amerikaner.« Er zuckte die Achseln. »Aber machen Sie sich keine Sorgen. Das wird alles vorübergehen. Ist ja nicht die erste Schuldenkrise.«

»Wann war denn die letzte?«, wollte Natascha wissen.

»Keine zwanzig Jahre her. Hier ...« Beck griff nach einem Buch aus seinem Regal und reichte es ihr. »Das ist hier drin ganz gut erklärt. Ich bin gespannt, wie es diesmal ausgeht. Wer behauptet, er könnte das vorhersehen, lügt. Da können sie Politik machen, soviel sie wollen – am Ende siegt immer die Realität.«

Natascha nickte ihm freundlich zu und verließ sein Büro. Draußen warf sie einen Blick auf das Buch: Berthold Hagen, *Der Bankier Albert Ritter*.

*

Erst als sie am späten Nachmittag wieder an ihren Schreibtisch kam, bemerkte sie, dass sie den ganzen Tag nichts gegessen hatte außer ein paar Keksen von den Beistelltischen in diversen Büros. Ihr Magen fühlte sich trotzdem seltsam voll an, ihr Kopf sich umso leerer. Sie hatte sich gar nicht erst der Illusion hingegeben, dass es etwas bringen könnte, Aufzeichnungen über ihren Ausflug auf die Flure des Kanzleramts zu machen. Dennoch wurde ihr erst jetzt klar, wie vielfältig verworren und vor allem undurchsichtig das Netz der Beziehungen in dieser Behörde war.

Der Aktenstapel war auf ein bedenkliches Maß angewachsen. Nun, da sie allein in ihrem Büro saß, war sie überrascht: Ihre Stelle war neu geschaffen worden. Wer also hatte all diese Arbeit getan, bevor sie ihren Dienst angetreten hatte? Sie schaute nach nebenan, doch Frau Berling war bereits gegangen. Ihr Schreibtisch lag im Dämmerlicht eines diesigen Hauptstadtabends. Natascha trat näher und betrachtete den Arbeitsplatz ihrer Mitarbeiterin. Ein Foto von einer Katze in einem silbernen Rahmen, ein paar Ansichtskarten, die ihr jemand aus dem Urlaub geschickt hatte. Malta. Florida. Thailand. Sie sah sich die Absender an, überflog die Texte. Belangloses von Kolleginnen. Ulrike. Heike. Claudia und Hülya. Kein Hinweis auf irgendeinen Mann in Jana Berlings Leben. Keiner auf Kinder. Was machte so eine Frau, wenn sie das Büro verließ? Nach Hause gehen zu den Katzen? Ins Fitnessstudio? In die Kneipe? Unauffällig, als beginge sie etwas Verbotenes, zog Natascha eine Schublade des Schreibtisches auf. Doch auch hier: Nichts, was für ein Leben gestanden hätte. Stifte, Büroklammern, ein Lineal, zwei Blocks, ein paar Haargummis, ein Lippenstift. Pfefferminzdragees.

Nebenan klingelte das Telefon. Natascha schob das Fach wieder zu und ging hinüber in ihr Büro. »Eusterbeck?«

»Frau Eusterbeck?« Eine männliche Stimme, die sie nicht kannte.

»Ja?«

»Professor Knauer, Charité. Es tut mir leid, Ihnen mitteilen zu müssen, dass Ihr Vater ...« Er zögerte. Natascha befiel ein plötzliches Schwindelgefühl, sie hielt sich am Fensterrahmen fest, starrte hinaus in den aufziehenden Nebel. Die Straßenbeleuchtung flackerte auf. »Dass mein Vater was?«, presste sie hervor.

»Er hatte einen Unfall. Bitte haben Sie Verständnis, dass ich am Telefon nicht mehr dazu sagen möchte. Aber es wäre gut,

Sie kämen vorbei.« Er machte eine kurze Pause. »Möglichst bald.« Dann legte er auf.

Natascha Eusterbeck spürte, wie ihre Beine nachgaben. Ein Unfall. In Berlin? Warum war ihr Vater in der Charité? Was hatte er hier zu tun gehabt? Weshalb hatte er sich nicht bei ihr gemeldet? Hastig stopfte sie ein paar Unterlagen in ihre Tasche, drückte auf die Haustaste, dankbar, dass sie am Morgen ihr Dienstfahrzeug bekommen hatte, keuchte: »Meinen Wagen bitte. Gleich.« Wenige Augenblicke später war sie auf dem Weg in die Tiefgarage, während sie versuchte, am Handy die Charité zu erreichen – erfolglos. Der Empfang im Aufzug war schlecht, der in der Tiefgarage noch schlechter. Bleicher, ihr Chauffeur, fuhr gerade vor. Sie winkte ihm sitzen zu bleiben, riss die Tür auf und warf sich auf den Rücksitz. »Bitte bringen Sie mich so schnell wie möglich zur Charité.«

Bleicher wusste, wie man schnell durch den Berliner Verkehr kam. Er verschwendete keine Grünphase, keinen Seitenstreifen, keine Lücke zwischen den anderen Fahrzeugen. Mit der Eleganz eines mit allen Wassern gewaschenen Profis schoss er durch den Abend. Doch Natascha hatte dafür keinen Blick. Sie tippte mit zitternden Fingern eine Nachricht an Henrik in ihr Handy: »Papa in der Charité. Unfall. Komm bitte auch hin. N.«

Bleicher warf ihr im Rückspiegel einen Blick zu. »Wissen Sie, wo in der Charité Sie hinmüssen? Ich frage wegen der Anfahrt. Sie sparen sich Zeit, wenn wir gleich den richtigen Weg nehmen.«

»Ja, natürlich, Herr Bleicher, Sie haben recht. Ich muss zu einem Professor Knauer.«

»Ich rufe mal in der Charité an«, sagte Bleicher, tippte, während er den Wagen mit unvermindertem Tempo durch die dichten Straßen manövrierte, eine Nummer in das Autotelefon ein und sprach dann, knapp und präzise, wie er es als Logistiker gelernt hatte: »Hier der Wagen von Staatssekretärin Eusterbeck, Bundeskanzleramt. Auf dem Weg zur Charité. Kommen über die Reinhardtstraße, müssen zu Professor Knauer. Bitte um die schnellste Anfahrt.«

»Wie heißt der Professor noch mal?«

»Knauer.«

»Welche Station soll das sein?«

Bleicher wandte sich zu Natascha um, ohne den Blick von der Straße zu wenden. »Welche Station, Frau Staatssekretärin?«

»Ich weiß nicht. Es geht um einen Unfall.«

»Notaufnahme«, sagte Bleicher und lauschte.

»Fahren Sie über …« Natascha hörte nicht mehr zu, sondern kämpfte mit den Tränen. Für solche Ereignisse waren einfach keine Kräfte mehr übrig. Alles, was sie zu geben hatte, steckte in ihrem Job. Mehr als alles, was sie zu geben hatte.

»Sicher, dass der Professor Knauer hieß?«, fragte Bleicher, als die Leitung wieder unterbrochen war.

Natascha schüttelte den Kopf. »Vielleicht habe ich es falsch verstanden. Ich war zu überrascht. Ich kann noch mal im Krankenhaus anrufen und nachfragen …«

»Lassen Sie mal, Frau Staatssekretärin, wir sind in zwei Minuten da, das lohnt nicht.«

Tatsächlich standen sie wenige Augenblicke später in der Auffahrt zur Klinik. Bleicher ließ die Scheibe runter und hatte im selben Moment das Blaulicht auf dem Dach.

»Herr Bleicher!«

»Keine Sorge, ich werfe das Martinshorn nicht an. Die sollen uns nur nicht für irgendjemanden halten, sondern schnell vorlassen.«

Was dann auch geschah. Natascha war dankbar für Bleichers Geistesgegenwart. Als sie vor der Tür angekommen waren, sprang sie aus dem Wagen und lief zur Pforte. »Guten Abend. Eusterbeck. Ich suche meinen Vater. Er ist heute hier eingeliefert worden. Wolfhardt Lippold.«

Der Mitarbeiter am Empfang warf ihr einen prüfenden Blick zu, sah dann zu dem blinkenden Wagen hin, der immer noch vor der Tür stand, und fragte müde: »Und weswegen ist er eingeliefert worden?«

»Ein Unfall. Professor Knauer hat mich angerufen.«

»Knauer?« Seine Miene wurde noch etwas skeptischer. Er wandte sich um, Natascha konnte nicht sehen, zu wem. »Kennst du einen Professor Knauer?« Dann drehte er sich wieder zu der verzweifelten Frau, die vor ihm stand. »Also, einen Professor Knauer kennen wir hier nicht. Aber jetzt sehen wir mal nach, ob wir wenigstens einen Herrn Lippold finden.« Er klickte sich durch verschiedene Register, die Natascha sich in seiner Brille spiegeln sah, winzig klein, Tausende von Patientennamen mussten dort stehen, die Charité war eine Stadt in der Stadt. Schließlich zuckte der Mann die Achseln und nahm die Hände von der Tastatur. »Und Sie sind sicher, dass er in die Charité eingeliefert worden ist?«

»In die Charité«, murmelte Natascha. Plötzlich wirkte das alles wie ein Potemkinsches Dorf auf sie: das Blaulicht, die kalte Kulisse der Klinik, der Mann, der ihr sichtlich nicht glaubte. Wie gemalt. Von Edward Hopper. Und sie mittendrin. Allein. »Nein«, sagte sie. »Ich bin nicht sicher.« Sie wandte sich ab. »Ich dachte nur.«

*

Als Henrik wenige Minuten später eintraf, war Natascha bereits wieder auf dem Weg ins Kanzleramt. »Haben Sie meine Frau gesehen?«, keuchte er am Empfang. »Natascha Eusterbeck.«

»Keine Ahnung«, brummte der Mann hinter der Glasscheibe. »Ist sie hier Patientin?«

»Ihr Vater ist Patient. Wolfhardt Lippold.«

»Ist entweder eine Verwechslung oder versteckte Kamera, wa?« Da war kein Anflug eines Lächelns. Der Mann war ganz einfach genervt. Auf Henriks verständnislosen Blick ergänzte er: »Ja, Ihre Frau war da. Und nein, ein Herr Lippold ist nicht da. Der muss woanders eingeliefert worden sein.«

»Verstehe. Danke.« Verärgert wandte Henrik Eusterbeck sich ab. Er warf noch einmal einen Blick auf Nataschas Nachricht. Doch die lautete unmissverständlich: *Papa in der Charité.* Und davon gab es nun mal nur eine. Er wählte das Handy seiner Frau an. Doch sie ging wieder einmal nicht ran.

Es hatte zu regnen begonnen, und er hatte seinen besten Anzug an – aber keinen Schirm dabei. Fluchend rannte er zum Parkplatz zurück und stieg schnell in den Wagen. Noch einmal rief er seine Frau an. Diesmal hatte er Glück. »Natti, was ist los? Ich bin hier an der Charité. Wer nicht da ist, bist du. Und dein Vater. Wo ist er denn? Und wo bist du? Was ist ihm passiert?«

»Ich habe gerade mit ihm telefoniert«, sagte Natascha mit brüchiger Stimme. »Es geht ihm gut.«

»Na, Gott sei Dank. Was ist denn überhaupt los? Soll ich woanders hinkommen?«

»Nein, Henrik, danke. Du bist ein Schatz. Nicht nötig. Danke, dass du zur Charité gekommen bist. Ich … ich kann jetzt nicht reden. Sei mir nicht böse. Ich muss dir das nachher erklären. Sehen wir uns zu Hause?«

»Wäre schön. Ich werde jedenfalls da sein.«

»Ich auch. Danke. Ich liebe dich.« Sie legte auf. Vor ihr auf dem Bildschirm flackerte die Nachricht:

Von: Die Pupille

An: N.Eusterbeck@voxcom.net

Betreff:

Text: BEIM NÄCHSTEN MAL IST ES KEIN FALSCHER ALARM, PRINZESSIN.

Erschöpft ließ sie sich auf den Drehstuhl sinken und vergrub das Gesicht in den Händen. Das war zu viel. Alles war ihr zu viel. Sie war nicht geschaffen für diesen Job. Irgendein Schwein wusste das und wollte ihr das Leben zur Hölle machen. Und, verdammt noch mal, es gelang ihm. Sie atmete mehrmals tief durch und rieb sich die Wangen. Sie versuchte, sich wieder in den Griff zu bekommen. Was war geschehen? Nichts. Bei genauer Betrachtung war nichts geschehen. Niemandem war ein Schaden zugefügt worden. Ihr Vater hatte gerade beim Abendbrot gesessen und Nachrichten geschaut, als sie ihn angerufen hatte. Sie selbst hatte ein wenig Zeit für eine unnötige Fahrt ins Krankenhaus vergeudet. Immerhin: besser, als wenn es eine nötige Fahrt gewesen wäre. Jemand wollte sie unter Druck setzen. Und wenn sie ihn einfach ignorierte? Sie musste lächeln, als sie bemerkte, dass sie ganz natürlich davon ausging, dass es ein Mann war. Es konnte aber ebenso gut eine Frau sein.

Sie nahm wieder das Organigramm zur Hand, das sie viele Stunden früher am Tag studiert hatte. »Bundeskanzleramt« stand darüber. »Dienststellen, Referate, Organisation, Leitung«. Das Ganze sah aus wie ein umgekehrter Stammbaum. Oben stand der Kanzleramtsminister. Dr. Hans Steiner. Er leitete die Behörde. Die Kanzlerin leitete die Regierung. Was zwar bedeutete, dass sie ihn feuern konnte, nicht aber seine Untergebenen. Mit Ausnahme möglicherweise der Staatssekretäre, das würde Natascha noch einmal nachschlagen müssen. Die Staatssekretäre standen unter dem Kanzleramtsminister. Dann kamen die Abteilungsleiter, die Referatsleiter, die Referenten – der Pressesprecher und sein Stab bildeten einen Nebenstrang. Natascha fragte sich, ob irgendwo auf diesem Papier auch der Mensch verzeichnet war, der sich auf sie eingeschossen hatte. Sie musterte die Namen, als könnte einer von ihnen sich verraten. Dann nahm sie einige Stifte in unterschiedlichen Farben zur Hand und begann, politische Freundschaften und Abhängigkeiten in jeweils einer identischen Farbe zu markieren. Doch schon bald merkte sie, dass sie dafür zu wenig Einblick in die Interna hatte. Sie kannte die meisten Spieler auf diesem Feld noch nicht – und sie konnte nicht einschätzen, wer mit wem dicke war.

Das Display ihres Handys leuchtete auf. Henrik. Sie zögerte kurz. Gerade hatte sich der Knoten in ihrem Kopf gelöst. Wenn sie jetzt telefonierte, musste sie sich erneut durch das Personengeflecht kämpfen. »Entschuldige, Schatz«, flüsterte sie und drückte das Gespräch weg. Eine Weile blieb sie reglos sitzen und starrte das Organigramm an, das sich wie ein Krake vor ihren Augen ausbreitete. Dann erkannte sie plötzlich, wie es gehen konnte: Sie musste den umgekehrten Weg nehmen! Was sie wusste, war, dass etwa die beiden Staatssekretäre Frey und Wende einander nicht ausstehen konnten. Diesen beiden konnte sie schon mal unterschiedliche Farben geben. Sie würden keinesfalls ein unsichtbares Netzwerk bilden. Und David Berg konnte sie eine eigene Farbe zuteilen. Er war ohne Zweifel in keinem der beiden Lager – wenn es denn solche Lager gab. Sie zeichnete ihn blau an. Einen Augenblick spielte sie mit dem Gedanken, sich selbst auch eine blaue Markierung zu verpassen, indem sie ihren eigenen Namen in das Feld neben Frey und Wende setzte. Doch dann wurde ihr bewusst, wie gefährlich eine solche Zuordnung gewesen wäre. Nur dass David Berg charmant und gut aussehend war und man sich mit ihm besser unterhalten konnte als mit jedem anderen hier im Haus, durfte nicht dazu führen, dass sie ihn voreingenommen sah. Er war genau wie alle anderen … Natascha Eusterbeck stutzte. Was war er? Was waren alle anderen? Sie wusste, was sie dachte. Aber es erschreckte sie, dass sie so dachte. In diesem Augenblick wurde ihr zum ersten Mal klar, dass sie ein fatales Denkgebäude errichtete. Denn alle, die vor ihr auf diesem Zettel vermerkt waren, waren für Staatssekretärin Natascha Eusterbeck plötzlich vor allem eines: verdächtig.

Erneut sah sie aus den Augenwinkeln das Display aufleuchten. Sie seufzte und griff nach dem Handy. »Entschuldige, Henry«, sagte sie. »Ich bin gerade mit einer kniffligen Sache beschäftigt.« Doch es war nicht Henrik. Es war die Frau, die sie am Bahnhof versetzt hatte. »Frau Eusterbeck«, sagte sie mit brüchiger Stimme. »Es tut mir leid. Ich wollte Sie nicht in Gefahr bringen.«

»Hören Sie, wer immer Sie sind …«

»Ich weiß, Sie kennen mich nicht. Aber Sie müssen hören, was ich Ihnen sagen möchte.«

Die Frau hatte ihre Chance gehabt. Wenn man in Nataschas Position war, musste man sich auch selbst schützen. Gut möglich, dass diese Geschichte den gleichen Hintergrund hatte wie die Geschehnisse auf der Rückfahrt von Braunschweig oder der blinde Alarm um ihren Vater. Jemand versuchte, sie unter Druck zu setzen, jemand wollte ihr zweifellos schaden, sie verunsichern, ihr den Mut nehmen – wenn nicht Schlimmeres. Natascha war bereits im Begriff, das Gespräch zu beenden. Doch dann stand ihr plötzlich wieder das Bild von dem Mädchen vor Augen, wie es sie am Bahnhof angesehen hatte. Und sie hörte die kindliche Stimme wieder, die ihr gesagt hatte, dass die Mutter seit gestern nicht mehr zu Hause gewesen war. »Wo sind Sie?«, fragte Natascha.

»Ich bin …« Die Frau weinte. Es war deutlich zu hören. »Ich … Alexanderplatz.«

»Okay. Wir treffen uns in zwanzig Minuten vor der Humboldt-Uni. An den Bücherständen.« Ohne eine Antwort abzuwarten, legte sie auf.

*

Berlin funkelte. Nicht nur weil Unter den Linden wie so oft die Baustellensignale mit den Autoscheinwerfern um die Wette blinkten. Die Fassaden der klassizistischen Bauten waren in angeberisches Licht getaucht, wohin man sah, präsentierte sich die Hauptstadt in einem Selbstbewusstsein, das der chronischen Finanznot in nichts nachstand. Natascha Eusterbeck hatte ein Taxi genommen und sich zum Café Einstein fahren lassen und lief von dort aus die kaiserliche Prachtallee zu Fuß Richtung Universität, obwohl der schneidende Wind kleine Eiskristalle durch die Straßen trieb. Halb acht. Sie hatte nicht daran gedacht, dass die Buchhändler vor dem Universitätsgebäude vielleicht schon ihre Stände abgebaut hatten – wenn sie bei der Kälte überhaupt dastanden.

Einer hatte immerhin die Stellung gehalten. Schon beim Näherkommen konnte Natascha die Gestalt einer ziemlich groß gewachsenen Frau ausmachen. Unwillkürlich sah sie sich nach einem Kind um. Doch wenn die Frau wirklich seit einiger Zeit nicht mehr zu Hause gewesen war, würde sie ihre Tochter nicht dabeihaben. Ein ungutes Gefühl beschlicht sie: Falls die Unbekannte wirklich in Gefahr schwebte, dann war dieses Treffen womöglich auch gefährlich.

Natascha verlangsamte ihre Schritte, damit es nicht zu sehr nach Verabredung aussah, trat an den Stand und tat, als würde sie sich die Bücher ansehen. Aus den Augenwinkeln konnte sie erkennen, dass die Frau tatsächlich schwarz war. Trotz der

Abendstunde trug sie eine Sonnenbrille. Natascha zog sich den Schal über den Mund und wandte sich ab, Richtung Straße. So unauffällig wie möglich blickte sie sich um. Doch wer vermochte schon im blitzenden Dunkel einer belebten Berliner Nacht zwischen Hunderten Passanten und Hunderten Autos zu sagen, ob sich jemand für ein paar Frauen interessierte, die einen Bücherstand vor dem Unigebäude durchstöberten. Jeder konnte ein unerwünschter Beobachter sein. Die Wartenden an der gegenüberliegenden Bushaltestelle. Der Taxifahrer, der ein paar Meter weiter parkte. Die unsichtbaren Gestalten hinter den Fenstern …

»Gehen Sie in das Neue Museum«, raunte Natascha durch den Schal, gerade so laut, dass die Frau sie verstehen würde. »Im Saal vor der Nofretete gibt es Schaukästen mit alten Schriften. Ich warte dort auf Sie.« Dann ging sie weiter. Schaute sich interessiert die Plakate vor dem Historischen Museum an, bewunderte im Vorbeigehen das herausgeputzte Kronprinzenpalais und schlenderte dann hinüber auf die Museumsinsel, um dort eilig dem Eingang des Neuen Museums zuzustreben. Hier schnitt ihr der Wind so heftig ins Gesicht, dass Tränen über ihre Wangen liefen. Für einen Augenblick hatte sie das Gefühl, als würde ihr jemand folgen. Doch als sie sich umdrehte, sah sie nur ein paar Passanten, die in die entgegengesetzte Richtung gingen.

Sie zeigte ihren Ausweis vor, der sie als Bundestagsabgeordnete auswies und ihr freien Eintritt bescherte. »Einen Augenblick bitte«, sagte der Uniformierte und ging mit ihrem Abgeordnetenausweis in einen kleinen Raum neben dem Eingang. Als er zwei Minuten später wieder herauskam, schenkte er ihr sein bestes falsches Lächeln und verbeugte sich knapp. »Willkommen im Neuen Museum.«

»Danke«, erwiderte Natascha, ließ den Blick über die anderen Besucher schweifen, konnte aber niemanden ausmachen, der ihr verdächtig erschienen wäre. Seit der Begebenheit auf der Rückfahrt von Braunschweig litt sie ohnehin an einer gewissen Paranoia. Im Zusammenhang mit der ominösen Frau schien sich dieser Verfolgungswahn noch zu verschärfen.

Sie knöpfte ihren Mantel auf, löste den Schal und stieg die Treppen hoch in die zweite Etage. Es war lange her, dass sie in diesem Museum gewesen war – in irgendeinem Museum. Für solchen Luxus hatten Berufspolitiker keine Zeit. Der freie Eintritt war etwas ganz und gar Hypothetisches.

Keramiken, alter Schmuck, Helme und Skulpturen säumten den Weg zur ägyptischen Königin. Man hatte die Büste sehr suggestiv ans Ende einer Zimmerflucht platziert und im Halbdunkel gezielt angestrahlt, sodass sie den Besucher erwartete, ihm mit ihrer blendenden Schönheit entgegenblickte.

Natascha allerdings ließ sich scheinbar völlig fesseln von den Papyri, die im davorliegenden Saal ausgestellt waren. Große Schaukästen ermöglichten es, Jahrtausende alte Verträge und Quittungen, Listen und Register aufzufächern. Und so stand sie dort und studierte ein Verzeichnis von Sklaven, als eine andere Besucherin neben sie trat. »Danke«, flüsterte die schwarze Frau. »Ich bin Ihnen so dankbar.«

Natascha seufzte. »Mir ist das unheimlich«, sagte sie.

»Mir auch. Aber ich weiß nicht, an wen ich mich wenden soll.«

»Hören Sie. Ich weiß nicht, worum es geht. Und ich bin ziemlich sicher, dass ich Ihre Probleme nicht lösen kann. Wenn mich meine Mitarbeiterin nicht darum gebeten hätte …«

Die fremde Frau legte ihre Hand wie zufällig auf Nataschas. »Ich verstehe Sie gut«, raunte sie, während sie sich über die Glasplatte beugte, unter der ein durchscheinendes antikes

Blatt gleichsam zu schweben schien. Sie deutete mit dem Finger darauf, als würde sie etwas dazu sagen wollen. Natascha beugte sich zu ihr. Nun waren sie sich so nahe, dass sie von niemand anderem gehört werden konnten.

»Ich habe lange überlegt, ob ich jemandem davon erzählen soll. Aber es lässt mir keine Ruhe. Ich habe selbst ein kleines Mädchen«, sagte die Frau leise.

»Was ist mit Ihrer Tochter? Ich habe sie gesprochen …«

»Ach Gott, es ist so schrecklich«, stieß die Fremde hervor, und Natascha konnte ein Beben in ihrer Stimme hören. »Wenn ich nur wüsste … Ich habe sie seit Tagen nicht gesehen. Aber ich kann nicht nach Hause gehen. Nicht solange …« Sie sah Natascha ins Gesicht. Dann beugte sie sich wieder über den Schaukasten, und Natascha tat es ihr gleich. »Wenn es nur um mich ginge, würde ich meine Arbeit tun und warten, bis sie mich irgendwann wieder gehen lassen«, sagte die Frau.

Eine Bewegung, die sie aus dem Augenwinkel wahrnahm, ließ Natascha aufblicken. Hinter einer der hohen Vitrinen im vorgelagerten Saal konnte sie schemenhaft eine klein gewachsene Gestalt ausmachen, ein Kind. Einer der Aufseher verließ den Raum der Papyri und ging hinüber, das Kind verschwand aus Nataschas Blickfeld. »Bis wer Sie gehen lässt?«

»Die gleichen Leute, die auch Kinder lieben.«

»Wir alle lieben Kinder«, sagte Natascha und richtete sich etwas auf. Die fremde Frau nahm ihre Sonnenbrille ab, und Natascha konnte sehen, dass ihre Augen geschwollen waren. Hatte sie geweint? War sie geschlagen worden? »Wir alle lieben Kinder, natürlich«, sagte sie. »Aber sie *lieben* sie, verstehen Sie? Sie lieben sie auf eine andere Weise.«

Natascha sog scharf die Luft ein. »Sie meinen, es geht um Pädophilie?«

Die Frau nickte. »Kinder verschwinden. Und ich weiß,

wohin sie verschwinden. Ich weiß auch, für wen sie arbeiten müssen. Und wo.«

»Hören Sie«, sagte Natascha. »Das ist ein Fall für die Polizei. Wenn Sie etwas über Kindesmissbrauch wissen, dann müssen Sie damit unbedingt zur Polizei gehen …«

Die Augen der Frau füllten sich mit Tränen. »Die Polizei, ich …«, sagte sie und schluckte. »Ich habe versucht … Ich glaube nicht, dass ich das der Polizei sagen kann.« Sie hielt inne und wartete, bis ein Mann, der gegenüber an einem der anderen Schaukästen stand, endlich in den Raum der Nofretete weitergegangen war. Einer der Museumswärter beobachtete die beiden Frauen von der Tür her. Ein junges Paar schlenderte durch den Raum, sehr nah an ihnen vorüber. Natascha drückte auf einen der Knöpfe am Schaukasten und ließ eine andere Sammlung von antiken Dokumenten zum Vorschein kommen. »Es stecken so mächtige Männer dahinter«, sagte die fremde Frau leise und wischte sich mit den Handrücken über die Augen. Dann setzte sie ihre Sonnenbrille wieder auf. »Ich habe Angst um meine Tochter. Wenn ich zur Polizei gehe, dann wissen sie, dass ich etwas gesagt habe.«

»Ich kann auch nur zur Polizei gehen«, sagte Natascha.

»Wenn Sie das tun, ist es etwas anderes. Sie sind eine berühmte Politikerin. Ich bin nur … Ich bin … Sie wissen, was ich bin.«

Natascha nickte. »Aber was soll ich denn der Polizei sagen?«

»Ich habe Ihnen die Adressen aufgeschrieben. Es gibt mehr. Aber das sind die, die ich kenne.« Mit zitternden Fingern nahm die Frau einen Zettel aus ihrer Manteltasche und hielt ihn Natascha hin. In dem Moment hörten sie beide einen Schrei aus dem Nebenraum. »Mama!« Die Stimme eines Mädchens. Ein Ruck ging durch den Körper der fremden Frau. »Lili?«

Sie schlug die Hand vor den Mund, dann warf sie den Zettel auf den Schaukasten, von wo er auf den Boden fiel, und lief hinüber. »Lili?«

Es war nur ein Augenblick, den Natascha brauchte, um sich zu besinnen. Doch dieser Augenblick genügte, um ihr die Kontrolle entgleiten zu lassen. Noch ehe sie sich nach dem Zettel bücken konnte, packte sie einer der Aufseher am Arm und herrschte sie an: »Feueralarm. Sie begeben sich bitte sofort zum Ausgang.« In diesem Moment heulten die Sirenen los.

»Moment«, stotterte Natascha und wandte sich um. »Ich habe etwas verl...« Doch der Zettel war vom Boden verschwunden. Der Wärter ließ sie los. Verwirrt stolperte sie noch ein paar Schritte weiter, während sich hinter ihr die Brandschutztüren zu schließen begannen. Sie sah sich nach der Frau um. Nach dem Kind. Doch sie konnte sie beide nicht mehr finden. War es wirklich ihre Tochter gewesen? Oder hatte man die Frau in eine Falle gelockt? Hatte man die Tochter benutzt, um ihr eine Falle zu stellen? Oder war das alles nur ein großes, paranoides Missverständnis? In den Sälen und Fluren des Museums drängten die Besucher zum Ausgang. Hatte einer von ihnen den Zettel an sich genommen? Oder war es einer der Aufseher gewesen? Die Adressen, dachte sie. Die Adressen der Täter? Die Adressen, wo Kinder missbraucht wurden? Wie viel war Wirklichkeit von dem, was die Frau behauptete? Und wie viel war Wahn?

Verwirrt und bestürzt hastete Natascha Eusterbeck zum Ausgang. Sie wollte nur noch weg von diesem Ort. Zwischen ihr und Nofretete schlossen sich die Pforten. Nofretete in ihrem Reich im Halbschatten, das kluge Haupt hoch erhoben und mit einem geheimnisvollen Lächeln. Die mächtigste Frau ihrer Zeit. Sie war auf einem Auge blind.

Es war weit nach Mitternacht, als sie nach Hause kam. Henrik schlief längst. Er hatte das Licht im Flur für sie brennen lassen, wofür sie ihm dankbar war. Es waren diese kleinen Zeichen, die ihr zeigten, dass er sie noch liebte und dass er ihr ihre Karriere nicht verübelte. Nicht wirklich. Nach den Ereignissen dieses Tages war sie doppelt dankbar dafür.

Sie schminkte sich ab, duschte, cremte sich ein und zog ihren Bademantel über. Als sie sich an den Küchentisch setzte, stellte sie fest, dass sie weinte. Sie wäre so gerne zu Bett gegangen. Doch in ihrem Inneren tobte ein Sturm. Selten hatte sie sich derart aufgewühlt gefühlt. Irgendwo dort draußen in der Dunkelheit war eine Frau auf der Flucht, war ein Kind allein auf sich gestellt, wurden andere Kinder missbraucht. Vielleicht. Und sie saß hier im Warmen ihrer schicken Wohnung und erging sich in Selbstmitleid. Auf dem Boden stand die Tasche, darin das Notebook. Eigentlich sollte sie noch arbeiten. Allein der Gedanke war so bizarr, dass sie auflachen musste. Nein, sie würde mit Henrik sprechen. Jetzt. Sofort. Es war sowieso höchste Zeit, ihn in die Vorgänge einzuweihen, die sie zunehmend bedrückten.

Natascha stand auf und ging hinüber ins Schlafzimmer. Selbst dort hatte er ein Nachtlicht brennen lassen. Ein Gefühl der Dankbarkeit durchströmte sie, als sie sich zu ihm niederbeugte und ihn sanft an der Schulter berührte. »Henry?«

Er regte sich nicht.

»Henry?« Panik flammte in Natascha auf. Sie rüttelte ihn heftig.

»Was ist los?«, lallte er und richtete sich mit glasigem Blick auf, nur um im selben Moment wieder niederzusinken und seine Frau nicht weiter zu beachten. »Oh Gott, du bist betrunken«, flüsterte Natascha entgeistert. Jetzt konnte sie es auch riechen. Sie stand abrupt auf und wankte zurück in die Küche. Die Lichter, dachte sie. Er hatte sie nicht für sie angelassen. Er war einfach nur sturzbetrunken eingeschlafen. Erst nach einer Weile bemerkte sie, dass sie schluchzte. Wie einsam musste man sein, wenn der eigene Ehemann so nah und gleichzeitig so unendlich fern war.

Sie wusste nicht, wie lange sie in die Dunkelheit vor dem Fenster gestarrt hatte, als sie endlich aufstand und sich einen Kaffee machte. Ehe sie sich bis zum Morgengrauen im Bett wälzte, würde sie arbeiten. Sie hatte trotz allem einen Job zu erledigen, und es würde ihr guttun, sich in ihre Unterlagen zu vergraben, es würde sie auf andere Gedanken bringen, weit weg von der Unbekannten und ihrem Kind, weit weg auch von Henrik.

Sie fuhr den Laptop noch einmal hoch. Wenig später hatte sie die Lebensläufe aller Abteilungsleiter, Referatsleiter, der Staatssekretäre und des Kanzleramtsministers auf ihrem Computer abgespeichert. Außerdem die von David Berg und Britta Paulus (interessant, die beiden hatten zur gleichen Zeit in Hamburg studiert, vermutlich kannten sie sich seit damals) sowie einigen anderen einflussreichen Mitarbeitern des Kanzleramts.

Als sie das Organigramm, das sie neben dem Laptop auf dem Küchentisch ausgebreitet hatte, betrachtete, wurde ihr klar, dass es schwierig werden würde, ihr Farbsystem durchzuhalten: Erstens konnte sie Berg und Paulus schlecht mit ein und derselben Farbe kennzeichnen, schließlich waren die beiden offensichtlich nicht in einem Lager, sondern entschieden in gegensätzlichen (sie zeichnete Britta Paulus violett an). Zweitens war das Bundeskanzleramt keine Insel. Hans Steiner gehörte beispielsweise vor seiner Berufung zum Kanzleramtsminister zum Klüngel der niedersächsischen Landespartei, wo er sehr vom ehemaligen Vorsitzenden und Ministerpräsidenten Braun gefördert worden war. Braun aber war in der letzten Legislaturperiode selbst Minister im Kabinett der Kanzlerin gewesen. Fraglos hatte er Steiners Karriere entscheidend unterstützt. Und vermutlich hatte Steiner massiv daran mitgewirkt, ihn abzusägen. Dunkel erinnerte sich Natascha daran, dass es sogar einmal Ermittlungen wegen Amtsmissbrauchs gegen Steiner gegeben hatte, von deren Begründetheit alle überzeugt gewesen waren. Braun hatte dafür gesorgt, dass die Geschichte ohne Prozess aus der Welt kam. Mit roter Farbe, in der sie Steiner gekennzeichnet hatte, vermerkte sie am Rand der Seite: »Braun«, machte einen Strich zwischen ihm und dem Kanzleramtsminister und vermerkte daneben ein Minus und ein Plus.

Wenig später hatte sie noch einige rote Striche mehr auf ihr Organigramm gezeichnet und einige Namen mehr daraufgesetzt. Unter anderem war ihr aufgefallen, dass Dr. Frey eine undurchsichtige Rolle in der Braunschen Skandalära gespielt hatte, als es um illegale Parteispenden und um fragwürdige Wahlkampfunterstützungen ging. Braun war letztlich darüber gestolpert, denn nach seinem Abgang als Landesregierungschef hatte ihm die Kanzlerin – anders als anderen gefallenen Parteigranden – kein hübsches Pöstchen mehr für das Ego und die privaten Finanzen angeboten. Kein Verkehrsministerium, keine Nominierung zum Bundesrichter, kein Büro in Brüssel. Er war einfach weg vom Fenster. Und Frey war Staatsminister im Kanzleramt geworden.

Natascha spürte, wie eine bleierne Müdigkeit sie endlich doch niederzog. Sie fuhr den Computer runter und ließ sich ins Bett fallen. Auf Henrik brauchte sie keine Rücksicht zu nehmen, er würde es nicht einmal merken, wenn sie neben ihm erschossen wurde. Dass die Kamera des immer noch aufgeklappten Notebooks auch in dieser Sekunde wieder eine Aufnahme machte, bekam sie nicht mit.

*

»Wem kann ich vertrauen?« Die Frage war so allgemein, so umfassend, dass David Berg sie irritiert musterte. »Mir zum Beispiel?«, sagte er, und es klang nur halb im Scherz. »Was wollen Sie hören?«

Natascha schwieg kurz, musterte Berg unverhohlen. »Ich frage mich, wer hier Spielchen spielt und wer zu den Aufrichtigen gehört.«

»Das heißt, Sie fragen mich.«

»Ja.«

»Das würden Sie nicht, wenn Sie nicht den Verdacht hätten, dass ich zu den, wie sagten Sie das so schön: zu den Aufrichtigen gehöre.«

Sie nickte und ließ ihren Blick durch die spärlich besuchte Kantine schweifen. »Ja. Irgendwo muss man einen Anfang machen. Und ich habe mich entschlossen, Sie für aufrichtig zu halten. Schon deshalb, weil Ihnen das so wenige zutrauen.« Er hob die Augenbrauen. »Oh, das hat nichts mit Ihnen persönlich zu tun«, erklärte sie. »Es hängt mit dem Job zusammen.«

»Regierungssprecher?«

»Tja, so ist das nun mal. Es dürfte nicht viele Jobs auf diesem Planeten geben, die als weniger aufrichtig gelten.«

Berg lächelte müde. »Ich könnte Ihnen eine Million aufzählen, die es *sind*.«

»Darum geht es nicht, David. Das wissen Sie so gut wie ich. Man ist immer das, was man in den Augen der anderen zu sein scheint.«

»Und das schreckt Sie nicht ab?«

»Im Gegenteil. Nach meiner Erfahrung ist ein so schlechter

Ruf die beste Gewähr dafür, dass Sie sich besonders anstrengen sauber zu bleiben.«

»Sauber zu bleiben«, wiederholte Berg halb verächtlich, halb genüsslich. »Und was ist mit: Ist der Ruf erst ruiniert, lebt es sich ganz ungeniert?«

»Das ist nur ein dummer Spruch. Ich kann nicht bestätigen, dass er gilt.«

»Verstehe.« Lange hatte der Regierungssprecher nur in seinem Espresso gerührt, jetzt stürzte er ihn in einem Schluck hinunter. »Und nun wollen Sie, dass ich Ihr Vorurteil, dass das kein Vorurteil ist, bestätige und Ihnen Indiskretionen über Mitarbeiter des Hauses erzähle. Ist das nicht ein Widerspruch in sich?«

»Überhaupt nicht. Ich will ja nichts über ihr Liebesleben erfahren oder über ihre Steuererklärungen ...«

»... worüber ich im Zweifel auch gar nichts wüsste.«

»... sondern nur, dass Sie mir die Wahrheit sagen.«

»Oder das, was ich für die Wahrheit halte. Denn es ist alles ja immer nur so, wie es zu sein scheint, nicht wahr?«

Natascha schenkte ihm ihr warmherzigstes Lächeln. »Oder das, was Sie für die Wahrheit halten. Einverstanden.«

David Berg lehnte sich zurück und ließ lässig einen Arm über der Stuhllehne baumeln. Wenn es versteckte Botschaften der Körpersprache gab, dann musste dies bedeuten, dass er sich im Kanzleramt so sicher fühlte wie in seinem eigenen Wohnzimmer. Er war mit der Macht per Du. »Wissen Sie, Natascha, es ist schwer, Worte wie ›aufrichtig‹ zu benutzen, wenn es um Menschen geht, die in der Politik arbeiten. Ist derjenige aufrichtig, der tut, was er sagt, ist der es, der sagt, was er tut? Ist es derjenige, der das Richtige versucht? Oder der, der das Falsche eingesteht? Bedeutet zum Scheitern stehen Aufrichtigkeit? Oder ist es nur Dummheit? Ist politischer Instinkt unaufrichtig, sind taktische Lügen erlaubt? Strategische verboten?« Er schüttelte den Kopf. »Seit ich diesen Job mache, denke ich über diese Fragen nach. Im Ernst, ich bin ja hier angetreten mit einer gehörigen Portion Idealismus, nennen Sie es Naivität. Oder Aufrichtigkeit. Als Journalist war es für mich immer einigermaßen einfach, das Richtige vom Falschen zu unterscheiden. Wenn Sie im operativen Geschäft sind, wird das oft verdammt schwer. Ich bewundere da einen Mann wie Rau. Er hat den härtesten Job dieser Legislaturperiode. Finanzminister ist ungefähr so schön wie Gastroenterologe. Rau redet nicht viel. Er sagt zehn Sätze und verschweigt tausend. Vielleicht die tausend Sätze, auf die es wirklich ankommt. Aber bevor er jemandem eine Lüge auftischt, hält er lieber die Klappe. Und wenn er etwas sagt, dann glaubt er daran. Das kann er, weil er hochintelligent ist. Er ist in der Lage, die Dinge so zu formulieren, dass er sich nicht verbiegen muss, um daran zu glauben. Also muss man ihm genau zuhören. Das können viele nicht. Sie hören nur mit halbem Ohr hin und halten ihn deshalb für eine Schlange. Wenn Sie mich fragen: Das ist er nicht. Er sagt, was er denkt, und denkt, was er sagt. Für mich gehört er zu den Aufrichtigen, wenn Sie so wollen.«

Natascha nickte. »Klingt in der Tat so, als hätten Sie sich viele Gedanken darüber gemacht.«

»Das bleibt nicht aus. Wird Ihnen ja nicht anders gehen: Sie kommen an und stellen fest, dass das alles nicht sehr romantisch ist. Sie müssen Ihre Ideale über Bord werfen und sich deshalb ersatzweise eine Philosophie zurechtlegen.«

Natascha lachte leise. »Sie vergessen, dass ich keine Quereinsteigerin bin.«

Berg nickte. »Stimmt. Sie kennen das alles natürlich aus Ihrer Parteikarriere und aus der Landespolitik. Da wird es nicht anders sein.«

»Ist es auch nicht.« Natascha nippte an ihrem Tee. »Rau. Erzählen Sie mir was über seine Truppen.«

»Da gibt es nicht sehr viel zu erzählen.« Berg hob die Hand und grüßte von der Ferne einen ziemlich jungen Mann, den Natascha nicht kannte, blond mit Nerdbrille, vermutlich einer von Bergs Mitarbeitern. »Eigentlich müssten Sie da in seinem Haus forschen. Aber wenn Sie mich fragen, ist Rau ein einsamer Mann. Er hatte wohl mal einen Stab von sehr loyalen und qualifizierten Mitarbeitern und wird im Finanzministerium hoch geschätzt. Ganz ähnliche Situation wie mit unserem neuen Verteidigungsminister. Das sind eben alte Kämpen, kompetent, fleißig und hart an der Sache orientiert. Aber aus irgendeinem Grunde ist da nichts nachgewachsen.«

»Wie: nachgewachsen?«

»Nun, es gehen ja immer wieder enge Vertraute ihren Weg. Sie steigen auf, sie wechseln in die Landespolitik, sie machen Parteikarrieren, sie werden weggebissen. Der alte Rau-Kreis, den es mal gegeben haben muss, ist offenbar in alle Winde zerstreut. Ich wüsste nicht, dass ein neuer entstanden wäre. Vor allem wüsste ich nicht, wer dazugehören sollte. Aber wir kommen ab vom Thema. Sie wollten ja wissen, wer zu den ›Aufrichtigen‹ gehört.« Er lächelte ihr schelmisch zu. »Und ich frage mich, ob Sie selbst dazugehören.«

Und Natascha fragte sich, ob der »alte Rau-Kreis« wirklich in alle Winde zerstreut war oder ob er vielleicht nur so groß war, dass man ihn gar nicht mehr wahrnahm – so wie niemand das Rund des Erdballs erkennen kann, weil es so allumfassend ist.

*

Die Frau war eine wahr gewordene Fantasie. Fasziniert betrachtete Henrik, wie sie sich durchs Haar fuhr, wie sich ihre Nasenspitze beim Sprechen ganz leicht bewegte, wie der Spitzenrand ihres Büstenhalters beiläufig am Rand ihres Dekolletés verlief. Alles an ihr schien perfekt. Sie war von makelloser Schönheit, intelligent genug, damit man sich gut mit ihr unterhalten konnte, nicht so clever, dass man ständig Kontra von ihr bekam, sie hatte Stil und Klasse. Gut, vielleicht war sie in einigen Details zu perfekt, um wirklich Klasse zu haben. Seine Gedanken schweiften wieder ab zu dem Nabelpiercing und zu dem Tattoo über ihrem sportlich-runden Po. So etwas hatte eine Frau von Welt nicht. Definitiv. Aber möglicherweise lag es auch daran, dass sie eben doch ein paar Jahre jünger war als er – und auch als Natascha. Vielleicht trug man das heute so. Henrik schätzte sie auf vielleicht dreißig.

Und sie hatte Geld. Jedenfalls hatte er sie – abgesehen davon, dass er sie am liebsten ständig nackt gesehen hätte – noch nie zweimal in demselben Outfit gesehen, obwohl sie sich inzwischen regelmäßig trafen. Sie hatte ihn nie nach seinem Zuhause gefragt. Und auch er hatte sich zurückgehalten, nachdem sie anfangs auf alles Persönliche sehr ausweichend reagiert hatte. Hatte sie einen Mann? Er wollte es nicht wissen. So wenig, wie sie es anscheinend umgekehrt von ihm wissen wollte. Stattdessen riefen sie sich gegenseitig an und machten spontane Treffen aus. Nun, eigentlich war er es, der anrief, jedenfalls meistens. Und dann trat sie plötzlich durch die Tür eines Restaurants am Prenzlauer Berg, und die Luft fing an zu leuchten. Früher, ganz am Anfang seiner Beziehung zu Natascha, hatte Henrik Eusterbeck ähnliche hormonelle Tsunamis erlebt. Er hätte nicht einmal sicher zu sagen vermocht, ob er zu solchen Gefühlsüberschwängen heute überhaupt noch in der Lage war. Und dann war diese Frau in sein Leben getreten und hatte ihn völlig aus der Bahn geworfen. Mehrmals am Tag ertappte er sich dabei, wie er dumm vor sich hin starrte und dabei von Michelle träumte. Davon, wie sie roch, wie sich ihr Haar anfühlte und ihre Haut, wie er sie nahm …

»Martin?«

Er brauchte einen Augenblick. »Ja?«

»Alles in Ordnung?«

»Alles wunderbar, mein Engel.«

»Ich hatte den Eindruck, dass du ganz woanders wärst.« Sie lächelte ihn an und entblößte dabei ihre perfekten weißen Zähne.

»War ich auch«, sagte er grinsend. »Und da sollten wir jetzt beide ganz schnell hin.« Er gab dem Kellner ein Zeichen, dass er zahlen wollte, überschlug die Rechnung im Kopf, zählte ein mehr als anständiges Trinkgeld dazu und legte das Geld auf den Tisch. »Komm.« Er nahm sie an der Hand und zog sie mit sich.

»Wohin gehen wir?«, fragte sie, während er ihr ihren Mantel über die Schulter legte und sie durch die Tür schob.

»Es gibt hier ein wundervolles kleines Hotel. Ich habe uns ein Zimmer reserviert.«

»Und der Nachtisch?«

»Zum Nachtisch nimmst du mich.«

Tatsächlich waren es nur etwas mehr als hundert Meter, bis ein leuchtendes Schild in der Dämmerung verkündete: *Belle Epoque*. Und wirklich sah das Haus aus wie einer anderen Zeit entsprungen. Es war ein Jahrhundertwendebau mit Jugendstilelementen – und es war erkennbar nicht ganz billig. Aber es war eben auch keines der herkömmlichen Luxushotels, in deren Lobby man immer befürchten musste, einer Politdelegation der EU zu begegnen und sich plötzlich zu peinlichen Erklärungen genötigt zu sehen.

Auf dem Zimmer musste Henrik Eusterbeck keine großen Rituale vollführen. Stattdessen streifte Michelle ihren Mantel ab und begann dann, ihn auszuziehen. Was folgte, war ein erotisches Wunschkonzert, wie er es jetzt schon zum vierten oder fünften Mal mit ihr erlebte. Sie wusste einfach genau, was er wollte, besser, als er selbst es wusste. Hätte er sich all das von ihr wünschen sollen, was sie mit ihm machte, er hätte nicht gewusst, wie er es sagen sollte. Am Ende lag er so erschöpft auf dem Bett, dass er die von zart kolorierten Schnörkeln gezierte Stuckdecke rotieren sah. Er war völlig ausgepumpt. Michelle indes hüpfte aus dem Bett und stellte sich nackt ans Fenster. »Das war toll!«, sagte sie und reckte sich.

Henrik klappte den Kopf zur Seite und betrachtete sie. »*Du* warst toll«, stellte er fest und bewunderte ihre Figur, während sie sich umdrehte und wieder zu ihm aufs Bett kam. Sie hatte sich die Brüste machen lassen. Nicht zu viel. Aber es war offensichtlich. Und es fühlte sich auch anders an. Ein Makel. Ein Makel, der ihm guttat. Denn für ihn war sie eigentlich viel zu jung, zu sportlich, zu gepflegt – zu schön. Das hatte er nicht verdient. Und, verdammt, Natascha hat es nicht verdient, dass du sie betrügst, fuhr es ihm durch den Kopf, egal, wie schön diese Frau hier ist. Michelle sah den Schatten, der in diesem Augenblick über seine Seele glitt. »Was ist los, Martin?«

»Ich … ich ärgere mich, weil ich heute nur so wenig Zeit habe, entschuldige. Ich habe es verdrängt. Aber jetzt ist es mir wieder eingefallen. Ich muss gehen.«

»Du musst schon gehen? Wie schade, ich dachte, wir hätten noch ein bisschen Zeit für uns«, sagte sie und spielte mit ihren Fingernägeln zärtlich an seinem Bauch, glitt ein wenig tiefer und prüfte, ob er nicht doch umzustimmen war. Doch Natascha ging ihm nun nicht mehr aus dem Kopf. Er musste an die seltsame Nachricht vor einigen Tagen denken, als sie ihn ins Krankenhaus gerufen hatte. »Entschuldige«, murmelte er, küsste Michelle flüchtig und schwang sich aus dem Bett. Er war völlig verschwitzt. »Ich muss noch schnell duschen – und dann muss ich weg. Tut mir wirklich leid. Es war wunderbar mit dir. Ach, ich könnte die ganze Nacht ... und nicht nur die ...« Er verschwand im Badezimmer, duschte eilig und trocknete sich ab. Im Spiegel sah er eine traurige Gestalt: einen Mann, der nun zwei Frauen hatte und mit keiner ehrlich war. Er wusste nichts über Michelle. Er wusste auch nicht, ob sie etwas von ihm erwartete – mehr als schön essen gehen und guten Sex. Er wusste nicht einmal, ob das, was er da bot, für sie überhaupt guter Sex war. Bei allem, was sie so draufhatte ...

Er ging wieder hinüber. Sie hatte sich angezogen. Die Unterwäsche. Ein schwarzer Hauch von nichts. So wie sie aussah, hätte sie mindestens Topmodel sein müssen, und das nicht nur für Dessous. Er sah sie ernst an. »Ich heiße nicht Martin«, sagte er leise. »Ich ...« Sie legte ihm einen Finger auf den Mund. »Und ich heiße nicht Michelle.« Sie zog ihn an sich und nahm ihn in den Arm. Und während sie mit den Fingern durch sein Haar fuhr und er den Duft einsog, der von ihrer Haut aufstieg, flüsterte sie: »Wir sollten unsere Geheimnisse bewahren. Es gibt Dinge, die gehen niemanden etwas an.«

*

»Was halten Sie von ihr?«

David Berg fuhr aus seinem ergonomischen Lesesessel hoch, den er sich für das Studium der endlosen Texte in sein kleines Büro im Kanzleramt hatte schaffen lassen. »Herr Steiner! Seit wann stehen Sie denn schon da?«

»Lange genug, um Ihre schmutzigen Gedanken gelesen zu haben«, erwiderte der Kanzleramtsminister und grinste über seinen eigenen Scherz, wie er es gerne tat.

»Wen meinen Sie?« Natürlich wusste David Berg genau, von wem Hans Steiner gesprochen hatte. Es ging um die neue

Staatssekretärin. Steiner checkte sie ab, versuchte herauszufinden, wer auf ihrer Seite stand und wer zu ihren Gegnern gehörte. Vermutlich hat er schon ein paar Wanzen bei ihr installieren lassen, dachte Berg und legte seine Papiere beiseite. Er schwang sich aus dem Sessel, der denkbar ungeeignet für eine Unterhaltung mit jemandem war, der sich sowieso als über allen stehend betrachtete.

»Halten Sie sie für talentiert?«

»Sie ist jedenfalls nicht dumm«, sagte Berg und ging zu seinem Schreibtisch. »Ein Wasser?« Er schenkte sich ein und hielt die Flasche in der Schwebe. Steiner nahm es gar nicht zur Kenntnis. »Das muss sich zeigen. Der Job hat jedenfalls nicht ihre Kragenweite.«

Berg zuckte mit den Schultern. »Menschen wachsen mit ihren Aufgaben.« Er, der sich angewöhnt hatte, wirklich jedem gegenüber gelassen zu sein und sogar beim politischen Gegner einen Funken von lauteren Absichten zu unterstellen, ja selbst er konnte Steiner nicht ausstehen. Der Kanzleramtsminister war in seinem eigenen Ministerium die mit Abstand unbeliebteste Personalie, was nicht nur daran lag, dass er andere kategorisch wie den letzten Dreck behandelte. Er bestand im Wesentlichen aus der völligen Abwesenheit von Empathie und einer riesigen Portion Selbstüberschätzung. Die Pointe seines Daseins war, dass er zweifellos selbst glaubte, in sein Amt kraft Befähigung gekommen zu sein, während im politischen Berlin jeder wusste, dass das genaue Gegenteil der Fall war: Steiner war schlicht unfähig genug gewesen, diesen Posten zu bekommen. Durch die Zufälle der Zeitläufte und durch die Unachtsamkeit berufenerer Akteure war er im Laufe der Jahre – und sogar ziemlich schnell – in eine Riege emporgeschwommen, in der er zum Namen geworden war und die Aufmerksamkeit der Kanzlerin geweckt hatte. Und sie, die niemanden neben sich regieren ließ, hatte seinen unschätzbaren Wert erkannt: Er war ein Nichts, und niemand würde sich je für ihn verwenden oder sich zu seinen politischen Freunden zählen. Ein einsamer, unbegabter Wurm, dazu hündisch ergeben, frei von jedwedem weltanschaulichen Anspruch und unbeleckt von jeder persönlichen Meinung, war er genau das, was sie als Bettvorleger brauchte. Und so nannte man ihn denn auch schon bald: den Bettvorleger. Wenn man nicht als »die Visage« von ihm sprach, frei nach einem seiner eigenen Zitate.

»Sie sollten ihr eine Chance geben.«

»Aber natürlich«, entgegnete Steiner, und Berg konnte sogar auf mehrere Armeslängen Entfernung den Mundgeruch des Amtschefs ahnen. »Jeder hat eine Chance verdient.« Er sah sich im Zimmer um. »Kennen Sie sich schon länger?«

»Länger ja. Aber nicht gut. Ich habe sie mal an einem Wahlabend in Mecklenburg interviewt. Da galt sie als politische Hoffnung.« Berg biss sich auf die Lippen. Das Interview hätte er nicht erwähnen sollen. Um die Chemie zwischen ihm und Steiner stand es nicht gut, seit er ihn – damals noch für die *Westdeutsche Allgemeine* – ziemlich hart interviewt hatte. Alles völlig korrekt, aber eben nicht so, wie Steiner sich das vorgestellt hatte. Er hatte noch die Bemerkung von der »kleinen Ratte« im Ohr, die »nicht mehr lange in dem Laden arbeiten wird«. Steiner hatte keinen Zweifel daran gelassen, dass er für Bergs Rauswurf sorgen würde. Dabei hatte Berg ihm lediglich die eigenen Zahlen um die Ohren geschlagen. Parteispenden. Schwarze Kassen. Sumpfiges Gelände. Und er, Steiner, als Schatzmeister der niedersächsischen Landespartei, mittendrin.

»Behalten Sie sie im Auge, Berg«, sagte der Kanzleramtsminister und wischte einen unsichtbaren Fussel von seiner Krawatte. »Das wird besser für Sie und für mich sein.«

»Gerne, Herr Steiner. Und, bitte, wenn Sie rausgehen, machen Sie die Tür zu. Sonst erschreckt mich noch mal einer zu Tode, weil er plötzlich im Zimmer steht. Und ich will meine sieben Leben nicht so schnell verbrauchen.«

Steiner sah ihn von oben herab an und verließ dann den Raum, nicht ohne die Tür offen zu lassen.

Königstein/Taunus, Limburger Straße,
31.10.1989, 8:38:59 Uhr.

Der Konvoi aus zwei Fahrzeugen fährt auf die Kreuzung Altkönigstraße/Limburger Straße/Le-Cannet-Rocheville-Straße, um in Letztere abzubiegen. Die Fahrzeuge sind damit auf der B 8 unterwegs. Der Fahrer Eck erhöht das Tempo von weniger als 50 km/h auf 60 km/h. Dr. Albert Ritter dreht sich um und blickt über die Schulter durch die Heckscheibe. »Die Nummer eins ist nicht zu uns gestoßen.«

»Vielleicht sind sie irgendwo hängen geblieben«, versucht Eck, die Kollegen zu verteidigen. Später wird er sich erinnern, dass er sich geärgert hat. Unprofessionalität ist ihm zuwider. Wenn sie in seinem persönlichen Umfeld vorkommt, empfindet er sie als Beleidigung. Eck ist ein Mann von altmodischen moralischen Standards. Dr. Albert Ritter weiß das zu schätzen. Er hat in seinem Leben hinreichend unmoralische Menschen kennengelernt.

»Ich hoffe, es ist kein Zwischenfall eingetreten«, sagt Ritter. »Können Sie mal über Funk anfragen?«

»Natürlich, Herr Dr. Ritter.« Ecks Hand schnellt vor zur Mittelkonsole, und er versucht, während er den Wagen lenkt, eine Verbindung zu Wagen eins aufzubauen. Als das misslingt, wählt er die Frequenz der Einsatzleitung. Die beiden Begleitfahrzeuge sind Personenschutz und werden von der Landespolizei gestellt. Nur er, Eck, ist ziviler Fahrer, und nur sein Fahrzeug ist ein Dienstwagen seines Chefs. Gepanzert sind sie alle drei. Höchste Sicherheitsstufe. Dr. Ritter fährt so sicher wie der Kanzler oder dessen Minister. »Sicherer«, wie er immer zu sagen pflegt. »Denn ich habe ja Eck.«

Auch die Verbindung zur Einsatzzentrale kommt nicht zustande.

8:39:34 Uhr. In Höhe Kurbad Königstein kommt eine Baustelle in Sicht. Eck kennt sie und geht etwas vom Gas, weil eine Fahrbahnverengung folgt.

FÜNF

Majestätisch stand die *Konrad Adenauer* auf dem Rollfeld. Es war das erste Mal, dass Natascha Eusterbeck mit der neuen Kanzlermaschine flog. Einmal war sie in der alten A 310 mitgeflogen, damals als Abgeordnete im hinteren Teil zwischen den Beamten und Journalisten. Als Staatssekretärin stand ihr ein Platz im VIP-Room zu, der nicht nur besser isoliert, sondern auch räumlich sehr viel großzügiger war: zehn Sitze, davon acht an zwei Tischen, alles hell und freundlich ausgekleidet mit polierter Buche, auch wenn die vermutlich nicht echt war.

Auf dem Rollfeld waren bereits die Gepäckstücke aufgereiht, und ein Uniformierter lief mit seinem Spürhund Slalom zwischen den Koffern und Kisten, um sicherzustellen, dass nicht doch irgendein Irrer Sprengstoff dabeihatte. Auch wenn es ein kleiner Gipfel war, zu dem sie nach Paris flogen, war die Maschine voll: Die Zeiten waren einfach zu unruhig. Alle witterten, dass es zum großen Knall zwischen der Kanzlerin und ihrem gehassliebten französischen Amtskollegen kommen könnte.

Der große Tross saß seit mindestens einer halben Stunde im Flugzeug und wartete. Als Letzte würde die Kanzlerin kommen. Natascha sah am Rande des Rollfelds mehrere Leute des Sicherheitspersonals, die eifrig über ihre Headphones kommunizierten, um einen reibungslosen Ablauf zu gewährleisten. Der Gepäckmeister nickte eine letzte Liste von Transportgut ab, während die erste Tranche in den Bauch der A 340 verfrachtet wurde. Der schneidende Wind auf dem Rollfeld trieb Natascha die Tränen in die Augen.

»So gerührt von dem Anblick?«, witzelte David Berg, als er an ihr vorbeiging.

»Unbedingt«, erwiderte Natascha und beeilte sich hinterherzukommen. »Wie viele sind wir heute?«

»An die siebzig. Mit Security neunzig. Full House.«

»Erwarten Sie etwas Besonderes von diesem Gipfel?«

Sie stiegen nebeneinander die Gangway hoch. »Nicht mehr als sonst«, erklärte Berg und ließ sie galant durch die Tür vorgehen. Die Flugbegleiterinnen begrüßten sie freundlich, eine aufgeräumte Bundeswehrmitarbeiterin ging voraus, um sie zum VIP-Bereich zu bringen, der gleich hinter dem persönlichen Rückzugsbereich der Kanzlerin gelegen war. »Die Kanzlerin wird in wenigen Minuten da sein«, erklärte sie. »Falls Sie Wünsche haben, wenden Sie sich jederzeit gerne an mich oder eine meiner Kolleginnen.« Zu Natascha gewandt, von der sie offenbar nicht wusste, ob sie mit den Gepflogenheiten und Möglichkeiten der Kanzlermaschine vertraut war, sagte sie: »Die sanitären Einrichtungen für die Kanzlerin, Staatssekretäre und sonstigen Begleiter finden Sie hier im vorderen Teil der Maschine. Falls Sie Internet brauchen oder ein Fax schicken wollen, steht Ihnen dafür ein Büro zur Verfügung …« Sie deutete auf die übernächste Tür. »Und natürlich gibt es einen Besprechungsraum.« Die nächste Tür.

»Danke«, sagte Natascha knapp. »Ist mir alles bekannt. Schöne Maschine.«

»Ja, das ist sie.« Die Flugbegleiterin nickte, ohne ihr perfektes Lächeln aufzugeben, und verließ sie, während Berg und Natascha den VIP-Raum betraten. Natascha sah sich um: zwei Tische, um die jeweils vier Sitze gruppiert waren, und nochmals zwei Sitze an der gegenüberliegenden Wand. »Die Kanzlerin sitzt wo?«

»Die sitzt immer hier«, sagte Berg und deutete auf den rückwärtigen Sessel, der am linken Tisch zum Gang hin stand.

»Dann mache ich es mir mal hier bequem.« Natascha stellte ihre Tasche auf einen der Einzelsitze.

»Tun Sie das nicht«, riet ihr Berg und lugte zur Tür hin, ob bereits weitere Begleiter aus dem inneren Zirkel eintrafen. Er senkte die Stimme: »Das ist hier ein sehr hierarchisches Prinzip. Wenn Sie sich erst einmal in die zweite Reihe gesetzt haben, dann werden Sie auch als zweitklassig betrachtet.«

»Und was raten Sie mir?«

»Staatssekretäre sitzen an den Tischen«, sagte Berg und zwinkerte ihr zu. »Wenn Sie bescheiden sein wollen, nehmen Sie nicht den Kanzlertisch. Das wäre auch ratsamer, weil Sie sonst die ganze Reise neben Frey sitzen müssen oder neben Steiner.«

»Danke für den Tipp.« Natascha fühlte sich wie eine blutige Anfängerin, dabei war sie es, die schon etliche Jahre in der Politik war, während David Berg erst vor zwei Jahren dazugestoßen war. »Und wohin setzen Sie sich?«

»Wenn es Ihnen nichts ausmacht, nehme ich den Platz neben Ihrem.«

»Gerne.

Fünfzehn Minuten später waren sie in der Luft. Die Maschine war voll und die Stimmung gut, sehr gut sogar. Natascha war überrascht, was für eine gelöste Atmosphäre an Bord herrschte. Immerhin flog die Kanzlerin zu ihrem inzwischen vermutlich hundertsten Krisengipfel, und die Gespräche mit den Franzosen würden nicht einfach werden, woran der Umstand nichts änderte, dass sie den nur äußerlich eitlen Mann durchaus schätzte. Natascha hörte, wie die Kanzlerin ihren treuen Sklaven aufforderte, den Präsidenten zu persiflieren, um sich sogleich vor Lachen auszuschütten. Dabei war Hans Steiner in der Rolle des kleinen Franzosen nicht wirklich gut, sondern nur wirklich lächerlich. Doch die ganze VIP-Lounge lachte beherzt über seine Scherze. Vermutlich lachten sie über Steiner und nicht über seine Darstellung.

»Ich bin überrascht«, raunte Natascha dem neben ihr sitzenden David Berg zu. »Dass Dr. Steiner so eine Spaßkanone ist, hätte ich gar nicht gedacht.«

»Ist er auch nicht«, gluckste Berg leise. »Aber er ist eine großartige Witzfigur.«

»Der Hofnarr der Kanzlerin?«

»Oh nein, Hofnarren waren immer klüger als ihre Fürsten. Deshalb durften sie ihnen auch die Wahrheit sagen.«

»Sie meinen, keiner hier sagt der Kanzlerin die Wahrheit?«

»Keiner sagt ihr die *ganze* Wahrheit«, erklärte Berg leichthin hinter seiner vorgehaltenen Hand. »Und wenn, dann nur die eigene. Die Alte ist sehr wohl imstande, das dann auf ihre eigenen Belange umzurechnen.«

»Verstehe.«

Natascha Eusterbeck widmete sich einige Zeit dem Aktenstudium. Sie stellte fest, dass ihr einige Dokumente fehlten, die sie ausgedruckt, aber dann wohl auf dem Schreibtisch hatte liegen lassen. Sie griff zum Telefon, als ihr David Berg die Hand auf den Arm legte. »Nicht jetzt«, sagte er und nickte zum leeren Platz der Kanzlerin hin.

»Habe ich was verpasst?«, fragte sie irritiert.

»Die Kanzlerin führt gerade ein Gespräch mit dem Präsidenten.«

»Den sieht sie doch gleich.« Natascha sah auf die Uhr. In einer Stunde spätestens würden sie vor dem Élysée vorfahren.

»Dem amerikanischen.«

»Oh.« Sie nahm den Hörer zur Hand. »Aber das hindert mich ja nicht daran, kurz mit meinem Büro zu sprechen.«

David Berg deutete auf ein grellgelbes Schild: »ACHTUNG! Bei Betrieb eines Sprach-/Funkgerätes in Kryptolage ist gleichzeitiger Betrieb mit anderen Sprachgeräten in Klarlage verboten!« Er schenkte ihr ein Lächeln. »Besser, Sie warten noch ein paar Minuten. Es sei denn, Sie möchten verschlüsselt mit Ihrer Sekretärin sprechen. Ich weiß allerdings nicht, ob man diesen bemerkenswerten Satz wirklich umgedreht verstehen darf, nämlich dass man sehr wohl in Kryptolage telefonieren darf.«

Sie kamen nicht mehr dazu, diese Frage zu vertiefen, weil die Kanzlerin plötzlich in der Tür stand und sagte: »Frau Eusterbeck, Herr Steiner und Herr Frey, kommen Sie gerade mal mit in den Besprechungsraum?« Im nächsten Augenblick war sie wieder verschwunden, und der Kanzleramtsminister und sein Staatssekretär folgten ihr auf dem Fuß. Natascha beeilte sich, schnell hinterherzukommen.

Gleich hinter dem VIP-Raum lag der persönliche Besprechungsraum der Kanzlerin, ein fliegendes Konferenzzimmer, in dem sich auf sechs Plätzen meist acht oder neun Menschen zusammendrängten. Natascha kam ganz am Rand zu sitzen. Sie musste sich vorbeugen, um die Kanzlerin, die am anderen Ende ihrer Bank saß, überhaupt sehen zu können. Direkt dahinter erblickte sie durch das Fenster einen strahlend blauen Himmel und die sacht zitternde Tragfläche, auf der das Bundeswehrkreuz prangte. Sie wunderte sich, dass man ein solches Kreuz auch oben aufgemalt hatte. An sich war das unsinnig, denn ein Flugzeug sah man ja fast immer nur von der Seite oder eben von unten. Aber vielleicht galt das Symbol ja den Passagieren, die sich zu jeder Zeit bewusst sein sollten, dass sie in einem offiziellen Staatsflugzeug reisten.

»Danke, dass Sie die Reise mitmachen«, richtete die Kanzlerin an die anwesenden vier Journalisten das Wort, die mit glühenden Wangen auf der gegenüberliegenden Bank saßen und ihre Diktiergeräte und Blocks gezückt hatten. »Das ist ja heute keine ganz einfache Reise. Paris. Da werden uns einige Forderungen erwarten, die wir nicht erfüllen können. Der französische Präsident ist offenbar der Meinung, dass wir seine Banken dringend retten müssen, auch wenn dafür unsere untergehen. Es wird Sie nicht überraschen, dass wir das etwas anders sehen. In der gegenwärtigen Schuldenkrise kommt es auf Augenmaß an.«

»Haben Sie denn ein Angebot in der Tasche?«, fragte der Reporter des *Tagesspiegels*.

»Wir hören uns zuerst einmal an, was die andere Seite sagt«, erklärte Hans Steiner. »Es geht nicht darum, eine schnelle und billige Lösung zu finden. Wir wollen einen tragfähigen Kompromiss …« Keiner schrieb mit. Alle warteten, bis er seinen Sermon abgelassen hatte. Dann fragte der Journalist erneut die Kanzlerin: »Frankreich wird einen Schuldenschnitt auf jeden Fall verhindern wollen. Steht Deutschland nicht langsam allein da mit seiner Verweigerungshaltung?«

»Der amerikanische Präsident hat mir eben am Telefon erklärt, dass er unsere Position unterstützt. Auch er ist inzwischen überzeugt, dass ein Schuldenschnitt die bessere Lösung ist. Sie wissen ja, dass ich von dieser Option lange nicht begeistert war. Aber wenn sich die Bedingungen ändern, dann muss sich auch die Position ändern.«

»Welche Bedingungen haben sich denn so grundlegend geändert, Frau Bundeskanzlerin?«, wollte ein Korrespondent von der *Zeit* wissen.

»Die wirtschaftlichen Rahmenbedingungen«, orakelte die Kanzlerin, um dann rasch mit allgemeinen Einordnungen nachzusetzen: »Wenn Deutschland als Modell für den Euroraum gelten soll, dann müssen die Grundlagen unseres Erfolgs unangetastet bleiben. Wir können nicht jedes Stabilitätskriterium aufgeben, unseren Finanzsektor in Schieflage bringen und unsere Exportstärke aufgeben – und *zusätzlich* Europa vor dem Untergang retten. Es wird ja vielfach gefordert, dass wir unsere Stärke endlich dazu nutzen, die kleineren Staaten aus dem Sumpf zu ziehen. Das Problem liegt darin, dass wir eben keine Stärken mehr haben, wenn wir das tun. Dann sind wir so geschwächt, dass es keinen funktionstüchtigen Motor mehr in Europa gibt.«

»Und dann gute Nacht«, fügte Steiner hinzu, als wäre es eine Erkenntnis.

»Stimmt es, dass die Bonität der USA herabgestuft wurde?« Es war ein Kollege vom *Spiegel*, der die Frage in den Raum stellte. Natascha erkannte sofort, dass die Luft augenblicklich brannte. Offensichtlich hatte er den Nagel auf den Kopf getroffen. Sogar die Kanzlerin, deren unerschütterliches Gemüt legendär war, musste schlucken. »Wie kommen Sie darauf?«, fragte sie, etwas schriller als üblich, und jeder wusste, dass allein diese Gegenfrage eine Bestätigung war. Darüber also hatte sie mit dem amerikanischen Präsidenten gesprochen, dachte Natascha. Die Amerikaner mussten plötzlich höhere Zinsen zahlen. Da käme ihnen ein Schuldenschnitt entgegen, anders als bisher.

»Quellenschutz«, sagte der *Spiegel*-Reporter.

»Tja, dann können wir das auch nicht kommentieren«, erwiderte Hans Steiner.

Es ging dann noch einige Zeit hin und her, doch die eingangs gute Stimmung war verflogen. Offensichtlich hatte es die Kanzlerin übel genommen, dass Vertreter der Presse selbst im Kanzlerflugzeug am Himmel über dem Niederrhein auf dem

Weg nach Paris mindestens so schnell über weltbewegende Neuigkeiten informiert waren wie sie. Natascha Eusterbeck wusste, dass sie vor allem aus protokollarischen Gründen mit auf dieser Reise war. Dennoch kränkte es sie, so vollständig zur Staffage zu gehören. Sie war fehl am Platze und deshalb froh, als das Meeting beendet war. David Berg, der direkt neben der Kanzlerin saß und die Besprechung beendete, indem er sich demonstrativ erhob, verabschiedete die Journalisten mit der Bemerkung: »Und das war alles unter drei.«

»Unter drei?«, fragte Natascha, als sie wieder auf ihren Plätzen im VIP-Bereich saßen.

»Sagt man so. Wir könnten auch sagen *unter uns*.«

»Verstehe. Das heißt, wir dürfen nicht darüber reden, was wir von den Journalisten erfahren haben.«

David Berg lachte herzlich. »Gut pariert!«, sagte er. »Das wird in meine ewige Anekdotensammlung eingehen.«

»Tut mir leid. Quellenschutz.«

*

Politik ist rein körperlich ein ruinöses Geschäft. Vor allem für Frauen. Und vor allem für deren Füße. Als Natascha Eusterbeck am Ende eines langen Tages, nach einem Verhandlungsmarathon, nach Arbeitsessen und einem weiteren Verhandlungsmarathon endlich in ihr Hotelzimmer kam, hatte sie das Gefühl, als fielen die Füße gleich mit den Schuhen ab. Sie setzte sich aufs Klo, genoss die Bodenfliesen des Badezimmers, die ihre wunden Sohlen kühlten, und rief Henrik an. »Hallo, Henry.«

»Oh, spricht da etwa meine Frau?«

»Das, was von ihr übrig ist.«

»So schlimm?«

»Schlimmer. Diese Verhandlungen sind ja vor allem ein physischer Vernichtungskrieg. Sie sitzen da, stundenlang, und tauschen ewig die gleichen Argumente aus. Immer und immer wieder. Es ist unvorstellbar. Sie sagen immer wieder dasselbe. Wenn sie freundlich sein wollen, dann ringen sie sich mal zu einer anderen Formulierung durch. Aber in der Sache sagen sie nie, nie, niemals etwas anderes. Und am Schluss gewinnt, wer länger durchhält.«

»Klingt echt spannend.«

»Spannend für die Blase. Noch eine Minute länger, und sie hätten mich von den Wänden kratzen müssen. Irre. Ich weiß gar nicht, wie die Alte das aushält. Falls ich mich mal für ihre Nachfolge bewerbe, werd ich mir zuerst eine Elefantenblase implantieren lassen.«

»Dann kennst du ja jetzt das Geheimnis, wie sie's zur Kanzlerin gebracht hat.«

»Ja, wahrscheinlich. Ich muss mal mit meinem Chirurgen reden.«

»Und jetzt? Bist du im Hotel?«

»Ja. Ich sitze auf der Toilette. Entschuldige. Aber ich hab's einfach nicht mehr ausgehalten.«

»Mich anzurufen?«

»Das auch. Meine Füße bringen mich um. Die Pumps waren mörderisch. Irgendwo zwischen den Blasen müssen meine Zehen sein. Und wenn mein Bauch wieder kleiner ist, kann ich sie vielleicht sogar sehen. Ich kann dir gar nicht sagen, wie gut das tut, nur mal auf dem stillen Örtchen zu sitzen. Die sollten hier ein Schild anbringen: Wellness-Oase. Jetzt lege ich mich dann gleich noch für ein paar Minuten in die Badewanne, damit ich meine Rückenschmerzen wieder in den Griff bekomme, und dann geht's ins Bett.«

»Na, dann erhol dich, Natti. Und schlaf gut.«

»Du auch, Schatz.« Sie schickte ihm ein Küsschen durchs Telefon. »Gute Nacht.«

»Gute Nacht.« Dann hatte er aufgelegt. Und sie erschrak, weil sie bemerkte, dass sie ihn überhaupt nicht nach seinem Tag gefragt hatte. Spontan verspürte sie den Impuls, gleich noch einmal anzurufen. Doch dann verwarf sie den Gedanken. Besser wäre es, beim nächsten Mal dran zu denken.

Sie nahm ein Bad, genoss das warme Wasser, wickelte sich in den flauschigen Hotelbademantel, wand sich ein Handtuch um das feuchte Haar und legte sich aufs Bett. Zuerst blieb sie an einem Nachrichtensender hängen. Französisch. Obwohl sie wenig verstand, war sie gefesselt, bis sie sich losriss, weil sie kein Nachrichtenjunkie sein wollte wie so viele in diesem Gewerbe. Zappte weiter. Blieb an einem widerlichen Erwachsenenfilm hängen. Auch Französisch. Und anderes. Stellte fest, dass sie auch das nicht brauchte. Machte den Fernseher aus. Und dachte an David Berg, dessen Zimmer neben ihrem lag.

*

Sie hastete durch die Nacht. Am Fluss entlang über die Museumsinsel. Schnee und Eis peitschten ihr ins Gesicht. Von fern hörte sie noch das Lachen des Mannes, der auf der Treppe der Alten Nationalgalerie stand. Der Lustgarten war menschenleer, zu ihrer Linken ragte der Dom auf, schwarz und riesig. Sie stolperte darauf zu, keuchte, rang nach Luft. Aus dem Nichts tauchte eine Gestalt auf, die in einen weiten Mantel gehüllt war und die Kapuze tief ins Gesicht gezogen hatte. »Prinzessin«, hallte eine Stimme, die so unbestimmt war, dass Natascha nicht wusste, ob es ein Mann war oder eine Frau. Sie schrie auf und lief noch schneller. Versuchte, noch schneller zu laufen. Doch unter ihren Füßen war Eis, und sie bewegte sich auf der Stelle. Du wirst stürzen, fuhr es ihr durch den Kopf. Niemand kann auf Eis mit bloßen Füßen laufen, ohne zu fallen. Mit bloßen Füßen … Jetzt erst bemerkte sie, dass sie barfuß war. Obwohl ihr das nichts ausmachte, ja es war, als spürte sie ihre Füße nicht mehr. »Das sind die Konferenzen«, zischte Steiner. Sie wandte sich um, doch er war schon wieder weg. Der Dom! Endlich hatte sie ihn erreicht, warf sich gegen die Pforte – doch die Tür war zugesperrt. »Ein neues Schloss«, sagte Jäger, der an der Tür stand und auf seinem Handy tippte. »Zu Ihrer Sicherheit, Prinzessin.«

Schweißgebadet erwachte Natascha aus dem Schlaf und lauschte. In ihren Ohren pulsierte das Blut, hinter ihren Schläfen pochte es schmerzhaft. Langsam ließ sie sich wieder auf das klamme Kissen sinken und schloss die Augen. Ein Albtraum. Nichts weiter. Sie versuchte sich zu beruhigen. Dann, plötzlich, fuhr sie auf, stürzte zur Toilette und erbrach sich. Sie nahm aus der Minibar einen Whisky, um den Geschmack in ihrem Mund zu neutralisieren. Und die Erinnerung an die Schreckensvisionen.

*

Für die Rückreise von Paris war Natascha Eusterbeck auf eine gewöhnliche Air-France-Maschine gebucht, Business Class. Die Kanzlerin würde noch weiterfliegen nach London und anschließend über Straßburg zurück nach Berlin. Für diese Gespräche genügte ein kleiner Auftritt beziehungsweise eine reduzierte Entourage. Am Flughafen Charles de Gaulle kaufte Natascha für ihren Mann eine Krawatte, deren labyrinthisches Muster aus vielen kleinen Eiffeltürmen gelegt war, und ein Rasierwasser von Dior. Ein neuer Duft würde ihm guttun. Ihnen beiden. Dior Homme, das trug auch David Berg.

Henrik hatte ihr eine Reihe von Lebensläufen auf ihren E-Mail-Account geschickt. Textdateien, die er mit seinem Lieblingspasswort verschlüsselt hatte. Während des Flugs sah Natascha die Unterlagen durch und machte im Geiste schon wieder ihre Querverstrebungen und farblichen Markierungen.

Günther Braun
Parlamentarischer Geschäftsführer 1991-1994, 1995-1999 Bundesminister für Verkehr und Infrastruktur, danach Landesvorsitzender Niedersachsen. Zählt sich zu den »Enkeln von Walther Brass«. Mitglied des Alpenbunds. Gilt als Intimfeind von Alexander Rau. Skandale: Abhöraffäre gegen die Oppositionsführerin Hilde Demuth, Steuerstrafverfahren, fragwürdige Wahlkampffinanzierung; alles ohne strafrechtliche Folgen. Politische Ziehsöhne: u.a. Stefan Quast (jetzt Abteilungsleiter Bildung im Bundeskanzleramt) und Hans Steiner. Aufsichtsrat bei EON-Ruhrgas, Fistelschneider Technologies und Vizepräsident der Wilfried-Bölcke-Stiftung (alle drei Jobs hat er erst nach seinem Ausscheiden aus der aktiven Politik zugespielt bekommen).

Dazu allerlei biografische Details von der Schulausbildung über die politischen Anfänge bis zu Informationen über seine Familie. Natascha kannte Braun aus der Zeit, in der sie als Vertreterin des Mecklenburgischen Wirtschaftsministeriums öfter im Bundesrat gewesen war.

Hans Steiner
Kanzleramtsminister, geb. 20.05.1960 in Uelzen. Vater Sozialpädagoge, Mutter Sekretärin (Abfallamt). Nach Haupt- und Realschule Fachhochschule. Ab 1980 Studium der Wirtschaftsgeografie in Münster. Schon mit 16 in der Partei, schon mit 21 gesponsert von einem Müllentsorgungsunternehmer (Vermittlung durch die Mutter?). Sehr fragwürdige Begründung der Zuwendungen … Steile Parteikarriere:

Jugendverband, Kreistag Lüneburg im ersten Anlauf (offenbar mit massiver Unterstützung durch Martens), Kreisvorsitzender (mit 31 »Ehrenvorsitzender« des Kreisverbands! Mit 31!). 1990 in den Bundestag gewählt (Direktmandat). Vizevorsitzender des Bezirksverbands Nordostniedersachsen, seit 1996 im Landesvorstand. 2005 Schatzmeister der Partei. Seit 2006 im Bundesvorstand. Skandale: 2000/2001 fragwürdige Immobiliengeschäfte und dubiose Kapitalanlagen, Verdacht auf Steuerhinterziehung (mit mehreren Hausdurchsuchungen); alles »wegen nicht hinreichenden Tatverdachts« fallen gelassen, Verfahren eingestellt.

Natascha erinnerte sich vage an diese Affäre. Das war damals kurz vor der Landtagswahl gewesen und hatte Braun schwer geschadet. Sie fragte sich, ob die Vorwürfe wirklich, wie man in der Partei kolportiert hatte, von der Opposition eingefädelt gewesen waren. Denn letztlich profitiert hatte davon vor allem die Kanzlerin. Wäre Braun stärker aus den Wahlen hervorgegangen, dann hätte er eine Alternative innerhalb der Partei zu ihr darstellen können. Er hätte der starke Mann sein können, den sich mancher in der Partei wünschte, dem der Kurs der Kanzlerin nicht gefiel. Sie las weiter:

Längere Zeit Protegé von Braun, inzwischen haben sie keine gemeinsamen Themen mehr außer die Bölcke-Stiftung (Zerwürfnis?). Mitglied in verschiedenen Parteiorganisationen (u.a. im Vorstand der Wilfried-Bölcke-Stiftung). Sonst vor allem in der Wirtschaft gut vernetzt (Aachener Wirtschaftsforum, European Trade Counsil).

Henrik hatte ganze Arbeit geleistet. Natascha war beeindruckt. Dafür, dass er Politlaie war, war er schnell dahintergekommen, wo und wonach er suchen musste. Das nächste Dokument befasste sich mit ihrer Kollegin im Kanzleramt, Stephanie Wende, die so fürsorglich und abweisend war. Es zeichnete das Bild einer karrieregeilen Technokratin. Oder vielleicht doch nur einer Frau, die alles im Leben richtig machen wollte? Die in einem unmenschlichen Betrieb perfekt funktionierte. Ließ sich aus solchen Lebensläufen etwas ablesen, oder waren sie nur Lichtpunkte auf einer großen Fläche, die nicht mehr als eben die winzigen erhellten Positionen ausleuchteten? Natascha atmete tief durch. Was würde in ihrem Lebenslauf stehen, wenn man ihn auf die Länge eines Blatts Papier zusammenschmolz? Was würde man daraus ablesen können? Dass sie eine Tochter aus gutem Hause war? Dass sie ihrem Vater gefallen wollte? Dass sie es in ihrer politischen Karriere zu leicht gehabt hatte? Dass sie zu wenige wertvolle Beziehungen hatte? Zu vage politische Überzeugungen? Zu wenig Ehrgeiz? Zu viel? Sie blätterte weiter:

Dr. jur. Gero Mai
geb. 20. September 1956 in Bad Godesberg. Widersprüchliche Angaben über seine Jugendjahre …

Eine interessante, undurchsichtige Figur. Ein einst mächtiger Politiker, der sich – nachdem er von der Kanzlerin abgesägt worden war – in die Wirtschaft zurückgezogen hatte und im Übrigen noch den einen oder anderen Posten aus Gründen des Prestiges oder des Einflusses innehatte. Einige Aufsichtsratsposten, den Vorsitz der Transatlantischen Allianz … Immer mal wieder wurde er als politischer Schläfer zitiert, wenn es um den Aufbau einer starken bürgerlichen Alternative ging. Doch für einen Putsch fehlten ihm die Truppen und für eine neue Partei die Popularität.

Danach kam Bernhard Bauer, der persönliche Assistent der Kanzlerin. Auch sein Leben war auf weniger als einem Blatt Papier zusammengefasst, beinahe schon mutete Natascha dieser Stil, der ja dem Zweck völlig angemessen war, wie eine Sammlung von Epigrammen an, in Bauers Fall sogar noch mehr, da er nicht so viel hergab. Ein politisches Leichtgewicht, das sich über die Beamtenlaufbahn im höheren Dienst ins Amt gemogelt hatte. Von der Kanzlerin aus dem Nichts geholt und im Zentrum der Macht nahezu unsichtbar wirkend. Das einzig Interessante an seinem Leben schien zu sein, dass er vier Kinder hatte – und das, obwohl er bei dem Job so gut wie nie zu Hause sein konnte. Keine Nebentätigkeit in der Wirtschaft. Keine Skandale. Keine Seilschaften, jedenfalls keine ersichtlichen.

Auch der Bundesinnenminister war mit eher nichtssagenden Aufzeichnungen vermerkt. Ebenso der Vorstand der Wilfried-Bölcke-Stiftung und Ex-Wirtschaftsminister. Das Einzige, was bei ihm auffiel, war sein unglaubliches Netzwerk. Praktisch alle, die Natascha irgendwie kannte, kamen in seinem Profil vor, und das, obwohl er schon lange keinerlei aktive Rolle mehr in der Politik spielte. Wenn man seine Position als graue Eminenz unberücksichtigt ließ. Henrik hatte seinem Lebenslauf allerdings auch noch ein Blatt über die Wilfried-Bölcke-Stiftung angehängt, das aufführte, wie vielfältig vernetzt diese parteinahe Einrichtung war und – vor allem interessant – von wem sie gesponsert wurde. Auch da gaben sich die großen Namen die Klinke in die Hand: vom BDI über den Bundesverband der Chemischen Industrie über die Zentralräte der Juden, aber auch der Muslime, die großen Kultureinrichtungen der führenden Konzerne, Natascha unbekannte Stiftungen in der Schweiz und in Liechtenstein und so weiter.

Dann pflückte sie die Zusammenfassung der Informationen

über Finanzminister Rau aus dem Stapel, und ihr Herzschlag beschleunigte sich.

Dr. oec. Alexander Rau
geb. 15. März 1943 in Tübingen. Vater badischer Landespolitiker, Mutter Hausfrau. Friedrich-Reuter-Gymnasium, Abitur. Betriebswirtschaftsstudium an der Uni Tübingen und an der Freien Universität Berlin, Promotion zum Dr. oec. Mit 21 Jahren Eintritt in die Jugendorganisation der Partei, studentisches Engagement, mit 30 Wahl in den Bundestag (seither immer in Direktwahl). Rau ist einer der dienstältesten Abgeordneten und hat nahezu alle machtpolitischen Ämter ausgeübt. Geschäftsführer der Fraktion, Fraktionsvize und Vorsitzender, parlamentarischer Staatssekretär, Kanzleramts-, dann Innenminister (Ritter-Affäre) unter Walther Brass (in beiden Ämtern mit Claus Weigand als Referent). »Kronprinz«, bis Brass ihn fallen ließ, weil er nicht mehr loyal hinter ihm stand (Rau wollte als Kanzlerkandidat antreten, Brass wollte es noch einmal machen). Bei einem Unfall (es gibt erhebliche Zweifel, ob es wirklich ein Unfall war) hat er den linken Unterschenkel verloren. Seither trägt er eine Prothese und geht an Krücken.
Rau hat ein bemerkenswertes Skandal-Register. Praktisch jede Schweinerei aus der Amtszeit von Brass ist auch mit seinem Namen verbunden, darunter die hoch umstrittenen Gesetze zur Inneren Sicherheit, auf die sich später Abhörspezialisten berufen haben, die die Opposition ausspähten, fragwürdige Waffenlieferungen, Parteispendenaffären und natürlich der Steuerskandal, über den Brass am Ende gestürzt war. Überall hatte Rau seine Finger dringehabt.

Natascha musste lächeln. Da war ganz offensichtlich das Temperament mit Henrik durchgegangen: Dieser Eintrag war allzu eindeutig mit heißem Blut geschrieben worden.

Es folgte noch ein halbseitiges Register mit speziellen Verbindungen, Zugehörigkeiten, Nebenämtern und interessanten Kontakten. Es war praktisch alles vertreten, was auch nur entfernt politische Bedeutung im Lande hatte. Rau war eben ein Elefant, auch wenn er kein bisschen danach aussah.

Auch zu Dr. Marcus Frey, zum gegenwärtigen Oppositionsführer, zum Fraktionschef und zu dem Journalisten Carl Haussmann hatte Henrik ihr Informationen besorgt. Letztere drei, weil sie interessanterweise Stipendiaten der Wilfried-Bölcke-Stiftung waren. Offenbar eine Kaderschmiede erster Güte. Aber dazu waren parteinahe Stiftungen ja da. Sogar der amtierende Bundespräsident entstammte diesem Stall. Die Stiftung war offenbar eine Seilschaft mit direktem Zugang diverser Interessenvertreter zu den Entscheidern der nächsten Generation. Natascha war einigermaßen schockiert, wie sehr das System ineinander verstrickt war. Nicht nur, dass sich Seilschaften kreuz und quer durch die politische Landschaft zogen, auch frühe Abhängigkeiten und spätere Gefälligkeiten wurden sauber und hocheffizient konstruiert. Als säße irgendwo ein perfider Gott der Macht, der an langen Fäden die Geschicke der Politik zog. Da wurde ein junges Talent entdeckt, unterstützt, in die richtigen Bahnen gelenkt, bis der Sponsor eines Tages in ihm den passenden Zugang zu wichtigen Entscheidungen erhielt. Man förderte die gegenseitigen Interessen, bis es an einem Punkt nicht mehr konstruktiv voranging. Und dann wird der inzwischen arrivierte Politiker kastriert und gefüttert, indem man ihn von der Macht abzieht und ihm einen Posten als Repräsentant oder gut bezahlten Beamten verschafft, als Vorsitzender einer Stiftung, Richter an einem Bundesgericht oder Staatsorgan. Und der Mohr, der seine Schuldigkeit getan hat, darf sich zumindest im Glanze seines neuen, wenn auch unbedeutenden Amtes sonnen. Es gab schlimmere Schicksale.

Als letzter Eintrag lag eine kurze Notiz zu Gerhard Jäger in der Mappe. Natascha schüttelte den Kopf. Der Sicherheitschef des Kanzleramts ... Aber Henry hatte ja recht: Natürlich, wenn es darum ging, die Querverbindungen und die heimlichen Verstrebungen in der Behörde zu durchleuchten, durfte man nicht nur die Theoretiker unter die Lupe nehmen, sondern musste auch die Praktiker berücksichtigen. Gleichwohl war der Eintrag kein besonders überraschender oder erhellender. Es war, was man erwarten durfte:

Gerhard Jäger
geb. 30.06.1960 in Hannover. Polizeiausbildung in Kiel. Spezialeinheit GSG 9. Wechsel zum LKA Hessen, später zum hessischen Verfassungsschutz. Von 1990 bis 2001 in der Privatwirtschaft tätig, u.a. im Auftrag amerikanischer Versicherungsgesellschaften. Danach Security Service der US-amerikanischen Botschaft in Berlin. Seit 2004 für das Bundeskanzleramt als Sicherheitschef tätig. Nicht verheiratet, keine Kinder.

Natascha klappte die Mappe zu und sah aus dem Fenster. Irgendwo da unten lag Braunschweig. Wenn ihr Vater hochblickte, konnte er womöglich gerade ihr Flugzeug sehen. Die Lämpchen blinkten auf, und der Gong ertönte. Sie gingen in den Sinkflug über. In einer halben bis drei viertel Stunde würde sie wieder in den dichten Stadtverkehr eintauchen. Bleicher wartete vermutlich schon am Flughafen, sie hatten ja etwas Verspätung. Dann ein paar Stunden Arbeit im Amt, danach war sie mit Henrik zum Abendessen verabredet. Und sie freute sich. Die anderen waren fast alle noch nach London mitgeflogen – und sie würde heute Abend ausnahmsweise ganz vergessen, dass sie Politikerin war. Sie steckte ihre Unterlagen weg, schnallte sich an und lehnte sich zurück. Wenn sie sich so auf den Flug konzentrierte, war ihr immer etwas bange. Sie mochte die Enge in den Kabinen nicht, litt unter dem Gefühl, eingesperrt zu sein. Doch die Müdigkeit war so überwältigend, dass sie dennoch nach wenigen Augenblicken eingeschlafen war. Und dann vibrierten auch schon die Tragflächen unter dem Widerstand der schweren Wolken, in die die Maschine hineinschoss.

*

Natürlich war sie zu spät. Henry hatte sich schon das zweite Glas Weißwein bestellt, als sie endlich den Tag abstreifte und den wohligen Trüffelgeruch einsog, der die Gäste des *Gianni's* gleich am Eingang empfing. Sie sah Henrik am anderen Ende des Lokals. In der Fensterscheibe konnte sie noch die Rückleuchten des in die Nacht entschwindenden Dienstwagens sich spiegeln sehen. Und im Hintergrund lief Paolo Conte und erzählte mit seiner seltsam verwaschenen Stimme von anderen Lebensentwürfen. Henrik stand auf und kam ihr entgegen. »Ich dachte schon fast nicht mehr, dass du kommst.«

»Lass uns einfach so tun, als wäre das ein Trick von mir gewesen, um interessanter zu wirken«, sagte sie, während sie sich von ihm aus dem Mantel helfen ließ.

»Interessanter als du kann man gar nicht sein.« Oh ja, er hatte Charme. Und er wusste immer noch, wie er sie geschmeidig bekam. Sie ließ sich von ihm zu seinem Tisch führen. Der Ober war augenblicklich bei ihnen und fragte Natascha, ob sie auch einen Aperitif wolle. Sie bestellte einen Prosecco und warf einen Blick in die Runde. Niemand da, den sie kannte. Sie lächelte Henrik an. »Bist du schon lange hier?«

»Ich war nur pünktlich.«

»Sag das nicht so. Du machst mir ein schlechtes Gewissen.«

»Nichts mache ich lieber als das«, sagte Henrik und sah sie herausfordernd an. »Fast nichts.«

»Fast nichts?«

»Im Einzelnen sollten wir das besprechen, wenn wir zu Hause sind.«

Der Ober kam und reichte Natascha ihr Glas Prosecco. »Dann hoffe ich, dass du mir das später haarklein erklärst.« Sie hob ihr Glas, und Henrik tat es ihr gleich. »Auf einen wundervollen Abend.«

»Auf einen wundervollen Abend mit einer wundervollen Frau.«

Die Kerze flackerte, Paolo Conte sang »Via con me«, und Natascha Eusterbeck hatte plötzlich den Eindruck, als weiche Henrik ihrem Blick aus. Sie stellte ihr Glas ab und forschte in seinem Gesicht nach etwas, wovon sie nicht wusste, was es war. »Alles in Ordnung?«, fragte sie schließlich.

»Alles bestens, Schatz. Wie war Paris?«

»Paris? Oh, Paris. Es ist ja immer das Gleiche: Du kommst aus der Maschine, der Wagen wartet schon, bringt dich direkt ins Hotel, unterwegs schaust du noch mal in die Akten. Dann schnell duschen, umziehen, die Unterlagen sortieren, der Wagen wartet schon, bringt dich zur Konferenz, die Security schleust dich rein, dirigiert dich in die zweite Reihe, einer von der Organisation erklärt dir die Abläufe. Dann heißt es, mindestens acht Stunden nicht mehr auf die Toilette zu gehen, endlich ist der Spaß zu Ende, unten wartet schon der Wagen, bringt dich ins Hotel, noch schnell eine Mütze Schlaf tanken und dann auschecken, der Wagen wartet schon, bringt dich zum Flughafen, du wunderst dich, dass so schönes Wetter ist, das war dir gestern gar nicht aufgefallen, am Flughafen Quick-Check-in, das Servicepersonal und der Fahrer kümmern sich ums Gepäck, die Maschine steht schon da, na ja – das war diesmal nicht so ... Ich hatte noch ein bisschen Zeit.« Sie lächelte und griff nach ihrer Handtasche, die sie über die Stuhllehne gehängt hatte. »Da konnte ich noch was für dich besorgen.« Sie nahm die Krawatte und das Aftershave aus der Tasche, beides hatte sie sich im Duty-free-Shop noch rasch als Geschenk einpacken lassen, und schob es ihm über den Tisch.

Überrascht und offensichtlich ein bisschen gerührt wog Henrik seine Geschenke in der Hand. »Hab ich Geburtstag und hab's vergessen?«

Natascha schüttelte den Kopf.

»Unser Hochzeitstag ist im Mai, richtig?«

Sie legte eine Hand auf die seine. »Das sind gerade nicht so leichte Zeiten für uns«, sagte sie leise und versuchte, ihrer Stimme so viel Wärme zu verleihen wie möglich. »Für dich.«

»Also doch keine kleine zärtliche Aufmerksamkeit, sondern eher so etwas wie Schmerzensgeld?« Er legte die Geschenke auf den Tisch.

»Magst du sie nicht aufmachen?« Sie würde den Vorwurf, der in dieser nur scheinbar humorigen Frage lag, ignorieren und sich den schönen Abend nicht verderben lassen.

»Was ist drin? Eine Krawatte?«

Dass er den Nagel so exakt auf den Kopf getroffen hatte, war wie ein Schlag ins Gesicht. Natascha spürte, wie ihr die Tränen in die Augen schossen. »Du musst es nicht aufmachen«, sagte sie mit rauer Stimme. Sie schluckte. Er sah zu Boden. »Entschuldige«, flüsterte er, da er sich sogleich bewusst war, dass er dem Abend jede Möglichkeit genommen hatte, sich noch zum Guten zu wenden. Er hatte den Zauber zerstört. Warum hatte er nicht einfach das Geschenk öffnen und sich freuen können. Darüber, dass sie in Paris an ihn gedacht hatte. Darüber, dass sie vermutlich eine schöne Krawatte für ihn ausgesucht hatte. Darüber, dass sie die paar Minuten, die sie Zeit gefunden hatte auf dieser Reise, ihm gewidmet hatte. »Darf ich es aufmachen?«

Sie zuckte mit den Schultern.

Betont liebevoll öffnete er das eine Päckchen, das leichtere. Darin befand sich eine hübsche mit Stoff bezogene kleine Schachtel, in die ein Schlips gerollt war, dessen spitzes Ende auf ihn zeigte, darauf ein Eiffelturm, golden auf blauem Grund. »Die königlichen Farben«, sagte er. »Sie ist wunderschön.«

»Na ja. Aus dem Duty-free-Shop. Was man da eben so bekommt.« Sie trank ihr Glas in einem Zug leer.

»Und in dem anderen?« Er griff nach dem schwereren Päckchen, überhörte das leise Gluckern und schickte sich an, es mit neugieriger Miene auszupacken. Doch Natascha winkte ab. »Lass nur. Ist nur ein Rasierwasser. Kannst es zu Hause auspacken.«

»Aber nein, ich bin gespannt, welchen Duft du mir ausgesucht hast!« Er knüllte das Papier, in das die Krawatte verpackt gewesen war, zusammen und steckte es in seine Jacketttasche.

Der Ober kam, um ihre Bestellung aufzunehmen. Henrik schickte ihn noch einmal weg, um die Bescherung zu Ende zu bringen. Es war ein Duft von Dior. »Riecht ein bisschen nach nassem Hund«, stellte Natascha fest, als er ihr sein besprühtes Handgelenk hinhielt.

»Nach begossenem Pudel vermutlich«, sagte Henrik. »Komm schon, sei mir wieder gut.«

»Ich bin dir doch gut.«

»So wirkst du nicht.«

»Und wie wirke ich?«

»Du wirkst wie eine Frau, die …« Er hielt inne. Sie sahen sich an. Es war beiden klar, dass ein Satz, der so begann, nur in einem Albtraum enden konnte. Die Worte blieben im Raum stehen. Der Ober kam noch einmal, um die Bestellung aufzunehmen, doch sie hatten beide keinen Appetit mehr. Stattdessen bezahlte Henrik den Prosecco und seine zwei Gläser Weißwein, dann machten sie sich auf den Weg nach Hause. So schweigsam, wie sie den Abend beschlossen. So in sich zurückgezogen, wie sie das Licht löschten und auf den Atem des jeweils anderen hörten, ohne noch etwas zu unternehmen, sich oder einander zu trösten. Trostlos, das war Natascha Eusterbecks Gedanke, ehe sie einschlief. Ihre Ehe war ziemlich trostlos geworden.

Wiesbaden, Landesverfassungsschutz,
31.10.1989, 8:38:40 Uhr.

»Zentrale?«

»Ja?«

»Zwei Zivilisten in Nähe des Einsatzortes.«

»Verdammt, warum ... Sind sie in Sichtnähe?«

»Einer ja. Wenn er auf Kurs bleibt, wird er Augenzeuge.«

»Moment.« Eine kurze Unterbrechung. Dann: »Operation wird fortgeführt. Versuchen Sie, die Aufmerksamkeit des Zivilisten vom Einsatzort abzulenken.«

»Dafür haben wir nicht mehr genug Zeit.«

»Okay. Dann entfernen Sie sich so schnell wie möglich vom Einsatzort.«

»Aber die Einsatzmittel ...«

»Lassen Sie, wo sie sind. Die holen wir später ab. Die Kollegen verfahren wie besprochen, verstanden?«

»Verstanden. Over.«

8:39:25 Uhr. Ein Augenzeuge wird später berichten, dass er eine verdächtige Person vom Tatort hat flüchten sehen.

SECHS

Natascha Eusterbeck gab sich keinen Illusionen hin. Dass sie zum Empfang anlässlich des sechzigsten Geburtstags von Nationalbank-Chef Feldmann im Kanzleramt eingeladen war, hing nicht mit ihrer herausragenden Bedeutung zusammen, sondern damit, dass der Verwaltungschef Traub Schwierigkeiten gehabt hatte, eine hinreichend hochkarätige und zugleich diskrete Mischung von Gästen zu organisieren. Feldmann selbst hatte gut die Hälfte der Gäste benennen können, der Rest hatte auf der Liste der Kanzlerin gestanden. Bei solchen Anlässen ging es vor allem darum, Verbindlichkeiten aufzubauen und Abhängigkeiten zu schaffen. Feldmann war der mit Abstand mächtigste Manager der Bundesrepublik. Wer sich in der Politik mit ihm schlecht stellte, hatte weite Teile der Wirtschaft gegen sich – nicht weil Feldmann so beliebt gewesen wäre, sondern weil er die Mittel hatte, einen Großteil der Unternehmer auf seine Linie zu bringen: Er saß am Geldhahn. Wenn er den zudrehte, war es, als würge er mit kalter Hand eine Hauptschlagader ab.

Dennoch – oder gerade deswegen – drängten Vertreter aller gesellschaftlichen Gruppierungen sich danach, mit ihm in Kontakt zu treten und Umgang zu pflegen. Eine nützliche Erscheinung, denn so konnte die Kanzlerin zwei Seiten einen Gefallen tun: Mit der Einladung signalisierte sie die herausragende Bedeutung, die Feldmann auch bei ihr und damit an politisch höchster Stelle genoss, durch die Auswahl der Gäste konnte sie Gefälligkeiten erweisen, für die sie später Gegengefälligkeiten einfordern konnte. So waren die Regeln.

Dabei spielte es keine Rolle, dass sie Feldmann spätestens seit seinem doppelzüngigen Verhalten in der Währungskrise nicht mehr über den Weg traute, als er federführend an einem staatlichen Sicherungsfonds mitgearbeitet und später entrüstet zurückgewiesen hatte, ihn mit seinem Institut womöglich selbst in Anspruch zu nehmen. Er war wie der Metzger, der sich empört, die eigenen Würste zu essen. Das latente Misstrauen der Kanzlerin gegenüber allen und jedem hatte in seinem Fall eine leicht pathologische Dimension erreicht – doch in ihrem Verhalten hatte sie sich kaum geändert. Und so begrüßte sie ihn mit freundlichen Worten und dem typischen vorgegebenen Überschwang, den ihr niemand abnahm.

Natascha Eusterbeck hielt sich im Hintergrund. Diese Rolle war für sie angemessen. Sie dekorierte die Runde durch ihre Anwesenheit. Ein wenig ärgerte sie sich, dass sie sich angezogen hatte, als ginge sie auf einen Empfang irgendwo draußen in der freien Welt: Sie sah einfach zu glamourös aus für den Abend. Das war schlicht unprofessionell. Statt eines Kleids hätte sie ein Kostüm tragen sollen, flachere Pumps, weniger spitz. Eine schlichte Perlenkette statt des etwas exzentrischen Colliers aus mehreren Goldkettchen mit bunten Steinen, das ihr Henrik zum zehnten Hochzeitstag geschenkt hatte. Sie hatte sich ganz einfach verschätzt. Anfängerfehler, dachte sie und schwor sich, dass ihr das nicht mehr passieren würde. Sie spürte die Blicke der Männer, die sie zu oft und zu lange streiften. Schon erstaunlich, dachte sie, keiner von denen arbeitet weniger als vierzehn Stunden am Tag. Und doch sind sie schon fast krankhaft geil und halten sich für unwiderstehlich, Aufreißer vor dem Herrn, ob Manager oder Politiker. »Und Sie müssen Frau Staatssekretärin Eusterbeck sein«, sprach sie einer der externen Besucher an und hob sein Glas zur Begrüßung. Champagner. Als Aperitif. Sie lächelte. »Ganz richtig. Und Sie sind …?« Sie hob ein wenig die Augenbrauen und versuchte ein entschuldigendes Lächeln.

»Lars von Wintersleben. Vorstand im Bankhaus Schätzing. Freut mich, Sie kennenzulernen.«

»Und umgekehrt, Herr von Wintersleben.«

»Das ›von‹ können Sie weglassen«, sagte er gönnerhaft. »Haben Sie nichts zu trinken? Darf ich Ihnen ein Glas Champagner holen?«

»Danke, lassen Sie mal. Sie wissen doch, Frauen halten sich am liebsten an ihrer Handtasche fest.«

»Oder am Arm eines Kavaliers«, ergänzte von Wintersleben, blickte sie bedeutungsvoll an und drehte sich dann ein wenig zur Seite, sodass sie gemeinsam den Saal vor sich liegen hatten. »Eindrucksvolle Gesellschaft. Nett von der Kanzlerin, dass sie großen Bahnhof für Feldmann macht. Nach allem, was in der letzten Zeit zwischen den beiden vorgefallen ist, hätte ich ihr das gar nicht zugetraut.«

Dr. Frey schob sich plötzlich zwischen ihn und Natascha Eusterbeck. »Da kennen Sie sie aber schlecht. Wenn etwas nicht passt, muss es passend gemacht werden. Sie hätte dieses Diner vermutlich nicht ausgerichtet, wenn es zwischen ihr und Feldmann zum Besten stünde. Sie verteilt keine Gefälligkeiten.«

»Sie meinen, eine solche Einladung ist eher ein schlechtes Zeichen?«, fragte der Banker verblüfft.

»Keineswegs«, entgegnete Frey mit spöttischem Lächeln. »Es zeigt nur, dass hier Politik betrieben wird.« Er deutete eine Verbeugung an und ging dann weiter, um Feldmann zu begrüßen.

Der Chef der Nationalbank trug wie immer einen perfekt

sitzenden italienischen Anzug und eine Frisur wie hingemeißelt. Auch sein Lächeln schien ihm ins Gesicht gemeißelt zu sein. Er versprühte seinen etwas eigentümlichen österreichischen Charme, von dem echte Österreicher sagten, dass er nur gespielt sei. Das wirklich Besondere an Feldmann war jedoch, dass er einen Raum beherrschte, sobald er ihn betrat. Wenn er seinen Fuß über die Schwelle setzte, veränderte sich die Chemie der Luft, und alle Magnetfelder und alle Gravitation schienen sich auf ihn auszurichten. Natascha hatte etwas Ähnliches vor vielen Jahren gesehen, als sie dem Altkanzler auf einer Wahlkampfveranstaltung im Mecklenburgischen begegnet war: Walther Brass war aus seiner Dienstlimousine gestiegen, und sogleich hatte sich die Menge geteilt und ein Korridor vor ihm aufgetan, durch den er völlig ungehindert bis zum Podium schreiten konnte. Wo immer Brass entlanggegangen war, hatten sich zwar zahllose Menschen zu seiner Lobpreisung versammelt, aber es war doch der immergleiche Tunnel entstanden – Brass' Aura schien ihm das gemeine Volk vom Leib zu halten. Jo Feldmann gehörte ebenfalls in die Kategorie Mensch, die bei anderen Menschen eine quasireligiöse Bewunderung auslösten – und die nicht minder verhasst waren als Brass.

Ähnlich wie Brass seinerzeit freilich litt Feldmann unter den langen Schatten großer Vorgänger, aus denen es schwer, ja fast unmöglich war herauszutreten. Brass hatte sich selbst zwar als »Enkel« jener glorreichen Gründergeneration der Republik tituliert, damit aber zugleich das Gefälle festgelegt, an dessen Ende er gestanden hatte. Diesen Fehler hatten Feldmann und seine unmittelbaren Vorgänger nicht gemacht. Und doch mussten sie sich stets messen lassen an den Gründerzeitbankiers, den heimlichen Herrschern der Aufbaujahre, die aus nicht nachvollziehbaren Gründen gleichermaßen für völlige

Selbstaufgabe im Dienste der Sache und epochales Ego standen. Zumindest Letzteres galt auch für Feldmann. Natascha hatte im Vorfeld des Abends sogar extra das Buch zu lesen begonnen, das ihr Dr. Beck aus dem Wirtschaftsreferat gegeben hatte und in dem es auch ein Kapitel über die Geschichte der Nationalbank gab, selbst wenn es darin vor allem um jenen Nationalbankchef ging, der es offenbar zu vergleichbarer Größe gebracht hatte wie die Gründerväter und der auf tragische Weise ums Leben gekommen war: Dr. Albert Ritter.

Ein heller Klang. Die Kanzlerin hatte an ihr Glas geklopft. Sogleich verstummten die verstreuten Gespräche, und die Aufmerksamkeit richtete sich gen Mitte des Raumes. »Liebe Gäste, unser Jubilar hat mich gebeten, diese kleine Gesellschaft heute Abend etwas weniger förmlich zu halten. Dem Wunsch komme ich gerne entgegen. Aber ein paar Worte muss ich dennoch sagen.« Sie wandte sich an den Chef der Nationalbank. »Lieber Jo, auch wenn dies keine eigentliche Geburtstagsfeier ist, sind wir uns doch einig, dass Sie es sehr gut eingerichtet haben, dieses Jahr einen runden Geburtstag zu begehen. Diese kleine Gesellschaft hat sich hier zusammengefunden, um Sie zu würdigen. Ich persönlich möchte mich für gute Zusammenarbeit bedanken, die nun schon einige Jahre währt und von der ich hoffe, dass noch viele weitere dazukommen mögen ...« Wirklich ein Wunsch? Oder doch eine Warnung? Aus den Augenwinkeln konnte Natascha ihren Kollegen Frey mühsam ein Grinsen unterdrücken sehen. »Auf Ihr Wohl also.« Die Kanzlerin hob das Glas, und alle Anwesenden taten es ihr gleich. »Und auch auf die schöne Runde, die sich heute Abend hier zusammengefunden hat. Zum Wohl.« Sie nickte, nippte und stellte das Glas wieder weg. Noch ein knappes schmallippiges Lächeln, dem die Augen nicht folgten, wie sie es gerne aufsetzte, wenn sie eine unangenehme Angelegenheit erledigt hatte, dann sagte im Hintergrund jemand: »Die Bundeskanzlerin bittet zu Tisch.« Und die ganze Gesellschaft zog langsam hinüber in den Speisesaal, an dem eine prächtige Tafel für dreißig Gäste gedeckt war.

Die Kanzlerin saß in der Mitte, zu ihrer Rechten war Feldmann platziert. Einige Unternehmensvorstände hatten sich eingefunden, einige hochkarätige Staatsdiener. Kanzleramtsminister Steiner saß links der Kanzlerin neben einem hochrangigen Kirchenmann, der Fraktionsvorsitzende am Kopfende, flankiert von einem ehemaligen Wirtschaftsminister und dem amtierenden BND-Chef. Verwundert musterte Natascha Eusterbeck die Runde. Wer mochte auf der Liste Feldmanns gestanden haben? Einige der Anwesenden kannte sie gar nicht. Von anderen hätte sie nie gedacht, dass sie den Vorstandschef der Nationalbank feiern würden.

Rechts von Feldmann saß Alexander Rau. Natascha hatte ihn gerade bemerkt und ihm über den Tisch zugenickt, da beugte sich jemand an ihr Ohr. »Nett, dass man mich neben Sie platziert hat.«

Sie erkannte ihn schon am Aftershave. »David, hallo. Sie sind also auch hier?«

»Muss eine Art Schadensersatz sein, dass ich Ihr Tischherr sein darf«, sagte er und setzte sich.

»Meine Güte, Stress oder Kuschelentzug?«

»Was?«

»Na, dass Sie mich hier so charmieren.«

»Oh. Gewohnheit würde ich sagen.« Er nickte in alle Richtungen und öffnete den Knopf seines Jacketts.

»Gott sei Dank, dann ist es ja wenigstens nichts Ernstes.« Natascha nahm ihre Serviette vom Teller und legte sie daneben. »Ich habe Ihre Pressekonferenz heute verfolgt.«

»Sagen Sie das nicht. Das ist mir ja unendlich peinlich.«

»Wegen der kleinen Panne?«

»Oh bitte, Sie sind ja wirklich gnadenlos.«

»Überhaupt nicht. Ich fand das gut. Das sollten Sie öfter machen.«

»Ich sollte den Finanzminister öfter ›Herr Ähhh‹ nennen?«

Sie lachte. »Das können Sie ja variieren. Ich finde nur, das gibt so einer Pressekonferenz etwas Natürliches, Menschliches. Das wirkt nicht so lackiert.«

»Wer charmiert hier wen, bitte schön?«

»Oh, ich sage nur, was ich denke.«

Sie ließen sich Wein einschenken. Natascha sah wieder in die Runde, David Berg warf einen verstohlenen Blick auf sein Handy.

»Immer im Dienst«, bemerkte Natascha.

»Immer«, bestätigte Berg. Er seufzte. »Die Nachrichtenlage ist nicht so, dass eine Party für einen Bankchef im Kanzleramt eine wirklich gute Idee ist.«

»Warum findet sie dann statt?«

»Erstens lässt sich die Nachrichtenlage ja leider nie genau vorhersehen.« Er schwieg.

»Und zweitens?«

»Und zweitens«, er war kaum noch zu hören, als er sich hinunterbeugte, als wäre ihm etwas auf den Boden gefallen. »Zweitens ist das hier eine eiskalte Disziplinierungsmaßnahme.«

»Tut mir leid, David, dass ich das nicht so ganz nachvollziehen kann.« Sie beugte sich ebenfalls hinab, als würde sie ihm beim Suchen helfen. Unter dem Tisch trafen sich ihre Blicke. »Wenn für mich jemand eine Party im Bundeskanzleramt schmeißen würde, käme ich mir nicht sehr diszipliniert vor.«

»Auch nicht, wenn Sie zwischen der Kanzlerin und dem Bundesfinanzminister säßen, die Sie beide seit Wochen in die

Zange nehmen, um Sie zu einem milliardenschweren Zugeständnis zu bewegen?« Er richtete sich wieder auf. Natascha ebenso. Sie sah schräg über den Tisch. Da saß der mächtigste Mann der deutschen Wirtschaft zwischen der mächtigsten Frau der Politik und ihrem Kassenwart. Und natürlich ging es ums Geld. Bei jedem Satz, der an diesem Abend gewechselt wurde. »Kennen Sie noch jemanden von den externen Gästen?«, fragte sie.

»Ihnen gegenüber sitzt der Aufsichtsratsvorsitzende der Nationalbank. Eigentlich kein Freund von Feldmann. Aber wer ist das schon. Daneben Feldmanns Geliebte, die irgendeine kleinere Position bei denen im Konzern hat, Bausparverträge oder Immobilienfinanzierung, fragen Sie mich nicht.«

»Und Feldmanns Frau ist nicht da?«

Berg schüttelte den Kopf und sah Natascha amüsiert von der Seite an. »Den Mann möchte ich kennen, der sowohl seine Frau als auch seine Geliebte mit zu einer Party bringt. Feldmann ist seit zwei Jahren geschieden, wussten Sie das nicht?«

»Dann sollten Sie sie nicht Geliebte nennen, sondern Lebensgefährtin.«

Mühsam unterdrückte Berg ein lautes Auflachen, verschluckte sich und musste heftig husten. Dann wurde der erste Gang serviert, und eine überaus freundliche, aber praktisch nicht zu verstehende Japanerin, die zu ihrer anderen Seite saß, verwickelte sie in ein Gespräch – oder etwas, das aus einiger Entfernung wie ein Gespräch wirken mochte.

Dr. Johann Baptist Feldmann, genannt »Jo« Feldmann, war nicht nur der einflussreichste Banker in Deutschland, er war auch einer der einflussreichsten Politiker. Denn der Vorstandsvorsitz der Nationalbank AG war seit jeher immer auch eine politische Position. Mit der Nationalbank als Partner ging vieles, und sehr vieles ging schneller und effizienter. Ohne sie ging fast nichts. Feldmann saß an einem der entscheidenden Geldhähne der Republik. Direkt und indirekt.

Natascha hatte sich im Vorfeld dieses Abends ein wenig mit ihm beschäftigt und auch die Gästeliste des Abends vorab eingesehen. Und sie hatte sich an die Worte ihres Vaters erinnert: »Es kommt darauf an, wo das Geld ist.« Sie war lange genug in der Politik, um zu wissen, dass es darauf auch in politischer Hinsicht ankam. Wer den Wahlkampf finanzierte, tat das nicht aus Altruismus, sondern weil er die »richtigen« Vorhaben unterstützen und die »falschen« verhindern wollte. Feldmanns Institut spendete nicht allzu viel. Der Betrag, der regelmäßig – und etwas aufgestockt vor wichtigen Wahlen – an die Partei der Kanzlerin ging, hielt sich in einem niedrigen sechsstelligen Rahmen. Angesichts der Größe seines Unternehmens, das eine Bilanzsumme von mehreren hundert Milliarden Euro aufwies, ein geradezu lächerlicher Betrag. Aber wenn man sich das Netzwerk Feldmanns ansah, dann ergab sich ein ganz anderes Bild. Natascha hatte es einmal durchgerechnet: Wenn Feldmann und die wichtigsten von seinem Geldhaus abhängigen Unternehmen ihre Spenden einstellten, konnte die Partei Insolvenz anmelden. Das Netzwerk der besonderen Beziehungen, das Feldmann zweifellos hatte, war dabei noch nicht einmal berücksichtigt. Wenn also Feldmanns Bank auf das Wohlwollen der Politik angewiesen war, um weiterhin ungestört ihre milliardenschweren Quartalsgewinne einzufahren, so war doch die Politik auch auf das Wohlwollen seiner Bank angewiesen, wollte sie nicht völlig bewegungsunfähig werden.

»Und Sie sind also nun die neue Staatssekretärin im Kanzleramt«, sagte er, als er später am Abend plötzlich vor ihr stand. »Ich gratuliere.«

Natascha neigte keck den Kopf zur Seite. »Danke schön,

Herr Dr. Feldmann. Das ist Ihr Ehrentag. Also gratuliere ich Ihnen.«

»Sehr nett von Ihnen.« Mit lässiger Hand griff er sich ein Glas Wein von einem Tablett, das vorbeigetragen wurde. Er senkte die Stimme, ohne sein strahlendes Lächeln zu dimmen. »Ich beobachte Sie ja schon seit einiger Zeit. Wenn Sie mal in die Wirtschaft wechseln wollen, sollten Sie unbedingt zu uns kommen.«

»Ach, Herr Dr. Feldmann, nun machen Sie aber mal halblang …« Es fiel Natascha schwer, einen unbefangenen Blick zu behalten.

»Nein wirklich! Es ist so schwer, Frauen für Führungsaufgaben zu gewinnen. Wenn ich da an die Diskussionen über eine Quote denke, könnte ich laut auflachen. Die wirklich fähigen Frauen gehen in die Politik. Die anderen möchten vielleicht gerne Karriere machen. Aber sie wollen halt alle auch Kinder haben und ein Häuschen im Grünen. Shoppen gehen und ein bisschen Wellness und Beauty. Sie wissen schon. Es heißt nicht umsonst *die* Utopie.« Er lachte, als habe er einen besonders guten Witz gemacht, während Natascha sich zu erinnern versuchte, warum sie sich seinen Chauvinismus überhaupt antat.

»Nie um einen treffenden Witz verlegen, der gute Jo.« Im Karussell des spätabendlichen Smalltalk-Theaters hatte sich Dr. Frey wieder zu Natascha umgedreht und sah Feldmann hinterher, als wolle er ihn mit seinem Blick unauffällig durchleuchten.

»Das Schlimmste ist, dass er auf eine perfide Weise sogar irgendwie recht hat«, erwiderte Natascha und stürzte ihr Glas hinunter.

»Sind Sie nicht der lebende Beweis für das Gegenteil? Sie haben es doch auch ohne Quote in eine Führungsposition geschafft.«

»Tja, aber ich glaube, dass es gute Gründe gibt, warum mehr Frauen als Männer sich doch lieber für ein Leben mit Kindern und Familie entscheiden. Im Grunde sind wir hier doch alle Sklaven eines unmenschlichen Arbeitsalltags. Jeder von uns gehört dem Job mit Haut und Haaren.«

Frey nickte. »Mit allem, was er hat«, bestätigte er und bedachte Natascha mit diesem spöttischen und zugleich lauernden Blick, der ihr regelmäßig beinahe etwas Angst machte. Da kam ihr ein Gedanke: »Herr Dr. Frey, Sie könnten mir vielleicht helfen.«

»Jederzeit. Was darf ich für Sie tun?«

»Ich habe da eine Handynummer, von der ich nicht weiß, wem sie gehört. Können wir eine solche Nummer zuordnen?«

Freys Augen blitzten auf, und sein Lächeln wurde noch etwas breiter. »Wen möchten Sie denn belauschen?«

»Oh, ich ...«

»Ich möchte mich nur verabschieden«, unterbrach der Banker, der Natascha am Anfang des Abends angesprochen hatte, und verbeugte sich leicht. »War mir ein Vergnügen, Sie kennengelernt zu haben, Frau Dr. Eusterbeck.«

»Ganz meinerseits«, entgegnete Natascha, die seinen Namen bereits wieder vergessen hatte.

»Also dann.« Der Banker zwinkerte Frey zu. »Man sieht sich.«

Frey nickte lediglich lässig und hob zum Abschied sein Glas. Offenbar kannten sich die beiden doch besser. »Schicken Sie mir eine Mail mit der Nummer«, sagte er, als der Mann verschwunden war. »Dann kümmere ich mich darum.«

Erst als sie am fortgeschrittenen Abend langsam auseinandergingen, raunte ihr David Berg, der sich bereits seinen Mantel übergeworfen hatte und neben ihr in der Tür zum Flur stand, zu: »Aber das mit dem Kuschelentzug stimmt.« Und Natascha hätte schwören können, dass er ihr zuzwinkerte.

*

Dank seiner Beratertätigkeit für die Bundesregierung, die seine persönliche Anwesenheit im Kanzleramt erforderte, konnte Henrik Eusterbeck zumindest die Besucherparkplätze in der Tiefgarage in Anspruch nehmen, sofern einer frei war. Während das sonst abends häufiger der Fall war, herrschte heute qualvoller Platzmangel. Etliche der schweren Wagen des erlesenen Zirkels, der sich oben selbst feierte, hatten es hier heruntergeschafft. Einige hatten ihre Passagiere auch nur abgeladen und würden sie später wieder aufsammeln. Henrik Eusterbeck aber saß, während er auf seine Frau wartete, hinter dem Steuer seines Autos und spielte mit seinem Handy. Von Zeit zu Zeit stieg er aus und ging ein paar Schritte auf und ab, betrachtete die Limousinen mit den abgedunkelten Scheiben, die Diplomatenkennzeichen, wechselte mit dem ein oder anderen Chauffeur, der ebenfalls wartete, ein Wort, ließ sich sogar vom Fahrer des Staatssekretärs Frey zu einer Zigarette überreden, obwohl er eigentlich schon lange nicht mehr rauchte, und langweilte sich vor allem zu Tode. »Die hätten für Sie ein Frauenprogramm machen sollen«, scherzte der Chauffeur und blies den Rauch in Ringen in die Luft.

»Origami«, schlug Henrik vor.

»Oder Batik.«

»Auch eine gute Idee. Oder ein Hospiz für Nacktmulle.«

»Mann, Sie sind ja mies drauf. Trauriger geht wohl kaum.« Der Chauffeur schüttelte die etwas zu lange Haarpracht und schnippte die Kippe lässig ein paar Meter weiter. In dem Tiefgaragenlicht sahen sie alle aus wie Vampire. »Danke für die Zigarette«, sagte Henrik und ging wieder zu seinem Wagen zurück. Er versuchte, Michelle anzurufen. Doch es ging nur ihre Mailbox ran, vermutlich schlief sie längst. Schließlich packte er seine Unterlagen aus und begann, alles noch einmal durchzuarbeiten, was er tagsüber an Aufzeichnungen gemacht hatte.

Als endlich Natascha aus der Schleuse trat, war er so vertieft in seine Arbeit, dass er nicht einmal bemerkte, wie ein groß gewachsener Mann von aufdringlichem Selbstbewusstsein ihr die Hand küsste und sie einen Augenblick zu lange festhielt. Verwirrt sah Natascha Eusterbeck sich in der Garage um, entdeckte Henriks Wagen und kam dann schnell herübergestöckelt. Sie ließ sich auf den Beifahrersitz fallen, zog die Tür hinter sich zu, die Schuhe aus und stöhnte: »Oh mein Gott. Was für eine endlos öde Gesellschaft. Die haben sich mit meinen Schuhen einen Wettkampf geliefert, wer mich zuerst umbringt.«

»Dafür siehst du aber verdammt gut aus«, sagte Henrik und warf seine Unterlagen auf den Rücksitz.

»Das ist nur das Make-up. Dahinter ist nichts mehr übrig außer Brei.«

»Gruselig.« Er warf den Motor an und setzte zurück. Vor der Ausfahrt wurde er von einem schwarzen Audi abgedrängt. »Arschloch«, fluchte er und erkannte, dass der Fahrer von Frey am Steuer saß. »Batik.«

»Hm?«

»Ach nichts.«

Dann folgten sie dem Audi hinaus in die Nacht und verloren sich im Berliner Straßenverkehr.

*

Bei der Großen Lage zum Thema innere Sicherheit war Natascha Eusterbeck alles andere als bei der Sache: Sie analysierte nicht die Inhalte, sondern die Personen, die im Raum waren. Seit dem frühen Morgen hatte sie bohrende Kopfschmerzen. Auch wenn sie sich mit guten Gründen selbst einzureden versuchte, dass die Mails nur ein mieses kleines Manöver eines miesen kleinen Charakters waren, ging ihr der Terror langsam an die Nieren. Und sie hatte immer noch nicht den Mut gefunden, mit Henrik darüber zu sprechen. Mehrmals hatte sie es vorgehabt. Aber dann war es entweder so spät geworden, dass er bereits geschlafen hatte. Oder es war doch – wie gestern – einfach ein schöner Abend geworden, den sie nicht mit einem so unerfreulichen Thema zerstören wollte. Und heute Morgen, als sie das Haus verlassen hatte, war er noch dabei gewesen, seine Betriebstemperatur zu finden.

Natascha beobachtete, wie sich die Anwesenden produzierten, wie sie auf ihre Stichworte warteten, ihre Details vortrugen. Sie sah die Runde wie durch eine gläserne Wand. Jeder hier hatte seine Probleme, Nöte, Sorgen. Wie Henry: Seine Firma lief nicht gut, das wusste Natascha, der neue Auftrag aus dem Kanzleramt lag ihm im Magen – und um ihrer beider Ehe stand es sowieso nicht zum Besten. Jetzt noch ein Mobbing-Problem, ein ganzes Bedrohungsszenario, das hätte ihn am Ende noch ganz den Glauben an eine gemeinsame Zukunft verlieren lassen. Sie wusste, dass er sie liebte. Und sie fühlte sich ihm beinahe verbundener denn je, weil sie auch irgendwie Mitleid mit ihm hatte. Es war eine bizarre Situation: Sie selbst war es, die dafür verantwortlich war, die sein Leben auf subtile Weise unbeabsichtigt degradiert hatte. Und ausgerechnet für dieses Schattendasein liebte sie ihn umso mehr.

»Frau Eusterbeck?« Sie war unaufmerksam gewesen. Der Vorsitzende des Innenausschusses hatte sie angesprochen.

»Ja?«

»Können Sie das bestätigen?«

Sie nickte. »Ja. Kann ich.« Alle Augen waren auf sie gerichtet. Man erwartete, dass sie noch etwas dazu sagte. Leider wusste sie nicht, wozu. Also lächelte sie unverbindlich und erklärte: »Das stimmt so.« Da sie offenbar nichts hinzuzufügen hatte, ging die Diskussion weiter. Lauschangriff. Fangschaltungen. Schleppnetzfahndung. Trojaner. Und vor allem die ewige Frage, wie all die längst beschlossenen Maßnahmen durch die Instanzen gebracht werden konnten und wie man sie am Ende dem Wahlvolk verkaufte. Sie hörte wieder mit halbem Ohr zu, doch dann drifteten ihre Gedanken erneut ab. Was, wenn er hier am Tisch saß? Konnte es sein, dass es einer von den anwesenden Kollegen war? Vielleicht einer, der sich nachher freundlich nach ihrer Meinung erkundigte, vertraulich über die Kanzlerin witzelte und dann in sein Büro ging, um ihr wieder eine perfide Mail zu schreiben?

Verdammt, sie musste sich konzentrieren! Es durfte nicht vorkommen, dass jemand sie ansprach und sie nicht einmal wusste, was die Frage war. Noch schlimmer: jemandem zuzustimmen, ohne zu wissen, wobei. Sie sammelte sich, griff den Faden wieder auf. Die Kanzlerin nahm sich gerade die linke Seite des Tisches pauschal vor, das hieß, sie adressierte an den Koalitionspartner: »Ich möchte nicht, dass uns das wieder um die Ohren fliegt, wie Ihr Bundestrojaner, Herr Kollege. Das muss ab sofort besser gemanagt werden. Sprechen Sie sich bitte mit Herrn Berg und seinen Leuten ab, wie wir das nach außen vermitteln.« Es fiel Natascha auf, dass die Kanzlerin nie von »verkaufen« sprach, obwohl das der übliche Polit-Jargon war. Überhaupt benutzte sie zwar häufig Floskeln – und gerne die immergleichen, ob es nun ums »Brückenbauen« ging oder darum, »die Hand zu reichen«, ums »Analysieren« oder um das, was »die Menschen erwarten« –, doch die internen Losungen verwendete sie fast nie. Vermutlich hatte das damit zu tun, dass sie sich nicht gleichmachen wollte mit ihren Gesprächspartnern, indem sie einen kumpelhaften Ton anschlug. »Ich kann auch nicht erkennen, was uns der Einsatz dieser Technologie bisher gebracht hätte. Außer Ärger.« Da war es wieder, das gnadenlose Bekenntnis zur Effizienz.

Der Innenminister kochte sichtlich vor Wut. Beherrschung war nicht sein Talent. Dabei polterte er nicht gleich los, sondern wurde patzig und unkontrolliert. Für den politischen Gegner ein Geschenk. Für die Regierung ein Fluch. Er warf der Kanzlerin einen empörten Blick zu. »Ich denke, dass sich unsere Sicherheitskräfte mit ihrer Bilanz nicht verstecken müssen«, raunzte er. »Denken Sie an die Münsterlandgruppe …«

»Soweit ich weiß, sind dabei keine Computerwürmer eingesetzt worden. Das war eher ein Erfolg der Dorfpolizei. Und ja auch nicht in Ihrem Bundesland, Herr Kollege.« Die Kanzlerin sah demonstrativ auf die Uhr. Doch der Minister wollte sich das Wort nicht abschneiden lassen. »Erstens bin ich als Innenminister für die ganze Bundesrepublik und damit auch für das Münsterland zuständig. Und zweitens ist das ein Beispiel dafür, wie effizient die Zusammenarbeit zwischen den Sicherheitsbehörden wirkt. Dazu gehört auch, dass die Ausstattung stimmt. Der Einsatz von Trojanern …«

»Ich denke, das haben wir jetzt alle verstanden, Herr Kollege. Wie gesagt, mir ist wichtig, dass wir da mit einer Stimme sprechen. Stimmen Sie die Sprachregelung mit Herrn Berg und seinen Leuten ab. Nächster Punkt.« Sie neigte sich kaum merklich zu ihrem Referenten Bauer, der ihr, unhörbar für die anderen, die Agenda zuflüsterte. »Finanzen. Wieder einmal. Der Kollege Rau ist leider nicht da, den hätte ich gerne dabeigehabt. Können wir das auf morgen verschieben? Wir haben einiges an anderen Themen nachzuholen nach dem enormen

Zeitaufwand, den uns die Amerikaner und ihre Eurokrise gekostet haben.« Sie sah quer über den Tisch, wo der Stab des Bundesfinanzministers saß. Der anwesende Referent des Finanzministeriums räusperte sich. »Tut mir leid, Frau Bundeskanzlerin, der Minister ist morgen in Brüssel. Am Abend vielleicht ...«

»Gut. Kümmern Sie sich um die Terminkoordination. Wir können das auch in der kleinen Runde besprechen. Der Herr Innenminister und Herr Dr. Frey sollten dabei sein. Frau Eusterbeck, Sie hätte ich nachher gerne noch in meinem Büro gesprochen.« Sie wandte sich an den Verwaltungschef: »Herr Traub, haben Sie die Liste der Vorschläge für den Reisestab China schon fertig?«

»Fast, Frau Bundeskanzlerin«, sagte der blasse Mann, der unter anderem den Tross der Begleiter zusammenstellte, der die Kanzlerin bei dem anstehenden Staatsbesuch in der Volksrepublik China begleiten sollte. Spitzen aus Politik, Wirtschaft und Kultur. Letzteres natürlich nur, soweit nicht mit kritischen Medienauftritten zu rechnen war. Natascha Eusterbeck gehörte nicht zum Stab.

»Machen Sie das bis morgen fertig, ich möchte ein wenig Zeit zur Vorbereitung haben. Morgen halb acht, Kleine Lage.« Die Kanzlerin nickte in die Runde und verließ den Raum so schnell, dass niemand noch ein Wort an sie richten konnte. Natascha beeilte sich, ihr zu folgen, und blieb im Vorzimmer der Kanzlerin stehen, während diese in ihrem Büro verschwand und augenblicklich zum Telefon griff. Eine der Kanzlersekretärinnen schloss die Tür und lächelte Natascha unverbindlich zu. »Ich ... Sie hat mich gebeten, noch in ihr Büro zu kommen«, erklärte Natascha.

Die Sekretärin nickte. »Nehmen Sie doch Platz. Sie hat bestimmt gleich für Sie Zeit.«

Natascha setzte sich und nahm ihre Unterlagen hervor, um noch einmal zu studieren, was sie bisher alles an Erkenntnissen gewonnen hatte. Sehr viel war es nicht. Sie nahm an, dass die Kanzlerin über die Beziehungen, von denen sie bisher erfahren hatte, ohnehin längst Bescheid wusste. Trotzdem, es war gut, endlich Gelegenheit zu haben, ihr Wissen abzugleichen und ihrer Chefin einen Zwischenbericht zu erstatten.

Es dauerte fast eine drei viertel Stunde, bis die Kanzlerin ihre Mitarbeiterin bat, Natascha Eusterbeck hereinzuschicken. »Können Sie mir schon etwas über Ihre ersten Eindrücke berichten?«, kam sie ohne Umschweife zur Sache. Natascha holte tief Luft und versuchte, ihre Gedanken auf den Punkt zu bringen: »Die Situation ist ziemlich unübersichtlich, aber das war ja klar. Viele Interessengruppen, viele alte Beziehungen. Interessant ist, dass hinter diesen alten Beziehungen nicht automatisch Seilschaften oder so etwas stecken. Manchmal habe ich eher den Eindruck, es sei das Gegenteil davon ...«

Die Kanzlerin lächelte versonnen und nickte wissend, während sie Papiere durchblätterte. Sie deutete auf einen Sitz auf der anderen Seite des Konferenztischs. Natascha setzte sich. Räusperte sich und fuhr fort: »Eine Zelle von Beziehungen ist auf jeden Fall Kollege Frey. Er ist lange im Geschäft und hat sich ein großes Netzwerk von loyalen Leuten aufgebaut, die nicht nur hier im Haus sitzen, sondern überall in der Politik, sogar beim politischen Gegner und vermutlich auch im Ausland.«

»Oh ja«, sagte die Kanzlerin und sah auf. »Besonders dort. Frey ist eine Spinne.«

Natascha nickte. »Dann natürlich das Bundespresseamt. Aber dort gehört es zum Geschäft.«

»Es gehört überall zum Geschäft, meine Liebe.« Sie griff zu ihrem Handy und tippte etwas, legte es wieder weg. Natascha wartete und nahm den Faden wieder auf, als die Kanzlerin sich ihr erneut zuwandte. »Zwischen Ihrer Pressestelle und dem Bundespresseamt herrscht offensichtlich eine nicht näher spezifizierbare Abneigung, vielleicht ist es auch bloß was Persönliches zwischen David Berg und Britta Paulus. Mich hat es gewundert, weil ich denke, diese beiden Abteilungen sollten sich ergänzen und nicht behindern. Frau Paulus scheint mir allerdings eher isoliert. Kann sein, dass das ihrer Aufgabe geschuldet ist. Dennoch, mir ist etwas Interessantes aufgefallen: Es gehen zwei der täglichen großen Pressemappen, die mit Ihrer identisch sind, an Adressaten außer Haus.«

Die Kanzlerin hob eine Augenbraue und blickte Natascha zum ersten Mal mit einer mühsam kaschierten Verblüffung an. »Außer Haus? Und an wen gehen diese Mappen?«

»An den Bundesfinanzminister und an einen Empfänger, von dem ich nicht weiß, wie ich ihn einordnen soll. Es handelt sich um einen Dr. Joseph Lafrage.«

»Lafrage. Interessant.« Die Kanzlerin hatte ein perfektes Pokerface aufgesetzt. Selbst ihr Ton war von einer Neutralität, die die Schweiz vor Neid hätte erblassen lassen. Dann nickte sie wieder, legte die Hände zusammen und beugte sich leicht über den Schreibtisch. »Sie haben sich offenbar schon sehr intensiv mit Ihrer wichtigsten Aufgabe befasst. Das ist viel wert, und ich freue mich, dass die Zusammenarbeit mit Ihrem Mann offensichtlich so gut klappt, obwohl er sehr im Hintergrund bleibt. Das ist auch gut so. Ich befürchte allerdings, dass Sie den offiziellen Teil Ihrer Tätigkeit etwas vernachlässigen. Sie sollten sich mehr profilieren. Alle wollen das. Wenn Sie es nicht tun, dann werden die anderen den Braten bald riechen, dass Sie sich nämlich nicht wichtigtun müssen, weil Sie wichtig sind.«

»Verstehe«, sagte Natascha, die nicht verstand. Wenn man

ihren Auftrag als eine Art geheimdienstliche Tätigkeit für die Kanzlerin betrachtete, dann konnte es doch keinesfalls dazu passen, dass sie sich in den Vordergrund spielte. »Ich war der Annahme, dass ich als graue Maus weiterkäme.«

»Trotzdem. Sie sind gefragt. Im Ton können Sie gerne zurückhaltend bleiben. Aber in der Sache sollten Sie jetzt mal etwas vorlegen. Wir fangen am besten mit einer Abteilungsleiterkonferenz an, auf der Sie Ihre Ideen und Ziele formulieren. Sagen wir Donnerstag?« Sie wartete nicht auf Antwort, sondern drückte auf die Gegensprechanlage und wies ihre Sekretärin an: »Setzen Sie eine Abteilungsleiterkonferenz für Donnerstag auf die Agenda. Frau Eusterbeck und die Strukturreform im Kanzleramt. – Wer? – Ja, stellen Sie durch.« Sie griff zum Hörer und nahm ein Gespräch an, das gerade in der Leitung gewesen war. Mit einem Nicken signalisierte sie, dass die Unterredung beendet war. Natascha verließ das Kanzlerbüro, halb benommen von dem Gespräch. Donnerstag also. Und sie würden sie schlachten.

*

Henrik Eusterbeck arbeitete im Büro seiner Frau, als Natascha aus der Besprechung kam. Sie schloss die Tür hinter sich. »Das solltest du nicht machen«, flüsterte sie.

»Was?«

»Hier bei mir zu sitzen. Wie selbstverständlich. Man wird sehr schnell munkeln.« Sie sah sich um, als könnten noch weitere Personen im Raum sein.

»Unsinn, Natti. Munkeln wird man, wenn ausgerechnet dein Aufgabenfeld nicht mit in die Struktur-Überlegungen mit einbezogen wird. Ich gehe hier gerade deine Software durch. Möchte ja zu gerne wissen, wo sie sich den Mist haben zusammenbasteln lassen. Wahrscheinlich haben sie dafür ein paar hundert Millionen ausgegeben. Kennt man ja von der Polizei und den Behörden.«

»Okay. Aber jetzt muss ich wieder an meinen Platz.« Sie schob ihn sanft zur Seite und war einen winzigen Augenblick dankbar dafür, das Privileg zu genießen, ihren Mann in ihrer Nähe zu haben.

»Kein Problem. Bin hier sowieso fertig.« Er sah auf die Uhr. »In fünf Minuten habe ich eine Verabredung mit eurem Sicherheitschef. Ziemlich cleverer Bursche. Einer der wenigen, die hier ihr Handwerk verstehen, wenn es so ist, wie es aussieht.«

»Und was wirst du mit ihm besprechen?«

»Es geht um die Optimierung der Überwachungssysteme, das heißt der Vernetzung der Sicherheitssysteme. Intern und extern. Da ist noch einiges an Perfektionierung möglich.«

Natascha setzte sich hinter ihren Schreibtisch und ging auf ihr E-Mail-Programm. »Könntest du nicht etwas machen, dass man die internen und die externen Mails unterscheiden kann? Das wäre sehr hilfreich.«

»Klar. Ist eine Kleinigkeit. Lohnt sich aber nur, wenn wir das im ganzen Kanzleramt machen. Am besten in allen Bundesbehörden.«

Sie schenkte ihm ein bewunderndes Lächeln. »Sie machen Ihren Job hier aber wirklich klasse, Herr Eusterbeck.«

»Danke. Ich versuche nur, meine … meine Chefin zu beeindrucken. Übrigens hat dir dein Kollege Frey eine Mail geschickt. Sehr ominös.«

»Ominös?«

»Nur eine Adresse. Habt ihr irgendwie ein geheimes Liebesnest, ihr beiden? Bei *Delgado*?«

Entgegen seiner Erwartung reagierte Natascha nicht amüsiert. Keine scherzhafte Empörung lag in ihrem Blick. Stattdessen schaute sie unwillkürlich aus dem Fenster zum

Bahnhof hin und sagte mit belegter Stimme: »Das ist eine seltsame Geschichte, Henry. Und es beschäftigt mich seit, ja, seit dem Tag, als ich hier angefangen habe. Eine Frau, die einen Notruf abgesetzt hat, von der ich aber nicht weiß, wie sie heißt oder wo sie wohnt. Ich habe Frey darum gebeten, die Adresse zu recherchieren.« Sie warf einen Blick auf den Monitor und rief die Mail auf. »Sandrine Delgado. Das wird sie dann wohl sein.«

»Ein Notruf? Bist du da nicht eher die falsche Ansprechpartnerin?«

»Sie hatte Angst, zur Polizei zu gehen. Sie wollte sich mit mir treffen. Aber dann ist sie zuerst nicht aufgetaucht. Und beim zweiten Termin … Ja, das war seltsam. Ich bin da in eine ganz eigenartige Situation gekommen.« Sie zögerte, überlegte, ob sie ihm ihr Herz ausschütten sollte, hier und jetzt.

Henrik Eusterbeck stand auf und stellte sich hinter sie. »Ich weiß nicht, Natti, für mich klingt das merkwürdig. Nicht dass dir da jemand eine Falle stellen will.«

Natascha wandte sich um und setzte ein Lächeln auf, das mehr Selbstsicherheit signalisierte, als sie hatte. Sie musste an die Nacht auf einsamer Landstraße denken und an den falschen Alarm in der Charité. »Das glaube ich eigentlich nicht, mein Guter«, sagte sie schließlich. Nein, wenn stimmte, was David Berg behauptete, dass nämlich alle Wände hier Ohren hatten, dann konnte sie es ihm hier schlicht nicht erzählen. Sie nickte zum Bildschirm hin, auf dem immer noch Freys E-Mail mit der Adresse aufgerufen war. »Ich werde in den nächsten Tagen mal hinfahren und sehen, was da los ist.«

Henrik legte ihr einen Finger auf die Lippen. »Lass mich das erledigen. Du musst mich nur noch ein wenig briefen. Dann fahre ich hin und berichte dir – und du gehst hier deiner Arbeit nach, okay?«

Natascha zögerte kurz, dann nickte sie. »Danke«, flüsterte sie. »Du bist wirklich der Beste.«

»Dann mache ich mich mal vom Acker hier.« Er zwinkerte ihr zu und wollte schon nach draußen verschwinden, doch Natascha hielt ihn noch zurück. »Henrik?«

»Ja?«

»Kannst du mir mal eine Liste deiner bisherigen Erkenntnisse und Überlegungen machen? Ich soll am Mittwoch einen Zwischenbericht geben.«

»Kannst du haben. Und übrigens: Unter dem Stichwort ›Weihnachtsfeier‹ habe ich dir ein paar Namen abgelegt. Es ist ein Ranking der häufigsten Intranet-Mailwechsel zwischen unterschiedlichen Abteilungen. Vielleicht kannst du damit ja etwas anfangen. Die Datei ist passwortgeschützt.«

»Und das Passwort?«

»Du kennst ja unser kleines Geheimnis«, sagte er, grinste zweideutig und verschwand, ehe sie noch nachfragen konnte. Sie atmete auf. Vielleicht brachte die Arbeit an einem gemeinsamen Projekt sogar positive Effekte für ihre Beziehung mit sich.

*

Natascha Lippold und Henrik Eusterbeck hatten sich auf der Weihnachtsfeier eines Mobilfunkunternehmens kennengelernt, das mittlerweile längst vom Markt verschwunden war. Henrik war als IT-Berater für die Firma tätig gewesen, sie selbst hatte nur aus politischem Kalkül vorbeigeschaut – Firmenfeste waren ihr ein Graus. Vor allem wenn sie in zweitklassigen Tagungshotels stattfanden. Doch dann war dieser dynamische Jungunternehmer an ihren Tisch gekommen und hatte sie mit seinen blitzgescheiten Augen auf der Stelle erobert. Natürlich, er produzierte sich, wie sich die meisten

Männer jungen Frauen gegenüber produzieren. Eigentlich war er sogar fast ein wenig peinlich gewesen. Aber das bot einen gewissen Ausgleich zu seinen herrlich respektlosen Analysen der anderen Anwesenden – es war eben seine Schwäche. Und Natascha hatte eine Schwäche für Männer mit lässlichen Schwächen. Und für dunkle Augen. Nach dem dritten oder vierten Glühwein waren sie nach draußen gegangen, zuerst ins Foyer, das den Charme von Teppichfliesen und Zierkordeln versprühte. Dann auf eines der Zimmer, das Henrik kurzerhand an der Rezeption gemietet hatte. Natascha konnte noch heute die Blicke der Concierge in ihrem Rücken spüren, die ihm den Schlüssel über die Theke gereicht und ihnen beiden »einen schönen Aufenthalt« gewünscht hatte. Ohne Gepäck. Für eine Stunde oder zwei oder eine Nacht. Gott, war ihr das peinlich gewesen! Sogar oben, auf dem Zimmer, als sie längst unter Henrik lag, musste sie an die Frau in der dunkelblauen Hausuniform denken.

»Rote Dessous«, hatte Henrik mit breitem Grinsen festgestellt.

»Passend zu Weihnachten«, hatte Natascha erklärt.

»Darf ich?« Und dann hatte er ihr den Slip mit den Zähnen von den Hüften gezerrt. Was immer es war: Natascha war sich noch nie so schön vorgekommen wie in dieser Nacht. Vielleicht hatte es am Glühwein gelegen. Aber wahrscheinlicher waren es Henriks erkennbar ehrlich bewundernde Blicke gewesen. Er hatte sich mit seinen dunklen Augen geradezu an ihr festgesaugt. Und sie hatte es genossen. Gott, hatte sie es genossen! An ihr erstes Mal konnte sich Natascha bei weitem nicht so gut erinnern wie an ihr erstes Mal mit Henrik. Es hatte einfach auf Anhieb so was von gut geklappt, dass sie ihn am liebsten in die Handtasche gepackt und mitgenommen hätte. Das hatte sie ihm auch gesagt und ihn fortan »meinen

Handtaschenräuber« genannt. Der »Handtaschenräuber« war für sie beide zum geflügelten Wort und zum geheimen Code für spontanen Sex geworden: »Lust, mal wieder den Handtaschenräuber von der Leine zu lassen?« Unsinnig, albern, aber so waren diese intimen Chiffren Verliebter nun einmal.

»Handtaschenräuber« gab Natascha Eusterbeck also ein und wartete, dass sich das Fenster öffnete. Henriks Liste war ganz anders, als sie erwartet hatte. Nein, anders, als sie sie selbst erstellt hätte. Aber so war das mit ihnen beiden: Henrik hatte eine ganz verschiedene Denkweise. Auf geheimnisvolle Weise bauten sich in seinem Gehirn die Informationen und Eindrücke anders zusammen als in ihrem. Während sie »in Inseln dachte«, wie er es immer nannte, dachte er »in Strukturen«. Und das war gut so. Sie hatte für sich bereits intensiv Gruppen und Grüppchen von Personen zusammengestellt, von denen sie wusste, dass sie gemeinsame Interessen verfolgten oder eine gemeinsame Vergangenheit hatten. Henrik hingegen hatte die Kommunikationsstrukturen durchleuchtet und dann eine Art Ranking vorgenommen, in das Mailverkehr, Telefonate, aber auch Meetings und Terminkoordinationen einflossen. Fasziniert betrachtete Natascha sein Werk. Er war ein Genie, keine Frage. Sie fragte sich, ob diese Art von Informationen überhaupt von seinem Auftrag gedeckt war. Konnte er, durfte er mit seinem Handwerkszeug so tief in die internen Beziehungen der Mitarbeiter des Kanzleramts eindringen? Andererseits: Wäre nicht jede oberflächlichere Betrachtungsweise etwas gewesen, was jeder Ministerialbeamte in der Gerüchteküche hätte auflesen können? Natascha schloss die Datei wieder, sie würde sie sich lieber zu Hause vornehmen. Das war ihr für die Arbeit im Büro zu heiß. Irgendwie kam sie sich vor wie ein feindlicher Spion im Herzen der Macht. Sie musste sich bewusst machen, dass sie im Auftrag der Kanzlerin tätig war, derjenigen, die über all das hier regierte, und zwar im Namen des Volkes.

*

Endlich war nun die langjährige Leiterin ihres Wahlkreisbüros, Petra Reber, ins Vorzimmer eingezogen. Das gab Natascha etwas mehr Sicherheit. Sie hatte nichts gegen Frau Berling einzuwenden gehabt. Die hatte ihre Arbeit gut gemacht und war stets freundlich und korrekt gewesen, wenn auch ein wenig spröde, doch auch das konnte zu den Tugenden einer erstklassigen Sekretärin gehören. Petra Reber war anders. Sie war eine Art Ersatzmama für Natascha Eusterbeck, auch wenn sie nur unwesentlich älter war. Ihr Sohn war damals, kurz nachdem sie für Natascha zu arbeiten begonnen hatte, an Leukämie erkrankt. Fünf Jahre alt. Mitten in Nataschas erstem Wahlkampf im neuen Wahlkreis im Nordwesten Berlins. Obwohl sie vor Sorge kaum essen und schlafen konnte, hatte Petra sich jeden Tag ins Büro geschleppt. Und Natascha hatte, obwohl sie kaum mehr zum Luftholen kam, den Jungen fast täglich besucht. Zu Hause und auch in der Klinik. Das hatte sie zusammengeschweißt: zu wissen, dass jede von ihnen bereit war, alles für die andere zu geben. Einfach weil der Mensch keine Insel ist und weil jeder jemanden braucht, der da ist. Die Nachricht, dass die Tumormarker endlich im unauffälligen Bereich lagen, war am selben Tag eingetroffen, an dem Natascha in ihrem Wahlkreis verloren hatte. Sie war dann doch über die Liste in den Bundestag gekommen. Vielleicht eine Form von höherer Gerechtigkeit. Jedenfalls waren sie so zu Freundinnen fürs Leben geworden. Und nun war sie also da, im Vorzimmer ihres Büros im Bundeskanzleramt, und Natascha Eusterbeck atmete innerlich auf. Henrik hierzuhaben war gut. Aber es war nicht die Art von Teamplay, die sie mit Petra Reber pflegen konnte. Petra entdeckte jede psychologische Ungeschicktheit in Nataschas Schreiben. Sie wusste genau, wann es ratsam war, sie abzublocken. Sie beriet sie bei Formulierungsfragen, machte einen Friseurtermin für Natascha, noch ehe diese daran dachte, dass sie einen brauchte, und erkannte den Zeitpunkt, an dem es schlicht besser war, nur ein wenig über Privates zu sprechen, weil der Druck sonst zu groß wurde.

»Also, offiziell habe ich die Aufgabe, Strukturverbesserungen im Kanzleramt zu erarbeiten«, erklärte Natascha ihr, während Petra Reber noch ihren Schreibtisch umräumte. »Was kann optimiert werden zwischen den Abteilungen, personell, arbeitstechnisch und so weiter …« Sie nahm einen Schluck Kaffee und betrachtete das Bild von Petras Sohn. Sie kannte kein Kind, das mehr Sommersprossen hatte. Er war unglaublich süß.

»Schon etwas gefunden?«, fragte Petra knapp.

»Wenig. Der Laden ist eigentlich verdammt effizient durchstrukturiert. Klar könnte man das Küchenpersonal reduzieren, wenn man den Bringservice abschafft und das die Praktikanten erledigen lässt. Aber für solche Vorschläge braucht man keine Staatssekretärin.«

»Das ist allerdings wahr. Und wie sieht es sonst mit dem Personal aus? Das ist hier doch ein riesiger Apparat. Bestimmt arbeiten hier ein paar hundert Leute mehr als nötig, weil jeder nach Proporz und Ego Mitarbeiter einstellt.« Petra Reber ließ sich auf den Drehstuhl fallen und wippte ein wenig darauf herum. Dann verstellte sie die Höhe.

»Nicht wirklich«, erklärte Natascha. »Ich dachte das auch. Aber die typischen Nine-to-five-Arbeiter gibt es kaum. Wer hier einen Job hat, hat richtig gut zu tun. Die meisten arbeiten wie die Tiere, das hat mich richtig beeindruckt. Du musst dir mal die Aktenberge anschauen, die hier bewegt werden.«

»Ich sehe ja deinen.«

»Stimmt. Und dabei bin ich neu hier. Eigentlich dürfte noch kaum jemand etwas für mich zu tun haben. Irre.«

Beide blickten sie hinüber in Nataschas Büro, wo sich Aktenstapel aneinanderreihten. Einmal mehr fragte sie sich, wer das alles eigentlich vor wenigen Wochen noch bearbeitet hatte. Wer bestimmte überhaupt, was auf diesen Schreibtisch kam? All die Bürgeranfragen, Statistiken, Gesetzesvorlagen, Ausschussprotokolle, Agenden und Dienstvorgänge. Natürlich, Natascha Eusterbeck stand mit ihrer Benennung zur Staatssekretärin im Kanzleramt auf diversen Verteilern. Jeder Entwurf für eine neue rechtliche Regelung in ihrem Zuständigkeitsbereich musste ihr zur Kenntnis gebracht werden. Doch was war ihr Zuständigkeitsbereich? Inneres, weil sie im Innenausschuss saß? Verteidigungspolitisches, weil sie im Verteidigungsausschuss saß? Aber das alles hatte sie auch bisher schon in ihr Bundestagsbüro bekommen. Natascha nahm sich vor, diese Strukturen ebenfalls näher unter die Lupe zu nehmen. Denn auch das war ja ein Machtinstrument: Informationen zuteilen, zuschneiden oder vorenthalten. »Petra, sei so gut und mach mir bitte eine Liste, wer welche Unterlagen hier abliefert und woher sie kommen. Ich möchte wissen, wer darüber bestimmt, was ich hier erfahre.«

»Geht klar. Und die inoffizielle?«

»Inoffizielle?«

»Die inoffizielle Aufgabe. Du hast mir ja gerade die offizielle beschrieben.«

»Das bleibt unter uns: Die Kanzlerin hat mich gebeten, die Machtstrukturen im Haus zu erforschen. Sie will mehr darüber wissen, wer hier wem zuarbeitet und welche Seilschaften es gibt.«

»*Sie* will das von *dir* wissen? Erstaunlich. Ist ja fast, als würde ich dich bitten, mir mal einen Lageplan von meinem Keller zu zeichnen.«

»Kein schlechter Vergleich.«

*

»Sie hat ein Kind? Verdammt!«

»Seit wann interessieren Sie sich für die privaten Verhältnisse Ihrer Huren?«

»Die müssen mich nicht interessieren. Aber Sie müssen sich dafür interessieren! Das ist verdammt noch mal Ihr Job. Wie konnten Sie übersehen, dass sie ein Kind hat?«

»Das haben wir nicht übersehen. Es hat nur keine Rolle gespielt.«

»Ich würde sagen, es spielt eine ziemlich große Rolle.«

»Jetzt ja … Aber das sind ja auch ungewöhnliche Umstände.«

»Die Sie hätten in Erwägung ziehen müssen.«

»Okay. Aus heutiger Sicht wäre es natürlich klüger gewesen. Aber niemand konnte vorhersehen, dass sie sich nicht an die Regeln hält.«

»Wenn sich alle an die Regeln hielten, bräuchte ich Sie nicht.« Er knetete seine Hände, starrte vor sich hin. »Wie alt ist es denn?«

»Neun Jahre. Ein Mädchen.«

»Na, wenigstens etwas. Dann sehen Sie zu, dass Sie sie aus dem Verkehr ziehen und dass sie uns noch zu etwas nütze ist.«

»Ich kenne da einen französischen …«

»Das will ich gar nicht wissen. Das will ich alles gar nicht wissen. Sie machen Ihren Job und fertig. Hauptsache, Sie

machen ihn so, dass ich nichts davon mitbekomme – und vor allem nicht mit Ihren Pannen belästigt werde.«

»Gut. Wir kümmern uns um die Kleine. Das macht uns keine Probleme.«

*

Henrik Eusterbeck arbeitete nicht gerne im Kanzleramt. Erstens war das nicht seine Welt – und die anderen wussten das auch. Zweitens kam er sich bei seiner Arbeit immer beobachtet vor. Das war nicht weiter verwunderlich. Sein Tätigkeitsfeld musste letztlich für alle irgendwie obskur sein. Niemand wusste so recht, was er tat, warum er es tat und wie er es tat. Er arbeitete in ihm jeweils zugewiesenen leeren Büros, von denen es zu seiner Überraschung im Kanzleramt jede Menge gab: Besprechungsräume für geladene Fraktionen, Delegationen und sonstige Gäste, Stabsbüros für spezielle Aufgaben, unbesetzte Stellen. Internet hatte er überall, im ganzen Haus gab es eine allgemein zugängliche WLAN-Verbindung, die man mit einem einfachen Schlüssel nutzen konnte. Für das Intranet brauchte man überdies ein persönliches Passwort, das ihm bei der Einweisung ausgehändigt worden war. Und so durchstöberte er bei jedem seiner Aufenthalte die Abteilungen, verfolgte die Informationsströme und die meistfrequentierten Onlinedienste außerhalb des Kanzleramts. Und er begann, die Personenliste, die ihm Natascha ausgehändigt hatte, zu scannen und Ordner anzulegen, in denen er die wichtigsten Informationen zusammenstellte. Politiker fanden sich darin, politische Beamte, Regierungsmitglieder und die Leute von der Opposition, soweit sie mit inhäusigen Leuten in engem Austausch standen, was zu Henrik Eusterbecks Überraschung häufig vorkam. Claus Weigand, der Finanzchef des Kanzleramts, gehörte dazu: Er stand in auffällig engem Austausch mit dem Finanzminister im

Schattenkabinett des Kanzlerkandidaten der Opposition. Wie sich herausstellte, waren die beiden zur selben Zeit Oberverwaltungsdirektoren am Bundesfinanzhof gewesen. Die Frage war, ob hier einer dem anderen zuarbeitete – und wenn ja, wer wem. Auch der persönliche Referent der Kanzlerin hielt bemerkenswert enge Kontakte zu einer bestimmten Stelle: dem Aufsichtsratschef der Nationalbank AG, der als einer der schärfsten internen Gegner des Bankchefs Jo Feldmann galt, seit der einen anderen Kandidaten für den Aufsichtsratsvorstand unterstützt hatte.

Wenn er außerhäusige Personen durchleuchtete, arbeitete er – so wie jetzt, als er neben seiner Frau, den Laptop auf dem Schoß, im Wohnzimmer saß – am liebsten zu Hause. Auch wenn man ihn im Kanzleramt in Ruhe ließ, so kannte er doch lieber die Wände, die ihn umgaben. Außerdem standen die Chancen, Natascha gelegentlich zu Hause anzutreffen, immer noch höher, als ihr im Kanzleramt über den Weg zu laufen. Also schlug er sich die Nächte am Computer um die Ohren und spionierte sie alle aus, die Bauers, die Weigands, die Jägers (ja, auch der Sicherheitschef hatte häufige Kontakte, allerdings vorwiegend zur amerikanischen Botschaft, was bei seinem Job nahelag) und die Feldmanns dieser Welt.

Feldmann hatte in Henrik Eusterbecks Sammlung der wichtigsten Außenkontakte und externen Schnittstellen die bisher größte Datei zugedacht bekommen. Keiner schien vernetzt wie er, keiner hatte mehr Bezugspunkte, keiner tauchte an mehr Stellen auf als der Vorstandsvorsitzende der größten deutschen Bank. Ja, Henrik Eusterbeck begann, sich von der seltsamen Aura dieses Mannes faszinieren zu lassen. Feldmann war eine überaus interessante Persönlichkeit: An ihm schienen sogar die dicksten Skandale rückstandslos abzutropfen. »Teflon-Jo« hatten ihn ein paar Journalisten deshalb getauft. Aber selbst dieser Spitzname war nicht an ihm haften geblieben, was Henrik Eusterbeck ehrlich erstaunte, denn nichts wurde man bekanntlich so schwer wieder los wie einen ungeliebten Spitznamen, vor allem nicht einen mit negativer Konnotation.

Der kleine Apothekersohn aus St. Pölten, der in Wien Volkswirtschaft studiert und dann eine rasante Banker-Karriere hingelegt hatte, war schnell in die vordersten Ränge der Nationalbank gestürmt und hatte es dann zum alleinigen Vorstandsvorsitzenden gebracht. Bei seiner Ellbogentour war er bis dahin durch einige Fauxpas aufgefallen. »Er hätte bloß mal aus den Fehlern seiner Vorgänger lernen sollen«, murmelte Henrik.

»Hm?«

»Feldmann. Hat genau die gleichen Blödmann-Fehler begangen wie seine Vorgänger. Der eine hat öffentlich über einen Großkunden seiner Bank spekuliert, der andere hat die Existenzen mittelständischer Unternehmen als Bockmist abgetan. Alles Idioten, sobald sie nur wichtig genug sind. Feldmann ist genauso.«

»Die Macht korrumpiert die Menschen nicht nur, sie verbiegt sie«, sagte Natascha und hoffte in dem Moment, dass sie nicht auch von sich selbst sprach.

»Fast erstaunlich, dass nicht öfter einem von denen was zustößt.«

»Henrik, bitte!«

»Ich sag ja nur. Der Einzige, den sie in die Luft geblasen haben, war dieser Ritter. Und der schien der einzige Gute gewesen zu sein.«

»Wieso soll Ritter besser gewesen sein?«, fragte Natascha. »Wahrscheinlich hat er nur bessere PR-Berater gehabt.«

»Und die haben ihm gesagt, dass er sich dafür einsetzen soll, dass den armen Ländern die Schulden erlassen werden?

Klingt nicht nach PR. Jedenfalls nicht, wenn es ein Banker sagt.«

»Das hätte er politisch doch gar nicht durchsetzen können.« Natascha sah von ihrer Lektüre auf. Sie musste an das Buch über Albert Richter denken, das sie im Büro hatte liegen lassen.

»Ich dachte, Feldmann und seine Spezies sind in Wirklichkeit Politiker. Hast du nicht gesagt, sie sind mächtiger als die gewählten Volksvertreter, weil sie keine politische Verantwortung übernehmen müssen?«

»Hab ich das?« Vielleicht war es ja so. Feldmann war mächtig. Dass Ritter zu seiner Zeit noch viel mächtiger war, lag auf der Hand. Damals hatte seine Bank noch die halbe sogenannte Deutschland AG kontrolliert, jene Kreuz- und Querverflechtung der führenden deutschen Unternehmen, die so undurchsichtig wie einflussreich war. Ohne sie ging bis ins Kanzleramt hinein nichts. Und gegen sie ging gar nichts. Ritter war zweifellos ein heimlicher Nebenkanzler gewesen. Wenn er einen Schuldenschnitt gefordert hatte, dann war das nicht die Aussage eines Bankers gewesen, sondern die Forderung eines Staatsmannes. »Fordert nicht auch Feldmann einen Schuldenschnitt?«

Henrik überflog seine Auszüge. »Soviel ich sehe, nicht.«

Feldmann. Ritter. Der Schuldenerlass. Natascha sah ihn vor sich, den mächtigsten Banker der Nation, auch er vielleicht eine Art Nebenkanzler. Sicher einer der wichtigsten Protagonisten in der Schuldenkrise. Sie hörte Berg sagen: Sehen Sie, wie sie ihn in die Zange nehmen. Rau und die Kanzlerin. Warum sollten sie? Tat er nicht genau, was sie wollten? Er forderte keinen Schuldenschnitt. Sollte er? Wem würde es nützen?

*

Wie alle empirischen Studien besagte Henriks Statistik alles und nichts. Absolut war sie äußerst interessant. So fand Natascha beispielsweise heraus, dass die Presseabteilung seltener an den Planungsstab berichtete als an die Kollegin Stephanie Wende. Frey schien sich bestens zu verstehen mit einer Kollegin aus dem Referat für Äußeres, zuständig für Amerika-Beziehungen – Natascha kannte sie nicht. Erwartungsgemäß herrschte besonders reger Austausch zwischen dem Kanzleramtsminister und den Referaten für Inneres und für Finanzen. Auch David Berg stand unter den Top Ten des Rankings. Er tauschte sich vor allem mit Bernhard Bauer, dem persönlichen Referenten der Kanzlerin, und mit ihrer Büroleiterin aus. Zwischen Berg und Frey glühten zu Nataschas Überraschung die Drähte nicht so sehr. Aber was konnte das schon besagen: dass die beiden sich nicht verstanden? Vielleicht ja auch das Gegenteil: Wo Einvernehmen herrscht, bedarf es keiner hektischen Kommunikation. Ja, Henriks Liste war spannend und nichtssagend zugleich, weil sie keinen Schlüssel für ihre Decodierung enthielt. Und den konnte Henrik auch nicht liefern, solange er nicht den Inhalt der Mails las. Natascha hoffte inständig, dass er es nicht tat.

Die nächsten zwei Tage verbrachte sie überwiegend zu Hause mit der Zusammenstellung von Übersichten und Grafiken, mit dem Prüfen von Personalbeständen und der Erstellung einer Historie ihrer Strukturreform in der Mecklenburgischen Staatskanzlei. Damals war sie zwar nur eine von mehreren Beteiligten eines Referentenentwurfs gewesen, aber zumindest ließ sich daraus eine – wenn auch eher theoretische – Kompetenz herleiten. Sie wollte sich schließlich nicht bei der ersten Präsentation schlachten lassen. Im Übrigen ging es ihr vor allem um die Argumentation und um die Strategie. Tatsächlich stammten die zwei wichtigsten Ratschläge von Petra Reber –

und sie beherzigte sie, als sie am Mittwochvormittag vor die Runde der versammelten Ressortleiter trat, die sie inzwischen zwar alle kannte, die ihr aber so vertraut geworden waren wie ein Schwarm Piranhas im heimischen Aquarium. »Danke, dass Sie alle gekommen sind«, begann sie das Meeting, nachdem sich herausgestellt hatte, dass die Kanzlerin selbst leider unabkömmlich war (das leicht amüsierte Lächeln von Kanzleramtsminister Steiner war ihr nicht entgangen). »Die Kanzlerin hat mich gebeten, Ihnen heute ein erstes Resümee meiner bisherigen Arbeit vorzustellen. Sie wissen ja, dass sie mich beauftragt hat, Strukturvorschläge für das Amt zu erarbeiten …«

Der Kanzleramtsminister Steiner fiel ihr ins Wort, indem er sich an die versammelten Kollegen wandte: »Die Überlegung der Kanzlerin war, dass es klüger wäre, einen unbefangenen Blick, sozusagen eine Außensicht auf unsere Behörde zu werfen. Deshalb hat sie Frau Dr. Eusterbeck mit der Sache betraut. Ich halte das für eine sehr kluge Entscheidung und möchte Sie bitten, dass Sie Frau Eusterbeck in jeder Hinsicht uneingeschränkt unterstützen.«

»Danke, Herr Minister.« Natascha räusperte sich. »Nun, mir ist natürlich klar, dass ich das Haus kaum kenne und jeder von Ihnen mich hier an Detailwissen locker in die Tasche steckt.« Sie lächelte in die Runde, ohne dass sich einer der anwesenden Herren – und es waren, wie Natascha erst jetzt auffiel, bis auf Britta Paulus tatsächlich ausschließlich Herren – revanchiert hätte. Vielmehr wirkten die meisten gelangweilt. Also beschloss sie, das Tempo etwas anzuziehen. »Wie wir alle wissen, gibt es im Grunde nur zwei Möglichkeiten, Strukturen zu reformieren: neue Positionen schaffen und damit den gesamten Apparat noch weiter aufblähen oder einige saubere Amputationen, die aber natürlich wehtun.«

Und wirklich: Petra Rebers Weisheiten hatten die Herren alle aufhorchen lassen. Also ließ sie die zweite Bombe platzen: »Deshalb brauche ich Ihre aktive Mithilfe. Jeder Einzelne von Ihnen weiß natürlich, wo seine Abteilung Speck angesetzt hat. Die reine Mitarbeiterzahl ist dafür nicht aussagekräftig. Denn natürlich ist es sehr gut möglich, dass die Abteilung Bildung und Wissenschaft tatsächlich eine eigene Dokumentation braucht und man das nicht über das Pressearchiv des Hauses laufen lassen kann.« Sie sah zu dem blassen Leiter der Bildungsabteilung hinüber, der aussah wie der personifizierte Ruhestand, ein Vorbild für jeden amtsmüden Gymnasiallehrer. »Nun ja«, stotterte er los und verhaspelte sich sogleich. »Ich, äh, das … nun. Ja. Natürlich.«

»Natürlich, was?«, hakte Natascha Eusterbeck nach.

»Natürlich müssen wir das hinterfragen«, beeilte er sich zu erklären. »Wer Veränderungen will, darf keine Tabus kennen.«

Die Leiterin der Presseabteilung, Britta Paulus, die bisher etwas im Hintergrund gesessen hatte, beugte sich vor. »Natürlich können wir auch noch die Dokumentation für die Abteilung Bildung übernehmen. Und auch die für alle anderen Abteilungen, falls die sich einbilden, auch noch eine eigene Dokumentation haben zu müssen. Aber mit meinen Leuten bin ich schon jetzt so was von auf Kante genäht, dass wir demnächst den Achtundvierzig-Stunden-Tag einführen müssten, um das personell überhaupt noch zu bewältigen.«

Natascha nickte. »Sie haben beide völlig recht. Wir brauchen keine Tabus. Und zwar in keine Richtung. Wenn sich herausstellen sollte, dass wir mit mehr Leuten effizienter arbeiten können, dann müssen wir Personal aufbauen. An anderer Stelle wird es dafür wegfallen. Ich habe Ihnen allen eine kleine Mappe zusammengestellt, aus der Sie ersehen können, wie sich Ihre jeweilige Abteilung *aus der Außensicht* darstellt. Drei

Punkte möchte ich Sie bitten, mit mir gemeinsam zu überlegen: Erstens, wo müssen wir kürzen. Zweitens, wo müssen wir vielleicht auch mehr tun, eventuell sogar mehr Leute einsetzen. Und drittens, wo ließe sich der Austausch intern und extern, also im Ministerium und zwischen unserem Haus und den anderen Behörden optimieren. Mit anderen Behörden meine ich übrigens nicht nur Ministerien! Herr Kollege Frey hat dazu vielleicht besonders gute Anregungen. Als Schnittstelle nicht nur zum Innenministerium und zum Innenausschuss des Bundestags, sondern auch als Geheimdienstkoordinator, wo er mit BND, Verfassungsschutz und MAD und auch mit den Verfassungsschutzbehörden der Bundesländer, den Kollegen in den befreundeten Staaten und so weiter zusammenarbeiten muss. Lieber Herr Dr. Frey, da würden wir Ihnen sicher gerne mal lauschen, welche Erkenntnisse Sie im Laufe der Jahre zu Fragen der Effizienz gewonnen haben.«

Staatssekretär Freys Miene schien festgefroren zu sein. Sein Lächeln, das er aufgesetzt hatte, als Natascha sich ihm zuwandte, war zur Maske geraten. »Gerne«, knurrte er zwischen schmalen Lippen. »Das wird mir ein besonderes Vergnügen sein.«

»Sie wissen, meine Herren«, fuhr Natascha fort, »dass ich einen ersten Entwurf für meine Vorschläge Ende Januar vorlegen soll. Bis dahin ist noch etwas Zeit. Ich schlage vor, wir nutzen sie, indem wir uns in Zweiergesprächen austauschen – und uns dann vielleicht im Dezember noch einmal in großer Runde treffen.«

»Zu Punsch und Plätzchen«, tönte es von irgendwoher. Natascha erinnerte sich an den Rat der Kanzlerin, sich stets gerne unterschätzen zu lassen. Das schien ihr, nachdem sie den zweiten Rat, sich wichtigzutun, so ausdrücklich beherzigt hatte, nun die richtige Strategie. »Gute Idee!«, sagte sie. »Das bringe ich dann mit. Als kleines Dankeschön für Ihre Unterstützung.«

*

»Ich war beeindruckt von Ihrem Auftritt, Frau Eusterbeck«, sagte Kanzleramtsminister Steiner, als er neben ihr in den Fahrstuhl stieg. »Sie haben sich sehr gut geschlagen.«

»Ich habe eigentlich nicht viel gesagt.«

»Eben. Sie haben politisches Talent.«

Natascha suchte in seinen Zügen nach so etwas wie Ironie, doch da war nichts. Allein diese Art von Äußerung hätte sie Steiner gar nicht zugetraut. Ein persönliches Lob, so etwas gab es ihres Wissens in seinem Kosmos nicht. Da gab es nur ihn und die, die ihm nützten. Alle anderen waren Dreck. Wenn sie aber nicht Dreck war, konnte sie ihm also irgendwie nützlich erscheinen? »Ich danke Ihnen jedenfalls, dass Sie mich verteidigt haben«, sagte sie und sah, wie auf der Anzeige des Fahrstuhls die »1« aufleuchtete.

»Ich habe nicht Sie verteidigt, Frau Eusterbeck«, erwiderte Steiner und drückte auf die Taste »Schließen«, sodass die Tür sich nicht öffnete. Er war ihr so nahe, dass sie seinen Mundgeruch als unerträglich empfand. »Ich habe eine Entscheidung der Kanzlerin verteidigt. Vielleicht war es eine falsche Entscheidung. Gut möglich. Aber ich werde nicht zulassen, dass eine Entscheidung der Kanzlerin in Zweifel gezogen wird.« Natascha spürte, wie Panik in ihr hochkroch. Ein enger Aufzug, ein Mensch, der sie bedrängte, der üble Geruch … »Ich erwarte«, sagte Steiner und senkte seine Stimme, sodass sie kaum noch zu hören war, »dass wir beide gut zusammenarbeiten. Kommen Sie mir mit Ihren Überlegungen nicht in die Quere. Das ist mal das Erste, was Sie beherzigen, ja? Und im Übrigen bedenken Sie, dass ich der Herr dieses Hauses bin. Ich habe sehr wohl gemerkt, dass Sie nicht zuerst bei mir vorbeigekommen sind, als Sie Ihr Amt angetreten haben. Sie haben auch nicht zuerst mich gefragt, als Sie begonnen haben, hier überall herumzuschnüffeln.« Natascha war der Ohnmacht nahe. Sie starrte Steiner nur hilflos an und versuchte, ihren Brechreiz zu beherrschen. Sie wusste selbst, dass es ein Witz war, sich von einem so lächerlichen Mann in die Enge treiben zu lassen. Und doch hatte sie Angst. Angst vor ihm, vor seinen Ausdünstungen, der Enge und vor der Drohung, die er unterschwellig ausstieß. Sie nickte, ohne zu wissen, wozu. »Tut mir leid«, flüsterte sie schließlich.

»Gut. Sie sind Anfängerin. Da macht man Fehler. Machen Sie keinen mehr als einmal. Es wäre schade um Ihr Talent.« Er ließ den Knopf los, die Tür glitt auf. »Ich lasse Ihnen rechtzeitig eine Liste mit meinen Vorschlägen zukommen.«

»Vorschlägen?«

»Zu Ihrer Reform.«

»Ja, natürlich.« Natascha atmete tief durch und trat nach draußen. »Danke.«

»Ich habe zu danken«, hörte sie Steiners Stimme in ihrem Rücken, während die Tür des Aufzugs wieder zuglitt und sie spürte, wie ihre Beine nachgaben.

*

Es war ein einfaches Mietshaus, alt und dringend renovierungsbedürftig, eines der wenigen in dieser Gegend von Charlottenburg, die den Luxussanierern durch die Fänge gegangen waren. Im Treppenhaus roch es nach Kohlsuppe, Henrik kam sich vor wie in eine frühere Zeit versetzt. Unwillkürlich blickte er sich nach einer Hausmeisterin um. Doch dergleichen gab es längst nicht mehr. Stattdessen lagen Zettel und Werbezeitschriften verstreut im Hausflur herum und steckten in mehreren noch ungeleerten Briefkästen. Die Namen waren so durchschnittlich wie die ganze Gegend. Der Briefkasten mit der Bezeichnung Delgado war oben rechts. Henrik fragte sich, ob er daraus schließen durfte, dass auch die Wohnung weiter oben lag. Zwei Gratisblätter ragten daraus hervor. Er ignorierte sie und ging die Treppe hoch.

Im ersten Stock wohnten Brauers und Zolitschs. Er stieg die Treppe weiter nach oben. Im zweiten Stock und auch im dritten Stock kein Schild auf den Namen Delgado. Ebenso wenig im vierten und damit letzten Stock. Das überraschte ihn. In der dritten Etage hatte eine Wohnung kein Schild gehabt. Ob sie dort wohnte? Er lief noch einmal ganz hinab und studierte Briefkästen und Klingelschilder. Alle Namen hatte er vorhin an den Türen gesehen. Außer Delgado. Das musste sie also sein, die Wohnung im dritten Stock.

Er stieg wieder hoch und läutete an der Tür. Lauschte. Wartete. Nichts. Weder öffnete jemand, noch waren von drinnen Geräusche zu vernehmen. Noch einmal drückte er auf den Klingelknopf. Wartete. Hinter der Tür nebenan war ein Scharren zu hören, offenbar blickte jemand durch den Spion. Er wandte sich der Nachbarwohnung zu und läutete dort, während er selbst von außen auf den Spion starrte. Nach wenigen Augenblicken konnte er erkennen, wie Licht durch das Guckloch drang. Wer immer hinter der Tür gestanden und ihn beobachtet hatte, hatte sich zurückgezogen.

Mit geschärften Sinnen nahm Henrik Eusterbeck seine Geldbörse zur Hand und zog eine Kundenkarte vom Drogeriemarkt hervor. Es war nicht seine, er hatte sie kürzlich gefunden und vorgehabt, sie beim nächsten Einkauf an der Kasse dort abzugeben. Jetzt erschien sie ihm ausgesprochen zweckmäßig. Er würde bei dem Versuch, das Schloss aufzuhebeln, weder seine eigene Kredit- oder Kontokarte ruinieren noch riskieren, dass die Karte abbrach und ein verräterisches Stück davon im Türschlitz stecken blieb und ihn als gescheiterten Einbrecher überführte.

Keine halbe Minute später stand er in der Wohnung. Die Tür war beinahe von selbst aufgegangen. Entweder war das Schloss schon völlig altersschwach, oder jemand hatte es manipuliert. Vielleicht war die Tür aber auch bloß nicht wieder sorgfältig zugezogen worden.

Es war dunkel in der Wohnung. Nachdem sich Henriks Augen an das Zwielicht gewöhnt hatten, ging er langsam weiter hinein und versuchte, sich zunächst einmal zu orientieren. Drei Räume, zwei zu seiner Rechten, einer zur Linken. Geradeaus schien das Badezimmer zu sein. Er streckte die Hand nach dem Lichtschalter aus, überlegte es sich aber im letzten Moment anders. Was tat er hier eigentlich? Konnte es irgendeinen vernünftigen Grund geben, in eine fremde Wohnung einzubrechen?

Im Treppenhaus waren Schritte zu hören. Henrik hielt inne und wartete, bereit, jederzeit einen Eindringling mit dem Effekt der Überraschung zur Seite zu stoßen und nach draußen zu flüchten. Doch die Schritte verhallten, und es wurde wieder still. Von irgendwoher drang leise Musik, eigentlich nur der wummernde Bass. Henrik holte Luft, fasste sich ein Herz und ging zügig durch die Zimmer. Der erste Raum rechts war offenbar ein Kinderzimmer. Einfache Möbel, aber liebevoll eingerichtet, unaufgeräumt. Daneben ein Wohnzimmer mit zusammengeschobenem Schlafsofa, Couchtisch mit Blumendeckchen, Fernseher, Zeitschriften in einer unverständlichen Sprache. Auf einem Sideboard standen ein paar Fotos.

Das WC und die Küche: alles sehr schlicht, aber sympathisch – und leer. Henrik blieb stehen und konzentrierte sich, schärfte seine Sinne: kein Geruch von Essen hing in der

Luft. Er legte seine Hand an den Wasserkocher: kalt. Prüfte die Erde der Orchidee, die am Fenster stand: trocken. Ein kleiner Strauch Basilikum hing welk in seinem Topf auf dem Sideboard. Henrik drehte den Wasserhahn auf: kein Zögern, keine Luft in der Leitung, keine Verfärbung des Wassers. Im Kühlschrank stand ein offener Becher Joghurt, in dem sich ein wenig Wasser abgesetzt hatte. Er ging ins Badezimmer. Die Wände der Dusche waren trocken, das Badetuch auch. Henrik Eusterbeck schloss aus alledem, dass die Wohnung wohl seit ein paar Tagen verlassen war, aber auch nicht länger. Das Handtuch aber schien noch etwas Feuchtigkeit zu bergen. Wie lange brauchte ein Handtuch, um zu trocknen? Sicher nicht länger als einen Tag.

Ein Geräusch ließ Henrik aufhorchen, ein Knacken. Es kam aus dem Nebenzimmer. Plötzlich wurde ihm bewusst, dass er hier in der Mitte der Wohnung vollkommen in der Falle saß. Er sah sich um, nahm ein Bügeleisen, das auf der Waschmaschine lag, zur Hand und schlich so leise, wie er es konnte, hinüber zum Kinderzimmer, wo er an der Tür stehen blieb und mit angehaltenem Atem lauschte. Es war ein gleichmäßiges Knacken, etwas Mechanisches. Mit dem erhobenen Bügeleisen zur Verteidigung wagte er sich vor und starrte in den Raum, der so leer war wie vorhin. Das Geräusch kam von einem Kassettenrekorder, einem Kindergerät, bunt und simpel. Ein Player, der sich nicht von selbst abschaltete, sondern so lange an der abgelaufenen Kassette zog, bis die Batterien leer waren. Denn es war ein batteriebetriebenes Gerät. Und es lief noch. Wie lange läuft ein Kinderkassettenrekorder ohne Unterbrechung auf Batterien? Fünf Stunden? Zehn? Sicher nicht länger. Henrik schauderte. Diese Wohnung war nicht so lange verlassen, wie er bis vorhin noch gedacht hatte.

Er betrachtete das Zimmer genauer. Über dem Bett auf

einem kleinen Regalbrett standen zwei gerahmte Fotos. Auf einem war ein dunkelhäutiges Mädchen von vielleicht acht Jahren zu sehen, das mit breitem Lächeln ein Kamel fütterte, vielleicht im Zoo. Auf dem anderen dasselbe Mädchen, vermutlich ein klein wenig älter, eine attraktive farbige Frau mit hoch aufgestecktem Haar – und Michelle. Henrik Eusterbeck musste sich festhalten. Mit allem hätte er gerechnet, aber nicht damit. Michelle auf einem Foto in diesem Zimmer in dieser Wohnung, in die er aus völlig verrückten Gründen eingebrochen war? Er spürte, wie sein Atem sich verkrampfte. Ihm war schwindelig. Mit geschlossenen Augen versuchte er, sich zu beruhigen. Dann nahm er den Rahmen zur Hand und betrachtete das Bild lange. Mit rotem Stift stand unten am Rand »Lilis Geburtstag«, daneben ein Herzchen. Er löste es schließlich heraus, um es einzustecken. Gerade als er sich abwenden wollte, um die Wohnung endlich zu verlassen, schreckte ihn der Klang eines Handys auf, das – halb verdeckt vom Kissen – auf dem Kinderzimmerbett lag. Ein kurzes, einmaliges Signal, offenbar die Nachricht, dass eine SMS eingegangen war. Henrik griff nach dem Telefon und rief die Nachricht auf: »Bis hierher und nicht weiter. Die Kleine ist in Sicherheit.«

Königstein/Taunus, Herrnwaldstraße,
31.10.1989, 8:39:38 Uhr.

»Konvoi in Sicht. Nachfahrendes Fahrzeug verdammt nah.«

»Alles in Ordnung. Abstand ist ausreichend.«

»Operation wird abgeschlossen, over.«

»Viel Glück, over.«

Der Bauarbeiter steckt das Funkgerät weg, nickt seinem Kollegen auf der anderen Straßenseite zu, der sich daraufhin schnell entfernt. Zurück bleibt ein Kinderfahrrad, auf dessen Gepäckträger ein Paket von der Größe einer Schultasche festgeklemmt ist. Der Bauarbeiter sieht in etwa 150 Metern Entfernung die beiden Mercedes Benz 500 von Nordwesten auf die Stelle zufahren. Der zweite Wagen bremst, wie er noch wahrnimmt, etwas ab. Der Bauarbeiter nimmt die Blende vom Reflektor der Lichtschranke und beeilt sich, den Ort zu verlassen. Auf ihn kommt es jetzt nicht mehr an.

8:40:00 Uhr. Die Bombe ist scharf.

SIEBEN

Für diese Fahrt hatte sie lieber ihren eigenen Wagen genommen. Auch wenn Bleicher vermutlich ein loyaler Mitarbeiter war – aber wer hätte das schon sicher zu sagen vermocht –, wollte Natascha doch versuchen, den Termin möglichst unauffällig zu gestalten. Sie parkte um die Ecke der Adresse in Friedrichshain-Kreuzberg, die ihr Petra Reber herausgesucht hatte, machte ihr Handy aus, um nicht geortet werden zu können, legte es ins Handschuhfach und besah sich noch einmal im Rückspiegel. Es war vermutlich die richtige Idee von Petra gewesen hierherzukommen. »Wenn du in der Angelegenheit nicht zur Polizei gehen willst, dann geh zu Sphinx.«

Natascha hatte die Einrichtung gekannt. Als Politikerin, die sich für Frauenthemen einsetzt, wusste sie seit langem, dass Sphinx eine Vereinigung von und für Prostituierte war, die Illegalen aus der Illegalität helfen, Drogenabhängigen einen Entzug verschaffen und Misshandelte in Frauenhäuser oder in die Anonymität vermitteln wollte. Für alle, die nur einfach mit ihrem Leben nicht zurechtkamen, gab's Hilfe bei Steuern, Schulden oder Gesundheitsfragen. Nun stand sie also vor dem Büro, das sich in den Hinterhof eines alten Fabrikgebäudes zurückgezogen hatte und alles war, nur nicht verrucht, atmete einmal durch und trat ein.

An einem Schreibtisch, umrahmt von zwei wild wuchernden Topfpflanzen, saß eine Frau von Mitte fünfzig und sah neugierig auf. »Guten Tag«, sagte Natascha mit einer gewissen Befangenheit in der Stimme. »Sphinx, ja?«

»Sphinx«, erwiderte die Frau. »So wie et draußen dransteht. Wat kann ick für dich tun?« Sie sprach Natascha gleich mit »du« an, hielt sie also ganz offensichtlich für eine aus dem Gewerbe.

»Ich bin Natascha Eusterbeck, Staatssekretärin.«

»Offizieller Besuch? Davon weiß ick jar nichts.«

Natascha deutete auf den schäbigen Stuhl, der dem Schreibtisch gegenüberstand. »Ist nicht offiziell. Darf ich mich trotzdem setzen?«

»Klar. Setzen Sie sich.« Die Frau nahm ihre Brille ab und blickte Natascha noch neugieriger an als vorher. »Nicht offiziell, sagen Sie?«

»Es geht um eine Frau, Sie wissen schon ...«

»Ich vermute mal, Sie meinen eine Hure?«

Natascha nickte. »Sie hat sich an mich gewandt, weil sie Hilfe suchte.«

Die Frau lehnte sich zurück und sah beinahe spöttisch auf Natascha herab. »Und nun wird Ihnen die Sache lästig, und Sie möchten, dass wir dat übernehmen, richtig?«

»Leider nein. So einfach ist der Fall nicht.« Natascha setzte sich so, dass sie die Tür und das kleine Schaufenster, das von Plakaten halb zugeklebt war, im Blick hatte. »Sie rief mich an und sagte, sie wollte auspacken.« Aus den Augenwinkeln erkannte sie, dass die Frau mit dem Gesicht zuckte, als hätte sie Zahnschmerzen. »Keine Ahnung, warum sie sich an mich gewandt hat. Aber ich war bereit, mich mit ihr zu unterhalten und ihr zu helfen.« Sie zögerte.

»Und?«

»Wir hatten ein Treffen.«

»Sie hat also *ausgepackt*?« Es lag etwas gleichermaßen

Lauerndes und Erschrockenes im Blick dieser Frau. Natascha schüttelte den Kopf. »Das wäre zu viel gesagt.«

»Vielleicht hat sie es sich anders überlegt.« Die Frau zündete sich eine Zigarette an und blies den Rauch aus dem Mundwinkel fast senkrecht in die Luft. »*Auspacken* geht gar nich. Dat ist hier die Mutter aller Gesetze. Wenn die Huren anfangen würden auszupacken, dann wär die Branche in null Komma nix tot. Wenn die Kunden sich nich mehr sicher fühlen können, bleiben se weg. Verstehn Sie mich nich falsch, es gäb vieles, wat man verfolgen müsste. Hier werden Frauen ausgebeutet und misshandelt. Jeden Tag. In Hinterzimmern im Wedding und in Kellern in Tegel werden Frauen von irgendwelchen Psychopathen als Sklaven gehalten. Aber auspacken, dat geht trotzdem nich. Damit würdest du Tausende anständige Huren um ihren Beruf bringen.«

Natascha Eusterbeck seufzte. »Verstehe«, sagte sie. »In dem Fall ging es nicht um Frauen. Es ging um Kinder.«

»Kinderprostitution meinen Sie?«

»Ich fürchte, ja.«

»Dat is eine verdammte Scheiße. Ick weiß natürlich, dass et dat jiebt.« Die Frau starrte aus dem Fenster. »Aber wat will man da machen. Hat sie Ihnen denn wat Konkretes jesacht?«

»Leider nein. Wir wurden unterbrochen. Plötzlich war sie weg. Und ich habe das ungute Gefühl, dass sie nicht freiwillig verschwunden ist.«

Die Frau hinter dem Schreibtisch musterte Natascha aus schmalen Augen. Offensichtlich fragte sie sich, ob sie glaubwürdig war. »Staatssekretärin?«

Natascha nickte. »Im Kanzleramt. Natascha Eusterbeck. Sie können das googeln.«

»Nich nötig, ick glaube Ihnen. Sie sehen aus, wie man sich 'n Staatssekretärin vorstellt.«

Egal, ob das ein Kompliment sein sollte. »Danke«, sagte Natascha und setzte nach: »Wissen Sie, ob eine Prostituierte vermisst wird?«

»Eine Hure? Namen kennen Sie nich?«

»Sandrine. Eine farbige Frau. Delgado. Sie hat ein etwa zehnjähriges Mädchen.«

»Sandrine«, sagte die Frau und machte sich eine Notiz. »Nein. Wir wissen nichts, dass eine von den Frauen vermisst wird. Woher wissen Sie dat alles?«

»Wir haben ein paarmal telefoniert. Mein Mann ist dann bei ihrer Wohnung vorbeigefahren ...«

»Wo?«

»In Charlottenburg. Jedenfalls war das Mädchen auch nicht mehr da.«

»Na, dann wird et wohl keine Entführung sein, wa? Doppelentführungen kommen ja nicht so oft vor hier.«

»Da liegen Sie hoffentlich richtig«, seufzte Natascha, stand auf und nahm ihre Visitenkarte aus der Handtasche und legte sie auf den Schreibtisch. »Wenn Sie etwas von ihr hören, dann geben Sie mir Bescheid, ja?«

»Klar«, sagte die Frau. »Und warum gehn Sie mit der Sache nich zur Polizei?«

Natascha sah ihr ernst in die Augen und schwieg.

»Verstehe«, sagte die Frau langsam und drückte ihre Zigarette aus. »So viel kann ick sagen: Sie haben recht.«

Als sie wieder in ihrem Wagen saß, telefonierte Natascha mit Petra Reber. »Nichts. Sie wissen nichts.«

Petra seufzte. »Was machen wir jetzt? Doch zur Polizei gehen und die ganze Sache einfach erzählen?«

Die Polizei, ja. Es verging kein Tag, an dem Natascha nicht mit dem Gedanken spielte, sich die Angelegenheit einfach vom Hals zu schaffen, indem sie sie an diejenigen delegierte, die von

Amts wegen dafür zuständig waren. Doch immer wieder hatte sie gezögert – und sie zögerte auch jetzt: »Ich weiß nicht, Petra. Mir ist nicht wohl dabei. Weißt du, zur Polizei hätte sie doch auch selbst gehen können.«

»Sie hätte zur Polizei gehen *müssen*!«

»Vielleicht. Aber wenn stimmt, was sie durchblicken ließ ... Mein Gott, ich weiß ja auch nicht.« Wieder kamen ihr die Bilder von jener Nacht auf der Straße in den Sinn, als sie nach dem Besuch bei ihrem Vater verloren im Nirgendwo gestanden hatte. Es hätte ihr sonst etwas zustoßen können. Wenn selbst sie, die im Zentrum der Macht arbeitete, sich so verzweifelt und hilflos fühlen konnte, wie groß musste die Angst einer Frau wie Sandrine Delgado sein. »Die Kollegen in Grün ermitteln nicht immer so, wie sie sollen«, sagte sie schließlich.

»Mir ist noch eine Idee gekommen«, erklärte Petra Reber nach einer kleinen Weile. »Stichwort: Sprengel.«

»Sprengel?«

»Wenn du eine Adresse weißt, dann kennst du auch die Schule, in die ein bestimmtes Kind vermutlich geht.«

»Schulsprengel! Das ist eine gute Idee.«

»Ich schau da morgen mal vorbei.«

»Danke, Petra. Du bist ein Schatz.«

»Immer gerne, Chef.«

*

Die Lichter der Stadt schienen vor ihren Augen zu tanzen. Es fiel Natascha schwer, sich zu konzentrieren. Vielleicht war eine Erkältung im Anflug. Jedenfalls hatte es sie viel Kraft gekostet, bei dem Empfang in der amerikanischen Botschaft eine einigermaßen gute Figur zu machen. Ihre Rede, die sie natürlich in englischer Sprache gehalten hatte, war ihr nur schwer über die Lippen gekommen, da hatten auch die zwei Martini nicht geholfen, die sie vorab getrunken hatte. Eher im Gegenteil. Sie legte den Kopf zurück und lauschte eine Weile auf den Verkehr, ehe sie sich wieder aufraffte und versuchte, Haltung anzunehmen. »Wie lange arbeiten Sie schon für das Kanzleramt, Herr Bleicher?«

»Sieben Jahre, Frau Staatssekretärin.« Bleicher behielt den Verkehr immer im Auge, jedes Detail, auch wenn man ihn ansprach, selbst wenn man ihn um Feuer bat – was Natascha nie tat, aber schon erlebt hatte – oder wenn man auf dem Rücksitz die Strumpfhose wechselte, weil die alte eine Laufmasche hatte. Natascha fragte sich, ob er »Frau Staatssekretärin« sagte, um sich die Namen seiner jeweiligen Fahrgäste nicht merken zu müssen. Doch mit dieser Unterstellung hätte sie ihm unrecht getan. Bleicher war ein solider Mitarbeiter. Sie hatte sich schnell an ihn gewöhnt. Und seit den Vorfällen in den ersten Nächten nach ihrer Ernennung zur Staatssekretärin war sie sehr froh, ihn zu haben. Aus den Augenwinkeln sah sie auf seine Hände. An der rechten zeichnete sich deutlich der Streifen ab, den ein Ring hinterließ, wenn man ihn lange getragen hatte und dann abnahm. Es war ihr vor ein paar Tagen aufgefallen, dass es diesen Streifen gab. Offenbar hatte Bleicher sich von seiner Frau getrennt. Vermutlich war es eher so, dass sie sich von ihm getrennt hatte. Und Natascha konnte es verstehen. Bleichers Arbeitszeiten waren Gift für jede gesunde Ehe. Von frühmorgens bis spätnachts, oft bis in die frühen Morgenstunden hinein und manches Mal die ganze Nacht hindurch hatte er seiner Dienstherrin als Schatten zu folgen, schlief häufiger im Wagen als in seinem Bett. Er hatte keine festen Arbeitszeiten und wusste heute nicht, wann er morgen im Einsatz sein würde. Bleicher tat Natascha leid. Doch sie wollte es ihm nicht zeigen, es hätte ihn womöglich gekränkt. Also sagte sie: »Ich bin wirklich froh, dass ich Sie habe, Herr Bleicher. Ich wüsste gar nicht, was ich ohne Sie machen sollte.«

Er setzte ein höfliches Lächeln auf. »Danke, Frau Staatssekretärin. Sehr nett, dass Sie das sagen.« Einen Hauch von Bitterkeit in seiner Miene konnte er aber nicht verbergen. Natascha schwieg wieder, lauschte auf das Dröhnen in ihrem Kopf und betrachtete die nächtliche Stadt, die draußen vorbeiglitt wie ein verwackelter Film. Sie hatte nie ein so teures Auto besessen und war nur selten in einem gefahren. Als sie noch in der Staatskanzlei von Mecklenburg gearbeitet hatte, waren es nur wenige hundert Meter zu ihrer damaligen Wohnung gewesen, die war sie meist zu Fuß gegangen. Auf den Dienstwagen hatte sie damals verzichtet. Nach allen Vorkommnissen der letzten Zeit hätte sie das nicht mehr gewagt. Von alledem abgesehen hätte sie in dem Zustand, in dem sie an diesem Abend war, ohnehin nicht mehr Auto fahren können.

Zur Rechten ragten die nachtschwarzen Gebäude der Museumsinsel neben ihnen auf, zugleich steinerne Zeugen einer glanzvolleren Zeit und architektonische Untote, Wiedergänger eines missverstandenen Denkmalschutzes. Das Licht der Straßenlaternen streute über den diesigen Himmel. Dann tauchten sie in das Gewirr von Mitte ein und bogen nach Norden ab, wo ihre Wohnung lag.

Als Natascha wenig später aus dem Wagen stieg, fragte Bleicher wie jedes Mal: »Soll ich Sie noch bis zur Tür begleiten?«

Und Natascha antwortete wie jedes Mal: »Nicht nötig, Herr Bleicher. Danke. Ihnen eine gute Nacht.«

»Ihnen auch, Frau Staatssekretärin.« Er stieg dann dennoch aus und blieb am Wagen stehen, bis die Haustür hinter ihr zugefallen war. Natascha ging zu Fuß die Treppen hoch, vor Aufzügen hatte sie einen gewissen Respekt. Die Enge behagte ihr nicht. Einmal war sie in einem Lift gefangen gewesen, für wenige Minuten nur, bis das technische Problem behoben war, und dennoch: Es war ein Trauma, und es blieb eines.

Auf dem Absatz trat sie ans Fenster und sah hinunter auf die Straße. Bleicher stand noch immer am Wagen. Er steckte sich eine Zigarette an und nahm einen tiefen Zug. Als er nach oben blickte, trat Natascha instinktiv einen Schritt zurück. Er musste nicht denken, dass sie ihn beobachtete. Das Licht im Treppenhaus erlosch. Es war so still, dass sie das Holz arbeiten hören konnte. Bleicher ging einige Schritte die Straße hinab. Als er zurückkehrte, hatte er sein Handy am Ohr. Dann schnippte er die Zigarette weg, beendete sein Gespräch, stieg wieder in den Wagen und fuhr davon.

Ihr Handy klingelte. Ohne nachzusehen, wer es war, nahm sie den Anruf an. »Ja?«

»Sind Sie die Frau, die mit meiner Mama telefoniert hat?« Es war die Stimme eines Kindes. Sandrine Delgado, schoss es Natascha durch den Kopf. Schlagartig war sie hellwach. Das musste ihre Tochter sein.

»Wo bist du?«

»Ich habe mir Ihre Nummer gemerkt. 112 am Ende. Wie die Feuerwehr. Sie haben bei uns angerufen.«

»Ja. Wo bist du?« Hektisch wühlte sie in ihrem Gedächtnis nach dem Namen, den Henrik ihr gesagt hatte. Ja! »Wo bist du, Lili?« Sie konnte hören, wie das Mädchen zögerte. »Ich wollte deiner Mama helfen«, sagte Natascha und lauschte auf den schnellen Atem am anderen Ende. »Und jetzt will ich dir helfen.« Schweigen. »Lili?«

»Ich habe Angst.«

»Du musst mir sagen, wo du bist. Nur so kann ich dir helfen. Bei wem bist du?«

»Ich muss aufhören. Gleich kommen sie zurück«, flüsterte das Mädchen, schniefte, atmete. »Ich habe Angst.«

»Okay, Lili. Wenn du aus dem Fenster schaust, was siehst du dann?«, versuchte es Natascha, doch da war die Leitung bereits unterbrochen.

Sie stand in der Dunkelheit und spürte, wie ihr schwindelig wurde. Ich habe sie verloren, dachte sie. Am liebsten hätte sie sich selbst geohrfeigt. Sie rief die Protokollliste ihres Handys auf. Doch der letzte Anrufer war nur als »Unbek. Teilnehmer« gelistet. Klar. *Gleich kommen sie zurück*, dachte sie. Sie mochte sich nicht vorstellen, was das bedeuten konnte. Jemand hatte sich des Kindes bemächtigt, das war offensichtlich. Jemand hatte Lili geschnappt, nachdem er die Mutter aus dem Weg geräumt hatte. Warum erst dann? Weil er nichts von ihrer Existenz wusste? Aber wie war er dann darauf gekommen? »Durch unsere Schnüffeleien«, flüsterte Natascha Eusterbeck und spürte die Erkenntnis wie einen Schlag ins Gesicht. Wer immer sie waren, sie waren durch ihre Nachforschungen auf das Mädchen gekommen. Und vorher auf die Mutter ... Natascha musste an Dr. Frey denken. Ihn hatte sie gefragt wegen der Telefonnummer. Sie hatte ihn auf die Frau und auf ihre Adresse gebracht. Wenn er für das Verschwinden der Frau verantwortlich war, war er es dann auch, der das Kind hatte verschwinden lassen?

Sie musste unbedingt mit Petra sprechen. Vielleicht gab es ja noch eine Chance, das Kind zu finden. Dann durfte Petra aber keine unkoordinierten Aktionen durchführen. Mit zitternden Fingern wählte sie ihre Nummer. Doch es meldete sich nur die Mailbox. »Scheiße«, fluchte Natascha und steckte das Handy weg.

Ob Henry zu Hause war? Unwahrscheinlich. Plötzlich fühlte sich Natascha mehr als allein: Sie fühlte sich einsam. Sie lehnte sich an die Wand und atmete durch. Das ist dein Leben, Natascha Eusterbeck, nimm es, wie es ist. Arbeite daran, tu, was du tun musst. »Ja«, flüsterte sie zu sich selbst und stieß sich von der Wand ab. In dem Moment ging das Licht wieder an. Kurz war sie wie geblendet, weil sich ihre Augen schon an die Dunkelheit gewöhnt hatten. Sie lauschte. Unten ging die Haustür. Dann sprang der Lift an. Sie sah ihn nach oben fahren. Doch er war leer. Plötzlich überkam sie Panik. Hastig fischte sie den Schlüssel aus ihrer Tasche, stolperte einige Stufen hinauf, doch dann blieb sie abrupt stehen. Von oben waren Schritte zu hören. Einen Moment war sie starr vor Schreck, dann hastete sie die Treppen abwärts und lief hinaus auf die Straße. Als könnte er doch noch irgendwo stehen geblieben sein, sah sie sich nach Bleicher um, den sie natürlich nirgends entdeckte. Stattdessen fiel ihr eine Gruppe Jugendlicher auf, die sich an der nächsten Ecke herumdrückte und zu ihr herüberblickte. Jeden Augenblick würde hinter ihr die Haustür aufgehen. Sie überquerte die Straße und setzte sich in dem kleinen Lokal, in dem immer noch ein paar Nachtschwärmer aushielten, an die Bar. Zitternd schaute sie über die Schulter. Doch es war niemand zu sehen.

»Was darf ich Ihnen bringen?«, fragte der Barkeeper.

»Ein Glas Wasser.« Als es vor ihr stand, ergänzte sie: »Und einen Cognac, bitte.«

Es blieb nicht bei dem einen. Als sie den zweiten bestellte, bemerkte sie, dass ein Mann sich neben sie gesetzt hatte und sie unverhohlen musterte. »Ganz ohne Begleitung heute Abend?«

»Ich habe mein Handy«, sagte Natascha knapp und zückte ihr Smartphone. Der Mann war ihr unheimlich. »Das ist genug Begleitung.« Demonstrativ holte sie ihre Mails ab.

»Verstehe. Tut mir leid, wenn ich Sie belästigt habe.« Der Mann gab dem Ober ein Zeichen. »Die Drinks für die Dame gehen auf mich.« Er zwinkerte ihr zu. »Kleine Entschädigung.«

Natascha zog es vor, nicht zu reagieren. Vor ihren Augen verschwammen die Tweets von David Berg, der erst vor wenigen Minuten etwas zum anstehenden Staatsbesuch des polnischen Präsidenten verbreitet hatte. Sie hätte den Kopf schütteln mögen, wäre er nicht so schwer gewesen. Schwer wie ein Medizinball. Im Grunde war er das auch. Sie packte ihr Handy wieder weg und riss sich zusammen. Immer noch lag das Haus auf der anderen Straßenseite ruhig da, die Jugendlichen waren abgezogen, und auch Nataschas Panikattacke hatte sich verflüchtigt oder vielmehr: im Alkohol aufgelöst. Sie versuchte, eine einigermaßen akzeptable Figur zu machen, als sie wieder ins Freie trat. Die Treppen bis zur Wohnung schienen sich vermehrt zu haben. Als sie oben angekommen endlich die Tür hinter sich ins Schloss drückte, hörte sie draußen Schritte. Eine Gänsehaut überschauerte ihre Arme und ihren Rücken. »Henry?«, fragte sie mit rauer Stimme ins Dunkel hinein. Doch es war nur Schweigen, das ihr antwortete. Ja, sie war allein.

Natascha wartete, bis ihr Herz sich wieder etwas beruhigt hatte. Das alles war zu viel für sie gewesen, der Stress der letzten Wochen, die seltsamen Vorkommnisse, die Drohungen … Sie hatte einfach keine Nerven mehr, das war alles. Und dann diese stille, leere Wohnung. Henry übernachtete immer häufiger draußen am See. Sie konnte es ihm nicht verdenken, so wenig, wie sie zu Hause war. Auch auf dem Land war es einsam, aber es war eben doch mehr ihr gemeinsames Nest als diese Stadtwohnung, in der alles funktional und schlicht war. Mit klammen Fingern drückte sie auf den Lichtschalter. Dann ließ sie ihre Tasche auf den Boden gleiten und ging ins Bad. Seit einiger Zeit hatte sie ständig das Gefühl, als wäre sie nicht allein in der Wohnung oder als wäre in ihrer Abwesenheit jemand hier gewesen. Das war natürlich Unsinn, die neuen Schlösser waren längst eingebaut. Das hätte sie irgendwie auch beruhigen können, ging es doch um ihre Sicherheit. Andererseits gab keine Schutzmaßnahme der Welt irgendjemandem das Recht, sich Zutritt zu ihren privaten Räumen zu verschaffen. Und sie war sich sicher: Die Leute, die die Schlösser installiert hatten, hatten mehr Schlüssel dazu gehabt, als sie bekommen hatte.

Dann ließ sie sich ein Bad ein, zog sich aus und legte sich in die Wanne. Wirre Gedanken wirbelten durch ihren Kopf. Bizarre Begriffe. Reptilienfonds. Geheime Verfahren. Sondereinsatzkommandos. Lobbyistenverbände. Je länger sie sich mit der seltsamen Aufgabe befasste, die sie zu bearbeiten hatte, umso tiefer wurden die Abgründe, in die sie blickte. Es kam ihr vor, als gäbe es hinter der einen, der sichtbaren Republik noch eine andere, unsichtbare, eine Macht hinter der Macht, die ungleich größer, jedenfalls aber viel gefährlicher war als das, was man kannte. Sie war so müde, dass die Müdigkeit jedes andere Gefühl überwältigte. So ähnlich mussten sich Folteropfer fühlen, wenn man sie mit Schlafentzug quälte. Sie war kaum noch fähig, aus dem Wasser zu steigen. Schwerfällig schlang sie den Bademantel um sich und band ihr Haar mit dem Handtuch hoch. Im Spiegel sah sie eine Frau, die ihr fremd war: erschöpft, gealtert, verängstigt. »Oh Gott«, seufzte sie. »Wie gut, dass Henry nicht da ist und mich so sieht.« Für einen Moment war sie den Tränen nah. Sie spürte, wie sie langsam wegsackte. Dass der Alkohol sich nicht gut mit den Tabletten vertrug, war klar. Wie sie ins Bett gekommen war, daran würde sie sich später nicht mehr erinnern können.

*

Irgendwann in tiefer Nacht spürte sie, wie Henrik ins Bett glitt. »Schatz«, seufzte sie, benommen vom Rausch, der sie wie Bleigewichte nach unten zog. Doch er legte ihr eine Hand auf die Schulter. »Schschsch.« Vielleicht war es auch nur das Dröhnen in ihrem Kopf. Es fühlte sich an, als schaukelte sie auf einem Schiff durch dichte Wolken. Henrik schlang einen Arm um sie, sie roch sein Aftershave und ließ ihn machen. Als er heftiger wurde, fühlte es sich an wie auf einem Drogentrip. Halb besinnungslos vom Alkohol spürte sie, wie er kam. Sie spürte seinen Atem in ihrem Genick und wie alles sich um sie drehte. Dann schlief sie wieder ein. Wenigstens nicht mehr allein.

*

Henrik musste das Haus noch vor dem Morgengrauen verlassen haben. Es war still in der Wohnung. Das Bett neben ihr war zerwühlt, ein feuchter Fleck verriet, wo sie gelegen hatten. Benommen rappelte sich Natascha auf und ging ins Bad. Das Handtuch war ihr vom Kopf geglitten, ihr Haar hing wirr ins Gesicht. Unter ihrer Schädeldecke pulsierte es. Sie hielt ihren Kopf noch einmal unters Wasser, verschloss Henriks Aftershave und stellte es wieder in den Badezimmerschrank. Hielt inne und lauschte. Plötzlich wurde ihr kalt. Es kam eigentlich nie vor, dass Henrik sein Aftershave offen stehen ließ. Er benutzte es auch gar nicht am Abend. Mit einem Mal war sie vollkommen nüchtern. Sie drehte sich um und ging durch die Wohnung. Ihre Tasche lag noch neben der Tür. Das halb geleerte Glas stand auf dem Esstisch. Die Küche sah aus, wie sie sie am letzten Morgen verlassen hatte. Natascha suchte ihr Handy. Das Display zeigte fünf Uhr morgens. Aus einer inneren Eingebung heraus wählte sie die Nummer des Hauses am See. Es klingelte lange. Dann meldete sich Henrik.

*

»Was ist denn los?«, stöhnte Henry und knipste die Schreibtischlampe an. Fünf Uhr morgens, verdammt.

»Ich …« Sie stockte.

»Weißt du, wie spät es ist?«

Ein Rascheln. Sie hörte, wie er sich aus dem Bett quälte. »Henry, ich … Entschuldige. Ich habe schlecht geschlafen.«

»Na prima, das haben wir ja nun beide.« Er knipste das Licht wieder aus und starrte in die Finsternis vor dem Fenster, während sich der Schein der Lampe langsam von seiner Netzhaut löste.

»Entschuldige. Geh wieder ins Bett, ja?«

»Du auch. Wahrscheinlich musst du ja sowieso schon demnächst wieder aufstehen.«

»Ach, ich bleibe wach und arbeite ein bisschen. Das lenkt mich ab.« Sie schickte ihm einen Kuss durchs Telefon, den er etwas lahm erwiderte. Dann legte er auf.

»Alles in Ordnung?«

Er drehte sich um. Michelle hatte das Licht auf ihrer Seite des Bettes angeknipst. Keine Fata Morgana konnte verlockender aussehen, obwohl das Kajal verwischt und das Haar in wilder Unordnung war – vielleicht auch gerade deshalb. »Ja«, sagte er und fuhr sich mit den Händen übers Gesicht. »Alles in Ordnung.«

»Kommst du wieder ins Bett?«

»Was für eine Frage.«

Nach einer frühmorgendlichen Nummer und einem erschöpften und zutiefst erholsamen Schlaf bis in die Vormittagsstunden hinein genoss Henrik Eusterbeck ein Frühstück in überaus appetitlicher Gesellschaft, ehe sich seine Gefährtin schnell und unkompliziert für die Rückfahrt nach Berlin fertig machte. Irgendwie geisterte Nataschas nächtlicher Anruf durch seinen Kopf. Sie hatte anders geklungen als sonst.

Seltsam. Verstört. Ja, das war es. Ob er sie anrufen sollte? Er schaute hinunter auf den See, der einmal mehr im Sonnenlicht durch die Bäume glitzerte. Schon verrückt, dachte er, dass ausgerechnet Natti auf dieses Haus gestoßen war, sie, die doch nie für irgendetwas Zeit hatte. Und nun diese überraschende Fügung mit einer Frau, die wie geschaffen war, Männer glücklich zu machen. Schön war sie, fröhlich, scharf. Henrik musste grinsen, wenn er daran dachte, was sie im Bett alles machte und *wie* sie es machte. Kaum dass er seine Lust unterdrücken konnte, wenn er sich nur daran erinnerte. Es war gut gewesen, dass er ihre Nummer nicht weggeworfen hatte. Nein, eine solche Frau durfte man sich nicht durch die Lappen gehen lassen.

Und doch: Er spürte, wie ihn ein heimtückisches Gefühl des Mitleids beschlich, wenn er an Natascha dachte. Es war kein schlechtes Gewissen, so etwas kannte er nicht. Nicht in dieser Hinsicht. Schließlich hatte er nicht vor, Natti für eine Neue sitzen zu lassen. Im Gegenteil, er unterstützte sie ja jetzt sogar noch in ihrem Job. Ja, Henrik Eusterbeck war zur Hilfskraft seiner Frau geworden, und sie hatte allen Grund, ihm dankbar zu sein. Doch obwohl sie die große Macherin war und er nur ein kleines Würstchen, nach außen hin zumindest, tat sie ihm mit einem Mal leid. Er hatte es in ihrer Stimme gehört, und er hatte es inzwischen mehrmals in ihren Augen gesehen: Sie war getrieben. Getrieben von etwas, das sie nicht beherrschte, von etwas, nach dem sie sich nicht gestreckt hatte, sie war gefangen wie ein Hamster im Rädchen. Ja, das war sie: Sie hetzte durch ihr Laufrad. Und jedermann wusste, was mit dem Hamster passierte, wenn man ihn nur lange genug laufen ließ – er hetzte sich selbst zu Tode.

Mit einem bitteren Geschmack auf der Zunge fuhr Henrik Eusterbeck seinen Computer hoch und checkte die Mails. Natti hatte ihm geschrieben: »Hi, 'tschuldige bitte, dass ich dich geweckt habe. Alles wieder gut. Ich hoffe, du konntest noch ein bisschen schlafen.«

»Wie ein Murmeltier«, schrieb er zurück. »x und pass auf dich auf.«

»Und du auf dich. x.«

*

Das Kanzleramt lag unter einer diesigen Glocke, die sich wie zu besten DDR-Zeiten über die ganze Berliner Innenstadt gelegt hatte. Natascha ließ sich von Bleicher nicht in die Tiefgarage fahren, sondern stieg gleich am oberen Eingang aus und nahm den direkten Weg zur Sicherheitsabteilung. Noch immer war sie schockiert von dem nächtlichen Vorkommnis. Sie musste unbedingt mit Henrik darüber sprechen. Seit den frühen Morgenstunden fühlte sich ihr Körper an, als wäre er fremd, etwas, das nicht zu ihr gehörte. Sie ließ sich umgehend zu Gerhard Jäger bringen und kam gleich zur Sache: »Herr Jäger, ich bekomme Mails auf meinen privaten Account, die mich ziemlich beschäftigen.«

Jäger sah so aufgeräumt aus wie immer. Dennoch schüttelte er leicht den Kopf, während er mit einem Auge ständig die Monitore scannte. »Ich verstehe nicht.«

»Drohmails. Gehässiges Zeug.« Zwei Mitarbeiter der Sicherheit sahen von ihren Bildschirmen auf. Natascha fing ihre Blicke auf und sah ihnen so frontal ins Gesicht, dass sie sich wieder abwandten. Auf einem der Wandmonitore konnte Natascha sehen, wie der Wagen der Kanzlerin in der Tiefgarage vorfuhr.

»Verstehe. Sollen wir mal prüfen, ob wir den Urheber identifizieren können? Wir haben mehrere Spezialisten …«

Kam es ihr nur so vor, oder hatte Jäger diesen Satz als Standard abgespeichert? Mit einem Mal wurde sie misstrauisch.

Natürlich war es das, was sie sich erhofft hatte. Aber der lauernde Ausdruck in seinen Augen, diese Abwesenheit auch nur des kleinsten Zögerns … »Nein danke, lieber Herr Jäger. Das war gar nicht mein Anliegen. Ich wollte nur wissen, ob es solche Vorfälle hier schon früher gegeben hat.« Die Kanzlerin stieg aus, verschwand in einem der Aufzüge und tauchte auf einem anderen Bildschirm auf, wo man sie von schräg oben sah.

»Nun«, erwiderte Jäger und folgte ihrem Blick. »Wenn Sie sagen, dass Sie diese Mails auf Ihren privaten Account bekommen, dann kann man doch nicht eigentlich von *hier* sprechen, oder?« Natascha konnte an seinem Mienenspiel erkennen, dass er gleichzeitig eine Nachricht über seinen Knopf im Ohr bekam. Er war abgelenkt. Kein Wunder, wenn gerade die Kanzlerin mit ihrem Gefolge das Haus betrat. »Na gut«, sagte sie. »Dann fügen wir eben ein ›auch‹ ein: Hat es hier *auch* schon mal solche Vorfälle gegeben?«

»Sie wissen, dass ich stets um größte Diskretion bemüht bin.«

Natascha versuchte, sich zwischen ihn und die Monitore zu schieben, um seine ungeteilte Aufmerksamkeit zu bekommen. Sie kam sich albern vor und bemühte sich um einen coolen Ton. Niemand musste wissen, wie elend sie sich fühlte. Jäger schon gar nicht. »Ich will nicht wissen, wer hier wem anzügliche Mails geschrieben hat. Ich will nur wissen, ob Sie Fälle kennen, in denen Mitarbeiter des Hauses per E-Mail anonym bedroht worden sind.«

Jäger beugte sich vor und drückte einen Knopf. »Wir sind in zwei Minuten unten«, sagte er, offenbar in irgendein Mikrofon, das Natascha nicht erkennen konnte. Dann wandte er sich wieder ihr zu. »Ich schätze, das gibt es in jedem größeren Unternehmen. Wir haben hier zurzeit rund 470 Mitarbeiter.

Dass da auch ein schwarzes Schaf dabei sein kann, liegt nahe. Vielleicht auch zwei oder drei. Wie gesagt, wenn Sie wollen, prüfen wir Ihren privaten Account. Das ist, was ich Ihnen anbieten kann, Frau Staatssekretärin.« Er hatte eine völlig undurchdringliche Maske aufgesetzt.

Natascha war verwirrt. Hatte sie ihn so falsch eingeschätzt? »Nein«, sagte sie. »Das ist nicht nötig. Das lasse ich meinen Mann erledigen. Er kennt sich in dem Bereich ja auch gut aus. Und ich möchte meine privaten Dinge und die Arbeit für die Regierung nicht vermengen.«

Jäger nickte. »Das kann ich gut verstehen, und Sie haben völlig recht, Frau Staatssekretärin.« Mit einem Nicken gab er zu verstehen, dass das Gespräch damit für ihn beendet war.

Sie drehte sich um und verließ grußlos den Raum.

*

»Henrik, ich muss dringend mit dir sprechen.« Ihre Stimme klang verdammt ernst. Henrik Eusterbeck löschte die Nachricht von der Mailbox und überlegte kurz, ob er sie gleich zurückrufen sollte. Doch dann trat Michelle wieder auf die Straße. Sie blickte sich um, entdeckte ihn aber nicht. Den Wagen hatte er wohlweislich um die Ecke abgestellt. Sie musste nicht wissen, dass er ihr nachspionierte. Er hatte sie mit nach Berlin genommen und sie dann wie von ihr gewünscht am »Roody's« abgesetzt, einer schicken kleinen Bar etwas abseits der üblichen Locations. Er kannte den Laden nur von außen, hatte auch nicht weiter nachgefragt. Und doch war er wenige Meter weiter stehen geblieben und hatte zuerst im Rückspiegel beobachtet, wie sie hineinging, hatte das Auto geparkt und sich in eine nahe gelegene Hauseinfahrt gedrückt. Und nun stand er da und wartete, was passieren würde.

Selten hatte ihn eine Frau so fasziniert. Eigentlich noch nie.

Von ihr ging etwas aus, das wie pures Adrenalin wirkte: Sie war aufreizend mit jedem Wort, mit jeder Geste – selbst wenn sie nichts sagte. Und sie wusste das und setzte es ein, das war ihm völlig klar. Und dass sie nicht Michelle hieß, war ihm auch klar. Sie hatte es ihm selbst gesagt. Leider war Henrik für ihre Reize mehr als empfänglich. Er spürte, wie er dabei war, sich mehr als zu verlieben: Er verfiel dieser Frau geradezu, die nicht gut für ihn war. Denn auch das strahlte sie mit jedem Wort, mit jeder Geste aus: Gefahr. Er witterte, dass Unheil von ihr ausging. Und doch konnte er ihr nicht widerstehen.

Sie ging ein paar Schritte die Straße hinab. Dann sah er die Blinklichter eines schwarzen Minis aufblitzen. Sie war also weder mit jemandem in der Bar verabredet, noch sollte sie abgeholt werden, wie sie ihm erzählt hatte. Aber warum hatte sie ihm nicht gesagt, dass sie ihren Wagen hier geparkt hatte? »Weil sie nicht wollte, dass ich ihr Nummernschild sehe«, murmelte Henrik und huschte an den parkenden Wagen auf der gegenüberliegenden Straßenseite entlang. Er ging geduckt und zog den Kopf zwischen die Schultern. Aus den Augenwinkeln sah er, dass sie sich anschnallte und den Blinker setzte, um auszuparken. Als sie sich auf den Verkehr konzentrierte, bog er um die Ecke, rannte zu seinem Auto und warf sich hinter das Steuer. Er wendete, indem er über die durchgezogene Mittellinie fuhr, und bretterte zurück zur Kreuzung, wo er den Mini nicht mehr sah. Aber wenn sie nicht gleich wieder abgebogen war, konnte er sie vielleicht in der Richtung, in die sie losgefahren war, einholen. Er gab Gas – und tatsächlich war sie plötzlich wieder vor ihm. So nah, dass er fürchtete, sie würde ihn im Rückspiegel entdecken. Er nahm Tempo weg und ließ einen anderen Wagen einfädeln, sodass er einigermaßen sicher hinter ihr bleiben konnte, ohne gleich aufzufliegen.

Sie fuhr Richtung Tiergarten, dann die Kantstraße runter

nach Charlottenburg. Irgendwann bog sie nach Norden ab in eine kleine Straße, in der es ein paar Clubs und diskrete Häuser gab. Henrik war inzwischen noch ein paar Autos weiter zurückgefallen, um sich zu tarnen. Doch auf einmal fuhr er – als hätte jemand ein geheimes Kommando gesprochen – auf leerer Straße. Vor ihm war niemand mehr. Auch sie nicht. Er rollte noch ein paar hundert Meter, dann hielt er an. Sie waren an keiner weiteren Seitenstraße vorbeigekommen. Also musste sie irgendwo auf einen Hof gefahren sein. Er parkte seinen Wagen, stieg aus und machte sich zu Fuß auf den Weg, um die Straße noch einmal sorgfältig abzuklappern. Irgendwo musste sie ja geblieben sein. Und wenn sie nicht in einer Tiefgarage stand, dann würde er zumindest den Wagen finden.

Wieder läutete das Handy. »Ja?«

»Ich bin's. Wo bist du?«

»Natti, Schatz! Wie geht es dir?« Henrik Eusterbeck hastete an Einfahrten entlang und starrte in das herbstliche Dämmerlicht.

»Frag nicht. Ich muss dringend mit dir reden.«

Nichts. Kein Mini. Keine Michelle. »Klar. Jetzt gleich? Oder treffen wir uns?«

»Wir müssen uns treffen. Wo bist du denn?«

Vielleicht auf der anderen Straßenseite. Er trat auf die Fahrbahn und konnte gerade noch zurückspringen, ehe ihn ein Fahrzeug erwischte. »Ich muss gerade noch zu einem Kundengespräch in, äh, Charlottenburg.« Okay. Jetzt. Da drüben war eine halbhohe Mauer, dahinter ein beleuchteter Hof. Die Zufahrt hatte er vorhin gar nicht bemerkt.

»Kann ich dich von dort abholen?«

Oh Gott, das hatte ihm noch gefehlt. »Lass mal, ich hab ja auch den Wagen dabei. Treffen wir uns lieber. Hast du schon was gegessen?« Auf dem Hof standen ein paar ziemliche protzige Kisten. Etwas weiter hinten, das konnte der Mini sein. Henrik sah sich um, konnte aber niemanden entdecken und ging seitlich an den Mercede Coupés und den BMWs vorbei.

»Gegessen? Machst du Witze? Ich weiß gar nicht, wann ich das letzte Mal …« Sie seufzte. »Kannst du mich in einer halben Stunde in meinem Wahlkreisbüro abholen?«

»Jep.« Das war der Mini. Er beugte sich runter und sah durch die Scheibe. »In einer Stunde?«

»Danke. Bis dann. Ich liebe dich.«

»Ich dich auch.«

Der schwarze Mini. Drinnen lag ihre Tasche auf dem Rücksitz. Was machte sie hier? Henrik Eusterbeck richtete sich wieder auf und musterte das Gebäude. Hausnummer 38. »Le Club«. Und so sah das Etablissement auch aus.

*

Es war eine dieser heruntergekommenen Sechzigerjahreschulen, deren Sichtbeton von grün-rötlichen Schimmelschlieren überzogen war und in deren Pflanztrögen auf dem Schulhof mehr Unrat als Pflanzliches versammelt war. Ein paar verbeulte Fahrräder begrüßten Petra Reber am Tor, die Glastür zum Schulgebäude war mit veralteten Plakaten für »Soziale Tage Charlottenburg«, »Nachbarschaftshilfe Pfiffikus e.V.« und »AK Nachhilfe« vollgeklebt. Petra Reber sah sich im Halbdunkel des Foyers um: Nichts Einladendes empfing die Schüler hier, es war, als wollte man gar nicht, dass sie gern zur Schule kamen. Gegenüber der Tür hing der »Vertretungsplan«, links davon ging es zum Sekretariat, daneben war das Lehrerzimmer.

Sie klopfte und öffnete die Tür, ohne auf eine Aufforderung zu warten. Hinter einem für Grundschüler viel zu hohen Tresen saß eine Sekretärin und sparte sich aufzublicken, als Petra

Reber eintrat. »Ich wollte der Lili Delgado nur rasch ein Heft bringen, das hatte sie zu Hause vergessen.«

Nun sah die Sekretärin doch auf. »Und Sie sind?«

»Reber. Petra. Ich bin eine Nachbarin. Lilis Mutter konnte nicht vorbeikommen, weil sie arbeiten muss.«

Die Frau hinter der Theke musterte Petra Reber abschätzig. »Kann ich mir schwer vorstellen, um die Zeit. Und Sie müssen nicht arbeiten?« Klar. Die Sekretärin hatte ihren begründeten Verdacht, womit Mutter Delgado ihren Lebensunterhalt verdiente, und hielt nun auch Petra Reber für eine Nutte. »Ich habe heute frei«, sagte sie.

»Schön für Sie. Und Sie bringen ein Heft für Lili?«

»Ja. Hier.« Petra hielt einen Schnellhefter hoch, den sie aus dem Büro mitgebracht hatte, und steckte ihn gleich wieder weg.

»Das hat sie also zu Hause vergessen, ja? Als sie zur Schule gegangen ist?« Die Sekretärin griff zum Telefon.

»Ja«, bestätigte Petra Reber und fragte sich, ob ihre Geschichte wirklich so unglaubwürdig klang, wie die Sekretärin das scheinbar empfand.

»Das überrascht mich. Lili ist nämlich heute gar nicht zur Schule gekommen.«

»Sie ist nicht da?«

»Nein, sie ist angeblich krank.« Sie wählte eine kurze Nummer, offenbar eine Durchwahl. »Frau Zschocke? Hier ist jemand, der behauptet, Lili Delgado wäre gar nicht krank. – Ja. – Natürlich.« Sie legte wieder auf.

»Aber nein, das behaupte ich gar nicht«, versuchte Petra Reber, sich aus der Situation zu retten. »Da liegt vielleicht einfach ein Missverständnis vor.«

In der Seitentür des Sekretariats stand plötzlich eine zweite Frau, auf dem Schild daneben stand: OStDir. Dr. Elisabeth

Zschocke, Rektorin. »Das glaube ich auch«, sagte die Rektorin. »Es gibt nämlich ein paar Menschen, die erliegen dem Missverständnis, dass Schulpflicht bedeutet, dass die Schule nur die Pflicht hätte, immer für die Schüler da zu sein. So ist das aber nicht. Wer sein Kind nicht regelmäßig zum Unterricht schickt, der verstößt gegen die Regeln. Und da ist unser Verständnis endlich.«

»Ich bin sicher, Frau Delgado kann nichts dafür«, sagte Petra Reber und wandte sich zur Tür. »Tut mir leid, ich wollte hier niemanden in Verlegenheit bringen.«

»Wenn die Kleine drei Tage fehlt, weil die Mutter angerufen und sie krankgemeldet hat, und es stimmt nicht, dass sie krank ist, dann war es wohl die Mutter, die hier jemanden in Verlegenheit gebracht hat. Bedanken Sie sich bei Frau Delgado – und sagen Sie ihr, diesmal gehen wir der Sache auf den Grund. Wenn die Lili noch einmal nicht zum Unterricht erscheint, lassen wir sie von der Polizei zu Hause abholen.«

*

Natascha stand im Regen. Sie hatte keinen Schlüssel für das Wahlkreisbüro dabeigehabt. Petra war noch in Charlottenburg in dieser Schule. Sie hatte sich unmittelbar nach dem Gespräch mit der Rektorin bei ihr gemeldet und ihr davon erzählt. Seit drei Tagen fehlte das Mädchen schon im Unterricht. Es schien allerdings nicht das erste Mal gewesen zu sein. Hurenkinder hatten es mit Sicherheit nicht gerade leicht. Wenn sie farbig waren, schon gar nicht. Aber dieses Mädchen war in einer besonders ausweglosen Situation. Die Mutter verschwunden, keine Zuflucht, nirgends, umgeben von einer feindlichen Welt … Mit bangen Gefühlen dachte Natascha an das Kind.

Als Henrik sie so auf der anderen Straßenseite stehen sah,

nass und traurig, befiel ihn ein beinahe mit Händen zu greifendes schlechtes Gewissen. Sie zerriss sich wirklich. Einerseits die Arbeit im Kanzleramt, andererseits dieses Abgeordnetenbüro, wo täglich irgendwelche Leute aufkreuzten und ihren Ärger mit der kaputten Ampelanlage oder dem unverständlichen Rentenbescheid anschleppten. Immerhin hatte Natti den Wahlkreis in der Stadt. Andere mussten durch die halbe Republik, um für die Bürger vor Ort zu sein. Na ja, die hatten vielleicht wenigstens einen Ehepartner, der sie nicht betrog. Was tat er seiner Frau nur an? Endlich riss der Verkehr ab. Henrik machte die Warnblinkanlage an, sprang aus dem Auto und lief zu ihr hinüber. »Natti! Keiner da?«

»Keiner da. Ich weiß auch nicht …« Wasser tropfte von ihrer Nase und von ihrem Kinn.

»Komm, wir setzen uns ins Auto!« Henrik packte sie mit einem kräftigen Griff um die Schultern und zog sie mit sich.

»Danke«, presste sie mit zitternder Stimme hervor, als sie endlich neben ihm im Trockenen saß. Die Scheiben beschlugen sofort, Henrik machte die Lüftung an und drehte die Heizung noch etwas höher. »Stehst du schon lange da?«

»Zwanzig Minuten?«, schätzte Natascha.

»Um Gottes willen. Ich hoffe, du hast dir nichts eingefangen.«

»Ja, das hoffe ich auch. Bitte lass uns fahren.«

»Zum Italiener?«

Natascha schüttelte den Kopf. »Lieber nach Hause. In dem Zustand kann ich nicht ausgehen.« Nach Hause. Ja, das würde das Beste sein.

»Hat Petra keinen Schlüssel?«, fragte Henrik vorwurfsvoll.

Es fühlte sich gut an, dass er sich Sorgen machte. »Die wäre auch nicht schneller hier gewesen. Sie war doch in der Schule von dem kleinen Mädchen, du weißt schon …«

Und ob er es wusste. Er sah das Bild genau vor sich. Die schwarze Frau, das Kind – und Michelle. »Und? Hat sie sich schon gemeldet?«

»Ja, sie hat mich gleich angerufen. Aber ehrlich gesagt, das war auch nicht gerade erheiternd. Lass uns zu Hause darüber sprechen.« Dann konnte sie sich umziehen, konnte einen Augenblick durchatmen, vielleicht eine Tasse Tee trinken, um wieder richtig aufgewärmt zu werden. Sie sah auf die schemenhafte Stadtlandschaft vor ihnen. Einige Schaufenster waren schon vorweihnachtlich dekoriert. Doch das half nichts. Im spätherbstlichen Regen sah die Gegend immer noch ein wenig trübsinniger aus: grau, trostlos, aus der Zeit gefallen.

Wenn sie nach Hause fuhren, dann hatte sie auch für ihr eigenes Thema noch eine Gnadenfrist. Denn auch wenn alles dafür sprach, dass sie die Nacht mit einem fremden Mann verbracht hatte, blieb doch ein Rest Hoffnung, dass sie nur das Opfer eines bizarr-realistischen Traums geworden war und nicht das eines sexuellen Überfalls.

Sie nahm Henriks Aftershave wahr. Es war ein anderes als das, was sie ihm in Paris gekauft hatte. Er war am Valmensee gewesen und hatte dort etwas Rasierwasser benutzt. Eine andere Sorte. Gott sei Dank. Sie hätte ihn nicht riechen können nach der zurückliegenden Nacht. »Henrik.«

»Ja?«

»Ach Henry, ich glaube, es ist etwas Schreckliches passiert«, fing sie an, während er auf die Straße ausscherte, um sogleich innezuhalten und zu ihr hinüberzublicken. »Wieso? Was ist denn?«

»Ich weiß gar nicht, wie ich es sagen soll …« Ihr Handy meldete sich.

»Wie du was sagen sollst?«, fragte Henrik unwirsch und

hupte einem anderen Autofahrer hinterher, der ihn angehupt hatte. »Arschloch.«

Eine SMS. Natascha fingerte ihr Handy aus der klammen Manteltasche und rief die Nachricht auf. Henrik stieg aufs Gas, ehe er sich besann und durchatmete. »Also«, sagte er. »Was ist denn so schrecklich?«

Sie musste es ihm sagen. Sie würde es ihm sagen. Ganz bestimmt. Doch jetzt gerade, in diesem Moment, war es nicht der richtige Zeitpunkt. Henrik war aufgebracht, er war unruhig. Er hatte weiß Gott seine eigenen Probleme, und an vielen davon war sie schuld. Sie würde es ihm sagen. Später. *Bombendrohung am Flughafen Köln/Bonn. Evakuierungsmaßnahmen. Großeinsatz. Bitte unverzüglich zum Meeting im Innenministerium. B. Bauer.*

»Ein Terroranschlag auf den Flughafen Köln/Bonn«, sagte Natascha.

»Echt? Ich habe gerade noch die Nachrichten gehört, da haben sie nichts gesagt.«

»Ist ganz neu. Kannst du mich bitte ins Innenministerium fahren?«

Henrik seufzte. »Klar. Alt-Moabit?«

»Mhm.«

»Wäre ja auch erstaunlich gewesen, wenn wir einfach mal hätten nach Hause fahren können.« Henrik bog an der nächsten Straße ab, schlängelte sich mit seinem bemerkenswerten Orientierungssinn durch einige abgelegene Straßen, um dann auf einer schnurgeraden Einfallstraße Richtung Mitte unterwegs zu sein. Der Regen ließ etwas nach. Die Heizung wärmte angenehm. »Und weshalb wolltest du mich so dringend treffen?«, fragte Henrik, als Natascha schon geglaubt hatte, er habe den Grund für diesen Ausflug schon vergessen.

»Ach, lass uns ein andermal darüber sprechen«, entgegnete

Natascha und hoffe, dass er das Zittern in ihrer Stimme nicht bemerken würde. »Es ist irgendwie alles so belanglos und klein, wenn man sieht, was anderswo passiert. Komm, mach das Radio an. Vielleicht bringen sie ja jetzt etwas.«

Henrik drückte auf den Knopf. Deutschlandfunk. Tatsächlich brachten sie gerade einen Livebericht aus Köln: »Dem Vernehmen nach richtet sich die Bombendrohung gegen die deutsche Israel-Politik. Der Anruf stammte angeblich von einer palästinensischen Untergrundorganisation, die auch für die Anschläge in Amsterdam und Genua verantwortlich zeichnet. Sprengstoffspezialisten untersuchen zurzeit vor allem zwei Maschinen, die nach Tel Aviv fliegen sollten beziehungsweise eine israelische Handelsdelegation nach Helsinki bringen sollten …«

»Schrecklich«, sagte Henrik.

»Ja, schrecklich. Die Welt ist ein Pulverfass.« Und unser ganzes Leben ist ein Tanz auf diesem Pulverfass, dachte Natascha, während draußen eine fremde Stadt an ihr vorbeizog.

*

Als Henrik Eusterbeck sehr viel später zu Hause an seinem Computer saß, verfluchte er sich selbst. Vor ihm lag das Foto, das er in dem Mietshaus in Charlottenburg gefunden hatte. Eine schwarze Frau, ihr Kind – und Michelle. Er sah die Wohnung vor sich. Schlicht, sauber, bieder. Dennoch war Natascha überzeugt, dass die Frau eine Prosituierte war. Vielleicht war das ja so, vielleicht lebten die Damen im Privaten ein stinknormales Leben mit Wäsche über der Badewanne, Einkaufen um die Ecke und Löchern in den Socken. Eigentlich wollte er es gar nicht so genau wissen, eigentlich war ihm die ganze Sache mit der fremden Frau suspekt. Eigentlich hätte er sie lieber vergessen. Wäre da nicht das Foto gewesen, dieses Bild, das eine direkte Verbindung zwischen dem Leben der schwarzen Frau und ihm zog. Eine Verbindung namens Michelle. Mit dem unguten Gefühl, genau zu wissen, was kommen würde, googelte er »Le Club« in Berlin. Er fand mehrere Etablissements unter dieser Bezeichnung – und sie waren alle von derselben Sorte. Es fiel ihm schwer, einen klaren Gedanken zu fassen. Sein Gehirn schien zu glühen. Verdammt! Wie man es drehte und wendete, es gab so gut wie keinen anderen denkbaren Grund für eine Frau, in einen solchen Laden zu gehen, als ausgerechnet den einen, dass sie dort arbeitete. Schon gar nicht für eine Frau wie Michelle. Jetzt, wo er mit der Nase daraufgestoßen wurde, schien es ihm plötzlich ganz offensichtlich. Natürlich, allein die Art, wie sie Sex hatten. Das hatte er nie vorher bei einer Frau erlebt. Es professionell zu nennen wäre eine so treffende Beschreibung gewesen, dass es ihm mit einem Mal bizarr vorkam, dass er nie daran gedacht hatte, sie könnte ein Profi sein.

Er holte sich ein Glas Gin, stürzte es hinunter und holte sich noch eines. Dann setzte er sich wieder vor den Rechner und klickte sich durch die Bildergalerie des »Le Club«. Die Bar. Die Separées. Der Pool. Ein paar Mädchen. Allerdings keine Michelle. Vielleicht gehörte sie ja nicht zur festen Truppe. Vielleicht arbeitete sie nur gelegentlich dort. Vielleicht ... Er suchte nach Ausflüchten. Lächerlich. Er stand auf und holte sich noch einen Gin, den er gleich im Stehen trank und der so scheußlich schmeckte, dass ihm schlecht wurde. Gin, der einzige Schnaps, der mit jedem Glas noch mieser schmeckte. Gin konnte man sich nicht schönsaufen. So wenig wie die Entdeckung, die Henrik an diesem Tag gemacht hatte. Zwei Entdeckungen eigentlich. Erstens, dass Michelle eine Professionelle war. Und zweitens, dass er selbst zu dämlich war, das zu erkennen. Aber wenn sie dort doch nur in der Verwaltung arbeitete? Oder als Putzkraft? Er musste laut lachen, als er sich ausmalte, wie die heißeste und begabteste Frau am Ort bei den hässlichen Nutten die Zimmer putzte. Es brauchte zwei weitere Gins, bis er sich wieder im Griff hatte. Der Schnaps stieg ihm zu Kopf. Er würde hinfahren, jetzt gleich, würde sie da rausholen und ... Ach was, einen Scheißdreck würde er tun. Er war viel zu besoffen, um Auto zu fahren.

Henrik ging ins Schlafzimmer und ließ sich aufs Bett fallen. Ihm war speiübel. Ihm war so schlecht, dass er sich am liebsten aus dem Fenster gestürzt hätte. Eine Weile sah er hinüber zum Fenster, das gekippt war und durch das kalter Wind hereinzog, vielleicht um ihn mitzunehmen. Doch dann fand er die Kraft nicht mehr aufzustehen, sondern konnte sich nur noch zur Seite rollen und stöhnen. »Oh Michelle.« Und dann, nach einer Weile: »Oh Natascha.« Sie konnte ihm in dieser beschissenen Situation auch nicht helfen. Niemand konnte ihm helfen. Mit letzter Kraft stellte er die Ginflasche auf dem Teppich ab, dann stürzte er in eine nie gekannte Ohnmacht.

*

Ein Klopfen an der Tür riss Natascha aus ihren Gedanken. Es war Petra. »Ja?«

»Herr Berg fragt an, ob du mit ihm zu Abend essen möchtest. Er hat dich am Fenster stehen sehen.« Die Sekretärin konnte ein Grinsen nicht unterdrücken. Sie wusste, dass Natascha David Berg attraktiv fand.

»Okay. Sag ihm, wir sehen uns in zwanzig Minuten im Casino.«

»Sag ich ihm.«

»Wie kommt es eigentlich, dass Sie ständig hier sind?«, fragte Natascha, als sie ihm eine halbe Stunde später in der Kantine gegenüberstand. Wie immer saß David Berg unverschämt lässig da und trank sein Wasser. Oscar Wilde mit Champagner hätte nicht cooler aussehen können. Oder George Clooney mit Kaffee. »Nette Begrüßung«, stellte er fest. »Ich freue mich auch, Sie zu sehen.«

»Im Ernst, Sie haben doch Ihr eigenes Amt.«

»Sicher. Aber ich bin nicht Sprecher meines Amtes, sondern Sprecher der Bundesregierung. Und deren Herz schlägt nun einmal hier.« Er lächelte amüsiert und erhob sich leicht, als Natascha Eusterbeck sich ihm gegenübersetzte. »Karte schon studiert?«

»Es gibt, was es jeden Donnerstag gibt. Und à la carte gibt es um die Zeit sowieso nicht mehr. Da werden wir mit dem vorliebnehmen müssen, was man uns gnädig übrig gelassen hat.«

»Reste also. Ich fühle mich ganz wie zu Hause.«

Tatsächlich gab es noch Kürbissuppe, Schnitzel und eine obskure Creme, von der die Bedienung nicht zu sagen vermochte, woraus sie bestand. Also bestellten sie beide das Schnitzel und unterhielten sich, während sie warteten, über den G8-Gipfel vom Wochenende, obwohl es eigentlich nichts Neues gab: Es ging nur noch darum, wer schneller und mehr Geld verbrennen konnte, um »die Märkte zu beruhigen«. Seit die sogenannten »Gipfel« in immer kürzeren Frequenzen aufeinanderfolgten, war der Pressesprecher nur noch unterwegs. »Wenn meine Frau wissen will, wo ich bin, muss sie nur den Fernseher einschalten«, scherzte Berg müde. »Das ist ein solcher Irrsinn geworden, dass wir oft morgens nicht wissen, in welchem Hotel wir eigentlich sind.«

»Wir?«

»Das gilt für alle.« Er sah ihr in die Augen. Lächelte. »Für eine Affäre ist gar nicht genug Zeit vorhanden, falls Sie das meinen.«

»Schade eigentlich«, sagte Natascha und erschrak im gleichen Moment selbst. Berg dagegen schien diese Feststellung fast dankbar hinzunehmen. »Ja«, murmelte er. »Wofür macht man den Job.« Einen Augenblick glaubte Natascha, er könnte es ernst meinen, doch dann zwinkerte er und lachte: »Wir können ja daran arbeiten.« Er sagte es, wie man Dinge sagte, die man halb im Scherz sagte – eben auch halb ernst gemeint. Und Natascha wusste, dass er wusste, dass sie das wusste. »Die Schnitzel kommen«, stellte sie fest.

»Die Schnitzel haben schon die Wiener aus heiklen Belagerungen errettet.«

Natascha zog eine Augenbraue hoch und runzelte die Stirn. »Offensichtlich ist es ein Glück, dass Sie nicht Geschichte studiert haben.«

»So wie Sie das sagen, scheint mir, ich hätte es besser studieren sollen.«

»Nicht nötig.« Natascha presste etwas Zitronensaft über die Panade. »Sie haben andere Kenntnisse, auf die ich zurückgreifen will.«

»Zum Beispiel?« David Bergs Augen funkelten sie mit einem Mal hellwach an. Solche Gespräche liebte er. Gefragt zu sein, das bereitete ihm immer das größte Vergnügen.

»Die Transatlantische Allianz.«

Er sagte nichts, wartete ab. Kaute auf dem zähen Schnitzel herum und spülte mit Wasser nach, doch kein Wilde, auch kein Clooney, Letzterer schon gar nicht.

»Sie kennen sie?«

»Klar. Jeder kennt sie.«

»Ich kannte sie nicht. Nicht genug. Bis heute.«

»Oh. Pardon.«

»Kein Problem. Ich will wissen, was Sie darüber denken.«

»Über die Transatlantische Allianz? Mein Gott, das ist nichts anderes als das übliche Old Boys Network.«

»Sie selbst sind nicht dabei?«

»Keine Zeit. Die meisten dort haben auch ein anderes Kaliber. Die müssen nicht mehr täglich in der Tretmühle für andere den Kopf hinhalten.«

»Aber was bringt sie zusammen?« Natascha legte das Besteck zur Seite. Das Essen war ungenießbar. Sie hatte auch gar keinen Hunger. Das Ephedrin. Oder vielleicht auch schon die Gewohnheit: Wenn man lange genug nicht ordentlich isst, braucht man es irgendwann nicht mehr. »Ich glaube nicht an ein Old Boys Network, David. Welcher Altkanzler braucht das denn? Welcher Bundespräsident braucht ein Netzwerk? Die Liste der Mitglieder liest sich wie ein Who's who der Politprominenz. Vor allem der höheren Jahrgänge.«

Berg schob den Teller von sich, stützte das Kinn auf die Hände und betrachtete Natascha Eusterbeck eine Weile aufmerksam. »Das ist interessant«, sagte er schließlich. »Demnach müsste ich mich darum reißen, dem Club beizutreten. Mir würde es nützen. Im Gegensatz zu den meisten, die tatsächlich drin sind.«

»Das habe ich zwar nicht gemeint …«

»Aber Sie haben es – wenn auch unabsichtlich – gesagt. Im Ernst, ich sollte mal darüber nachdenken.« Er lächelte wieder sein souveränes Lächeln. »Einen Kaffee?«

»Gerne.«

Berg stand auf und bestellte an der Theke zwei Kaffee. »Mein Vater war Mitglied«, sagte er, während er sich wieder setzte.

»Ihr Vater? War er auch in der Politik?«

»Nein. Er war Reeder in Bremen. Einflussreicher Mann zu seiner Zeit. Eng mit Erhard und Mende, diese Liga.«

»Oh. Ich wusste nicht, dass Sie aus einem solchen Stall stammen.«

»Tun Sie das nicht auch?«

»Na ja. Sehr einflussreich war mein Vater sicher nicht.« Natascha zuckte innerlich zusammen, als ihr bewusst wurde, wie lange sie schon nicht mehr bei ihrem Vater angerufen hatte. Sie musste sich unbedingt gleich morgen früh bei ihm melden. Wenn sie daran dachte. Es war verflucht. Aber die Fülle von Informationen, mit denen sie in diesem Job bombardiert wurde, führte dazu, dass sie fast alles vergaß, woran sie privat denken wollte. Sollte.

»A penny for your thoughts, Ma'am.«

«Um ehrlich zu sein, mir fiel gerade ein, dass ich meinen Vater schon viel zu lange nicht mehr kontaktiert habe.«

»Kann ich gut nachvollziehen«, sagte Berg. »Geht mir genauso. Wenn auch nicht mit dem Vater, der ist lange tot. Aber die Familie kommt zu kurz. Ich muss mir aufschreiben, ob ich mit meiner Frau telefoniert habe oder nicht. Sonst kann ich selbst nicht mehr sagen, ob es heute war oder gestern oder vorgestern. Die Zeit verfliegt – und dann kommt irgendwann der Anruf, in dem sie dich zur Schnecke macht, weil sie drei Tage nichts von dir gehört hat. Und du dachtest, du hättest sie irgendwann zwischen zwei Meetings angerufen. Hast du auch. Aber eben nicht zwischen den Meetings in Brüssel, sondern zwischen denen in Berlin. Sie haben schon recht, pflegen Sie Ihr Old Boys Network. Die Beziehung zu Ihrem Vater, meine ich.«

Natascha nickte. »Und Sie die zu Ihrer Frau.«

»Aber sicher.« So sicher sah er dabei gar nicht aus. Konnte es sein …? Natascha verdrängte den Gedanken. Sie war noch nicht zufrieden mit dem, was sie von Berg erfahren hatte. »Noch mal zurück zu der Transatlantischen Allianz …«

»Meine Güte, Sie sind aber penetrant.« Berg seufzte, nahm

der Kellnerin den Kaffee ab und nippte daran. Schwarz. Er hatte offenbar noch nicht vor, bald zu schlafen.

*

Als Natascha Eusterbeck zurück in ihr Büro kam, war es nach elf Uhr am Abend. Sie nahm ihren Mantel aus der Garderobe, packte einige Unterlagen zu ihrem Laptop in die Tasche und warf noch einen letzten Blick auf die Mails. Zuerst fiel ihr die Nachricht gar nicht auf, weil als Absender diesmal David Berg vermerkt war. Doch als sie auf die Sendezeit sah, stellten sich ihre Nackenhaare auf: 22:38 Uhr. Da hatten sie zusammen im Casino gesessen. Und er hatte kein einziges Mal zum Handy gegriffen. Er konnte die Nachricht unmöglich geschrieben haben. Mit zitternden Fingern klickte sie auf »Öffnen« und las:

Von: David Berg
An: Natascha Eusterbeck
Betreff: Hi
Nachricht: ICH DENKE AN DICH.

David Berg. Warum David Berg? Sie war verwirrt, spürte Panik in sich aufsteigen. Was wollte diese Ratte, die sich nun auch noch Davids Identität bediente? Sie versuchte, sich in den Griff zu bekommen. Das Zittern wollte nicht aufhören. Trotzdem schaffte sie es irgendwie, die Nachricht zu löschen. Den Computer runterzufahren vermochte sie nicht mehr. Sie zog den Mantel fester um sich und verließ fluchtartig das Büro. Lief durch die Hauptpforte hinaus in die Dunkelheit. Der Wind kühlte ihre Tränen zu eisigen Streifen. Erst jetzt merkte sie, dass sie hemmungslos heulte. Wohin sie lief, war ihr gar nicht klar. Nur weg. Hauptsache weg. Weg von alledem. Als sie schon an den Schiffbauerdamm kam, stieß sie beinahe mit einem einsamen Spaziergänger zusammen, der mit zwischen die Schultern gezogenem Kopf vor ihr her ging. Sie stammelte eine Entschuldigung, hastete weiter. Bis sie – schon etwas weiter entfernt – eine Stimme hörte. »Natascha?« Und noch einmal: »Natascha?« Da blieb sie stehen, nur einfach stehen. Sie lief nicht mehr, drehte sich auch nicht um, sondern stand einfach da, mitten auf dem Gehweg mitten in der Nacht mitten in Berlin, mitten im einsetzenden Winter, wo Grau und Schwarz ineinander übergingen.

Und dann stand plötzlich David Berg bei ihr, nahm sie in den Arm und hielt sie ganz fest. Und es tat so gut, ihn zu spüren. »Danke«, flüsterte sie. »Danke, dass du da bist.«

*

David Bergs Wohnung am Prenzlauer Berg war schlicht und geschmackvoll eingerichtet. Durchaus gemütlich. Gemütlicher, als es Männerwohnungen meist waren. Aber das nahm Natascha Eusterbeck kaum wahr, als sie sich von ihm über die Schwelle und ins Wohnzimmer schieben ließ. Er drückte sie mit sanfter Gewalt aufs Sofa und nahm ihr die Tasche ab, die er behutsam neben die Tür zum Flur stellte. »Ich mache uns erst einmal was zu trinken«, sagte er und verschwand hinter dem Küchentresen, der das Wohnzimmer von einer Kochzeile abtrennte. »Zieh dir die Schuhe aus, und mach es dir bequem. Irgendwo müsste ich auch eine Decke haben. Moment …« Er angelte nach einem der Töpfe, die dekorativ von der Decke hingen, fuhr mit dem Finger hinein, um zu prüfen, ob sich Staub gesammelt hatte, schien zufrieden, drehte sich um und setzte den Topf auf den Herd. Dann holte er etwas aus dem Kühlschrank und goss es in den Topf. Natascha saß benommen auf dem Sofa und wusste nicht, wohin sie schauen sollte. Dankbar nahm sie zur Kenntnis, dass er sie ebenfalls duzte, nachdem sie ihn draußen auf der Straße unvermittelt mit »du« angesprochen hatte. Er wandte ihr den Rücken zu. Jackett und Mantel hatte er an der Garderobe gelassen. Er trug ein tailliertes weißes Hemd. Die Krawatte hatte er schon im Casino nicht mehr umgehabt. Die Vorhänge waren zugezogen, vielleicht machte er sie nie auf. Ging morgens so früh aus dem Haus, dass es noch dunkel war, und kam abends im Dunkeln nach Hause. Kein Grund, jemals nach draußen zu schauen. Die Wohnung hätte auch in Köpenick gelegen sein können. Für die halbe Miete. Natascha schüttelte den Kopf darüber, was ihr für Gedanken kamen. Verdrängung, dachte sie. Eben war sie noch völlig fertig gewesen. Jetzt dachte sie über Vorhänge nach.

David kam und reichte ihr eine große Frühstückstasse. »Hier.«

»Kakao?« Sie sah ihn mit einer Mischung aus Überraschung und Dankbarkeit an.

»Heiße Schokolade«, korrigierte er. »Selbst gemacht, mit frischer Milch. Das wird dir guttun. Und mir auch. Mache ich mir immer, wenn ich Angst habe, dass mich der Wahnsinn frisst. Ist die beste Nervennahrung.«

Natascha nickte. »Danke. Danke, David. Du bist der Beste.«

Er sah sie mit diesem leicht spöttischen Gesichtsausdruck an, von dem Natascha inzwischen wusste, dass es ein Anzeichen von Unsicherheit war. Eine Weile schwiegen sie. Dann räusperte er sich. »Also, nicht dass es mich etwas angeht. Aber – magst du mir sagen, was in den fünf Minuten geschehen ist, zwischen unserem Essen und der Szene auf der Straße?«

Natascha nippte an dem heißen Getränk, spürte, wie die Flüssigkeit durch ihren Köper rann und sich warm im Bauch ausbreitete, sog den Duft des Kakaos ein und atmete tief durch. »Eigentlich gar nichts«, sagte sie dann. »Fast nichts.«

»Fast nichts?«

»Ich war nur noch einmal kurz in meinem Büro. Und da war wieder eine von diesen Mails.« Sie stockte. Er sagte nichts, wartete, trank, lauschte. »Es hat damit angefangen an dem Tag, als ich ins Kanzleramt kam«, fuhr Natascha schließlich fort. Sie blickte ihm in die Augen. »Drohmails. Fieses Zeug. *Du wirst hier nicht alt, Prinzessin.* So was.«

»Prinzessin?«

Natascha schwieg. Prinzessin. Das Perfide war, dass es nicht nur eine chauvinistische Herabwürdigung war – für sie hatte dieses Wort eine Bedeutung. Ihr Vater hatte sie als kleines Mädchen immer so genannt. Tat es heute noch manchmal, wenn er ausdrücken wollte, wie lieb er sie hatte. Dieses Wort so benutzt zu sehen verletzte ihre schönsten Kindheitserinnerungen. Es war wie ein Schnitt ins Fleisch.

»Und heute?«

»Heute war es irgendwie seltsam.«

»Seltsamer als sonst?«

»Ja. Heute kam die Nachricht von dir.«

»Äh, von mir?« David Berg richtete sich auf und – so schien es Natascha – ein winziges Stück von ihr ab. »Von deiner Absenderadresse«, korrigierte sie. »Von David Berg an Natascha Eusterbeck.«

»Verstehe. Aber ich habe dir keine Nachricht geschrieben.«

»Ich weiß. Die Sendezeit war irgendetwas nach halb elf. Am Abend.«

»Da saßen wir zusammen im Casino.«

Natascha nickte. »Ja. Deshalb hat es mich auch gewundert. Und dann habe ich sie aufgemacht, und da stand nur: *Ich denke an dich.*« Plötzlich kam sie sich unendlich albern vor. Gott, dachte sie, was tue ich hier? Sitze allen Ernstes beim Pressesprecher der Bundesregierung zu Hause auf dem Sofa, mitten in der Nacht, und erzähle ihm, dass jemand mir unter einer falschen Absenderadresse geschrieben hat, dass er an mich denkt. David Berg musste ihre Gedanken erraten haben, denn er legte ihr die Hand auf den Arm. »Denken Sie nicht, dass das eine Kleinigkeit ist. Bedrohungen muss man ernst nehmen. Und wenn das öfter vorgefallen ist …«

»Ist es.« Sie wagte ein tapferes Lächeln. »Waren wir nicht beim Du?«

»Oh ja«, er zwinkerte ihr zu. »Endlich! Das ist der positive Nebeneffekt der Sache. Noch eine heiße Schokolade?«

»Gerne.«

Er nahm ihre Tasse, stand auf und füllte ihr nach. Dann setzte er sich wieder zu ihr auf das Sofa und schenkte ihr einen langen, zärtlichen, verständnisvollen Blick. »Schon verrückt, was das Leben mit uns macht, was?«

»Die Politik«, korrigierte ihn Natascha. Doch er legte den Finger an die Lippen. »Schhhh. Dieses Wort darf hier drinnen nicht ausgesprochen werden.«

Natascha stellte ihre Tasse beiseite und fuhr ihm mit der Hand übers Haar. Dann beugte sie sich vor und gab ihm einen sanften Kuss. Er bewegte sich nicht, seufzte nur ganz leicht, nahm ihre Hand, küsste sie und stand auf. »Entschuldige«, sagte er mit leiser Stimme. »Entschuldige, wenn ich einen falschen Eindruck erweckt habe. Ich …« Er räusperte sich. »Ich weiß auch, welcher Ruf mir vorauseilt. Die Sache ist nur: Er stimmt nicht. Ich bin nicht so, wie die meisten offenbar denken.« Er fuhr sich mit den Händen übers Gesicht. »Ich bin auch kein Heiliger. Gewiss nicht. Aber … Meine Ehe ist durch den Job schon belastet genug. An eine Affäre ist gar nicht zu denken.«

Natascha wusste einen Augenblick lang nicht, was sie sagen sollte. Sie war schockiert. Über sich selbst. Über die Situation.

Darüber, wie falsch sie David Berg eingeschätzt hatte. »Es … es tut mir so leid«, presste sie schließlich hervor. »Bitte entschuldige.« Sie stand auf. »Gott, ist mir das peinlich.« Sie sah sich um, suchte nach ihrer Tasche, sah sie neben der Tür, ging zu ihr hin, um sie aufzuheben. Da spürte sie Davids Hand, die sie am Arm nahm. »Natascha! Ich muss mich entschuldigen. Mir tut es leid, wirklich. Ich bin ein Idiot. Ich hätte dich nicht hierherbringen dürfen. War doch klar, dass du etwas anderes erwartet hast.«

»Ich habe nichts erwartet, David«, flüsterte Natascha und spürte, wie ihr die Tränen in die Augen stiegen. »Gar nichts. Du warst so liebenswürdig zu mir. Hast mich getröstet, hast mir Kakao gemacht …« Sie musste lachen, obwohl sie gleichzeitig weinte. »Hast mir zugehört …«

»Komm«, sagte Berg und nahm sie in die Arme. »Bleib hier. Du kannst hier auf dem Sofa schlafen. Ich möchte nicht, dass du jetzt noch einmal allein durch die Nacht läufst. Bettzeug gibt es auch. Morgen frühstücken wir irgendwo um die Ecke in einem Café, und dann sieht die Welt wieder ganz anders aus.« Er nahm sie an beiden Armen und schob sie ein paar Handbreit von sich weg, um sie anzusehen. »Oder wartet dein Mann auf dich?«

»Henrik?« Natascha schluckte. Schüttelte den Kopf. Ach, Henry. »Nein«, sagte sie. »Der wartet sicher nicht.«

Bonn, Bad Godesberg. Zentrale des Verfassungsschutzes.
31.10.1989, 8:40:00 Uhr.

Die Funkgeräte sind verstummt. Es ist der Augenblick, in dem alle schweigen. Lauschen. Das Kommende kommen sehen in dem Bewusstsein, mehr zu wissen als jene, die davon am stärksten betroffen sind. Dem Einsatzleiter tut es leid um Eck. Es ist anzunehmen, dass er als Kollateralschaden in Kauf genommen werden muss. Er hat ihn kennengelernt, als es um die Sicherheitsüberprüfung des Schutzobjekts ging. Fähiger Mann. Ob er etwas ahnt?

8:40:07 Uhr. Das Signal. Die Lichtschranke ist unterbrochen worden.

ACHT

Als Henrik Eusterbeck am nächsten Tag aufwachte, war er erstaunt, wie schwer ein so unendlich leerer Kopf sein konnte. Es schien, als hätte ihm der Gin buchstäblich das Hirn unter der Schädeldecke weggefressen. Die Gedanken bildeten sich irgendwo im Vakuum zwischen Augen und Ohren und Hinterkopf. Er ging ins Bad und stellte sich eine halbe Stunde lang unter die Dusche, trank literweise von dem Wasser, das auf ihn herabrieselte, und ließ literweise Wasser an Ort und Stelle. Endlich beschloss er, sich einer ausgedehnten Kaffee- und Aspirinkur zu unterziehen. Er stellte fest, dass der Akku seines Notebooks leer war, das Ding war die Nacht über gelaufen. Also stöpselte er den Computer ein und setzte sich damit an den kleinen Bartisch, den er und Natascha sich für die Küche ausgesucht hatten, um ein schnelles Frühstück genießen zu können. Das konnten sie nun auch. In der Regel allerdings getrennt. Denn sie hatte ja sowieso nie Zeit. Offenbar hatte sie mal wieder im Büro übernachtet. An diesem Tag war er dafür ausnahmsweise sogar dankbar. Denn egal, was für ein Scheusal er war, so musste sie ihn nicht sehen. Das wollte er weder um ihret- noch um seinetwillen.

Er surfte durch ein paar News-Kanäle, googelte kurz Natascha, um festzustellen, dass seit gestern keine neuen Einträge über sie hinzugekommen waren, checkte seine Mails und seine Alerts, während er mit Hilfe dieses grandiosen Kaffee-Vollautomaten einige perfekte Cappuccini zapfte und seinen

Kater niederrang. Das schlechte Gewissen und der Ekel vor sich selbst blieben. Gleichzeitig spürte er eine maßlose Enttäuschung über Michelle. Sie hätte es ihm verdammt noch mal sagen müssen. Hatte sie nicht gemerkt, dass er sich bis über beide Ohren in sie verliebt hatte? Wenn er ehrlich war, hatte er es selbst nicht wirklich bemerkt. Es war ihm erst jetzt klar geworden. Und abgesehen davon: Hatte eine Hure kein Recht darauf, von irgendjemandem geliebt zu werden? Wie er es drehte und wendete, er fand bei der ganzen Sache nur einen Schuldigen, und das war er selbst.

Er fuhr den Rechner runter, nahm das Handy, schrieb Natascha eine SMS: »Fahre kurz zu Mama.« Und machte sich auf den Weg. Die Straße, das war jetzt der beste Ort für ihn. Fahren. Möglichst weit und möglichst schnell. Seine alte Mutter hatte ihn schon seit Monaten nicht mehr gesehen. Die Strecke nach Bremen war, bis auf die letzten fünfzig, sechzig Kilometer, die immer dicht waren, genau das Richtige für seinen Zustand. Er würde das Handy ausschalten, ein paar alte Nirvana-Alben einschieben und richtig Blei in seinen Fuß geben.

*

Von: Die Pupille

An: N.Eusterbeck@voxcom.net

Betr.:

Text: DU HAST DIE KLEINE AUF DEM GEWISSEN, PRINZESSIN.

*

Als die Ausläufer der Stadt Berlin aus der dunstigen Luft auftauchten, war es früher Abend. Er hatte sich abreagiert. Sein Blut pulsierte wieder im richtigen Tempo. Und sein Gewissen hatte sich auch beruhigt, weil er seine alte Mutter wieder einmal gesehen hatte. Gewiss, sie hatte das nicht wirklich mitbekommen. Für sie war er ein Besucher wie jeder andere auch, der in ihr Zimmer kam. Ihre Demenz war so weit fortgeschritten, dass ihre Existenz der einer Pflanze wesentlich näher kam als der eines Menschen. Und doch war sie seine Mama, und er sah immer noch alles das in ihr, was sie einmal gewesen war. Eine schöne und gebildete Frau. Sein Fels in der Brandung. Sie war immer für ihn da gewesen. Und er dankte es ihr, indem er sie besuchte. Nicht sehr oft. Nicht weil sie es brauchte, sondern weil er es nötig hatte. Und dann saß er da, oft stundenlang, erzählte ihr, hielt ihre Hand, beichtete. Das fiel ihm leichter, seit sie ihn nicht einmal mehr erkannte. Hatte sie eine vage Vorstellung davon, was ihr der Mann sagte, der an ihrem Bett saß? Der ihr von einer Frau erzählte, die einmal Natascha hieß und dann Michelle? »Sie bringt mich um den Verstand, Mama. So verrückt war ich seit meiner Pubertät nicht mehr nach einer Frau. Und dann stellt sich heraus, dass sie … dass sie in diesem … Club arbeitet. Mein Gott, was sage ich, in diesem Puff. Ich kann doch meine Frau nicht für eine Hure sitzen lassen.« Er haderte, rang um Worte. »Sitzen lassen will ich sie aber gar nicht, nein, wirklich nicht. Ich brauche nur jemanden, der gerne mit mir zusammen ist, weißt du. Jemanden, für den ich auch irgendwie … wichtig bin. Nicht bloß der Job. Eine Affäre. Das muss ja nicht für die Ewigkeit sein. Aber mal einen schönen Sommer mit einer Frau genießen, die nicht mit dem Beruf verheiratet ist, das wäre schon … ach, was rede ich. Du magst Natascha, mochtest sie immer. Du könntest das nicht verstehen. Ich kann es ja selbst nicht verstehen. Ich weiß auch nicht, warum es so weit mit uns gekommen ist. Erst dachte ich, die gemeinsame Aufgabe in Berlin würde uns wieder näher zusammenbringen. Aber wenn ich es jetzt bedenke, dann ist eher das Gegenteil geschehen. Der Job hat sich noch stärker zwischen uns gedrängt. Wir können ja über gar nichts anderes mehr sprechen als nur noch über die Kanzlerin und über den Minister Sowieso und die Staatssekretärin XY. Und für uns haben wir noch weniger Zeit als vorher. Obwohl wir uns ganz am Anfang von Nataschas Karriere geschworen haben, dass es nie so weit kommen würde.« Er saß dann lange Zeit stumm neben seiner Mutter und vergoss Tränen des Selbstmitleids und des Zorns. Am liebsten hätte er laut gelacht, wie in der vergangenen Nacht. Der Job sollte sich nicht zwischen sie drängen. Er wollte eine Frau, die nicht mit ihrem Beruf verheiratet war. Und dann ging er ausgerechnet mit einer Nutte ins Bett. Völlig bizarr. Das war doch nicht er. »Das bin nicht ich, Mama«, sagte er leise und drückte ihre Hand so fest, dass sie aufseufzte. Er stand auf und küsste sie auf die Stirn. »Ich werde Schluss machen mit ihr.«

Gestärkt von dem Gedanken, dass er alles mit seiner Mutter besprochen, dass er ihren Segen hatte, machte er sich auf den Rückweg in die Hauptstadt. Es war früher Nachmittag, und die 300 PS unter der Motorhaube seines BMWs zogen die Straße wie ein gieriges Raubtier unter ihm weg. Die klaren Regeln, nach denen auf dem Asphalt gekämpft wurde, räumten seinen Kopf wieder auf, halfen ihm, seine Gedanken zu sortieren. Ihm war jetzt klar, dass es Wahnsinn gewesen war, eine echte Affäre anzufangen. Er war verheiratet, hatte eine großartige Frau, hatte alle Freiheiten. Sollte er das alles wegwerfen? Der Job im Kanzleramt würde nicht ewig dauern. Und ob Natascha danach in ein Ministeramt einzog oder sich doch für Kinder und eine lukrative Karriere in der freien Wirtschaft entschied, das war längst nicht ausgemacht. Die Sache mit Michelle hatte seinem Ego gutgetan. Aber jetzt war es an der Zeit, einen Schlussstrich zu ziehen. Michelle würde das verkraften. Sie hatte ihren Spaß gehabt, und sie musste wissen, dass kein ernsthafter Geschäftsmann sich auf eine ernsthafte Beziehung zu einer Hure einlassen konnte. Huren hatten viel Gesellschaft, aber sie waren einsam. Vermutlich.

Kurz vor Charlottenburg fuhr er Richtung Norden. Wenig später war er in der Straße, in der er den Club entdeckt hatte. Diesmal lenkte er den Wagen direkt auf den Hof und stieg aus. Den Mantel ließ er im Auto, Handy und Geldbörse nahm er mit. Neben dem Haus parkten ein paar teure Audis und BMWs und – weiter hinten – einige Kleinwagen, die vermutlich den Mädchen gehörten, die hier arbeiteten. Ein Mini war nicht zu sehen. Vielleicht war das gut so.

Es war ein niedriges Gebäude, dessen Eingang zwei schlechte Gipsabgüsse falscher antiker Statuen schmückten. Hinter der Tür ein Windfang, der einen mit allzu warmer Luft und leiser Musik empfing. Henrik atmete durch. Er war ja nicht zum ersten Mal in einem solchen Etablissement. Aber diesmal war es eine delikate Angelegenheit, er fühlte sich befangen. Er schob den schweren dunkelroten Vorhang zur Seite und blickte auf eine Bar, an der ein paar Frauen in Unterwäsche saßen. Schwarz, weiß, gelb. Die Asiatin wurde von einem Mann vollgequatscht, der vor einem halb leeren Bierglas saß. Sie selbst trank vermutlich Champagner, doch vermutlich trank sie nicht wirklich. Nur das Glas – unberührt – stand vor ihr.

Henrik ging an der hochgewachsenen dunkelhäutigen Schönheit vorbei, die der Tür am nächsten saß, und wandte sich der Bar zu. »Haaallo, schöner Mann«, sagte die Frau mit erstaunlich tiefer Stimme. Es versetzte Henrik einen Stich. Denn »schöner großer Mann« nannte ihn Michelle immer. »Bist du auf der Suche nach ein bisschen Entspannung?«

»Ehrlich gesagt bin ich auf der Suche nach Michelle«, erwiderte Henrik und nickte dem Barmann zu: »Ein Bier, bitte.«

»Spendierst du mir einen Drink?«

»Entschuldige, das wird heute nichts mit uns beiden.«

»Ich wüsste ein paar schöne Sachen, die ich mit dir machen könnte.«

Henrik nickte. »Da bin ich ganz sicher. Aber das Einzige, was ich gerne wüsste, ist, ob Michelle heute hier ist.«

Sie wandte sich so unvermittelt ab, als hätte er sich plötzlich vor ihr entmaterialisiert, und sie hätte ihn sogleich aus dem Gedächtnis gelöscht, zündete sich eine Zigarette an und legte den Kopf in den Nacken, um den Rauch mit unendlich gelangweilter Geste in die Luft zu pusten.

»Is heut noch nich hier«, sagte der Barmann, als er ihm sein Bier hinstellte. »Michelle. Kommt meist erst gegen sieben oder acht.«

»Okay. Ich kann ja sicher ein bisschen da drüben warten?« Henrik nickte zu einer der schummrigen Nischen, die der Bar gegenüberlagen.

»Klar. Sie sind hier Gast.«

Henrik Eusterbeck setzte sich so, dass er den Eingang gut im Blick hatte, selbst aber von einer eine Marmorsäule imitierenden Kunststoffstele halb verdeckt wurde. Das Bier war zu warm. Zwei oder drei davon, und es würde ihm zu Kopf steigen. Zwei Mädchen kamen mit ihren Kunden durch die Tür auf der anderen Seite der Bar, wo es zweifellos zu den Zimmern ging. Eine von ihnen kam, kaum dass ihr Kunde in dem Windfang entschwunden war, zu ihm herübergetänzelt, stellte ein Bein neben ihm auf die Bank und sagte keck: »Ich wär jetzt wieder frei.«

»Das freut mich für dich. Ich bin aber leider verabredet.«

»Das macht doch nichts. Warum kommst du nicht ’n bisschen später zu deinem Date?«

»Sorry, ja? Ich möchte gern allein hier warten.«

Sie zuckte die Achseln und zog wieder ab.

Zwanzig Minuten später, inzwischen waren einige Huren und diverse Freier durch die Bar gekommen, schob sich der Vorhang auf, und ein Riese im Anzug trat ein. Henrik hatte sofort das Gefühl, dass er diesen grauen Bürstenhaarschnitt schon einmal gesehen hatte. Der Mann sah sich um, ließ seinen Blick über die Frauen und ihre Kunden wandern, musterte auch Henrik im Bruchteil einer Sekunde. Da war keine Gier nach schnellem Sex, da war keine verdruckste Scham in seinem Blick. Er sondierte einfach nur das Feld, drehte sich dann um, nickte nach draußen, und mehrere andere Männer kamen herein, zwei Frauen im Schlepptau. Das helle Lachen, der fast tänzerische Schwung, mit dem sie die Haare schüttelte – Henrik erkannte sofort, dass eine von ihnen Michelle war, obwohl er sie zwischen all den Anzugträgern kaum sehen konnte. Die andere Frau kannte er nicht. Sie schoben sich in der Gruppe durch die Bar und verschwanden unmittelbar nach hinten. Bodyguards, schoss es Henrik Eusterbeck durch den Kopf. Die Riesen waren Leibwächter. Und in dem Moment, in dem ihm das klar wurde, meinte er auch den Mann zu erkennen, der die Lage geprüft hatte. War das nicht der Fahrer des Finanzministers?

*

Der Bankier Albert Ritter von Berthold Hagen war eine krude Mischung aus hochinteressanten Einblicken in die Welt von Bank und Börse und bizarren Andeutungen, die auf einen Verschwörungstheoretiker als Autor schließen ließen. Hagen hatte so sorgfältig recherchiert, dass man streckenweise den Verdacht hatte, er wäre auf Vorstands- oder Aufsichtsratssitzungen der Nationalbank dabei gewesen. Er hatte unzählige Interviews geführt und Dokumente aus dem Leben des ehemaligen Bankchefs ausgegraben, die nicht jeder seiner

Hinterbliebenen gerne gesehen haben durfte. Das Buch war längst vergriffen. Es erzählte die Geschichte eines Managers, der in seiner Kindheit auf eine Eliteschule der Nazis geschickt worden war, um dort zum perfekten Parteifunktionär geschult zu werden, der dann nach dem Krieg die Sekundärtugenden, die er dort erlernt hatte, offenbar optimal für sein berufliches Vorankommen eingesetzt hatte, schnell zu einem einflussreichen Manager in der Stahlindustrie wurde, um schließlich ins Bankwesen zu wechseln. Offenbar war dieser Schritt so verrückt wie erfolgreich. Ritter hatte scheinbar nie etwas anderes vom Leben erwartet, als die Nummer eins zu sein, egal, wo er sich befand. Sein Weg an die Spitze der Nationalbank war beinahe handstreichartig. Natascha konnte sich vorstellen, dass ein Mann, der scheinbar mühelos jede Herausforderung zu seinem persönlichen Vorteil umzusetzen verstand, sich auf seinem Weg nach oben nicht nur Freunde machte.

Sie holte sich einen Kaffee und machte es sich wieder auf dem Sofa bequem. Eigentlich hätte sie Akten studieren sollen. Ein Buch zu lesen, das war ein Luxus, den man sich in der Politik allenfalls im Hochsommer leisten konnte, wenn man tatsächlich mal ein paar wenige Tage Urlaub hatte. Doch Natascha redete sich ein, dass die Lektüre dieser Schwarte ja gewissermaßen beruflich bedingt war. Schließlich hatte sie kürzlich Ritters Nachnachfolger Johann Feldmann kennengelernt und war sogar mit etlichen hochrangigen Bankern bekannt geworden. Außerdem: Die Nationalbank war de facto der Geldhahn der Republik. Und den musste man im Griff haben, wenn man in der Politik seine Sache richtig machen wollte. Und: Natürlich ließ sich keine Karte der politischen Macht erstellen, in die nicht die wirtschaftliche Macht einfloss. Also vertiefte sie sich wieder in die Geschichte des Mannes, der mehrmals zum Manager des Jahres gewählt worden war, der in der Schuldenkrise der Dritten Welt, die die achtziger Jahre beherrscht hatte, für ungewöhnliche Maßnahmen eingetreten war, der sich auf internationalem Parkett scheinbar noch leichtfüßiger bewegte als auf nationalem, der zu den wichtigsten Beratern des Kanzlers Walther Brass gehört hatte und dann, auf dem Höhepunkt seiner Karriere, von einer RAF-Bombe zerrissen worden war – obwohl, daran bestanden, wenn man Hagen glaubte, erhebliche Zweifel. Der Autor behauptete, es habe genügend andere gegeben, die mindestens so gute Motive für einen Mord an Ritter gehabt hätten wie die Linksterroristen. Jene aber hätten gar nicht die Möglichkeiten gehabt, ein Attentat zu begehen wie das auf Ritter. Zu lange Vorbereitungszeiten, zu komplexe Technik, praktisch nicht zu beschaffendes Material ... Außerdem waren die Zeugen, die die Staatsanwaltschaft befragt hatte, unglaubwürdig gewesen, hätten sich widersprochen, ja sogar ihre Aussagen widerrufen. Hagen sprach es nicht aus, aber jeder Leser konnte es unschwer erraten: Er gab den Geheimdiensten die Schuld am Tod des Bankers.

Natascha legte das Buch beiseite.

Trotz Kaffee fielen ihr die Augen zu. Sie überlegte, ob sie noch eine Ephedrin einwerfen sollte, es gab noch so viel zu tun. Doch dann entschied sie sich dafür, den Tag zu beenden. Sie checkte noch einmal ihre Mails und Kurznachrichten, schickte Petra Reber ein paar Anweisungen für den nächsten Morgen, bat um einige Informationen über Männer, von denen sie in Hagens Buch gelesen hatte und die heute in wichtigen politischen Positionen saßen. Außerdem einen Artikel, den die Kanzlerin vor Jahren veröffentlicht hatte und der ihr für die Beurteilung der Machtstrukturen in der Partei interessant erschien. Um acht Uhr stand eine Konferenz der Parteigruppe im Innenausschuss an. Es ging um die Position zum geplanten Datensicherheitsgesetz. Die Opposition hatte einige Forderungen gestellt, von denen sogar ein paar wirklich gut waren. Nun galt es, eine Linie festzulegen, wie man die guten Aspekte aufnahm, ohne der Opposition den Triumph zu lassen, sie eingebracht zu haben, und wie man das Ganze dann wiederum dem Bundesrat verkaufte, in dem die Opposition das Gesetzesvorhaben blockieren konnte. Klassisches politisches Handwerk also. Und viel zu komplex, um so spät am Abend und ohne Treibstoff noch genauer durchgearbeitet zu werden. Immerhin kannte Natascha die Eckpunkte, den Rest würde sie intuitiv über die Bühne bringen. Von ihr würde man bei der Sitzung keinen aktiven Beitrag erwarten.

*

Henrik Eusterbeck zahlte seine drei Biere – sechsunddreißig Euro – und ging nach draußen. Es hatte keinen Sinn. Nicht hier und heute. Und nicht in dem Zustand, in dem er war. Das Bild des Konvois ging ihm nicht aus dem Kopf. Leute aus dem Kanzleramt. Ausgerechnet hier. Scheiße. Klar, Huren hatten Kunden. Michelle hatte Kunden. Scheiße. Er atmete tief durch, spürte die drei Biere. Er musste ein andermal mit ihr darüber sprechen.

Niedergedrückt wankte er zu seinem Wagen. Neben ihm hatten zwei schwere Limousinen geparkt. Staatskarossen, natürlich. Henrik konnte erkennen, dass in der einen ein Chauffeur saß. Das andere Fahrzeug war leer, soweit das bei den getönten Scheiben erkennbar war. Er holte seinen Schlüssel raus und entriegelte die Schlösser seines Wagens. Die Blinklichter leuchteten zweimal auf, das Licht im Inneren ging an. Er setzte sich hinein und schloss kurz die Augen. Durch die noch offene Fahrertür drang frische Luft, die ihm einerseits guttat, ihn andererseits aber unendlich müde machte. Er riss sich zusammen, öffnete die Augen wieder, zog die Tür zu, ließ den Motor an und blendete die Scheinwerfer auf. Erschrocken trat er auf die Bremse, obwohl der Wagen noch stand: Vor ihm löste sich ein Mann von der Hauswand, der in einer Nische an einem der Fenster gestanden und vielleicht hineingespäht hatte. Nun sah er zu Henrik hin, und es huschte ein kurzes Grinsen über seine Züge. Dann wandte er sich ab und setzte sich in die zweite Staatskarosse. Es war der Chauffeur von Dr. Marcus Frey, Staatsminister im Kanzleramt. Batik, dachte Henrik.

*

Die Sitzung hatte sich zum Albtraum ausgewachsen. Statt Strategien zu den Vorschlägen der Opposition zu erarbeiten, hatten sich die anwesenden Parteimitglieder gegenseitig zerfleischt. Es war nach elf Uhr, und der Vormittag konnte mit Fug und Recht als vollkommen verschwendet bezeichnet werden. Wütend verließ Natascha Eusterbeck den Konferenzraum im Bundestagsgebäude, in dem sie sich getroffen hatten. Sie wusste so schon nicht, woher sie die Zeit nehmen sollte, die sie für ihre Arbeit brauchte.

Bleicher wartete bereits mit dem Wagen draußen. Sie ließ sich auf die Rückbank fallen, schlug die Mappe mit der unerledigten Korrespondenz auf, in die Petra Reber ihr auch den Brief eines besorgten Bürgers gesteckt hatte, und begann zu lesen: »Sehr geehrte Frau Staatssekretärin Dr. Eusterbeck, wie sich immer deutlicher zeigt, wird unser Land von einer unsichtbaren Armee regiert, die im Hintergrund die Fäden zieht.« Sie stöhnte auf. Wieder einer von den Irren, die genau wussten, dass sie selbst auf die abstrusesten Verschwörungstheorien Antwort von ganz oben bekommen mussten, weil die Gesetze das so vorsahen. Wenn man nutzlose Sitzungen und sinnlose Anfragen komplett abschaffte, konnte man vermutlich das Land am Wochenende regieren und die restliche Zeit zum Angeln gehen. Sie las den Brief nicht zu Ende, sondern nahm ihr Diktiergerät und begann zu formulieren: »Schreiben an Herrn Sowieso – siehe Mappe 334/4-12 – Sehr geehrter Herr, vielen Dank für Ihr Schreiben vom … Es ist uns sehr wichtig, auf Ihr Anliegen zu antworten und Ihnen zu versichern, dass unser Land keineswegs von unsichtbaren Kräften regiert wird. Richtig ist, dass nicht alles, was in der Politik geschieht, in der Öffentlichkeit wahrnehmbar ist. Manches muss aus Gründen der Diskretion, des Personenschutzes oder auch des Staatsschutzes der Geheimhaltung unterliegen. Wenn Sie aber einmal die Seite der Bundesregierung und der einzelnen Bundesministerien sowie der großen Bundesbehörden im Internet besuchen, werden Sie feststellen, dass die Bundesrepublik Deutschland zu den transparentesten Staatswesen der Welt gehört. Darauf legen wir großen Wert. Denn die Bürgerinnen und Bürger unseres Landes haben es verdient zu erfahren, was die gewählten Volksvertreter, die Verfassungsorgane und die öffentlichen Einrichtungen in ihrem Interesse tun oder unterlassen. Sollten Sie dennoch in irgendeiner Hinsicht den Verdacht haben, dass Personen oder Institutionen außerhalb des Rechts und der Gesetze agieren, steht Ihnen selbstverständlich der Weg vor die Gerichte offen. In diesem Sinne danke ich Ihnen für Ihren Einsatz und blabla, das Übliche bitte, Petra, ja? Danke.« Sie schaltete das Diktiergerät ab und steckte es wieder in ihre Tasche. In dem Moment gab das Handy Signal, dass eine Kurznachricht eingegangen war. Die Kanzlerin. Natascha hielt den Atem an. Es war das erste Mal seit der Einladung der Alten, ins Kanzleramt zu wechseln, dass sie ihr schrieb. Sie öffnete die Nachricht:

»Können Sie bitte dem ZDF ein Interview geben? Bildungspaket. Alle anderen nicht verfügbar.«

Einen Augenblick lang hielt sie inne. Dann tippte sie: »Okay.« Fernsehinterviews hatte sie bisher nicht allzu viele gegeben, schon gar nicht für eine der Hauptnachrichtensendungen. Sie spürte, wie sich ihr Puls beschleunigte. Nachdem sie wieder ruhiger war, rief sie Petra Reber an und gab ihr die Anweisung, sich mit dem Büro der Kanzlerin und mit dem Bundespresseamt wegen des Interviews kurzzuschließen, ihr eine Zusammenfassung der Inhalte des Gesetzesbeschlusses zu besorgen und das blaue Jackett aus der Reinigung holen zu lassen. Sie wollte so seriös wie möglich aussehen. Fernsehinterviews, vor allem in den Abendnachrichten, waren normalerweise reserviert für die wirklich Wichtigen. Zu denen gehörte sie nicht. Aber ihre Wahrnehmung würde in die entsprechende Richtung gehen, wenn sie den richtigen Auftritt hinbekam.

»Herr Bleicher, ich brauche Sie heute Abend noch.«

Eine kleine Weile hing sie einfach nur ihren Gedanken nach und betrachtete, wie die Stadt draußen vorbeiglitt. Hier ganz in der Nähe hatte sie die Frau getroffen, die seit dem Gespräch im Neuen Museum nichts mehr von sich hatte hören lassen. Im Rückspiegel beobachtete Natascha ihren Chauffeur, der wie immer hoch konzentriert war. Auffällig oft fuhr sein Blick zum Rückspiegel und zu den Außenspiegeln hin. »Irgendetwas Ungewöhnliches?«

»Kann es sein, dass sich jemand übermäßig für Sie interessiert?«, fragte er zurück.

*

Das Fernsehstudio war kleiner, als Natascha erwartet hatte. Bisher war sie kaum vor der Kamera gewesen und wenn, dann im Hof der Staatskanzlei oder auf dem Parteitag auf offener Bühne. Nun also eine Schalte nach Mainz. Live vor einem Millionenpublikum. Es würde ihrem Namen guttun! Ihren

Nerven tat es nicht gut. »Noch drei Minuten, Frau Dr. Eusterbeck«, sagte der Studiomitarbeiter und zwinkerte ihr zu. Dann blieb sein Blick an ihrem Jackett haften. »Wollen Sie das vor der Kamera tragen?«

»Doch, schon«, entgegnete Natascha irritiert. »Ist etwas nicht in Ordnung damit?«

»Es ist blau. Das geht gar nicht.« Schon rief er quer durch das Studio: »Irgend einen Blauersatz? Damenoberteil?« Und zu Natascha: »Geht es auch ohne das Jackett?«

»Ich verstehe nicht, was mit dem Jackett nicht in Ordnung ist.«

»Es ist blau. Mit der Farbe sind Sie auf dem Bildschirm unsichtbar – bis auf Gesicht und Hände.« Jemand reichte ihm einen grauen Blazer. »Der hier?«

Natascha schüttelte den Kopf. Sie zog ihr Jackett aus und fuhr sich noch mal durchs Haar. »Dann muss es ohne gehen«, sagte sie und lächelte tapfer. Auch wenn das Top wenig offiziell aussah. Der Studiomitarbeiter nahm das winzige Mikrofon, das sie sich schon ans Revers geheftet hatte, ab und steckte es so an ihr Top, dass es von den über die Schulter fallenden Haaren fast verdeckt wurde. »Okay. Noch eine Minute. Ich lasse Sie jetzt allein. Wir zählen Sie dann auf den Sender.« Natascha nickte, als wüsste sie, was er meint. Dann klappte die Tür zu, und sie war allein. Allein in einem drei Quadratmeter großen Kabuff. Für einen Moment rang sie nach Luft. Ein Anflug von Panik loderte in ihr auf. Dann aber konzentrierte sie sich auf die Kamera und auf ihr Thema. Aus dem Augenwinkel sah sie den Bildschirm mit dem Moderator der bereits laufenden Nachrichtensendung. Er war in elegantes Schwarz gekleidet, das Haar wie immer perfekt, und trug den abgeklärten, leicht charmierenden Blick des Anchorman nach dem Vorbild der großen amerikanischen News-Legenden im Gesicht. Plötzlich hatte sie Angst. Angst, er würde sie mit professioneller Lässigkeit zerlegen. Angst, ihr Auftritt im ärmellosen, ausgeschnittenen Top könnte nuttig wirken. Nein, das würde er nicht. Sie hatte kaum Makeup, sie beherrschte den abgeklärten Blick der Politprofis, sie hatte alle Floskeln drauf wie ein alter Parteikärrner. Sie atmete tief durch, stellte fest, dass der Moderator die Kamera wechselte, in ihrem Blickfeld tauchte der Studiomitarbeiter auf, winkte ihr durch die Glasscheibe. »Wir sind so weit«, sagte er. »Zehn, neun, acht, sieben, sechs ...« Dann verstummte er und hielt die ausgestreckten Finger seiner Hand hoch: fünf, vier, drei, zwei, eins. Die rote Lampe an der Kamera leuchtete auf, und Natascha hörte, wie der Moderator sagte: »In Berlin ist uns jetzt zugeschaltet die parlamentarische Staatssekretärin Natascha Eusterbeck, guten Abend, Frau Eusterbeck.«

»Guten Abend, Herr Haussmann.«

»Sie haben heute das Bildungspaket mit einer Stimme Mehrheit durch den Bundestag bekommen. Das bedeutet, dass mindestens zwei Dutzend Abgeordnete Ihrer eigenen Koalition gegen die Kanzlerin gestimmt haben.«

»Vielleicht waren es ja sogar noch einige mehr, lieber Herr Haussmann. Das Interessante ist doch: Wir können sicher sagen, dass sich auch etliche Mitglieder der Opposition für unseren Vorschlag ausgesprochen haben. Bildung ist nicht nur ein entscheidendes Thema für die Zukunft unseres Landes, es ist auch ein sehr emotionales Thema. Es geht dabei um unsere Kinder. Jeder hat dazu eine Meinung, und jeder hat seine ganz persönlichen Erfahrungen gemacht. Deshalb ist es richtig, dass sich die Abgeordneten hier nicht sklavisch einem Fraktionszwang unterworfen haben, sondern nach ihrem Gewissen gestimmt haben, wie es das Grundgesetz vorsieht ...«

»Sie sagen, Bildung sei ein entscheidendes Thema für die

Zukunft unseres Landes. Ohne Ihnen zu nahe treten zu wollen, aber wir haben versucht, die Kanzlerin für ein Interview zu gewinnen oder den Bundesminister für Bildung und Wissenschaft. Beide hatten keine Zeit. Das klingt nicht danach, als wäre die Bildungspolitik zurzeit Chefsache. Kann es sein, dass man Sie vorgeschickt hat, um selbst aus der Schusslinie zu kommen?«

Natascha lächelte den Stich weg, den ihr die Frage versetzte. »Wenn es eine Schusslinie gäbe, wäre die Frage berechtigt. Allerdings ist das Gesetz beschlossene Sache, und damit fällt mir die dankbare Aufgabe zu, noch einmal darauf hinweisen zu dürfen, was für einen wichtigen Schritt wir getan haben, um Deutschland zukunftsfähig zu machen. Wir werden ...«

»Mit Verlaub, das Gesetz hat zwar den Bundestag passiert«, unterbrach sie der Nachrichtenmann erneut. »Die Experten sind sich aber einig, dass es im Bundesrat scheitern wird. Bildung ist immer noch Ländersache. Und zumindest die Kostenfrage wird, gelinde gesagt, kontrovers diskutiert.«

»Wir haben sehr klare und kluge Vorschläge zur Kostenfrage gemacht. Ich bin sicher, dass die Kolleginnen und Kollegen in den Bundesländern viel Gutes darin entdecken werden, wenn sie sie erst einmal im Detail prüfen konnten.«

»Aber das konnten sie doch schon bei ihrem ersten Anlauf für dieses Gesetz vor zwei Jahren. Im finanziellen Bereich hat sich kaum etwas geändert. Kann es sein, dass Sie diese Gesetzesinitiative, sagen wir mal, sehr optimistisch betrachten? Sie sind ja noch nicht so lange dabei.« Er sagte das nicht unfreundlich. Womöglich war es nicht einmal feindselig gemeint. Aber Natascha spürte die Worte wie einen Faustschlag in die Magengrube. Sobald er ihre persönliche Professionalität in Frage stellte, war das, als hätte er ihre Integrität in Zweifel gezogen. Sie sah förmlich die Kollegen Frey und Wende in sich hineingrinsen. Das Küken wird geschlachtet. Live in einer Schachtel von drei Quadratmetern. Im ausgeschnittenen Top. Sie besann sich auf eine ihrer ältesten Tugenden: entwaffnende Ehrlichkeit. Nur damit würde sie dieses Interview durchstehen: »Wissen Sie«, erwiderte sie und lächelte verbindlich, versuchte, durch die Kamera hindurch Sympathie für den Mann zu fassen, der sie gerade an die Klippe geschoben hatte. »Da haben Sie vielleicht recht. Und vielleicht ist das auch ein Grund, weshalb ich heute hier bin und nicht die Kanzlerin oder der Bildungsminister. Was wir brauchen, ist nicht Taktiererei und das ewig gleiche Politgeschachere. Wir brauchen frische Ideen und einen unbefangenen Blick. Ich kann die Kolleginnen und Kollegen in den Ländern nur auffordern, diesen Blick zu üben. Da bin ich gerne auch gesprächsbereit. Wenn wir über Bildung sprechen, dürfen wir uns nicht weigern, selbst zu lernen. Ich tue das Tag für Tag und hoffe, dass ich das auch noch tun werde, wenn ich nach Ihren Maßstäben ein alter Hase im Politikbetrieb bin.«

»Das ist ein sehr respektabler Wunsch«, entgegnete der Moderator, und Natascha erkannte an der Art seines Lächelns, dass er ihre Rolle in dem Interview für gut befand. Er würde sie wieder einladen, von ihr war noch einiges zu erwarten. »Dann geben wir diesen Gruß an die Politiker aus den Bundesländern gerne weiter und wünschen Ihnen und vor allem den Schülerinnen und Schülern in diesem Land, dass – egal mit welchem Gesetzentwurf – sich in den nächsten Jahren vieles zum Besseren verändern wird. Frau Staatssekretärin, vielen Dank für dieses Gespräch.«

»Ich danke Ihnen, Herr Haussmann.«

Die Lampe erlosch. Das Licht in dem kleinen Kabuff ging an. Nataschas Rücken war schweißnass. Sie holte Luft. Der Studiomitarbeiter kam rein und nahm ihr den Sender aus dem

Hosenbund, eine andere Mitarbeiterin klippste das Mikrofon von ihrer Schulter. Das alles ging so routiniert vor sich, als wäre sie irgendein Transportgut, das es auf der Reise von A nach B umzuverpacken gilt.

Draußen wartete Bleicher. Er nickte anerkennend. Natascha schenkte ihm ein Lächeln. Sie wusste, dass sie sich gut geschlagen hatte. Sie wusste aber auch, dass es beinahe schiefgegangen wäre. Im Vorbeigehen hörte sie noch jemanden sagen: »Kam ziemlich gut in dem Top.«

»Jep, mal was anderes.«

Sie flüchtete aus dem Studio und machte sich auf den Weg nach Hause.

*

David Berg machte den Ton wieder weg und blieb mit einem amüsierten Lächeln sitzen. Sie hatte sich wacker geschlagen. Er wäre ja selbst ins Studio gegangen. Aber es war ein ebenso ehernes wie ungeschriebenes Gesetz, dass die Presse den Regierungssprecher ignorierte, wo sie nur konnte. Egal, wie gut er informiert war und informieren konnte, egal, wie telegen er war und wie pointiert er formulierte. Man nahm ihn nur – und das notgedrungen – zur Kenntnis, wenn er zur Pressekonferenz einlud. Und dann suchten die Kollegen von den Medien auch bloß die Passagen aus, in denen er sich doch mal einen Versprecher leistete, schnäuzen musste oder vom Podium stolperte. Am liebsten hätten sie in ihm ein Maskottchen gesehen, das nur zur Unterhaltung im Politikbetrieb existierte. Dass er mit seinen Anregungen und Einwänden mehr Einfluss auf die Politik nahm als die meisten altgedienten Abgeordneten, mächtiger war als mancher Ausschussvorsitzende und machtpolitisch wichtiger als die Hälfte der Ressortminister, sahen sie nicht. Obwohl sie es wussten. Oder hätten wissen müssen.

David Berg war damit an sich ganz zufrieden. Sein Ego hielt es aus, die Schießbudenfigur zu geben, solange sein System funktionierte. Ob es allerdings funktionierte, das ließ sich leider immer erst im Nachhinein an den Entwicklungen ablesen.

Sein Handy klingelte. »Silvie.«

»Hallo, mein Lieber. Du bist immer noch im Büro, was?«

»Woher weißt du das denn schon wieder? Muss ich mir Sorgen machen wegen illegaler Abhöraktionen?«

»Ach David, das sind keine guten Scherze. Wir vermissen dich hier, und du machst dich in Berlin kaputt.«

»Bald seid ihr ja auch hier.«

»Davor graut mir.«

»Ich weiß, Silvie.« Er schloss die Augen und suchte nach seiner unbekümmerten Stimme. »Aber Berlin wird euch gefallen! Es ist einfach aufregend und lebhaft und ...«

»Weiß ich, Lieber. Hast du uns alles schon so oft erklärt. Aber wenn wir dann da sind, dann ist es nicht aufregend, sondern Alltag. Du wirst da in deinem Politzirkus rotieren und jeden Tag ein Abenteuer erleben. Und ich werde die Kinder zur Schule bringen und ein Jahr lang Kisten ausräumen. Und wenn ihr nicht mehr wiedergewählt werdet? Ziehen wir dann nach zwei Jahren wieder nach Düsseldorf zurück?«

»Ach Silvie. Du musst dir doch keine Sorgen machen. Erstens verlieren wir diese Wahlen nicht. Gegen wen denn? Und selbst wenn wir sie verlieren würden, als Regierungssprecher a. D. bekomme ich immer einen Job. Und besser bezahlt als den hier.«

»Ich weiß, David. Aber es fällt mir trotzdem so schwer. Ich bin ja hier schon vollkommen überfordert. Ohne dich. Und in Berlin werden wir dich auch nicht viel mehr sehen als hier – aber ich muss unser ganzes Leben neu organisieren.«

»Ich helfe dir doch, Silvie. Schau, ich könnte ja jetzt auch nach Hause gehen. Aber ihr seid nicht da. Und eigentlich habe ich ja gar kein Zuhause hier. Noch nicht.« Jetzt, endlich hatte er die Wärme in seiner Stimme wiedergefunden. Jetzt würde er seiner Frau wieder Sicherheit geben können. »Aber wenn ihr erst mal da seid …«

Sie überhörte, wie er optimistisch den Ton zum Ende hin anhob. Stattdessen hörte er sie schniefen. Dann sagte sie: »Weißt du, was Belli vorhin gesagt hat?« Isabell, seine wunderschöne elfjährige Tochter, die nur Einsen in der Schule schrieb und eines Tages Bundeskanzlerin werden wollte. »Was hat sie denn gesagt?«

»Sie hat mich gefragt: Wann kommt Papi denn mal wieder?«

»Hast du ihr gesagt, dass ich am Wochenende nach Düsseldorf komme?« Er warf einen Blick auf seinen Kalender. Am Samstag Kleine Lage zur ewigen Euro-Krise. Die Kanzlerin hatte ihn dazugebeten. »Am Samstagnachmittag bin ich da. Und dann bin ich auch wirklich nur für euch da! Gib ihr einen dicken Schmatz von mir. Und Davie auch.«

»Sie wollte wissen, wann du wieder *im Fernsehen* kommst, David.« Silvie Berg schluchzte. »So weit ist es schon gekommen. Deine eigenen Kinder betrachten dich als Fernsehstar. Nicht mehr als ihren Vater. Du bist so weit weg für sie wie irgendein Musiker oder ein Showmaster.«

David Berg schwieg. Und seine Frau schwieg. Sie schwiegen lange. Dann sagte er: »Du hast recht, Silvie. Es tut mir leid.«

*

Zu ihrer Überraschung war die Wohnung nicht kalt und leer. Henrik begrüßte sie mit einem süffisanten Grinsen und einem überraschend leidenschaftlichen Kuss. »Sind Sie die heiße Brünette aus dem Fernsehen?«

»Oh Gott, sag nicht, dass mein Top peinlich war.«

»Nie im Leben«, witzelte Henrik. »Du sorgst endlich für mehr Transparenz in der Politik. Das habe ich doch schon immer gefordert.«

Sie schnappte nach Luft und stürmte ins Badezimmer, wo sie sich vor den Spiegel stellte und von allen Seiten kritisch prüfte: Trug sie einen schwarzen BH, der durch das helle Top zu sehen war? Nein. Es war absolut nichts zu sehen. Gut, der Stil passte definitiv besser zu einem Auftritt im Strandfernsehen als in den Abendnachrichten. Aber sonst: keine unpassenden Ein- oder Durchblicke, kein Fleck, kein sonstiger Makel. Sie grinste, ging zurück ins Wohnzimmer und verpasste ihrem Mann eine sanfte Ohrfeige, ehe sie sich zu ihm setzte und fragte: »War ich gut?«

»Brillant!«

*

Das Presseclipping lag, wie jetzt jeden Morgen, auf ihrem Schreibtisch, als hätte man es mittels Lasertechnik auf die Kanten und Winkel ausgerichtet. Petra Reber war noch nicht da, es musste also der Bote des Bundespresseamtes oder einer der Hausboten so hingelegt haben. Die Mappe der Kanzlerin, dachte Natascha. Genau dieses Clipping findet sie auch vor, wenn sie an ihren Schreibtisch kommt. Irgendwie war es ein komisches Gefühl, das sie dabei empfand. Erst nach einer kleinen Weile wurde ihr bewusst, dass es das völlig ungerechtfertigte Gefühl von Macht war. Denn natürlich bekam die Kanzlerin neben diesen Informationen über den Zustand der Welt noch ganz andere Informationen – solche, die niemals auf ihren, Nataschas Schreibtisch gelangen würden. Geheimdossiers, Sicherheitsberichte, geheimdienstliche Mitteilungen, streng vertrauliche Diplomatie ...

Alles, was im Unsichtbaren wirkte und auch dortbleiben wollte.

Vorn in der Mappe lag ihr persönliches Presseclipping, also alles, was es seit gestern an neuen Veröffentlichungen über sie gab. Tatsächlich hatte sie mehr erwartet. Nach dem Interview im ZDF hätte zumindest ein Teil der Presse sie erwähnen können. Stattdessen tauchte ihr Name zwar in zwei Artikeln auf, die sich aber beide mit dem Moderator Carl Haussmann beschäftigten und – der eine lobend, der andere hämisch niederschreibend – seine Art zu interviewen behandelten. Beides allerdings nur Internetveröffentlichungen. Natürlich, für die Printausgaben war der Auftritt gestern zu spät gewesen. Wenigstens erwähnte auf diese Weise niemand ihr unpassendes Outfit.

Sie blätterte durch, was die Kanzlerin zu lesen bekam, nickte anerkennend ob der Fülle von Themen und Material, aber auch ob der Arbeit des Pressedienstes. Britta Paulus und ihr Team verstanden ihr Handwerk, das war offensichtlich. Obwohl es ein üppiges Konvolut von Artikeln, Mitschriften und Ausdrucken war, war nichts Irrelevantes dabei. Ganz hinten in der Mappe befanden sich in einer Klarsichthülle mehrere ältere Artikel und Informationen zu Finanzminister Rau, Johann Feldmann von der Nationalbank, Marcus Frey und anderen. Offenbar hatte Petra sie beim Archiv des Bundespresseamts angefragt. Auf einem Post-it stand: »Gruß, Wilh.«

Natascha legte die Mappe weg, fuhr ihren Computer hoch und holte die Mails ab. Einen Moment glaubte sie, wieder eine Drohnachricht bekommen zu haben, weil sie das Wort Prinzessin vor ihrem Auge aufschimmern sah. Doch dann war es nur ein Link, den ihr David Berg mit einem Smiley weitergeschickt hatte: »Souveräner Auftritt der Polit-Prinzessin«. Ein kleiner Beitrag in einem Politik-Blog, den ein ehemaliger

ARD-Washington-Korrespondent führte. Belanglos, aber immerhin freundlich, auch wenn solche Begriffe gefährlich waren. Zu leicht setzten sie sich in den Köpfen der Menschen fest, und man wurde sie nie wieder los. Und »Polit-Prinzessin« war sicher nicht der Stempel, den Natascha Eusterbeck haben wollte.

Sie nahm ihr Notebook heraus und startete es. Petra Reber knallte nebenan ihre Tasche auf den Tisch. »Morgen! Du bist schon da?«

»Eine muss hier ja was tun«, sagte Natascha und musterte ihre Mitarbeiterin und Freundin ironisch.

»Schon klar. Ich schäme mich auch, weil ich nach dir gekommen bin, okay?«

»Okay«, erwiderte Natascha. »Wenn du uns einen Kaffee besorgst.«

»Klar, Chef.« Sie hängte ihren Mantel weg und ging, um Kaffee zu holen. Natascha sortierte ihre Unterlagen und klickte sich in die Mails, die sie auf ihrem privaten Laptop bekommen hatte. Berufliche. Halb private. Diverse Newsletter. Zweimal Henrik. Die ZDF-Redaktion, die sich bedankte … und – als Letztes – »Die Pupille«. Also doch. Natascha hatte es geahnt. Mit klopfendem Herzen rief sie die Nachricht auf:

Von: Die Pupille
An: N.Eusterbeck@voxcom.net
Betreff:
Text: WIE WÄRE ES MAL NACKT VOR DER KAMERA, PRINZESSIN?

Petra Reber stand in der Tür. »Du siehst aber auch aus, als wenn du einen Kaffee gut brauchen könntest. Hier.« Sie stellte eine Tasse vor Natascha hin. Natascha aber stürzte hinaus auf den Flur und gegenüber in eine der Toiletten und übergab sich ins Waschbecken.

*

»Nette Nachrichten, die Sie da schreiben.«

»Haben Sie mal wieder spioniert?«

»Ich habe mich nur um meine Aufgaben gekümmert.«

»Was Sie so Ihre Aufgaben nennen.«

»Einer muss ja die Dinge im Auge behalten. Besonders jetzt.«

»Besonders jetzt? Wissen Sie etwas, was ich nicht weiß?«

»Es gibt da ein delikates Problem in der Abteilung Ihres Kollegen. Er ist mal wieder in eine Venusfalle getappt.«

»Das ist sein Problem. Er kann den Hosenstall und die Klappe nicht geschlossen halten. Wie schlimm ist es?«

»Hält sich in Grenzen. Wir haben Venus schon aus dem Verkehr gezogen.«

Die Aufzugtür öffnete sich, eine Gruppe von Mitarbeitern ergoss sich in den Flur vor der Tiefgarage. Wenige Augenblicke später war es wieder still. »Aber zurück zu unserer neuen Staatssekretärin: Sie sollten sie nicht zu sehr erschrecken.«

»Haben Sie Angst, sie wirft hin?« Ein leises Lachen. »Mir scheint fast, sie gefällt Ihnen.«

»Glauben Sie das im Ernst? Oder wollen Sie davon ablenken, dass sie Ihnen gefällt?«

Die Stille war beinahe greifbar. »Machen Sie keine schlechten Scherze. Sie wissen genau, dass sie nicht mein Typ ist. Außerdem geht Sie mein kleines Privatvergnügen überhaupt nichts an. Das bleibt unter uns, verstanden?«

»Ich bin verschwiegen wie ein Grab. Ich möchte nur, dass Sie vorsichtig sind. Solche Spielchen können böse enden.«

»Machen Sie sich darüber mal keine Sorgen. Und, ja, seien Sie verschwiegen wie ein Grab.«

»Wie ein Grab.« Erst als die Tür zuging und er allein war, ergänzte er: »Bis die Leiche exhumiert wird.«

*

Natascha klappte das Buch zu. *Der Bankier Albert Ritter*. Es war gut geschrieben und exzellent recherchiert, Berthold Hagen war ganz ohne Frage ein ausgezeichneter Journalist. Und Ritter war eine schillernde Figur seiner Zeit gewesen. Aber so widersprüchlich er auch war, so herausragend war er als Figur im Machtspiel der Brass'schen Republik. Praktisch zeitgleich mit dem Altkanzler war er in einflussreiche Positionen vorgestoßen. Und was Brass für die Politik war, war Ritter de facto für die Wirtschaft.

Was Ritter vor allen anderen Bankern und Wirtschaftskapitänen seiner Zeit auszeichnete, war offensichtlich, dass er anders denken konnte. »Er bemühte sich stets darum, nicht nur ausgetretene Pfade zu begehen, sondern neue Wege zu suchen.« So hatte es Hagen zitiert von einem engen Mitarbeiter Ritters. Natascha war nicht überrascht, dass es manchen Namen aus der Riege der ihn umgebenden Politiker gab, den sie gut kannte. Alexander Rau etwa oder Gero Mai. Aber dass sie sogar zwei der Banker persönlich kannte, die in dem Buch zitiert wurden, damit hätte sie nicht gerechnet. Johann Feldmann, einen der Nachfolger Ritters, hatte sie kürzlich kennengelernt. Und ebenso Lars von Wintersleben, der hier zitiert wurde. Der aufdringliche Möchtegern-Charmeur vom Galadiner zu Ehren Feldmanns war damals Assistent von Ritter gewesen. Schon eigenartig, wie die Dinge miteinander zusammenhingen.

Überhaupt schien ihr Wintersleben außergewöhnlich gut

vernetzt, gerade im Kanzleramt. Sie hatte nachgesehen: Er war nicht über Feldmanns Wunschzettel auf die Einladungsliste gekommen, sondern aus dem Kanzleramt eingeladen worden. Also hatte er im Hause Gönner, vielleicht Förderer. Wahrscheinlicher freilich war, dass er selbst Förderer eines der Mitarbeiter der Bundesregierung war, ein heimlicher Sponsor, der nur darauf wartete, Gefälligkeiten einfordern zu können. Natascha nahm das Notebook und tippte kurz eine Mail an ihren Mann: »Kannst du mir bitte ein paar Infos über Lars von Wintersleben, Bankhaus Schätzing, besorgen? Danke!!!«

Dann griff sie wieder zum Buch und las. Es ging um das Attentat, dem Ritter zum Opfer gefallen war. Und tatsächlich waren in dem Zusammenhang sehr viele sehr fragwürdige Dinge vorgefallen. Nur dass Hagen daraus den Schluss ableitete, es habe eine große Verschwörung gegen den Chef der Nationalbank AG gegeben, das fand sie dann doch allzu weit hergeholt. Es war ja auch kaum denkbar: Wäre es wirklich so gewesen, wie Hagen schrieb, dass nämlich der Mord nicht auf das Konto der Linksterroristen ging, sondern von den politischen Eliten eingefädelt worden war, dann säßen nicht nur die Falschen hinter Gittern, die Täter liefen immer noch frei herum. Womöglich in diesem Augenblick durch das Kanzleramt.

Sie hatte gerade weiterzulesen begonnen, da klopfte es an der Tür. Schnell steckte sie das Buch weg. »Ja?«

Es war David Berg. Und er wirkte, als hätte er durch die geschlossene Tür genau sehen können, was sie da las. »Wollte nur kurz Hallo sagen, weil ich auf der Etage war.«

»Bist du das nicht jeden Tag?«

»... und ein paar Minuten warten muss«, ergänzte Berg mit schelmischem Gesichtsausdruck.

»Verstehe. Dann komm doch rein.«

»Nur ganz kurz. Die Alte wird mich gleich empfangen.«

»Klar.« Natascha bedeutete ihm, sich hinzusetzen. »Und? Guter Tag für dich?«

»Wenn ein guter Tag ist, dass man nicht ewig tüfteln muss, um die Politik der Regierung so darzustellen, dass es nicht vollkommen falsch und trotzdem nicht gelogen ist, dann ja.«

»Wow. Gehört der Satz zu deinen Standards?«

»Eigentlich nicht. Fiel mir eben so ein.«

»Trotzdem hab ich's nicht kapiert. Bin beeindruckt.«

»Na ja«, sagte Berg und sah auf die Uhr. »Spricht eigentlich nicht für mich. Gute Journalisten zeichnet aus, dass sie komplexe Zusammenhänge einfach darstellen können. Gute Regierungssprecher auch.«

»Du warst doch bei der *Westdeutschen Allgemeinen*, richtig?«

»Ja. Warum?«

»Ach nichts, ich war mir nicht sicher. Wäre es *Die Zeit* gewesen, hätte ich dich nach einem Kollegen gefragt.«

»Vielleicht kann ich ja auch so helfen. Spätestens als Regierungssprecher lernt man sie ja fast alle kennen.«

»Der war vor deiner Zeit. Berthold Hagen.«

Natascha sah, wie David Berg einen Moment innehielt. Er musste nicht nachdenken, das war offensichtlich. Aber er antwortete mit einer winzigen Verzögerung, einer verdächtigen Verzögerung, so wie sie entsteht, wenn jemand seine Worte abwägt, ehe er sie ausspricht. »Hagen, ja«, sagte er. »Der war tatsächlich vor meiner Zeit. Aber ich kenne ihn.«

»Gut?«

»So wie man eben die großen alten Namen kennt.«

»Er war also einer der Großen?«

»Nicht sehr groß, aber doch eine wichtige Nummer bei der *Zeit* und später dann beim SFB. Warum fragst du?«

»Ach, ich lese gerade ein Buch von ihm und finde ihn eigentlich ziemlich beeindruckend. Allerdings neigt er wohl zu kruden Thesen.«

»Dazu kann ich nichts sagen. Ich weiß nur, dass er damals auf ziemlich hässliche Weise abgesägt wurde.«

»Will heißen?«

»Ach, dafür gibt es einige Beispiele. Vor allem in den mittleren und späteren Jahren von Brass war das ein beliebtes Mittel, sich an der missliebigen Presse zu rächen. Sie versetzen dich auf einen Posten ohne konkretes Profil und quälen dich mit belanglosen Aufträgen. Selbst davon bekommst du so wenige, dass dir vor Langeweile die Decke auf den Kopf fällt. Ist so eine Art journalistische Isolationshaft. Man vergisst, dich zu Konferenzen einzuladen, lässt dich zweimal mit dem Büro umziehen, bis du am Ende eines Flurs in einem finsteren Loch sitzt. Gleichzeitig gibt es Stress, wenn du nicht anwesend bist. Und sie prüfen jeden Monat deine Spesenabrechnungen und stellen dich zur Rede. Damit machen sie dich mürbe ...«

»Klingt ja wie die Verbannung aus der Fraktion«, erinnerte sich Natascha an die Mobbing-Praktiken, die Bundestagskollegen erlebten, wenn sie sich nicht dem Fraktionszwang unterwerfen wollten.

David Berg nickte. »Ist auch ähnlich. Nur dass sie dich im Bundestag bei der nächsten Abstimmung vielleicht doch brauchen und deshalb nicht ganz vernichten.«

»Während sie einen Journalisten vollkommen von der Bildfläche verschwinden lassen können, indem sie ihm kein Forum mehr bieten.«

»Richtig. Hagen war so ein Fall.«

Hagen, dachte Natascha. Der hatte sich offenbar auch zerreiben lassen zwischen Macht und Moral.

*

Natascha Eusterbeck brauchte einen Moment, um das Gesicht, das sie hinter Petras Rücken durch die Tür erblickte, einzuordnen. Eine etwas feiste Gestalt, nicht allzu groß, Walross-Schnauzer. Wilhelm. Frank Wilhelm, Chef vom Dienst drüben im Bundespresseamt. »Da würde dich gerne jemand sprechen«, sagte Petra Reber und holte Luft, doch Natascha winkte gleich ab. »Schon in Ordnung, danke. Herr Wilhelm!« Sie ging zur Tür und streckte ihm die Hand entgegen. »Was kann ich für Sie tun?«

Der untersetzte Mann sah ihr kaum in die Augen, sein Blick war unruhig, unter dem Arm trug er eine schwarze Mappe, wie sie für Clippings verwendet wurden. »Kann ich Sie vielleicht kurz unter vier Augen sprechen?«

»Aber natürlich, kommen Sie rein.« Sie schloss die Tür hinter ihm. »Was haben Sie auf dem Herzen?«

»Ich habe Ihnen etwas mitgebracht«, sagte er und sah sich um, als gelte es sicherzustellen, dass keine weiteren Zuhörer im Raum waren. »Sie hatten einen Artikel bei uns angefragt, Sie erinnern sich?«

»Aber ja. Den Beitrag, den die Kanzlerin seinerzeit in der *Welt* geschrieben hat.«

Er nickte. »Ich habe ihn hier.« Mit zitternden Fingern nahm er ihn aus der Mappe und reichte ihn ihr. Ein sauber kopiertes Blatt, nichts weiter.

»Danke schön«, sagte Natascha irritiert. »Sie hätten ihn mir wirklich nicht persönlich vorbeibringen müssen. Ich weiß gar nicht, was ich sagen soll.«

Frank Wilhelm sah sie betreten an. »Gut, dass Sie ihn telefonisch angefordert haben. Und dass wir nur eine Praktikantin am Telefon hatten.«

»Ach ja? Ich verstehe nicht ...«

Wilhelm setzte sich unaufgefordert hin. Natascha zögerte einen Moment, dann setzte sie sich zu ihm. Er rang sichtlich um Worte. Schließlich seufzte er tief und erklärte: »Sie haben in letzter Zeit einiges angefordert. Archivmaterial. Man ist auf Sie aufmerksam geworden. Jeder kennt Ihre Aufgabe hier. Und jeder fragt sich, was Sie mit diesen Artikeln wollen.« Er holte Luft. »Worauf Sie *hinauswollen*!« Ein Hustenanfall schüttelte ihn, der Mann war offenbar angeschlagen. Zu viele Jahre in der Tretmühle, zu viele Zigaretten, zu viele durchwachte Nächte. »Und jetzt auch noch dieser Artikel.«

»Also, ich weiß wirklich nicht, worauf *Sie* hinauswollen, Herr Wilhelm. Es steht mir doch frei, den Pressedienst zu nutzen, oder habe ich das falsch verstanden?«

»Nein, nein, natürlich dürfen Sie ihn nutzen. Aber es muss Ihnen doch klar sein, dass man darauf schaut, *wer* sich *was* kommen lässt.«

»Ach ja? Und was hat es mit diesem Artikel auf sich?«

»Sie wissen, wie man ihn nennt?«

»Den Artikel? Ich nehme an, man nennt ihn so, wie die Überschrift lautet.«

»Nein. Man nennt ihn *Die Bombe*. In den letzten zwanzig Jahren war kein Artikel, der in einer deutschsprachigen Zeitung erschienen ist, brisanter. Sie haben ja in letzter Zeit einiges bestellt, was irgendwie wirkte, als betrieben Sie hier Ihren eigenen kleinen Geheimdienst. Informationen über Parteikollegen, Dossiers über politische Vereinigungen, Lobbylisten und weiß der Geier was noch alles. Die haben bei uns schon Wetten laufen, wen Sie als Nächsten unter die Lupe nehmen.

Im Ernst: Man merkt, wenn jemand fachfremde Interessen entwickelt. Ich weiß nicht, was Sie da tun. Aber ich weiß, dass Sie mit diesem Artikel an den Giftschrank der Republik gehen. Glauben Sie mir, das ist hier kein Kinderspiel. Was immer Sie vorhaben, passen Sie auf. Das kann ungemütlich werden. Mit diesem Artikel …« Er tippte mit der Hand auf das Papier, das Natascha auf dem Schoß hielt. »Mit diesem Artikel sind so viele politische Morde verbunden, dass Sie auf ganz dünnes Eis geraten.«

»Sie meinen vermutlich den Königsmord an Walther Brass, ja?«, sagte Natascha so gelassen wie möglich. Ob es ihr gelang, ein Pokerface zur Schau zu stellen, wusste sie nicht. Der Ton, in dem Wilhelm sprach, seine Miene, überhaupt seine ganze leidende Erscheinung machten sie befangen. Es beschlich sie das ungute Gefühl, dass an der undurchsichtigen Warnung des Pressemannes etwas dran war. Das passte ja auch zu allem, was ihr in den zurückliegenden Monaten widerfahren war.

»Brass lebt immerhin noch«, sagte Wilhelm, und es war ihm anzusehen, dass er keinen großen Wert auf diese Tatsache legte.

»Wie meinen Sie es dann?«

»Ich meine es so, wie ich sage. Und jetzt muss ich gehen.« Er stand auf. »Wollte Ihnen das Teufelsding nur selbst geben. Zweifellos ihr bester Coup«, sagte er, und es war klar, dass er die Kanzlerin meinte. »Aber vielleicht sollten Sie Ihre speziellen Interessen in nächster Zeit anderswo befriedigen. Findet sich doch heute alles im Internet.« Er nickte ihr gutmütig zu.

»Danke«, sagte Natascha Eusterbeck. »Ich weiß es sehr zu schätzen, dass Sie sich die Mühe gemacht haben, den Artikel selbst vorbeizubringen. Und danke für den Rat.«

»Ich würde mir Vorwürfe machen, wenn Ihnen etwas zustieße.«

Sie lächelte. »Klingt das nicht ein bisschen sehr nach Verschwörungstheorie?«

»Theorien interessieren mich nicht. Ich bin ein Mann der Praxis.«

Königstein/Taunus, Herrnwaldstraße,
31.10.1989, 8:40:09 Uhr.

Irmtraud Ritter leidet seit Tagen unter starker Migräne. Die Anspannung, unter der ihr Mann steht, überträgt sich körperlich auf sie. Sie weiß, dass das irrational ist, als Ärztin kennt sie die physiologischen Zusammenhänge. Doch es ist das Mysterium der Biologie, dass der Mensch wohl imstande ist, so viele Geheimnisse des Körpers zu ergründen, dass er aber dennoch keinen Einfluss darauf nehmen kann. Nicht auf natürlichem Weg. Irmtraud Ritter hat sich ein paar Wochen lang mit Schmerzmitteln beholfen. Doch der Kopfschmerz ist wieder da. Sie steht am Fenster und trinkt in kleinen Schlucken Heilwasser, das sie in einer Karaffe auf das kleine Mahagonitischchen gestellt hat, und betrachtet nachdenklich das Telefon, mit dem sie eben erfolglos versucht hat, ihren Mann unterwegs zu erreichen. Vermutlich telefoniert er schon, er vergeudet keine Minute, in der er arbeiten kann. Und wahrscheinlich hätte er ohnehin nur gesagt: »Du bist hysterisch, Irmi. Nun lass mal gut sein, Konflikte sind dazu da, ausgetragen zu werden.«

Sie spürt, wie ihr Tränen über die Wangen laufen. Stellt das Glas beiseite. Hebt den Kopf. Glaubt für einen Augenblick, seine Stimme zu hören. Legt die Hand auf die Fensterscheibe und spürt ein leichtes Zittern. Dann kommt der Knall.

8:40:15 Uhr. Anwohner der Herrnwaldstraße, Königstein, hören ein undefinierbares Kreischen. Es wird später als der Schrei von Dr. Irmtraud Ritter identifiziert werden.

NEUN

Bad Soden lag in dichtem Nebel. Zweimal war Natascha Eusterbeck an dem kleinen, etwas zurückgesetzten Haus vorbeigefahren, beim dritten Mal endlich entdeckte sie die Einfahrt. Dass die Sicht so schlecht war, ärgerte sie und wirkte doch zugleich beruhigend: Niemand konnte sehen, wohin sie fuhr, niemand konnte sich an ihre Fersen heften, niemand würde über den Zaun schauen können, mit wem sie sprach.

Als sie läutete, hörte sie einen Hund bellen. Sie zog den Mantel enger um ihre Schultern und wartete. Nach einer Weile drückte sie noch einmal auf die Klingel. Erneut bellte der Hund. Dann hörte sie ein Geräusch aus dem Nebel, das eine ins Schloss fallende Haustür sein mochte. Und Schritte, die zögernd näher kamen. Noch ehe sie jemanden sehen konnte, hörte sie die misstrauische Stimme eines alten Mannes. »Ja? Wer ist da?«

»Natascha Eusterbeck. Herr Hagen?«

»Was wollen Sie von mir?«

»Kann ich Sie unter vier Augen sprechen?«

»Eusterbeck? Sie sind aber nicht das neue Mädchen aus dem Kanzleramt?«

»Sie sind gut informiert, Herr Hagen«, erwiderte Natascha, die sich spontan entschlossen hatte, den chauvinistischen Grundton, der in dieser Beschreibung lag, nicht zur Kenntnis zu nehmen.

»Was wollen Sie von mir?«

»Ich …« Sie zögerte. Was, wenn es gar nicht Hagen war, der da im Nebel vor ihr stand, unsichtbar und vermutlich mit einem Hund bewaffnet? Dann schüttelte sie den Kopf. Das war doch paranoid. »Ich habe Ihr Buch gelesen.« Aber war es nicht allein schon paranoid, überhaupt hier zu sein? »Und ich habe mit David Berg über Sie gesprochen. Es geht um die Geschehnisse, derentwegen Sie … Oder vielmehr um die Behauptungen …« Sie hörte ein leises, zynisches Lachen. »Ja, die Behauptungen, nicht wahr?« Einen Augenblick schwieg er. Dann trat er plötzlich aus der dichten weißen Wand vor ihr. Klein. Schmal. Aber mit blitzenden, wachen Augen, mit denen er sie über den Rand seiner halbkreisförmigen Brille musterte. »Besser, wir besprechen das im Haus.« Er ließ den Hund von der Leine und gab ihm ein Zeichen, zum Haus zu laufen, was das Tier sogleich tat. Dann drückte er einen Knopf innen an der Gartentür, worauf das Schloss summte und Natascha die Tür aufdrücken konnte. »Danke«, sagte sie. »Das ist sehr liebenswürdig von Ihnen.« Sie reichte ihm die Hand und stellte fest, dass er fast nur aus Knochen zu bestehen schien. Erschrocken zog sie die Hand wieder zurück, ehe sie begriff, wie unschön das auf ihn wirken musste. Er aber lächelte nur müde und nickte mit dem Kopf in die Richtung, in der das Haus gelegen sein musste. »Besser, Sie bleiben nah bei mir. Sonst verlaufen Sie sich in dieser Brühe noch.«

Er ging vor, alt und verbraucht. Und doch hatte seine Haltung etwas Nobles. Berthold Hagen war ein altmodischer Mann, aber er war kein Mann von gestern. Er öffnete die Tür und ließ Natascha vorgehen. Drinnen beeilte er sich, alle Schlösser wieder fest zu verriegeln – und es gab einige davon. »Gehen wir in mein Arbeitszimmer.« Er deutete auf eine Treppe. Natascha ging wieder vor. »Gleich hier links.« Sie trat durch die geöffnete Tür einer sehr penibel gepflegten

Bibliothek, deren Wände bis unter die Decke mit Büchern und Ordnern gefüllt waren. Unter dem Fenster stand ein Schreibtisch. Daneben zwei kleine Sessel. Es sah ganz ähnlich aus wie ihr Arbeitszimmer am Valmensee. Nur heller, freundlicher. »Bitte nehmen Sie Platz.«

Hagen bot ihr nichts an und hielt sich nicht mit Förmlichkeiten auf. »Sie haben also herausgefunden, was alle anderen längst wissen? Und nun? Möchten Sie es von mir bestätigt haben? Oder soll ich die Tatsachen zum Gerücht erklären?«

»Herr Hagen. Zuerst einmal muss ich Ihnen sagen, dass ich ganz allein im eigenen Interesse hier bin. Niemand hat mich geschickt. Und ich habe übrigens auch niemandem erzählt, dass ich zu Ihnen fahre.«

Hagen sah Natascha an wie eine Tochter, die plötzlich erfährt, dass es den Weihnachtsmann nicht gibt. »Sie meinen, niemand weiß, dass Sie hier sind?«

»Richtig.«

»Und das glauben Sie wirklich?«

Natascha hob die Hände. »Selbst wenn mir jemand gefolgt wäre – bei dem Nebel ...«

Der alte Mann schüttelte den Kopf. »Ich frage mich, ob Sie so naiv sind oder ob Sie bloß möchten, dass ich das denke. Aber Letzteres kann ich mir schwer vorstellen: Das würde ja bedeuten, dass Sie mich Ihrerseits für naiv halten.«

Natürlich. Er hatte recht. Und Natascha wusste es. In dem Augenblick, da er es sagte, war es ihr plötzlich auch klar: Wenn die Geschichte stimmte, dann wurde Hagen überwacht. Während sie hier saßen, checkte vermutlich draußen jemand ihr Auto. Sie blickte unwillkürlich zum Fenster: weiß. Jetzt war der Segen des Nebels mit einem Mal ein Fluch. »Sie werden überwacht«, flüsterte sie.

»Natürlich«, sagte Hagen und nahm seine Brille ab. »Sie doch auch.«

*

»Und Sie sind also die Neue«, sagte der schlanke Mann und setzte sich ungefragt mit seinem Luxusanzughintern auf Petra Rebers Schreibtisch, um ihr gleichermaßen unverschämt auf die Unterlagen und in den Ausschnitt zu starren. An seinem rechten Handgelenk blitzte eine Rolex über die Designermanschetten, der ganze Mann roch wie ein Showroom von Armani.

»Sie dürfen mich gerne Frau Reber nennen, Herr Staatssekretär.«

Amüsiert zog Marcus Frey eine Augenbraue hoch und hob den Blick zu ihrem Gesicht. Ein Flackern glitt über seine Lider. »Frau Reber also«, sagte er und nahm seinen Hintern vom Tisch, um einige Schritte durch das Büro zu tun. Gegenüber dem Schreibtisch blieb er stehen und betrachtete einen Druck von Feininger, den Petra Reber aus dem Wahlkreisbüro mitgebracht hatte. »Hübsch, sehr hübsch.« Er drehte sich wieder zu ihr um. »Frau Eusterbeck ist nicht da?«

»Leider nein. Mittagessen mit dem Fraktionsgeschäftsführer.«

»Tja, da habe ich wohl Pech gehabt.« Statt jedoch zu gehen, setzte er sich auf einen der Besuchersessel und faltete die Hände vor den Mund. »Wie ist sie so?«

»Frau Eusterbeck? Ich denke, da sollten Sie sich Ihr eigenes Urteil bilden.«

»Natürlich. Das werde ich.« Er lächelte, durchbohrte Petra Reber aber gleichzeitig mit seinem kalten Blick. »Das habe ich längst. Ich kenne Ihre Chefin ja schon länger.«

»Verstehe.« Petra Reber spürte, wie der Mann sie aggressiv machte. Sie hatte etwas gegen Typen, die sich für unwiderstehlich und unübertrefflich hielten. Für Frey galt ganz offensichtlich beides. »Kann ich sonst noch etwas für Sie tun?«

Dr. Marcus Frey machte keine Anstalten aufzustehen. »Herrn Eusterbeck sieht man neuerdings auch öfter hier«, stellte er fest. »Arbeiten die beiden oft zusammen?«

»Tut mir leid, das müssen Sie Frau Eusterbeck fragen. Ich bin nicht dabei, wenn sie im Büro sind.« Sie wies zu der Tür, hinter der Nataschas Zimmer lag. Frey nickte. »Arbeiten Sie schon lange für sie?«

»Sechs Jahre.«

»Das ist in der Politik eine lange Zeit. Sie vertraut Ihnen.«

»Das beruht auf Gegenseitigkeit.«

Frey nickte langsam und warf ihr einen anerkennenden Blick zu. »Sie sind loyal. Mehr sogar als nötig. Ich bin beeindruckt.«

»Falls das ein Kompliment gewesen sein soll: danke. Aber ich versuche einfach nur, meine Sache gut zu machen und anzuerkennen, was andere Menschen tun.«

»Schon mal überlegt, selbst in die Politik zu gehen?«, fragte Frey, der mit einem Mal sichtlich amüsiert schien.

»Ich denke nicht, dass ich mit diesen Qualitäten in der Politik große Chancen hätte.«

Frey lachte laut auf und schwang sich aus dem Sessel. »Sie gefallen mir, Frau Reber. Wenn Sie ihr mal nicht mehr die Treue halten, melden Sie sich bei mir. Ich habe immer Bedarf an solchen Mitarbeiterinnen.« Unvermittelt hatte sein Blick etwas Lauerndes angenommen. »Ich rate Ihnen trotzdem, es mit der Loyalität nicht zu weit zu treiben. Ihre Chefin ist dabei, sich reichlich unbeliebt zu machen. So was kann ansteckend wirken, wenn Sie verstehen, was ich meine.«

»Ehrlich gesagt habe ich keinen blassen Schimmer, was Sie damit sagen wollen.«

Er beugte sich zu ihr und senkte die Stimme. »Frau Eusterbeck arbeitet hart am Rand ihrer Kompetenzen, sehr hart. Sie interessiert sich für Dinge, die sie nichts angehen. Persönliche Dinge. Privates. Sie sollte sich mehr auf ihre Aufgaben konzentrieren und weniger auf ihre Schnüffeleien.«

»Wirklich, ich ...«

»Sie wissen sehr gut, worauf ich hinauswill.« Er ging grußlos aus dem Büro. Petra Reber atmete auf. Die Anwesenheit dieses Mannes hatte sie geradezu körperlich bedrückt. Ja, sie wusste, worauf er hinausgewollt hatte. Natascha forschte in Kreisen, die sie besser nicht stören sollte. Und irgendwie hatte Petra Reber das Gefühl, dass auch die verschwundene Prostituierte damit zu tun hatte. Sie griff zum Telefon, um Natascha anzurufen, da merkte sie, dass Frey immer noch an der Tür stand. Er sah auf sie herab und flüsterte: »Sie können sich auch sonst jederzeit bei mir melden.« Dann zwinkerte er ihr zu und war weg. Endlich.

*

Offenbar hatte Hagen Vertrauen gefasst. Nachdem ihm Natascha Eusterbeck ihre Version der Dinge dargelegt hatte, saß er eine Weile schweigsam da und starrte in den Nebel vor dem Fenster. Dann griff er nach einem Ordner, der auf seinem Schreibtisch lag, als würde er sich immer noch und immerzu mit der Sache befassen, und reichte ihn ihr. »Bitte. Sehen Sie sich gerne meine Recherchen an. Ich kann das alles bestätigen.«

Natascha nahm den Ordner mit feuchten Händen und schlug ihn auf. »Was können Sie alles bestätigen?«

»Ihre Thesen. Dass Ritter nicht von der RAF ermordet wurde. Dass die verurteilten Mörder vielleicht Mörder sind, aber sicher nicht die von Ritter. Dass es kein Zufall ist, dass die

Leibwache nicht eingegriffen hat. Dass das Bekennerschreiben gefälscht war und der Anruf von der RAF eine billige und vor allem stümperhafte Trittbrettaktion. Alles das. Ich habe das schon vor fünfzehn Jahren gesagt. Aber das wissen Sie ja, sonst wären Sie nicht hier.« Er deutete auf die Artikel, die Kopien von Briefen und Untersuchungsakten, die Dokumente, auf denen der Stempel »Geheim« prangte. Auf die Abschriften seiner Interviews, auf Seiten um Seiten handschriftlicher Notizen, die in dem Ordner abgelegt waren. »Steht alles da drin. Und in den anderen Akten zu dem Vorgang.« Hagen deutete auf eine Reihe von Ordnern, die penibel in Reih und Glied ein Regalbrett fast vollständig füllten und mit »R1« bis »R11« beschriftet waren. Sie warf einen Blick auf den Rücken ihres Ordners. »R12«. Klar. Er arbeitete immer noch an der Sache. Für einen Augenblick fragte sich Natascha, ob ein Mann, der fünfzehn Jahre lang mit solcher Akribie und solcher Rücksichtslosigkeit gegen sich selbst einen Mordfall untersucht, nicht verrückt sein musste. Hagen hatte sogar seine Karriere, seine bürgerliche Existenz geopfert. »Sie waren mal ein sehr geachteter Journalist«, sagte sie, fast ein wenig erschrocken über die Härte, die in dieser Feststellung lag. Hagen nickte. »Ja. War ich. Das ist vorbei. Auch wenn ich am Ende recht behalte und selbst wenn heute niemand mehr ernsthaft bestreitet, dass zumindest an meinen Fragen einiges dran ist, wird sich daran nichts mehr ändern. Und was die Antworten betrifft, so kann ich nur hoffen, dass das wenigstens mal in den Geschichtsbüchern nicht mehr nach Staatsräson, sondern nach dem Wahrheitsgehalt beantwortet werden wird.«

»In den Geschichtsbüchern. Meinen Sie denn, dass die Angelegenheit so groß ist, dass sie da mal reinkommen wird?«

Hagen lächelte hintersinnig. »Je länger das Dilemma andauert, in dem die europäischen Regierungen stecken, weil die

Wirtschaft nicht mehr in Schwung kommt, umso mehr glaube ich das.«

»Das müssen Sie mir erklären.«

Wieder schwieg Hagen eine Weile. Dann schüttelte er den Kopf. »Nein. Das müssen Sie schon selbst herausfinden. Ich sage nur: Das Problem ist heute nicht sehr viel anders als damals. Es wird ja immer behauptet, Ritter sei ermordet worden, weil er den Vorständen und Aufsichtsräten der Nationalbank nicht mehr ins Kalkül passte. Ehrlicherweise muss ich zugeben, dass das auch meine langjährige These war. Es passte auch zu schön: Spitzenbanker entdeckt sein Gewissen, pinkelt seinen Kollegen ans Bein, und sie sorgen dafür, dass er keinen Ärger mehr macht, indem sie ihn abschaffen.«

»Sie haben die Geheimdienste dafür verantwortlich gemacht«, warf Natascha ein.

»Aber ja. Genau genommen bin ich noch weiter gegangen. Ich habe nach der Verantwortung gefragt und festgestellt, dass ein solches Mordkomplott nur von ganz oben diktiert worden sein konnte.«

»Vom Bundeskanzler?«

»Warum nicht? Wäre das so völlig undenkbar?« Er hob die Hände. »Aber das steht zu der These der mordenden Banker doch überhaupt nicht im Widerspruch. Die waren alle dicke damals. Der Kanzler, sein Minister, der Geheimdienstkoordinator, der Verfassungsschutz und die Nationalbanker. Bis auf Ritter. Der hat immer Abstand gehalten.«

»Er hat den Kanzler beraten!«

»Stimmt. Aber er hat nicht gesagt, was der Alte hören wollte, sondern was er dachte. Das hat ihm der Alte übel genommen.«

»Verstehe.« Natascha blätterte in den Unterlagen, ohne ein System darin erkennen zu können. »Aber was ich nicht verstehe, ist, weshalb Sie dann jetzt offenbar anderer Ansicht sind.«

»Das bin ich gar nicht«, erklärte Hagen. »Es war nur die Fragestellung falsch.«

»Sie verwirren mich, Herr Hagen.«

»Das ist nicht meine Absicht. Ich sage nur, die interessante Frage ist keineswegs die nach der Verantwortung.«

»Sondern?«

»Die entscheidende Frage ist die nach dem Motiv. Und da können Sie aus der Gegenwart einige spannende Parallelen ziehen. Ich sage nur Schuldenkrise. Wenn Sie sich jemals gewundert haben, weshalb niemand offensiv für einen Schuldenschnitt eintritt, der das Problem ein für alle Mal lösen würde, dann denken Sie daran, was mit Ritter passiert ist.« Hagen erhob sich. Er setzte seine Brille wieder auf, streckte die Hand aus, um Natascha den Ordner abzunehmen. »Ich weiß es sehr zu schätzen, dass Sie mich besucht haben«, sagte er und ging voraus. »Das war mutig von Ihnen, auch wenn es vielleicht nicht klug war.« Dann führte er Natascha Eusterbeck die Treppe hinunter und brachte sie zur Gartentür, wo er ihr wortlos winkte, um dann so geheimnisvoll, wie er aufgetaucht war, wieder im Nebel zu verschwinden. Natascha fröstelte. Sie hatte das ungute Gefühl, dem Mann kein Glück gebracht zu haben.

Als sie sich umdrehte, hörte sie Schritte, die sich rasch entfernten. Sehen konnte sie nichts.

*

Henrik hatte seine Hausaufgaben gemacht. Für Natascha ein Dossier über Lars von Wintersleben …

Vater Literaturwissenschaftler, Mutter Sopranistin. Nach dem Studium der Medizin (Fachrichtung Radiologie; zwei Jahre Assistenzarzt an der Berliner Charité) wechselte Wintersleben in die Finanzbranche. Als Assistent von Nationalbank-Chef Alfred Ritter arbeitete er an einem neuen Konzept der Großbank mit und spielte für seinen Vorgesetzten den Geheimdiplomaten in der Abstimmung mit den Vorständen anderer Geldinstitute. Nach Ritters Tod Wechsel zur State Street Bank (1990) und zu Benson Tides (1993). Seit 1998 Vorstand des Bankhauses Schätzing, seit 2001 Vorstandsvorsitzender. Seit seiner Zeit bei Benson Tides (wo er Partner war) spezialisiert auf Firmenübernahmen und Fusionen. Dabei gilt er als besonders aggressiver Marktteilnehmer. Mehrfach wurde er angegriffen, weil er Mitbewerbern »Deals geklaut« haben soll. Gilt als »bestvernetzter Manager« in Deutschland und als Urheber mehrerer spektakulärer Firmenübernahmen. Sitzt in mehreren Aufsichtsräten. Teilhaber u.a. bei Krieger & Partner (Anwalts- und Wirtschaftsprüfungsgesellschaft), Zuger Bank AG. Bemerkenswert seine Aussagen zur gesellschaftlichen Verantwortung der Finanzbranche: »Banker und Börsianer sind keine Wohlfahrtsverbände.« – »Wir arbeiten nicht für andere, sondern für uns.« – »Vom Parkett sollte sich fernhalten, wer nicht tanzen kann.« – »Geld gehört nicht in die Hände von Menschen, die nicht damit umgehen können.«

Offenbar ein besonderer Widerling. Henrik Eusterbeck wunderte sich immer wieder, mit welcher Selbstverständlichkeit Natascha – ja, und auch er – inzwischen in Kreisen verkehrten, die sie früher verachtet und über die sie sich vor gar nicht langer Zeit zumindest noch lustig gemacht hatten. Ein paar Dutzend Mails im Eingang. Darunter etliche, die mit seinen Recherchen zu tun hatten. Der Verwaltungschef des Kanzleramts, Traub, hatte ihm einige Strukturpläne geschickt, läppisches Zeug, das sich jeder aus dem Internet herunterladen konnte. Vom Sicherheitschef hatte er einige konkrete – und zugleich ausweichende – Antworten auf diverse Sicherheitsfragen zum Intranet des Kanzleramts bekommen. Offenbar traute Jäger Henriks Verschlüsselung nicht. Vielleicht ja zu Recht. Da war noch einiges möglich. Und eine Mail mit unbekanntem Absender: »Es gibt keine Spur. Sie leben gefährlich.«

Es gibt keine Spur wohin, dachte Henrik. Etwas, das ohne Spur war, blieb spurlos. Spurlos wie das Verschwinden jener Frau, die auf dem Foto mit Michelle abgebildet war. Aber wer konnte davon wissen, dass er sie suchte? Er erinnerte sich an die SMS, mit der ihm jemand eine unmissverständliche Warnung geschickt hatte, als er in ihrer Wohnung war. Konnte irgendjemand ahnen, dass Natascha immer noch nach ihr forschte? Henrik klappte das Notebook zu und schloss die Augen. Natürlich war es möglich, dass Natascha verfolgt worden war, als sie in dieser Hilfseinrichtung für Huren gewesen war. Vielleicht war auch Petra Reber unvorsichtig gewesen, als sie sich in der Schule nach dem Mädchen erkundigt hatte. Oder aber … Der Verdacht kroch wie ein eisiges Reptil in seine Eingeweide. Warum bloß hatte er daran noch nicht gedacht?

*

Sie parkte vor dem Haus, obwohl sie im Halteverbot stand. Doch die Streifen in den Hackeschen Höfen kannten ihr Kennzeichen und wussten, dass sie ihr als Abgeordneter des Deutschen Bundestags kein Knöllchen geben durften. Um in die Tiefgarage zu fahren, dafür fehlten ihr jetzt die Nerven. Es war schon spätabends, und auf den Straßen wurde es ruhiger. Auf der anderen Straßenseite parkte in geringer Entfernung ein Wagen, in dem jemand saß. Sie konnte seine Umrisse deutlich erkennen. Mit einem Gefühl der Beklemmung öffnete sie die Haustür und drückte sie schnell wieder hinter sich ins Schloss. Dann erst machte sie Licht und holte den Aufzug. Sie musste an den Artikel denken, den Wilhelm ihr besorgt hatte. *Aber Walther Brass wird besser verstehen als alle anderen, wie nötig es ist.* Schmerzhafte Schnitte und Leiden. Als sich die Aufzugtür vor ihren Augen schloss, hatte sie das Gefühl, als drücke ihr jemand die Kehle zu. Sie atmete tief durch und versuchte, ruhig zu bleiben. Sie hätte die Treppe nehmen sollen. Es waren nur die Füße. Nach einem langen Tag in den Pumps taten sie ihr einfach zu weh, um noch nach oben zu laufen.

Als sie aus dem Lift stieg, erlosch das Licht im Treppenhaus, und sie stand im Dunkeln. Sie lauschte. Es war alles ruhig. Nur aus der Wohnung drang leise Musik. Henry war noch wach. Sie war so erleichtert, dass sie ganz schwache Beine bekam. Mit zitternden Fingern sperrte sie auf. Die Wohnung war hell erleuchtet. Und hier drinnen war die Musik erstaunlich laut. Zu laut für diese Uhrzeit. Außerdem war es eine seltsame Kakophonie, aus der immer wieder Sequenzen herausblitzten, die sie zu kennen glaubte. Sie streifte ihre Schuhe ab und ging ins Wohnzimmer, das aber leer war. Jazz, laut. Auch im Schlafzimmer war niemand. Beethoven, noch lauter. Und auch im Arbeitszimmer war Henrik Eusterbeck nicht zu finden. Radiomusik, eindeutig zu laut. Als sie die Tür zum Badezimmer aufstieß, aus dem ebenfalls Jazz tönte, hätte sie beinahe einen Schrei ausgestoßen. Ein Paar Beine ragte ihr entgegen, eindeutig die Beine von Henry. Er lag lang ausgestreckt auf dem Boden, den Kopf unter dem Waschbecken. »Henry!«, entfuhr es ihr, und sie tat zwei schnelle Schritte auf ihn zu.

Doch dann löste sich die Erstarrung, und der am Boden Liegende richtete sich auf und sah sie mit ernstem Blick an. »Henry, was ist los?«

Henrik Eusterbeck legte einen Finger auf seine Lippen und einen auf Nataschas. Dann stand er auf und führte sie an der Hand ins Arbeitszimmer. Ein Block und ein Bleistift lagen auf dem Schreibtisch, unberührt. Er nahm den Stift und schrieb: »Wir werden abgehört.« Plötzlich schwieg das Radio. Dann die Ansage: »Freitag, der 13. November. Es ist 0:00 Uhr.«

*

Die Nacht war kalt. Es war zu spät, um noch in ein Restaurant zu gehen. Und in einer Bar wäre es zu laut gewesen. Zuerst hatten sie überlegt, sich einfach ins Auto zu setzen. Doch dann war ihnen klar geworden, dass auch der Wagen verwanzt sein konnte. Also gingen sie durch das nächtliche Berlin. Sie gingen die Rosenthaler Straße nordwärts, in der Münzstraße schlug ihnen eisiger Ostwind entgegen. Schließlich tauchte an der Ecke zur Luxemburgstraße ein Hotel vor ihnen auf, in seiner Lichterpracht verheißungsvoll wie ein Weihnachtsabend. Bis hier waren sie schweigend gegangen, ein jeder mit seinen Gedanken beschäftigt. Ebenso schweigend kamen sie überein, dass sie sich dort in die Lobby setzen würden. Also traten sie ein. Als sich die Tür hinter ihnen schloss, hatte Natascha das Gefühl, als hätte die Nacht sie doch noch schützend in den Arm genommen.

Henrik Eusterbeck ging an die Bar und bestellte zwei Gläser Glühwein. Als er zu Natascha zurückkam, sah er, dass sie geweint hatte. Sie stierte vor sich hin und schniefte wie ein Kind. Er setzte sich neben sie und legte ihr etwas unbeholfen von Sessel zu Sessel den Arm um die Schultern. »Es wird alles gut, Natti.«

Sie zitterte. Es dauerte eine Weile, ehe sie etwas sagte. »Wer hört uns ab, Henry?«

»Ich weiß es nicht, Natti.«

Sie atmete schwer. »Es ist wegen dieser blödsinnigen Aufgabe.« Sie wischte sich mit dem Handrücken über die Nase. »Wegen der *inoffiziellen.*«

Henrik nickte. »Vermutlich hast du recht. Die Frage ist: Gehört das zum Auftrag – abzusichern, dass die Spionin nicht auf dumme Gedanken kommt oder für die Falschen arbeitet. Oder soll es den Auftrag vereiteln – indem es deine Arbeit torpediert.«

»Oder möchte jemand von unseren Erkenntnissen profitieren?«, murmelte Natascha.

»Oder hat jemand Angst, dass wir hinter sein Geheimnis kommen?«, ergänzte Henrik die Liste.

Sie saßen einige Zeit stumm da und sahen durch die großen Fenster zur Straße hinaus, wo sich die Lichter Berlins vielfach spiegelten. Schließlich kam der Glühwein, Henrik nickte dem Kellner zu, schälte sich endlich aus seinem Mantel und stieß mit Nataschas Glas, das sie nicht berührte, an. »Auf deine Feinde«, sagte er. »Mögen sie sich verraten, wo sie auch sind und was sie auch tun.«

Natascha sah ihn mit zweifelndem Blick an.

»Natürlich«, erklärte er. »Wir wissen jetzt, dass sie uns abhören. Es sind Stümper. Wir sind jetzt im Vorteil.«

»Woher weißt du eigentlich, dass wir abgehört werden?«

»Es war zuerst nur ein Verdacht. Diese Mail ...«

»Mail?«

»Jemand hat mich geblackmailed.«

»Jemand?«

»Offenbar dieselben, die mir eine SMS geschickt haben, als ich in der Wohnung dieser Frau war. Ich habe mich gefragt, woher sie wissen, dass du der Sache noch nachgehst.«

Natascha umfasste mit beiden Händen den Glühwein, doch es schien keine Wärme in sie dringen zu können. »Weil ich dich angerufen habe. Sie haben mein Handy abgehört«, flüsterte sie.

»Ja. Nach Petras Besuch in dieser Schule hast du mit ihr

telefoniert. Und du warst nicht die Einzige, die ihr Ohr am Hörer hatte. Das war auf einmal sonnenklar. Also bin ich nach Hause und habe mal einen anderen Blick auf die Dinge geworfen.«

»Kannst du denn an einem Telefon erkennen, ob es verwanzt ist?«

Henrik kniff die Augen zusammen, als würde er es ganz genau vor sich sehen. »Diese Dinge sind unglaublich klein. Aber man erkennt sie eben doch. Winzige Sender, die zusätzlich zu den Bauteilen des Telefons auf die Schaltplatte geklemmt sind.«

Natascha nickte. Woher Henrik das wusste? Egal, er war eben ein technisches Talent. Etwas, das sie an ihm bewunderte, gerade weil sie nichts davon verstand. »Ich vermute, wir können nicht herausfinden, wohin diese Wanzen senden?«

Henrik schüttelte den Kopf. »Leider nein. Keine Ahnung, ob die Polizei das rausfinden könnte. Aber es wäre vermutlich nicht sehr clever, wenn wir die fragen?«

»Mit Sicherheit nicht. Die Wahrscheinlichkeit, dass es *Freunde* sind, die uns abhören, ist einfach zu groß. Sie haben immerhin die besten Möglichkeiten von allen.«

»Mit anderen Worten: Wir können niemandem mehr trauen.«

»Niemandem. Das ist das einzig Verlässliche.« Natascha seufzte und nahm ihren Glühwein. »Gott sei Dank haben wir uns«, sagte sie mit der zärtlichen Stimme müder Verzweiflung. Und sie erinnerte sich daran, wie die Kanzlerin ihr klargemacht hatte, wie wichtig es für sie sein würde, einen Vertrauten zu haben. Gott, hatte sie recht gehabt.

Plötzlich kam ihr ein schrecklicher Verdacht. »Wenn sie uns schon länger abhören, Henry …«

»Ja?«

»Könnte es dann nicht sein, dass das Verschwinden dieser Frau mit uns zu tun hat?«

»Wieso sollte es? Die interessieren sich doch nicht für …« Das Bild von Raus Chauffeur im Bordell kam ihm wieder in den Sinn. »Du meinst, sie hatte Kunden …«

Natascha sah ihm tief in die Augen. Er konnte den Horror erkennen, der in diesem Blick eingefangen war. »Sie wollte auspacken, Henry.«

Henrik Eusterbeck sog die Luft scharf ein. »Und wir haben die falschen Leute darauf aufmerksam gemacht.«

»Ja. Ich selbst habe Frey ihre Handynummer gegeben und ihn gebeten, die Adresse zu recherchieren.«

»Und was tun wir jetzt?«, fragte Henrik.

Eine Weile schwieg Natscha Eusterbeck. Dann sagte sie mit fester Stimme: »Zuallererst tun wir so, als wüssten wir nichts. Sollen sie uns ruhig zuhören. Was wir diskret zu besprechen haben, das besprechen wir nicht mehr zu Hause. So leid es mir tut, wir werden wohl bis auf weiteres in unseren eigenen vier Wänden nur noch wie Schauspieler leben …«

Henrik nickte. »Das müssen wir wohl. Vielleicht finden wir ja noch heraus, wer uns da angezapft hat. Irgendwann verrät sich jemand, da bin ich sicher.«

»Und bis dahin?«

»Bis dahin, mein Liebling, muss ich noch sorgfältiger hinterfragen, wer im Kanzleramt mit wem unter einer Decke steckt. Und wir werden uns nicht unser Leben zerstören lassen.«

*

Geheimdienste. Natascha lag im Bett und wagte kaum zu atmen. Es schauderte sie, wenn sie daran dachte, dass in diesem Augenblick irgendjemand an irgendeinem geheimen Ort saß und sie überwachte, auf jede ihrer Lebensregungen lauschte.

Vielleicht liefen auch nur Bänder, vielleicht sprang die Aufnahme nur an, wenn ein bestimmtes Wort ausgesprochen wurde. Wenn sie zum Beispiel »geheim« sagte. Oder »vertraulich«. Es gab diese Programme, und sie wurden von den Diensten genutzt. Sie fragte sich, ob es auch Kameras gab. Doch die hätte sie immerhin irgendwo entdecken müssen. Kameras waren darauf angewiesen, freie Sicht zu haben. Also herrschte auch freie Sicht auf sie. Nachdem sie von ihrem nächtlichen Ausflug in die Diskretion der Öffentlichkeit zurückgekommen waren, hatte Natascha sich in der ganzen Wohnung umgesehen, hatte den Blick über die Decken und Wände, die Möbel, die Fußbodenleisten, die Lampen und Armaturen in Küche und Bad, die Heizungen, Thermostate, Rollläden und sonstigen Einbauten gleiten lassen. Doch da war nichts. Kein noch so winziger verdächtiger Fleck, kein Loch, keine spiegelnde Stelle. Sie hatte jeden Millimeter der Wohnung abgesucht, jede Vertiefung, jeden Spalt, jede Öffnung. Nein, offenbar hörten sie nur zu, wer auch immer *sie* waren. Aber sie schauten nicht zu. Und doch fühlte Natascha sich nackt. Nackt und gedemütigt. Es war, als wäre selbst die Luft, die sie umgab, schmutzig und böse.

Bonn, Bad Godesberg. Bundeskanzleramt.
Büro des Bundeskanzlers. 31.10.1989, 8:40:09 Uhr.

Schweigen. Dr. Walther Brass ist allein. Er beobachtet den Zeiger seiner Uhr. Wie jeden Morgen hat Frau Meyer sie überprüft. Genau wie eine Atomuhr, geht es Brass durch den Sinn. Ihm fällt auf, dass er den Atem angehalten hat. Er steht auf, geht um seinen Schreibtisch herum, tritt ans Fenster und blickt auf die monströse Figur, die wie ein metallenes Mahnmal im Garten liegt. In der Mitte klafft ein Loch. Brass bleibt mehrere Minuten reglos stehen.

8:44:15 Uhr. Am Tor fährt eine dunkle Limousine vor.

ZEHN

Die SMS erreichte Natascha Eusterbeck, als sie in Frankfurt landete. Krisengipfel. Wieder einmal. Eigentlich war das nicht ihre Baustelle. Aber da Dr. Frey wegen der Vorbereitungen der Sicherheitskonferenz in München unabkömmlich und vor allem Stephanie Wende zu geheimen bilateralen Verhandlungen in Moskau war, musste sie den Tross des Kanzleramtsministers aufstocken. Präsenz, und zwar Präsenz in der nötigen politischen Hierarchie, war bei solchen Treffen ein Wert an sich. Ganze Stäbe kümmerten sich darum, dass keine Delegation durch Unter- oder Überrepräsentiertheit auffiel oder eine unpassende Besetzung vorstellte.

Die Konferenz fand in einem der Bürotürme im Bankenviertel statt. Zweifellos würde sie – wie alle diese Konferenzen – bis spät in der Nacht andauern. Fachidioten würden die sonstigen Teilnehmer unablässig als Idioten vorführen, Armleuchter, die sich nicht entblödeten, sich in die schwindelnden Höhen der Finanzakrobatik vorzuwagen. Natascha wusste, dass die Banker sie und ihre Kollegen aus der Politik »arithmetische Zwerge« nannten. Vermutlich wetteten sie längst nicht nur auf Derivate, sondern auch schon auf die Restlaufzeiten ihrer Gesprächspartner. Natascha Eusterbeck war froh, wenig mit den Euro-Zombies zu tun zu haben, die die Banken, die Notenbanken, die Fonds, aber auch die Finanzministerien bevölkerten und die alles, was es auf diesem Planeten zu bewerten gab, in Geld bewerteten.

Immerhin gab ihr der Frankfurt-Aufenthalt die Möglichkeit, auch dem Bankhaus Schätzing einen Besuch abzustatten. Sie hatte sich von ihrem Büro einen Termin bei Lars von Wintersleben geben lassen, als Chefvolkswirt im Vorstand des Instituts, das in einem Palais aus dem 19. Jahrhundert zwischen den Glas- und Stahltürmen der City residierte – vornehm, gediegen, exklusiv. Hinter dem Eingang betrat man einen roten Teppich, der in ein opulentes Treppenhaus mündete. Natascha wurde gebeten, auf einem der Louis-XX-Stühle Platz zu nehmen und zu warten. Keine Minute später stand eine perfekt gestylte Frau um die dreißig vor ihr, die in einer Zahnweiß-Reklame hätte auftreten können. »Guten Tag, Frau Dr. Eusterbeck. Ich darf Sie zu Herrn Dr. von Wintersleben bringen?« Sie wartete nicht auf Antwort, sondern ging mit ihrem Stewardessenrock voran die Treppe hoch. An den roten Schuhsohlen erkannte Natascha, dass hier offenbar sogar die Assistentinnen bei Louboutin kauften. Unser Geld, dachte sie. Steuergeld. Dieses Püppchen verdient doch nie im Leben das Geld, das sie bekommt.

Mit dem charmantesten Lächeln begrüßte von Wintersleben seine Besucherin. »Liebe Frau Eusterbeck! Wie schön, Sie zu sehen. Der Anruf aus Ihrem Büro kam etwas kurzfristig. Aber für Sie bin ich natürlich immer zu sprechen.«

»Das weiß ich sehr zu schätzen, Herr von Wintersleben. Danke, dass Sie Zeit haben.«

»Darf ich Ihnen einen Kaffee anbieten? Oder etwas anderes? Ein Glas Champagner?« Er bedeutete ihr, Platz zu nehmen.

Natascha lachte müde. »Zum Feiern ist mir momentan nicht unbedingt zumute.«

»Verstehe«, sagte Wintersleben und setzte sich ihr gegenüber. Auf dem Tisch stand ein schwerer Aschenbecher aus Porzellan. Ja, hier verkehrte nicht die billige Zigarettenkundschaft, hier rauchte man Zigarre. Natascha konnte die Havanna-Klientel, die sich üblicherweise in diesen Räumlichkeiten aufhielt, förmlich riechen. »Sie sind wegen der Euro-Konferenz hier?«

Natascha nickte. »Es ist ein ziemliches Elend. Wenn wir ehrlich sind, wird dieses Land seit Jahren nicht mehr regiert, weil alle Kräfte von den gesammelten Euro- und Schuldenkrisen aufgezehrt werden. Alle wichtigen Themen, die nicht damit zusammenhängen, werden nur noch auf Abteilungsleiterebene abgehandelt und durchgewunken.«

»Goldene Zeiten für heimliche Herrscher!«, scherzte Wintersleben, aber Natascha konnte ein Blitzen in seinen Augen sehen, gerade so, als wäre ihm das wirtschaftliche Potenzial durch den Kopf geschossen, das in einer solchen Situation lag.

»Vermutlich ja.«

»Und was führt Sie speziell zu mir? Wollen Sie Ihre Schweizer Franken in Sicherheit bringen?« Er zwinkerte ihr zu, und auch in dieser kleinen Geste lag etwas Doppelbödiges. Offenbar wollte er es nicht einmal verhehlen: Sie sollte wissen, dass das Raubtier in ihm nie schlief. Das gehörte zum Codex eines echten Bankers.

»Darüber können wir uns vielleicht nächstes Mal unterhalten«, erwiderte Natascha und versuchte, den Unterton ebenfalls zu treffen, der ihm bedeutete, dass auch sie ein Messer in der Tasche trug. »Tatsächlich beschäftigt mich seit unserem Zusammentreffen im Kanzleramt eine Bemerkung, die Sie gemacht haben.«

»Eine Bemerkung?« Er schenkte ihr ein Glas Wasser ein und sich ebenfalls. Es war so offensichtlich eine Übung aus einem Managerseminar, dass Natascha lächeln musste: *Zeigen Sie Ihrem Gesprächspartner, dass Sie alles unter Kontrolle haben. Schenken Sie ihm ein Glas Wasser ein, ohne zu fragen. Halten Sie Ihre Hand im Zaum. Die Geschmeidigkeit Ihrer*

Bewegungen ist ein Gradmesser für Ihre Souveränität. Natascha griff nach dem Wasser und nippte daran. Ohne Eile. Solche Seminare hatte sie auch besucht. Sie wusste, dass sein Puls sich gerade beschleunigte. Und das nicht nur, weil sie eine Frau war. Sie knöpfte ihren Mantel auf und schlug die Beine übereinander. »Sie erinnern sich vielleicht. Wir standen neben der Tür. Es war, kurz bevor Herr Dr. Frey zu uns stieß.«

Ahnungslos schüttelte Wintersleben den Kopf. »Tut mir leid, ich wüsste nicht …«

»Sie sagten etwas wie: nett von der Kanzlerin, dass sie Feldmann so eine Geburtstagsfeier ausrichtet. Nach allem, was in der letzten Zeit zwischen den beiden vorgefallen ist. Dieser letzte Satz ist mir im Gedächtnis geblieben – *nach allem, was in letzter Zeit zwischen den beiden vorgefallen ist.* Wissen Sie, ich habe mich gefragt, was Sie damit meinen könnten. Denn, offen gesagt, ich habe keine Ahnung, was zwischen den beiden vorgefallen ist.«

Wintersleben entspannte sich etwas. »Ach«, sagte er und winkte ab, als sei es der Rede nicht wert. »Belanglosigkeiten. Das meiste davon war vermutlich sowieso nur Gerede.«

»Und welcher Art war dieses Gerede?«

Er schenkte nach. Ein böser Fehler. *Übertreiben Sie es nicht. Nervosität verleitet die meisten Menschen dazu, irgendwelche sinnlosen Aktivitäten auszuführen. Bleiben Sie ruhig.* Wintersleben blieb nicht ruhig, und Natascha wusste, dass sie einen sensiblen Punkt berührt hatte. Wintersleben zwinkerte. »Das ist Ihnen sicher auch alles zu Ohren gekommen. Der Streit um den vierten Rettungsschirm. Die Abwertungen. All das.«

»Der Schuldenschnitt?«

»Natürlich. Der auch.«

»Feldmann war dagegen.«

»Alle waren dagegen.«

»Die meisten Länder waren dafür.«

»Ich meinte: Alle Banken waren dagegen.«

»Und doch hat Feldmann sich jetzt dafür ausgesprochen.«

Wintersleben stand auf und ging um seinen Schreibtisch herum. »Entschuldigen Sie, ich muss eben etwas nachsehen.« Er tat sehr beschäftigt, blätterte in seinem Kalender und warf einen Blick in seinen Computer. Doch es war offensichtlich, dass er versuchte, Zeit zu gewinnen. Warum? Was regte ihn an dem Gespräch so auf? »Sehen Sie«, fuhr Natascha fort, »ich frage mich, woher dieser Sinneswandel kommt. Vielleicht verstehe ich es besser, wenn Sie mir erklären, warum er vorher so vehement dagegen war.«

»Ich weiß wirklich nicht, ob ich der Richtige bin, um mit Ihnen diese Dinge zu diskutieren, Frau Eusterbeck. Außerdem bin ich sehr beschäftigt.«

»Sie gehörten zu der handverlesenen Gruppe persönlich geladener Gäste der Feier im Kanzleramt. Sie sind Chefvolkswirt einer renommierten Bank. Sie müssen sich mit der Materie doch auskennen. Und das hier ist ein ganz und gar informelles Gespräch.«

»Ein informelles Gespräch?«

»Niemand weiß, dass ich hier bin, Herr von Wintersleben. Von mir aus kann das auch so bleiben.«

Er kam hinter seinem Schreibtisch hervor und setzte sich wieder zu ihr, doch er lehnte sich nicht mehr gelassen in seinem Sessel zurück, sondern saß auf dessen Kante wie jemand, der jederzeit die Möglichkeit zur Flucht haben will.

»Warum waren alle gegen den Schuldenschnitt?«

»Ein Schuldenschnitt ist nichts anderes als ein Forderungsverzicht. Dem Schuldner werden Schulden erlassen.«

»Schulden, die er doch sowieso nicht mehr bezahlen kann. Kann man da von einem Forderungsverzicht sprechen?«

»Aber natürlich. Sehen Sie: Wenn Sie Geld verleihen, dann mag es sein, dass Sie das verliehene Geld nie mehr wiedersehen. Aber durch die Zinszahlungen amortisiert es sich trotzdem nach einigen Jahren.«

»Das bedeutet, es geht gar nicht um die Forderung, sondern um die Zinsen?«

»Auch die Zinsen sind ja Forderungen. Aber ja, sie sind nicht die Forderungen in der Hauptsache, wenn Sie so wollen.«

»Mit anderen Worten, die Banken haben ganz gut daran verdient, dass einige Länder ihre Schulden nicht mehr zurückzahlen konnten.«

»Natürlich. Sehen Sie, ich will Ihnen nichts vormachen. Banken sind kein Sozialhilfeverein. Ein Staat, der sich verschuldet, muss Zinsen zahlen. Je schwächer er wirtschaftlich dasteht, umso höher sind diese Zinsen. Und um sich die Zinszahlungen leisten zu können, muss er weiteres Geld aufnehmen. Das senkt natürlich seine Kreditfähigkeit, und die Zinsen steigen weiter.«

»Ein Teufelskreis.«

»Nicht für die Bank. Ich sage es mal so: Keiner ist ja verpflichtet, sich zu verschulden. Und jeder, der ein Darlehen aufnimmt, sollte tunlichst darauf achten, es auch zurückzahlen zu können. Es liegt schließlich nicht im Verantwortungsbereich der Banken, dafür zu sorgen, dass ein Staat seine Hausaufgaben macht.« Er hatte sein Selbstbewusstsein wiedergewonnen, klang wie einer der arroganten Arschlochbanker, die Natascha als Experten kennengelernt hatte, schon damals, als sie noch in der Landespolitik tätig war. Doch sie hütete sich, ihn zu unterbrechen. Banker, die redeten, verrieten sich. Unweigerlich. Das wusste sie. Es musste eine Art kommunikatives Naturgesetz sein. Als Feldmann vor ein paar Jahren seinen

PR-Supergau erlebt hatte, war das geschehen, weil er in einem Konferenzsaal längere Zeit auf den Beginn der Sitzung hatte warten müssen – und Journalisten im Raum gewesen waren. Zu verlockend für diese Geldhaie, sich als »Masters of the Universe« zu inszenieren. Nicht anders seine Vorgänger, die sich die gröbsten Schnitzer in ihren Karrieren geleistet hatten, nur weil jemand ihnen ein Mikrofon vor die Nase gehalten hatte. Und nun Wintersleben. »Banken sind Unternehmen, in der Regel sind sie börsennotiert. Und das bedeutet, dass sie ihren Anteilseignern gegenüber verantwortlich sind. Wir sind Wirtschaftsunternehmen. Und das ist in unserer Zeit nicht einfach. International erfolgreich zu sein bedeutet, sich ständigem Wettbewerb auszusetzen. Wenn die Nationalbank einen Gewinn von zehn Milliarden Euro im Quartal meldet, dann jubelt die Presse, und Jo wird als Star gefeiert. Aber lassen Sie die Nettorendite mal unter zehn Prozent fallen. Dann sind sie wie die Hunde hinter ihm her und vergleichen sein Haus mit Goldman Sachs. Das ist ungefähr so, als würden Sie einem angeleinten Pinscher vorwerfen, dass er im Kampf gegen einen frei laufenden Pitbull den Kürzeren zieht.«

»Angeleint? Das meinen Sie doch nicht wirklich.«

»Aber klar! Erstens setzt uns der Gesetzgeber ständig unter Druck, während die Institute in den USA völlig frei von jeder Regulierung agieren können und sich, auch wenn sie ihre Deals in Europa oder Asien oder sonst wo machen, immer auf amerikanisches Recht berufen.«

»Und zweitens?«

»Zweitens warten doch die Medien nur darauf, uns schlachten zu können. Und der Pöbel auch.«

»Der Pöbel …« Natascha nahm ihr Glas und nippte daran.

Wintersleben hatte sich in Rage geredet. »Der sogenannte *kleine Mann von der Straße*. Die Leute, die sich alimentieren lassen, Hartzer und andere Nichtsnutze, die nichts können und nichts sind, aber alle vier Jahre ihr Kreuzchen machen und deshalb von der Politik hofiert werden wie Ludwig der Vierzehnte.«

»Wären das nicht auch dankbare Kreditnehmer?«, schlug Natascha vor. »Ich meine, vielleicht nicht *in der Hauptsache*, aber wegen der Zinsen. So wie Griechenland oder Irland. Oder Mexiko.«

»Mexiko hat sein Schuldenproblem seit vielen Jahren überwunden«, sagte Wintersleben, und im gleichen Augenblick wusste er, dass er in eine Falle getappt war.

»Stimmt«, erwiderte Natascha. »Mexiko ist ja aus den Schulden rausgekommen. Aber wie war das damals?«

Wintersleben räusperte sich, sah auf die Uhr. »Ich fürchte ...«, sagte er. Doch Natascha Eusterbeck hob die Hand und unterbrach ihn. »Es war ein Schuldenschnitt, richtig?«

Der Banker nickte. Seine Oberlippe zuckte nervös.

»Wurde der nicht sogar von einem von Jo Feldmanns Vorgängern befürwortet?«

»Ritter«, bestätigte Wintersleben. »Der mexikanische Präsident hatte ihn eingeladen und ihm eine Gehirnwäsche verpasst.«

»Ich hätte nicht gedacht, dass so etwas bei einem Manager seines Formats möglich gewesen ist. Ritter galt doch als Lichtgestalt der Bankenszene, oder nicht?«

»Ritter war zweifellos einer der Besten. Vielleicht der Beste.«

»Vielleicht? Ich dachte, Sie kannten ihn.«

Wintersleben sog scharf die Luft ein, machte Anstalten, sich wieder zu erheben, blieb aber doch sitzen. »Flüchtig«, sagte er dann. »Ich war noch sehr jung damals.«

»Alt genug, um sein Sohn zu sein.« Natascha ließ ihren

Blick auf ihm ruhen. Wartete eine Sekunde, ehe sie nachschob: »Oder sein persönlicher Assistent.«

»Ach, das wissen Sie? Tja, trotzdem kannte ich ihn nicht wirklich. Niemand kannte ihn. Er war ein Mann mit vielen Gesichtern.«

»Warum hat er den Schuldenschnitt gefordert?«

»Er hatte ein soziales Gewissen«, sagte Wintersleben leise.

»Mein Gott, für wie naiv halten Sie mich eigentlich? Ich möchte wissen: Wer fordert einen Schuldenerlass? Was muss dazu geschehen sein?«

»Einen Schuldenschnitt kann nur fordern, wer seine Forderung bereits weitgehend abgeschrieben hat. Steuermindernd.«

»Ein Schuldenschnitt als Steuersparmodell?«

»So weit würde ich nicht gehen. Aber im Ansatz: ja.«

»Und die Nationalbank hatte ihre Forderung abgeschrieben.«

»Hatten wir.«

»Und die anderen Banken?«

»Die nicht.«

»Warum nicht?«

»Bei den anderen deutschen Instituten habe ich das nie verstanden. Sie wussten auch, was wir wussten, dass nämlich bei einem vollständigen Zahlungsausfall Mexikos und anderer Länder keiner mehr eine Mark sehen würde. Auch keine Zinsen.«

»Bei den anderen deutschen Instituten ... Was aber war mit den internationalen? Mit den amerikanischen zum Beispiel?«

»Die hatten ihre Forderungen noch in den Büchern stehen.«

»Hatten die die Informationen nicht?«

»Doch. Aber sie waren gesetzlich nicht gezwungen abzuschreiben.«

»Während die deutschen Institute das mussten?«

Wintersleben nickte. Er fühlte sich sichtlich nicht wohl dabei, dass ihn seine Vergangenheit eingeholt hatte. Aber auf der anderen Seite schien er Natascha auch irgendwie erleichtert, dass er das alles einmal loswurde. »Wenn sie solide arbeiteten, ja. Es entsprach den gesetzlichen Vorgaben.«

»Das heißt, der gesetzgeberische Druck, die Leine, die Sie vorhin beklagt haben, hat der Nationalbank den Arsch gerettet?«

Wintersleben richtete sich in seinem Sitz auf. »Die solide Bewertungspolitik des Vorstands hat der Nationalbank den Arsch gerettet.«

»Und was ist heute anders? Was unterscheidet die Schuldenkrise heute von der vor fünfundzwanzig Jahren?«

»Heute sind wir in viel höherem Maße engagiert. Das sind Größenordnungen, in denen keine Bank auf die Schnelle abschreiben kann.«

»Und die Amerikaner?«

»Die haben diesmal das bessere Portfolio.«

»Und wollen diesmal den Schuldenschnitt.« Das stand so eine Weile im Raum. »Hat Feldmann deshalb seine Meinung geändert? Wegen der Amerikaner?«

»Warum sollte er? Er ist schließlich den Aktionären seiner Bank verpflichtet.«

»War Ritter das nicht auch?« Natascha musterte den Mann, der vor ein paar Minuten noch das Selbstbewusstsein in Person gewesen war und nun eine jämmerliche Gestalt abgab. »War er das nicht auch?«

»Deshalb hat er damals den Schuldenschnitt gefordert. Das war in der Situation das Richtige.«

»Also tut Feldmann in der heutigen Situation das Falsche?«

»Für die Bank, ja. Aber vielleicht denkt er ja auch daran, was mit Ritter geschehen ist.«

»Scheint fast so. *Nach allem, was in letzter Zeit zwischen ihm und der Kanzlerin vorgefallen ist …*«

*

Das Fernsehprogramm war so langweilig, dass es Henrik Eusterbeck beinahe leidtat. Noch mehr tat er sich selbst leid. Der Gedanke, dass er in der Unterhose vor der Glotze saß und gerade die zweite Flasche Wein entkorkt hatte, widerte ihn an. Er machte den Fernseher aus und ließ sich in die Waagrechte gleiten, um ein wenig zu entspannen. Gerade hatte er die Hand in seine Shorts geschoben, da vibrierte sein Handy. Eine SMS von Natascha. »Kannst du mir ein paar Infos über Frank Wilhelm zusammenstellen?«

Hatte er längst. Er stand auf und wankte ins Arbeitszimmer. Jetzt spürte er den Pinot Noir doch. Frank Wilhelm. Natascha hatte Henrik eine Liste mit Namen aus dem Bundespresseamt gegeben. Wilhelm war die Nummer zwei. Chef vom Dienst. Henrik klickte durch den Ordner, den er für ihn angelegt hatte. Es gab einige Artikel von ihm, schon lange her. Meist zu innenpolitischen Themen. In den Achtzigern hatte er zu den seriösen Terrorismus-Experten gehört. Hatte es bis zum Redaktionsleiter Innenpolitik beim SFB gebracht. Dann war es still um ihn geworden. Pressesprecher des Industrie- und Handelskammertags. Pressereferent im Gesundheitsministerium. Bundespresseamt. Verheiratet, zwei erwachsene Töchter. Wohnhaft im Wedding, Spiekengasse 8. Fuhr einen alten Audi. Seine Diplomarbeit hatte er über »Extremismus im Spiegel der Medien am Beispiel rechtsradikaler Untergrundorganisationen« geschrieben. Henrik überlegte, ob er die Arbeit für Natascha besorgen sollte, verwarf den Gedanken aber dann. Sie konnte unmöglich so ins Detail gehen bei ihrer Arbeit. Er checkte noch die Kontaktliste von Wilhelm, doch die war unauffällig. Kein außergewöhnlicher Mail- oder Telefonverkehr, den er ihm zuordnen konnte. Kontakte hauptsächlich innerhalb des Bundespresseamts und als Verteiler gegenüber den Empfängern der Pressemappen und der Clippings. Ab und zu surfte Wilhelm mit seinem Dienstcomputer auf Pornoseiten, gelegentlich besuchte er ein Online-Casino. Die Verluste schienen sich in Grenzen zu halten. Henrik Eusterbeck fragte sich, was Natascha an ihm interessierte.

Er packte ihr die Infos in eine verschlüsselte Datei und schickte sie ihr an ihren privaten E-Mail-Account. Soweit er wusste, hatte sie den noch nicht mit ihrem System am Arbeitsplatz synchronisiert. Und das sollte sie auch tunlichst bleiben lassen, wie er ihr schon ganz am Anfang gesagt hatte. Wenn er sich in den Mails und auf den Festplatten der Mitarbeiter des Kanzleramts und anderer Institutionen herumtreiben konnte, konnten das die Sicherheitsfuzzis an der Willy-Brandt-Straße zweifellos auch.

Er ging wieder hinüber ins Wohnzimmer, schnappte sich sein Handy und simste ihr zurück: »Schon erledigt :-)«. Dann legte er sich wieder aufs Sofa. Wenn sie ihn abhörten, konnten sie dann auch Kurznachrichten lesen, die er und Natascha austauschten? Sicher konnten sie das. Henrik fragte sich, ob Nataschas Schnüffeleien auch für andere gefährlich werden konnten. Für Frank Wilhelm zum Beispiel. Lenkte Natascha nicht den Blick gewisser Leute genau auf jene, für die sie sich interessierte? Und was, wenn es aus purem Zufall mal jemand war, der zu den heimlichen Beobachtern gehörte? Würde dieser dann aktiv werden? Henrik schüttelte den Kopf. Langsam wurde er vollkommen paranoid. Nein, so wichtig war Natascha nicht. Einerseits. Andererseits: Wie wichtig konnte schon eine Hure sein? Höchstens so wichtig wie die Informationen, die sie besaß …

Er schloss die Augen und atmete tief durch. Nein, an Schlaf war nicht zu denken. In seinem Kopf war kein Platz mehr für erholsame Dunkelheit.

*

»Was haben Sie ihr erzählt?«

»Wieso erzählt? Wem überhaupt?«

»Der Neuen im Kanzleramt. Eusterbeck.«

»Was soll ich ihr erzählt haben? Was ist überhaupt los?«

»Sie hat mir hier aufgelauert, hat mich mit Fragen bombardiert, wollte wissen, was es mit dem Schuldenschnitt auf sich hat …«

»Vielleicht hat sie sich einfach weitergebildet?«

»Sie hat ständig auf Jo Feldmann rumgeritten. Und auf der alten Geschichte …«

»Sie meinen …«

»Ja. Ritter.«

»Scheiße. Was hat Ritter denn damit zu tun?«

»Der wollte den Schuldenschnitt. Schon vergessen?«

»Aber das war doch eine ganz andere Situation.«

»Das habe ich ihr auch erklärt.«

»Und sonst? Haben Sie ihr sonst noch etwas erklärt? Ich hoffe doch, Sie haben nicht zu viel geplaudert.«

»Keine Sorge, von mir hat sie nichts erfahren. Sie weiß nicht einmal, dass Sie und ich …«

»Dann ist es ja gut. Und wir werden jetzt dafür sorgen, dass das auch so bleibt.«

»Dafür wäre ich sehr dankbar.«

»Auf Wiederhören, Herr von Wintersleben.«

»Auf Wiederhören.«

*

»Nehmen Sie sich frei, Herr Bleicher«, sagte Natascha und lächelte ihrem Chauffeur freundschaftlich zu. »Ich nehme heute mein eigenes Auto, weil ich hinterher noch privat etwas vorhabe.«

»Wie Sie meinen, Frau Staatssekretärin«, erwiderte Bleicher, korrekt bis ins Komma, wie immer. Er sperrte den Wagen ab und verließ die Tiefgarage des Kanzleramts über den Lieferantenaufzug, während sie hinüberging zum Lift, der sie in die Lobby bringen würde. Sie wollte noch ein paar Sachen in ihrem Büro abholen, vor allem die Rede, die Petra Reber ihr abgetippt hatte, und zwar so ordentlich und in so großem Schriftgrad, dass sie sie auch unkompliziert lesen konnte. Dann fuhr sie wieder hinab in die lichtgrauen Katakomben des Kanzleramts und nahm ihren eigenen Wagen, um zur Eröffnung eines »Europäischen Bildungsforums« in der Friedrichstraße zu fahren. Wie immer würde sie die Werte des klassischen Bildungsideals beschwören. Würde die Globalisierung als Chance benennen, die den Blick über den Tellerrand erzwang und so die Lebenswirklichkeit der Schüler und Studierenden bereicherte. Sie würde eine Brücke spannen von Lessing über Voltaire bis Disraeli. Damit wäre sie bei der Politik angelangt und konnte mit einem brillanten Zitat zum Ende kommen: »Was wir heute erleben, wäre vor etwas mehr als einer Generation nicht denkbar gewesen. Wer glaubt, unsere Lösungen seien noch nicht das Ei des Kolumbus, der möge sich an Abraham Lincoln erinnern, der sagte: Das Huhn ist das klügste Geschöpf im Tierreich – es gackert erst, nachdem das Ei gelegt ist.« Lacher. Applaus. Übergabe der Schlüssel. Dann noch ein halbes Glas Weißwein und ein unauffälliger Abgang durch die Hintertür, die es hoffentlich gab.

Genauso kam es dann auch, und Natascha Eusterbeck stand etwas mehr als eine Stunde später wieder auf der Straße und sog dankbar die kühle Abendluft ein. Was für eine verlogene Veranstaltung! Im Grunde ging es nur darum, den Sponsoren dieses geheuchelten Projekts Honig ums Maul zu schmieren, was lächerlich war, da sie sich von EU-Geldern hoch subventionieren ließen. Doch die Träger des Bildungsforums, Milliardenkonzerne und schwerreiche Stiftungen, waren auch Sponsoren der Partei. Und gerade im Vorfeld der kommenden Bundestagswahl galt es, sie nicht zu verprellen. Die das am besten wussten, waren die Umtänzelten selbst.

Wenigstens war der Wein gut gewesen. Natascha Eusterbeck stieg in ihren Wagen und fütterte ihr Navi: Spiekengasse 8, Berlin. Sie musste ein wenig warten, bis das GPS-System zur Verfügung stand. Beobachtete solange im Rückspiegel ein Pärchen, das sich offenbar am liebsten gegenseitig aufgefressen hätte. Fahrtzeit: 23 Minuten. Berlin, dachte sie. Alles dauert endlos lange.

Immerhin war auf der Strecke wenig Verkehr. Nach achtzehn Minuten war sie da. Frank Wilhelm wohnte in einem einfachen Mietshaus, das weder den Chic jüngerer Architektur hatte noch den Charme eines Altbaus, sondern bloß nach Westberlin in den sechziger Jahren aussah. Für einen leitenden Angestellten des Bundespresseamts ein denkbar einfaches Domizil. Natascha stieg aus und studierte das Klingelbrett. Schlüter, Özoglu, Heckert. Alles sehr durchschnittliche Namen. Wilhelm fand sie im zweiten Stockwerk. Sie trat ein paar Schritte zurück und blickte am Haus hoch: Die Fenster in der zweiten Etage waren alle dunkel. Auch bei Wilhelm war also wohl niemand zu Hause. Es wunderte sie nicht. Von Henrik hatte sie zwar erfahren, dass er verheiratet war, doch sie wusste aus einem Gespräch mit einem der Übersetzer, dass er unter der Trennung von seiner Frau litt. Wenn seine Frau nicht zu Hause war – er war es sicher nicht. Als Chef vom Dienst musste er zumindest noch die Abendzeitungen und die Übersetzungen der asiatischen Morgenzeitungen mit den Mitarbeitern durchgehen. Außerdem natürlich die Hauptnachrichtensendungen. Vermutlich würde er nach den Tagesthemen das Licht ausknipsen und seinen Schreibtisch bis morgen früh räumen.

Sie setzte sich wieder ins Auto, machte Musik an und wartete. Gegen 23:15 Uhr hielt tatsächlich ein Auto ein Stück die Straße herunter, ein alter Audi. Eine träge Gestalt kämpfte sich daraus hervor und verschwand wenig später in dem Haus Nummer acht. Frank Wilhelm. Im zweiten Stock ging Licht an. Natascha Eusterbeck machte das Radio aus. Sie würde ihm noch zwei Minuten Zeit lassen, dann würde sie klingeln. Sie zog den Schlüssel ab und öffnete die Tür, da sah sie, dass das Licht wieder erlosch. Trotzdem stieg sie aus, sperrte den Wagen ab und ging auf das Haus zu. Als im Treppenhaus wieder Licht anging, hielt sie inne. Was, wenn er jetzt wieder herauskam? Sie machte ein paar Schritte auf ihr Auto zu, um gegebenenfalls schnell einsteigen und ihm folgen zu können, obwohl das Unsinn war. Wieso sollte sie ihm hinterherfahren, sie wollte ihn doch nur sprechen, nicht ihn stalken.

Es war Wilhelm. Er trat aus der Tür und schlug mit seinen müden Schritten die entgegengesetzte Richtung ein. Natascha ging in einigem Abstand hinter ihm her. Einmal war ihr, als zögerte er. Hatte er sie bemerkt? Doch dann nahm er seinen Weg wieder auf, der ihn in ein nahe gelegenes Lokal führte, eine Kneipe, die der Weddinger Nacht selbstbewusst verkündete: »Pilsparadies«.

Vielleicht war das eine viel bessere Gelegenheit, mit ihm zu sprechen, als ihn zu Hause zu überfallen. Hier musste er sich nicht genötigt fühlen, hier musste ihm nichts peinlich sein – außer der Tatsache, dass er überhaupt in ein solches Lokal ging. Sie trat ein und stellte zu ihrer Überraschung fest, dass die Luft so dick war wie in einem Kohlebergwerk in der Inneren Mongolei. Das gesetzliche Rauchverbot schien sich bis hierher noch nicht durchgesprochen zu haben.

Wilhelm saß an der Theke und nahm gerade selbst eine Zigarette aus einer Schachtel. Als sie sich neben ihn setzte, sah er nur kurz auf und seufzte. »Ich hab schon so was geahnt. Was erwarten Sie? Den Pulitzerpreis?«

»Ich muss mit Ihnen sprechen, Herr Wilhelm.«

»Frank«, sagte er. »Hier drin bitte einfach Frank. Draußen können Sie mich nennen, wie Sie wollen.« Er steckte sich die Zigarette an und sah unglaublich alt aus. Natascha fühlte Mitleid mit ihm. Ein Mann Ende fünfzig, der seine Abende allein an der Bar einer billigen Kneipe im Wedding verbrachte ... »Bitte, Frank«, sagte sie. »Tun Sie mir den Gefallen.«

»Oh Mann«, seufzte Wilhelm. »Sie haben ja keine Ahnung, worauf Sie sich da einlassen.«

*

David Berg spülte die vierte oder fünfte Ephedrin-Kapsel des Tages mit dem inzwischen erkalteten Rooibush-Tee hinunter und schüttelte den Kopf über sich selbst. Einerseits vermied er Kaffee, rauchte nicht, machte Fitnesstraining, andererseits vergiftete er sich mit der Droge Nummer eins in deutschen Chefetagen – und eben auch in der Politik. Aber es war schlicht nicht durchzuhalten ohne Doping. Auf dem stumm geschalteten Bildschirm sah er die Kanzlerin, die in den frühen Morgenstunden in Luxemburg eine Pressekonferenz gegeben hatte. Nach siebenstündigen Verhandlungen am Ende eines Fünfundzwanzig-Stunden-Arbeitstags. Und man sah ihr jede Dosis an, die sie aufgrund der Hast von Termin zu Termin und von Meeting zu Meeting nicht hatte nehmen können. Jede einzelne. Sie hätte mindestens zwei bis drei Kapseln mehr gebraucht, vor allem vor dem Auftritt vor der Presse. Zumindest waren auch die Kollegen so übermüdet gewesen, dass sie keine kritischen Fragen mehr zustande gebracht hatten. Eigentlich war es nur eine Verlautbarung gewesen. David Berg hatte im Hintergrund gestanden, gottlob außerhalb des Kamerabereichs, und hatte sich heimlich an eine Stellwand geklammert, um nicht augenblicklich vor Erschöpfung zusammenzubrechen. Dann war der Spuk zu Ende gewesen, und sie waren in die Limousine gestiegen, die sie zum Flughafen gebracht hatte. Morgen würde es neue Bilder geben – und die würden besser aussehen, dafür hatte Berg schon gesorgt, indem er die für die Garderobe und das Make-up der Kanzlerin zuständige Mitarbeiterin angewiesen hatte, die Alte daran zu erinnern, ihren Adrenalin- und Dopaminhaushalt zu pflegen. Und er musste auch besser rüberkommen, selbst wenn er nicht im Fernsehen zu sehen war, hatte er die Aufgabe, die Regierung dynamisch, aufgeräumt, gut informiert und schlagfertig zu repräsentieren. Konferenzleichen konnte er in der Delegation nicht dulden, sein durfte er schon gar keine.

Sie waren direkt nach Berlin zurückgeflogen, und David Berg hätte sein linkes Ei dafür geopfert, wenn es die Strecke Washington–Schönefeld gewesen wäre. So aber war kaum mehr als eine Stunde Schlaf herausgesprungen. Und dann hatte der neue Tag schon mit eisernen Fäusten nach ihnen gegriffen und sie erneut in das irrwitzige Karussell von Ereignissen und Herausforderungen geschleudert, in dem sie sich seither abstrampelten. Eigentlich hätten sie alle auch ganz aufhören können zu schlafen. Niemals gab es in diesen Jobs einen aufgeräumten Schreibtisch oder eine Angelegenheit, die endgültig vom Tisch war. Wenn man die Sachfragen geklärt hatte, ging es darum, sie den Partnern psychologisch klug zu verkaufen. Dann das Parlament, die Ausschüsse, die Medien, die Opposition, Interessengruppen, wieder die Medien, Bundestag, Bundesrat, Pressekonferenz, Vermittlungsausschuss, Medien, Meldungen und Dementis, Desinformationen durch den politischen Gegner, innerparteiliche Intrigen, Medien, Gerüchte, zweite Lesung im Parlament, Abstimmung, Medien, Fauxpas, Korrektur, Angriffe aus der Opposition, Pressekonferenz, Medien ... Die Politik des 21. Jahrhunderts unterschied sich von der aus Bismarcks Zeiten ungefähr so wie der Kampf Mann gegen Mann vom Atomkrieg.

»Du siehst angegriffen aus, David«, sagte Britta Paulus, die mit einer Tasse Kaffee in der Tür stand.

»Ich glaube, Politik kann nicht mehr lange so weitergehen.«

»Tut mir leid, das musst du mir erklären.«

»Das alles überfordert jede menschliche Natur. Ich meine, ich habe ja im Journalismus auch einiges erlebt und war es gewohnt, ein hartes Tempo vorzulegen, nicht nur werktags von neun bis fünf. Aber das da ...« Er hob die Berge von Papier, die vor ihm lagen, mit beiden Händen hoch und ließ sie wieder auf den Schreibtisch fallen. »Das wird uns alle noch umbringen.«

Britta Paulus nickte verständnisvoll. »Und was willst du dagegen unternehmen?«

»Nichts. Ich glaube nur, dass die Menschen sich darauf werden einrichten müssen, dass die Politik nicht mehr alles regelt. Wenn wir nicht selektiver arbeiten, dann ist das hier alles psychisches Harakiri.« Er nahm noch einen Schluck von dem Rooibush-Tee, unterdrückte einen Würgereflex und angelte unter seinem Schreibtisch unauffällig nach seinen Schuhen.

»Tja, dann tut es mir leid, dass ich noch ein Problem auf den Haufen obendrauf lege.«

»Nur zu«, sagte Berg und quälte sich zu einem Lächeln. »Noch ist ja ein Rest Leben in diesem Körper.«

»Es geht um Frank.«

»Frank Wilhelm?«

»Ja. Mir ist aufgefallen, dass er deiner Freundin Eusterbeck zuarbeitet.«

»Erstens ist sie nicht meine Freundin. Zweitens ist das sein Job. Wo liegt das Problem?«

»Er liefert ihr haufenweise personenbezogene Recherchen.«

»Oh Scheiße.«

*

Sie setzten sich an einen der Tische etwas weiter hinten in der Kneipe, nebenan ging es zu den Toiletten, wenn die Tür aufging, konnte Natascha von ihrem Platz aus den Kondomautomaten sehen. Frank Wilhelm lehnte sich auf seinem Stuhl zurück und sah sie mit undurchsichtiger Miene an. Sein Walrossschnauzer hing traurig ins Glas, als er trank.

»Ich habe den Artikel noch einmal gelesen«, begann Natascha, nachdem sie sich ein Bier bestellt hatte. »Erinnern Sie sich noch, was Sie zu mir gesagt haben?«

Wilhelm antwortete nicht, sondern lauschte, sie unverändert stoisch anblickend.

»Sie haben gesagt, mit diesem Artikel wären so viele politische Morde verbunden, dass ich auf ganz dünnes Eis geraten würde. Und ich habe Sie gefragt, wie Sie das meinen.«

Wilhelm nickte. Er wischte sich mit dem Handrücken über den Rand seines Bartes und raunte: »So wie ich es sagte.«

»Wissen Sie, jedes Mal, wenn ich den Artikel lese, dann empfinde ich eine Art Bewunderung für die Kanzlerin«, erklärte Natascha. Sie nahm ein zusammengefaltetes Blatt aus ihrer Jackentasche, faltete es auf und las mit leiser Stimme vor: »*Vielleicht ist es nach einer so langen und erfolgreichen Karriere und nach so vielen Jahren treuer Pflichterfüllung für die Partei einfach zu viel verlangt, von jetzt auf gleich alle politischen Funktionen aufzugeben.«* Sie sah ihn an. »Als sie das geschrieben hat, war sie Bundesschatzmeisterin der Partei und stellvertretende Fraktionsvorsitzende im Bundestag! Ein Niemand im Vergleich zu Brass! Es gehörte ungeheuer viel Mut dazu, ihn so anzugreifen und ihn zum Rücktritt aufzufordern. Gerade erst hatte er eine Reihe von Landtagswahlen gewonnen.«

»Die Landtagswahlen haben die Landesparteien gewonnen. Er hatte die Bundestagswahl verloren und damit die Macht.« Wilhelm zog die Nase hoch und nahm wieder einen Schluck Bier.

»Aber es stimmt, was sie geschrieben hat.« Sie zitierte wieder: »*Die Menschen – das Volk, aber auch die Partei – hängen an ihm. Es wäre historisch ungerecht, ihn nur durch die Wagenbach-Affäre zu definieren. Für die Staatsanwaltschaft mag das hinreichen, nicht aber für sein Wirken in der Partei.*« Natascha sah auf. Wilhelm betrachtete sie nachdenklich. »Ich kenne den Artikel«, sagte er. »Wovon wollen Sie mich überzeugen?«

»Ich will Ihnen klarmachen, dass ich dahinter nichts sehen kann, was verwerflich wäre. Im Gegenteil: Diese Veröffentlichung war vielleicht die verantwortungsvollste Tat, die die Kanzlerin in ihrer politischen Karriere begangen hat. Sie hat es mit diesem Artikel geschafft, die Partei von ihrem langjährigen Vorsitzenden zu lösen, der sie durch sein Verhalten an den Abgrund geführt hat, vor allem an den moralischen.«

»Liebe Frau Eusterbeck«, sagte Frank Wilhelm und beugte sich vor, sodass sein Gesicht dem ihren ganz nah kam. Er sprach leise, so leise, dass sie ihn kaum noch hörte. »Sie haben auf eine gewisse, verquere Weise recht. Dieser Artikel war ohne den Hauch eines Zweifels ihr politisches Meisterstück. Aber aus ganz anderen Gründen, als Sie denken.« Er nahm ihr das Papier aus der Hand und zitierte nun seinerseits: »*Die Partei muss lernen, wieder auf eigenen Füßen zu stehen, sie muss genug Selbstbewusstsein haben, eine Zukunft auch ohne ihren Kärrner, wie Walther Brass sich selbst immer genannt hat, zu wagen. Sie muss wieder fliegen lernen, wie ein Junges, das aus dem Nest geschubst wird – und sie muss dennoch zu jenen stehen, die sie großgezogen haben. Ohne schmerzhafte Schnitte und ohne Leiden wird das nicht zu bewerkstelligen sein. Aber Walther Brass wird besser verstehen als alle anderen, wie nötig es ist.*« Er sah auf. »Haben Sie sich mal gefragt, warum ausgerechnet das Opfer dieses Komplotts am besten verstehen wird, dass es öffentlich hingerichtet wird?«

»Walther Brass hat die Partei mit seiner Weigerung, in der Steueraffäre mit der Staatsanwaltschaft zusammenzuarbeiten, in eine tiefe Krise gestürzt. Er hat nicht gesagt, dass er sich nicht erinnern könne, er hat gesagt, dass er sehr wohl zur Aufklärung beitragen könne, dass er aber von seinem Aussageverweigerungsrecht Gebrauch macht. Der Bundeskanzler! Er hat seine persönlichen Rechte über die des Volkes gestellt.« Natascha Eusterbeck erinnerte sich noch gut an die Welle, die diese Affäre geschlagen hatte: Die Empörung in der Bevölkerung war riesig gewesen, und das zu Recht. Brass hatte sich unmöglich verhalten und damit jeden Kredit verspielt. Dass die Bundestagswahlen verloren gegangen waren, war zu fünfundneunzig Prozent sein Verschulden gewesen. Die Kanzlerin hatte das erkannt. Und dass sie sich damals als Parteimitglied aus der zweiten Reihe nach vorn getraut hatte, war eine unglaublich mutige Tat gewesen. Die Wahrscheinlichkeit, dass sie das politisch nicht überleben würde, war erheblich größer gewesen als die, dass sie gestärkt aus der Sache hervorging. Heute noch gab es ein paar alte Brass-Getreue, die ihr Meuchelmord und Hochverrat vorwarfen.

Frank Wilhelm nickte und leerte sein Bier. »Ja, so stellt man es immer dar. Und wenn das die ganze Geschichte wäre, dann müsste ich Ihnen zustimmen.«

»Aber?«

»Aber hinter den Worten *Walther Brass wird besser verstehen als alle anderen, wie nötig es ist,* steckt doch ein unmissverständliches Signal. Für ihn, Brass. Besser als alle anderen. Was heißt das denn? Besser als die Minister? Besser als die Parteimitglieder? Besser als das gemeine Volk?« Er schob das Glas von sich. »Was sie gemeint hat, war: besser als alle anderen – mit Ausnahme eines sehr kleinen Kreises von Eingeweihten.«

»Eingeweihten? Eingeweiht worin?«

»In die Geschichte, die dieser Geschichte vorausgegangen war. Die Steueraffäre war doch für unsere heutige Kanzlerin nur ein willkommener Anlass. Sehen Sie sich ihre Karriere an: Als sie anfing, hat niemand sie ernst genommen. Da war sie nur ›die Kleine von Brass‹. Bundesministerin ist sie nicht wegen ihrer Eignung geworden, sondern aus Quoten- und Proporzgründen. Und erst ein knappes Jahr bevor sie den Artikel schrieb, hat sie auch in der Partei Karriere gemacht. Plötzlich bekam sie Einblick in Interna, begann ihre Strippen zu ziehen und geheime Akten zu studieren. Gespräche zu führen. Inoffizielle. Sie wissen doch selbst am besten, dass für den Dreck im politischen Tagesgeschäft immer die Geschäftsführer und Generalsekretäre der Parteien zuständig sind. Und die Fraktionschefs. Sie holen die Abgeordneten aus der Klinik und verschaffen ihnen einen diskreten Entzug. Sie verschieben die Gelder so, dass es sich bilanztechnisch glaubwürdig darstellen lässt. Sie verschaffen den zuverlässigen Kandidaten die einflussreichen Posten und sägen die Missliebigen ab. Sie erfahren alles, was niemand wissen soll.« Wilhelm hob den Arm, um sich noch ein Bier zu bestellen, doch dann ließ er ihn wieder sinken, bevor ihn der Kellner bemerkt hatte. »Und dann kommt eines Tages einer, der sich übergangen fühlt, und erzählt Ihnen eine riesige Geschichte, in der es um viel mehr geht als um ein paar dunkle Millionen, die irgendwer in obskure Kanäle geschleust hat.« Er machte eine Pause und wartete, ob Natascha etwas einwenden wollte. Doch sie schwieg und starrte ihn nur unverwandt an. »Tja, und dann forschen Sie weiter und stellen fest, dass die Toten tot sind. Und dass die Verantwortlichen frei herumlaufen, obwohl ein paar windige Gestalten seit Jahren hinter Gittern sitzen.«

»Ich ... Ich verstehe nicht«, stotterte Natascha. »Wen meinen Sie? Von welchen Toten sprechen Sie?«

»Sie hat herausgefunden, dass es ein Kapitalverbrechen gab, das nicht auf das Konto der RAF ging, wie alle annahmen, sondern auf das von Brass. Und sie war bereit, dieses Wissen gnadenlos für ihren eigenen Aufstieg zu nutzen.«

»Aber, wie sollte sie ...«

Wilhelm tippte auf das Papier, das immer noch zwischen ihnen auf dem Tisch lag. »Es war ja nicht das einzige Verbrechen, für das Brass verantwortlich war. Es war nur ungleich größer als die Steuergeschichten. Wenn er sich wegen der Steueraffäre stürzen ließ, würde er nicht wegen Mordes ins Gefängnis gehen. Die Ehrenwortgeschichte war die einzige Möglichkeit für ihn, irgendwie noch so etwas wie ›Ehre‹ für sich zu reklamieren. Wie gesagt«, er tippte nochmals auf das Papier, »ein politisches Meisterstück.« Wilhelm stand auf. »Ich muss gehen.« Wenige Augenblicke später klappte die Tür hinter ihm zu.

*

Natascha Eusterbeck blieb noch ein paar Minuten sitzen. Sie trank ihr Bier aus, zahlte und ging dann langsam zu ihrem Wagen zurück. Ganz automatisch sah sie hinauf in den zweiten Stock des gegenüberliegenden Gebäudes. Doch dort waren alle Fenster dunkel. Frank Wilhelm war offenbar sehr schnell zu Bett gegangen. Oder er war noch nicht nach Hause zurückgekehrt.

Erst jetzt fiel Natascha auf, dass sie seit dem Morgen nichts gegessen hatte. Sie überlegte einen Augenblick, dann ging sie zurück ins »Pilsparadies« und bestellte sich eine Pizza, die, kaum dass sie von der Toilette gekommen war, schon vor ihr stand, blass und gummiartig – in der Mikrowelle aufgewärmt. Entsprechend schmeckte sie auch. Natascha ließ die Hälfte auf dem Teller liegen. Vielleicht fand sie daheim noch eine Kleinigkeit im Kühlschrank. Einkaufen kam auch zu kurz, seit sie den Job angenommen hatte, es war einfach keine Zeit dafür. Und Henrik war unbegabt, das Nötigste für den täglichen Bedarf heranzuschaffen.

Frank Wilhelms Geschichte beschäftigte sie. Es war eine Räuberpistole. Das Problem war, dass er erstens ein absolut glaubwürdiger Typ war und dass seine Story so klang, als wüsste er wirklich Bescheid. Sie musste an seine Zeit als Journalist denken. War er da nicht auf Terrorismus spezialisiert gewesen? Vielleicht hatte er bei Recherchen über die RAF etwas herausgefunden, was er nicht hätte herausfinden sollen … Und dennoch: Walther Brass als Täter? Das war doch absurd. Wen sollte er umbringen – oder umbringen lassen? Was war es wert, dafür ein Verbrechen zu begehen? Wilhelm erinnerte sie an Hagen. Hagen! Sie musste unbedingt herausfinden, ob es zwischen den beiden eine Verbindung gab. Während Natascha Eusterbeck wieder Richtung Mitte fuhr, versuchte sie sich ins Gedächtnis zu rufen, was Henrik alles über Wilhelm herausgefunden hatte. Vor den diversen Sprecherstellen war er beim SFB gewesen, hatte dort das Ressort Innenpolitik geleitet. Musste er da nicht mit Hagen zusammengearbeitet haben? Das war doch in etwa um die Zeit gewesen, als Hagen begonnen hatte, an seinem Buch über Albert Ritter zu arbeiten. Wilhelms Worte gingen ihr durch den Kopf: *Sie hat herausgefunden, dass es ein Kapitalverbrechen gab, das nicht auf das Konto der* RAF *ging, wie alle annahmen.* Konnte er den Mord am Vorstandschef der Nationalbank gemeint haben? So wie Hagen? Sie sah den alten, schmalen Mann mit seiner halbrunden Brille und dem dünnen Oberlippenbart förmlich vor sich, wie er sagte: *Ihre Thesen. Dass Ritter nicht von der RAF ermordet wurde. Dass die verurteilten Mörder vielleicht Mörder sind, aber sicher nicht die von Ritter.*

Der Gedanke wühlte sie auf. Ritter. Schon wieder. Der Name verfolgte sie. Sie musste unbedingt mit Henrik darüber sprechen, musste Ordnung in ihr Gehirn bringen. All die Informationen, all die Mutmaßungen, die Verdachte, die Personen, die damit irgendwie verbunden waren … Langsam verlor sie den Überblick – und dabei nahm ein ebenso nebulöses wie monströses Etwas in ihrem Inneren Form an, eine Ahnung, die so böse wie unvorstellbar war. Mit einem Mal war sie nicht mehr sicher, ob sie wirklich auf der guten Seite stand. Ja, ob es überhaupt noch so etwas wie eine gute Seite gab.

2-Methyl-1,3,5-trinitrobenzen, kurz Trinitrotoluol oder TNT, gilt als der Maßstab aller Sprengstoffe. Das TNT-Molekül kann in einer exothermen Reaktion in eine Kettenreaktion übergehen. Die so freigesetzte Energie führt gemeinsam mit den als Reaktionsprodukt entstehenden Gasen zu einem extrem steilen Anstieg von Druck und Temperatur. Die Detonationsgeschwindigkeit von TNT beträgt 6.900 m/sec.

Der Misznay-Schardin-Effekt besagt, dass Explosionsenergie, wenn der verwendete Sprengstoff plattenförmig angeordnet wird, mit hoher Präzision zielgerichtet freigesetzt wird. Der Bündelungseffekt ist dem des Munroe-Effekts unterlegen, die Wirkkraft jedoch – entsprechend dem Zweck – wegen der exakteren Fokussierung auf das Zielobjekt mitunter höher.

Eine Lichtschranke funktioniert nach dem Prinzip der Erkennung einer Unterbrechung des Lichtweges zwischen einer Lichtstrahlenquelle (Sender) und einem Empfänger (Sensor). Der sog. Gabelkoppler zählt zu den schlichtesten Versionen einer Lichtschranke. Dabei werden lediglich Sender und Empfänger zueinander ausgerichtet montiert. Wird der so entstandene Lichtweg durch ein ihn kreuzendes Objekt unterbrochen, wandelt die Sensorvorrichtung diese Information in einen elektrischen Impuls um, der zur weiteren Verarbeitung geeignet ist. Beispielsweise, um eine Sprengladung zu zünden.

ELF

Dass die Kanzlerin dank einer ausgewachsenen Kehlkopfentzündung tagelang völlig stimmlos war, war ein Segen. So fiel am Samstag vor Heiligabend sogar die Kleine Lage aus, und die Führungskräfte im Bundeskanzleramt konnten Weihnachtsferien antreten, die diese Bezeichnung auch verdienten. Natascha Eusterbeck und ihr Mann hatten sich durch die beträchtlichen Schneemassen gequält, um sich in ihrem Häuschen auf dem Land eine echte Auszeit zu nehmen. Es waren Wintertage wie aus dem Bilderbuch. Die geräumten Straßen waren weiß vom Frost, die Bäume neigten sich unter der Last. Drei Tage lang hatte es fast durchgehend geschneit. Aber mit dem SUV, den Henrik sich kürzlich gekauft hatte, waren auch die letzten Kilometer ein Vergnügen. Er hatte eine neue CD mit Swing-Klassikern im Auto, etwas, das Natascha gar nicht von ihm erwartet hätte, außerdem einen Duftbaum, der ein wenig von dem chemischen Geruch nahm, den Neufahrzeuge immer ausdünsteten, um ihn durch einen vanilleartigen Duft zu ersetzen. Nicht viel besser, aber immerhin sehr viel dezenter. Natascha fiel es dennoch schwer, die endlose Adrenalinwelle in den Griff zu bekommen, die ihren Körper durchspülte, seit sie die Position im Kanzleramt eingenommen hatte. Ihr ganzes System war in ständigem Aufruhr, obwohl sie an diesem Morgen – zum ersten Mal seit wie langer Zeit? – keine Ephedrin mehr eingeworfen hatte. Nein, sie brauchte keine Pillen, wollte sie nicht brauchen. Nicht an diesen wenigen freien Tagen.

Wenigstens die wollte sie ohne Drogen verbringen. Das hatte sie dringend nötig. Und ihre Beziehung zu Henrik hatte es auch nötig. Sie wusste, dass es eine unselige Kombination war: gemeinsam an einer Sache zu arbeiten, ständig alles geben zu müssen – und dann diese diffusen Angriffe aus dem Unbekannten. Wie ein heftiger Schmerz durchfuhr sie die Erinnerung an jene Nacht, in der sie das Bett mit einem Unbekannten geteilt hatte. Einmal mehr versuchte sie sich einzureden, dass es nur ein Albtraum gewesen war. Und dann die Sache mit der verschwundenen Frau. Wieder und wieder drängte sich das Bild des Mädchens, das am Bahnhof vor ihr gestanden hatte, vor ihr geistiges Auge. War alles ihre Schuld? Hatte sie es zu verantworten, was immer geschehen war? Wäre alles anders gekommen, wenn sie früher zurückgerufen, die Frau früher getroffen hätte? Sie spürte, wie ein immer größerer Druck auf ihr lastete. Allein würde sie da nicht herauskommen. Sie würde Henrik von dem nächtlichen Überfall erzählen, hier draußen war der richtige Ort – weit genug weg vom gemeinsamen Bett in Berlin.

»Alles in Ordnung, Schatz?«, fragte Henrik, der gesehen hatte, wie sie sich krümmte.

»Alles gut, mein Lieber. Ich habe nur ein bisschen Bauchschmerzen. Das geht vorbei.« Ja, sie würde es ihm sagen. Aber erst nach den Weihnachtstagen. Die wollte sie ihm nicht verderben. Und sich selbst auch nicht. So lange musste die Verdrängung noch funktionieren.

»Sicher? Wir könnten an einer Apotheke halten, wenn du willst.«

»Lass nur. Alles gut. Ich versuche, ein bisschen zu schlafen.« Sie drehte sich zur Seite, sodass er ihre Tränen nicht sehen konnte.

Als sie etwa eine halbe Stunde später vor dem Häuschen vorfuhren, hatte sich Natascha wieder im Griff. Sie stieg aus dem Wagen und streckte sich. Dicke Eiszapfen hingen vom Dach, die Haustür war vom Schnee fast einen halben Meter hoch verweht. »Na, hoffentlich schneien wir nicht noch ganz ein.«

»Wieso?«, fragte Henrik und wuchtete den Korb mit den Einkäufen aus dem Kofferraum. »Das täte uns beiden gut.«

»Wenn es danach ginge, dann würde ich gar nicht mehr von hier weggehen.« Sie war so glücklich, dass sie sich damals dieses Fleckchen Erde gekauft hatten. Niemand wusste, dass sie hier ein Haus hatten. Zum ersten Mal seit langem würden sie sich unterhalten können, ohne davon auszugehen, dass jemand mithört. »Warte, ich schließe auf.« Sie stapfte durch den Schnee, ärgerte sich nur kurz, dass sie nicht schon im Auto die dicken Stiefel angezogen hatte, und sperrte auf. Drei Umdrehungen, genauso, wie es sein sollte. Drinnen war es dunkel. Es war ein altes Haus, die Fenster relativ klein. Zum See hin standen hohe Tannen, die dem Anwesen das Licht nahmen. Aber das machte nichts. Es war ein Rückzugsraum, ein Ort, an dem man sich einigeln konnte. »Es ist so warm, Henrik. Ich dachte, wir müssten erst die Heizung anwerfen.«

»Ach so, äh, ich war schon hier und habe vorgeheizt.«

»Du bist extra deswegen hierhergefahren, damit wir nicht frieren, wenn wir ankommen? Wow.« Sie umarmte ihn von der Seite und brachte ihn aus der Balance. »Na ja«, sagte er. »Ich musste auch ein paar Unterlagen holen.« Er entwand sich ihrem Griff. »Jetzt lass mich mal den Korb wegstellen, das Ding ist schwer.«

»Kommst du zurecht?«

»Klar, wieso?«

»Dann nehme ich erst einmal ein schönes Bad.«

»Nur zu«, sagte Henrik. »Und ich räume inzwischen den ganzen Krempel ein.«

»Du bist der Beste.«

Natascha ließ sich ein Bad ein, warf ein paar Perlen mit Pflegelotion hinein und ließ sich dann in die Wanne gleiten. Wer ein Spitzenamt in Politik oder Wirtschaft bekleidet, für den gibt es keine Badewanne mehr. Die Minuten waren gezählt. Duschen war das höchste der Gefühle. Für ein ausgiebiges Bad fehlte schlicht die Zeit. Für Sex in der Badewanne erst recht. Umso schneller schlug Nataschas Herz, als sie plötzlich ihren Mann in der Badezimmertür stehen sah. »Kommst du rein?«

»Ich wüsste nichts, was ich lieber täte.«

*

Wie sie da in der Badewanne lag, sah sie so schön aus wie am ersten Tag. Henrik konnte sich noch gut erinnern. Sie hatten die Nacht in diesem zweitklassigen Kongresshotel verbracht. Unten lief die Weihnachtsfeier, oben lief das Unterhaltungsprogramm für Erwachsene, das sie sich zu zweit bescherten. Die Nacht war so schnell vergangen, dass sie gar nicht auf den Gedanken gekommen waren zu schlafen. Aber frisch machen mussten sie sich, alle beide. Natascha war in die Badewanne gestiegen, und er hatte nicht anders gekonnt, er hatte sie auch dorthin verfolgen müssen, süchtig und gierig nach ihr. Wie sie vor ihm in der Wanne gelegen hatte, war es, als wäre sie von einer schimmernden Aura umgeben. Und es war völlig unwillkürlich aus ihm hervorgebrochen: »Oh Gott.«

»Alles in Ordnung?«, hatte sie gefragt und ihren Kopf ein wenig schief gelegt, wie sie es so unvergleichlich konnte.

»Das kommt drauf an.«

Sie sagte nichts, sondern sah ihn nur fragend an.

»Ob du dir vorstellen kannst, mit mir zusammenzubleiben«, hatte Henrik Eusterbeck gestammelt und sich gleichzeitig verflucht. Viel zu groß die Gefahr, dass sie spontan nein sagte auf ein so überfallartiges Kommando. Sie aber hatte hell aufgelacht und den Kopf noch ein wenig mehr geneigt. »Sie sind aber von der schnellen Sorte, was?«

»Eigentlich nicht, ehrlich.« Und dann hatte er all seinen Mut zusammengenommen. »Aber ich fürchte, so eine Gelegenheit wird im Leben nie wiederkommen.«

»Danke für das Angebot«, hatte Natascha gesagt und dabei ihr geheimnisvollstes Lächeln aufgesetzt. »Vielleicht besprechen wir das bei einem schönen Mittagessen?« Sie richtete sich auf und griff nach einem Badetuch. Henrik hatte den Atem angehalten und es genossen, wie unbefangen sie sich bewegte. »Jetzt muss ich erst einmal zur Uni.«

»Du studierst?«

»Nein. Ich halte einen Vortrag.«

»Oh. Und worüber?«

»Wirtschaftsförderung durch öffentliche Aufträge. Politik, nicht Wissenschaft.«

»Ach. Und darf man sich das anhören?«

»Klar, wenn du interessiert bist.«

Und so war er mit ihr zur Uni gegangen und hatte ihrem Auftritt bei einem Parteisymposium gelauscht. Dabei hatte er erkannt, dass diese Frau nicht nur bezaubernd aussah, sondern auch klüger war als alle Frauen, die er bisher kennengelernt hatte. Er hatte sie bewundert und gewusst, dass er mit ihr zusammen sein wollte. Am liebsten für immer. Obwohl sie zu gut für ihn war, zu intelligent und zu attraktiv.

Natürlich, die Jahre waren auch an Natascha nicht völlig spurlos vorübergegangen. Sie tönte sich das Haar, um die ersten grauen Strähnen zu verbergen, ihr Bauch war nicht mehr so straff wie noch vor wenigen Jahren, sie hatte plötzlich etwas, das sie »Problemzonen« nannte. Aber auch das alles liebte er an ihr. Natascha war sein Zuhause. Und sie war immer noch aufregend, wenn sie beide denn einmal ein wenig Zeit füreinander hatten. Er stieg zu ihr in die Wanne, legte zärtlich ihre Beine um seine Hüften und nahm sie fest in die Arme.

*

Die Weihnachtstage vergingen viel zu schnell. Die meiste Zeit waren sie im Bett, nicht nur um sich zu vergnügen, sondern vor allem um den Schlaf nachzuholen, der ihnen beiden so fehlte. Henrik sah sich eine Reihe von typischen Männer-Action-Agenten-Filmen an, und seine Frau leistete ihm dabei sogar Gesellschaft. Auf eine schräge Art hatte sie Spaß daran. Nur wenn sie bei den haarsträubendsten Verfolgungsjagden in Kichern ausbrach, maulte Henrik und schickte sie zum Chips holen in die Küche.

Natürlich checkten beide mehrmals täglich ihre E-Mails und ihre Mailbox-Nachrichten. Henrik verbrachte außerdem einige Zeit in seinen Social Networks, wenn Natascha ihre Schlittschuhe auspackte und zum See runterstapfte. Aber alles in allem waren diese Tage wunderbar ungestört, zumal keine dramatischen Nachrichten eintrafen, derentwegen Natascha ihren kurzen Urlaub hätte unterbrechen müssen.

Beim Eislaufen konnte Natascha ihre Schwermut abarbeiten. Niemand sah ihr zu, wie sie ihre melancholischen Bahnen zog und den Tränen freien Lauf ließ. Die Einsamkeit des Sees war das Abbild ihrer eigenen Seele. Denn auch wenn sie in Henrik einen wundervollen und verständnisvollen Ehemann hatte, so litt sie doch zunehmend unter der Politikerkrankheit: innere Isolation, verbunden mit Misstrauen und Paranoia. Immerhin, seit sie wusste, dass sie in Berlin belauscht wurden, musste sie nicht mehr an sich selbst zweifeln. Für Anfälle von

Verfolgungswahn gab es gute Gründe. Und alles, was ihr sonst widerfahren war in den wenigen Monaten, seit sie ihr Amt angetreten hatte, trug ebenfalls zu ihrer Verunsicherung bei.

Am Tag nach Weihnachten nahm Henrik seine Recherchen wieder auf. Er durchforstete das Internet nach Querverbindungen unter den Top-Personalien des Kanzleramts. Auf diese Weise hatte er bereits herausgefunden, dass sich Berg und Paulus schon seit Studienzeiten kannten, dass die Anwaltskanzlei von Staatssekretär Frey mehrmals den Kanzleramtsminister in Steuerverfahren vertreten hatte, dass der Sicherheitschef schon im Familienministerium für die Kanzlerin gearbeitet hatte – und davor beim hessischen Landesverfassungsschutz, was die Kanzlerin womöglich nicht einmal wusste. Auch dass die Staatssekretärin im Kanzleramt Stephanie Wende offenbar früh von Finanzminister Rau gefördert worden war, war eine der Erkenntnisse aus seinen Recherchen. Im Grunde war es eine kleine Clique, die da in Berlin die Geschicke der Republik lenkte. Im weiteren Kreis dieser Gruppe waren auch Leute wie Jo Feldmann von der Nationalbank angesiedelt. Er saß allein in zwei Aufsichtsräten von Großunternehmen, in denen auch Frey saß.

Die sogenannte Deutschland AG war alles andere als tot. Sie blühte nur seit einigen Jahren im Verborgenen. In den Jahren des Wirtschaftswunders hatten die Menschen noch zu den Wirtschaftskapitänen aufgeblickt. Und diese hatten sich als Vaterfiguren der kleinen Leute begriffen. Bis in den siebziger Jahren des zwanzigsten Jahrhunderts diese Untertanenromantik einer harten, einer tödlichen Realität gewichen war: Die RAF hatte gemordet, Verstrickungen waren ans Licht gekommen, die nicht nur die wirtschaftliche, sondern vor allem die politische Bundesrepublik tief erschütterten. In der Folge hatten sich die großen Lenker der Nation in ihre Paläste, vornehmlich in Österreich und in der Schweiz, zurückgezogen. Und ihre Paladine vor Ort hatten die Strippen im Verborgenen gezogen. Henriks Ehrgeiz war es nun, sie dort wieder hervorzuzerren. Dafür opferte er gerne ein paar freie Wintertage.

*

Zwei Tage nach Weihnachten gingen die Vorräte zu Ende, und Natascha entschloss sich, noch vor dem Frühstück in den Ort zu fahren, um etwas einzukaufen. Sie war früh wach gewesen und hatte sich an den Schreibtisch gesetzt, um sich einen Überblick über die anstehenden Termine zu verschaffen. Seit sie im Kanzleramt arbeitete, funktionierte sie fast nur noch auf Zuruf: Ihre Sekretärin wusste sehr viel besser darüber Bescheid, wann sie wo zu sein hatte, als sie selbst. Es war schon fast ein Luxus, an diesem eisigen Wintermorgen im Bademantel am Fenster zu sitzen und das eigene Leben zu betrachten. Das der bevorstehenden Tage und Wochen und auch das hinter ihr liegende. Sie blätterte zurück, zwei, drei, vier Wochen, fünf, sechs ... Und plötzlich fiel ihr etwas auf, was sie in all der Hektik, in all dem Wahnsinn völlig übersehen hatte. Aber vielleicht hatte es ja auch mit dem Stress zu tun. Dennoch, sie musste sich Klarheit verschaffen, und zwar schnellstmöglich.

Henrik schlief noch, als sie sich ihren dicksten Pulli überzog und ein zweites Paar Socken. Sie gab ihm einen sanften Kuss auf die Wange. »Ich fahre schnell und hole uns was Feines vom Bäcker zum Frühstück.«

»Mhm.« Er lächelte verschlafen. »Tolle Idee. Soll ich dich begleiten?«

»Du bist ja noch ganz verschlafen. Kannst ja unter die Dusche springen, bis ich wieder da bin.«

Er nickte, drehte sich um und schlief wieder ein. Natascha schnappte sich Schlüssel und Handy von der Garderobe, zog ihren Dufflecoat über und stapfte zum Wagen. Die Scheiben waren noch dick vereist. Mit dem Kratzer schabte sie ein kaum handtellergroßes Loch frei, dann drehte sie Heizung und Lüftung voll auf und fuhr los. Die Straßen waren leer. Bis sie in die Ortschaft kam, hatte sie klare Sicht und war keinem einzigen anderen Auto begegnet.

Bevor sie in die Bäckerei ging, holte sie aus der Apotheke einen Test. »Gewissheit in drei Minuten« hieß es auf der Packung. Und sie konnte kaum abwarten, ihn zu machen. Seit sieben Wochen hatte sie ihre Tage nicht mehr gehabt. Das passte nicht zu ihr. Ihre Periode war immer sehr regelmäßig gekommen, auch in Zeiten von großem Stress. Auch als sie ihre Prüfungen zum Staatsexamen abgelegt hatte. Auch als sie ihre Jungfernrede im Bundestag gehalten hatte. Doch jetzt: seit sieben Wochen Funkstille. Ja, sie hatte die Pille unregelmäßig genommen, wochenweise auch mal gar nicht. Vielleicht hatte es damit zu tun. Aber sie hatte ja auch kaum Sex gehabt. Kaum.

Die Bäckerei war ziemlich voll. Im Nebenraum gab es ein kleines Café, in dem noch der Charme der achtziger Jahre der DDR herrschte. Beigebraune Tapeten, VEB-Stühle mit geblümten Bezügen. Es herrschte nicht viel Betrieb, die Leute wollten vor allem Brötchen kaufen und dann zu Hause frühstücken. Natascha setzte sich in das Café und studierte die Karte, ohne sich darauf konzentrieren zu können. Endlich kam eine junge Frau, um sie zu bedienen. »Was darf ich Ihnen bringen?«

»Einen Kaffee bitte und ein Croissant. Und, sagen Sie, könnten Sie mir auch ein paar Sachen zum Mitnehmen einpacken?«

»Natürlich. Was darf's denn sein?«

Natascha gab ihre Bestellung auf, warf ihren Mantel über den Stuhl und verschwand Richtung Toilette.

Es war eisig kalt dort, kaum dass sie in der Lage war, Wasser zu lassen. Mit zitternden Fingern hielt sie den Plastikstift in den Strahl. Dann saß sie da, vergaß die Kälte, vergaß den Kaffee und überhaupt alles um sich herum, während sie den Strich anstarrte, der das Anzeigefeld des Schwangerschaftstests querte. Und dann, nach ein oder zwei Minuten den zweiten Strich, der aus dem Minus ein Plus machte und der wenig später auch auf dem zweiten Feld auftauchte. Sie suchte die Verpackung noch mal heraus, die sie schon in die Tasche gestopft hatte, las die Erläuterungen noch einmal, obwohl der Test wirklich idiotensicher war, starrte wieder auf das doppelte Plus. »Gewissheit mit 99,9%iger Sicherheit« stand auf der Schachtel. Nach sieben Wochen war der Fall so eindeutig, dass sie auf das letzte Tausendstel nicht mehr zu hoffen brauchte: Sie war schwanger.

Mit Grauen stand ihr plötzlich wieder die Szene vor Augen, als sie nächtlichen Besuch gehabt hatte, der offenbar nicht Henrik gewesen war. Und nun: Konnte sie sicher sein, dass sie schwanger von Henrik war? Wessen Kind erwartete sie? Was sollte sie ihrem Mann sagen? Ein Drittel aller Kinder, heißt es, sind Kuckuckskinder. Sollte sie einfach so tun, als wäre es seines, auch wenn es das vielleicht gar nicht war? Sollte sie sich selbst gegenüber so tun? Oder sollte sie ... Aber wenn es wirklich nicht seines war! So wenig, wie sie in der fraglichen Zeit miteinander im Bett gewesen waren – wenn sie es denn überhaupt gewesen waren –, würde ihm das womöglich seltsam vorkommen. Sie konnte sich noch genau erinnern, wie sie ihn in jener Nacht angerufen hatte, und er war hier gewesen. Nicht in Berlin, sondern hier, eine Autostunde entfernt.

Was auch immer sie ihm sagen oder nicht sagen würde, so viel war sicher: Sie musste ihn anrufen, musste ihm von der Schwangerschaft erzählen. Und zwar gleich. Wenn sie es jetzt nicht tat, würde alles nur schlimmer werden. Sie nestelte das

Handy aus der Tasche. Atmete tief ein. Vielleicht würde sie es doch noch nicht sagen. Sie wollte ihn nur hören. Es läutete, noch ehe sie selbst tippen konnte. Irritiert hob sie ab. Die Stimme einer Frau hauchte: »Hallo, schöner großer Mann, hast du Sehnsucht nach mir?«

Sie war so verwirrt und erschrocken, dass sie das Handy fallen ließ. Dann knallte es auf den Boden und war aus. Sie starrte das Handy an. Es war Henriks.

*

Die Autobahn nach Braunschweig war zwar geräumt, aber dennoch gefährlich glatt. Der Winterdienst hatte gestreut, doch scheinbar zu wenig Salz eingesetzt, sodass der Schnee nur taute und dann auf dem klirrend kalten Asphalt wieder fror. Mehr als einmal war Natascha Eusterbeck nahe daran, den Wagen gegen eine Leitplanke zu manövrieren. Aber das Wetter hatte auch sein Gutes: Sie musste sich so sehr auf den Weg konzentrieren, dass sie kaum dazu kam, über alles nachzudenken, was sonst ihren Kopf verstopft hätte. Die Schwangerschaft, die Frau an Henriks Telefon – und die Sache mit David Berg, die sie längst verdrängt hatte und die sich plötzlich auch noch zwischen all diese Probleme zwängte. Quälend langsam kroch sie nach Braunschweig – und doch immer noch viel zu schnell für die Straßenverhältnisse. Im Radio hörte sie abwechselnd Deutschlandfunk und BBC. So durch den Wind, wie sie sich fühlte, nahm sie diese Flut an Nachrichten und Nichtigkeiten bestenfalls als ein wirres Hintergrundrauschen in ihrem Bewusstsein wahr. Ab und zu ließ ein Wortfetzen sie aufhorchen, etwa weil die Kanzlerin zitiert wurde oder weil ein kurzer Einspieler plötzlich eine bekannte Stimme mit sich brachte. Doch letztlich nahm sie die paar hundert Kilometer wie im Fieber: mit einem Kopf in sinnlosem Aufruhr und einem Körper, der auf die nötigsten Funktionen reduziert war. Handy hatte sie keines dabei, nachdem sie Henriks auf dem Toilettenboden in dem kleinen Café einfach hatte liegen lassen. Sie hatte weder ihre Bestellung wahrgenommen noch ihren Kaffee bezahlt. Sie war einfach nur nach draußen gestürmt, ins Auto gestiegen und losgefahren. Heulend. Bis sie in der nächsten Ortschaft stehen geblieben war, um sich zu beruhigen, was ihr nicht gelang. Und dann war ihr Vater vor ihr aufgetaucht. Buchstäblich vor ihr aufgetaucht. Er hatte im Schnee gestanden, mitten auf der Straße, in einen dicken Mantel gehüllt, mit seiner geliebten Fellmütze auf dem Kopf, die ihm vor Generationen ein befreundeter Diplomat aus Moskau mitgebracht hatte. War vorübergegangen und hatte sie nicht einmal angesehen. Weil es nicht ihr Vater gewesen war, sondern irgendein Dorfbewohner, der sich vor dem Schnee in sein Haus flüchtete.

Und Natascha war vor ihrem Leben geflüchtet. Hatte den Motor wieder angeworfen und war ohne den geringsten Umweg auf die Autobahn gefahren, zunächst Richtung Berlin, dann aber an der Stadt vorbei und nach Westen, Hannover, Braunschweig: nach Hause. Sie hatte gar nicht darüber nachgedacht. Sie war einfach gefahren.

Und nun lag das kleine Häuschen vor ihr, in dem sie aufgewachsen war. Tief verschneit, als hätte es jemand als Motiv für eine Winterpostkarte hergerichtet. Keine noch so kleine Verwerfung verunzierte die Schneedecke der Auffahrt. Und sogar unmittelbar vor dem Eingang war nicht geschippt. Natascha rollte ganz heran, damit sie nicht so weit durch den Schnee stiefeln musste. Sie fröstelte, als sie ausstieg, bemerkte erst jetzt, dass sie in dem überheizten Wagen geschwitzt hatte. Beeilte sich, zur Tür zu kommen, und klingelte dreimal, wie sie es schon als Kind immer getan hatte, damit alle wussten, dass sie es war, die draußen stand.

Doch es öffnete niemand. Überrascht trat sie ein paar Schritte zurück und betrachtete das Haus. Es sah aus wie immer. Friedlich stand es zwischen den hohen Tannen, die unter den Schneemassen ihre Äste hängen ließen. Dann sah sie den Kamin: Es stieg kein Rauch auf. Natürlich: Die Einfahrt war nicht geräumt. Der Kamin brannte nicht. Niemand kam an die Tür – ihr Vater war nicht zu Hause! Für ein paar Augenblicke rang Natascha Eusterbeck um Fassung. Damit hatte sie nicht gerechnet. Obwohl ihr Vater gerne und auch gerne spontan verreiste. Aber sie hatte einfach nicht damit gerechnet.

Die Kälte riss sie schließlich aus ihrer Blockade. Immerhin gab es einen Schlüssel. Er lag seit vielen Jahren an einer bestimmten Stelle in der Garage. Und der Garagenschlüssel hing hinter einem Brett an der Regentonne. Fluchend stieg Natascha durch den hohen Schnee zur Tonne, auf der ebenfalls Schnee lag, zweifellos weil Wasser darin stand, das gefroren war, eine kleine Arktis. Der Garagenschlüssel war, wo er sein sollte. Sie sperrte die Garage auf. Der Wagen stand drin. Vaters alter Mercedes Benz, bald schon ein Oldtimer. Er war also vermutlich geflogen und hatte ein Taxi zum Flughafen genommen. Der Hausschlüssel lag in einer Kiste mit Schraubenziehern, die in einem Regal an der Wand stand.

Im Haus war es eisig. Wie lange mochte er weg sein? Und warum hatte er ihr nicht Bescheid gegeben? Natascha setzte sich an den Küchentisch und stützte den Kopf in die Hände. Die Antwort war einfach: weil sie sich nicht gemeldet hatte. Nicht mal zu Weihnachten hatte sie ihn angerufen. »Scheiße«, flüsterte sie. Sie spürte ihr Herz. Es zwickte sie. Seltsam, ein so körperliches Empfinden von schlechtem Gewissen. Sie seufzte, stand auf, sah sich in dem dämmerigen Haus um. Auf der Anrichte lag zu ihrem Befremden eine Spritze mit aufgesteckter Kanüle. Neben der Tür auf dem Boden fand sie eine Plastikverpackung für etwas, das sich »Medicure Opt« nannte. Mit der Schuhspitze schob sie das Ding ein wenig hin und her, wagte aber nicht, es anzufassen. Aus den Augenwinkeln meinte sie, vor dem Fenster einen Schatten vorbeihuschen zu sehen. Sie ging hin und schaute durch die leicht vereiste Scheibe nach draußen. Doch es war nichts zu erkennen. Sie glaubte schon, sich getäuscht zu haben, als plötzlich jemand hinter ihr sagte: »Wer sind Sie?«

Natascha fuhr herum. Beinahe hätte sie ihr Gleichgewicht verloren. Sie hatte nicht damit gerechnet, dass auf einmal jemand im Haus stehen könnte. »Wer sind *Sie*?«, fragte sie ihrerseits.

»Natascha?«

»Oh! Frau Weiß? Entschuldigen Sie, ich habe Sie nicht erkannt.« Vor ihr stand eine kleine Frau mit einer grauenhaften Dauerwelle und einem Kittelkleid, das sie wohl erst ablegen würde, wenn sie einst in die Grube sank: die Nachbarin, mit deren Nichte Natascha in allen Ferien ihrer Kindheit gespielt hatte, die sie in diesem Haus verbracht hatte. »Und ich habe mich erschreckt.«

»Das habe ich auch, Kindchen. Meine Güte, warum haben Sie denn nicht bei mir geläutet?«

»Wo ist mein Vater? Ich meine, wissen Sie zufällig, wo er ist?«

»Aber wissen Sie das denn gar nicht, Kindchen?«

»Weiß ich was nicht?«

»Ach Gott, es tut mir ja so leid!«

*

Weg. Sie war weg. Henrik hatte versucht, sie anzurufen, als sie gegen Mittag immer noch nicht wieder aufgetaucht war. Dann hatte er entdeckt, dass ihr Handy auf dem Schreibtisch lag.

Sie hatte seines mitgenommen. Aber auf dem hatte er sie auch nicht erreicht. Schließlich war er in die Ortschaft gegangen. Zu Fuß. Es hatte wieder zu schneien begonnen, man konnte die Straße kaum sehen. Einmal wäre er beinahe im Graben gelandet.

Als er nach einer halben Stunde durchgefroren und verschneit wie ein Yeti endlich auf dem Marktplatz stand, konnte er den Wagen nirgends entdecken. Es war kaum jemand im Freien. Die Lichter der Läden schimmerten durch das Schneegestöber. Henrik entschied sich, in der Bäckerei anzufangen, schließlich hatte Natascha dort Brötchen kaufen wollen.

»Also ich habe sie nicht gesehen«, erklärte eine hagere Mittfünfzigerin hinter der Ladentheke.

»Vielleicht dass sonst jemand ...?«

»Irmi, hast du die Frau Eusterbeck heute bei uns gesehen?«, rief die Verkäuferin in den rückwärtigen Teil der Bäckerei. Eine junge Frau kam zum Vorschein und nickte Henrik freundlich zu. »Ja, die war da. Sie hat aber, ähm, wie soll ich sagen ...« Henrik warf ihr einen fragenden Blick zu. »Sie hat verschiedene Sachen bestellt und auch einen Kaffee, hier drüben in unserer kleinen Stube.« Sie deutete hinüber ins Café. »Aber dann hat sie ihn nicht getrunken und die Sachen auch nicht mitgenommen.« Plötzlich kam ihr ein Gedanke. »Ich glaube, die Tüte müsste noch irgendwo hier stehen! Wollen Sie sie vielleicht mitnehmen?« Sie beugte sich unter die Theke und holte tatsächlich eine Papiertüte hervor. »Hier. Verschiedene Brötchen. Und ein paar Hörnchen, die sind in einer Extratüte drinnen.« Sie reichte Henrik das Päckchen. »Danke. Ähm, hat sie schon bezahlt?«

»Nein.« Die junge Frau strich sich eine lose Haarsträhne aus dem Gesicht. »Den Kaffee auch nicht.«

Henrik Eusterbeck griff nach seinem Portemonnaie, nur

um festzustellen, dass er es zu Hause hatte liegen lassen. »Oh Gott«, sagte er. »Das ist mir wahnsinnig peinlich. Ich habe meine Geldbörse vergessen.«

»Kein Problem«, erwiderte die hagere Mittfünfzigerin. »Nehmen Sie es mit. Sie können ja beim nächsten Mal bezahlen. Wir schreiben es auf, ja?«

»Ach, das ist wirklich sehr nett.« Er klemmte sich die Tüte unter den Arm. »Und meine Frau …«, sagte er schließlich. »Wissen Sie vielleicht, wohin sie ist?«

Doch keine der beiden hatte eine Ahnung. Henrik stand schon in der Tür, als die junge Frau ihm hinterherrief: »Herr Eusterbeck! Mir ist gerade noch etwas eingefallen!«

»Ja?«

»Sie war hier auf der Toilette.« Sie nickte zum rückwärtigen Bereich hin. »Da habe ich etwas gefunden. Vielleicht hat sie es dort verloren?« Sie griff in ihre Schürzentasche, holte ein Handy hervor und hielt es Henrik hin. Es war aus. Er nahm es, machte es an und gab die PIN ein, wartete. »Code angenommen«, signalisierte ihm das Gerät. »Ja«, sagte er. »Das ist meines. Danke, dass Sie so aufmerksam waren.« Und fuhr über den Touchscreen: eine neue Nachricht.

*

Seine Augen waren erloschen. Er nahm sie nicht wahr, als sie das Zimmer betrat. Auch sonst schien er abwesend. Da war keine Anteilnahme an dem, was um ihn herum geschah. »Ist er …« Natascha suchte die passenden Worte. »… ich meine, geistig …«

»Natascha?« Ein Ruck ging durch den ausgezehrten Körper des alten Mannes. Er starrte in ihre Richtung.

»Ach Papa!« Sie flog zu ihm hin, packte ihn mit beiden Armen und presste ihn fest an sich. »Ach Papa!«

»Meine Prinzessin«, sagte Wolfhardt Lippold und erwiderte mit seinen dürren Armen ihre Zuneigung. »Meine Prinzessin. Du bist doch hoffentlich nicht meinetwegen extra den Weg aus Berlin gekommen!« Er legte seine Hände auf ihre Schultern und schob sie eine Armeslänge von sich, um sie streng anzusehen, was seltsam wirkte mit seinem in unbestimmte Ferne gerichteten Blick.

»Viel zu spät«, seufzte Natascha und ließ sich auf den Rand des Bettes sinken. »Was ist denn nur geschehen?«

Wolfhardt Lippold schwieg einen Moment. Dann fragte er leise: »Sind wir allein?«

Natascha sah sich um. Die Schwester war verschwunden. »Ja«, sagte sie. »Wir sind allein.«

»Gut. Denn für andere könnte es seltsam klingen. So als ob ...« Er suchte nach den richtigen Worten. »Als ob ich vielleicht etwas verrückt wäre.« Seine Stimme war leise und brüchig. Er atmete schwer, vielleicht ja, weil ihn der Besuch aufregte. Natascha legte ihm ihre Hand auf die Brust. »Niemand würde dich für verrückt halten, Papa.«

Er keuchte mühsam. Ein Lachen, wie Natascha erschrocken feststellte. »Es tut mir so leid, dass ich mich über die Weihnachtstage nicht bei dir gemeldet habe. Ich habe ein richtig schlechtes Gewissen, Papa.«

»Du hättest mich ja sowieso nicht erreicht. Ich bin schon am Tag vor Heiligabend hierhergekommen.« Er strich ihr über den Kopf. Dann beugte er sich mühsam etwas weiter vor. »Ich muss dir etwas Wichtiges sagen«, flüsterte er.

»Ich möchte vor allem wissen, was genau passiert ist.« Sie versuchte, seinen Blick aufzufangen, doch er wich ihr aus. Nein, er wich ihr nicht aus: Er *konnte* sie nicht sehen!

»Ich bin gestürzt. Auf dem Weg zur Garage. Da war es spiegelglatt.«

»Ach Papa, musstest du denn bei dem Wetter unbedingt in die Garage gehen? Warum hast du nicht gestreut?«

»Ich habe gestreut. Ich hatte auch die richtigen Schuhe an. Und ich bin sicher, dass meine Verletzung am Kopf nicht von dem Sturz kommt.«

»Wie meinst du das?«

Die Tür ging auf, und Wolfhardt Lippold schwieg augenblicklich. Ein Arzt kam herein und fragte: »Wie geht's uns denn heute, Herr Lippold?«

»Ach ja, was soll ich sagen, Herr Doktor. Ich bin noch nicht ganz in der Form für einen olympischen Wettkampf. Aber ich arbeite daran.«

»Und Sie müssen Herrn Lippolds Tochter sein, nehme ich an?«, wandte sich der Arzt an Natascha. Er hatte graues Haar und die typische hagere Figur desjenigen, der den Spaß am Essen verloren hatte. Ärztesyndrom. »Das ist richtig. Natascha Eusterbeck.« Sie stand auf und reichte ihm die Hand.

»Traub. Angenehm. Ihrem Vater geht es gottlob schon um einiges besser. Er ist stärker, als man denkt. Er müsste sich nur schonen.«

»Ich schone mich, Herr Doktor«, stellte Wolfhardt Lippold fest. »Seit ich hier bin, habe ich nicht geraucht, nicht getrunken und keine Frauenbesuche empfangen.«

»Papa, das kann man sich ja kaum vorstellen, dass du so brav warst«, scherzte Natascha, obwohl ihr ganz und gar nicht danach zumute war. Der Blick des Arztes sagte alles: Das hier war kein Ferienaufenthalt.

»Vielleicht möchten Sie ja nachher noch kurz bei mir vorbeikommen, Frau Eusterbeck. Die Schwester zeigt Ihnen dann den Weg.«

»Gerne, Dr. Traub.« Sie nickte ihm zu, er bedachte sie noch mit einem tiefernsten Blick, dann verließ er das Zimmer, und

Natascha war wieder allein mit ihrem Vater. »Du kannst nichts sehen.«

»Nein. Nicht mal, ob es hell ist oder dunkel. Für mich ist zurzeit immer Nacht.«

»Wie stehen die Chancen, dass du wieder ganz gesund wirst?«

»Ganz gesund ... in meinem Alter. Ich weiß nicht, meine Prinzessin. Ich wäre nicht undankbar, wenn es wieder so lala ginge. Hauptsache, ich komme hier raus, bevor mich der Fluch des Klinikaufenthalts gepackt hat. Lungenentzündung, Herzversagen, Exitus.«

»Sag so was nicht. Die kümmern sich doch hier sicher gut um dich, oder?«

»Nicht nur hier, fürchte ich.« Wolfhardt Lippold richtete sich mühsam wieder etwas auf, um näher an ihrem Ohr zu sein. Er packte sie am Ärmel und zog sie zu sich hin. »Der Sturz war nicht die Ursache meiner Kopfverletzung. Es war umgekehrt: Die Kopfverletzung war die Ursache für meinen Sturz. Jemand hat mich niedergeschlagen. Ich musste nicht in die Garage, ich hatte nur etwas gehört. Du weißt, manchmal hört man Geräusche um das Haus. Ein Tier, das sich verlaufen hat, ein loses Holzteil, das im Wind klappert. Ich habe erst gar nicht daran gedacht, dass es ein Mensch sein könnte, der ums Haus schleicht.«

»Um Gottes willen! Und da bist du rausgegangen?« Natascha sah es direkt vor sich: Ihr Vater in der Dämmerung, irgendwo ein Schaben oder Rascheln. Er tappt durch das Halbdunkel und bemerkt plötzlich, dass jemand hinter ihm steht. Sie hielt sich die Hand vor den Mund. »Du meinst, jemand wollte dich überfallen? Ein Einbrecher?«

Lippold schüttelte den Kopf, verzog das Gesicht, weil er offenbar Schmerzen litt, ließ sich wieder ins Kissen sinken und sagte leise: »Nein. Kein Einbrecher. Das war jemand, der andere Gründe hatte.«

»Aber wer sollte dir etwas Böses wollen, Papa?«

»Mir«, seufzte er und starrte mit seinen leeren Augen an die Decke. »Oder dir.«

Eine Weile saßen sie schweigend da und lauschten auf die Geräusche des Krankenhauses. Dann erklärte Wolfhardt Lippold seiner Tochter: »Weißt du, Natascha, ich habe viel über unser letztes Gespräch nachgedacht. Du erinnerst dich: als du mich in Braunschweig besucht hast an diesem Abend, kurz nach deiner Ernennung zur Staatssekretärin. Seither hat mir deine Aufgabe keine Ruhe gelassen. Ich fand es merkwürdig, dass die Kanzlerin jemanden mit so wenig Erfahrung mit einer solchen Aufgabe betraut hat. Der Gedanke, dass es jemand von außen sein soll, ist schon richtig. Aber dennoch hätte es sicher ältere Weggefährten gegeben, die viel mehr Wissen über die vielfältigen Beziehungen in der Umgebung der Kanzlerin mitbringen. Das kommt mir doch irgendwie seltsam vor. Versteh mich nicht falsch, du bist klug und engagiert, du bist nicht korrupt, anders als die meisten, die dich umgeben. Aber du bist eben doch ein politisches Leichtgewicht. Noch. Diese Aufgabe passt nicht zu jemandem, der …«

Wieder wurden sie unterbrochen. Diesmal war es die Krankenschwester allein, die hereinkam und Natascha auf freundliche, aber unmissverständliche Weise zu verstehen gab, dass es Zeit wäre zu gehen. »Zu viel Anstrengung ist momentan nicht gut für Ihren Vater. Der Herr Doktor wird es Ihnen gerne erklären.«

Natascha nickte. »Schon gut. Ich gehe. Papa, morgen bin ich früher da, ja? Dann können wir das alles in Ruhe besprechen.«

»Natascha!« Er verstärkte seinen Griff. »Du kommst doch sicher?«

»Aber natürlich. Morgen Vormittag. Jetzt bin ich ja hier.« Sie beugte sich über ihn, gab ihm einen Kuss und folgte der Schwester nach draußen.

*

Der Rückweg zum Haus am See war lang genug, um eine Gewissheit in Henrik Eusterbeck reifen zu lassen. Je länger er durch die eisige Landschaft ging, umso klarer wurde ihm, dass sich in seinem Leben gerade etwas dramatisch veränderte. Etwas, das nicht in seiner Hand lag. Jedenfalls nicht mehr. Sein Leben begann ihm zu entgleiten.

Natti war nicht ohne Grund verschwunden. Sie war auch nicht unfreiwillig verschwunden. Zuerst war ihm der Verdacht gekommen, jemand könnte Natascha in seine Gewalt gebracht haben. Doch die Mitarbeiterin in der Bäckerei hatte ja gesagt, Natascha habe von sich aus überstürzt den Laden verlassen. Nein, sein Bauch signalisierte ihm klar, dass es Gründe gab, weshalb sie nicht zurückgekommen war. Einen Grund zumindest. Ihn. So schön die letzten Tage gewesen waren, so brüchig war das Glück gewesen – und schon auf dem Weg in den Ort hatte er mehrmals genau das gedacht. Und dann hatte er vor der Bäckerei gestanden und das Protokoll der eingegangenen Anrufe auf seinem Handy aufgerufen und gefunden, was er befürchtet hatte: Michelles Nummer, entgegengenommen um 9.40 Uhr. Da war Natascha mit dem Handy unterwegs gewesen. Michelle hatte angerufen, und Natascha war rangegangen. Den ganzen Rückweg zum Haus hatte diese unselige Verkettung von Vorfällen in seinem Kopf Schleifen gezogen. »Scheiße«, fluchte er, als er endlich da war, und trat gegen die Tür. Dann setzte er sich auf die Treppe und bedauerte sein Schicksal, während ihm winzige Eiskristalle ins Gesicht wehten.

*

Dr. Peter Traub legte sein Diktiergerät aus der Hand und erhob sich, als Natascha eintrat. »Bitte, nehmen Sie Platz, Frau Eusterbeck.«

»Danke.« Sie setzte sich und vergrub ihre Hände in dem Mantel, den sie in einem Knäuel auf ihrem Schoß hielt. »Warum hat mich niemand benachrichtigt?«

»Das haben wir versucht, Frau Eusterbeck. Aber weder in Ihrem Büro noch unter Ihrem Privatanschluss war jemand erreichbar.«

Natürlich. Sie war nicht in Berlin gewesen, Petra hatte auch freigehabt, und ihre neue Handynummer hatte niemand gewusst. Sie nickte. »Verstehe. Entschuldigen Sie. Was ist denn geschehen? Medizinisch, meine ich.«

»Nun, medizinisch gesehen ist Folgendes passiert ...« Dr. Traub setzte sich wieder und nahm eine Patientenakte zur Hand, zweifellos die von Wolfhardt Lippold. »Ihr Vater hat bei dem Sturz ein Schädel-Hirn-Trauma erlitten. Auf den Röntgenaufnahmen sieht es gar nicht so bemerkenswert aus, zunächst hatten wir tatsächlich gehofft, dass es nur eine Gehirnerschütterung wäre. Aber, wie Sie ja selbst feststellen konnten, ist das Sehzentrum massiv geschädigt. Es sieht ganz danach aus, als müsste Ihr Vater damit leben, dass er sein Augenlicht nicht mehr wiedererlangt.« Der Arzt machte eine kurze Pause und fügte dann hinzu: »Wenn er überlebt.«

»Wenn er überlebt?« Natascha fuhr von ihrem Stuhl auf. »Sie meinen, er ist – immer noch – in Lebensgefahr?«

»Wir glauben, dass der kleine Schatten, den Sie hier sehen ...« Er nahm ein Röntgenbild zur Hand und hielt es an die Lampe, die die Wand hinter seinem Schreibtisch hell erleuchtete. »... möglicherweise ein Hirnödem ist.«

»Sie rechnen mit einem Schlaganfall?«

»Damit müssen wir rechnen, ja. Leider.« Der Arzt blätterte

in der Akte. »Sehen Sie, Ihr Vater ist alt, achtzig Jahre fast. Da kann jede schwere Verletzung tödlich enden. Es braucht nicht einmal ein Ödem dazu. Bei neun von zehn Patienten führt ein Bruch des Schädelknochens in diesem Alter zu zerebralen Ausfällen.«

»Aber er war doch eben ganz klar.« Natascha griff nach dem Röntgenbild, das der Arzt vor sie hingelegt hatte, hielt es ins Licht und betrachtete das Hirn ihres Vaters. Sie schauderte. In sein Inneres zu blicken, das war wie ein Sakrileg. Und doch konnte sie nicht anders. Mit diesem Gehirn hatte er all die klugen Dinge erdacht, die er ihr in ihrer Kindheit und Jugend und auch später noch gesagt hatte. Hier waren die Geschichten entstanden, die er an ihrem Bett erzählt hatte, hier war die Wurzel seines Humors, mit dem er so viele Freunde gewonnen hatte, und seines Zorns, der ihn seine Karriere gekostet hatte.

»Das ist richtig. Eben war er klar. Das haben wir aber auch schon anders erlebt. Und ob er sich morgen noch an Ihren Besuch heute erinnert, ist keineswegs sicher.«

»Das kann ich nicht glauben«, entgegnete Natascha und schüttelte den Kopf. »Er hat mich erkannt, noch bevor ich ihn angesprochen habe.«

»Auch das ist nichts Außergewöhnliches«, erklärte der Arzt bestimmt. Er griff nach einem Stift und schien dieses Detail in Wolfhardt Lippolds Krankenblatt zu vermerken. »Man kann es mit der Situation von Manisch-Depressiven vergleichen, auch wenn es dabei natürlich um ein ganz anderes, um ein psychisch motiviertes Problem geht: himmelhoch jauchzend und zu Tode betrübt. Hochgefühle und tiefe Depressionen wechseln sich ab. So ist es hier mit der intellektuellen Leistungsfähigkeit. In einem Moment erscheint einem der Patient geradezu genial, im nächsten dämmert er nur noch dahin.«

Fassungslos starrte Natascha Eusterbeck den Arzt an. »Was wollen Sie mir damit sagen? Dass mein Vater zum Idioten wird?«

»Um Himmels willen, Frau Eusterbeck! Wir leben doch nicht mehr im neunzehnten Jahrhundert! Nein. Ihr Vater wird, wenn alles gut geht, wieder weitgehend gesund, auch wenn er selbst im günstigsten Fall mit Einschränkungen im täglichen Leben wird rechnen müssen. Und auch wenn er sicher nicht mehr ganz allein wird leben können.«

»Und im ungünstigen Fall?«

»Im ungünstigsten Fall werden wir ihn nicht retten können. Ich kann das leider nicht ausschließen. Aber natürlich hoffen wir und arbeiten wir daran, ihn so gut wie möglich wieder zurück ins Leben zu bringen. Ich befürchte nur, dass Ihr Vater dauerhaft blind bleiben wird, weil der Sehnerv irreversibel geschädigt ist und dass er eine langsam, aber stetig um sich greifende Alzheimer-Erkrankung ausprägen wird.«

Natascha nickte. Alzheimer. Es überraschte sie nicht wirklich. Nicht dass sie ausgerechnet bei ihrem Vater, dem klügsten Menschen, den sie je kennengelernt hatte, eine solche Erkrankung erwartet hätte. Aber Alzheimer war der Fluch hoher Lebensjahre. Die Krankheit breitete sich wie eine Epidemie aus. Warum sollte sie ausgerechnet den brillanten Denker und Redner Wolfhardt Lippold verschonen? »Verstehe«, sagte sie. Und nach einer kleinen Weile: »Kann ich irgendetwas tun?«

Der Arzt wiegte den Kopf. »Schwer zu sagen. Medizinisch gesehen tun wir natürlich alles, was man tun kann. Aber es ist fraglos eine Hilfe, wenn ein Patient Zuspruch hat und geistig gefordert wird. Gerade auch wenn er blind ist. Allerdings rate ich davon ab, ihn in der nächsten Zeit zu besuchen. Das wird ihn zwangsläufig aufregen und das Risiko eines Schlaganfalls erhöhen.«

»Ich soll ihn nicht sehen?«

»Für kurz, ja. Aber gehen Sie nach ein paar Minuten wieder. Es ist besser für ihn. Wenn wir Sie brauchen, geben wir Ihnen Bescheid. Vielleicht könnten Sie Ihre Telefonnummer bei der Schwester hinterlassen.«

Sie hatte ihr Handy nicht dabei, wie ihr erst jetzt wieder einfiel. Es lag im Haus in Brandenburg. Bei Henrik. Dem Mann, der sie betrogen hatte. Und von dem sie ein Kind erwartete. Wenn es denn seines war. »Ich wohne ein paar Tage im Haus meines Vaters«, erklärte sie. »Die Nummer gebe ich der Schwester.«

»Danke. Und wenn ich irgendetwas für Sie tun kann, rufen Sie mich jederzeit gerne an.«

»Danke, Herr Doktor Traub.«

»Gerne. Alles Gute.«

»Ihnen auch. Auf Wiedersehen.«

»Auf Wiedersehen.«

Sie verließ das Arztzimmer und schlich wie in Trance über den Klinikflur. Das Schwesternzimmer? Sie wusste nicht, wo es war. Plötzlich stand sie wieder vor dem Zimmer ihres Vaters. Vorsichtig öffnete sie die Tür, um noch einmal einen Blick auf ihn zu werfen. Er lag mit geschlossenen Augen in seinem Bett und atmete schwer. Sie sah ihn an, voll Liebe und Sorge. Da hob er auf einmal seinen Kopf. Kaum merklich, aber er hob ihn. »Ist da jemand?«

»Entschuldige, Papa. Ich bin's noch mal. Ich wollte dich nicht stören«, sagte Natascha schuldbewusst. Sie durfte ihn nicht aufregen. Ruhe war jetzt das Wichtigste.

»Bist du allein?«

»Ja. Aber ich gehe jetzt. Schlaf gut und …«

»Komm rein. Schnell. Mach die Tür zu.« Er stützte sich mühsam auf einen Ellbogen und starrte sie mit seinem leeren

Blick an. »Mir ist noch etwas eingefallen, etwas Wichtiges. Vielleicht warst du …«

In diesem Moment trat die Schwester ins Zimmer. »Transatlantische Allianz«, flüsterte Wolfhardt Lippold. »Hörst du?«

»Frau Eusterbeck, ich muss Sie wirklich bitten«, sagte die Schwester. »Es ist besser, wenn Sie jetzt gehen.«

»Aber natürlich. Entschuldigung.« Natascha beugte sich über ihren Vater und küsste ihn sacht auf die Stirn. »Ich gehe jetzt, Papa. Wir können morgen sprechen.« Er aber packte sie mit einem Griff in den Nacken und zog sie zu sich herunter. »Transatlantische Allianz«, presste er nochmals zwischen seinen schmalen Lippen hervor. »Mai.«

»Gute Nacht, Papa.« Mit sanfter Gewalt nahm Natascha seine Hand von ihrem Hals und legte sie wieder auf die Bettdecke. Dann folgte sie der Schwester einmal mehr nach draußen, während der Patient seufzend die blinden Augen schloss.

*

»Denken Sie, er hat etwas entdeckt?«

»Entdeckt … Der Alte ist schlau. Und er weiß, wie die Branche funktioniert. Ich kann mir vorstellen, dass er einfach begonnen hat, eins und eins zusammenzuzählen.«

»Wenn das so einfach wäre, dann hätten wir all die Jahre mehr Ärger gehabt.«

»Vielleicht hat bisher bloß keiner die richtigen Fragen gestellt.«

»Und Sie denken, ausgerechnet eine Amateurin wie die Eusterbeck stellt die richtigen Fragen?«

»Ich kann mir vorstellen, dass sie nicht einmal weiß, worauf sie da gestoßen ist.«

»Dann sollten wir dringend dafür sorgen, dass ihr der Alte nicht noch mehr Flausen in den Kopf setzt.«

»Keine Sorge, wir arbeiten bereits daran.«

»Sie arbeiten daran? Was soll das heißen? Der Alte liegt in der Klinik und lässt sich päppeln. Und seine Tochter ist schon dort. Er wird nicht lange fackeln, ihr seine Erkenntnisse brühwarm zu erzählen.«

»Keine Sorge, wie ich sagte, wir sind schon dran. Damit meine ich: dran an ihm.«

»Nah genug?«

»Näher geht nicht. Der behandelnde Arzt ist zufällig mein Bruder.«

»Wie haben Sie das denn geschafft?«

»Wir wussten ja, warum und wohin unser Patient kommt. War keine große Sache, das einzufädeln.«

»Teuflisch …«

»Nennen wir es einfach professionell.«

*

Das Haus war kalt. Eisig kalt. Natascha Eusterbeck konnte sogar in der Küche ihren Atem sehen. Sie stürzte sich auf die Heizungen und drehte sie alle auf. Alle. Sie brauchte jetzt Wärme. Gerne hätte sie ein heißes Bad genommen, doch der Boiler war genauso kalt, das war klar.

In ihrem alten Zimmer fand sie eine Decke, in die sie sich schon als Kind gekuschelt hatte. Sie nahm sie, roch daran und erkannte den Duft einer ganz und gar unschuldigen Zeit wieder. Sie legte sich die Decke um die Schultern und ging wieder hinunter in die Küche, wo sie sich einen Tee machte. Dann saß sie da, am Küchentisch, fröstelnd, schockiert, allein. Plötzlich wurde ihr bewusst, dass sie weder ein Handy hatte noch ihr Notebook. Sie saß da in diesem Haus am Rande von Braunschweig und war praktisch völlig von der Außenwelt abgeschnitten. Natürlich gab es ein Telefon. Aber außer der Klinik wusste niemand, dass Natascha unter dieser Nummer erreichbar war, vielleicht war das im Augenblick auch besser so. Computer, geschweige denn Internet hatte ihr Vater nicht. Er stammte aus einer anderen Zeit, in der man auch ohne diese Kommunikationsmittel leben konnte. Und nun saß sie also hier und konnte nicht einmal weg: Wenn die Klinik anrief, wollte sie unbedingt erreichbar sein. Das hieß, bis morgen Vormittag keinen Fuß vor die Tür setzen.

Sie sah nach draußen. Es war längst dunkel. Nun, es würde ihr also nicht schwerfallen, zu Hause zu bleiben. Wäre es nicht der Zwang gewesen, es hätte ihr nichts ausgemacht. Sie nippte an ihrem Tee und dachte über die Worte des Arztes nach. Einerseits schien es ihr widersprüchlich: Wolfhardt Lippold war immer ein Mann des Intellekts gewesen. Es war kaum vorstellbar, dass er in eine geistige Umnachtung fallen sollte. Sagte man nicht, dass geistige Regsamkeit bis ins hohe Alter die Gefahr, an Alzheimer zu erkranken, deutlich verringert? Andererseits hatte er, als sie sich noch einmal von ihm verabschieden wollte, wirres Zeug gesprochen. Auch die Paranoia gab ihr zu denken, die ihn scheinbar befallen hatte. Sie kannte das von der Mutter ihres Vaters. Großmutter hatte auch ständig davon gesprochen, dass sie bestohlen wurde. Oder beobachtet. Dass jemand ihr nach dem Leben trachtete, war ihr zwar nicht eingefallen, aber vielleicht wäre das auch noch eine Geschichte gewesen, wenn sie etwas länger gelebt hätte.

Einerseits. Andererseits fragte sie sich, ob ihr Vater in dieser Klinik wirklich optimal versorgt wurde. Er hatte einen Schädelbruch und Verdacht auf ein drohendes Hirnödem. Musste er da nicht auf der Intensivstation liegen? Mussten da nicht zur Sicherheit lebenserhaltende Geräte in seiner unmittelbaren

Umgebung vorhanden sein für den Fall, dass etwas passierte? Natascha beschloss, diese Fragen morgen anzusprechen. Sie wollte sich, nun da sie endlich auf der Bildfläche erschienen war, und sei es auch nur durch Zufall, nicht vorwerfen lassen, sie hätte nicht alles für ihren Vater getan. Vor allem wollte sie alles für ihn tun. Nicht nur weil er der einzige Mensch auf der Welt war, dem sie alles anvertrauen und dem sie uneingeschränkt vertrauen konnte. Henrik hatte sie in dieser Hinsicht schließlich bitter enttäuscht.

Erst nach einiger Zeit wurde ihr bewusst, dass sie offenbar schon länger schluchzte. Sie schnäuzte sich, trank ihren Tee aus und ging ins Wohnzimmer, um sich vor den Fernseher zu setzen. Immerhin diese Verbindung zur Außenwelt gab es. Und morgen früh, wenn das Büro wieder besetzt war, würde sie im Kanzleramt anrufen und Bescheid geben, wo sie zu erreichen war. Außerdem würde sie sich in der Innenstadt rasch ein neues Mobiltelefon besorgen und den wichtigsten Menschen ihre Nummer durchgeben. Henrik gehörte nicht dazu.

Wolfhardt Lippold besaß keinen Kabelanschluss und keine Satellitenschüssel. Er verfügte nur über eine terrestrische Antenne. Entsprechend eingeschränkt war der Empfang von Fernsehprogrammen. Aber immerhin fand Natascha einen Nachrichtensender, der halbwegs passabel reinging. Politiker sind News-Junkies. Sie sind ständig damit beschäftigt, die Ereignisse auf der Welt zu scannen, sei es auf dem TV-Bildschirm, der – auf lautlos gestellt – permanent im Büro flackerte, sei es auf mehreren Internetseiten, sei es durch Meldungen diverser beauftragter Nachrichtendienste, die zum Teil im Minutentakt auf dem E-Mail-Server eintrafen. Oder mit Hilfe des Presseservices der Bundesregierung, der die Minister und Staatssekretäre, die Sprecher und Referenten ununterbrochen mit Informationshäppchen fütterte. Erst wenn man ein paar

Tage diesem Dauerbombardement von Nachrichten entkam, erkannte man, wie unnötig dieser News-Overkill war: Man konnte in dieser Informationsflut das Wichtige vom Unwichtigen kaum noch unterscheiden.

Auf dem alten Sofa in ihrem Elternhaus sitzend sah Natascha Eusterbeck die Nachrichten und kam sich in der dort gezeigten Welt mit einem Mal ganz fremd vor. Staatsbesuch der Kanzlerin in der Volksrepublik China. Da stand sie, die Frau, mit der sie sonst mehrmals die Woche an einem Tisch saß, die mit ihr vertrauliche Gespräche führte, die als mächtigste Regierungschefin der Welt betrachtet wurde, bewundert und gefürchtet, im eisigen Wind, der auf dem Flughafen von Peking wehte, schritt schließlich die Reihen marionettenhafter Soldaten ab, lächelte in die Kameras und setzte sich an eine bemerkenswert lange Gesprächstafel, begleitet von ihrem Tross Abhängiger aus Politik und Wirtschaft, Bossen, deren Boss sie war oder sein wollte. Natascha konnte den Wirtschaftsminister erkennen, wie immer smart und elegant – zu elegant, um ernst genommen zu werden. Kanzleramtsminister Steiner mit seinem falschen Lächeln, das wie für das ZK der Kommunistischen Partei geschnitzt war. Jo Feldmann von der Nationalbank, natürlich, denn es ging vor allem um Geld, wie bei allen Staatsbesuchen. Einen anderen Banker, den Natascha bei einer Veranstaltung im Kanzleramt kennengelernt hatte, dessen Name ihr aber nicht mehr einfiel. Andere Wirtschaftsbosse. Den Arbeitgeberpräsidenten, der sich in seiner Rolle als Repräsentant der deutschen Wirtschaft sichtlich gefiel. Den IG-Metall-Vorsitzenden, was Natascha wunderte, denn der stand definitiv im falschen politischen Lager. Staatsminister Frey, der, als die Kamera an ihm vorbeischwenkte, aufsah, sodass Natascha Eusterbeck das Gefühl hatte, er würde direkt zu ihr blicken. In das Wohnzimmer ihres Vaters in Braunschweig, wo sie allein saß, so allein, dass niemand Bescheid wusste, wo sie war.

Mit einem Mal graute ihr. Was, wenn ihr Vater sich das doch nicht eingebildet hatte und tatsächlich jemand ihn überfallen hatte? War es nicht möglich, dass derjenige sich noch in der Nähe aufhielt? Nein, im Haus war es kalt gewesen. Und sie hatte keine Spuren gesehen, als sie heute hier angekommen war. Aber natürlich war es möglich, dass derjenige, nun, da offensichtlich wieder jemand im Haus war, zurückkam. Sie stand auf und ging zum Fenster. Zog die Vorhänge zu, ohne nach draußen zu sehen. Sie hatte Angst davor, jemand könnte dort stehen und sie beobachten.

Mit pochendem Herzen lief sie durch die anderen Räume des Erdgeschosses und schloss auch dort die Vorhänge. Am liebsten hätte sie die Fensterläden zugemacht, doch dazu hätte sie die Fenster öffnen müssen. In der Dunkelheit wollte sie das nicht.

Sie fragte sich, ob ihr Vater eine Waffe im Haus hatte. Doch natürlich hatte er das nicht. Kein intelligenter Mensch hatte Waffen zu Hause. Höchstens vielleicht ein Jäger, doch das war ihr Vater nicht. Sie hätte auch gar nicht gewusst, wie sie mit einer Waffe umgehen sollte. Das Beil! Sie konnte sich das Beil holen. Doch dazu hätte sie nach draußen gemusst. Das Beil steckte im Holzpflock hinter dem Haus. Nein, auch das kam nicht in Frage. Also ging sie in die Küche und nahm sich eines der großen Bratenmesser und stieg damit die Treppe in ihr altes Zimmer hoch. Sie würde es mit ins Bett nehmen. Nur zur Sicherheit. Es war ja eigentlich völlig ausgeschlossen, dass jemand etwas von ihr wollte. Niemand wusste, dass sie hier war. Und wenn jemand das Haus hätte ausrauben wollen, dann wäre in den vergangenen Tagen, als es leer stand, die beste Gelegenheit dazu gewesen. Nein, sie war sicher. Ganz sicher. Und doch hielt sie den Griff des Messers fest umklammert, als sie Stunden später endlich erschöpft in den Schlaf fiel.

*

Als das Telefon schrillte, war es lichter Tag. Leicht benommen wankte Natascha Eusterbeck nach unten und nahm den Anruf im Flur entgegen. »Ja bitte?«

»Frau Eusterbeck?«

»Am Apparat.«

»Dr. Traub hier. Ich fürchte, ich habe keine guten Nachrichten für Sie.«

Sie war schlagartig hellwach. »Keine guten Nachrichten? Was ist passiert?«

»Vermutlich ein Schlaganfall. Sie erinnern sich, das Ödem ...«

»Oh Gott! Ein Schlaganfall? Sind Sie sicher? Wie geht es ihm?«

Der Arzt schwieg einen Moment. Dann holte er hörbar Luft. »Ich fürchte, er wird nicht überleben. Sie sollten vielleicht noch einmal vorbeikommen, wenn Sie es einrichten können.«

Natascha brachte kein Wort heraus. Es war, als hätte jemand ihre ganze Kraft mit einem einzigen Zug aus ihr herausgesaugt.

»Frau Eusterbeck?«

»Ja«, hauchte sie. »Ich ... ich bin schon unterwegs.« Sie ließ den Hörer sinken, ohne sich zu verabschieden. Erst Minuten später legte sie auf. Dann zog sie sich etwas an und machte sich auf den Weg in die Klinik.

Königstein/Taunus, Le-Cannet-Rocheville-Straße, 31.10.1989, 8:40:09 Uhr.

Das Herumreißen des Steuers ist reiner Reflex. Die Bruchteile von Sekunden, die es bräuchte, um eine auch nur geringfügig koordinierte Handlung zu vollführen, sind um ein Vielfaches länger, als es der Geschwindigkeit des Blitzes entspricht, der in Ecks Augenwinkel dringt und dem im Abstand einer tausendstel Sekunde die Druckwelle folgt, die den Wagen vom Asphalt hebt und auf die andere Fahrbahnseite schleudert. Durch die Wucht der Detonation reißt es Ecks Hände vom Lenkrad. Sein Kopf wird in einer halben Rückwärtsdrehung gegen die Nackenstütze geschleudert, um dann in einer reaktiven Bewegung gegen das Seitenfenster zu knallen. Der Mercedes Benz 500 SL wird in die Luft gehoben. Die beiden rechten Türen brechen auf, die hintere wird in Sekundenbruchteilen weggesprengt, die Panzerglasfenster vollständig zerstört. Teile des Fahrzeugs fliegen bis zu 100 Meter weit. Als das 2,8 Tonnen schwere Fahrzeug nach 3,3 s zum Stillstand kommt, ist Eck für wenige Augenblicke bewusstlos.

8:41:00 Uhr. Die Druckwelle hat im Umkreis von einem Kilometer Fensterscheiben erzittern lassen, die Explosion war im Radius von zwei Kilometern deutlich hörbar. Zwei Jahre später wird man Spuren von Sprengstoff im Keller eines sich selbst und andere belastenden V-Mannes des hessischen Verfassungsschutzes finden, die als sicheres Indiz auf eine Tatbeteiligung gewertet werden. Es werden allerdings keine Spuren der Art von Sprengstoff gefunden, die bei dem Attentat zum Einsatz kamen.

ZWÖLF

Es war der 30. Dezember. Heute hätte Natascha Eusterbeck wieder im Büro sein müssen. Auf dem Plan standen mehrere Konferenzen, außerdem eine kleine Abschiedsfeier für einen zum Jahresende ausscheidenden Abteilungsleiter. Und jede Menge Akten, die über die Feiertage zweifellos angefallen waren. Doch so, wie die Dinge in Natascha Eusterbecks Leben inzwischen standen, musste sie ihre Auszeit verlängern und aus ein paar freien Tagen um Weihnachten einen Jahresendurlaub machen. Sie rief in ihrem Büro an. »Hallo, Petra. Ich hoffe, du hattest schöne Feiertage.«

»Natascha! Wo bist du denn abgeblieben?«, erwiderte Petra Reber in ihrer jovialen Art. »Die erste Sitzung läuft schon. Kleine Lage Inneres. Frey vertritt die Alte. Und ich erreiche dich nicht auf dem Handy.«

»Ich dachte, Frey ist in China.«

»War er auch. Ist aber einen Tag früher zurückgekehrt. Und du? Warum bist du noch nicht hier?«

»Mein Vater ist gestorben.«

Einen Augenblick wusste Nataschas Sekretärin nicht, was sie sagen sollte. Dann flüsterte sie: »Gott, Natascha, das ist ja schrecklich. Ach, das tut mir ja so leid. Ich … ich weiß gar nicht, was ich sagen soll.«

»Danke, Petra, ich weiß ja, was du sagen willst.« Sie atmete tief durch. »Ein Sturz. Er hat sich einen Schädelbruch zugezogen. Vorgestern habe ich ihn noch im Krankenhaus besucht, und er war eigentlich ganz aufgeweckt. Aber dann …« Natascha schluckte. Es fiel ihr schwer, darüber zu sprechen. Wenn sie nicht aufpasste, würde sie jeden Augenblick wieder in Tränen ausbrechen.

»Kann ich denn irgendwas für dich tun?«, fragte Petra Reber zum Glück, und Natascha fing sich wieder. »Ja, das kannst du«, sagte sie. »Ich werde ein paar Tage hier in Braunschweig bleiben, um die Angelegenheiten meines Vaters zu regeln. Erst einmal möchte ich dich bitten, allen Bescheid zu geben, dass und warum ich fehle. Dann sag bitte meine Termine ab.«

»Alle?«

»Alle. Bis Ende nächster Woche.«

»Auch den mit Steiner?«

Steiner hatte ihr ein paar Vorschläge präsentieren wollen, die sie in ihre Strukturreformvorschläge einarbeiten sollte. »Vor allem den«, erklärte Natascha und fühlte sich fast ein wenig befreiter. »Und ich möchte dich bitten, bei mir vorbeizukommen und mir ein paar Unterlagen zu bringen.«

»Versteh mich nicht falsch, Natascha«, sagte Petra Reber. »Ich komme wirklich gerne bei dir vorbei. Als Freundin. Wenn du Zuspruch brauchst und Trost und so. Aber wenn es nur um ein paar Akten geht, wäre ich vermutlich eine größere Hilfe für dich, wenn ich die Stellung hier im Büro halte, und Bleicher bringt dir die Sachen nach Braunschweig.«

»In dem Fall wäre es mir aber wichtig, dass du sie mir bringst und niemand anders.«

»Okay«, sagte Petra Reber langgezogen und lauschte, was dieses Gespräch noch bringen mochte. Sie hatte jedenfalls das Gefühl, als stünde sie im Begriff, Dinge zu erfahren, die sie nicht unbedingt wissen sollte. Doch Natascha hielt sich bedeckt. Sie sagte nur: »Außerdem muss ich dir etwas über mich erzählen. Über Henrik und mich.« Nun, dann würde sie vielleicht auch erfahren, weshalb Henrik Eusterbeck schon viermal im Büro angerufen und nach Natascha gefragt hatte.

*

Das Begräbnis war eine einsame Veranstaltung. Einige alte Arbeitskollegen hatten sich eingefunden, Konsularbeamte im Ruhestand, ein paar Nachbarn, alle schon alt, jeder von ihnen konnte der Nächste sein, man sah, dass die Reihen längst gelichtet waren. Und Natascha. Verwandtschaft gab es sonst nicht. Ihre Mutter war gestorben, als sie noch ein Kind war, Geschwister hatte sie nicht. Es gab eine Tante mütterlicherseits, doch der Kontakt zu ihr war nach Mamas Tod schon bald abgebrochen, es war für alle gewesen, als seien sie Glieder eines Körpers, der nur durch einen gemeinsamen Schmerz zusammengehalten wurde. So existierten sie lieber getrennt voneinander fort.

Der Pfarrer der nahe gelegenen Kirchengemeinde sprach ein paar nette Worte über den Verstorbenen, den er allerdings kaum gekannt hatte, Wolfhardt Lippold war kein Kirchgänger gewesen. Dennoch war Natascha ihm dankbar. Sie selbst hätte nichts sagen können, nicht an diesem Tag.

Nach der Beisetzung verlief sich die kleine Gesellschaft rasch, und sie blieb allein am Grab zurück. Selbst der Pfarrer hatte es eilig gehabt wegzukommen. Es hatte zu schneien begonnen. Natascha stand noch einige Zeit in stummer Zwiesprache mit ihrem Vater. Es quälte sie, dass sie ihm nicht mehr hatte sagen können, dass sie schwanger war. Es quälte sie auch, dass sie es ihm nicht einmal hätte sagen wollen, wenn sie noch Gelegenheit dazu gehabt hätte. Diese Schwangerschaft war ein Albtraum. Natascha hatte das Gefühl, als sei der Feind in sie eingedrungen und zehre sie von innen heraus auf. Als sie noch ein Leben gehabt hatte, das Freundschaften zuließ, hatte sie einige Freundinnen gehabt, die schon früh in der Schwangerschaft eine innige Beziehung zu dem Ungeborenen aufbauten. Das Kind war ihr Kind von dem Moment an, in dem sie von ihm erfahren hatten. Es war Teil ihres Lebens – und sie begannen für das Kind zu leben, mehr als für sich selbst.

Natascha Eusterbeck hingegen, die aus ihrem körperlichen Dasein nie eine große Sache gemacht hatte, empfand die Abwesenheit eines Zyklus plötzlich wie eine persönliche Beleidigung, ja, sie fühlte sich durch die Schwangerschaft herabgewürdigt, so sehr, dass sie sich selbst verabscheute für die Kälte, mit der sie dem Kind, das in ihr wuchs, begegnete. »Du kannst nichts dafür«, flüsterte sie, als sie sich endlich zum Gehen wandte. »Es tut mir leid.« Irgendwann, das war klar, musste sie zum Arzt. Das war sie auch sich selbst schuldig. Ob sie das Kind behalten wollte, wusste sie immer noch nicht.

Jetzt, da ihr Vater tot war, fühlte sich das Haus in Braunschweig noch leerer an. Natascha hatte persönlich im Kanzlerbüro Bescheid gegeben, dass sie ein paar Tage Auszeit nahm, weil sie den einzigen Verwandten zu Grabe tragen musste, den sie noch gehabt hatte. Man war ihr mit großer Anteilnahme begegnet. Sogar Bernhard Bauer, der persönliche Referent der Kanzlerin, hatte ihr die besten Grüße von ganz oben bestellt, die Kanzlerin kondoliere ihr aufrichtig, das würde sie ihr nach der Rückkehr von der Asien-Reise auch noch selbst sagen. Zurzeit war der Tross – in leicht abgewandelter Zusammensetzung – in Korea unterwegs. Natascha verfolgte die Wege der Kanzlerin und einiger Kollegen im Fernsehen, ohne sich aber allzu sehr damit auseinanderzusetzen. Sie hatte andere Probleme.

Henrik hatte sich gemeldet. Eigentlich hatte er ihren Vater anrufen wollen, um von ihm zu erfahren, ob er wusste, wo sie war. Als er sie selbst am Telefon hatte, war kein wirkliches Gespräch zustande gekommen. Sie war zu angegriffen, ihm Vorhaltungen zu machen, der Tod ihres Vaters hatte alles relativiert. Henriks Untreue ebenso wie ihre Ehe. Henrik seinerseits war sprachlos, hatte nur noch geschwiegen, als sie ihm in dürren Worten sagte, dass ihr Vater tot sei. Ob das der Grund sei, weshalb sie plötzlich verschwunden war? Das war ihm schließlich noch in den Sinn gekommen. Nein, hatte sie gesagt, das sei es nicht gewesen. Er wusste es doch.

Und dann war sie nach oben gegangen und hatte begonnen, sich mit der Arbeit am Unvermeidlichen zu trösten: den Formalitäten, die zu erledigen waren, wenn jemand, der lange Zeit auf dieser Welt gelebt hatte, sie wieder verließ: Papiere sichten. Versicherungen und Abonnements kündigen. Den Nachlass erfassen. Trauerkarten verschicken. Erstaunt stellte Natascha fest, dass ihr Vater alles akribisch notiert hatte. All seine Gedanken hatte er in Notizbücher, auf Zettel und Blöcke geschrieben. Politisches. Persönliches. Sogar einige Gedichte, die nicht einmal übel waren. Eine erotische Novelle. Natascha lächelte wehmütig, als sie sie las: ein alter Mann und doch voller Sehnsüchte. Er war einsam gewesen, sie konnte ihn verstehen.

Auf einem Block hatte er eine Liste angefertigt, über der *Natti* stand. Wie er sie manchmal genannt hatte. Sie konnte zunächst nichts damit anfangen. Es schien eine Sammlung von nichtssagenden Begriffen zu sein: Alpen-Bund, Bilderberg, Centrum für angewandte Politikforschung, Centrum für Europäische Politik, Deutsche Gesellschaft für auswärtige Politik, Einstein-Connection, GIGA, Sicherheitskonferenzer, Similauner, Venusberg-Gruppe ... Das meiste war durchgestrichen. Hervorgehoben aber war eine Position: Transatlantische Allianz. Transatlantische Allianz, das hatte er ihr auch zugeraunt, als sie ihn zum letzten Mal gesehen hatte. Es waren praktisch seine letzten Worte gewesen.

Natascha beschloss, den Zettel zu den Sachen zu tun, die sie mitzunehmen beabsichtigte. Auch eine Mappe mit Zeitungsausschnitten steckte sie ein, die ihr Vater offenbar mit Blick auf ihre Aufgabe zusammengestellt hatte.

Ihr graute davor, sich mit dem Nachlassgericht in Verbindung zu setzen. Doch ohne Erbschein konnte sie sich um die Angelegenheiten ihres Vaters nicht kümmern, konnte kein Bankkonto auflösen, konnte das Auto nicht verkaufen, das in der Garage stand und das sie nicht brauchte, konnte das Haus nicht auf sich umschreiben lassen. Und das wollte sie. Denn nun, da alles, was ihr im Leben wichtig war, kaputtzugehen schien, wusste sie, dass sie einen Fixpunkt brauchte, an dem entlang sie ihre Zukunft planen konnte. Und der war nicht in Berlin und auch nicht in dem Haus am See in Mecklenburg – er war hier, am Ort ihrer glücklichsten Tage. Zu Hause. Dort, wo der Geist ihrer Eltern weiterlebte.

In ein paar Monaten würde sie eine Auszeit von ihrer politischen Karriere nehmen, würde das Kind bekommen. Dann würde sie hierherziehen und sich ganz auf ihre Zukunft konzentrieren. Sie hatte viel nachgedacht über sich und die Schwangerschaft. Dabei war ihr klar geworden, dass ein Kind das Einzige war, was ihrem Leben jetzt einen Sinn geben konnte. Sie hatte das Vertrauen zu Henrik verloren und wollte ihn eigentlich nicht mehr zurück, auch wenn sie wusste, dass jeder Mensch, der unter dem Druck des politischen Geschäfts arbeiten musste, verdammt nah daran war, untreu zu werden und Trost in fremden Betten zu suchen. Politiker waren einsam, und sie waren gierig nach Bestätigung. Sie wusste, dass jeder von den männlichen Kollegen in gewisse Etablissements ging, jeder. Nur die Schwulen taten das nicht – und die hatten ihre eigenen Fanggründe. Henrik war einfach zu nah an so einem Politikerleben dran: Mit der Zusammenarbeit im Kanzleramt hatte auch er den ungesunden Arbeitsrhythmus aufgenommen. Er hatte sich in die Tiefen und vor allem in die Untiefen der Politik versenkt, begonnen, wie ein Politiker zu denken, zu planen, zu brennen. Wie ein Politiker litt er unter einem unbefriedigenden Privatleben, unter zu viel Druck und zu wenig Sex, unter ständigem Verfügbarsein und latentem Zukurzkommen. Es war beinahe ein Naturgesetz, dass er auf erotische Abwege geraten war. Rational konnte Natascha das absolut nachvollziehen. Doch emotional konnte sie es nicht verkraften. Denn auch sie brauchte Zuwendung.

Das Telefon klingelte. Sie kümmerte sich nicht darum und lauschte nur, bis es wieder aufhörte. Sacht ließ sie die Hände über ihren Bauch gleiten, dessen leichte Wölbung noch kaum wahrzunehmen war. Erst seit sie wusste, dass sie schwanger war, bemerkte sie die Anzeichen: Schwindelgefühle und gelegentliche Übelkeit, die sie für berufsbedingt gehalten hatte. Ein leichtes Spannen der Brust. Pölsterchen, die sie ansetzte und von denen sie gedacht hatte, sie wären Ausdruck eines Mangels an körperlicher Bewegung … All die kleinen Veränderungen, die sich in einem Menschen vollziehen, wenn sich ein anderer Mensch in ihm eingenistet hat. In zwei Tagen würde sie zu ihrer Gynäkologin gehen, dann war es amtlich. Doch bis auf weiteres würde sie es niemandem erzählen. Am wenigsten Henrik. Fast empfand sie es als einen glücklichen Zufall, dass nicht einmal sie wusste, wer der Vater war. In gewisser Weise erfüllte sie dieses Bewusstsein mit Genugtuung.

*

Henrik legte auf. Er würde es nicht mehr probieren. Der Fall war klar: Natascha war ihm auf die Schliche gekommen und wollte jetzt nichts mehr von ihm wissen. Er seinerseits wusste nicht, was er tun würde, wenn er ihr im Kanzleramt plötzlich über den Weg lief. Er wusste nicht einmal, wie er den Job überhaupt machen konnte ohne sie. Sie waren als Team angetreten, im Grunde hatte er ihr zugearbeitet. Sie hatten sich ausgetauscht, und während Natti alle mit ihren Fragen nervte, konnte er unauffällig in den Daten graben. Es war wie das Gehen auf zwei Beinen: Es funktioniert nicht, wenn eines plötzlich fehlt.

Silvester. Henrik Eusterbeck trat die Flucht nach vorn an und fuhr in die Willy-Brandt-Straße. An diesem Tag kam ihm der Kanzlerbau noch größer vor als sonst, noch mächtiger und vor allem sehr abweisend. Das mochte auch an dem schneidenden Wind liegen, der über das Gelände fegte. Er klappte seinen Kragen hoch und lief über den Hof, zeigte seinen Ausweis und beeilte sich, hineinzukommen in das geschmacklose postmoderne Kartenhaus, in dem die Angestellten in ihren Hühnerkäfigen um pseudoschicke Lichthöfe geordnet saßen. Transparent sollte das alles sein. In Wirklichkeit war es ein durchsichtiges Manöver, eine Machtdemonstration. Denn die Büros der wirklich bedeutenden Mitarbeiter waren mitnichten einsehbar. Dort, wo Politik gemacht wurde, herrschte dieselbe Hinterzimmeratmosphäre wie in allen Regierungssitzen.

Schnell fuhr er hinauf in den siebten Stock und hastete zu Nataschas Büro. Irgendwie glomm in ihm die schüchterne Hoffnung, sie könnte da sein, könnte unvermittelt in der Tür stehen und ihn ansehen, wie Frauen ihre Männer ansahen, von denen sie wussten, dass sie Dummköpfe und Weicheier waren, aber eben doch keine schlechten Kerle.

Aber das Büro war leer. Sogar Petra Reber war nicht da. Vermutlich hatte sie sich zwischen den Jahren freigenommen. Verloren stand Henrik Eusterbeck in ihrem Kabuff, das zugleich der Vorraum zu Nataschas Büro war, und überlegte, ob er hier arbeiten sollte. Doch das konnte er ohne spezielle Genehmigung keinesfalls tun. Und jemanden fragen, das ging auch nicht, sonst hätte er erklären müssen, weshalb seine Frau ihm nicht dabei half. Nataschas Büro war im Übrigen verschlossen, da war auch nichts zu wollen. Also entschied er sich, es für heute gut sein zu lassen, und kehrte wieder um. Sein Frustpegel war erreicht. Er war bereit, zu Kreuze zu kriechen, das ja, aber er wollte jetzt nicht mehr einem Phantom hinterherrennen. Es hatte ohnehin keinen Zweck.

Vor dem Aufzug begegnete er Alexander Rau, der mit schmerzverzerrtem Gesicht über seine Krücken gestützt dastand. Der Mann litt. Jeder wusste, dass es in letzter Zeit schlimmer wurde mit seiner Verfassung. Und doch: Rau hier und jetzt zu treffen versetzte Henrik einen Stich. Er dachte an den Club, in dem er Michelle gesehen hatte, möglicherweise in seiner Begleitung. Auf eine eigenartige Weise ergab das alles ein Bild – aber eines, das Henrik Eusterbeck nicht klar erkennen konnte.

Hinter dem Finanzminister stand sein Chauffeur und trug eine schwere Aktentasche, offenbar hatten auch ein paar von Raus Leuten über die Feiertage freibekommen, sodass improvisiert wurde. Rau sah auf, als Henrik näher trat. Gerade als Henrik grüßen wollte, öffnete sich die Fahrstuhltür. »Sie zuerst«, knurrte Rau, und Henrik stieg ein. Er ging ganz nach hinten und drehte sich um, da sah er, dass Rau seinen Chauffeur mit der Krücke zurückhielt näher zu treten. Der graue Bürstenhaarschnitt, fuhr es Henrik durch den Kopf. Es war derselbe Mann, den er im »Le Club« gesehen hatte. Die Aufzugtür schloss sich, und Henrik fuhr allein nach unten. Er fragte sich, ob Rau oben noch etwas eingefallen war, weshalb er doch noch nicht nach unten fahren wollte. Oder hatte es mit ihm zu tun, dass Rau den Fahrstuhl nicht betreten hatte? Mit Natascha? Oder mit Michelle? Ein ungeheuerlicher Verdacht keimte in ihm auf.

*

Als Petra Reber am Neujahrsmorgen vor der Tür stand, hatte es zu regnen begonnen. Sie trug Schwarz, aber Natascha erkannte sofort, dass es keine Trauerkleidung war. Es war eher das berühmte »kleine Schwarze« – offenbar war Petra direkt von ihrer Silvesterparty nach Braunschweig aufgebrochen. »Mein Gott, Petra, so schnell hättest du nicht kommen müssen«, begrüßte sie sie und zog sie ins Haus, ehe sie sich im Regen aufzulösen begann. »Hast du überhaupt geschlafen?«

»Ach Natti, du Arme. Komm, lass dich drücken«, erwiderte Petra Reber nur und zog die Freundin eng an sich. So unvermittelt und so gänzlich fürsorglich in den Arm genommen zu werden war zu viel für Natascha Eusterbeck. Sie brachte kein Wort mehr über die Lippen, sondern konnte nur noch bebend dastehen und die Tränen fließen lassen. »Alles wird gut«, sagte die Freundin tröstend und streichelte ihr mit einer Hand übers Haar, während Natascha ihr Gesicht an ihre Schulter drückte und ihren Gefühlen, ihrer Verletztheit, ihrer Enttäuschung, ihrer Angst freien Lauf ließ.

Erst nach einigen Minuten gingen sie in die Küche und setzten sich an den Tisch, einander gegenüber. Petra Reber hielt ihre Hände und ließ ihren mütterlichen Blick lange auf Natascha ruhen, ehe sie aufstand und ihr ein paar Küchentücher brachte, damit sie sich schnäuzen konnte. »Jeder Mensch verliert irgendwann die Eltern«, sagte sie, als sie sich wieder setzte. »Meine sind schon lange tot. Gleichzeitig gestorben bei einem Unfall auf der A1. Sie sind einfach ungebremst von hinten auf einen Lastwagen gefahren. Man hat sie mir nicht mal mehr gezeigt. War wahrscheinlich besser so. Ich habe mir oft vorzustellen versucht, wie sie wohl ausgesehen haben nach dem Unfall. Nein, es war wirklich besser, dass ich sie so in Erinnerung behalten konnte, wie ich sie gekannt habe.«

Natascha nickte. Sie schniefte und versuchte ein Lächeln. »Du bist die Beste«, sagte sie. »Danke. Danke, dass du gekommen bist.«

»Gestern wäre besser gewesen.«

»Gestern war Silvester.«

»Eben.«

Natascha schüttelte den Kopf. »Nein. An Silvester muss man bei seiner Familie sein. Du hast einen Mann. Den hättest du nicht zum Jahreswechsel allein lassen dürfen.«

Petra Reber sah ihr tief in die Augen. »Du hast auch einen«, erwiderte sie. »Warum wart ihr nicht zusammen? Er müsste hier sein. Offenbar ist er das aber nicht. Was ist los?«

Natascha stand auf, strich ihre Haare aus dem Gesicht und ging zum Herd, um einen Wasserkessel aufzusetzen. »Tee?«

»Grün.«

Eine Weile hantierte Natascha Eusterbeck mit dem Teegeschirr herum, bis sie sich endlich wieder zu ihrer Freundin umwandte und erklärte: »Er geht fremd.«

»Oh.« Es war so klar gewesen. Nicht die geringste Überraschung für Petra Reber. Henrik war ein netter Kerl. Aber er war schwach. Und schwache Männer gingen fremd. Fast immer. Die wenigen, die nicht fremdgingen, gingen vermutlich auch fremd, es kam ihnen bloß niemand drauf. Schwache Männer brauchten das fürs Ego. Und Frauen hatten einen besonderen Sinn für diese Situation. Eine Frau, die ein Abenteuer suchte, fand es. Immer. Denn überall gab es sie, die schwachen

Männer, die nicht widerstehen konnten, weil sie nichts dringender brauchten als die Bestätigung durch eine Frau, und sei es nicht die eigene.

»Ja. Ich habe … es war … Ich hatte sein Handy.«

Petra Reber nickte ahnungsvoll. »Und?«

»Es hat geklingelt, gerade als ich ihn anrufen wollte. Und dann war diese Frau dran.«

»Sicher, dass es nicht irgendeine Geschäftspartnerin war? Eine Auftraggeberin vielleicht? Oder die Sekretärin von jemandem …?«

Natascha schluckte. *»Hallo, schöner großer Mann?«*

Petra schüttelte den Kopf. »Mann, warum sind die Typen nur so doof. Immer wieder. Männer sind doch wirklich eine bescheuerte Spezies.«

»Ach Petra«, seufzte Natascha und setzte sich wieder an den Tisch, wo sie das Gesicht in den Händen vergrub. »Wenn das alles wäre.« Sie sah auf. »Ich bin schwanger.«

»Du bist schwanger?« Darauf war Petra Reber nicht gefasst gewesen. Aber jetzt, da Natascha es ausgesprochen hatte, war es plötzlich sonnenklar. Natürlich, Natascha war schwanger. Das war so offensichtlich, als hätte sie auf einmal rote Haare auf dem Kopf. »Und weiß Henrik es?«

Natascha schüttelte den Kopf. »Nein.« Und dann war es nur noch ein Flüstern, als sie sagte: »Es ist vielleicht gar nicht von ihm.«

*

»Scheint, als hätte sich Ihr Püppchen abgesetzt.«

»Sie hat ihren Vater verloren.«

»Woran Sie zweifellos nicht ganz unschuldig waren.«

»Ich bitte Sie. Der Alte ist hingefallen. So was kommt vor. Sehr betrüblich.«

»Und Sie haben da niemanden nachhelfen lassen?«

»Sehen Sie, wenn ich dementiere, halten Sie mich für viel weniger dämonisch. Wenn ich bestätige, haben Sie mich am Haken.«

»Dämonisch, was für ein schönes Bild.«

»Und Sie? Haben Sie die Kleine im Blick?«

»Tja, ich muss gestehen, mit ihrem Ausflug nach Braunschweig hat sie uns etwas überrascht. Das Haus haben wir noch nicht auf dem Radar.«

»Aber ihr Telefon. Ihren Computer und all das.«

»Das ist noch etwas, das uns aktuell etwas ärgert: Sie hat weder das eine noch das andere bei sich. Beides liegt in ihrem Haus in Mecklenburg.«

»Interessant. Denken Sie, sie hat etwas gemerkt?«

»Dass jemand mithört? Das weiß sie schon länger. Nein, es scheint eher so, als hätte sie es sehr eilig gehabt, von dort wegzukommen. Wir haben etwas sehr Interessantes dort gefunden«, sagte Jäger und drehte einen Schwangerschaftstest zwischen seinen Fingern. »Ich muss jetzt aufhören. Gutes neues Jahr Ihnen.« Dann legte er den Hörer auf und nahm sich noch einmal die Akte hervor, in der die Gesprächsprotokolle aus Natascha Eusterbecks Haus am Valmensee abgelegt waren.

*

Le Club war in der Silvesternacht hell erleuchtet. Natürlich erwarteten die Damen an diesem Abend Hochbetrieb. Vermutlich hatten sie die Preise an der Bar noch mal raufgesetzt und verkauften jetzt die Flasche Moët & Chandon für zweihundert Euro. Eine schnelle Nummer mit einem der Mädchen kostete im Zweifel weniger. Henrik Eusterbeck fuhr auf den Hof und warf einen Blick in die Runde. Michelles schwarzer Mini war nicht da. Nein, diesmal würde er nicht auf sie warten. Es war erniedrigend, es war ihm peinlich – und er hätte nicht gewusst, was er zu ihr sagen sollte. Genau genommen wusste er nicht einmal, weshalb er überhaupt hier war. Er setzte zurück und rollte langsam wieder auf die Straße. Jugendliche warfen mit Böllern nach ihm, er beachtete sie nicht. Einen Moment lang überlegte er, ob er zu seiner Mutter fahren sollte. Doch auch das verwarf er. Eine lange Strecke auf der Autobahn hätte er jetzt nicht ausgehalten.

Er fuhr die Oranienburger Straße stadteinwärts. Doch ehe er zu den Hackeschen Höfen kam, wo ihre Wohnung lag, bog er rechts ab in die Monbijoustraße. Auf der Museumsinsel ragte der Bodebau vor ihm auf. Ehe er die Brücke überquerte, stellte er den Wagen ab, ohne auf das Haltverbot zu achten. Er ging zu Fuß hinüber und stellte sich auf den steinernen Sockel über der Spree, von wo er fast genau in Richtung Kanzleramt blickte. Sein Kragen flatterte um sein Gesicht. Es hatte zu regnen begonnen. Ihm war kalt. Kalt und elend. Er blickte nach unten. Von hier konnte man sich nur zu Tode stürzen, wenn man darauf hoffte, sich am Stein das Genick zu brechen. Rund um ihn krachten Feuerwerkskörper, obwohl es noch nicht einmal Abend war. Gleichwohl hatte die Dämmerung die Stadt und Henrik Eusterbeck fest im Griff.

Lange blieb er so stehen, ein Denkmal seiner selbst und seiner Niederlage. Denn das war es, was er empfand: das Leben als persönliche Niederlage. Letztlich war er gescheitert. Er hatte als Unternehmer versagt, er hatte als Ehemann versagt. Und nicht einmal zu einem ernsthaften Liebhaber hatte es gereicht. Stattdessen hatte er sich ausgerechnet in eine Hure verliebt. Er hätte laut lachen können, wäre ihm nicht so elend zumute gewesen. Erst als seine Beine schon fast taub waren, verließ er seinen Platz und ging langsam zurück. Auf der Brücke blieb er stehen und starrte in das schwarze Wasser der Spree. Ein menschlicher Körper überlebte Temperaturen, wie sie jetzt herrschten, im Wasser nur wenige Minuten. Wenige Minuten. Würde er das aushalten? Aber wie war das, wenn man ertrank oder im Wasser erfror? Wurde man ohnmächtig? Oder blieb man bei Bewusstsein, während zuerst die Glieder versagten und dann die Organe? Er stieg auf das Geländer. Sein Mantel verhakte sich. Mit einem Ruck riss er ihn los und wäre beinahe gestürzt. Er musste mit den Armen rudern, um nicht das Gleichgewicht zu verlieren. Nein, nun auch noch wie ein Tölpel unabsichtlich ins Wasser zu fallen, das würde er dem Schicksal nicht zugestehen. Er hatte ein Recht darauf, in Würde zu gehen. Henrik Eusterbeck dachte noch einmal an Natascha. An seine Mutter. Auch an Michelle, das konnte er nicht verhindern. Dann breitete er die Arme aus und spürte, wie ein Ruck durch seinen Leib ging.

»He, Mann! Was soll das?«, keuchte ihn ein Jugendlicher an, während er sich über Henrik beugte und einen leicht alkoholischen Geruch verströmte. »Willst du dich umbringen, oder was?«

Der junge Mann, ein Türke vermutlich, hatte ihn im letzten Moment gepackt und zurückgerissen. Henrik war hart auf dem Straßenpflaster aufgeschlagen. Lichtreflexe zuckten über seine Bindehaut. Er konnte seinen Retter nur unscharf erkennen. »Lass das bleiben, ja? Heute ist Silvester. Morgen ist ein neues Jahr. Da sieht alles anders aus.« Der junge Mann half ihm auf die Beine. »Willst du ein Bier, Mann?«

Henrik schüttelte den Kopf, spürte ein plötzliches Schwindelgefühl, wandte sich ab und erbrach sich auf den Gehweg.

»Der ist schon voll«, tönte irgendwo im Hintergrund eine andere Stimme, und einige Jugendliche grölten etwas dazu.

»Danke«, keuchte Henrik und stolperte davon. »Danke.« Dann verschluckte ihn die düstere Stimmung der Stadt.

*

Es war kalt in Wolfhardt Lippolds altem Haus. Immer noch. Die Wände waren schlecht isoliert, die Heizung hätte vermutlich schon lange überholt werden müssen. Also blieben sie in der Küche, wo es immer noch am angenehmsten war, und berieten sich. Petra Reber war einigermaßen schockiert über das, was sie gehört hatte. Natascha möglicherweise schwanger von einem Unbekannten, Henrik mit einer Affäre, die Wohnung in Mitte abgehört, womöglich auch das Haus am See, Drohungen per Mail und Telefon ... »Wie hast du das nur alles ausgehalten, Natascha?« Sie legte ihre Hand auf die der Freundin.

»Frag nicht. Ich habe mich sowieso mit Ephedrin vollgepumpt, seit ich den Job im Kanzleramt mache. Du weißt ja, wie die sich das vorstellen.«

Petra Reber nickte. »Klar. Die ticken alle so. Da macht doch keiner weniger als zwölf Stunden am Tag.«

»Man könnte wirklich einiges verbessern«, murmelte Natascha, während sie an ihre »offizielle Aufgabe« dachte. Und dann entschied sie sich, Petra entgegen all ihren Vorsätzen die unschönen Details zu schildern.

Es wurde spät. Die Nacht verging, und im Osten zog schon der Morgen auf, als Natascha Eusterbeck ihre Geschichte beendet hatte. Petra Reber hatte sie immer wieder unterbrochen, hatte nachgefragt, zu begreifen versucht, hatte zwischendurch das Gefühl, als müsste sie aus einem bizarren Traum erwachen. Diese zweite Offenbarung war mehr, als sie sich hatte vorstellen können, denn Natascha legte ihr nicht nur die Aufgabe dar, sie erklärte ihr auch, was sie bis dato herausgefunden hatte, berichtete von den Gesprächen mit Steiner und mit David Berg. Von ihren Recherchen, ihren Schlüssen, ihren Materialien, die sie gesammelt hatte. Und holte die Mappe, die ihr Vater ihr hinterlassen hatte.

Am Ende der Nacht war es in der durchheizten Küche so warm, dass ihnen beiden der Schweiß auf der Stirn stand. »Und das?«, fragte Petra Reber und zeigte auf ein Foto, auf dem sich eine Gruppe junger Männer mit albernen Frisuren um einen Schreibtisch versammelt hatte.

»Das sind Steiner und Frey. Beide damals im Innenministerium.« Natascha deutete auf eine Figur, die halb verdeckt im Hintergrund stand. »Und das könnte Jäger sein.«

»Jäger?«

»Der Sicherheitschef im Kanzleramt. Vielleicht war er damals Personenschützer.«

»Kann ich mir nicht vorstellen, dass Frey oder Steiner damals Personenschutz hatten«, sagte Petra Reber. »Die waren doch da höchstens Abteilungsleiter.«

Natascha nickte. »Aber Rau hatte Personenschutz.«

Petra Reber beugte sich über das Bild. »Und weißt du, wer das sein könnte?« Etwas zur Seite gewandt war auf dem Bild noch eine Frauengestalt zu erkennen. Natascha schüttelte den Kopf.

»Die Wende. Ich fresse einen Besen, wenn das nicht die Wende ist. Noch mit ihrer Campus-Frisur und Rüschenbluse. Aber das ist sie garantiert.«

Natascha zuckte mit den Schultern. »Möglich.« Sie wusste, dass Petra die Staatssekretärin Dr. Stephanie Wende nicht ausstehen konnte, weshalb auch immer. »Dieses Bild ist auch interessant«, sagte sie und blätterte weiter. »Der Alte auf Rheinfahrt.« Das Foto aus einem anderen Zeitungsartikel zeigte den Ex-Kanzler Brass unterhalb der Loreley, umgeben von einer Weinkönigin, seiner Frau, Alexander Rau und einigen Männern, die eindeutig zu overdressed waren für den Anlass.

»Russische Oligarchen?«, fragte Petra halb im Scherz.

»Die gab's damals noch nicht. Nein. Aber Banker. Ich kenne sogar einen. Hier, Lars von Wintersleben. Der war damals persönlicher Assistent von Albert Ritter.«

»Dem Ritter von der Nationalbank?«

»Mhm. Heute ist er Vorstand im Bankhaus Schätzing.«

»Und was soll uns das alles sagen?«

»Ich weiß es nicht, Petra. Ich stehe immer noch am Anfang. Mein Vater hat sich sicher etwas dabei gedacht, als er diese Artikel für mich zusammengestellt hat. Aber ich habe den Schlüssel noch nicht gefunden.« Sie rieb sich die Augen und legte die Unterlagen beiseite. »Als Erstes musst du ein paar Sachen für mich besorgen.«

»Klar. Was brauchst du?«

»Ich brauche ein Handy. Prepaid und nicht auf meinen Namen. Mit Internetflat. Ich muss recherchieren und telefonieren, ohne dass mir jemand zuhört.«

»Es wird also besser sein, wenn ich dir die Sachen bringe, oder?«

Natascha nickte. »Bleicher ist ein guter Mann, ich glaube nicht, dass er etwas damit zu tun hat. Aber ich bin auch nicht sicher. Außerdem muss ich damit rechnen, dass er ebenfalls abgehört wird. Zumindest im Wagen. Ach so, ja, und ich brauche ein Auto.«

»Soll ich dir meines leihen?«

»Nein, das wäre nicht sinnvoll. Ich möchte anonym unterwegs sein. Kannst du eines für mich mieten?«

Petra Reber seufzte. »Oh Mann, ich hoffe, du reitest dich nicht noch viel tiefer in diese Geschichte rein.«

»Tiefer geht nicht. Ich stecke schon bis zum Hals in der Sache. Das Problem ist, ich sehe das Ufer nicht, und das ist gefährlich.«

»Du hast recht. Soll ich dir den Wagen bringen? Irgendwelche besonderen Wünsche, was für ein Modell?«

Natascha schüttelte den Kopf und trank ihre Tasse aus. »Nein. Irgendein kleiner Wagen. Stell ihn einfach um die Ecke von unserem Wahlkreisbüro ab. Den Schlüssel gibst du mir, wenn ich wieder im Büro bin.«

»Du wirst also bald wieder an deinen Schreibtisch kommen?«

»Sicher. Am Montag bin ich wieder in Berlin.«

Petra Reber wollte schon gehen, da fiel ihr noch etwas ein: »Übrigens hat sich jemand von Sphinx gemeldet. Wegen der Frau, du weißt schon.«

Natürlich wusste Natascha, wen Petra meinte. Und sie hatte auch eine Ahnung, welcher Art die Nachricht war.

»Sie hat sich das Leben genommen«, sagte Petra. Sie erschrak selbst darüber, wie kalt und banal dieser Satz klang. Als würde es das besser machen, fügte sie hinzu: »Vielleicht war's auch bloß eine versehentliche Überdosis.«

Wie weit ist es mit mir gekommen, dachte Natascha, dass mich das nicht überrascht. Sie konnte die Stimme der Frau hören, ihren dunkel-lockenden Ton genauso wie ihre Panik. »Ja«, sagte sie. »Vielleicht.«

*

»Die Pupille«, sagte Petra Reber wieder und wieder, während sie die Strecke von Braunschweig nach Berlin durch den Schneeregen fuhr. »Die Pupille.« Irgendwo hatte sie einmal gehört, dass das Wort aus dem Lateinischen kam, so wie auch das Wort Puppe lateinischer Herkunft war. Wer jemand anderem in die Augen sah, spiegelte sich darin wie ein Püppchen. Dieser Gedanke ließ sie nicht los. Gab es jemanden, der sich in Natascha Eusterbeck wiedererkannte? Jemanden, der ihr um seiner selbst willen Böses wollte? Auf Höhe Helmstedt kam ihr der Gedanke so paranoid und absurd vor, dass sie versuchte, ihn zu verdrängen. Auf Höhe Barleben schob sich eine vage Ahnung vor ihre Gedanken, dass es tatsächlich jemanden geben könnte, der Natascha als seine Feindin betrachtete. Vor Potsdam schließlich wurden all diese Gedanken von einer dramatischen Erkenntnis verdrängt. Sie kam so überraschend und ohne jeden Zusammenhang mit dem, worüber sie seit zwei Stunden nachdachte, dass sie erschrocken das Lenkrad zur Seite zog und beinahe einen Unfall verursacht hätte.

Das so freigesetzte Adrenalin, das in den folgenden Minuten durch ihre Adern rauschte, half dem Gedanken, eine präzise Schärfe zu erlangen. Das war nicht einfach, obwohl es doch eigentlich eine simple Erkenntnis war. Petra Reber erinnerte sich, dass Natascha ihr erzählt hatte, wie die Kanzlerin ihr erklärt hatte, warum auch Henrik im Amt arbeiten müsse: »Sie hat gesagt, ich bräuchte jemanden, dem ich vertrauen könne.« Henrik. Natascha hatte Henrik vertraut. Doch dann war sie dahintergekommen, dass Henrik eine Geliebte hatte. Petra Reber kannte die heiligen Sätze der Macht. Einer davon lautete »divide et impera«: Teile und herrsche. Vielleicht noch besser übersetzt mit »spalte und herrsche«. Sie war sich mit einem Mal sicher, dass Henriks Fehltritt kein Zufall war. Sie war nur nicht sicher, ob es beabsichtigt gewesen war, dass Natascha so bald dahinterkam.

*

Die Temperaturen hatten über Nacht wieder angezogen. Als Natascha ins Freie trat, stockte ihr für einen Moment der

Atem. Die Luft war trocken und klar, und ein heller blauer Himmel dehnte sich über die Felder jenseits der Zufahrt. Natascha schritt weit aus. Nach Tagen, die sie im Haus verbracht hatte, über Notizen, Artikel, Bücher und Dokumente gebeugt, brauchte sie dringend Bewegung.

In ihrem alten Zimmer hatte sie noch ein Paar Moon Boots gefunden aus Zeiten, als es als schick galt, hässlich zu sein. Jetzt konnte sie die Ungetüme an den Füßen gut brauchen. Sie marschierte auf dem langen Weg, den die Hundebesitzer der Gegend auf ihren morgendlichen und abendlichen Touren ausgetreten hatten, und versuchte, all die Informationen und Überlegungen in ihrem Kopf zu sortieren. Namen, Lebensläufe, Hintergründe, Organisationen, Parteien, Vereine, Strategien, Interessenverbände, Personalien, Lobbyisten, Einflussbereiche, Finanziers, Subventionen und Subventionsempfänger ... Doch es gab keine Ordnung. Die Fülle von Details ließ sich schlicht nicht zu einem stimmigen Gesamtbild fügen. Und je weiter Natascha über die Felder schritt und je mehr sie darüber nachdachte, je verzweifelter sie nach einem Schlüssel suchte, nach dem sich eine innere Struktur in ihren Recherchen erkennen ließ, umso stärker wurde ihre Gewissheit: Die Aufgabe, für die die Kanzlerin sie ausersehen hatte, ihre »inoffizielle« und damit entscheidende Aufgabe, sie war vor allem eines – unlösbar. Natascha hatte fast die ersten Häuser des Ortes erreicht, als sie endlich stehen blieb und das Gesicht der Sonne zuwandte, die über die Wipfel der hohen Tannen strahlte. Auch durch ihre geschlossenen Lider war das Licht gleißend hell, rötlich und so stark, dass ihr beinahe schwindelig wurde. Unlösbar, dachte sie. Eine unlösbare Aufgabe. War das nicht bizarr? Einen Augenblick lang war Natascha versucht, sich dem Schwindelgefühl hinzugeben und sich einfach rücklings in den Schnee fallen zu lassen. Liegen bleiben, dachte sie, das wäre schön. Im kühlen Weiß. Und die Gedanken langsam einschlafen lassen. Die Impulse in ihrem Gehirn würden langsamer. Der Puls schwächer. Der Blutdruck würde sinken, sie spürte keine Kälte mehr, und doch würde sie erfrieren. Unter der wärmenden Sonne des neuen Jahres.

In der Ferne tauchte ein Mann auf, der seinen Hund von der Leine gelassen hatte. Sie kannte ihn nicht, so wie sie kaum jemanden kannte, der in der Gegend wohnte. Früher, als sie noch ein Kind gewesen war, hatte sie Freundinnen gehabt, die dort vorn lebten. Doch die waren längst weggezogen, so wie sie. Und wer nicht weggezogen war, war gestorben. Der Mann kam langsam auf sie zu. Natascha machte kehrt und ging wieder zurück in Richtung ihres Hauses. Sie wusste nicht, was sie jetzt tun würde. Sie wusste nicht einmal, wie sie sich ihr weiteres Leben vorstellte. Das Einzige, was sie wusste, war: Sie würde sich nicht als Marionette benutzen lassen. Endlich war ihr klar, was die Kanzlerin wirklich von ihr erwartete – nämlich ein unauffälliges, leises Scheitern an allen Aufgaben. Für die Kanzlerin war Natascha eine Streubombe. Sie hatte sie kreiert, um nach dem ehernen Gesetz der Politik ihre Herrschaft zu festigen: Spalte und herrsche. Eine Figur wie Staatssekretärin Dr. Eusterbeck musste wie ein Sprengsatz wirken. Allein schon mit ihrer »offiziellen« Aufgabe brachte sie Unfrieden in die Kanzlerbehörde, jeder musste sie als natürlichen Feind betrachten. Und auch wenn ihre »inoffizielle« Aufgabe vertraulich geblieben war, wenn sie vertraulich geblieben sein *sollte*, woran Natascha zweifelte, dann war es doch für alle offensichtlich, dass sie schnüffelte, in wessen Auftrag auch immer. Das forderte Intrigen heraus, machte Unverdächtiges verdächtig. Es säte Misstrauen unter den Beteiligten. Und das war es offenbar, was die Kanzlerin von ihr erwartete. Es war eine geniale Maßnahme: Sie hatte sie als unberechenbaren Blindgänger über ihrem Kernbereich abgeworfen und verfolgte nun die Kettenreaktion. Denn alle bissen nach Natascha, niemand aber nach der Kanzlerin. Es war ein ebenso einfacher wie hochkomplexer Plan – einfach in der Ausführung, komplex in der Wirkung. Die vielfältigen Intrigen und Gegenintrigen, die sie damit auslöste, boten ein schier unüberblickbares Potenzial an Manipulation, eine machiavellistische Waffenkammer erster Güte. Selbstverständlich hielt die Kanzlerin Natascha für unbegabt und unerfahren, ein Fliegengewicht. Sonst hätte sie sie gar nicht als unfreiwillige politische Selbstmordattentäterin eingesetzt. Und vermutlich hatte sie sogar recht. Aber sie hatte nicht bedacht, dass Natascha eine Eigenschaft von ihrem Vater geerbt hatte: Stolz.

Sie würde daran arbeiten, die Seilschaften und Abhängigkeiten im Kanzleramt besser zu durchblicken als jeder andere – die Kanzlerin eingeschlossen. Sie wusste, dass sie auf Spuren gestoßen war, die sie nicht hätte entdecken sollen, egal, ob das nun der Kanzlerin gegen den Strich ging oder irgendjemand anders. Sie wurde abgehört. Warum? Vielleicht nur, weil so die zerstörerische Wirkung ihres Einsatzes am effizientesten zu organisieren war, indem man auch noch ihr Privatleben manipulierte und sie quasi von ihren eigenen vier Wänden aus fernsteuerte. Vielleicht aber auch, weil sie mehr erfahren hatte, als sie sollte. Vielleicht, weil sie etwas gesagt hatte, was jemandem gefährlich erschien. Jemandem, der die Mittel und Möglichkeiten hatte, sie abzuhören. Und eine Polizeistreife auf sie anzusetzen, um sie anschließend spurlos verschwinden zu lassen. Jemandem, der sich vom ersten Augenblick an bedroht gefühlt hatte. Denn inzwischen war Natascha Eusterbeck sich sicher, dass alles das miteinander zu tun hatte: die Drohmails, die Mikrofone, die Verfolgungen, der Tod ihres Vaters. Es waren die Gegenangriffe der Meute. Sie erinnerte sich an die Mail, als sie in die Charité gelockt worden war: »Beim nächsten Mal ist es kein falscher Alarm, Prinzessin.«... Sie sah sich um. Der Mann war näher gekommen. Er war gedrungen und kräftig und hatte den Kopf tief in den Kragen gezogen. Obwohl sie kaum etwas von ihm sah und seine Stimme nicht kannte, erschien er ihr plötzlich wie der Mann, der sie damals von seinem Auto aus angesprochen hatte, als sie nachts aus dem Kanzleramt gekommen und die Willy-Brandt-Straße hinabgegangen war. Sie beschleunigte ihre Schritte. Der Hund griff weit aus und rannte in ihre Richtung. Natascha stolperte in ihren Moon Boots und stürzte halb in den Schnee, rappelte sich auf und hastete weiter. Über die Schulter konnte sie erkennen, dass der Mann stehen geblieben war und in ihre Richtung blickte. Er hielt sich eine Hand ans Ohr, vielleicht telefonierte er?

Als sie endlich die Tür hinter sich zuzog, war sie schweißgebadet. Sie lief ins Obergeschoss und sah aus dem Fenster die Auffahrt hinunter. Doch der Mann tauchte nicht mehr auf. Paranoid. Sie war paranoid. Aber das hatte auch einen Grund. Nach einer Weile ging sie hinunter und kochte sich Kaffee, trug ihn ins Arbeitszimmer und machte sich an die Arbeit.

*

»Wir müssen reden.«

»Petra?« Henrik Eusterbeck rappelte sich im Bett auf. Er wusste nicht, was ihn mehr verwirrte: dass es helllichter Tag war oder dass Petra Reber plötzlich in seinem Schlafzimmer stand. »Natürlich«, murmelte er und sah sich nach seinem Bademantel um.

»Nicht hier. Ich warte unten auf dich. Gegenüber.«

»Äh ...« Ehe er noch etwas Sinnvolles erwidern konnte, war sie verschwunden wie ein Traumbild oder vielmehr: ein

Albtraumbild. War sie wirklich in seinem Schlafzimmer gewesen? Und wenn ja, warum zum Teufel? Und wie war sie in die Wohnung gekommen?

Hastig stieg er in seine Jeans, nahm das Hemd von gestern, stellte fest, dass es nach altem Fett roch, weil er sich ein paar Spiegeleier gebraten hatte, warf es in die Ecke, nahm ein neues, zog es über, schlüpfte in sein Lederblouson und in die Turnschuhe und lief die Treppe hinunter. Vor dem Haus stellte er fest, dass er viel zu leicht angezogen war, es hatte deutlich unter null Grad, und ein eisiger Wind schnitt durch die Hackeschen Höfe. Er sah sich um. »Gegenüber« hatte sie gesagt, wenn sie nicht bloß eine Fata Morgana gewesen war. Tatsächlich aber sah er sie im Bistro auf der anderen Seite sitzen. Er erkannte ihren Kurzhaarschnitt durch das immer noch weihnachtlich dekorierte Fenster. Eilig lief er hinüber und zwängte sich durch die Tür. Außer Petra und einem hageren Mann, der auf seinem Smartphone tippte, hatte sich kein Mensch in den Laden verlaufen. »Ich dachte, ich sehe nicht richtig«, eröffnete Henrik Eusterbeck das Gespräch.

»Tut mir leid. Ungewöhnliche Zeiten erfordern ungewöhnliche Maßnahmen.«

»Das hättest du mir auch am Telefon sagen können, dass du mich sprechen willst.« Er warf einen Blick auf die Karte, weil er die Bedienung aus den Augenwinkeln bereits näher kommen sah.

»Nun mach mal keine Staatsaffäre daraus.«

Es ärgerte Henrik Eusterbeck, dass die Sekretärin seiner Frau so vertraulich mit ihm sprach. Aber es war nun einmal so, dass sie seit Jahren befreundet waren. Die Eusterbecks und die Rebers. Gewesen waren. Galt das noch? Galt das Du noch? »Was willst du?«

»Gib erst mal deine Bestellung auf.« Petra Reber nickte zu

der jungen Frau hin, die so blass wie dünn neben ihm stand und ihren Block gezückt hielt. »Einen Kaffee«, sagte Henrik. Sie steckte den Block weg und marschierte davon. »Und eine große Flasche Wasser!«, rief er ihr noch hinterher.

»Langer Abend gewesen, gestern?«

Henrik zuckte mit den Schultern. Sollte er ihr tatsächlich auf die Nase binden, dass er sich allabendlich die Kante gab, seit Natascha verschwunden war? »Warum reagierst du nicht auf meine Anrufe?«

»Jetzt bin ich ja da.«

»In ihrem Auftrag? Ich nehme an, sie hat dir den Schlüssel gegeben. Oder hängt der inzwischen im Kanzleramt am Schlüsselbrett?«

»Weder noch, Henrik. Du hast ihn mir gegeben. Schon vergessen?«

Er nickte. Ja, da hatte sie ein paar Sachen zu ihnen nach Hause bringen sollen. Routine. Alte Freunde. Da denkt man nicht nach. Scheiße. »Und warum hast du ihn mir nicht zurückgegeben?«

»Vergessen.«

»Okay. Dann kannst du das ja jetzt nachholen.«

»Schon geschehen«, sagte Petra Reber und blickte ihm so offensiv ins Gesicht, dass er sich vorkam, als läge er immer noch nackt vor ihr im Bett. »Er liegt in deinem Briefkasten.«

Einen Moment lang sahen sie sich unverwandt an. Dann machte Petra Reber eine Geste, als wolle sie alles beiseitewischen, und erklärte: »Was zwischen dir und Natascha war, geht mich nichts an. Du weißt, dass ich nie sehr viel von dir gehalten habe …«

Er wollte etwas sagen, doch sie fuhr einfach fort: »Jetzt geht es um etwas Wichtigeres. Hör mir zu.« Sie beugte sich zu ihm hin, und erst als es zu spät war, merkte er, dass er es ihr gleichtat. Nur zwei Handbreit trennten sie, als sie sagte: »Du warst nie ein Heiliger, Henrik. Aber dieses Mal bist du einfach reingelegt worden. Man hat dich durchblickt und deine verdammte Schwäche genutzt. Und wenn du nicht sehr gut achtgibst, mein Lieber, dann wird das noch böse enden. Deinetwegen wäre mir das egal. Aber um Nataschas willen muss ich das verhindern.«

»Hat sie dich geschickt?«

»Nein. Sie weiß nicht, dass ich hier bin. Und ich kann auch nicht verhindern, dass du diese Geschichte womöglich nutzt, um doch wieder mit ihr zusammenzukommen – obwohl sie am besten beraten wäre, dir endgültig den Laufpass zu geben. Aber das ist immer noch die bessere Lösung, als wenn sie in dieser Schlangengrube allein ist.«

»Petra, ehrlich, ich habe nicht die leiseste Ahnung, worauf du hinauswillst.«

»Das habe ich befürchtet.«

Königstein/Taunus, Le-Cannet-Rocheville-Straße, 31.10.1989, 8:41:05 Uhr.

Unter Schmerzen wendet sich der Chauffeur Martin Eck nach seinem Arbeitgeber um. Dr. Albert Ritter liegt auf dem Rücksitz des Mercedes und atmet schwer. »Herr Dr. Ritter? Wie geht es Ihnen?« Ecks Schädel schmerzt, er spürt Blut an seiner Schläfe herabrinnen. Ritter scheint nicht ansprechbar. Eck öffnet die Fahrertür und bemerkt erst beim Aufstützen auf das Lenkrad, dass sein rechter Arm verletzt ist. Er kann ihn kaum bewegen. Mühsam greift er mit der Linken zum Funkgerät und versucht, Kontakt zur Zentrale herzustellen, doch das Funkgerät scheint nicht mehr zu funktionieren. Er beugt sich aus dem Wagen, winkt mit dem unverletzten Arm. Im Abstand von vielleicht fünfzig Metern steht das verbliebene Begleitfahrzeug. Die Personenschützer beobachten ihn, ohne auszusteigen. »Hilfe!«, schreit Eck. »Herrgott, wir brauchen Hilfe! Warum kommt ihr nicht?«

8:41:30 Uhr. Zeugen werden sich später erinnern, dass die drei Personen im Begleitfahrzeug zunächst reglos sitzen blieben, bis eine von ihnen zum Telefon griff.

DREIZEHN

Je länger sie die Liste anstarrte, umso mehr graute ihr davor. Da standen sie alle, die aufs Altenteil verschobenen Politgrößen, die man nicht mehr in wichtigen Ämtern wissen wollte. Ehemalige Bundesminister und Vorstandsvorsitzende. Hochrangige Diplomaten, Ministerpräsidenten, Parteivorsitzende, Banker, graue Eminenzen. Altkanzler und sogar der amtierende Bundespräsident. Und eine kleine Gruppe von Männern, hinter deren Namen ein Kreuz eingezeichnet war. Sechs Menschen, um genau zu sein. Und höchstens einer von ihnen war eines natürlichen Todes gestorben. Vermutlich. Vielleicht. Die anderen: eine hochrangige Schar von Mordopfern. Unter ihnen, das wunderte Natascha Eusterbeck schon gar nicht mehr, Dr. Albert Ritter, ehemaliger Vorstandssprecher der Nationalbank.

Ihr war schlecht. Sie trat ans Fenster und sah auf das nächtliche Berlin hinaus. Es war eine klare Nacht, frostig und funkelnd. Die Lichter von Mitte blinkten herüber, als wäre alles von strahlender Reinheit. Doch das Gegenteil war der Fall. Je näher sie den Dingen kam, umso mehr enthüllte sich die schmutzige Wahrheit, die ihnen zugrunde lag. Beckurts, Rohwedder, Ponto, Barschel ... Ein Personenregister des Grauens, über das sich eine blutige Patina gelegt hatte. Und Ritter mittendarin. Auch er ein »Transatlaniker«. Was für eine merkwürdige Zusammenrottung von Macht und Geld und obskurem Einfluss, die sich unter dem Motto der Förderung des deutsch-amerikanischen Verständnisses gebildet hatte.

Natascha fragte sich, wie man zu der Ehre kam, einer solchen Gesellschaft beizutreten. Musste man eingeladen werden? Klopfte man an und bat um Aufnahme? Dass es ein gewöhnlicher Verein war, war ausgeschlossen. Obwohl er unter »e.V.« firmierte. Interessant auch: Obwohl es um das deutsch-amerikanische Verständnis ging, waren nur Deutsche in dieser Vereinigung organisiert. Hätten nicht auch Amerikaner dabei sein müssen? War eine Einrichtung der Förderung des Verständnisses der Geschlechter denkbar, in der nur Männer Mitglied waren? Oder eine interreligiöse Dialogplattform, an der nur Katholiken teilnahmen?

»Petra?«

»Ja?«

»Kannst du mir bitte einen Kontakt zu Gero Mai herstellen?«

»Dem ehemaligen Fraktionschef?«

»Ja. Ich möchte ihn gerne treffen. Aber das sage ich ihm lieber selbst. Vielleicht erreichst du ihn ja noch in seinem Büro. Soweit ich weiß, ist er Anwalt …« Petra Reber nickte. »Ist er«, bestätigte sie. »Mein Mann hat ab und zu mit ihm zu tun.« Bernd Reber war Rechtspfleger am Bundesfinanzhof. Eine Wochenendehe, auch das. Selbst die Sekretärinnen im Kanzleramt und in den Ministerien kamen nicht zu einem vernünftigen Familienleben. »Ach, dann kannst du sicher leicht herausfinden, wo er jetzt Partner ist«, sagte Natascha und setzte sich wieder an ihren Schreibtisch. Sie spürte, wie eine Grippe sich in ihren Knochen einnistete. Morgen, spätestens übermorgen würde sie in den Seilen hängen. Vor kurzem hätte sie sich noch mit Medikamenten vollgepumpt und den Infekt praktisch nicht zur Kenntnis genommen. Aber jetzt, wo sie schwanger war …

Sie überlegte sich, ob sie wenigstens eine Ephedrin einwerfen sollte, entschied sich dann aber dagegen.

»Willst du ihn gleich sprechen?«, fragte Petra Reber.

»Wenn es ihm passt, warum nicht?«

Die Sekretärin verließ das Zimmer, Natascha goss sich noch ein Glas Wasser ein, nippte daran, las noch einmal die Liste der Namen durch, der aktiven Mitglieder, der Vorstände, der »sonstigen bekannten Mitglieder« und drückte dann doch eine Ephedrin aus dem Blister. Nur eine. Das war immerhin ein Kompromiss. Sie wollte Berg schließlich noch ein wenig ausquetschen. Da half es nicht, wenn sie um zehn Uhr schlappmachte.

Das Telefon klingelte. Petra Reber von nebenan. »Und?«

»Hab ihn. Ist bei *Linton Meyer Lafrage*. Große amerikanische Kanzlei.«

»Er ist nach Amerika gegangen?«

»Nein. Er leitet das Büro in Köln. Leider geht aber keiner mehr ran.«

»Wie heißen die?«

»Linton Meyer Lafrage.«

Lafrage. Natascha versuchte, den Namen irgendwie einzuordnen. Sie wusste, dass sie ihn erst kürzlich gehört hatte. »Gut. Dann versuch doch bitte morgen, einen Termin mit ihm zu machen. Für irgendwann in den nächsten Tagen. Und jetzt geh heim.«

»Alles klar. Viel Spaß bei deinem Date.«

Für einen winzigen Moment war Natascha versucht, ihr herauszugeben. Aber dann sagte sie doch nur: »Dir auch einen schönen Abend«, und legte auf. Die Ephedrin lag immer noch in ihrer Hand. Sie warf sie in den Papierkorb. Da fiel es ihr ein. Sie nahm noch einmal den Hörer ab: »Petra?«

»Ja?«

»Kannst du mal versuchen herauszufinden, ob der Lafrage von Mais Kanzlei etwas mit dem zu tun hat, der in der amerikanischen Botschaft arbeitet?«

»Geht klar.«

*

Es war fast fünf Uhr morgens, als der schwarze Mini aus der Einfahrt kam und Richtung Charlottenburg auf die Straße bog. Henrik Eusterbeck wartete noch einen Augenblick, ehe er ebenfalls losfuhr. Er ärgerte sich, dass in dieser Ecke der Stadt um diese Zeit kaum Verkehr war. Aber wenn er vorsichtig war, würde sie ihn nicht bemerken. Er versuchte, sich ihr Nummernschild einzuprägen. Die Ziffernfolge fiel ihm nicht schwer: »6969«. Die Frau hatte Sinn für Humor. Doch Henrik Eusterbeck war der Spaß an der Angelegenheit vergangen. Je mehr er darüber nachdachte, umso seltsamer erschien ihm das alles. Die Frau. Die Umstände. Die Tatsache, dass sie in einem Nobelclub anschaffen ging ... Sie legte ein ziemliches Tempo vor. Als er an einer roten Ampel stehen bleiben musste, verlor er sie beinahe. Doch dann holte er sie an der nächsten Kreuzung ein, ja, wäre versehentlich beinahe neben sie gefahren. Er zügelte sein Tempo, nutzte eine langgezogene Kurve, um sich noch ein wenig weiter zurückfallen zu lassen, und setzte nach, als er bemerkte, dass sie in eine belebtere Gegend kamen. Sie fuhr Richtung Süden auf den Ku'damm zu, bog dann irgendwo links in eine kleine Seitenstraße und hielt so unvermittelt, dass Henrik schnell an ihr vorbeifuhr und erst ein gutes Stück weiter vorn eine Hauseinfahrt nehmen konnte. Fluchend stieg er aus, schloss den Wagen ab, ob man ihn nun abschleppte oder nicht, und sah vorsichtig um die Ecke. Michelle kam auf ihn zu. Sie kramte in ihrer Tasche und wirkte im Übrigen ziemlich bei sich. Nein, sie hatte ihn nicht bemerkt. Er trat in den Schatten der Einfahrt zurück und wartete. Ihre Schritte waren deutlich zu hören, als sie näher kam. Dann, als er sicher war, dass sie gleich neben ihm auftauchen würde, trat er aus seiner Deckung und stellte sich mitten auf den Weg. Sie sah auf, schien aber nicht allzu überrascht. »Hi«, sagte sie müde. »Und? Was machst du hier?«

»Ich warte auf dich. Wir müssen reden.«

»Weißt du, wie spät es ist?«

»Verdammt spät«, sagte Henrik Eusterbeck. »Aber vielleicht noch nicht zu spät.«

*

Henrik Eusterbeck war überrascht, eine so durchschnittliche Mittelstandswohnung vorzufinden. Gemütliches Ecksofa, Flachbildschirm in der Schrankwand, Deckenfluter, die Kissen hatten einen Knick – es fehlte noch, dass eine Bande Kinder um die Ecke bog und »Hallo, Mami« rief und ein Gatte, der stolz verkündete »Miracoli ist fertig, Schatz.« Und dennoch sah Henrik sich mit Befremden in der Wohnung dieser Frau um, die ihn nun zum zweiten Mal überraschte. Wer war sie? Eine zufällige Geliebte, die mit ihm den Traum eines unbeschwerten Lebens lebte? Eine eiskalt berechnende Hure, die ihn am Ende erpressen und seine Ehe ruinieren würde? Eine biedere Frau, die sich ihr Leben zurechtspann, wie es die Möglichkeiten eben zuließen? Er stellte sich mit dem Rücken zum Fenster, hinter dem sich in der Dämmerung eine trübsinnige Westberliner Mietskasernenfassade abzeichnete. »Okay«, sagte er, und es klang selbstbewusster, als ihm zumute war. »Wer bist du?«

»Wer ich bin?« Sie legte ihren Mantel ab und warf ihn über einen Sessel, dann stieg sie aus den Schuhen, und er konnte in ihrem Gesicht lesen, dass sie sich mit den Dingern gequält hatte. »Das weißt du doch längst. Sonst wärst du nicht hier.«

»Ehrlich gesagt, ich frage mich selbst, warum ich hier bin.« Er blickte zu Boden. Verdammt, was sollte er denn sagen? Was wollte er überhaupt noch von ihr? »Du bist eine Hure«, flüsterte er.

»Und? Du wüsstest das gar nicht, wenn du nicht selbst ins Bordell gingst.«

Das stimmte zwar nicht, aber egal. Er sah wieder auf. Es tat immer noch weh, sich vorzustellen, wie sie ihn hintergangen und benutzt hatte. Hintergangen? Hatte sie das? Hatte er sie gefragt, hatte sie gelogen? Nein. Benutzt? Was hatte sie von ihm verlangt, das er ihr nicht ungefragt gerne gegeben hätte? Nein, auch benutzt hatte sie ihn nicht wirklich. Henrik Eusterbeck suchte im Gesicht dieser Frau, die ihm plötzlich so fremd war, nicht die Antworten, sondern die Fragen. Und dann hatte er sie endlich. Auf einmal war ihm klar, wo die Wurzel der Erkenntnis lag: »Was wolltest du draußen am Valmensee? Warum warst du da?«

»Warum nicht?«, sagte Michelle und hielt sich unwillkürlich an der Rückenlehne des Sessels fest. Da wusste Henrik, dass er die richtige Frage gestellt hatte. »Das war kein Badeausflug«, sagte er. »Und du bist auch nicht dort verabredet gewesen, wie du behauptet hast.« Er zog das Foto aus seiner Jacke, das er in der Wohnung im Wedding gefunden hatte, und hielt es ihr hin. »Wer ist das? Was für ein Spiel spielt ihr hier? Ist sie ...« Unvermittelt trat Michelle auf ihn zu und hielt ihm die Hand vor den Mund. Mit der anderen packte sie ihn im Nacken und zog ihn zu sich herab. Er spürte ihren heißen Atem, als sie ihm ins Ohr flüsterte: »Genug. Wir müssen das unter uns besprechen. Komm mit ins Badezimmer.«

Sie ließ ihn los und ging voraus. Das Badezimmer war schon eher so, wie er es sich bei einer Professionellen vorstellte: große Wanne, lauschige Beleuchtung, viele Spiegel. Michelle drehte die Hähne von Waschbecken und Bidet voll auf und knipste die Lüftung an, sodass in dem Raum ein diffuses Rauschen die Luft zum Vibrieren brachte. Dann setzte sie sich auf den Rand der Wanne und nickte ihm zu, sich neben sie zu setzen. »Unter uns?«, fragte er, doch er wusste längst, was ihre seltsame Äußerung bedeutete.

»Hier höre nicht nur ich zu.«

Henrik nickte. »Sie kontrollieren dich?«

»Ja. Sie haben es mir sogar vorher gesagt.«

»Verstehe. Der Preis dafür, dass du einen exklusiven Kundenstamm hast.«

»Mhm. Einen scheißexklusiven Kundenstamm.«

»Also?«

»Also was?«

»Warum warst du wirklich da?«

»Man hat mich gebucht.«

»Wer hat dich gebucht?«

»Kann ich nicht sagen.«

»Ich denke, so hört uns niemand.«

»Darum geht es nicht. Das ist Ehrensache.«

»Hurenehre, ja?«

»Ja«, sagte sie trotzig. »Kommt dir vielleicht komisch vor, aber ja. So ist das. Auch in dem Gewerbe gibt es Regeln.«

»Was für ein Auftrag war das?«

»Baden gehen. Escort.«

»Escort für mich?«

Michelle nickte. Sie war also tatsächlich auf ihn angesetzt worden. »Und?«, fragte er. »Waren deine Auftraggeber zufrieden?«

»Der Job ging jedenfalls weiter.«

»Verstehe. Und du hast ihn verdammt gut gemacht. Aber du bist ja auch Profi, *Michelle*.«

»Das ist nicht fair«, sagte sie und unterdrückte nur mühsam ein Schluchzen. »Ich mochte dich wirklich. Vom ersten Moment an. Es hat mir Spaß gemacht. Es … es war keine Arbeit. Nicht wirklich.«

»Nicht wirklich«, echote Henrik und ließ den Blick in die Winkel des Badezimmers gleiten auf der Suche nach Hinweisen auf versteckte Mikrofone. Vielleicht hatten sie ja auch Minikameras eingebaut? Immerhin hätte es bei Michelle etwas zu sehen gegeben. »Waren es dieselben Leute, die dich auch abhören?«

»Vermutlich.«

»Nun, irgendjemand muss dir ja den Auftrag erteilt haben.«

Sie zögerte einen Augenblick. Dann wischte sie sich die Augen und nickte. »Es waren dieselben.«

»Wer ist deine Freundin auf dem Foto?«

»Eine Kollegin.«

»Ist sie verschwunden, oder haben wir die ganze Zeit ein Phantom gejagt? War das Foto Teil des Plans?«

»Sie hat mit dir gar nichts zu tun, Martin.«

»Ich heiße Henrik.«

»Ich weiß. Aber ich möchte dich Martin nennen. Für mich bist du Martin.« Sie zog die Nase hoch. Erst jetzt fiel Henrik auf, wie blass sie war. »Sie hatte mit euch gar nichts zu tun«, wiederholte sie. »Aber sie wollte aussteigen. Und aussteigen ist in diesem Spiel nicht erlaubt.«

»Sie wollte auspacken. Über ihre Kunden aus Politik und Wirtschaft?«

Michelle nickte.

»Und was haben sie mit ihr gemacht?«

»Ich weiß es nicht.«

»Und mit dem Mädchen?«

Sie zuckte die Achseln. »Keine Ahnung. Ich will es lieber nicht wissen. Solche kleinen Dinger sind begehrt.«

Henrik hätte kotzen mögen. »Gut. Danke, dass du dir die Zeit genommen hast für dieses Gespräch.« Er stand auf, ging zur Tür. Da spürte er ihre Hand auf seinem Rücken. »Martin?« Er wandte sich noch einmal zu ihr um. Sie sah müde aus, erschöpft. Und bestürzt. »Es tut mir leid«, sagte sie. »Ehrlich. Ich weiß nicht, was sie mit der Sache bezweckt haben. Aber eines kann ich dir versprechen. Von mir wird niemand etwas darüber erfahren. Ich werde deine Ehe nicht in Gefahr bringen.«

Henrik Eusterbeck lachte bitter. »Danke«, sagte er. »Danke, dass du das sagst. Auch wenn es zu spät ist. Meine Ehe hast du bereits ruiniert.«

*

Wenn es noch eine geringe Hoffnung gegeben hatte, dass Natascha sich die Schwangerschaft einbildete, ein letztes Fünkchen, dann war es nun vernichtet. Der Termin bei ihrer Frauenärztin hatte ihr klargemacht, dass sie nicht nur einfach schwanger war, sondern dass diese Schwangerschaft so weit fortgeschritten war, dass es tatsächlich jene verfluchte Nacht gewesen sein konnte. Vergewaltigung wäre ein Grund gewesen abzubrechen. Aber: War es denn eine Vergewaltigung gewesen? Ist es Vergewaltigung, wenn sich eine Frau nicht wehrt, weil sie so vollgepumpt ist mit Alkohol und Tabletten, dass sie gar nichts mitbekommt? Es war jedenfalls eine Art nachträglicher geistiger Vergewaltigung gewesen, die man ihr angetan hatte. Und nun: »Gratuliere! Sie sind in der elften Woche, Frau Eusterbeck.«

»Können Sie das so genau feststellen?«

»Ach ja, doch, heute können wir das ziemlich genau bestimmen. Sehen Sie, hier können Sie schon die Ärmchen erkennen.

Und hier den Kopf.« Die Ärztin deutete auf das Ultraschallbild, das sich ständig veränderte. Es sah für Natascha aus wie eine Aufnahme aus den Tiefen der See. Als würde gleich ein U-Boot auftauchen und seine Torpedos abfeuern. Stattdessen wischte tatsächlich auf einmal ein dünnes Ärmchen vorbei mit Fingern wie von einem Gecko. Und dann erkannte Natascha auch plötzlich den Kopf: die gewölbte Stirn, die winzige Nase, den kecken Mund. Mein Gott, es war ein Kind, ein Mensch, ein Wesen mit einer Seele, das da in ihr lebte. Wer immer sein Vater war, sie war die Mutter. Es trieb ihr die Tränen in die Augen zu sehen, dass jemand ihr eigenes Leben in sich trug, dieses kleine Menschlein nämlich, das … »Können Sie schon sagen, was es ist?«

»Schwer festzustellen, so wie es liegt. Es lässt uns nicht gut hinsehen«, stellte die Ärztin fest, drückte noch etwas fester mit dem Ultraschallscanner auf ihren Bauch, probierte es von der Seite, dann etwas mehr von unten, doch: »Nein, leider. Aber beim nächsten Mal.«

Natascha nickte. Beim nächsten Mal. Damit musste sie jetzt wohl leben. Es würde ein nächstes Mal geben. Und dann noch ein weiteres Mal. Und noch eines. Bis eines Tages dieses Kind seinen Kopf aus ihr herauspresste. Und Henrik würde nicht neben ihr sitzen, um ihre Hand zu halten und mit ihr zu weinen.

»Haben Sie es Ihrem Mann schon gesagt?«, fragte die Ärztin, während sie Nataschas Bauch mit Küchenkrepp abwischte und ihr aufmunternd zulächelte.

»Nein. Noch nicht«, sagte Natascha und versuchte, ihrem Blick zu entfliehen. Eine Dummheit, wie ihr sogleich klar wurde.

»Verstehe.« Es war unüberhörbar, dass sie Natascha durchblickt hatte: Das Kind war nicht von ihrem Mann.

»Es ist alles etwas kompliziert«, versuchte Natascha zu erklären.

»Das ist es immer, Frau Eusterbeck.« Die Ärztin hatte ihren neutralen Ton schon wieder aufgenommen. Vielleicht noch ein wenig neutraler als sonst. »Sie können sich jetzt wieder anziehen.«

Natascha verschwand hinter dem Paravent und schlüpfte in ihren Slip und die Strumpfhose. »Und, denken Sie, es ist alles so weit in Ordnung mit dem Kind?«, fragte sie, als sie sich der Ärztin gegenüber an den Schreibtisch setzte.

»Es sieht alles gut aus. Die Maße sind im normalen Bereich. Puls, Nackendurchmesser, alles unauffällig. Und alle Finger dran.« Sie lächelte mit professioneller Freundlichkeit.

»Frau Doktor …«, sagte Natascha, doch die Ärztin unterbrach sie: »Ich schreibe Ihnen ein paar Sachen auf, die Sie einnehmen sollten. Nichts Besonderes. Vitamine, die Ihnen und dem Kind guttun. Dass Sie nicht rauchen, keinen Alkohol trinken und keine Drogen nehmen sollen, brauche ich Ihnen sicher nicht zu sagen.«

»Mache ich nie«, erklärte Natascha voll Überzeugung.

»Nie?«

»Wo denken Sie hin. Ich … ich …«

Die Ärztin nickte wissend. »Ephedrin«, sagte sie. »Auch das ist eine Droge. Lassen Sie das bleiben. Es ist nicht nur schlecht für Sie. Es ist Gift für das Ungeborene.«

»Woher wissen Sie?«

»Ich weiß, was Sie beruflich machen.«

*

***Dr. Joseph Lafrage**, geb. 23.12.1950 in Chicago. Vater Kongressabgeordneter. Jura-Studium in Harvard (Abschluss als LLM.), Stipendium der National American Society, mit Mitte zwanzig in diversen Think Tanks zuerst in Chicago, dann in Washington, D.C. tätig. Anwalt bei einer New Yorker Renom-*

mierkanzlei, Büro Washington. Erst mit 31 Jahren Eintritt in die Republikanische Partei. Im Wahlkampfteam von Ronald Reagan. Danach Referent im Handelsministerium, später im Außenamt. Mit W.P. Linton und Alfred »Al« Meyer Gründung von Linton Meyer Lafrage. Die Kanzlei expandiert schnell über die ganzen USA und in andere Länder. Lafrage scheint nicht viel als Anwalt gearbeitet zu haben. Er war im Außenamt vor allem für Europa zuständig (speziell Frankreich, vermutlich wegen seiner Vorfahren, die allerdings gar nicht aus Frankreich eingewandert sind, sondern aus Deutschland; Hugenotten, die von Paris nach Preußen geflohen waren) und hat seine Kontakte offenbar sehr gut für sein geschäftliches Vorankommen genutzt. Seit 1989 in Berlin, zuerst als Botschaftssekretär ohne besonderen Aufgabenbereich (das wirkt reichlich dubios), dann als Kulturattaché.

Petras Kurzdossier war nicht schlechter als die Aktennotizen, die Henrik ihr zusammengestellt hatte. *Sie brauchen einen Vertrauten.* Natascha schnaubte verächtlich, wenn sie an diese geheuchelten Worte der Kanzlerin dachte. Petra war immerhin so jemand.

*

Die Kanzlei Linton Meyer Lafrage residierte in einem der Glaspaläste, die seit einigen Jahren auch in Köln hochgezogen worden waren. Natascha hatte ein Gründerzeitpalais erwartet, etwas von dem wenigen Edlen, das den Krieg überdauert hatte oder doch zumindest so wiedererrichtet worden war, als hätte er nicht stattgefunden. Stattdessen die kühle Fassade des 21. Jahrhunderts. Am Empfang in der Halle im Erdgeschoss ein Profi, der mit den Firmen, die in dem Gebäude residierten, nichts zu tun hatte, sondern austauschbar war wie ein Mietklo, ein Söldner auf Schicht. »Linton Meyer Lafrage: siebte und achte Etage. Zu wem müssen Sie denn?«

»Dr. Mai.«

»Dann ist es die achte.«

»Danke.«

Natascha Eusterbeck hörte den harten Klang ihrer Absätze von den Marmorwänden widerhallen, als sie zu den Aufzügen ging. Oben öffnete sich die Tür zu einer jener typischen Teppichetagen, in denen die Bosse der Republik ihr Tagewerk vollbrachten, die heimlichen Entscheider und Lenker, Wirtschaftsführer, Industriekapitäne, Verbandspräsidenten, Stiftungsvorstände, Sozietätspartner und Lobbyisten. Hinter einer gläsernen Wand, auf die der Schriftzug der Kanzlei graviert war, wartete ein weiterer Empfang. Natascha musste nicht klingeln, der Summer ertönte, ehe sie noch den Knopf berührt hatte. Vermutlich hatte der Mann in der Eingangshalle ihren Besuch bereits angekündigt.

»Natascha Eusterbeck. Ich habe einen Termin mit Herrn Dr. Mai.«

»Aber natürlich. Schönen guten Tag, Frau Staatssekretärin. Bitte nehmen Sie doch noch einen kurzen Augenblick Platz. Herr Dr. Mai wird gleich für Sie da sein.«

Natascha setzte sich und warf einen Blick auf die Golf- und Uhrenmagazine, die auf dem niedrigen Glastischchen bei den Le-Corbusier-Stühlen lagen. Geld, dachte sie. Es geht ausschließlich um Geld, nicht um Recht, in solchen Anwaltsetagen. Sie versuchte sich vorzustellen, welche Stundensätze hier aufgerufen wurden. Vierhundert Euro? Fünfhundert? Achthundert? Womöglich noch mehr, je nachdem, wer von den Anwälten in Aktion trat. Wenn Gero Mai sich mit ihr traf, dann bedeutete das einen Verlust von einigen hundert Euro. Jemand wie er durfte eigentlich nicht auf die Toilette gehen.

Tatsächlich schien er gerade von dort zu kommen. Sich die Hände reibend kam er den Gang hinunter und direkt auf Natascha Eusterbeck zu. Sie erhob sich, beinahe etwas schwerfällig, vielleicht ja schon der Schwangerschaft wegen?

»Frau Eusterbeck, guten Tag«, sagte er ohne ein Lächeln, ohne einen Hauch von charmantem Unterton, obwohl Natascha sehr gut wusste, dass er diesen Knopf perfekt zu betätigen verstand.

»Herr Mai, ich grüße Sie. Schön, Sie mal wiederzusehen.« Eigentlich kannten sie sich kaum, waren vielleicht ein halbes Dutzend Mal in einem Raum gewesen. Selbst im Bundestag hatten sie sich verpasst: Als Natascha Eusterbeck ihr Mandat antrat, hatte Gero Mai seines gerade niedergelegt und sich aus dem politischen Tagesgeschäft zurückgezogen. Seither spekulierte man immer mal wieder darüber, ob es ein Comeback für ihn geben könnte und ob er irgendwelche heimlichen Pläne schmiedete. Doch das war wohl mehr ein Wunschtraum der entschiedensten Gegner der Kanzlerin denn eine reale Option.

»Wir gehen in mein Büro«, sagte Mai. »Sie erlauben …« Er deutete in die Richtung, aus der er gekommen war, und ging voran.

Das Büro von Dr. Gero Mai lag mit Blick auf Dom und Rhein majestätisch über der Stadt. Ein alberner Gedanke, dass er tatsächlich über eine Rückkehr in die kleine Welt der Politik nachdenken könnte. Alles, was Natascha sah, war geschmackvoll und unpersönlich. Und teuer. Sie setzte sich, einer einladenden Geste Mais folgend, und wartete, dass er etwas sagte.

»Nun, Sie hatten mich um ein Gespräch gebeten«, fing er schließlich an. »Ich habe leider nicht viel Zeit …«

»Das ist mir klar. Und ich will Sie auch nicht lange aufhalten. Vielen Dank, dass Sie überhaupt bereit waren, sich mit mir zu treffen.«

Mai legte ein Bein über das andere und sah sie aufmerksam an. »Worum geht es denn?«

»Ich nehme an, dass wir dieses Gespräch diskret handhaben können?«

»Das ist ganz in meinem Sinne, auch wenn ich nicht weiß, was Ihr Anliegen ist.« Pokerspieler mussten diesen Blick haben. Distanziert, aufmerksam, forschend. Natascha machte eine kleine Pause. Sie wusste, dass ihn das ärgern musste. Es war ihre Art, die Hoheit über das Gespräch nicht sogleich ihm zu überlassen, der sich so offensichtlich für weit überlegen hielt und es vermutlich auch in jeder Hinsicht war. »Es geht um Ihr ehrenamtliches Engagement«, sagte sie dann leise und stellte mit Genugtuung fest, dass er offensichtlich verblüfft war. »Ich höre«, entgegnete er nur und schien noch eine Spur aufmerksamer. Ehrenämter gab es nicht in der Welt eines Dr. Gero Mai. In seiner Liga war nichts ohne zumindest strategischen Zweck, nichts ohne wirtschaftlichen Aspekt und nichts ohne kaltes Kalkül.

»In der Transatlantischen Allianz«, erklärte Natascha. »Das ist doch ehrenamtlich?«

»Oh ja, natürlich. Das ist ehrenamtlich.« Sein Blick schien sie durchbohren zu wollen. »Aber was haben Sie mit der Allianz zu tun?«

»Nichts.« Ein Lächeln. Unschuldig wie der frühe Morgen. »Noch nichts. Ich hatte gehofft, dass Sie mir vielleicht behilflich sein könnten …«

»Behilflich? Wobei?«

»Mitglied zu werden. Soweit ich es verstanden habe, ist eine der Voraussetzungen eine persönliche Einladung eines der Mitglieder. Und Sie als Präsident der Vereinigung wären ja gewissermaßen die allerbeste Adresse für eine solche Einladung.«

Mai lehnte sich zurück. Es fiel ihm erkennbar schwer, nicht auf die Uhr zu blicken. Offensichtlich hielt er das Gespräch für verschwendete Zeit. »Missverstehen Sie mich nicht. Aber das ist eine Gemeinschaft langjähriger Vertrauter, die ... Wie soll ich sagen ...«

»Ich missverstehe Sie nicht, lieber Herr Dr. Mai. So ähnlich hatte ich mir das auch vorgestellt. Und natürlich weiß ich, welche Verantwortung es für Sie darstellt, an der Spitze dieses Vereins zu stehen, nach allem, was passiert ist.« Plötzlich war die Unschuld aus ihrer Miene verschwunden, und sie blickte kaum weniger kalt auf ihren Gesprächspartner als dieser umgekehrt auf sie.

»Was meinen Sie mit *passiert*?«

»Nun, all die ...« Sie zögerte kurz und sagte dann so leise wie betont: »Todesfälle.«

»Ich weiß nicht, was Sie meinen, liebe Frau Eusterbeck.« Er wechselte das Bein, wie er es immer tat, wenn er nervös war. Das war Natascha schon früher aufgefallen, wenn sie ihn in Talkrunden beobachtet hatte. »Beckurts«, sagte sie langsam. »Rohwedder. Barschel.« Und schließlich, ganz leise: »Und natürlich Ritter.«

Mai nickte bedächtig und ließ den Blick plötzlich in die Ferne gleiten, sah hinaus auf die Stadt und den trägen, schmutzigen Fluss. »Alles sehr bedauerliche Fälle, ja. Sehr bedauerlich.« Er seufzte theatralisch. »Aber ich wüsste nicht, wie mich das als Präsident der Transatlantischen Allianz betreffen sollte.«

»Waren es nicht alles Mitglieder?«

»Doch, das schon ...«

»Waren sie nicht alle politische Weggefährten?«

»Nun, Sie dürfen nicht vergessen, dass ich doch um einiges jünger bin ...«

»Aber standen Sie nicht im selben politischen Lager?«

»Aber nein, Frau Eusterbeck! Die Transatlantische Allianz ist politisch völlig unabhängig. Wir haben Mitglieder aus allen seriösen Parteien.«

»Politisch unabhängig«, murmelte Natascha und nahm ein Dokument aus ihrer Tasche. »Wirklich?« Sie reichte es ihm und beobachtete, wie Dr. Gero Mai erblasste.

*

»Möchtest du mich auf einen Drink einladen?« Die schwarze Schönheit legte ihm unbefangen eine Hand auf die Schulter und fuhr ihm mit den Fingerspitzen über die Brust. »Ich bin ja so durstig.«

»Dafür habe ich leider keine Zeit«, sagte Henrik Eusterbeck und nahm ihre Hand, um sie geschmeidig unterzuhaken. »Aber wenn du für einen Drink Zeit hast, dann hast du vielleicht auch für etwas anderes Zeit?«

»Oh, du hast es aber eilig«, hauchte die dunkelhäutige Frau und warf ihm einen Blick zu, als wäre sie ein schüchternes Mädchen und er ein böser, böser Junge. »Wirklich keine Zeit für ein Glas Champagner?«

»Lass uns lieber auf dein Zimmer gehen, du Schöne der Nacht.«

Sie glitt von ihrem Barhocker und ging vor. Henrik schätzte sie auf Mitte dreißig. Ihr rundes Hinterteil wiegte sie sehr gekonnt, während sie vor ihm durch die Tür verschwand, hinter der er letztes Mal den Personenschutz aus dem Kanzleramt hatte verschwinden sehen. Vor der schummerigen Beleuchtung hoben sich die roten Lichter über den Türen beiderseits des Flurs ab wie Warnleuchten in der Nacht. Unter der Nummer drei blieb die farbige Frau kurz stehen, musterte Henrik unverhohlen, ehe sie die Tür öffnete und hineinging. »Bist du schon einmal hier gewesen?«

»Gelegentlich, ja«, erwiderte Henrik knapp. Es war stickig in dem Raum. Und zu warm. Aber üblicherweise hatten die Gäste und die Bewohnerinnen hier ja auch nicht allzu viel an. »Wie heißt du?«

»Vanessa. Und du?«

»Martin.«

»Schön, dich zu sehen, Martin. Was darf ich denn für dich tun?« Sie schloss die Tür und drehte den Schlüssel um. Henrik wartete, bis sie wieder zwei Schritte in den Raum getan hatte, dann stellte er sich vor die Tür und legte die Maske ab. »Ich bin nicht wegen Sex hier.«

Sie war nicht überrascht oder, wenn sie es war, vermochte sie es gut zu verbergen. Vielleicht war es aber ja wirklich so, dass es manchen Mann gab, der nicht ins Bordell ging, um sich körperlich zu befriedigen, sondern um zu reden. »Ja?«, sagte sie und ließ sich auf das Bett sinken, das mit einem Playboy-Handtuch bedeckt war. »Was möchtest du dann?«

»Ich weiß, wer deine Kunden sind«, versuchte es Henrik mit einem Bluff. Tatsächlich setzte sich die Frau auf und fixierte ihn misstrauisch. »Was willst du von mir?«

»Gar nichts. Nur ein paar Informationen.«

»Ich spreche nicht über meine Kunden. Niemand hier tut das.«

»Eine von euch wollte es tun.« Henrik sah ihr direkt in die Augen, so lange, bis sie nicht mehr standhalten konnte und wegschauen musste. »Und?«, fragte sie unsicher. Dabei stand sie wieder auf und nahm sich einen dünnen Morgenmantel, der über einem Hocker lag, um ihn sich überzuziehen.

»Und nun ist sie tot.« Es war ein Bluff. Aber Henrik hatte das verdammte Gefühl, dass es dennoch der Wahrheit entsprach. Die Hure sah unruhig im Zimmer umher. Henrik war sich ziemlich sicher, dass sie irgendwo Pfefferspray und vielleicht auch andere Mittel zur Selbstverteidigung versteckt hatte. »Du setzt dich besser wieder hin«, sagte er. »Ich werde dir nichts tun. Ich will nur ein paar Informationen, wie gesagt.«

»Über wen?« Sie blieb stehen, steckte unauffällig eine Hand in die Tasche ihres Morgenmantels.

»Sandrine«, sagte Henrik und beobachtete, wie die Züge der Frau entglitten. »Sandrine ist tot?«, keuchte sie. »Sie ist tot?«

»Vermutlich ist sie tot. Und ich möchte herausfinden, wer dahintersteckt.« Das Licht im Raum war gedämpft. An den Wänden hingen Spiegel, vor allem dort, wo niemand sie üblicherweise hinhängte. »Können wir hier sprechen? Oder hört uns jemand zu?«

»Sie sehen zu. Aber sie haben keine Mikrofone«, sagte die Frau. Sie nahm ihre Hand wieder aus der Tasche. »Wenn du unauffällig sein möchtest, sollte ich mich wenigstens ausziehen.«

»Bitte. Dagegen habe ich nichts.« Henrik Eusterbeck sah sich unauffällig um. Natürlich waren keine Kameras zu sehen. Er beobachtete Vanessa, wie sie elegant den Seidenmantel über ihre Schultern herabgleiten ließ, und lächelte ihr freudlos zu. »Sandrine hat Hilfe gesucht.«

»Bei wem?« Sie begann, sich die Korsage aufzuknöpfen.

»Das spielt keine Rolle. Sie hat gesagt, sie will auspacken – dann war sie plötzlich verschwunden.«

»Sie kann nicht verschwinden«, erwiderte die Hure und drehte ihm den Rücken zu, um sich vor ihm verführerisch zu winden.

»Du meinst, weil sie ein Kind hatte?«

Ihr Körper versteifte sich für eine Sekunde. »Niemand weiß, dass sie ein Kind hat.«

»Inzwischen wissen es alle. Und auch das Kind ist weg.«

Sie drehte sich wieder zu ihm und ließ die Korsage langsam in ihre Hände gleiten. Ja, unter anderen Umständen wäre Henrik Eusterbeck sehr gerne hier in diesem Raum gewesen. Jetzt aber hatte er keinen Blick für die Schönheit des afrikanischen Kontinents, sondern griff in seine Tasche und zog das Foto mit Michelle, Sandrine und dem Mädchen hervor. Ganz unauffällig und gerade schnell genug, damit sie es erkennen konnte, ehe er es wieder zurücksteckte in sein Jackett. »Ich weiß, dass Rau hier ein und aus geht. Staatssekretär Frey ebenso. Was mich interessiert, ist: Wer kommt noch hierher? Und gab es mit irgendjemandem in letzter Zeit Schwierigkeiten?« Er beobachtete, wie sie ihre Strümpfe auszog und sich aufs Bett legte, rührte sich aber nicht von der Stelle.

Sie seufzte, räkelte sich und drehte sich auf den Bauch, sodass sich ihr runder Po vor ihm bewegte. »Sandrine hatte Probleme mit einem Freier«, sagte sie so leise, dass Henrik sie kaum verstand. »Ich weiß nicht, wie er heißt. Es war keiner von denen, die du genannt hast. Auch sonst keiner von den Deutschen. Er war Amerikaner.«

»Ein Tourist? Das interessiert mich nicht. Wenn Sandrine sagt, sie will auspacken, dann meint sie sicher keinen Reisenden.«

Die dunkelhäutige Frau rollte wieder herum und streifte sich den Slip von der Hüfte, um ihn mit ihrem bestrumpften Fuß nach Henrik zu werfen. Der fing ihn auf und legte ihn beiseite. »Das war kein Reisender«, sagte sie. »Er war von der Botschaft. Irgendein hohes Tier.«

»Der Botschafter?«

»Nein.« Sie schob sich eine Hand zwischen die Beine. »Der Botschafter war es nicht. Der zählt zu meinen Kunden. Ein anderer. Aber mehr kann ich dir nicht sagen. Mehr weiß ich nicht.«

Henrik nickte. »Gut. Dann gehe ich. Danke für deine Hilfe und die nette Vorstellung.«

Sie schwang sich auf und kam zu ihm. Während sie ihn umarmte, flüsterte sie ihm ins Ohr: »Die Typen sind gefährlich. Du musst aufpassen.« Auf dem Monitor würde es aussehen, als würde sie an seinem Ohrläppchen knabbern. Doch tatsächlich klang sie ängstlich, als sie hinzufügte: »Bring Sandrine zurück. Und ihre Tochter. Die beiden sind gute Mädchen.«

»Da bin ich sicher«, sagte Henrik Eusterbeck, nahm sie an den Oberarmen und schob sie von sich. »Alles Gute.« Dann holte er einen Fünfzigeuroschein aus der Tasche und legte ihn auf das Beistelltischchen neben dem Bett. »Damit deine Überwacher keinen Verdacht schöpfen.«

Sie nickte nur und winkte ihm zu, während er die Tür öffnete und sie hinter sich ließ.

*

Von: Die Pupille
An: N.Eusterbeck@voxcom.net
Betreff:
Text: HÜBSCHES FOTO. WEISS DEIN MANN SCHON BESCHEID?

Im Anhang eine Ultraschallaufnahme aus ihrem Bauch.

*

Petra Reber grüßte ihn so kühl, dass Henrik Eusterbeck sich keine Illusionen darüber machte, wie Natascha zu ihm stand. Er beeilte sich, in einem der benachbarten Büros zu verschwinden. Zufall, dass man ihm heute einen Raum ganz in der Nähe des Büros seiner Frau zugewiesen hatte. Nur dass sie nicht da war. Wieder mal nicht da war. Von Petra Reber war nur zu erfahren gewesen, dass sie »noch nicht zurückgekehrt« war. Nataschas Sekretärin verhielt sich so zugeknöpft, als wären sie nie per Du gewesen. Jetzt jedenfalls waren sie es nicht mehr. Sie hatte ihn nach dem Überfall in seinem Schlafzimmer mit einer so kaltschnäuzigen Selbstverständlichkeit gesiezt, dass er ihr eine hätte runterhauen mögen. Was wusste sie schon? Sie hatte keine Ahnung! Ja, natürlich hatte Henrik eine Affäre gehabt, und das war scheiße von ihm gewesen. Aber dass seine Frau ihn verlassen hatte, dass sie seinen Wagen genommen hatte, fortgefahren und nicht mehr zurückgekehrt war, dass sie ihn in der gottverdammten Einöde am See hatte sitzen lassen, dass er Stunden zu Fuß in die nächste Ortschaft marschiert war und zurück, dass er sich Sorgen gemacht hatte, dass er um ihr Leben hatte fürchten müssen – das alles wusste sie nicht. Und sie wusste auch nicht, dass er in den ersten Tagen vergeblich versucht hatte, sie zu erreichen, fünfmal, zehnmal, zwanzigmal, dass er so gehofft hatte, sie zu Hause in der Wohnung in Berlin anzutreffen, und dass sie da auch nicht gewesen war, dass er in Braunschweig bei ihrem Vater angerufen und auch dort erst einmal niemand abgehoben hatte, dass er heulend vor dem Telefon gesessen und sich und sein lächerliches kleines Leben verflucht hatte. Nichts wusste sie. Und fühlte sich doch moralisch dermaßen überlegen, dass ihm schlecht wurde, wenn er sie sah.

Er knallte die Tür seines Büros hinter sich zu und fuhr den Rechner hoch. Gab den Zugangscode ein und loggte sich ins Intranet des Kanzleramts. Er hatte sich ein bisschen mehr erlaubt, als er gedurft hätte. Da war der Hacker in ihm durchgebrochen, der er früher einmal gewesen war. Zu Studentenzeiten. Er war nie eines dieser Genies gewesen, die in Pentagonakten surften oder spaßeshalber U-Boot-Baupläne an den Kreml mailten. Aber die elektronische Post anderer Leute zu lesen, das beherrschte er dann doch. Vor allem wenn er erst einmal in internen Netzwerken war. Und das war er hier.

Genau genommen war er überrascht, wie langweilig die meisten von Nataschas Kollegen waren. Und das Zeug, das sie einander vertraulich schickten, hätte es meist kaum in die Abendnachrichten geschafft. Im Grunde waren sie doch nur mickrige Erbsenzähler und Wichtigtuer. Dieser Dr. Frey war ein bisschen interessanter, weil er offenbar sehr fleißig auf Waffengeschäfte Einfluss nahm. Und weil er vom Dienstcomputer aus seine Geldgeschäfte in der Schweiz verwaltete. Ein Spieler. Einer, der alles wagte und damit bisher offenbar ziemlich gut fuhr.

Auf Stephanie Wendes Account ging eine Mail von Sicherheitschef Jäger ein. Routinehalber klickte Henrik Eusterbeck darauf und las: »Im Ernst: Schreiben Sie ihr nicht mehr. Ich will keinen Ärger.« Nichts weiter.

Das wunderte ihn. Wem sollte sie nicht mehr schreiben? Und: Weshalb sollte Jäger Ärger kriegen wegen etwas, das Wende einer anderen Person schrieb?

Als sich nichts weiter tat, pflegte Henrik Eusterbeck zunächst neue Daten in die Personenprofile ein, die er angelegt hatte. Mit einer neuen Funktion, die er dem Prinzip der Social Networks nachempfunden hatte, konnte man jetzt in seinem System auf einen Blick die wichtigsten Kontakte sehen, die die betreffenden Personen hatten. Doch dann fiel ihm etwas ein. Er ging noch einmal auf die Festplatte von Stephanie Wendes Computer und durchsuchte sie systematisch nach anderen E-Mail-Programmen. Und tatsächlich fand er einen Hotmail-Account, der nicht auf ihren Namen lautete, sondern auf »Die Pupille«. Neugierig geworden scrollte er den Postausgang durch. Wem hatte sie geschrieben? Und was? Etwas, das Gerhard Jäger so besorgt machte?

DU WIRST HIER NICHT ALT, PRINZESSIN.
NÄCHSTES MAL KOMMST DU NICHT SO LEICHT DAVON, PRINZESSIN.
NEUGIER IST EINE TÖDLICHE DROGE, PRINZESSIN.
BEIM NÄCHSTEN MAL IST ES KEIN FALSCHER ALARM, PRINZESSIN.
DU HAST DIE KLEINE AUF DEM GEWISSEN, PRINZESSIN.
WIE WÄRE ES MAL NACKT VOR DER KAMERA, PRINZESSIN?
HÜBSCHES FOTO. WEISS DEIN MANN SCHON BESCHEID?

Empfänger jeder dieser Mails war N.Eusterbeck@voxcom.net. Natascha.

Reflexartig klickte er auf den Dateianhang der letzten Mail. Vielleicht erwartete er kompromittierende Fotos von seiner Frau, er wusste es nicht. Doch was er sah, ließ sein Herz für einen Augenblick stillstehen. Er brauchte einen Moment, um zu erkennen, was da vor ihm schemenhaft abgebildet war. Und doch war es wie ein fehlendes Puzzleteil, mit dem alles sich wie von unsichtbarer Hand zu einem stimmigen Ganzen fügte: Es war das Bild eines Fötus. Eine Aufnahme aus Nataschas Bauch. Schlagartig wurde Henrik klar, in was für einer verrückten Situation sich seine Frau befand, er konnte sich die Launen, die Übelkeiten, die Bauchschmerzen erklären, die er seit Wochen auf den Stress im Job und zuletzt auf diese perfide Abhöraktion zurückgeführt hatte. Ja, alles ergab auf einmal Sinn – und er musste erkennen, dass er ein noch viel größerer Idiot war, als er bisher geglaubt hatte. »Natascha«, flüsterte er. »Was musst du durchgemacht haben.«

Er schloss das Bild wieder, starrte auf den Monitor. Henrik Eusterbeck saß mit angehaltenem Atem im Bundeskanzleramt und konnte kaum glauben, was er las: Jemand hatte seine Frau systematisch unter Druck gesetzt. Nein, nicht »jemand«, Dr. Stephanie Wende war es, die ebenfalls Staatssekretärin im Kanzleramt war.

Prinzessin. Henrik wusste, dass Wolfhardt Lippold seine Tochter immer so genannt hatte. Die Wende musste Natascha bereits im Vorfeld ausgekundschaftet haben, woher sonst sollte sie es wissen. Gab es ein Dossier? Erneut durchforstete Henrik die Festplatte der Staatssekretärin, bis er einen versteckten Ordner fand: »Prinzessin«. Fein säuberlich hatte der Politprofi alle Artikel, Beiträge, Informationen über und von Natascha Eusterbeck katalogisiert. Und Fotos. Von Natascha. Und von ihm. Im Bett.

Er ging auf Nataschas private Mails, was ihm nicht schwerfiel, denn auch dafür hatte sie ihr übliches Passwort. Henrik Eusterbeck fühlte einen hässlichen, kleinen Schmerz in seiner Brust, als er »2Toeloop« eintippte. Ja, da waren sie, die Blackmails von Stephanie Wende. Er las sie noch einmal durch, versuchte eine Struktur darin zu finden. Hatte Natascha geantwortet? Einmal: »Arschloch.« Das hätte auch er geantwortet. Henrik Eusterbeck wollte den Account schon verlassen, da fiel ihm auf, dass es auch eine Nachricht mit dem Absender David Berg gab. In ihren privaten Mails? Er klickte darauf und las: »Ich denke an dich.« Sofort spürte er, wie eine namenlose Wut in ihm aufstieg. Berg. Das Aas. War sie bei ihm? War sie mit ihm zusammen? Hatte sie sich mit ihm getröstet? Henrik klickte auf »Antworten«. Er würde Berg eine Antwort schreiben, dass ... Im Empfängerfenster erschien kein Name, sondern nur eine lange Nummer. Henrik wusste, dass David Berg seinen vollen Namen in seiner Kennung führte. Das hier war nicht Bergs Account. Henrik musste nur einige IP-Adressen abgleichen, die er in den zurückliegenden Wochen abgelegt hatte, dann kannte er den Ursprung der Mail. Nein, sie stammte definitiv nicht von David Berg. Sie stammte vom Sicherheitschef des Kanzleramts, Gerhard Jäger.

In diesem Augenblick nahm ein Verdacht in seinem Kopf Gestalt an, es war zunächst nur eine vage Ahnung. Doch wenn er all die Vorkommnisse und Erkenntnisse, die er in letzter Zeit erlebt und gewonnen hatte, zusammenbrachte, dann lag darin eine Art Muster. Er konnte es noch nicht genau definieren. Aber es war da wie der Abdruck eines bereits verblichenen Bildes auf der Netzhaut des Betrachters. Henrik musste sozusagen nur das Licht wieder anknipsen. Er hackte sich auf dem Account von Gerhard Jäger ein, selbst überrascht, wie einfach es ging, wenn man nur den Zugang zum Intranet des Kanzleramts und das Passwort geknackt hatte. Als vermeintlicher IT-Berater wäre es seine, Henriks, Aufgabe gewesen, auf solche Sicherheitslücken hinzuweisen. Doch mit einer doppelten Verschlüsselung hätte er sich selbst ein Bein gestellt und sich die Arbeit künstlich schwerer gemacht.

Auf Jägers Account liefen eine Menge interessanter Informationen ein. Er war extrem weit vernetzt, tauschte sich ständig mit den Sicherheitschefs des Bundestags, des Bundespräsidialamts, der Fachministerien und anderer öffentlicher Einrichtungen aus, selbstverständlich auch mit den Kollegen in Brüssel, Straßburg, New York und den führenden Hauptstädten – und mit der amerikanischen Botschaft. Henrik hielt inne. Die amerikanische Botschaft kam ihm in diesen Tagen verdächtig häufig unter. Er dachte an das bizarre Gespräch mit der Hure im »Le Club«. Irgendein hohes Tier von der amerikanischen Botschaft, hatte sie gesagt, war der Kunde gewesen, mit dem Sandrine Ärger gehabt hatte. Henrik rief eine der Mails auf, die unter 334/2@usembassy.gov bei Jäger eingegangen war. Doch ganz so leicht war es dann doch nicht,

Jägers Delikatessen zu lesen. Denn die Mail bestand aus lauter Zahlen und Zeichen, die scheinbar keinerlei Sinn ergaben: Sie war verschlüsselt.

*

»Zeit, dass Sie etwas unternehmen. Die Geschichte ist zu heiß, um sie noch länger unkontrolliert laufen zu lassen.«

»Wir sind bereits dran, Joseph.«

»Das Weiße Haus ist nicht amüsiert darüber, dass sie diese Amateuragentin so lange haben machen lassen. Die Kleine hat mehr Glück als Verstand. Nach unseren Informationen ist sie verdammt weit gekommen mit ihren Recherchen.«

»Nach unseren auch, Joseph. Es tut uns wirklich leid.«

»Davon können wir uns nichts kaufen. Ihr solltet euch jetzt um sie kümmern.«

»Joseph. Das sind nicht mehr die Achtziger …«

»Umso professioneller sollten Sie arbeiten.«

»Wir arbeiten professionell, Joe. Aber deswegen können wir nicht einfach einen Mo…«

»Sehr professionell, ich muss schon sagen«, unterbrach ihn der andere. »Sie wissen ja nicht einmal, wie man am Telefon spricht. Lassen Sie es gut sein, wir kümmern uns darum.«

»Aber wir haben die Sache im Griff, Joe, wirklich.«

»Dann wird es Ihnen ja nicht schwerfallen, die Sache loszulassen. Wir übernehmen an der Stelle.«

»Aber Joe, hören Sie.« Doch der andere hatte aufgelegt. Auch Dr. Marcus Frey legte den Hörer auf. »Heilige Scheiße«, fluchte er. »Diese Cowboys machen doch nur Ärger.« Er hob wieder ab und wählte die Nummer von Gerhard Jäger. »Die Amerikaner haben übernommen«, sagte er nur. Und meinte, am anderen Ende auch Jäger sagen zu hören: »Scheiße.«

Königstein/Taunus, Le-Cannet-Rocheville-Straße, 31.10.1989, 8:41:40 Uhr.

Nachdem der Begleitschutz sich weiterhin nicht von der Stelle bewegt, quält Eck sich aus dem Wagen und humpelt um ihn herum. Erst jetzt erkennt er das ganze Ausmaß der Zerstörung. Die Explosion hat die rechte hintere Hälfte des schweren Fahrzeugs vollkommen zerstört, die Tür ist aus den Angeln gerissen. Dr. Albert Ritter liegt hilflos vor ihm. Er blutet. Wieder wendet sich Eck dem Begleitfahrzeug zu und rudert mit dem unversehrten Arm. Die Kollegen starren ihn entsetzt an, bewegen sich aber weiterhin nicht aus ihrem Fahrzeug. »Herr Dr. Ritter, können Sie mich verstehen?«, keucht Eck, während er versucht, seinen Chef von der Rückbank ins Freie zu zerren. Sein rechter Arm schmerzt, mit dem linken allein ist es hoffnungslos. Ritter bewegt sich kaum. Eck sieht, dass Ritters Oberschenkel bloß liegt, alles ist voll Blut. Es ist kaum zu unterscheiden, wo der Anzug aufhört und die schwarze Wunde anfängt. Schockiert blickt Eck seinem Chef ins Gesicht. Ritter liegt reglos vor ihm, immer noch schwer atmend. Sein Blick ist verständnislos. »Gut, dass Sie wohlauf sind, Eck. Grüßen Sie Ihre Frau von mir.«

»Herr Dr. Ritter, was reden Sie? Helfen Sie mir! Wir müssen hier weg!«

Ritter scheint ihn nicht zu hören. Sein Kopf kippt etwas

zur Seite. Er murmelt: »Dabei wäre ich doch zurückgetreten.«

Eck richtet sich verzweifelt auf, dreht sich, nach Hilfe suchend, um die eigene Achse. Ihm ist schwindelig. Ein Gesicht taucht vor ihm auf. Einer der Personenschützer. »Dr. Ritter«, lallt Eck. Dann sinkt er dem Mann in die Arme.

8:43:00 Uhr. Exitus Dr. rer. pol. Albert Ritter. In Nähe des Tatortes findet die Spurensicherung später ein in Klarsichtfolie eingeschweißtes Bekennerschreiben eines Spezialkommandos der RAF. Zwei Tage später trifft beim Verfassungsschutz ein weiteres Bekennerschreiben der Roten-Armee-Fraktion ein. Ein V-Mann des hessischen Verfassungsschutzes wird die These, der Anschlag sei ein Werk der RAF, durch seine Aussage untermauern, die er später aber mit dem Hinweis widerruft, er sei vom Verfassungsschutz unter Drohungen zu seiner Aussage genötigt worden.

VIERZEHN

Vom Fenster am Schreibtisch aus konnte Natascha ein paar Kinder beim Eislaufen beobachten. Sie sah nicht viel, nur ab und zu ein buntes, lachendes Knäuel zwischen den Baumstämmen hindurchschießen. Die mächtigen Tannen verhinderten auch im Winter eine freie Sicht auf den See.

Ob sie selbst es noch wagen konnte, in die Schlittschuhe zu schlüpfen? Immerhin war sie im dritten Monat schwanger. Andererseits fühlte Natascha sich auf Kufen so sicher wie in Hausschuhen. Und etwas Abstand von all dem, was hinter ihr lag, würde ihr guttun. Sie warf einen Blick auf die Stapel von Papieren, auf die Bücher, die Aufzeichnungen, die Artikel und Fotografien. Und auf ihr Manuskript, das sie in den letzten Tagen niedergeschrieben hatte. Mehr als zweihundert Seiten, die ein ganz neues Licht auf die Republik warfen, nein, eigentlich einen Schatten. Tiefschwarz. Ein Albtraum. Allerdings einer, der sich vor mehr als zwanzig Jahren zugetragen hatte. Sie würde nichts mehr daran ändern können. Und sie würde weder sich noch ihr Kind in Gefahr bringen. Die Jagd war vorbei. Sie hatte mehr erfahren, als sie hätte erfahren sollen. Sie war auf die kleinen Geheimnisse angesetzt worden und auf die großen Geheimnisse gestoßen. Sie war dem Ungeheuerlichen auf die Spur gekommen und hatte eine verwegene Theorie bewiesen. Und sie hatte sie niedergeschrieben, hatte in den zurückliegenden Tagen alles bis ins letzte Detail auf Papier gebannt. Sie hatte nicht vor, ihre Aufzeichnungen zu veröffentlichen. Andererseits wusste sie, dass man manchmal eine Lebensversicherung brauchen konnte. Und dieses Manuskript war ihre Lebensversicherung. Man würde nicht damit leben wollen, dass es eine so gefährliche Mitwisserin am größten politischen Verbrechen der Nachkriegszeit gab. Aber man würde damit leben müssen. Morgen würde sie das Manuskript in einen Banktresor legen, dann würde sie die Schlüssel an zwei getrennten Orten hinterlegen und den Code und die Aufbewahrungsorte in einer verschlüsselten Datei in der Cloud mit mehreren Passwörtern hinterlegen. Sie wusste noch nicht genau, wem sie das Passwort für diese Dateien nennen würde. Petra natürlich. Aber es brauchte mindestens noch eine weitere Person. Natascha Eusterbeck wusste nur nicht, wem sie vertrauen konnte.

Sie nahm ihre Notizen, legte sie in eine Mappe und verstaute sie im Safe. Damals, als Henrik ihn hatte einbauen lassen, war ihr das lächerlich vorgekommen. Ein Safe in einem Haus, in dem es keine Wertgegenstände gab, wozu? Henrik dagegen war der Ansicht gewesen, dass in jedes Haus ein Safe gehörte. »Gerade du als Politikerin müsstest das einsehen – gut möglich, dass du geheime Akten mit nach Hause nimmst. Willst du die dann unter dem Kopfkissen verstecken?« Damals hatte das nach Paranoia geklungen, rückblickend war es geradezu prophetisch gewesen. Ja, Henrik war vielleicht schwach. Aber er war nicht dumm. Nie gewesen. Er fehlte ihr. Das Alleinsein tat ihr nicht gut. Jemanden kennenlernen? Ausgeschlossen in einem Job, in dem man täglich hundert Hände schüttelte, aber keinen Menschen an sich heranlassen durfte. Weder physisch noch psychisch. Aber Henry zurücknehmen? Nein, das kam nicht in Betracht, nicht nach allem, was geschehen war. Abgesehen davon, dass sich Natascha nicht sicher war, ob er überhaupt in ihr Leben hätte zurückkehren wollen. In dieses Leben, an dem teilzuhaben man niemandem empfehlen konnte. Jetzt schon gar nicht.

Ruppig knallte sie die Tresortür zu und gab den Code ein. Henriks Geburtstag rückwärtsgeschrieben. Immer noch. Sie hatte einfach nicht die Energie aufgebracht, das zu ändern.

Sie wickelte sich in ihren dicksten Schal und zog die Daunenjacke über. Dann schlüpfte sie in ihre Fellstiefel, nahm die Tasche mit den Schlittschuhen aus dem Garderobenschrank und machte sich auf den Weg hinunter zum See. Die Kinder waren weg. Aber sie hatten eine ziemlich große geräumte Fläche hinterlassen. Offenbar hatten sie Schneeschippen dabeigehabt. Natascha setzte sich auf einen der Baumstämme, die am Ufer lagen, und wechselte die Schuhe. Über ihr flog eine Krähe auf. Ihr Krächzen ließ die Stille danach nur noch fühlbarer werden. Vorsichtig stieg Natascha aufs Eis. Am Ufer war es etwas geschmolzen, weiter zur Mitte hin aber trug es noch gut. Überrascht stellte sie fest, dass es zwar kalt war, aber nicht mehr so klirrend wie in den zurückliegenden Wochen. Verärgert bemerkte sie, dass sie die Handschuhe am Ufer hatte liegen lassen. Aber es ging auch so. Sie vergrub die Hände tief in den Jackentaschen und glitt mit wiegendem Schritt dahin. Wenn das Eis ganz leicht angetaut war, bot es die ideale Fläche, um darauf zu laufen. Sie machte ein paar einfache Drehungen und zog dann eine weite Bahn rückwärts, so wie sie am liebsten fuhr, ihre eigenen Schritte betrachtend, während sie sich stetig von ihnen entfernte. So bemerkte sie auch nicht die Gestalt, die zwischen den Bäumen hervortrat und an der Stelle stehen blieb, an der Natascha auf den See gegangen war.

*

Es wunderte Henrik Eusterbeck, dass nicht sein Auto vor dem Haus stand – schließlich hatte Natascha es kurz nach

Weihnachten genommen, um damit zum Bäcker zu fahren und dann unvermittelt aus seinem Leben zu verschwinden. Aber offenbar war sie inzwischen auf einen VW Golf umgestiegen, vermutlich einen Mietwagen. Was ihn wunderte, war der zweite Wagen, ein weißer Peugeot, der etwas abseits an der Straße parkte, etwa fünfzig Meter vor der Zufahrt zum Anwesen. Das Fahrzeug war leer. Es gab in dieser Einöde schlicht keinen Grund, sein Auto am Straßenrand zurückzulassen. Da die Scheiben trotz der Kälte nicht beschlagen waren, wusste Henrik, dass es erst kurz hier stand. Jemand musste bei Natascha zu Besuch sein – aber weshalb war der Gast nicht näher an das Haus herangefahren? Die Kälte und der knöcheltiefe Schnee auf dem Weg zum Haus luden nicht zu einem Spaziergang ein. Außerdem war der Wagen am Straßenrand kaum zu sehen, weiß vor weißer Landschaft. Er stellte schon fast eine Verkehrsgefährdung dar. Wenn es denn Verkehr gegeben hätte an diesem gottverlassenen Ort.

Henrik blieb hinter dem Peugeot stehen, stellte seinen Wagen ebenfalls ab, stieg aus und ging dann auch zu Fuß den Weg zum Haus, nicht ohne im Vorbeigehen einen Blick durch die Fenster des anderen Fahrzeugs zu werfen. Doch da war nichts: keine Tasche, kein Jacke, keine Decke, keine CD-Hüllen, kein Päckchen Taschentücher. Nichts Persönliches. Das Auto stand da wie auf dem Hof eines Gebrauchtwagenhändlers. Fehlte nur das Schild hinter der Windschutzscheibe. Aus irgendeinem Grund fühlte Henrik Eusterbeck sich davon alarmiert.

Im Schnee waren die Spuren schwerer Stiefel zu erkennen. Natürlich, es gingen bei dem Wetter nicht viele Menschen zu dem Anwesen. Genau genommen niemand, außer dem Besucher. Der Schuhgröße nach zu urteilen war es ein Mann. Sonst wies der Schnee nur die Abdrücke von Nataschas Autoreifen auf, die auch bereits wieder weitgehend zugeschneit waren. Er folgte den Fußspuren, stellte dann aber zu seiner Überraschung fest, dass sie nicht zur Haustür führten, sondern abbogen und um das Haus herum verliefen, um die Richtung zum See einzuschlagen. Ein zweites Paar Fußspuren führte dorthin, kleinere Abdrücke, von der Tür her kommend. Das musste Natascha gewesen sein. Sie war also nicht zu Hause. Einen Augenblick zögerte Henrik Eusterbeck, wandte sich ebenfalls dem schmalen Pfad zum See hinab zu. Doch dann überlegte er es sich anders und nahm seinen Schlüssel hervor, um drinnen auf sie zu warten. Auf Natascha und wer immer ihr Besucher war.

*

Wenn sie ihre Augen schloss, dann fühlte es sich für Natascha an, als schwebe sie über den See. Schwerelos, von der kühlen Hand des Windes gestreichelt. Damals, als Kind von elf, zwölf Jahren, war Eislaufen für sie die beste Methode gewesen, Ärger in der Schule oder Kummer zu Hause hinter sich zu lassen und die Seele ganz frei zu bekommen. Das galt auch heute noch. Fast konnte sie die Musik wieder hören, die sie damals immer im Kopf gehabt hatte, melancholische Klassik, melodramatische Streicher und Bläser, all das, was man sogar in jungen Jahren an alter Musik mögen kann. Tschaikowski. Schwanensee. Ja, zum ersten Mal seit Monaten fühlte sie die Welt um sich herum. Sie war eins mit ihr und im Reinen mit sich selbst. Sie öffnete die Augen und blickte in den weißen Himmel, aus dem es wieder zu schneien begann. Es war gut, dass sie jetzt zum See gegangen war. Später würde die Eisfläche wieder dick verschneit sein. Sie wagte einen kleinen Flip – und blieb abrupt stehen.

»Sehr beeindruckend, wirklich«, sagte der Mann, der am Ufer stand. »Sie hätten Eistänzerin werden sollen.«

»Wer sind Sie?«, fragte Natascha, die sich um Gleichgewicht bemühen musste, so sehr hatte das plötzliche Auftauchen des Mannes sie aus ihren Gedanken gerissen. Doch sie wusste es bereits. Sie kannte ihn, auch wenn sie ihm nie persönlich begegnet war.

»Das wissen Sie«, stellte denn auch der unerwartete Besucher fest und hob, als müsse er sich gänzlich zeigen, seinen Hut. Das Haar war weiß und licht geworden, er hatte einige Pfunde zugenommen. Und doch war es unverkennbar der Mann, den Natascha auf den Bildern gesehen hatte. Den Bildern mit Gero Mai, Alexander Rau, Marcus Frey, Lars von Wintersleben. Und Jäger. »Dr. Lafrage«, sagte sie und ballte die Fäuste in ihren Jackentaschen.

»Freut mich, Sie endlich kennenzulernen, Frau Eusterbeck.« Sein Akzent hielt sich in Grenzen, er musste schon sehr lange in Deutschland leben. »Immerhin habe ich viel von Ihnen gehört.«

»Nur Gutes, hoffe ich.« Natascha überlegte, ob sie zu ihm hinfahren sollte oder den See lieber überqueren. An seinen feindlichen Absichten hegte sie nicht den geringsten Zweifel.

»Nicht dass ich wüsste«, entgegnete Lafrage. »Aber Sie dürfen sicher sein, dass das meine hohe Meinung von Ihnen nicht schmälert. Im Gegenteil! Ich finde es zwar nicht gut, was Sie getan haben, aber Sie genießen meinen Respekt.«

Sie entschied sich, zu ihm hinzufahren. Lafrage aber hob den Arm und hieß sie stehen bleiben. »Etwas Abstand tut uns beiden gut.« Er hatte eine Waffe in der Hand.

*

Im Tresor lag ein Stapel Dokumente. Sonst war nichts zu sehen. Henrik Eusterbeck zögerte nur einen Augenblick, dann nahm er die Papiere heraus und ging damit ins Arbeitszimmer, wo er sich an den Schreibtisch setzte. Wie er aus dem Augenwinkel feststellte, blinkte das Telefon. »Neue Nachrichten«. Gewohnheitsmäßig drückte er auf die Abfrage und betrachtete die Liste: mehrmals Rufnummern in Berlin, die sich nur durch ihre Endungen unterschieden. Und einige Anrufe von »Unbekannt«. Keinen hatte Natascha entgegengenommen. Henrik legte das Telefon beiseite und schlug die Mappe auf, die ganz oben lag. »Nofretete 061 08«.

Er blätterte ein wenig in den darunterliegenden Unterlagen. Notizen, Artikel, Bilder. Einiges davon hatte er besorgt. Doch offenbar hatte sie noch andere Quellen gehabt. Gute Quellen. Die Materialien wirkten unschuldig wie ein Fotoalbum aus alten Zeiten. Und doch waren sie gefährlicher als alles, was er jemals in Händen gehalten hatte. Jetzt, da er dieses Kompendium vor sich sah, wurde ihm klar, dass in den zurückliegenden Wochen etwas Entscheidendes geschehen war: Natascha hatte eine Entdeckung gemacht, die sie nie hätte machen dürfen. Und er stand im Begriff, diese Entdeckung zu teilen. Mit angehaltenem Atem begann er zu lesen:

Als die damalige Schatzmeisterin der Partei und Vizevorsitzende der Bundestagsfraktion ihren Artikel in der Welt *veröffentlichte, galt das als eine der mutigsten publizistischen Äußerungen in der Politik der Nachwendezeit. Tatsächlich wirkte der Beitrag wie ein von kalter Hand geplanter Königsmord, der genauso gut den Tod des Attentäters zur Folge haben konnte. Denn Walther Brass, der sich in ein unüberschaubares Lügengebäude um Steuerhinterziehung, Waffenlieferungen und Verleumdung verstrickt hatte, war nach wie vor einer der stärksten Politiker des Landes. Fast alle, die in der Bundespartei bis dahin etwas geworden waren, waren das durch seine Unterstützung oder doch zumindest durch sein Wohlwollen geworden. Brass war das politische System seiner Ära.*

Auch die heutige Kanzlerin war ja seine »Erfindung«. Er hatte sie in sein Kabinett geholt, hatte ihr einflussreiche Posten verschafft, zweifellos, um seinen eigenen Einfluss ausüben zu können. Und lange Jahre wies nichts darauf hin, dass sie mehr war als eine Erfüllungsgehilfin Brass'scher Machtpolitik – und zwar in der zweiten Reihe. Zu den wirklich wichtigen Namen hat sie nicht gehört. Wirklich bedeutende Positionen hat sie nicht bekleidet.

Nun also der Artikel in der Welt *und ein Vorstoß, den viele in der Partei damals als Dolchstoß verstanden haben. Gegenüber dem Mann, der ein persönliches Versprechen über die Gesetze stellte, weil er die Aussage in Steuer- und Strafverfahren verweigerte, schien eine offene Rebellion umso mutiger und unwürdiger. Warum, so fragte man sich, konnte sie ihm das nicht unter vier Augen sagen? Warum musste sie ihn öffentlich demütigen und, ja, hinrichten?*

»Brass hat der Partei schwer geschadet«, schrieb sie. »Ein Versprechen zu geben und es höher anzusiedeln als die staatsbürgerliche Pflicht, Unrecht aufzuklären und in gerichtlichen Verfahren auszusagen, das wäre vielleicht noch angegangen, hätte es sich um rechtmäßige Vorgänge gehandelt. Doch angesichts der illegalen Machenschaften, die es aufzuklären galt, ist ein solches Verhalten nicht entschuldbar.« Und dann zählte sie die Erfolge von Walther Brass auf, stellte sein Lebenswerk dar, um es anschließend zu demontieren. Warum, fragt man sich. Warum so öffentlich? Warum auf diese Weise? Was war zwischen den beiden vorgefallen? Brauchte es den öffentlichen Druck, um Brass doch endlich zu einer Aussage zu zwingen? Oder ging es tatsächlich darum, ihn zum Rücktritt zu bewegen?

Letzteres hätte auch eine noch so ambitionierte Parteifunktionärin nicht allein ins Werk setzen können, egal mit welchem Artikel, egal in welcher Zeitung. Dazu bedurfte es der Unterstützung anderer Parteigrößen. Vor allem des Einverständnisses des damaligen Parteivorsitzenden Alexander Rau. Er galt als Brass' Mann fürs Grobe und als der Stein, auf dem das Brass'sche Gebäude errichtet war. Er war gleichermaßen das intellektuelle Kraftwerk von Brass' Regierung wie auch die eiserne Hand, die seine Politik durchsetzte.
Doch auch Rau kam ja wenig später zu Fall. Auch er stolperte über Machenschaften, in deren Mittelpunkt er nicht stand, für die er aber dennoch die Verantwortung zu übernehmen hatte. Zweifellos hatte auch in seinem Fall die damalige Schatzmeisterin und heutige Kanzlerin ihre Hände im Spiel – denn sie war die Nutznießerin der beiden Stürze. Sie wurde Parteivorsitzende und später Regierungschefin, während Rau sich mit der Rolle des pflichtschuldigen Funktionärs begnügen musste, obwohl alle ihn doch als Brass' Kronprinzen gesehen hatten. Wie also konnte es sein, dass dieses Einverständnis Raus mit der Veröffentlichung offenbar vorlag, das ja beinahe zwingend auch das Einverständnis zum eigenen Sturz bedeutete? Wie konnte es sein, dass der Mann, der als die größte Kämpfernatur galt, die die Partei je gesehen hatte, Walther Brass, sich kampflos in sein Schicksal fügte und nach der offen in dem Artikel geäußerten Aufforderung, seine Ämter niederzulegen – »alle Ämter«! –, sich tatsächlich vollständig zurückzog?
Die Antwort darauf ist so einfach wie erschütternd: Was in diesem Artikel als der große Skandal benannt wird, das war in Wirklichkeit weit weniger gravierend als der noch unbekannte Skandal, hinter den die damalige Schatzmeisterin gekommen war. Sie hatte etwas herausgefunden, was von

so viel größerer Tragweite war als der Steuerskandal, in den Brass damals verwickelt war, dass womöglich nicht nur der Ex-Kanzler darüber gestürzt, sondern die ganze Republik zu Fall gekommen wäre …

Henrik Eusterbeck spürte, wie sich seine Nackenhaare aufstellten. Er sah von dem Konvolut auf und schüttelte ungläubig den Kopf. »Oh Gott, Natascha«, stöhnte er. »In was bist du da bloß hineingeraten?«

*

Es war unglaublich still am See. Nur das panische Keuchen von Natascha Eusterbeck unterbrach die Stille zwei, drei Mal. Und ein leises Knacken war zu hören, als sie aus dem Gleichgewicht kam und sich mit einem Knie auf dem Eis abstützen musste. Zu dünn, schoss es ihr durch den Kopf. Aber wenn sie die Hände mit aufstützte, konnte sie ihre Basis verbreitern und sich absichern. »Was wollen Sie von mir?«

Ein mitleidiges Lächeln hob seine schlaffen Wangen. Dieser Mann hielt nicht zum ersten Mal eine Waffe auf einen Menschen gerichtet. Die Lässigkeit, mit der er es tat, ließ Nataschas Herz aus dem Takt kommen. Er ist imstande zu schießen, dachte sie. Etwas Amüsiertes umspielte Lafrages Augenwinkel. Es fiel ihm nicht schwer, ihre Gedanken zu lesen. »Die Frage ist doch, was *Sie* von *mir* wollen«, erklärte er und setzte sich auf den Baumstamm, an dem Nataschas Stiefel standen.

»Ich verstehe nicht.« Natascha spürte, wie ihre Handflächen auf dem Eis festfroren. Sie versuchte sich wieder aufzurichten, doch es war schon zu spät. Das gefrorene Wasser, die klirrend kalte Luft und die abgesunkene Oberflächentemperatur ihrer Haut waren eine unselige Verbindung eingegangen.

»Aber sicher verstehen Sie.« Er betrachtete die Pistole, die schwarz glänzend in seiner behandschuhten Hand lag. »Seit Monaten spionieren Sie mir hinterher. Sie haben meinen Lebenslauf recherchiert, meinen Bekanntenkreis durchleuchtet und sich sogar erdreistet, in mein Büro in Köln zu kommen, um meinem Partner Gero Mai gewisse Unterstellungen zu präsentieren.«

Durchhalten, dachte Natascha. Du musst jetzt durchhalten. Was bringt es ihm, wenn er dich erschießt? Im Gegenteil: Solche Leute wollten stets zwei Dinge: Macht und Informationen, denn Informationen waren ebenfalls Macht. »Sie sind eine interessante Persönlichkeit, Dr. Lafrage«, sagte sie, immer noch in der Haltung eines Leichtathletikläufers beim Start. Ihr Rücken begann zu schmerzen.

»Und die Transatlantische Allianz?«, entgegnete Lafrage unbeirrt. »Sind Sie von der auch so beeindruckt?« Er stand auf und ging die zwei Schritte zum Ufer. Mit einem Fuß drückte er auf das Eis. Wasser schwappte darunter hervor. »Nicht mehr sehr sicher«, stellte er fest und setzte sich wieder. »Sie sollten vorsichtig sein.«

»Ich fühle mich ziemlich sicher.«

Lafrage lächelte nun deutlich amüsiert. »Wissen Sie was, Frau Eusterbeck? Sie gefallen mir. Schade, dass Sie für die Falschen arbeiten.«

»Ach. Für wen arbeite ich denn?«

»Das weiß ich leider nicht. Aber Sie werden es mir sagen.«

Natascha schwieg. Wenn ihr Blut weiterhin so schnell durch ihren Leib pumpte, mussten dann die Hände sich nicht erwärmen? Musste sie nicht wieder loskommen? Natürlich, allein auf dem Eis hatte sie kaum Chancen gegen einen Mann, der in sicherer Entfernung am Ufer stand und bewaffnet war. Und doch, wenn sie frei wäre, vielleicht könnte sie ihn irgendwie überraschen, indem sie mit einigen gewagten Pirouetten und

Sprüngen davonjagte. Ein bewegliches Ziel war schwerer zu treffen als ein statisches. Und es war nicht auszuschließen, dass Lafrage der klassische Schreibtischtäter war und womöglich ein schwacher Schütze. »Nun?«, drängte er.

»Das wissen Sie doch alles längst«, bluffte Natascha und versuchte, ihrer Stimme einen betont gelangweilten Ton zu geben. »Oder trauen Sie Ihren eigenen Leuten nicht?«

Diesmal war es Lafrage, der schwieg.

»Was ich bis heute nicht verstehe, ist, wie Sie die Mitglieder Ihrer Allianz dazu gebracht haben, dem Verein beizutreten.«

»Wieso? Sie haben sich doch selbst dafür beworben.«

»Der Unterschied ist, dass ich es nicht ernst gemeint habe.« Eine Hand schien sich ein wenig zu lösen. Natascha atmete auf.

»Mitglied wird man auf Einladung. Hat Ihnen das Herr Dr. Mai nicht gesagt?«

»Aber ja. Er hat mir allerdings nicht angeboten, mich einzuladen. Ich schätze, darüber darf ich froh sein.«

Lafrage machte eine wegwerfende Handbewegung. »Sie waren einfach nicht wichtig genug.«

»Aber ich bin wichtig genug, dass Sie mich umbringen? Ist das nicht ein bisschen unverhältnismäßig?« Natascha musste auch auf das zweite Knie niedergehen, die Schmerzen in ihrem Rücken waren nicht mehr auszuhalten. Sie merkte, wie das Eis erneut knackte.

»Was man erledigt hat, hat man erledigt«, erklärte Lafrage gelassen. »Mitglieder einer komplexen Vereinigung, die vielfältige Interessen verfolgt, schleppt man oft viele Jahre lang mit. Das kann ziemlich aufwendig sein.«

»Was für Interessen sind das?«

»Das wissen Sie nicht? Sollten Sie doch nicht so sorgfältig recherchiert haben, wie ich dachte? Die Transatlantische

Allianz ist ein gemeinnütziger, privater und überparteilicher Verein, der das Ziel hat, eine Brücke zwischen Deutschland und den Vereinigten Staaten zu schlagen«, gab er die Formulierung der Satzung wieder. »Im Mittelpunkt ihrer Aktivitäten steht das Bemühen um ein besseres gegenseitiges Verständnis.«

»Und Sie halten mich doch für naiver, als ich bin. Mister Lafrage, wer steckt dahinter? Ihr Verein ist so eindeutig eine geheimdienstliche Einrichtung, dass es schon fast peinlich ist, wie offensichtlich man das erkennen kann. Welcher Geheimdienst hat ihn ins Leben gerufen. CIA? NSA?«

»Mrs Eusterbeck«, erwiderte Lafrage. »Ich muss doch sehr bitten! Das Hauptaugenmerk der Transatlantischen Allianz liegt seit ihrer Gründung auf der Förderung persönlicher Begegnungen zwischen deutschen und amerikanischen Führungskräften«, leierte er erneut die allgemeinen Parolen der Vereinigung herunter. »Hochrangigen Entscheidungsträgern aus Wirtschaft, Politik und Wissenschaft von beiden Seiten des Atlantiks bietet die Transatlantische Allianz eine Plattform für Begegnung und Vernetzung mit ihresgleichen.«

»Also alle? Alle großen? Oder keiner der bekannten amerikanischen Geheimdienste? Leiten Sie einen eigenen Dienst?«

Lafrage lachte. »Wie kommen Sie denn darauf?«

»Sie sind an der amerikanischen Botschaft. Kulturattaché! Ich bitte Sie, welche Kultur wollen Sie denn da vermitteln!« Sie hatte sich entschieden, ihn zu provozieren. Lange würde sie dieses Gespräch nicht mehr durchstehen. Ihre Stimme klang so abfällig, dass Lafrage tatsächlich die überhebliche Miene verging. »Die politische Kultur, Frau Eusterbeck. Die politische. Und da ist einiges an missionarischer Arbeit nötig.«

»Sie haben immer noch nicht meine Frage beantwortet.«

»Ihre Frage?«

»Wie bekommen Sie die Leute dazu, der Transatlantischen Allianz beizutreten?«

»Doch, die habe ich beantwortet«, sagte Lafrage leise und kam auf sie zu. »Man wird eingeladen.«

Eine Hand war frei. Die andere klebte immer noch so fest am Eis, dass Natascha sie keinen Millimeter lösen konnte. »Ich nehme an, es handelt sich um Einladungen, die man nicht ablehnen kann?«

»Manche Dinge sind eben nicht verhandelbar.« Er stand jetzt wieder am Ufer und sah sie aufmerksam an. »Was ist los? Kleben Sie fest? Kleben Sie tatsächlich fest?« Das Lachen, das aus ihm hervorbrach, klang, als würde sich der Spott der ganzen Welt über Natascha ergießen. Sie spürte, wie sich ihr Herz zusammenzog, dann fuhr ihr ein stechender Schmerz wie ein Säbel durch den Leib. Oh Gott, dachte Natascha, das Kind! »Und ich dachte schon«, kicherte Lafrage, »dieses Gespräch begänne mich zu langweilen.« Er fasste sich wieder, nickte ihr kumpelhaft zu, dann sah er auf die Uhr und stellte fest: »Trotzdem sollten wir es jetzt zu Ende bringen.«

*

Henrik wollte nicht glauben, was er da las, auch wenn ihm mit jedem Satz klarer wurde, dass Nataschas Aufzeichnungen so monströs wie wahr waren. Sie war einem politischen Coup auf die Schliche gekommen, der auf einem Kapitalverbrechen fußte – auf dem Mord an einem der einflussreichsten Männer der Republik.

Mehr als ein Jahrzehnt zuvor hatte Rau im Auftrag seines Idols Walther Brass eine ungeheuerliche Tat begangen: Er hatte – zu der Zeit Kanzleramtsminister – den Mord an einem der wichtigsten Exponenten der deutschen Wirtschaft

in Auftrag gegeben: Dr. Albert Ritter, Vorstandsvorsitzender der Nationalbank AG.
Ritter war Brass schon länger ein Dorn im Auge. Brass hatte die Karriere des gebildeten und eloquenten Managers mit Wohlwollen begleitet und immer wieder durch gute Kontakte unterstützt. Er hatte Ritters Rat in Wirtschaftsfragen genutzt und ihn als einen Getreuen betrachtet. Diese Betrachtungsweise war offenbar einseitig. Albert Ritter hatte vor allem die Interessen seiner Bank im Auge – und seine eigenen. Vielleicht war er auch nur nicht willens, aus bloßer Kumpanei eine Politik zu unterstützen, die sich vor allem durch praktische Ungeschicklichkeit und den Mangel an großer Linie auszeichnete. Spätestens als er vehement für einen Schuldenerlass für die am stärksten verschuldeten Länder eintrat, rückte der Kanzler von ihm ab. Der Prozess der Entfremdung zog sich über zwei Jahre hin. Es ist kein Wunder, dass die Veränderung in den Beziehungen zwischen Brass und Ritter sich in dem Zeitraum vollzog, in dem Ritter sich in eine Position begab, die den Interessen aller anderen westlichen Volkswirtschaften massiv entgegenstand. Vor allem den Amerikanern konnte Ritters Vorstoß nicht gelegen kommen. Denn im Gegensatz zur Nationalbank hatten sie kaum Forderungen gegen die Schuldenstaaten abgeschrieben. Der Nationalbank kam hier das rigidere deutsche Bankenrecht zugute. Fluch auf der einen Seite, Segen auf der anderen: Es gab einfach nicht so viel zu verlieren wie etwa in den USA.
Was für die deutsche Volkswirtschaft im Wettbewerb mit den anderen hochentwickelten Ländern von Vorteil war, das wirkte politisch jedoch kontraproduktiv: Die DDR stand vor dem Zusammenbruch, in Regierungskreisen hoffte man, den Niedergang des Ostblocks für eine deutsch-deutsche Annäherung nutzen zu können. Dafür aber brauchte man vor allem

eines: das Wohlwollen und die Unterstützung der Amerikaner. Letztlich gab es nur zwei Möglichkeiten, die Angelegenheit im Sinne der Amerikaner und damit im Sinne der Bundesregierung zu lösen: Entweder änderte Ritter seine Auffassung, oder er wurde selbst beseitigt.

Henrik Eusterbeck war so schockiert wie fasziniert. Plötzlich ergab alles, was er und Natascha herausgefunden hatten, einen Sinn. Plötzlich passte alles zusammen. Ja, die Kanzlerin war wirklich eine Ingenieurin der Macht, die cleverste und skrupelloseste Politikerin auf dem Parkett. Und der Witz war: Sie tat das alles fraglos aus der tiefen Überzeugung heraus, dass es »das Richtige« war. Henrik blätterte in den Artikeln und Notizen, die dem Aufsatz von Natascha beigefügt waren. Auf etlichen Fotos erkannte er bekannte Gesichter. Rau und Frey fielen ihm besonders auf, die »Bordell-Connection«, die Typen, die ihn abgehört und in die Venusfalle hatten laufen lassen. Ihm war klar, dass die beiden tief in die Machenschaften, die Natascha da beschrieb, verstrickt sein mussten. Wahrscheinlich waren sie es gewesen, die für Brass den Job erledigt hatten, um den Amerikanern einen Gefallen zu tun. Auf einem der Fotos stand der US-Außenminister John Butcher neben Brass, Rau und Ritter. Auf einem anderen war er im Gespräch mit Ritter zu sehen. Henrik las die Bildunterschrift: »US-Finanzminister Butcher diskutierte am Rande der Konferenz mit Nationalbank-Chef Ritter«. Da ging ihm auf, dass Butcher ja nicht nur der vielleicht wichtigste US-Außenminister in der deutschen Geschichte geworden, sondern auch eng mit der Wall Street verflochten war. Und Stabschef im Weißen Haus war Butcher ebenfalls einst gewesen. Was also lag näher für ihn, als im internationalen Politik-Business auf eine geheimdienstliche Intervention zu Gunsten der amerikanischen

Finanzindustrie zu bestehen. Das Druckmittel gegen Brass hatte er gehabt: die Zustimmung zur deutsch-deutschen Wiederannäherung. Und Brass hatte geliefert. Nämlich den Kopf von Ritter.

Henrik Eusterbeck lehnte sich zurück und sah aus dem Fenster. Durch die Bäume meinte er, jemanden auf dem Eis zu sehen. Natascha vielleicht? Er nahm den Feldstecher zur Hand, der immer noch am gleichen Platz stand, an dem er ihn abgestellt hatte, nachdem er Michelle im See hatte baden sehen. Dann hörte er einen Knall.

*

»Sehr rücksichtsvoll eigentlich, dass Sie aufs Eis gegangen sind.« Lafrage hob die Pistole und zielte in Nataschas Richtung. »Ich bin kein Spezialist. Aber ich nehme an, diese weißen Streifen auf dem Eis sind so etwas wie ...« Er suchte das Wort. »Wie nennt ihr Deutschen das ... Sollbruchstellen! Ja. Das muss es wohl sein. Großartiges Wort. Das Land der Dichter, eindeutig. Sogar wenn es um technische Begriffe geht.« Und dann, unvermittelt, schoss er. Auf das Eis. Natascha spürte, wie ihr winzige Splitter ins Gesicht schossen, spürte auch, wie sich warme Feuchtigkeit zwischen ihren Beinen ausbreitete, riss reflexartig an ihrer festgefrorenen Hand, wo sich ein Stück Haut vom Daumenballen löste. Doch das spürte sie nicht. Die Hand war längst völlig taub. Der Schuss hallte in ihren Ohren nach. Und dann hörte sie es wieder: das Knacken von nachgebendem Eis. Wie ein Lichtblitz durchzuckte der Gedanke an Frank Wilhelms Worte ihren Kopf: *Mit diesem Artikel sind so viele politische Morde verbunden, dass Sie auf ganz dünnes Eis geraten. Dünnes Eis.*

»Wenn Sie nicht erschossen wurden, sondern bei einem Unfall tragisch um Leben kamen, dann bringt das keine politischen Verwicklungen mit sich. Wirklich, ein Arrangement wie von unserer Wunschliste.« Ein weiterer Schuss zerriss die Luft. Vor Natascha brach die Eisscholle. Sie stolperte rückwärts und fiel, immer noch mit einer Hand fest mit dem Eis verbunden. »Lafrage!«, schrie sie in Panik. »Denken Sie doch an das Kind! Ich …« Das Eis unter ihr brach weg. Verzweifelt ruderte sie mit dem freien Arm, um mit dem Körper auf den sicheren Teil des Sees zu gelangen, an dem sie mit der Rechten klebte. »Ich bin schwanger!« Schon spürte sie, wie Wasser in ihre Schlittschuhe lief. Wie Hände, dachte sie. Wie Hände, die sie nach unten zogen. »Aber das wissen wir doch«, sagte Lafrage ruhig, während er ihrem Überlebenskampf aufmerksam zusah. »Und es tut uns auch ehrlich leid. Zumindest um das Kind.« Er hob die Schultern. »Vor allem für den Vater tut es uns leid.« Dann schoss er ein drittes Mal, und die Oberfläche des Sees brach auf ganzer Länge unter Nataschas Gewicht entzwei.

*

»Saubere Arbeit«, sagte Jäger und warf Staatssekretär Dr. Marcus Frey einen Papierstapel auf den Tisch: »Nofretete 061 08«.

»Hat sie das geschrieben?«

Jäger nickte. »Und – bis auf ein paar unwesentliche Details – hat sie die Sachlage verdammt gut erkannt.«

»Und die richtigen Schlüsse daraus gezogen?« Frey fixierte mit seinem lauernden Blick das Schriftstück, als wäre es ein schlafendes Ungeheuer.

»Die einzig richtigen. Sie mag ein Amateur sein. Aber sie ist ein verdammt guter Amateur.«

»Verstehe. Immerhin: Dass sie es nach der geheimnisvollen Schönen genannt hat, das hat Stil, finden Sie nicht?«

Jäger zuckte die Achseln und warf einen Blick auf sein Handy. Frey lachte. »Nun seien Sie nicht so deprimiert, Jäger!«, rief er. »Es ist doch alles in Ordnung. Sie sehen, es war gut, unsere amerikanischen Freunde um eine kleine Gefälligkeit zu bitten.«

»Haben wir das?« Jäger sah ihm in die Augen, als könnte darin die Wahrheit liegen. Doch die Augen von Marcus Frey bargen nur verschiedene Formen der Lüge. Und nun heuchelten sie Souveränität. »Sicher«, sagte der Staatssekretär. »Wir haben die Amis darum gebeten, sich mal die Unterlagen unserer kleinen Freundin etwas genauer anzusehen, nachdem Frank Wilhelm sie so großzügig bei ihren Recherchen unterstützt hat. Und siehe da, sie schreibt über eine ägyptische Königin – und über eine sehr verwickelte Geschichte.«

»In der wir beide auch vorkommen, Frey. Macht Ihnen das keine Sorgen?«

»Wegen der Amis? Die wissen das doch längst. Ist ja letztlich alles in ihrem Auftrag so geschehen. Aber dank einer kleinen Amtshilfe von Lafrage und seinen Männern wussten wir praktisch, bevor sie den letzten Punkt gemacht hat, was Frau Eusterbeck da so zusammengeschmiert hat. Man kann mit Fug und Recht von einer Transatlantischen Allianz sprechen, Jäger.« Frey schenkte sich ein Glas Cognac ein, ein zweites für den Sicherheitschef und reichte es ihm. »Auf gute Kontakte, Jäger«, sagte er.

Jäger nickte. »Auf gute Kontakte«, erwiderte er, auch wenn er dabei an etwas anderes dachte als Frey.

*

Dr. Stephanie Wende drückte die letzte Aspirin aus dem Blister. Sie spürte, dass eine Migräne im Anflug war. Eben hatte der Verwaltungschef Traub ihr Büro verlassen. Sie hasste diese Gespräche, in denen es nur um Dinge ging, die erledigt werden mussten. Endgültig erledigt. Finale Lösungen waren nicht ihr Ding, auch wenn sie im Grunde kein Problem damit hatte. Aber ihr Kollege Frey wusste, dass sie sich von endgültigen Maßnahmen unter Druck setzen ließ. Immer noch und immer wieder. Und Frey hatte seinen Spaß daran, sie leiden zu sehen. Während sie die Tablette mit einem Glas Wasser hinunterspülte, erschien Gerhard Jäger in der Tür. »Guten Tag, meine Liebe.«

»Nennen Sie mich nicht *meine Liebe*, Jäger«, fauchte die Staatssekretärin und warf einen Blick zur Tür, die Traub halb offen gelassen hatte.

»Niemand da.« Jäger setzte sich betont langsam auf einen der freien Sessel. »Ihre Perle musste irgendwohin. Hat einen Anruf bekommen.«

Stephanie Wende schloss die Tür trotzdem und setzte sich, Selbstsicherheit vorgebend, halb auf die Kante ihres Schreibtisches.

» Haben Sie schon was unternommen?«

»Alles, was nötig ist.«

»Und weiß Lafrage Bescheid?«

»Er wollte es sogar selbst übernehmen.«

Stephanie Wende verdrehte die Augen. »Immer diese Amerikaner. Können den Cowboy nicht unterdrücken. Wenn er jetzt Mist baut, haben wir nicht nur ein Sicherheitsproblem, sondern auch noch ein diplomatisches.«

»Lafrage ist ein alter Hase. Der weiß, wie man so was erledigt.«

»Und der andere?«

»*Der andere*? Meinen Sie *Herrn* Eusterbeck?« Jäger legte lässig ein Bein über das andere. »Sie werden doch nicht eifersüchtig sein, Frau Wende?«

»Hören Sie mit Ihren blöden Anspielungen auf, Jäger.«

Stephanie Wende stand auf, ging um ihren Schreibtisch herum und ließ sich, Gelassenheit vorgebend, auf ihren Stuhl sinken. »Wenn ich Ihr heimliches Vorstrafenregister hätte, würde ich mich nicht so weit aus dem Fenster lehnen.«

Jäger überhörte die Drohung. »Geben Sie's zu, die Kleine gefällt Ihnen, Frau Doktor.« Stephanie Wende presste nur die Lippen aufeinander und schwieg. »Ihn behalten wir im Auge«, erklärte Jäger schließlich. »Unser kleiner Lockvogel ist zwar leider aufgeflogen, aber die wirklich wichtigen Informationen haben wir sowieso direkt von ihm bekommen.«

»Er hat nicht gemerkt, dass er belauscht wird?«

»Natürlich hat er das gemerkt. Dafür haben Sie mit Ihren kleinen Machtspielchen gesorgt.« Er griff an sein Handgelenk, hielt es sich vor den Mund und gab einen Befehl durch: »Dann nehmen Sie die nördliche Schleuse. Ich möchte nicht, dass ihn jemand sieht.« Jäger stand auf und sah die Staatssekretärin mit durchbohrendem Blick an. »Die Kleine haben Sie auf dem Gewissen, nur damit Ihnen das klar ist.«

»Wie kommen Sie denn darauf? Ich muss doch sehr bitten.«

Gerhard Jäger zog die Augenbrauen hoch. »Skrupel? Kenne ich so etwas von Ihnen, Frau Doktor?« Stephanie Wende schwieg und betrachtete das leere Glas, das vor ihr auf dem Schreibtisch stand. »Jedenfalls haben Sie sich mit den Mails keinen Gefallen getan.«

»Wen interessieren schon ein paar kleine Nettigkeiten von E-Mail-Account zu E-Mail-Account?«

»Was um alles in der Welt haben Sie bloß damit bezweckt?«

»Hören Sie, Jäger, das werden Sie nie verstehen.«

»Vermutlich«, erwiderte Jäger amüsiert. Und wie er es verstand. Keiner im Amt beherrschte diese Spielchen auch nur annähernd so virtuos wie er. Er dachte an all die schönen kleinen Gemeinheiten, die er sich für die Neue überlegt hatte, um – bei weitem nicht nur für Frey, sondern auch für sich selbst – die Macht über Natascha Eusterbeck zu haben. Die Beobachtungen. Die Verfolgungen. Die Bedrohungen. Das war nicht mehr Handwerk, das war längst hohe Kunst. Jäger stellte sich neben die Staatssekretärin und legte ihr eine Hand auf die Schulter. »Wirklich schade, dass Sie so verkorkst sind, meine Liebe. Und wie gut, dass Sie mich haben. Kleine intrigante Lesben leben gefährlich in diesem Business.« Langsam ließ er seine Hand auf ihre Brust sinken. »Ja, wirklich schade.«

Stephanie Wende schob seine Hand zur Seite und fuhr aus dem Stuhl hoch. »Werden Sie alt? Passen Sie bloß auf, dass Sie nicht noch zum Sicherheitsrisiko für unser kleines Biotop hier werden.«

»Keine Sorge. Das wird mir nicht passieren«, sagte Jäger und wandte sich zur Tür. »Anders als Ihnen.« Und mit dieser Gegendrohung verließ er das Büro.

*

Splitternde Eisschollen, die zur Seite weichen und sich neben einem durch sie hindurchgleitenden Körper auftürmen, wirken wie ein Mahlwerk, sie schieben sich übereinander und zerquetschen den Menschen, während sie ihn gleichzeitig in einer gegeneinander verlaufenden Bewegung unter die Oberfläche drücken. Binnen Sekundenbruchteilen pressen sie die Luft aus seiner Lunge und zwingen ihn in die Tiefe. Es entspricht dem natürlichen Reflex des Menschen, die Arme nach oben zu strecken, um sich irgendwo festzuklammern. Indem er sich auf diese Weise schmaler macht, beschleunigt er jedoch die Abwärtsbewegung und verringert seine Überlebenschancen deutlich.

Als Natascha Eusterbeck seitlich wegkippte, schwappte vier Grad Celsius kaltes Wasser über die Scholle und löste innerhalb eines Augenblicks ihre festgefrorene Hand vom Eis. Sie rutschte kopfüber in den See, wurde aber, sowie sie eingetaucht war, von den schweren Schlittschuhen hinabgezogen, während die Luft in den Daunenschichten ihres Anoraks ihrem Oberkörper vorübergehend Auftrieb gab. Deshalb gelang es ihr entgegen der physikalischen Wahrscheinlichkeit, noch einmal den Kopf über Wasser zu bringen und nach Luft zu schnappen. Gefangen in schwerfälliger Winterkleidung, eingezwängt zwischen massiven Eisschollen, spürte sie, wie das Wasser nach ihr griff. Doch sie wehrte sich nicht mehr gegen das Unabwendbare. Sie hatte keine Chance, das war ihr bewusst, obwohl bereits alle Synapsen unter ihrer Schädeldecke in einer Orgie von wirren und widersprüchlichen Befehlen feuerten. Vielleicht war es auch ein klaustrophobischer Schock, der sie in völliger Erstarrung verharren ließ. Dann, als sie wieder unter Wasser gezogen wurde, war es, als gäbe es plötzlich keine äußere Welt mehr. Keine Aufgaben, keine Maßnahmen, keine Hoffnungen. Es gab nur noch Rot. Rot und ein explodierendes Etwas in ihrem Nacken. Und das verglühende Bild der zwei Männer am Ufer. Dass es zwei Männer waren, nahm Natascha noch wahr. Doch es gelang ihr nicht mehr, es zu begreifen.

*

Beim zweiten Schuss war Henrik auf halber Strecke zum See. Er lief nicht auf dem Weg, querfeldein durch die Bäume war kürzer. Doch im tiefen Schnee kam er so langsam vorwärts, als liefe er durch Treibsand. Er blieb stehen und versuchte, Luft zu holen. Seine Lunge brannte, sein Gesicht glühte, ihm war schwindelig. Er stieß sich von einem Baum ab und rannte weiter. Immerhin dämpfte der Schnee auch den Lärm, den er sonst mit seinem Lauf verursacht hätte. Er stürzte voran, rutschte am Hang, rappelte sich auf und glitt mehr, als dass er lief. Dann hörte er den zweiten Knall. Und er hörte die Stimme seiner Frau, die panisch kreischte. Ihre Worte drangen nur bruchstückhaft in sein Bewusstsein – »Lafrage … Denken Sie doch … bin …« Die Schreie schienen sich in den hohen Bäumen zu vervielfachen. Verzweifelt pflügte Henrik Eusterbeck durch den Schnee. Einige Schritte später endlich konnte er sie sehen – und verfluchte Gott dafür, was er sehen musste.

Am Ufer stand ein Mann und hielt eine Waffe auf Natascha gerichtet. Zehn Schritte von ihm entfernt, zwölf vielleicht. Henrik hastete vorwärts. Die nackte Angst verlieh ihm beinahe übermenschliche Kräfte. Plötzlich schien der Schnee nicht mehr da zu sein, seine Stiefel behinderten ihn nicht mehr, er brauchte nicht einmal mehr Luft. Ein dritter Schuss zerriss die Luft, schien sein Innerstes sprengen zu wollen. Henrik stürzte sich nach vorn. In dem Moment drehte sich der Mann um und starrte ihn für den Bruchteil eines Augenblicks völlig perplex an. Lange genug für Henrik Eusterbeck, sich auf ihn zu werfen. Der Mann konnte die Pistole nicht mehr schnell genug hochreißen und schoss nur in den unschuldigen Schnee, während die Hände des Angreifers sich in seine Haare krallten und ihn zu Boden rissen. Henrik war noch niemals in seinem Leben so voller Energie gewesen. Er stieß dem Mann seinen Ellbogen ins Gesicht, dass das Blut spritzte, trat ihm, als er wieder auf die Beine kam, mit seinem schweren Stiefel mit aller Kraft in den Bauch, stieg, als er über ihn hinweghastete, auf sein Gesicht und watete dann so schnell, wie es ihm irgend möglich war, in den See. Dessen Oberfläche schob sich höhnisch vor ihm zusammen und ließ nur einen schmalen Wellenpfad für ihn übrig, der ihn in die Tiefe lockte. Irgendwo dort war Natascha versunken.

Bonn, Bad Godesberg, Bundeskanzleramt,
31.10.1989, 8:42:00 Uhr.

»Irmi, Walther hier. Ja … Ach Irmi, ich weiß gar nicht, wie ich es sagen soll. Eben habe ich eine schreckliche Nachricht erhalten. Ich wollte es dir selbst sagen. – Ja, es geht um Albert. – Leider, ja, es ist ihm etwas zugestoßen. Sein Wagen ist in einen Hinterhalt geraten, Näheres weiß ich noch nicht. Aber, Irmi, du musst jetzt stark sein. Albert hat es nicht überlebt.« Walther Brass blickt zur Uhr. Pressekonferenz frühestens in zwei Stunden, denkt er. »Ach Irmi, es tut mir so leid. – Wenn ich … wenn ich irgendetwas für dich tun kann und für die Kinder, dann weißt du ja, ich bin immer für dich da. Hannah auch. Ich sage ihr, dass sie sich ein bisschen um euch kümmern soll. … Ja … Ach ja. Er war ein wunderbarer Mensch. Der Beste. Er war der Beste von uns allen. Wirklich. Und das werde ich jedem sagen, der es hören will. Immer. Wir werden ihn nicht vergessen. Wir müssen jetzt alle stark sein. – Irmi. – Mein tiefes Beileid dir und deiner Familie. Alles, alles Gute. Ich melde mich wieder. Ja.« Sie hatte aufgelegt, ohne Auf Wiedersehen zu sagen. Verständlich in einer solchen Situation. Der Beste, denkt Brass. Das ist Albert Ritter zweifellos gewesen. Und doch hat er sich überschätzt. Ist zu weit gegangen. In der Politik gewinnt nicht immer der Beste.

Es klopft. »Ja?« Die Tür öffnet sich. Es ist nicht Frau Meyer, sondern sein Referent Kahlenbach. »Was gibt es, Kahlenbach?«

»Schlechte Nachrichten. Leider.«

»Ich höre.«

»Es geht um Dr. Ritter.«

»Was ist mit ihm?«

»Er ist vor einigen Minuten einem Attentat zum Opfer gefallen. Tot.«

Brass sieht Kahlenbach mit ausdruckslosem Blick an. »Tot? Ritter? Wer sagt das?«

»Unsere Leute vom Verfassungsschutz. Und vom LKA. Die Personenschützer haben vor Ort Wiederbelebungsversuche unternommen. Leider erfolglos.«

»Gott, der arme Ritter. Und seine Familie. Wie schrecklich.«

Kahlenbach nickt. »Ja. Schrecklich.«

EPILOG

Es fiel Henrik Eusterbeck nicht leicht ruhig zu bleiben, während er darauf wartete, zu seiner Frau gelassen zu werden. Doch er wollte die Visite nicht stören. Und er war sich auch nicht ganz sicher, ob er wirklich schon so gut auf den Beinen war, wie er vorgab. Sie hatten sich mit letzter Kraft ans Ufer retten können. Nein, *er* hatte es mit seinen letzten Kräften geschafft, während Natascha bewusstlos in seinen Armen hing. Zuerst hatte er geglaubt, sie sei tot. Immer wieder stieg seither das Bild ihres fahlen Gesichts vor ihm auf und versetzte ihn in Panik.

Außer ihm war kein Mensch im Wartezimmer. Es war aber auch bereits spät am Abend. Nach einer schieren Ewigkeit erlaubte ihm die Schwester endlich, sich an Nataschas Bett zu setzen. Reglos lag sie auf den weißen Laken, die Augen geschlossen, ihre Haut war blass, die Haare unter einer grünen Haube versteckt. Sacht legte er seine Hand auf die ihre. Die Schwester hatte ihm freundlicherweise den Fernseher angemacht, der seither ohne Ton schräg oben im Zimmer vor sich hin flimmerte. Henrik nahm nicht wirklich wahr, was er da sah. Nachrichten. Politik. Fußballergebnisse. Werbung. Lokales. Er starrte nur, in sich gekehrt, mit leerem Blick auf den Bildschirm, bis etwas doch seine Aufmerksamkeit fesselte. Es war wie ein Blitzschlag. Als gäbe es in seinem Gehirn einen Umriss, in den sich plötzlich ein Bild fügte, das ihm vor Augen stand. Es war das Bild eines dunkelhäutigen Mädchens, dessen unverwandter Blick aus dem Bildschirm zurückstarrte. Zu seinem Erstaunen konnte er genau spüren, wie sein Herz einmal aussetzte, ehe es weiterschlug. Er atmete tief ein, als hätte er seit Stunden keine Luft mehr bekommen, und lauschte, obwohl es nichts zu hören gab. Die Gestalten, die auf das Bild folgten, bewegten lautlos ihre Lippen. Dann kam ein Filmbeitrag: Eine Reporterin stand am Ufer der Spree, nicht weit von der Stelle, an der Henrik sich vor kurzem noch beinahe das Leben genommen hätte. Dann wieder das Bild des Mädchens, eingeblendet neben der Reporterin. Und die Bildunterschrift, die ihm mitten ins Herz schnitt: »Beim Spielen ertrunken«. Henrik schloss die Augen. Neugier ist eine tödliche Droge, dachte er.

Unvermittelt stand ein Arzt neben ihm und räusperte sich. »Herr Eusterbeck?«

Henrik sah auf. »Ja?«

»Sie haben Ihrer Frau das Leben gerettet«, sagte der Arzt und hielt ihm die Hand hin, als wollte er ihm zum bestandenen Seepferdchen gratulieren. Henrik Eusterbeck war so verwirrt, dass er nicht wusste, was er sagen sollte. Der Arzt lächelte ihm aufmunternd zu. »Ich weiß, was Sie denken. Nein, das ist kein Koma.«

»Danke, Herr Doktor. Was genau ist ihr denn geschehen? Ich meine, was für Verletzungen hat sie davongetragen?«

Der Arzt sah mit routinierter Geste auf das Krankenblatt. »Unterkühlung«, stellte er fest. »Einige Verletzungen an Händen und Handgelenken, alles zum Glück im unbedenklichen Bereich.« Dann lächelte er Henrik aufmunternd zu. »Tja, und ... Ihre Frau hat eine Fehlgeburt erlitten. Leider.«

In dem Moment ging die Tür des Krankenzimmers auf, und eine Schwester steckte den Kopf herein. »Dr. Traub? Sie werden auf der Station erwartet.«

Henrik nahm die Worte des Arztes nur durch einen Schleier wahr, so verwirrend erschien ihm das alles. »Sie sollten jetzt gehen. Ihre Frau braucht Ruhe. Wir haben ihr ein Beruhigungsmittel gegeben. Kommen Sie morgen wieder.«

Henrik nickte tapfer. Noch einmal nahm er Nataschas kühle Finger in die Hand, und für einen Augenblick glaubte er zu spüren, dass sie seine zärtliche Geste erwiderte. Ein Gefühl unendlicher Dankbarkeit durchströmte ihn. »Danke, Herr Doktor … Traub«, sagte er und sah in die rätselhaften Augen des Arztes.

*

»Das hat sie geschrieben?« Sie ließ die Ausdrucke der E-Mails auf den Tisch fallen. »*Die Pupille*«, murmelte sie. »Wie albern. Ich hätte sie nicht für so töricht gehalten.«

»Ich vermute, Frau Wende hat sich von der Neuen angegriffen gefühlt.«

»Zu Recht! Aber wenn ich jedes Mal solche Botschaften verschicken würde, wenn ich mich angegriffen fühle, dann hätte ich nichts anderes mehr zu tun.«

Gerhard Jäger räusperte sich. »Außerdem hat sie vermutlich ein Faible für … nun ja, für Frau Eusterbeck.«

»Um Himmels willen. Die Geschichte scheint etwas aus dem Ruder gelaufen, Herr Jäger.« Sie fixierte ihn mit diesem steinernen Blick, aus dem er nicht schlau wurde, der ihn aber einst gezwungen hatte, heimlich die Seiten zu wechseln. Auf ihrer Seite zu stehen war immer die richtige Entscheidung. Denn wo sie war, war die Macht. Sie hatte sie alle in der Hand. Jeden. Nicht erst seit er ihr – inzwischen über viele Jahre – so gute Informationen beschaffte. Sie hatte einfach auch den absoluten Riecher. Und wo sie sich nicht sicher war – wie bei Eusterbeck –, da half sie nach. Ließ ihn nachhelfen. Er erinnerte sich gut an diesen Auftrag. *Wir werden einen Neuzugang bekommen. Frau Dr. Eusterbeck. Eine sehr nette Kollegin, die neben Herrn Dr. Frey und Frau Dr. Wende als Staatssekretärin für uns arbeiten wird. Sehr kompetent. Außerdem führt sie eine vorbildliche Ehe. Gut, dass es da keine Probleme gibt. Wissen Sie, Jäger, wenn ihr Mann zum Beispiel eine Affäre hätte, dann könnte es durchaus sein, dass jemand, der darüber Bescheid weiß, das zu seinen Gunsten nutzt …*« Und also hatte er eine kleine Affäre eingefädelt. Dass sie so schnell aufgeflogen war, damit hatte er nicht rechnen können. Der Sicherheitschef wand sich auf dem unbequemen Stuhl und prüfte unauffällig, ob das Mikrofon an seinem Ärmel abgeschaltet war. War es. »Eine Verkettung unglücklicher Zufälle«, erklärte er.

»Wie damals, als Sie die Ritter-Sache geplant hatten?«

»Das war etwas anderes. Da waren es äußere Umstände, mit denen niemand rechnen konnte.« Er sah auf. »Immerhin hat die Angelegenheit über zwanzig Jahre gehalten.«

»Nur jetzt eben nicht mehr. Und ich erinnere mich vage, dass sie vor zehn Jahren schon einmal jemandem aufgefallen ist.«

Sie spielte auf ihre eigene Rolle an, und Jäger wusste, dass sie ihn damit ewig in ihrer Gewalt haben würde. So viel konnte er gar nicht aus ihrem Privatleben und aus ihrer nebulösen Vergangenheit ausgraben, dass es die Macht des Geheimnisses aufzuwiegen imstande gewesen wäre, die ihr die Kenntnis der damaligen Vorgänge an die Hand gab. Außerdem gab es schlicht nichts auszugraben. Das hatte er so lange versucht, dass er begann, nicht mehr an seine eigene Devise zu glauben: Jeder Mensch hat ein Geheimnis. Sie hatte keines. Das hieß: Sie hatte eines, aber das war legal. Oder jedenfalls nicht völlig illegal. Sie wusste, wer damals hinter dem Mord an Ritter gestanden hatte. Und damit hatte sie auch ihn in der Hand.

»Immerhin waren Sie es, die dahintergekommen ist«, sagte er und versuchte, seiner Stimme etwas Schmeichelndes zu verleihen. »Bei Ihnen ist ein Geheimnis so gut verwahrt, wie es nur sein kann.«

»Da haben Sie recht, Herr Jäger. Und nichts würde ich weniger gerne tun, als es zu lüften. Deshalb ist mir sehr daran gelegen, dass es nicht von anderer Seite gelüftet wird. Denn sonst müsste ich handeln.«

»Keine Sorge, wir haben für alles gesorgt. Sie wird es nicht verraten.« Er sah sie verschwörerisch an. Niemals würden sie klare Worte über das wechseln, was es bedeutete.

»Aber ich darf mich darauf verlassen, dass Sie nichts Schlimmes getan haben oder vorhaben?«

»Absolut. Ich wüsste gar nicht, was das sein könnte. Im Gegenteil, wir haben sie in die Charité bringen lassen. Der behandelnde Arzt ist der Bruder unseres Verwaltungschefs. Dr. Traub. Er hat sich schon hingebungsvoll um Frau Eusterbecks Vater gekümmert, als der seinen Unfall hatte.«

»Dann bin ich ja beruhigt. Es ist doch immer gut zu wissen, dass eine sensible Sache in guten Händen ist. Und Sie haben alle Unterlagen in Sicherheit gebracht?«

Jäger nickte.

»Vernichten Sie sie. Und zwar jedes Exemplar.« Sie fixierte ihn. »Auch das, das Sie für sich gemacht haben.«

Jäger schluckte. Sie war die Beste. Und die Härteste. »Natürlich, Frau Bundeskanzlerin.«

»Bitten Sie Herrn Berg, eine Presseerklärung vorzubereiten, dass wir bestürzt sind, dass ein Mitglied der amerikanischen Vertretung Opfer eines extremistischen Übergriffs geworden ist und dass wir froh sind, dass der Attaché sich auf dem Wege der Besserung befindet. Das Übliche. Fragen Sie in der Botschaft nach, ob wir lieber nur von einem extremistischen oder von einem antisemitischen Akt sprechen sollen oder ob sie sonst irgendwelche Vorlieben haben. Und dann bringen Sie mir mal die Unterlagen in Sachen Wende. Die Kollegin scheint mir ein Sicherheitsrisiko zu werden.«

*

»Frau Dr. Wende?«

Die Staatssekretärin sah von ihrer Lektüre auf. »Ja?«

Die Sekretärin wirkte unglücklich. »Ein Bote für Sie. Aus dem Bundespresseamt. Er möchte etwas für Sie abgeben.«

»Dann nehmen Sie es doch bitte entgegen, und lassen Sie mich arbeiten.«

»Er sagt, es sei persönlich und vertraulich.«

Dr. Stephanie Wende seufzte demonstrativ und nickte. »Lassen Sie ihn rein.« Sie kannte den jungen Mann nicht, der kurz darauf eintrat und ihr einen unbeschrifteten Umschlag aushändigte. »Von wem ist das?«, fragte sie.

»Das weiß ich leider nicht«, entgegnete der Bote.

»Also gut, wer hat Sie beauftragt, mir das zu bringen?«

»Das darf ich Ihnen leider nicht sagen.«

»Dann werden Sie es wieder mitnehmen müssen. Anonyme Post nehmen wir hier nicht entgegen. Außerdem müsste ein solcher Umschlag erst einmal unten in der Poststelle durchleuchtet werden.«

»Ich soll Ihnen nur sagen, dass damit schöne Grüße aus Ägypten verbunden sind.«

»Aus Ägypten?« Stephanie Wende zögerte. Dann entschied sie sich für das Risiko. »Also gut, ich nehme die Sendung an. Frau Schneider wird Ihnen eine Quittung ausstellen.«

Der junge Mann nickte. »Das wird nicht nötig sein, danke.« Einen Augenblick später war er wieder weg.

Der Umschlag wog schwer in Stephanie Wendes Hand.

Papier, ganz ohne Zweifel. Sie nahm ihren Brieföffner und schlitzte ihn seitlich auf für den Fall, dass doch irgendein Irrer eine kleine Plastikbombe darin verbastelt und ein paar feine Drähte unter der Lasche versteckt hatte. Doch außer dem endgültigen Geräusch scharf reißenden Papiers blieb es still in ihrem Büro. Sie ließ eine schwarze Mappe aus dem Umschlag gleiten und schlug sie auf. Keine Detonation. Und doch eine Bombe. »Nofretete 061 08« las sie. Und sie wusste, dass es eine Kopie von Natascha Eusterbecks Aufzeichnungen war. Sie hatten sie nicht alle beseitigen können. Irgendwo da draußen gab es jemanden, der das Geheimnis kannte, den dunklen Fleck, den sie seit mehr als zwanzig Jahren in ihrem Leben herumschleppte, der wusste, dass sie erpressbar war – und wie. Sie schlug das Dossier auf und blätterte bis zu jenem Foto, auf dem sie mit Rau, Frey und Konsorten abgebildet war. Nur ganz am Rand der Aufnahme. Aber es hatte genügt, jemandem die Augen zu öffnen, der sehen wollte. Ja, sie hatte sie unterstützt damals, die Clique um Rau, hatte sie gedeckt und als kleines, aber wichtiges Rädchen im Uhrwerk jenes monströsen Plans ihren Teil zu Ritters Tod beigetragen. Anfangs hatte sie noch geglaubt, sich dadurch ihren Anteil an der Macht zu sichern, die diese Männer sich schon bald aufteilen würden. Doch irgendwann war aus der stillen Teilhaberschaft ein unausgesprochener Fluch geworden, der ihre Seele überkrustete und sie auf ihrem Weg lähmte. Könnte sie die Zeit zurückdrehen, könnte sie diese eine entscheidende Weiche in ihrem Leben noch einmal anders stellen, sie würde es tun. Doch es gab Dinge im Leben, die unumkehrbar waren, und es gab Mechanismen der Macht, die kein Erbarmen kannten. Auch nicht für ihren Urheber. Stephanie Wende wusste, dass sie auf der Liste derjenigen stand, die die Kanzlerin früher oder später ausschalten würde. Möglich, dass ihr noch ein letzter Schritt auf der politischen Karriereleiter zugestanden wurde, ein Ministerium vielleicht. Doch ihr Sturz war so sehr beschlossene Sache, wie der Tod eines Menschen bei seiner Geburt beschlossen ist. Solange Stephanie Wende jene mörderische Verstrickung vertuschen konnte, hatte sie womöglich eine Gnadenfrist. Ein leises »Pling« ließ sie aus ihren Gedanken aufschrecken. Automatisch fuhr ihre Hand zur Seite und öffnete die eingegangene Mail.

Von: Prinzessin

An: Die Pupille

Betreff:

Text: JEDE WAHRHEIT KOMMT IRGENDWANN ANS LICHT.

Bonn, Bundestagsplenum, 13.02.1995.

Die Fraktion der Partei Bündnis 90/Die Grünen stellt eine »Kleine Anfrage« an die Bundesregierung: »Der Kronzeuge S.N. und die Rolle der Sicherheitsbehörden«.

Inzwischen ist bekannt geworden, dass der V-Mann des hessischen Verfassungsschutzes im Fall Dr. Albert Ritter noch vier Tage vor seiner Aussage beim Verfassungsschutz in psychiatrischer Behandlung war. Er hatte ein halbes Jahr stationär in der Psychiatrie verbracht. Diagnose: Länger anhaltende depressive Reaktion mit suizidalen Gedanken, Polytoxikomanie inklusive Morphin, Persönlichkeitsstörung auf Borderline-Niveau.

Die Fraktion der Grünen möchte von der Bundesregierung eine Auskunft darüber, ob sie die Aussagen des V-Mannes dennoch für glaubwürdig hält.

Die Bundesregierung gibt zu Protokoll, dass sie an seiner Glaubwürdigkeit nicht zweifelt.

Offen bleibt die Frage, ob das den Widerruf des V-Mannes, der später behauptete, zu seiner Aussage mit Gewalt gezwungen worden zu sein, einschließt.

Die Fraktion der Grünen will ferner wissen, wie die Bundesregierung zu der vermeintlichen Präparierung des V-Mannes beziehungsweise seiner vermeintlichen Bedrohung durch den hessischen Verfassungsschutz steht.

Die Bundesregierung stellt hierzu fest, »dass sie die Maßnahmen dieses Amtes nicht zu kommentieren hat«.

In der Folge werden mehrere Haftbefehle gegen mutmaßliche Täter aus dem Umfeld der RAF aufgehoben.

Einer der angeblichen Mittäter wurde 1993 auf der Flucht vor dem Zugriff durch die Polizei erschossen.

Die Ermittlungen der Staatsanwaltschaft lauten seither »gegen unbekannt«. Die Frage, wie eine Gruppe im Untergrund lebender Terroristen über mehrere Tage hinweg eine beiderseits der Fahrbahn befindliche Baustelle hatte errichten können, obwohl die nähere Umgebung des Dr. Albert Ritter wegen seiner hohen Gefährdung ständig intensiv überwacht wurde, konnte ebenso wenig geklärt werden wie die Frage, woher die Täter eine technische und materielle Ausrüstung zur Verfügung hatten, die sonst nur im militärischen oder geheimdienstlichen Bereich Anwendung findet.